BASTEI
LÜBBE

Über die Autorin:

Katherine Sutcliffe wurde in Texas geboren, wo sie auch heute noch mit ihrem Mann Neil und ihren beiden Kindern lebt. Schon als Kind gehörten Lesen und Schreiben zu ihren größten Leidenschaften. Ihr erstes Buch schrieb sie im Alter von 13 Jahren. Von ihr sind u.a. bereits erschienen: *Betört von deiner Liebe* (Band 18 227) und *Wenn deine Hände mich berühren* (Band 18 285). Mehr Informationen zu Katherine Sutcliffe finden Sie im Internet unter http://www.katherinesutcliffe.com.

KATHERINE SUTCLIFFE

Entführt ins Reich der Sinnlichkeit

ROMAN

Ins Deutsche übertragen von
Britta Evert

BASTEI LÜBBE

BASTEI LÜBBE TASCHENBUCH
Band 18 291

1. Auflage: Januar 2002

Vollständige Taschenbuchausgabe

Bastei Lübbe Taschenbücher ist ein Imprint
der Verlagsgruppe Lübbe

Titel der amerikanischen Originalausgabe: Notorious

Dieses Werk wurde vermittelt durch die
Literarische Agentur Thomas Schlück GmbH,
30827 Garbsen.
Titelillustration: SPIAS/Agentur Schlück
Umschlaggestaltung: Beate Stefer
Satz: Wildpanner, München
Druck und Verarbeitung:
AIT SA, Trondheim, Norwegen
Printed in Norway

ISBN 3-404-18291-X

Sie finden uns im Internet unter
http://www.bastei.de
oder
http://www.luebbe.de

Der Preis dieses Bandes versteht sich einschließlich
der gesetzlichen Mehrwertsteuer

Prolog

Krimkrieg
Kalamita, 14. September 1854

Auf einer weiten grünen, von einer fahlen Morgensonne beschienenen Ebene entdeckte der Mann eine Frau, die ein wimmerndes Kind an ihre Brust drückte. Sie schien sehr jung zu sein, selbst fast noch ein Kind, und ihr glattes Gesicht war von Ruß und Tränen verschmiert. Sie kniete inmitten des Schutthaufens, der noch vor vierundzwanzig Stunden ihr Zuhause gewesen war. Etwas an ihren Augen kam ihm bekannt vor, als hätte er diesen Ausdruck schon einmal gesehen. Ihre Lippen bewegten sich lautlos, und obwohl er die Worte nicht verstehen konnte, blieb er regungslos im Schatten stehen, wie gebannt von dem Bild, ein Gefühl von Furcht und Wut schnürte ihm die Kehle zu.

Mit einer Stimme, die dünn und schwach durch den Rauch und das Morgenlicht drang, brach sie in leises Wehklagen aus, und ihm wurde bewusst, dass das Kind in ihren Armen tot war.

Vage Erinnerungen stiegen in ihm auf: Eine Frau, die in einem Garten auf der Erde kniete und Lavendel schnitt, daneben ein Kleinkind, das in einem Korb schlummerte – das ach so bedrückte Schweigen, das immer Hand in Hand mit dem Wissen ging, dass wieder ein Abschied bevorstand. Es würde keine Bitten geben. Keine Tränen. Erst, wenn er nicht mehr da war. So war es zwischen ihnen abgemacht.

Keine Bindung. Nichts von Dauer. Kein »Auf immer und ewig«.

Auf immer und ewig – das war bei ihm einfach nicht drin, nicht einmal dem Kind zuliebe, obwohl er für diese beiden Menschen sein Leben gegeben hätte.

Es waren ihre Augen, die ihn jetzt aus dem Gesicht einer Fremden ansahen. Sie jammerte und weinte, und ihr langes schwarzes Haar fiel über ihre Schultern, wogte über die Steine ihres zerstörten Heims, flatterte geschmeidig im Luftzug hin und her, mit bläulich schimmernden Reflexen, die inmitten der grauenhaften Zerstörung absurd sinnlich wirkten.

Dann trat wie aus dem Nichts ein Offizier vor, den Lauf seines Gewehrs direkt auf die Frau gerichtet.

»Nein! Nicht die Frauen und Kinder! Runter mit dem Gewehr! Zwingen Sie mich nicht, Sie zu töten, Lieutenant. Ich lasse nicht zu, dass Sie sie töten, Lieutenant. Runter mit dem Gewehr! Keine Frauen und Kinder! Ich sagte …«

Aus dem Augenwinkel sah er sie fallen, stockend, als würde die Zeit langsamer vergehen und allmählich stillstehen. Sie fiel mit dem Gesicht auf den Schutt, das schwarze Haar wie ein japanischer Fächer um ihren Kopf gebreitet. Den Mund zu einem stummen Wutschrei geöffnet, hob er die Waffe in seiner Hand und legte auf den Offizier an …

1

Victoria Militärgefängnis
London, England, März 1857

Gelegentlich gellten Schreie durch das Schweigen. Schreie des Wahnsinns. Der Hysterie. Sie wehten durch die undurchdringliche Dunkelheit zu Jason und stießen gegen seine Ohren, die seit langem gelernt hatten, das leiseste Geräusch zu registrieren: eine Ratte, die im Stroh raschelte; das Wimmern eines Gefangenen in einer anderen Zelle; das langsame Tröpfeln von Wasser auf den Boden, wenn es regnete. Das war vielleicht am schlimmsten: das stetige, rhythmische *Tropf, Tropf, Tropf* des Wassers, das seine winzige Zelle unweigerlich in ein feuchtes Loch verwandeln würde. Dennoch, diese Geräusche waren sein Bezug zur Realität, eine Erinnerung daran, dass hinter diesen Mauern noch Leben existierte.

Seltsam, wie die Dunkelheit, einst sein Freund, jetzt auf ihm lastete wie ein Albdruck. Als Junge hatte er oft im Dunkeln dagelegen und von Einhörnern und Rittern geträumt. Als Erwachsener hatte er mit schönen Frauen geschlafen, und die Dunkelheit war wie eine Decke gewesen, hauchzart, wie die Seufzer der Frauen an seinen Ohren. Und er hatte getötet, hatte sich geräuschlos wie eine Viper durch die Dunkelheit geschlichen und ohne Vorwarnung zugeschlagen, ein Leben nach dem anderen ausgelöscht. Vielleicht hatte er diese Folter verdient.

Vielleicht auch nicht.

Jason lachte. Idioten. Alles Idioten. War ihnen nicht klar, mit wem oder was sie es zu tun hatten? Er hatte weit schlimmere Qualen überstanden als diese. Dieser finstere Kerker war nichts. Und die Aussicht auf den Tod? Wenn er sich darum auch nur einen Deut scheren würde, hätte er nicht die letzten Jahre seines Lebens damit verbracht, auf die Folgen seines Handelns zu pfeifen. Wie sein Vater immer gepredigt hatte: Wenn es sich lohnt, für eine Sache zu kämpfen, lohnt es sich auch, für sie zu sterben.

Ein Geräusch: das Klirren von Schlüsseln und das gedämpfte Gemurmel von nervösen Wärtern. Oh ja, nervös waren sie bestimmt. Sie fürchteten und respektierten ihn.

Die Tür schwang auf und ließ blendendes Licht in die Zelle. Ratten huschten über das faulige Stroh, und der Schwall frischer Luft, der ihn wie eine kühle Woge traf, ließ ihn nach Atem ringen. Zwei Wärter betraten die Zelle, mit Knüppeln bewaffnet, die Gesichter zu Masken der Beklommenheit verzerrt.

»Los, aufstehen, Batson«, blaffte der eine von ihnen mit gepresster Stimme, die Augen rund wie Münzen.

Jason Batson, dessen Augen von dem grellen Licht schmerzten, erhob sich langsam.

Die Wärter traten beiseite, und einer zeigte mit seinem Stock auf die Tür. »Raus da. Und keinen Blödsinn, sonst schlagen wir Ihnen den Schädel zu Brei.«

»Tatsächlich?«, erwiderte Jason mit einem duldsamen Lächeln und ging zwischen den wachsamen Wärtern auf den steinernen Korridor hinaus. Er wirkte gewaltig im Vergleich zu den drei Quadratmetern, die in den letzten Monaten sein Universum gewesen waren.

Einer der Wärter legte seinen Knüppel weg und griff nach Fußeisen. Er kauerte sich hin und schloss die Metallspangen um Jasons Knöchel. Seine Hände zitterten, so eilig hatte er es, die gefährliche Aufgabe hinter sich zu bringen. Dann legte er ihm die Handschellen an, die mit einer schweren Kette mit den Fußeisen um Jasons Knöchel verbunden waren, bevor er mit einem erleichterten Aufatmen und einem kurzen Blick zu seinem Kollegen zurück trat.

Die Gruppe bewegte sich den Korridor hinunter, vorbei an verschlossenen Zellen, hinter deren dicken Türen das Toben in ihrem Inneren nur gedämpft zu hören war. Sie verließen das Gebäude und betraten ein anderes. Dieses war gut beleuchtet und mit Teppichen ausgelegt, und die Möbel glänzten von weichem Bienenwachs. Ein Lachen brach in dem Moment ab, als die drei sich dem Büro näherten.

Ein klein gewachsener, schmächtiger Mann mit kahlem Kopf eilte zu ihnen. »Vollidioten«, schnauzte er die Wärter an und schwenkte drohend den Zeigefinger. »Ihr solltet ihn zuerst säubern. Guter Gott, er riecht wie eine Leichengrube und sieht auch nicht viel besser aus. Badet ihn, und rasiert ihn um Himmels willen und macht irgendetwas mit seinem Haar. Und zieht ihm etwas Anständiges an, wenn ihr schon dabei seid.«

»Nicht nötig«, ließ sich eine vertraute Stimme vernehmen.

Harold Dunleavy kam aus seinem Büro. »Lord Batson wird keine Zeit verschwenden wollen, nehme ich an.« Er lächelte Jason an. »Er mag des Todes sein, aber er ist keinesfalls dumm. Ganz im Gegenteil, würde ich sagen. Kommen Sie, Euer Lordschaft. Machen Sie es sich bitte bequem, während Mr Simms Ihnen einen Drink holt.«

Dunleavy machte Platz, als Jason sein Büro betrat. Seine Fußketten schleiften auf dem Boden, und seine bloßen Füßen hinterließen verfaulte Strohhalme auf dem kostbaren Orientteppich. Er erhaschte einen kurzen Blick auf sein

Spiegelbild, bevor er vor Dunleavys Schreibtisch stehen blieb.

Dunleavy ging um den Schreibtisch herum. Seine Schritte wirkten zögernd, und sein Blick war unverwandt auf Jason gerichtet. »Setzen Sie sich. Ich darf Sie daran erinnern, Batson, dass Wärter vor der Tür postiert sind. Eine falsche Bewegung …«

»Und Sie sind tot.« Jason lachte leise.

Dunleavy, dem die Farbe aus dem Gesicht wich und der Schweiß auf die Stirn trat, räusperte sich nervös. Er senkte die Stimme. »Sie arroganter Hundesohn, ich könnte Sie kurzerhand erschießen, ohne das jemand Wind davon bekäme. Ich könnte Ihre Leiche meinen Hunden vorwerfen. Wen würde es schon kümmern? Was die gute Gesellschaft angeht, war Lord Jason Batson nicht mehr als ein Schwerenöter und Halunke, der ausschließlich dafür lebte, Frauen zu verführen und beim Faro zu betrügen. Die Öffentlichkeit weiß absolut nichts über Ihre Verbindung zum Militär oder den Umstand, dass Sie ein Auftragskiller sind.«

»Mit Wissen und Billigung der Krone, nicht zu vergessen.«

Dunleavy öffnete eine Kiste Zigarren und bot Jason eine an.

Jason ignorierte ihn.

»Wir hatten so große Hoffnungen in Sie gesetzt«, sagte Dunleavy und stellte die Schachtel weg. »Ihr Vater war sehr gut zu seiner Zeit. Kein feindlicher Militärkommandant, der ihn nicht gefürchtet hätte. Aber Sie … ach, Sie waren sogar noch brillanter und tödlicher als Randolph. Sie hätten Ihrer Majestät größter Trumpf sein können. Sie ist übrigens äußerst bestürzt über diese hässliche Affäre.«

»Ich hätte gedacht, sie wäre eher darüber bestürzt, dass einer ihrer Offiziere Frauen und Kinder umbringt.«

»Gelegentlich muss ein Exempel statuiert werden. Lieutenant Grant hielt sich lediglich an seine Befehle. Es hieß, die Frau wäre bewaffnet.«

»Ich kann mir kaum vorstellen, dass Ihre Majestät das Töten unschuldiger Menschen gutheißt, ganz gleich, wie der Fall liegen mag.«

»Ich habe Sie nicht holen lassen, um dieses Debakel zu diskutieren. Sie waren im Unrecht. Sie haben kaltblütig einen Offizier ermordet.«

»Dann hätten Sie mich vor ein Erschießungskommando stellen sollen. Warum haben Sie das nicht getan?«

Dunleavy erhob sich aus seinem Sessel. »Das könnten wir immer noch. Es hängt ganz von Ihnen ab.«

»Ich bin nicht in der Stimmung zu verhandeln. Das war ich allerdings nie. Cobra hat immer zu seinen eigenen Bedingungen gearbeitet. Seine Loyalität gehört seinen Männern, nicht Ihren. Apropos, wie geht es meinen Männern?«

»Sie sind am Leben – noch. Auch das könnte von Ihnen abhängen.«

»Hören Sie auf, um den heißen Brei herumzureden, Harold. Sie wollen etwas von mir. Was?«

»Wir haben eine … Situation, die nach Cobras speziellen Fähigkeiten verlangt.«

Jason zuckte die Achseln. »Kein Interesse. Die letzten Monate, in denen mir keine Kugeln um die Ohren pfiffen, haben mir Gelegenheit gegeben, ausgiebig über meine Zukunft nachzudenken. Tatsache ist, Harold, dass ich die Krone nicht länger brauche. Meine Teeplantage Ceylonia läuft außerordentlich gut. Zudem werde ich nicht jünger. Dreiunddreißig im nächsten Monat. Ich möchte mich häuslich niederlassen, ohne befürchten zu müssen, dass irgendeine fragwürdige Gestalt aus meiner Vergangenheit aus der

Versenkung auftaucht und mir eine Kugel in den Kopf jagt. Kurz und gut, ich habe vor, in den Sonnenuntergang zu segeln und jedwede Erinnerungen an Cobras blutige Abenteuer aus meinem Gedächtnis zu streichen.« Er schloss kurz die Augen und holte tief Luft, bevor er etwas leiser sagte: »Falls das möglich ist.«

Harolds schmale Lippen verzogen sich zu einem unangenehmen Lächeln. »Falsch, Batson. Sie gehen erst dann in den Ruhestand, wenn wir es Ihnen erlauben.«

Jason richtete seine grauen Augen langsam auf Harold. »Vorsicht, kleiner Mann. Ich muss Sie wohl nicht daran erinnern, dass ich dieses Zimmer durchqueren und Ihnen das Genick brechen könnte, so schnell, dass Sie nicht einmal wüssten, wie Ihnen geschieht … sollte ich den Wunsch danach haben. Jetzt hören Sie mal gut zu. Ich bin fertig mit Cobra. Ich werde mich auf meine Plantage zurückziehen und Babys auf meinen Knien schaukeln, und sollte mir einer von euch je wieder in die Nähe kommen, ziehe ich ihm das Gehirn durch die Nase heraus, Stück für Stück, und zwar bei lebendigem Leib.«

Obwohl Dunleavy tiefe Röte ins Gesicht schoss, fuhr er mit ausdrucksloser Stimme fort: »In ganz Indien wird von einem Aufstand gemunkelt …«

»Kein Interesse, Harold.«

»Größtenteils dank unseres edlen Marquis of Dalhousie, ehemaliger Generalgouverneur …«

»Halten Sie den Mund, Harold.«

»Der Marquis war in seiner Amtszeit sehr emsig. Er hat zahlreiche Maßnahmen getroffen, mit denen er die Inder provoziert und aufgebracht und zu dem Entschluss getrieben hat, zum Schlag gegen uns auszuholen. Wie Sie wissen, waren adoptierte Söhne in Indien in Bezug auf die Erbfolge traditionell leiblichen Söhnen gleichwertig. Dalhousie gab bekannt, dass diese Praxis nicht länger akzeptiert wird und jeglicher Besitz ohne rechtmäßige Erben automatisch an die britische Krone fällt. Letztes Jahr haben wir Oudh eingenommen, leider mit äußerst unerfreulichen Konsequenzen. Dem abgesetzten Königshaus wurden keine Apanagen zugestanden et cetera. Kurz und gut, die Familie ist mittellos und schürt das Feuer der Rebellion.«

»Sind Sie fertig?« Jason erhob sich aus seinem Stuhl.

Dunleavy rang die Hände. »Dazu diese leidige Geschichte mit Nana Sahib. Ich glaube, Sie kennen ihn persönlich?«

Jason runzelte die Stirn bei der Erwähnung von Nanas Namen. »Der Adoptivsohn des verstorbenen *Peshwa* von Poona. Ja, ich kenne Nana Sahib. Er ist den Briten gegenüber eher wohl wollend gesonnen. Mein Vater und ich waren bei einigen Gesellschaften in der Residenz seines Vaters zugegen.«

»*War* eher wohl wollend. Dank Dalhousies Gesetz über die Erbfolge gehen der Titel und die Apanage, die Sahib von seinem Adoptivvater zu erwarten hatte, an die Krone. Zu sagen, er wäre nicht erfreut, wäre untertrieben. Aber auf Nana Sahib komme ich noch zurück. Offen gestanden, die Dalhousie-Verordnung ist nur die Spitze des Eisbergs. Die ersten Unruheherde entstanden mit der Einführung der neuen Munition, die wir an unsere Regimenter ausgegeben haben. Die Inder glauben, die verdammten Patronen wären mit Rinder- und Schweinefett eingeölt, und somit fühlen sich unsere indischen Soldaten, die Sepoys – und zwar sowohl Moslems wie Hindus –, in ihrem Glauben verletzt. Es kam zu vereinzelten Aufständen in Nordindien: Jhansi, Indore und in einigen kleineren Stützpunkten. Jetzt begreifen Sie sicher, dass Nana Sahibs Jammern und Wehklagen wie Zunder im Stroh ist. Zuerst haben wir ihn als jemanden abgetan, der ohne das Erbe des alten *Peshwa* kaum von Bedeutung ist. In letzter Zeit jedoch ist uns zu Ohren gekommen, dass er Unterstützung sucht. Vor kurzem kam Azimullah Khan, ein junger Günstling aus Sahibs Umfeld, nach London und versuchte bei allen und jedem – einschließlich Ihrer Majestät-, die Nana Sahib helfen könnten, in den Besitz seiner Apanage zu kommen, zu betteln und oder sie zu bestechen – vergeblich. Es folgte eine Reise nach Konstantinopel, wo er eine Audienz beim Sultan bekam und mit russischen Agenten Kontakt aufnahm. Danach Gespräche mit dem Kalif von Bagdad, auf dem Weg nach Bombay kurze Abstecher zu den Führern der Mahratta, Rajpoot und Seik und zu guter Letzt ein Gedankenaustausch zu diesem Thema mit der Frau des Herrschers von Delhi, Begum Zinat Mahal, die keinen Hehl aus ihrer Absicht macht, den vergangenen Ruhm der Moguln wieder aufleben zu lassen, um ihren Sohn auf seinen rechtmäßigen Thron zu befördern. Die allgemeine Ansicht geht dahin: Sollte es Nana Sahib gelingen, die Sepoys, die das Gefühl haben, in irgendeiner Form von den Briten verraten worden zu sein, mit den Prinzen, die abgesetzt worden sind, den Großgrundbesitzern, die enteignet worden sind, den Brahmanen und Maulvies, die in ihrer Ehre verletzt worden sind, zu vereinen und ein Bündnis mit dem Herrscher von Delhi einzugehen, könnten ihre vereinten Kräfte die Fremden aus dem Land vertreiben.«

Jason stand auf und stellte sich an ein Fenster, von dem man auf eine breite Veranda mit Ziegelboden sah. Ein kleines Mädchen war dort, in Begleitung ihrer Nanny, des Kindermädchens. Das Kind hatte langes schwarzes Haar und war nicht älter als vier oder fünf. Mit einem Wollcape und winzigen, mit Plüsch gefütterten Stiefelchen bekleidet, spielte es mit einer Puppe, die es in einem Puppenwagen hin und her schob. Jasons Augen wurden schmal, und er hörte nur noch mit halbem Ohr zu, als Dunleavy weitersprach.

»Ich glaube, Sie kennen Compton Fontaine?«

Jason, dessen Aufmerksamkeit einen Moment lang von dem Kind abgelenkt worden war, runzelte die Stirn, als der Name seines guten Freundes fiel. »Vizekönig Fontaine«, sagte er zurückhaltend. Sein scharfer Instinkt warnte ihn, nicht zu viel über seine frühere Beziehung zu Fontaine preiszugeben. Compton Fontaine war für Jason im Lauf der Jahre so etwas wie ein zweiter Vater geworden; sie teilten die Ansicht, dass die Engländer endlich aufhören sollten, den Indern ihre Regierung und ihre Religion aufzuzwingen.

Das Kind lief zu seiner Nanny, die das Mädchen in die Arme nahm und an sich drückte. Jasons Atem bildete einen weißen Belag auf der kalten Fensterscheibe, als er sich bemühte, Compton Fontaine aus seinen Gedanken zu verdrängen und sich auf die Gesichtszüge des Mädchens zu konzentrieren oder auf das, was davon zu sehen war. Wieder verdeckte ein dichter Schwall schwarzer Haare ihr Profil, und ein Gefühl von Erbitterung krampfte ihm die Brust zusammen.

»Ex-Vizekönig … Probleme mit der Disziplin … er und seine Frau waren immer sehr offenherzig in Bezug auf Englands Kolonialpolitik in Indien … fanden, wir wären gewissermaßen Brunnenvergifter, weil wir es darauf anlegten, den Einheimischen unsere Religion, Erziehung, Moralvorstellungen und so weiter aufzunötigen. Als Fontaines Frau starb, verstärkte sich das Problem nur noch. Im Lauf der Jahre hat er sich eine außerordentlich wohlgesinnte, um nicht zu sagen mitfühlende Haltung zu Eigen gemacht, was Nana Sahibs Ansprüche betrifft. Im letzten Jahr ging er so weit, Briefe an die Londoner *Times* zu schreiben, in denen er unsere ›Machenschaften, um fragwürdige und ungesetzliche Maßnahmen gegen die wehrlosen und gutgläubigen Bürger Indiens durchzusetzen, indem wir sie ihrer Menschenrechte und ihres rechtmäßigen Eigentums berauben‹, verdammte. Kurz, Batson, nicht nur, dass der Mann eine Gefahr und ein Ärgernis darstellt, indem er auf diese Art die Unruhe schürt, bringt er noch dazu die Krone in Verlegenheit.«

»Wer ist das Kind?«, fragte Jason, während er seine Fingerspitzen an das Fensterglas legte und seinen kondensierten Atem wegwischte.

»Batson, wir brauchen Ihre Fähigkeiten. Wir müssen Fontaine so diskret beseitigen, dass kein wie immer gearteter Verdacht entstehen könnte, unsere Regierung hätte in irgendeiner Weise etwas mit seinem Tod zu tun. Schließlich fand er durch die Ehe mit Lord Sheffields ältester Tochter Zugang zu den höchsten Kreisen. Es darf doch nicht ruchbar werden, dass wir Mitglieder unserer Aristokratie ins Jenseits befördern, nicht wahr? Und wenn Sie schon dabei sind – jede Form von Hilfe, die Sie und Ihre Männer beitragen könnten, um das Problem Nana Sahib im Keim zu ersticken, würde mehr als großzügig belohnt werden.«

»Selbst wenn ich mich nicht aus meinem Beruf zurückgezogen hätte, würde ich nicht für Männer arbeiten, die den Mord an Frauen und Kindern rechtfertigen«, erwiderte er. Die Nanny zog gerade die Kapuze des Capes über den Kopf des kleinen Mädchens.

»Das Problem ist, dass Fontaine zu Sahib in dessen Residenz in Bithur gezogen ist. Unsere Versuche, ihn aus Bithur herauszulocken, um … die Situation zu diskutieren, haben sich als fruchtlos erwiesen. Womit wir bei unserem Plan wären. Fontaine hat eine Tochter. Destiny Fontaine Chesterfield. Ich glaube, Sie kannten Ihren Ehemann? Beging vor kurzem Selbstmord. Hässliche Sache. Kaum drei Monate verheiratet, als sie ihn an einem Dachgiebel oder was auch immer hängen fand.«

Die Worte rissen Jason erneut von der Szene los, die sich ihm bot. Das Kind verblasste vor seinen Augen, als eine Erinnerung in ihm wach wurde, das Bild eines dunkelhaarigen zwölfjährigen Mädchens, das mit Tränen in den Augen allein an Deck eines Schiffs stand und auf die Küste Indiens starrte, wo es früher herumgetollt war. Jason, damals ein zweiundzwanzig Jahre alter Soldat, der noch nicht einmal seine erste Schlacht gekämpft hatte, war sehr beeindruckt von Destiny Fontaines Entschluss gewesen, ihrem Vater zuliebe tapfer zu sein, der an Land geblieben war und ihr jetzt Lebewohl winkte – möglicherweise für immer. Immer wieder im Lauf der nächsten zehn Jahre hatte Compton ihn mit Berichten über die Erlebnisse seiner Tochter in England beehrt und dabei stets erwähnt, dass sie zu einer willensstarken Frau heranwuchs, ganz wie ihre Mutter es gewesen war, und nicht zu vergessen, bildschön – der Typ, der einem Mann wie Jason gefallen würde –, falls Jason sich je entschließen sollte, sich häuslich niederzulassen und eine Familie zu gründen – was er ganz sicher tun würde, wenn er Destiny von Angesicht zu Angesicht gegenüber stand.

Aber Fontaine hatte den wahren Jason Batson nicht gekannt, nur den vielversprechenden jungen Soldaten, der darauf gebrannt hatte, seiner Königin zu dienen und sie zu beschützen, dann den Teepflanzer, dessen ganzer Ehrgeiz darauf zielte, das größte Tee-Imperium der Welt zu gründen. Hätte Fontaine gewusst, dass Jason, wenn er sich nicht gerade mit Tee beschäftigte, Potentaten im Schlaf ermordete, wäre er vermutlich der Letzte gewesen, den Compton sich als Ehemann für seine Tochter gewünscht hätte, mutmaßte Jason.

Dennoch hatte Jason Fontaine immer wieder versprochen, Destiny zu schreiben und sie bei einem seiner Englandaufenthalte zu besuchen. Aber er hatte es nie getan – hatte sich nie die Zeit genommen, verdammt. Jetzt stand Dunleavy vor ihm, Schweißperlen auf seinem Kahlkopf, und teilte Jason mit, dass Destiny geheiratet hatte und mittlerweile verwitwet und noch dazu, wie es schien, in keiner sehr erfreulichen Lage war.

Eine absurde Rührung stieg in ihm auf. Er schüttelte das beunruhigende Gefühl ab und wandte sich wieder dem kleinen Mädchen zu.

»Wer ist das Kind?«, wiederholte er, diesmal mit kälterer Stimme, da er die Antwort bereits kannte und einen Zorn in sich spürte, der es ihm fast unmöglich machte, Atem zu holen.

»Lady Chesterfield muss mit äußerster Behutsamkeit behandelt werden. Sie ist scharfsinnig und kompromisslos in ihrer Loyalität, und sie ist extrem loyal ihrem Vater gegenüber – ist der festen Überzeugung, er könne nichts falsch machen. Wenn sie auch nur den leisesten Verdacht schöpft, dass wir sie benutzen, um an ihren Vater heranzukommen und ihm in irgendeiner Weise zu schaden, wird sie Ärger machen. Habe ich schon erwähnt, dass sie sehr attraktiv ist?«

»Das ist meine Tochter, nicht wahr?« Jason wandte sich vom Fenster ab. Heiße Wut stieg in ihm auf wie eine Flutwelle. Jetzt begriff er, warum Dunleavy die Fesseln um Handgelenke und Knöchel befohlen hatte. Und warum jetzt drei bewaffnete Wärter hier in diesem Zimmer standen, zwischen ihm und Dunleavy.

Dunleavy schluckte. »Ich muss Ihnen zu meinem Bedauern mitteilen, Batson, dass die Mutter des Kindes tot ist. Sie ist vor über einem Jahr gestorben. Wir haben es Ihnen aus einleuchtenden Gründen verschwiegen. Für uns war es unbedingt erforderlich, die Situation zu im Griff zu haben. Wenn Sie von Michelles Ableben erfahren hätten, hätten Sie natürlich Himmel und Hölle in Bewegung gesetzt, um zu Ihrem Kind zu kommen. Ich weiß, was Sie jetzt denken. Sie glauben, wir hätten etwas mit Michelles Tod zu tun. Ganz und gar nicht. Es war eine Krankheit, nichts weiter. Sie sollten uns für unser Eingreifen dankbar sein. Da Sie und Michelle nie verheiratet waren, war das Kind der Gnade der Gerichtsbarkeit ausgeliefert. Gott allein weiß, was aus ihr geworden wäre – ein uneheliches Kind ohne Zuhause und all das. Also haben wir sie aufgenommen und für Unterkunft und Betreuung gesorgt, in der Annahme, es könnte die Zeit kommen, wenn Sie das Verlangen verspüren, wieder mit ihr zusammen zu sein.

»Kommen Sie, Batson, machen Sie nicht so ein mordlustiges Gesicht. Schauen Sie sie doch an, um Himmels willen. Ist sie nicht gesund und munter? Sie und Ihre Tochter können wieder vereint sein, wenn Sie kooperieren. Helfen Sie uns bei dieser kleinen Sache mit Fontaine, und Sie und das Kind können die nächsten Jahre Ihres Lebens glücklich und vergnügt auf Ceylonia verbringen. Und Sie können Cobra ein für alle Mal vergessen – mit meinem Segen.«

»Und wenn ich nicht kooperiere?«

Dunleavy zuckte die Achseln. »Wie soll ich es taktvoll formulieren? Wenn Sie und Ihre Männer für uns nicht länger von Nutzen sind, kommen Sie vor ein Erschießungskommando, und das Kind wird vor den Stufen des nächsten Waisenhauses abgesetzt. Und falls das nicht ausreicht, um Sie zu überzeugen, genügt vielleicht die Vorstellung, gewisse Mächte könnten erfahren, dass ursprünglich Ihr Vater Cobra war, um Ihnen zu der Einsicht zu verhelfen, dass es klug wäre, uns zu unterstützen. Cobra hat sich überall auf der Welt sehr einflussreiche und tödliche Feinde gemacht. Ich gehe jede Wette ein, dass Ihr Vater innerhalb von vierzehn Tagen tot wäre. Ein Jammer, wenn Sie mich fragen. Wie ich höre, genießt er seinen Ruhestand.«

Jason starrte in Dunleavys runde Augen und erwiderte: »Mein Vater ist ein skrupelloser, kaltblütiger Hurensohn, dessen größte Leistung, zumindest in seinen Augen, es war, seinen Söhnen beizubringen, genauso skrupellos zu sein. Und wenn wir schon beim Thema sind, was ist mit meinem Bruder Trevor? Warum wurde er nicht für diesen Auftrag in Betracht gezogen?«

»Weil dieser spezielle Auftrag eine gewisse Finesse erfordert. Trevor ist … gefährlich. Wir setzen seine Fähigkeiten nur in Situationen ein, die eine vollständige und schnelle Vernichtung des Gegners nötig machen.«

»Wie der Vater, so der Sohn.«

»Mit einem Unterschied. Trevor hat kein Gewissen.«

»Und mein Vater hat eines?«

Harold lächelte dünn. »Touché. Sie haben natürlich Recht. Ihr Vater und Trevor wären nie in die Lage gekommen, in der Sie sich jetzt befinden. Aber hier sind Sie nun mal, mit Ketten an den Handgelenken und starren durch eine kalte Fensterscheibe auf eine Tochter, die Sie kaum kennen.«

Jasons Augen wurden schmal. »Das wird Ihnen noch Leid tun, Harold«, sagte er.

2

Zwei Wochen später

»Wird unsere Schande denn nie ein Ende nehmen? Unser Sohn, *ihr* Ehemann, kaum drei Monate tot, und sie jagt auf ihrem Pferd querfeldein und verbringt ihre Zeit mit dieser entsetzlichen kleinen japanischen Gärtnerin. Das Mädchen könnte zumindest einen Anschein von Trauer vortäuschen, wenn schon nicht dem Andenken ihres Mannes, dann uns zuliebe. Immerhin haben wir uns bereit erklärt, ihr ein jährliches Einkommen auszusetzen, und wenn sie nicht Acht gibt, streichen wir es wieder, einfach so!« Lady Clara Chesterfield schnippte mit ihren beringten Fingern und stellte sich hinter den Sessel ihres Gatten.

Lord Chesterfield tätschelte begütigend ihre Hand und warf seinen Gastgebern einen hilflosen Blick zu. »Bitte verzeihen Sie meiner Frau. Sie neigt zum Dramatisieren, fürchte ich. Wir haben nicht die Absicht, die finanzielle Unterstützung Ihrer Nichte einzustellen … es sei denn, versteht sich, sie hält es für nötig, die … Umstände ihrer Ehe mit irgendjemandem außerhalb dieser vier Wände zu erörtern.«

»Das ist Erpressung!« Lady Clara hieb mit der Faust auf den Sessel.

Lady Diana Sheffield Shaftesbury sprang auf. »*Erpressung*, sagen Sie? Wie können Sie es wagen, derartige Vorwürfe zu erheben! Sie haben diese Verbindung bewusst gefördert, und zwar aus einem einzigen Grund: Um etwaige Mutmaßungen über Ihren Sohns zu entkräften. Destinys Glück und ihre Zukunft waren Ihnen egal. Die Tatsache, dass sie jetzt unter ihresgleichen als Paria angesehen wird, berührt Sie nicht im Geringsten. Ich habe gute Lust, durch diese Tür zu gehen und unseren Gästen mitzuteilen, was für Menschen Sie beide sind. Und nicht nur das, sondern auch, was für eine Art … *Mann* Ihr Sohn war. Erpressung, sagen Sie? Die schäbige Summe, die Sie ihr jährlich zukommen lassen, reicht kaum aus, einen Bauern am Leben zu halten, geschweige denn eine junge Frau ihrer Herkunft. Das Ableben Ihres Sohns hat ihre Zukunft für immer ruiniert. Sagen Sie mir, welcher Mann wird sie noch anschauen, jetzt, nachdem alle überzeugt sind, dass Destiny ihren Mann in den Selbstmord getrieben hat?«

»Bitte, Diana, nicht so laut.« Lord James Shaftesbury zupfte die Manschetten seines Hemds zurecht und strich die Aufschläge seiner Jacke glatt. »Die Angelegenheit ist wohl kaum so wichtig, um einen derartigen Wutanfall zu rechtfertigen …«

»Wutanfall?« Diana starrte ihren Mann an. »Oh ja, du nennst es natürlich einen Wutanfall, wenn ich für meine Nichte eintrete. Du trägst genauso viel Schuld an diesem grauenhaften Fiasko. Du warst die ganze Zeit im Bilde. Du hast sie den Löwen zum Fraß vorgeworfen, nur, um sie los zu werden.«

James verdrehte die Augen und schüttelte den Kopf, während er ihren Vorwurf mit einem Wedeln der Hand abwehrte.

Lady Shaftesburys Augen wurden schmal. »Ich frage mich, Mylord, wie viel Sie aus dieser katastrophalen Ehe für sich selbst herausgeschlagen haben.«

»Und wenn es so wäre, Diana? Ich denke, es ist das Mindeste, was ich verdient habe, wenn man bedenkt, dass ich gezwungen war, in den vergangenen zehn Jahren die Anwesenheit des Mädchens zu ertragen.«

Diana funkelte die hämisch lächelnden Chesterfields an und holte tief Luft, um ruhiger zu werden. »Destiny Fontaine *Chesterfield* ist menschlich tausendmal mehr wert als einer von Ihnen beiden. Seit dem Tod Ihres Sohns ist sie Gegenstand abscheulicher Skandalgeschichten – die alle andeuten, dass sie es auf irgendeine Art geschafft hat, ihren frischgebackenen Ehemann dazu zu bringen, Selbstmord zu begehen. Ihre gesamte Zukunft ist zerstört, und ihr Ruf ist ruiniert, aber statt sich zu verteidigen, schützt sie weiterhin sein Andenken und seinen Ruf – soweit vorhanden, heißt das.«

»Also wirklich!«, erklärte Lady Clara. »Jetzt ist mir allerdings klar, woher Destiny ihre Neigung zu vulgären Auftritten hat.«

»Vorsicht, Clara. Ich könnte in Versuchung kommen, Ihnen zu zeigen, auf welche Stufe der Vulgarität ich sinken kann.« Diana zog eine Augenbraue hoch und durchbohrte Lady Clara mit einem derart giftigen Blick, dass die rundliche Frau einen leichten Schwindelanfall vortäuschte. Lord Chesterfield sprang auf und fächelte seiner Frau hastig mit einem Taschentuch Luft zu.

James stand auf und deutete den Chesterfields mit einem leichten Nicken sein Bedauern an. »Wenn Sie uns entschuldigen wollen.«

Er nahm seine Frau am Arm und führte sie aus dem Zimmer in den angrenzenden Salon. Dort schloss er so ruhig wie möglich die Tür, bevor er sich mit einem wütenden Blick zu Diana umwandte. »Wie kannst du es wagen, dich so vor den Chesterfields zu gebärden?«

»Ich lehne es ab, stillschweigend mit anzusehen, wie du

meine Nichte schlecht machst und sie den Launen von Menschen wie den Chesterfields auslieferst. Sie haben sie in schamlosester Weise benutzt ...«

»Niemand hat sie gewaltsam gezwungen, der Heirat zuzustimmen, Diana.«

»Sie wusste, dass du sie aus dem Haus haben wolltest – aus unserem Leben.«

»Seit dem Tag, an dem sie vor meiner Schwelle stand, mit wenig mehr als einer *Chuddah* bekleidet, war sie eine Quelle ständigen Ärgers.«

»Aber nur deshalb, weil du ihren Willen nicht brechen konntest und sie deinen hoch gesteckten Erwartungen nicht entsprochen hat.«

»Um Himmels willen, ihre Eltern haben zugelassen, dass sie wie ein wahrer Wildfang aufwächst – rittlings auf dem Pferd sitzen, sich kleiden wie der Balg eines Bauern, auf Du und Du mit einer Schar schwarzer Ungläubiger, die daran glauben, dass sie nach dem Tod als Kuh auf die Erde zurückkehren! Und Gott steh mir bei, Diana, du findest das alles noch hinreißend. Ich bin sicher, dass du ihr skandalöses Benehmen hinter meinem Rücken unterstützt hast.«

Diana straffte die Schultern und reckte das Kinn. »Sie hat seit Jahren keine *Chuddah* mehr getragen.«

»Das Mädchen betet bei Kerzenlicht Buddha an.«

»Ich habe beim Grab meiner Schwester gelobt, für Destiny zu sorgen, als wäre sie mein eigenes Kind. Ich habe ihrem Vater geschworen, dass sie in der freundlichsten, liebevollsten und warmherzigsten Atmosphäre aufwachsen würde, die unsere Stellung einem vielversprechenden jungen Mädchen wie ihr nur bieten kann. Nicht nur, dass ich Destiny im Stich gelassen habe, indem ich die Augen vor der Travestie einer Ehe schloss, in die sie gedrängt wurde, ich habe auch mich selbst enttäuscht.«

»Inwiefern?«, wollte James mit einem kurzen Auflachen wissen.

»Indem ich resigniert habe, Mylord. Indem ich an einer bestimmten Lebensweise festhielt; indem ich meine eigenen Träume für die Stellung und die Achtung, die mir dein verdammtes Geld erkaufen konnten, aufgab.«

»Aha! Dann hättest du wohl das Schicksal deiner Schwester vorgezogen – gestrandet in diesem unerträglichen Indien, verheiratet …«

»Mit einem Mann, der seine Frau vergötterte, der versuchte, ihr jeden Wunsch von den Lippen abzulesen, der Himmel und Erde in Bewegung gesetzt hätte, um seine Familie zu schützen, auch mit dem Risiko, sein eigenes Leben und seinen guten Ruf aufs Spiel zu setzen. Wie sehr habe ich meine Schwester doch beneidet! Und tue es immer noch. Ich würde freudig das so genannte Ansehen deines Namens gegen die Freiheit eintauschen, mein Herz und auch mein Leben einem Mann anzuvertrauen, der mich aus Liebe heiratet, nicht aus dem zwanghaften Drang, jedes Jahr einen neuen Stammhalter zu präsentieren.«

»Und was hatte ich davon?«, warf James höhnisch ein. »Zehn Jahre Ehe und nicht ein Kind! Du kannst von Glück sagen, dass ich dich nicht längst abgeschoben und mir ein jüngeres, gesünderes und vor allem hübscheres Mädchen gesucht habe. Eine, die dazu imstande ist, ›jedes Jahr einen neuen Stammhalter zu präsentieren‹.«

»Oh, du widerlicher …«

»Ich bitte um Verzeihung«, ertönte eine Stimme von der Tür.

Lady Shaftesbury presste die Lippen zusammen, als der Butler mit einer leicht entschuldigenden Verneigung in das Zimmer trat.

»Ich bedaure außerordentlich, stören zu müssen.« Er

räusperte sich und schnüffelte. »Es ist jemand aus London eingetroffen. Er sagt, es wäre äußerst dringlich für ihn, so bald wie möglich mit Ihrer Nichte zu sprechen. Ein Mr Dunleavy, glaube ich, mit Neuigkeiten über ihren Vater.«

Die alten Gartenmauern, unter deren verfallenen Mauerkronen aus Ziegeln dichtes Moos wuchs, beflügelten Destiny Fontaine Chesterfields Fantasie und trugen sie wie ein Zauberteppich in eine andere Zeit und an einen anderen Ort. Dieser Fleck Erde, dieser Garten Eden, war Destinys Zuflucht, seit sie nach England gekommen war. Bei ihrer Ankunft in Sheffield House war sie wütend und verschlossen gewesen, da sie geglaubt hatte, ihr Vater, der Honourable Compton Fontaine, hätte einen Verrat an ihr begangen, als er sie aus Indien fortschickte, obwohl sie gebettelt und gefleht hatte, bei ihm bleiben und für ihn sorgen zu dürfen. Normalerweise wurden Kinder gleich nach ihrem siebten Geburtstag nach England zurückgeschickt, um ihre strenge Erziehung zu erhalten. Dank der Beharrlichkeit ihrer Mutter jedoch war Destiny in Indien geblieben, wo sie von ihren Eltern unterrichtet wurde und eine Lebensweise beibehielt, die ihr Herz und ihre Seele für immer prägte. Schließlich war Indien die einzige Heimat, die sie je gekannt hatte, bis zum Tod ihrer Mutter kurz nach Destinys elftem Geburtstag.

Kurz nach ihrem Eintreffen in Sheffield House hatte Destiny diesen Garten entdeckt, den gewundene Pfade und hohe Hecken von dem großartigen Herrenhaus trennten, und sie hatte die alte japanische Gärtnerin kennen gelernt, Saito Kumataro, die auch nach zweiundzwanzig Jahren immer noch jeden Grashalm, jede Blütenknospe und Buddhastatue genauso gewissenhaft pflegte wie

Destinys Mutter es getan hatte, als sie hier als junges Mädchen ihre Spaziergänge machte. Hier gab es keinen Laut außer den Stimmen der Vögel oder dem vereinzelten Platschen eines tauchenden Froschs. Der Zauber von friedlicher Idylle und Heiterkeit lag in der Luft, das leise Schwingen von etwas nicht Sichtbarem, aber sehr Schönem. Selbst in der fahlen Frühlingssonne, die über die fremdartigen Konturen der grauen Steine und Statuen strich, war für Destiny die Wärme der Anwesenheit ihrer Mutter spürbar.

An diesen Ort kam sie, wenn sie der Wirklichkeit entfliehen wollte, genau wie ihre Mutter es so oft in schweren Zeiten getan hatte.

Ihre schwarze Araberstute graste in der Nähe auf einem Rasenfleck. Destiny seufzte vor Freude, als Sasaki Takatsuna, ihr Pferd, die großen dunklen Augen auf sie richtete und wieherte.

»Saito, ich habe letzte Nacht von einem Pferd geträumt. Und in der Nacht davor habe ich geträumt, in den dunklen Himmel zu fliegen und Sterne zu verschlingen.«

»Aber das ist sehr gut, Hotaru. Der Traum von dem Pferd bedeutet, dass dich ein großes Glück erwartet.«

»Bedeutet es nicht auch, dass ich eine lange Reise machen werde?«

Die alte Frau nickte. »Es ist Zeit für dich, eine Reise anzutreten, glaube ich. Deine Flügel sind kräftig. Hier zu bleiben würde eine große Last auf dein Herz legen. Aber was du von den Sternen geträumt hast, fasziniert mich. Ein solcher Traum bedeutet, dass du bald Mutter eines schönen Kindes wirst.«

»Unsinn. Wir wissen beide, dass in diesem Land nicht ein Mann von Stand um einen Tanz mit mir bitten würde, und schon gar nicht um meine Hand. Hast du gehört, wie mich die Snobs jetzt nennen? ›Die Schwarze Witwe‹. Ich bin eine so erbärmliche Ehefrau – von meinem anrüchigen Charakter ganz zu schweigen –, dass nur ein Mann mit ausgeprägter Todessehnsucht mit dem Gedanken spielen würde, mich zur Frau zu nehmen. Ich bin erledigt, glaub mir. Ich bin dazu verdammt, den Rest meiner Tage die Zielscheibe für bösartigen Klatsch zu sein. Ich werde nie wieder heiraten – oder gar Kinder bekommen. Nicht, dass ich an einer Heirat interessiert wäre, wohlgemerkt. Ich bin in meiner Hochzeitsnacht zu der Einsicht gekommen, dass die Ehe meiner Eltern wie etwas aus einem Märchen gewesen sein muss. Zu schön, um wahr zu sein.«

»Du solltest es nicht persönlich nehmen, Hotaru. Sie reden, weil sie es nicht besser verstehen.«

»Sie reden, weil sie arrogant und gehässig sind und vor allem dumm. Sie verurteilen mich für etwas, von dem sie nicht das Geringste wissen. Ach Gott.« Sie seufzte. »Vermutlich bin ich nicht gerade der Inbegriff der vollkommenen Dame. Ich bin starrköpfig. Gelegentlich unberechenbar. Ich reite im Herrensitz, und obwohl ich in den letzten Jahren versucht habe, mich den gesellschaftlichen Normen anzupassen, bin ich immer noch am glücklichsten, wenn ich mit den Zehen im Sand buddeln und mein Gesicht der Sonne zuwenden kann. Ich trage mein Haar am liebsten offen. Und Unterröcke sind mir lästig. Und was Schuhe angeht … Saito, ich bin den Großteil meiner Zeit in Indien mit den Eingeborenen barfuß herumgelaufen.«

Saito lachte leise und nickte. »Du bist wie das Fohlen, das frei laufen durfte und jetzt traurig aus seiner Box auf die grünen Hügel starrt, das Herz voller Sehnsucht nach Freiheit.«

Destiny seufzte. »Ich habe Indien und meinen Vater so sehr vermisst. Er hat einmal zu mir gesagt, ich wäre etwas ganz Besonderes und selbst Buddha müsste sich in mich verlieben. Und doch bin ich jetzt Witwe, und es gibt keinen einzigen Mann meines Standes, der in mir etwas anderes als eine Katastrophe sieht. Bin ich denn kein bisschen attraktiv? Ist das Braun meiner Haare nicht dunkel genug? Sind meine Augen nicht grün genug? Meine Zähne nicht ebenmäßig genug? Ist mein Körper zu gestählt von meinen Ausritten auf Sasaki? Ist meine Haut zu gebräunt von der Sonne? Sind meine Brüste nicht üppig genug? Meine Hüften nicht breit genug, um ein Kind austragen zu können?«

Destiny schaute ihre alte Freundin an. Saito, knapp einen Meter vierzig groß, mit O-Beinen, rundem, gelblichem Gesicht und schweren Lidern, wuselte zwischen den kleinen Erhöhungen aus Pflanzen und Steinen herum. Ihr Haar, zu einem Zopf geflochten, der bis zu ihren Knien reichte, fiel über ihre gebeugten Schultern.

»Vergiss es«, sagte Destiny und ging zu der niedrigen Mauer, die mit dichtem grünem Moos bewachsen war. Sie betrachtete die Schar elegant gekleideter Herren und Damen, die durch die Parkanlagen schlenderten. »Sieh sie dir an, Saito. Was soll diese Soireé bringen außer dem Vermischen von blauem Blut und der Bestätigung, dass der Adel weiterhin aus Konvention, nicht aus Liebe heiraten wird? Ich verstehe es einfach nicht. Ich war bereit, mich auf dieses Niveau zu begeben; ich habe nach ihren Regeln gespielt und einen Mann mit einem hohen Titel geheiratet, ebenso meiner Tante wie mir selbst zuliebe. Mir war durchaus bewusst, dass Onkel James mich loswerden wollte. Und wie mein Vater war ich der Meinung, dass Chesterfield ein sehr angenehmer Mensch wäre – zumindest bis zu unserer Hochzeitsnacht. Und ich fand ihn … äußerlich anziehend, obwohl er nicht der Typ war, der normalerweise meinem Geschmack entspricht. Ein bisschen rundlich um die Mitte, weißt du, und seine Haut war eine Spur zu rosig. Und ich habe mir nie viel aus hellhaarigen Männern gemacht, aber meine Chancen, auf einen Adligen zu stoßen, der nicht so aussah, als hätte er sein Leben in einem Schneckenhaus verbracht, waren eher gering, glaubst du nicht?

Was ich meine, ist … auch wenn es nicht unbedingt Liebe war, was wir füreinander empfanden, hätte die Verbindung befriedigend sein können. Mit der Zeit hätten wir vielleicht wärmere Gefühle füreinander entwickelt, und ich hätte zumindest ein Kind haben können, um ihm meine Liebe zu schenken, ein Kind, das mich geliebt hätte, auch wenn ihr oder sein Vater mich nicht liebte. Ich glaube, ich wäre eine ganz gute Mutter geworden, Saito. Was meinst du?«

»Eine wundervolle Mutter, Hotaru«, erwiderte die alte Frau, während sie sich bückte, um ein verirrtes Unkraut auszurupfen. »Aber du solltest die Hoffnung nicht aufgeben.«

»Das hat Tante Diana von ihrem Arzt auch immer wieder gehört. Ich habe gesehen, was es sie kostet, kinderlos zu sein. Stell dir nur vor, jeden Morgen nichts anderes, worauf du dich freuen kannst, als den Anblick von Onkel James. Wenn sie in den letzten Jahren nicht mich gehabt hätte, um sich abzulenken, wäre sie schrecklich unglücklich gewesen, fürchte ich. Manchmal war ich stark versucht, nach Indien zu gehen und sie mitzunehmen. Dort gibt es Tausende Männer, die bereitwillig vor ihr auf die Knie fallen und sie für den Rest ihrer Tage auf Händen tragen würden, Kind hin oder her. Dann wiederum … Nun ja, Tante Diana könnte über die Tatsache, dass die Inder ein sehr offenes Verhältnis zu körperlichen Beziehungen haben, schockiert sein. Überall, auch an Decken und Wänden öffentlicher Gebäude, sieht man bunte und sehr detaillierte Abbildungen, Männer und Frauen in eindeutigen Positionen, ihre intimsten Körperteile dem Auge des Betrachters in einer erfreulich stolzen Art dargeboten.« Sie lächelte und senkte die Stimme. »Zu meiner Schande muss ich gestehen, dass ich das alles sehr … schön fand, unter anderem. Dank meiner Mutter, die sich von diesen Kunstwerken ganz und gar nicht abgestoßen fühlte, lernte ich, dass solche Beziehungen zwischen Mann und Frau etwas sehr Kostbares sind, das man genießen sollte, und ich erhielt einen tieferen Einblick in die Leidenschaft meiner Eltern füreinander. Im Gegensatz zu den meisten Mädchen meiner Herkunft freute ich mich auf die Hochzeitsnacht. Ich sah es nicht als unangenehme Pflicht, mit meinem Ehemann zu schlafen. Ganz im Gegenteil … Ist dir dieses Gespräch peinlich, Saito? Denn wenn es so ist …«

»Keineswegs, Hotaru.«

»Es ist nur so, dass du die beste Freundin bist, die ich habe. Meine einzige Freundin im Grunde genommen, vor allem jetzt. Jedes Mal wenn ich versuche, mit meiner Tante über die Situation zu sprechen, stürzt sie mit Tränen in den Augen aus dem Zimmer.«

»Ich höre zu, Hotaru.«

»Ich vermute, mein Enthusiasmus schockierte Chesterfield«, fuhr sie stirnrunzelnd fort. »Ich hätte einen gewissen Grad an Schüchternheit vortäuschen sollen. Ich fürchte, die Tatsache, dass ich ihn in unserem Ehebett erwartete, ohne so etwas wie Angst oder Widerwillen zu zeigen, vermittelte ihm wohl eine falsche Vorstellung von meinem Charakter. Andererseits …«

Sie folgte Saito Kumataro den Pfad aus blauen Kieseln hinunter zum Seerosenteich, den große, flache Steine und Schilfrohre säumten, und sah zu, wie Saito innehielt, um einem Frosch, der im schwindenden Licht der Frühlingssonne auf einem Felsen saß, über den Rücken zu streichen.

»Andererseits, Saito, wenn das alte Sprichwort zutrifft, dass etwas, wenn es wie eine Ente watschelt und wie eine Ente quakt, auch eine Ente ist, dann war der Schwall von Schimpfwörtern und Vorwürfen, den er mir an den Kopf warf, vielleicht begründet, obwohl ich wirklich nicht weiß, wie man als Schlampe bezeichnet werden kann, wenn man nie länger mit einem Mann zusammen sein durfte, als erforderlich ist, um über das Wetter zu reden.« Sie zog eine Augenbraue hoch und fügte hinzu: »Es sei denn, man darf wegen seiner Gedanken als Schlampe bezeichnet werden, die, wie ich gestehen muss, dazu neigen, um Fantasiebilder zu kreisen, die eher körperlicher als geistiger Natur sind.

Kurz, ich habe Lord Chesterfield dermaßen aus der Fassung gebracht, dass er am Fußende des Betts stand, mit Schweißperlen auf seinem rosigen Gesicht und von Kopf bis Fuß zitternd, als hätte er Schüttelfrost, und mir schäumend vor Wut die Gründe nannte, warum er mit einer so unverfrorenen und schamlosen Person seinen ehelichen Pflichten nicht nachkommen wolle und *könne*. Was hätten sich seine Eltern nur gedacht, als sie von ihm verlangten, diese Ehe einzugehen? Er könne dies einfach nicht. Dann floh er aus dem Zimmer.«

Destiny wandte den Blick ab. »Nach einem Monat gab ich den Versuch auf, ihm gut zuzureden. Meine Bemühungen, ihn zu trösten und zu besänftigen, machten alles nur schlimmer. Nachts ging er ruhelos auf und ab; er verkroch sich in seiner Bibliothek und weinte hemmungslos. Wenn ich den Raum betrat, starrte er mich an, als wäre ich eine … eine *Kamakiri*. Ja! Eine *Kamakiri*, Saito! Eine riesige Gottesanbeterin, die kleine Kinder verspeist. Ich flehte ihn an, mir meine anfängliche freudige Erwartung zu verzeihen. Ich würde geduldig warten, bis er bereit wäre, mich in seinem Bett zu empfangen … aber das brachte ihn wieder völlig aus der Fassung, und er fing an zu toben und sein Schicksal zu verfluchen: Warum, oh, warum nur er der einzige männliche Nachkomme wäre? … Wenn er dazu verdammt sei, sein ganzes Leben als qualvolle Lüge zu leben, würde er lieber sterben. Und es war ihm offensichtlich ernst. Was war … ist so abstoßend an mir, Saito, dass er sich lieber das Leben nahm, als mich im vollen Sinne der Bedeutung zu seiner Frau zu machen?«

Saito war lange Zeit sehr still. Schließlich sagte sie: »Ich werde dir vom Leben meines Bruders erzählen, Hotaru. Es ist eine Geschichte, die ich noch keinem Menschen anvertraut habe. Früher einmal, vor langer Zeit, war er verheiratet. All die Jahre, die er mit seiner Frau unter einem Dach lebte, fiel nicht ein einziges böses Wort. Und als sie starb, wollte er nie wieder heiraten. Aber als zwei Jahre vergangen waren, wünschten sich mein Vater und meine Mutter wieder eine Schwiegertochter im Hause. Sie teilten meinem Bruder ihren Wunsch mit und erzählten ihm von einem Mädchen, das schön und aus guter Familie, wenn auch arm sei. Die Familie war mit uns verwandt, und das Mädchen war ihre einzige Stütze; sie webte Kleidungsstücke aus Seide und Baumwolle und wurde dafür sehr schlecht bezahlt. Und weil sie respektvoll und hübsch war und unsere Verwandten nicht viel Geld hatten, wollten meine Eltern, dass mein Bruder sie heiratete und ihre Familie unterstützte; denn zu jener Zeit hatten wir ein kleines Einkommen durch den Anbau von Reis. Da er es gewöhnt war, unseren Eltern zu gehorchen, fügte er sich ihrem Wunsch. Also holte man den *Nakado*, und die Vorbereitungen für die Hochzeit wurden getroffen.

Zweimal durfte mein Bruder seine Braut in ihrem Elternhaus sehen. Er fand, dass er sich glücklich schätzen durfte, als er sie zum ersten Mal anschaute, denn sie war sehr jung und sehr hübsch. Aber beim zweiten Mal fiel ihm auf, dass sie geweint hatte und dass sie seinem Blick auswich. Bei der Vorstellung, dass sie ihn ablehnte und zu dieser Ehe gezwungen wurde, sank ihm der Mut. Dann beschloss mein Bruder, die Götter zu befragen, und er drang darauf, dass die Trauung verschoben wurde. Er ging in den Tempel von Yhanagi-No-Inari-Sama in der Zamikochu Straße.

Und als das Zittern über den Priester kam, der mit der Seele dieses Mädchens sprach, sagte dieser zu meinem Bruder: ›Mein Herz verabscheut dich, und dein Anblick macht mich krank, weil ich einen anderen liebe und weil mir diese Ehe aufgezwungen wird. Doch obwohl mein Herz dich hasst, muss ich dich heiraten, weil meine Eltern alt und arm sind und ich sie nicht mehr lange unterstützen kann, weil mich meine Arbeit umbringt. Aber auch wenn ich mir Mühe geben mag, eine gehorsame Ehefrau zu sein, wird in dein Heim nie Glück einkehren, denn mein Herz ist voller Hass gegen dich, großem und andauerndem Hass, der Klang deiner Stimme bereitet mir Übelkeit, und nur dein Gesicht zu sehen erweckt in mir den Wunsch, tot zu sein.‹

Da er jetzt die Wahrheit kannte, sagte mein Bruder meinen Eltern alles und schrieb einen Brief an das Mädchen, in dem er sie mit freundlichen Worten um Verzeihung für den Schmerz bat, den er ihr unwissentlich zugefügt hatte. Er täuschte eine lange Krankheit vor, damit die Verbindung ohne Gerede gelöst werden konnte, und wir machten ihrer Familie ein Geschenk. Und das Mädchen war glücklich, denn sie konnte später den jungen Mann heiraten, den sie liebte. Unsere Eltern drängten meinen Bruder nie wieder, sich eine Frau zu nehmen, und als sie kurze Zeit später starben, begegneten wir der Mutter deiner Mutter, die uns in dieses Land brachte und uns ein friedliches Leben ermöglichte.«

Destiny legte eine Hand auf Saitos Arm. »Willst du damit sagen, Chesterfield hätte eine andere geliebt?«, sagte sie.

»Es wäre denkbar.«

»Wenn dem so war, wäre sein Kummer nicht auch in Gesellschaft seiner Freunde offensichtlich gewesen? Das war aber nicht der Fall. Wenn Lord Rosebury uns besuchte, was häufig vorkam, war Chesterfield fröhlich und unbeschwert. Sie tranken zusammen und ritten miteinander aus und gingen auf die Jagd und … waren unzertrennlich. Aber sobald ich den Raum betrat, schwenkte seine Stimmung von Übermut zu tiefster Verzweiflung um. Einmal warf er mit einer Karaffe feinstem Sherry nach mir und verfehlte meinen Kopf nur um wenige Zentimeter.

Ich wünschte, meine Mutter wäre noch am Leben«, sagte Destiny und berührte ihr Spiegelbild im Wasser. »Sie war so klug und warmherzig und verständnisvoll. Es gab kein Problem, das sie nicht in Angriff genommen und gelöst hätte, soweit es in ihrer Macht stand.«

»Du ähnelst deiner Mutter sehr, Hotaru. Dein Geist ist frei und dein Herz ist voller Liebe, wie bei ihr. Es ist kein Wunder, dass sie sich einem Mann wie deinem Vater zuwandte, der ihr die Freiheit ließ, ihr menschliches Wesen zu entfalten, das jeder Hochachtung wert ist. Ein Jammer, dass ihr Vater das nie begriffen hat.«

»Mein Großvater war grausam und herrschsüchtig und … ich bin froh, dass ich ihn nie gekannt habe. Ich hätte ihn überhaupt nicht gemocht, glaube ich. Allein die Vorstellung, dass er sich geweigert hat, meinem Vater zu erlauben, um sie zu werben, nur weil es wegen seiner Sympathien für den Sozialismus diesen Hauch von Skandal gab! Bis zum heutigen Tage bin ich fest davon überzeugt, dass es mein

Großvater war, der dafür sorgte, dass mein Vater nach Indien abgeschoben wurde. Dachte er tatsächlich, meine Mutter würde ihm nicht folgen? Sie wäre ihm bis ans Ende der Welt nachgereist.«

»Ihre Ehe kann kaum als still und friedlich bezeichnet werden. Es gab in ihrer Beziehung viel Feuer und Aufruhr.«

»Leidenschaft, ja. Leidenschaft für Indien. Und Leidenschaft füreinander. Aber am Ende jedes Tages waren sie glücklich und zufrieden und mit Liebe erfüllt. Ich habe nie erlebt, dass sie abends im Streit auseinander gegangen wären. Mein Vater respektierte die Ansichten meiner Mutter und ihr Recht, sie laut auszusprechen. Er bewunderte ihre Einstellung zum indischen Volk. Im Gegensatz zu anderen Engländerinnen lehnte sie es ab, sich von den Indern zu isolieren. Sie hatte das Gefühl, dass man diese Menschen, wenn man schon unter ihnen lebte, respektieren und ihre Kultur begreifen sollte. Schließlich gab es den Buddhismus und den Hinduismus schon lange vor dem Christentum.«

»Das werde ich kaum bestreiten«, erwiderte Saito und kauerte sich neben eine steinerne Buddhastatue.

Destiny ließ sich neben sie auf die Knie fallen. »Saito, ich habe ein Geheimnis, das ich jemandem anvertrauen muss. Versprichst du mir, nicht zu schlecht von mir zu denken, wenn ich es dir sage?«

»Habe ich jemals schlecht von dir gedacht?«, gab Saito zurück und nahm einen großen grünen Stein in die Hand.

»Seit ein paar Tagen treffe ich mich mit jemandem … mit einem Mann. Im Wald der wilden Ponys.« Sie schürzte die Lippen und beobachtete Saitos unbewegte Miene, wohl wissend, dass sich nicht einmal eine Andeutung von Erschrecken zeigen würde – nicht bei Saito. »Er kam zufällig dazu, als die Ponys mir gerade aus der Hand fraßen. Ich fühlte mich, als wäre ich … als wäre ich von einem Moment auf den anderen in einem Märchen gelandet. Oh, Saito, er sieht so gut aus! Ich sehe in sein Gesicht und spüre, wie die Realität verblasst. Wir sitzen stundenlang da und reden über ganz allgemeine Dinge wie das Wetter, Viehzucht, Pferde, Indien. Weißt du, wie lange ich mich danach gesehnt habe, einen Gesprächspartner zu finden, mit dem ich mich über mein Leben in Indien unterhalten kann – jemanden, der nicht angewidert das Gesicht verzieht, wenn ich ihm erzähle, wie ich mit den eingeborenen Kindern gespielt habe, in ihren Häusern gegessen, ihre Kleidung getragen habe, in ihren Tempeln gebetet habe?«

Sie setzte sich auf ihre Fersen, ließ den Blick zum Himmel schweifen, an dem jetzt Wolken aufzogen, und stieß einen Seufzer aus. »Sein Name ist Jason. Ich habe gelogen und gesagt, dass ich Mary heiße. Ich wage es nicht, ihm meinen richtigen Namen zu nennen, Saito. Wenn er meine wahre Identität erführe, würde das Fiasko mit Lord Chesterfield zu einem Nichts schrumpfen im Vergleich mit dem Skandal, wenn bekannt würde, dass ich mich heimlich mit einem Fremden in den Wäldern treffe, sei es auch nur, um einander Gedichte vorzulesen und über Indien zu reden.«

Sie lächelte, als sie an ihre erste Begegnung dachte. Sie hatte von ihrem Buch aufgeblickt und ihn am Rand der Lichtung stehen sehen. Er hatte sie mit einem versonnenem Lächeln auf den Lippen beobachtet, und eine Strähne seines dunklen Haars war ihm ins Gesicht gefallen. »Ich kann es nicht mit Sicherheit sagen, aber ich denke, er könnte ein Bauer sein oder ein Reitknecht – oder vielleicht sogar ein Zigeuner«, fügte sie mit einem verschwörerischen Augenzwinkern hinzu. »Er ist viel zu ungezwungen, um ein

Mann von Stand zu sein. Sein dunkles Haar ist zu lang. Und obwohl seine Stiefel von guter Qualität sind, sind sie zu abgetragen und verschmutzt. Ein Gentleman würde sich in der Öffentlichkeit niemals mit verschrammten Stiefeln sehen lassen, oder? Und seine Augen …« Sie lächelte. »Grau wie ein Himmel voller Regenwolken und genauso stürmisch. Das wird jetzt schrecklich kindisch und dumm klingen, Saito, aber ich glaube, ich bin drauf und dran, mich in ihn zu verlieben. Habe ich dich jetzt doch schockiert? Ist es möglich, sich so schnell in jemanden zu verlieben?«

»Liebe kann niemals unter dem Deckmantel der Heimlichkeit erblühen, Hotaru.«

»Eine dauerhafte Beziehung ist ausgeschlossen, das weiß ich. Ich kann einfach nicht mit einem Landmann oder einem Zigeuner in den Sonnenuntergang reiten – stell dir nur den Skandal vor! Und die arme Tante Diana! Ihr Leben mit Onkel James war schwierig genug, seit ich nach England gekommen bin. Und selbst wenn ich könnte, würde ich ihn nicht in meine Welt holen wollen. Onkel James und seinesgleichen würden sich auf ihn stürzen wie Hyänen auf Aas.«

»Wenn du so wenig von diesem Mann weiß, Hotaru, was findest du dann liebenswert an ihm?«

Destiny dachte einen Augenblick nach, wobei sie registrierte, dass ihr Herz schneller schlug, als sie sich sein Gesicht vorstellte. »Wir haben beide Interesse an Literatur. Er mag es, wenn ich ihm vorlese. Er gibt mir das Gefühl, klug und schön zu sein. Er macht mir häufig Komplimente über mein Haar und meine Augen, und er hört mich gern lachen. Habe ich schon erwähnt, dass er sehr gut aussieht? Nicht nur attraktiv, sondern … richtig verwegen. Wenn er zur guten Gesellschaft gehörte, würde jede Frau darum kämpfen, ihn für sich selbst oder für ihre Tochter zu erringen. Genau genommen ist er einfach zu schön, um wahr zu sein.«

»Und würdest du diese Euphorie auch empfinden, wenn er nicht ein so erfreulicher Anblick wäre, Hotaru? Würden deine Augen feucht werden, wenn er nicht mit charmanten Komplimenten Balsam auf deinen verwundeten Stolz legen würde? Und wenn du ihn bekommen könntest – hättest du nicht Angst vor anderen Frauen, die versuchen könnten, ihn dir wieder zu nehmen? Würde dein Glück nicht bald von Zweifeln überschattet werden?«

Destiny runzelte die Stirn und wandte den Blick von ihrer Freundin ab. Die allwissende Eindringlichkeit in Saitos Augen bewirkte, dass sich die Realität wie ein Stein auf ihre Brust senkte. »Ich weiß es nicht«, sagte sie schließlich.

»Und was ist, wenn sich dieser Mann in dich verliebt und du nicht in der Lage bist, seinen Wunsch zu erfüllen, für immer mit ihm zusammen zu sein. Würde ihm das nicht großen Schmerz zufügen?«

»So habe ich es nie gesehen, Saito. Ich habe nur darüber nachgedacht, welche Auswirkungen die Beziehung auf mich haben könnte.« Sie zuckte die Achseln. »Es ist unmöglich, nicht wahr? Zwei Fremde, die sich ineinander verlieben. Genauso gut könnten wir von verschiedenen Planeten stammen. Aber der Gedanke, nie wieder sein Gesicht zu sehen … ihn nie wieder lachen zu hören, nie wieder zuzuschauen, wie ihm die wilden Ponys aus der Hand fressen … alles Dinge, die die Wirklichkeit erträglicher machen.« Sie deutete auf das in der Ferne liegende Herrenhaus. »Ich will nicht den Rest meines Lebens allein bleiben, Saito. Ich bin zweiundzwanzig Jahre alt, verwitwet und habe trotzdem nicht ein einziges Mal die Freude eines Kusses oder einer Liebkosung erlebt, nicht einmal von meinem Ehemann. Ich möchte nie so verzweifelt sein, dass ich gezwungen sein werde, der Sicherheit zuliebe einen Mann zu heiraten, der alt genug ist um mein Großvater zu sein, so wie es Diana musste. Ich glaube, ich wäre lieber tot als so unglücklich wie meine arme, liebe Tante.«

Destiny straffte die Schultern, reckte das Kinn und legte eine Entschlossenheit in ihre Stimme, die sie in ihrem Inneren nicht fühlte. »Du hast natürlich Recht. Es ist nicht meine Art, anderen wissentlich wehzutun. Meine Eltern haben es mich anders gelehrt. Ich werde es noch heute beenden. Ich werde ihm sagen, dass ich ihn nicht mehr sehen kann – zu seinem eigenen Besten.«

Das Gesicht zum Teil von ihrem breitrandigen Strohhut verborgen, setzte sich Saito mit überkreuzten Beinen neben die Buddhastatue auf die Erde und wartete, bis sich Destiny vor ihr auf den Boden setzte und ihre langen Beine, die in weiten japanischen Baumwollhosen steckten, übereinander schlug. »Ich denke, es ist Zeit für deine Lektion«, sagte Saito zu ihr.

»In dem Izumo-Dorf namens Mochida-no-ura lebte einmal ein Bauer, der so arm war, dass er Angst hatte, Kinder zu bekommen. Und jedes Mal, wenn seine Frau ihm ein Kind gebar, warf er es in den Fluss und behauptete, dass es tot zur Welt gekommen wäre. Manchmal war es ein Sohn, manchmal eine Tochter, aber immer wurde das Kind nachts in den Fluss geworfen. Auf diese Weise wurden sechs Kinder getötet. Aber im Lauf der Jahre gelangte der Bauer zu etwas Wohlstand. Er war in der Lage, ein wenig Land zu kaufen und Geld beiseite zu legen. Und schließlich gebar ihm seine Frau ein siebtes Kind, einen Sohn.

Da sagte der Mann: ›Nun können wir ein Kind ernähren, und wir werden einen Sohn als Hilfe brauchen, wenn wir alt sind. Und dieser Junge ist schön. Wir werden ihn großziehen.‹

Das Kind wuchs heran, und jeden Tag staunte der Bauer mehr über sein eigenes Herz, denn er wusste, dass er seinen Sohn mit jedem Tag mehr liebte.

Eines Sommerabends ging er in seinen Garten hinaus, in seinen Armen das Kind. Der Kleine war fünf Monate alt. Es war Vollmond, und die Nacht war so schön, das der Bauer ausrief: ›Ah! Heute ist eine wirklich wunderschöne Nacht!‹

Da sah ihm das Kind ins Gesicht und sagte mit der Stimme eines Mannes: ›Ach, Vater, als du mich das letzte Mal weggeworfen hast, war die Nacht genau wie diese, und der Mond sah genauso aus, nicht wahr?‹

Danach war das Kind wieder wie andere Kinder seines Alters und sprach kein Wort.

Und der Bauer wurde Mönch.«

Destiny runzelte die Stirn und kratzte sich am Kopf. »Ich bin nicht sicher, ob ich das verstehe.«

»Du wirst es verstehen, Hotaru«, sagte Saito. »Du wirst es verstehen, wenn die Zeit reif ist.«

3

Trotz der dräuenden Regenwolken, die James' und Dianas Gäste eilig Schutz suchen ließen, ritt Destiny auf ihrer Stute Sasaki über die weit entfernten Grenzen des Sheffield-Besitzes hinaus auf die gewundene Straße nach Portsmouth, wo das struppige Heideland dichten Föhrenwäldern wich. Sie nahm einen Sack Mais und Hafer mit und einen Band Shakespeare, so zerlesen, dass der Buchrücken Risse hatte und die Seiten Flecken von Fingerabdrücken und von Blumen aufwiesen, die sie dazwischen gepresst hatte. Sowie sie die grasbewachsene Lichtung erreicht hatte, saß sie von dem schwer atmenden Pferd ab und setzte sich auf den Stamm eines gefällten Baums, den Sack mit Getreide auf ihrem Schoß, mit den Fingern unruhig auf dem Buch trommelnd. Während sie wartete, lauschte sie schweigend dem Zwitschern der Vögel und beobachtete, wie das Tageslicht von den aufziehenden Regenwolken, begleitet von fernem Donner, allmählich verdrängt wurde.

Sie vereinbarten nie einen bestimmten Zeitpunkt für ihre Treffen; ein direktes Rendezvous wäre zu gewagt gewesen und hätte einen viel zu hohen Grad an Vertraulichkeit angedeutet. Ein Mann, der eine Dame an einen derart abgelegenen Ort bat, würde damit eine beträchtliche Missachtung ihres Ruf zeigen. Eine Bitte um ein Wiedersehen ihrerseits hingegen hätte ein ausgesprochen schockierendes und unvorteilhaftes Licht auf ihren Charakter geworfen.

Es wurden keine Verabredungen getroffen; nicht die

geringste Andeutung fiel zwischen ihnen, die auch nur den leisesten Eindruck einer Einladung hätte hervorrufen können. Er, der Fremde namens Jason mit den stürmischen Augen und der vom Wind zerzausten Löwenmähne, kam einfach, als läse er es in den Sternen, dass sie hier sein, auf ihn warten würde, bemüht, sich nichts von der ungeheuren Freude anmerken zu lassen, die seine Gesellschaft ihr bereitete. Sie vollzogen regelmäßig das Ritual, Überraschung darüber vorzutäuschen, den anderen anzutreffen. Allmählich ging ihr nervöses anfängliches Geplänkel in eine unbefangene Unterhaltung über, in eine größere Nähe, aus der sich dann ein angedeuteter Flirt entwickelte, der Destinys Haut erröten, ihren Puls flattern und ihre Gedanken um eventuelle Möglichkeiten kreisen ließ.

Was, wenn er versuchte, sie zu küssen?

Was, wenn sie entdeckten, dass es möglich war, der Welt die Stirn zu bieten und sich ineinander zu verlieben?

Was wäre, wenn? Was wäre, wenn?

Als sie jedoch heute hier saß, bedrückt durch die feuchte Luft, betete sie nicht, er möge aus den Wäldern auftauchen wie eine Gottheit der Versuchung. Sie betete, dass er nicht kam, dass sie allein auf dem morschen Baumstamm blieb, in dem vom Regen benetzten Wind fröstelnd, das Buch mit Liebessonetten an die Brust gedrückt. Weil Saito Recht hatte, wie immer. Liebe konnte unter dem Deckmantel von Heimlichkeit nicht erblühen. Wenn er jetzt auf diese Lichtung trat, war sie gezwungen, ihm Lebewohl zu sagen – aber erst, wenn sie ausgeführt hatte, was sie plante.

Die Zeit verging. Der Himmel wurde dunkler, die Wolkendecke dichter, der Wind kälter. Blitze zuckten am fernen Horizont, und Donner rollte durch den Wald, knurrte im Unterholz wie ein Drache. Irgendwann tauchten die wilden, zottigen Ponys, die durch die Wälder streiften, auf der Lichtung auf, angelockt vom Geruch des Getreides, mit gespitzten Ohren und geblähten Nüstern, die Augen wachsam und erwartungsvoll. Destiny warf ihnen einige Hand voll Getreide zu und lächelte, als sie vorsichtig näher kamen. Bald würden sie ihr aus der Hand fressen, an ihren Fingern schnuppern und zulassen, dass sie sanft über ihre dichten Stirnfransen strich und vielleicht ihren Widerrist kraulte.

Sie waren es, die Jasons Kommen zuerst wahrnahmen; ihre Köpfe fuhren plötzlich hoch, und alle ihre Sinne konzentrierten sich auf den dunkler werdenden Wald; sie wirbelten auf den Hinterbeinen herum und verschwanden blitzschnell zwischen Bäumen und Unterholz.

Er kam auf einem schnaubenden, schweißnassen rotbraunen Pferd aus dem Wald geritten, Stiefel und Reithosen mit Schlamm bespritzt und das lose weiße Hemd ein bisschen von seiner gebräunten Schulter gerutscht. Sein Haar, dicht und dunkel, fast schwarz, und ziemlich lang, fiel ihm bis auf die Schultern, in einer Fülle weicher Wellen, die sein Gesicht auf eine wilde, zigeunerhafte Art einrahmten. Seine Wangen waren ein wenig eingefallen, seine Augen verschleiert und seine Lippen … voll und mit einer Andeutung von Ironie, die sie erröten ließ und verlegen machte – beschämt, allein im Wald zu sitzen, Ponys zu füttern und auf ihn zu warten.

»Gehört es zu Ihren Gewohnheiten, herumzuschleichen und Mensch und Tier zu erschrecken?«, rief sie ihm zu, wobei sie sich bemühte, nicht einmal sich selbst die unglaubliche Freude und Erleichterung einzugestehen, die sie bei seinem Anblick empfand.

»Gehört es zu Ihren Gewohnheiten, sich auf fremdem Grund und Boden zu bewegen?«, gab er in schärferem Ton als sonst zurück, während er sein schäumendes Tier in ihre Richtung lenkte.

»Sollte sich herausstellen, dass dieses Land Ihr Besitz ist, werde ich mich wohl entschuldigen müssen«, gab sie genauso scharf zurück und biss sich dann auf die Unterlippe, um nicht zu lächeln.

»Ist es nicht.«

»Was kümmert es Sie dann?«

»Tut es nicht.«

»Und was machen Sie hier?«, wollte sie wissen.

»Dasselbe könnte ich Sie fragen.«

»Ponys füttern natürlich. Ich kann mir keinen besseren Grund denken, sich diesem Wetter auszusetzen.«

»Es gibt Männer in der Gegend, die sich nur zu gern auf ein hübsches Ding wie Sie stürzen würden.«

»Wie bitte?« Sie zog die Augenbrauen hoch.

»Räuber und ähnliches Gesindel. Solche Leute haben nämlich keine Skrupel.«

Destiny versuchte zu Atem zu kommen. Jason war jetzt nahe genug, dass sie den intensiven Geruch von erhitztem Pferd riechen und das leise Kauen der Pferdezähne auf der Trense hören konnte. Sie legte den Kopf zurück, zog eine geschwungene Augenbraue hoch und fragte mit seidenweicher Stimme: »Sind Sie ein Räuber? Denn wenn Sie einer sind, gibt es hier wenig zu rauben außer einem Sack Getreide und einem zerlesenen Gedichtband. Das Getreide können Sie selbstverständlich gern haben. Ihr Pferd sieht aus, als könnte es ein paar Pfund mehr auf den Rippen vertragen.«

Er ließ sich aus dem Sattel auf den Boden gleiten, und sein Pferd wich ein Stück zur Seite. Einen Moment lang schien er zu zögern; er schaute von ihr zu den Bäumen zurück, als wäre er unschlüssig, ob er bleiben sollte.

»Ich kann mich nicht erinnern, Sie zum Bleiben aufgefordert zu haben«, rügte sie ihn.

»Sehe ich wie ein Mann aus, der eine Einladung braucht?« Er schenkte ihr ein kurzes Lächeln.

»Sie sehen aus wie ein … Bandit.«

»Wirklich?« Er lachte, aber es klang ein wenig bitter. »Warum das? Weil ich keine Jacke trage? Weil meine Reithosen zerschlissen sind? Weil …?«

»Weil ich noch nie einen Gentleman getroffen habe, der so aussieht wie Sie, deshalb. Ihre Haut ist dunkel. Und Sie haben Bartstoppeln am Kinn. Ganz zu schweigen davon, dass Sie ohne Handschuhe reiten. Kein Gentleman würde je ohne Handschuhe reiten, weil davon die Hände braun und schwielig werden. Lassen Sie mich Ihre Hände sehen, dann kann ich Ihnen sagen, ob Sie ein Gentleman sind oder nicht.«

»Darf ich es wagen, so nahe zu kommen, Bandit, der ich bin … oder sein könnte?« Seine Lider senkten sich ein wenig, als er näher trat und ihr mit leicht gekräuselten Lippen die Innenflächen seiner Hände hinhielt.

Destiny betrachtete seine Hände mit den langen Fingern und den gepflegten Nägeln. Es waren keine derben Hände wie die eines Landmanns oder Schmieds, aber sie waren braun und voller Schwielen. »Sie reiten viel«, sagte sie und zeigte auf die rauen Stellen zwischen seinen Fingern. »Ihre Kleidungsstücke – soweit vorhanden – sind unverkennbar aus gutem Stoff und gut geschnitten, auch wenn sie nicht unbedingt den Gedanken nahe legen, dass Sie in der Bond Street arbeiten lassen. Und Ihre Stiefel sind aus feinstem Leder, wenn auch verschrammt und lange nicht mehr geputzt. Sie könnten gut und gern ein Reitknecht sein, der ein paar abgelegte Sachen von seinem großzügigen Arbeitgeber geerbt hat, oder ein Zigeuner mit dem Hang, die Reichen zu bestehlen.«

Er setzte sich neben sie und stützte die Ellbogen auf

seine Knie. In seinem Blick lag ein Ernst, der sie ein wenig aus der Fassung brachte, und einen Moment lang dachte Destiny, dass er tatsächlich ein Bandit sein könnte. Auf jeden Fall war seine anfängliche Unbeschwertheit einer Intensität gewichen, die sein verwegenes Auftreten noch faszinierender, wenn auch beunruhigender machte.

»Ist es nicht eher üblich für einen Mann, durch die Wälder zu reiten, als für eine Frau, auf einer Lichtung zu sitzen und wilde Ponys zu füttern?«, sagte er langsam.

»Das hängt von der Frau ab, würde ich sagen ... vor allem, wenn sie eine Dame ist.«

Seine Augen musterten sie von oben bis unten, und ihr wurde bewusst, dass er näher bei ihr saß als sonst. Seine Nähe rief eine Wärme in ihrem Inneren hervor, die ihr die Kehle zuschnürte.

»Eine Dame würde außerhalb ihres Boudoirs allerdings nie ihr Haar offen tragen«, stellte er fest und lenkte ihren Blick auf seinen Mund, auf dem ein Schatten von Spott lag. »Noch würde sie sich in der Öffentlichkeit in der Kleidung eines japanischen Reisbauern sehen lassen. Um genau zu sein, eine *Dame* würde sich in dieser Aufmachung nirgendwo sehen lassen.«

»Nun«, erwiderte sie mit einem Lächeln, »ich habe nie behauptet, eine Dame zu sein ... oder?«

»Nein, das haben Sie nicht. Aber ich habe den Verdacht, dass sich hinter diesem Schopf zerzauster Locken und Ihrer lächerlichen Vorstellung von einem Flirt eine ehrbare junge Dame von Stand verbirgt. Meine Frage ist, warum sie ihren Ruf aufs Spiel setzt, nur um sich mit einem völlig Fremden auf einer Waldlichtung zu treffen.«

Das Blut stieg ihr in die Wangen. »Wenn Sie etwas zu sagen haben, Sir, dann sagen Sie es. Ich bin hergekommen, um zu lesen und mich an den Ponys zu freuen. Ich muss Sie wohl nicht daran erinnern, dass Sie hier der Eindringling sind.«

»Das ist wahr«, gab er müde zu und wandte den Blick ab. Ein langer Moment des Schweigens verstrich, bevor er auf das Buch in ihrem Schoß deutete. »Soll ich Ihnen heute vorlesen?«

»Ach, Sie können also lesen.« Sie lächelte und hob den Blick von seinen Lippen zu seinen Augen, die heute eher blau als grau wirkten.

»Ungefähr so gut, wie Sie reiten«, gab er zurück.

»Zufällig bin ich eine sehr gute Reiterin.«

»Ich weiß. Ich habe Sie zu Pferde gesehen.«

»Schockierend, nicht wahr?

»Hängt davon ab, wer Sie sind – oder vielmehr, was Sie sind.«

»Und wenn ich eine Dame wäre, würden Sie sich auf eine respektvolle Distanz zurückziehen? Fluchtartig in den Wäldern verschwinden? Mich für zu skandalös halten, um meine Bekanntschaft zu suchen?«

Ein Schweigen senkte sich über sie, das endlos zu dauern schien. Sein Blick ruhte unverwandt auf ihr; sein Körper rührte sich nicht, und doch hatte Destiny das Gefühl, dass sich die Welt allein auf seine Gegenwart reduzierte. Sein Geruch, seine Körperwärme, seine Beine an ihren schienen sie zu verschlucken. »Nun?«, fragte sie mit schwacher Stimme. »Würden Sie mich hassen, wenn ich eine Dame wäre?«

»Nein«, erwiderte er.

Sie rang nach Atem. »Warum starren Sie mich so an?«

»Ich könnte Sie dasselbe fragen.« Seine Lippen kräuselten sich sinnlich. Sein Bein rückte näher an ihres.

»Sie sind sehr … ungehobelt.«

»Und Sie sind sehr weiblich, trotz der jämmerlichen und unvorteilhaften Kleidung, die Sie tragen. Trotz der Tatsache, dass Sie reiten wie ein Mann und die Gesellschaft wilder Ponys der junger Frauen Ihres Alters vorziehen.«

»Mädchenhaftes Geplapper liegt mir nicht unbedingt.« Indem sie die Wimpern senkte, wandte sie das Gesicht ab und nahm all ihren Mut zusammen. »Ich bin verheiratet, müssen Sie wissen.«

Seine dunklen Augenbrauen hoben sich langsam, und sein Gesicht verdüsterte sich.

»Beziehungsweise Witwe«, beeilte sie sich zu erklären. »Gefällt Ihnen das besser?«

»Vorausgesetzt, ich müsste eine Wahl treffen zwischen Ehestand und Witwenschaft, würde ich sagen, ja, aber am liebsten wäre mir, Sie wären überhaupt nicht verheiratet gewesen.«

Heller Jubel erfüllte ihr Inneres, begleitet von den Was-wäre-wenn und der Barriere von Realitäten, die Saito sie zuzugeben gezwungen hatte. Etwas Neues schwang zwischen ihnen in der Luft, eine Intensität, die sie verwirrte, eine Bedrohung, die jedes Geräusch, jeden Geruch und jede Farbe in ihrer Umgebung verstärkte.

Sie griff nach dem Buch in ihrem Schoß, hielt es ihm hin und versuchte vergeblich, zu ihrem leichten Plauderton zurückzufinden. »Wenn Sie wirklich lesen können, dann fangen Sie an.«

Er starrte sie weiter an, Härte in seinem Gesicht und seinen Augen. »Ich würde lieber über Sie sprechen.«

Die Stimme der Vorsicht meldete sich in ihr. Sie schlug das Buch auf und versuchte, sich auf die Seite zu konzentrieren.

Der Mann nahm ihr das Buch aus den Händen. »Haben Sie Ihren Ehemann geliebt? Hat er Sie glücklich gemacht? War Ihr Vater mit der Verbindung einverstanden?«

»Mein Vater?« Destiny, die seine seltsamen Fragen ein

wenig aus der Fassung brachten, nickte. »Ja, mein Vater war einverstanden.«

»Ich glaube Ihnen nicht.«

Destiny runzelte die Stirn. »Mein Vater würde nie etwas ablehnen, wenn er der Überzeugung wäre, dass es das ist, was ich wirklich will.«

»Unsinn.« Er stieß ein kurzes Lachen aus. »Wenn Ihr Vater auch nur einen Augenblick glauben müsste, dass das, was Sie wollen, Sie unglücklich machen könnte, würde er sein Leben geben, um Sie davor zu bewahren, einen Fehler zu machen.«

»Woher wollen Sie wissen, was mein Vater tun würde oder nicht?«, fragte sie ihn scharf.

Er zuckte stirnrunzelnd die Achseln, und als er wieder sprach, klang seine Stimme ausdruckslos. »Väter gestatten ihren Töchtern gemeinhin keine Fehler, wenn es ums Heiraten geht. Eine junge Frau heiratet entweder aus Liebe, wegen Geld oder wegen einer guten gesellschaftlichen Stellung. Ich interessiere mich lediglich dafür, aus welchem Grund Sie geheiratet haben … wen auch immer.«

Sie gab keine Antwort.

Ein Muskel zuckte in seinem Kiefer, und es kostete ihn sichtlich Mühe, den Blick abzuwenden und auf die Wälder zu richten, wo die wilden Ponys hinter Buschwerk und Gestrüpp hervor spähten. Ein jäher Windstoß wehte ihm das Haar in die Stirn und um das Kinn, blähte die Ärmel seines Hemds und wand sich durch das hohe Gras wie unsichtbare Schlangen. Jason stand unvermittelt auf und ging ein paar Schritte weg, bevor er sich auf dem Absatz umdrehte und sie finster musterte. »Das ist Wahnsinn«, stieß er schließlich hervor. »Ich weiß nicht, was zum Teufel ich mir dabei denke, immer wieder hierher zu kommen – mich in dieser Weise auf Sie einzulassen.«

Sie schüttelte überrascht den Kopf. »Ich weiß nicht, was Sie mit ›einlassen‹ meinen.«

»Spielen Sie nicht die Naive. Sie sind nicht der naive Typ. Wenn hier jemand naiv war, muss ich es wohl gewesen sein.« Er fuhr sich mit einer Hand durch sein Haar und schloss kurz die Augen. »Ich hätte in der Minute, als ich Sie Ihr verdammtes Pferd reiten sah, wie der Teufel davonrennen sollen. Ich glaube nicht, jemals eine Frau gesehen zu haben, die ein Pferd so im Griff hat wie Sie, die so reitet wie Sie, als würden Sie eins mit dem Tier. Und dabei haben Sie meistens nicht einmal den Anstand, einen Sattel zu benutzen.«

»Tut mir Leid, dass Ihnen das so sehr missfällt«, sagte sie, außerstande, sich von seinem plötzlich so zornigen Blick zu lösen. »Und wann haben Sie mich reiten sehen?«

»Wer hat Sie nicht reiten sehen? Sie flattern quer durchs Land wie eine Fledermaus aus der Hölle. Es ist keine zwei Tage her, dass Sie über eine Mauer setzten und mitsamt Ihrem Pferd mitten in einem Trauerzug landeten.«

Destiny errötete und wandte sich ab. »Was ich mit meinem Pferd mache, geht Sie nichts an.«

»Sie werden sich noch umbringen.«

Sie spähte unter gesenkten Wimpern zu ihm. »Und das beunruhigt Sie?«

Er gab keine Antwort, sondern drehte nur das Buch in seinen Händen hin und her. Schließlich setzte er sich neben sie, schlug den Band auf und überflog die Wörter, indem er mit dem Daumen schweigend die goldgeränderten Seiten durchblätterte, bis sein Atem ruhiger ging und die Zornesröte aus seinen Wangen wich. Oh, wie sehr sehnte sie sich in diesem Augenblick danach, die Hand auszustrecken und mit den Fingern durch die dunkle Haartolle auf seiner Stirn zu streichen! Der Gedanke, dass er um ihr Wohlergehen besorgt war, beglückte sie. Am liebsten hätte sie ihm die Wahrheit über ihre grauenhafte Ehe mit Chesterfield erzählt. Nein, sie hatte ihn nicht geliebt. Sie hatte nur getan, was die Gesellschaft von ihr erwartete, wollte gleichzeitig Onkel James gefällig sein und dadurch Dianas Leben ein wenig angenehmer gestalten. Niemals, zu keinem Zeitpunkt, hatte sie die Art Gefühle erlebt, die jetzt in ihrem Inneren tobten. Lieber Gott, sie musste den Verstand verloren haben.

»Möchten Sie lieber über Indien sprechen?«, fragte sie.

»Nein«, fuhr er sie an. »Verschonen Sie mich mit diesem Thema. Ich bin es allmählich leid, von Indien und Ihrem Vater zu hören.«

Destiny runzelte die Stirn. »Sie sind heute sehr grob. Und zornig. Haben Sie Probleme?«

Er funkelte sie an. »Ich bin durchaus in der Lage, Probleme zu lösen, falls sich welche ergeben sollten. Ich hatte allerdings nicht damit gerechnet, dass sie dieses Mal in Form einer Frau auftreten würden.«

Destiny starrte ihn prüfend an. Hatte er auf irgendeine Weise ihre wahre Identität entdeckt? Wusste er inzwischen, dass sie in der guten Gesellschaft eine Ausgestoßene war?

Er wandte sich dem Buch zu und fing an zu lesen, mit einer Stimme, so weich und voll wie schwarzer Samt:

»Soll ich dich einem Sommertag vergleichen?
Anmutiger, gemäßigter bist du.
Des Maies Lieblinge jagt Sturmwind von den Zweigen,
Und nur zu früh gehn Sommers Pforten zu.«

Seine Stimme erstarb, und er klappte das Buch langsam zu, bevor er widerwillig den Kopf hob. Die Versuchung, ihn zu berühren, wurde unwiderstehlich. Sie legte ihre Hand an seine Wange und ließ ihre Fingerspitzen über die rauen Stoppeln auf seinen Wangen gleiten und die markante

Linie seines Kinns nachzeichnen; sie wanderten zu seinen Lippen, die sich ein wenig teilten, als er sein Gesicht wandte und sein warmer Atem über ihre feuchte Handfläche strich.

»Finden Sie mich hübsch?«, fragte sie und hielt den Atem an.

»Hübsch?« Er gab einen kehligen Laut von sich. »Sie haben eine Haut wie Pfirsichblüten. Ihre Augen sind grün wie ein irisches Tal. Und Ihre Lippen … Ich bin mir sicher, noch nie so schöne Lippen wie die Ihren gesehen zu haben …«

Sie konnte auf einmal nicht mehr atmen. Die Luft schien schwer und aufgeladen. Jeder Nerv an ihrem Körper fing an zu prickeln, und sie fragte sich, ob das Rauschen, das sie in ihren Ohren hörte, ihr Herz oder der Donner des nahenden Unwetters war.

Sie versuchte etwas zu sagen, scheiterte aber. Die Stelle, an der sein Atem ihre Haut gestreift hatte, brannte heiß und kalt zugleich. Die leise Stimme, die sie dafür tadelte, auf dieser Lichtung zu bleiben, ganz nah bei dem zigeunerartigen Fremden, schmolz in ihrem Inneren wie Eis im Feuer und wurde von dem Gefühl ersetzt, so bloß dazuliegen, so verwundbar zu sein, dass selbst der Hauch kühler Luft auf ihrer Haut schmerzte.

»Es fängt an zu regnen«, sagte er leise.

»Der Regen macht mir nichts aus«, hörte sie sich antworten.

Einen kurzen Moment lang glaubte Destiny, er würde die Arme nach ihr ausstrecken. Vielfältige Emotionen huschten über sein dunkles Gesicht – Zorn, Ratlosigkeit, Frustration –, bevor er zurückwich, ein kleines Stück nur, und langsam den Kopf schüttelte.

»Diese Monate, in denen es für mich nichts anderes als

Nachdenken und Reue gab, haben mich ein bisschen verrückt gemacht … vielleicht. Dann habe ich von dem schönen, wilden Geschöpf gehört, das auf einer schwarzen Araberstute über die Seitenwege jagt und in den Wäldern mit wilden Ponys herumtollt, und ich musste es mit eigenen Augen sehen.«

Endlich griff er nach ihr. Er legte seine Finger an ihren Hinterkopf und zog sie mit einer entschiedenen Bewegung eng an sich. »Hast du schon jemals einen Mann im Regen geliebt?«, raunte er in ihr Ohr.

»Natürlich«, log sie. Ihr stockte der Atem, als er seinen Mund auf den Pulsschlag an ihrer Kehle presste.

»Hast du schon jemals einen Fremden auf einer Waldlichtung geliebt?« Er küsste ihre Schläfe und zog mit einem Finger die Konturen ihrer Ohrmuschel nach.

Sie lachte nervös. »Sehe ich aus wie eine Frau, die so etwas tun würde?«

»Ja. Du siehst aus wie eine Frau, die wie geschaffen für die Liebe ist, wie geschaffen dafür, einen Mann rasend zu machen vor Verlangen, dich in den Armen zu halten, deinen Körper zu riechen und zu schmecken, und ihn vor Lust um den Verstand zu bringen.«

Sie wich zurück, nicht weil sie sich gekränkt fühlte, sondern weil seine leise gemurmelten, schockierenden Worte einen Schwindel in ihr hervorriefen, der die Luft schlagartig so heftig vibrieren ließ, dass alle ihre Sinne wie Flammen aufloderten. Als er aufstand, zog er sie mit sich.

Er konnte alles Mögliche sein: Vagabund, Bandit, Reitknecht, Bauer, Zigeuner. Sie kannte seine Identität nicht, aber er kannte ihre genauso wenig. Sie waren einander fremd – zwei anonyme Menschen, die sich auf einer Waldlichtung begegnet waren und sich unwiderstehlich zueinander hingezogen fühlten. Vielleicht würde sie nie wieder

Gelegenheit haben, ein solches Erlebnis mit einem Mann zu teilen, der so sehr ihre geheimsten Träume verkörperte. Warum nicht einen Kuss tauschen, dann ihrer Wege gehen, um sich nie wiederzusehen und nichts mitzunehmen außer der Erinnerung an einige wenige Augenblicke verbotenen Glücks …

Der Regen setzte ein, tröpfelte durch die Äste der Bäume und machte auf den Blättern winzige plätschernde Laute wie Musik. Er benetzte Jasons dunkles Haar und seine Haut und machte sein weißes Hemd so durchscheinend, dass sie den Schatten dunkler Haare auf seiner Brust erkennen konnte. Als er ihr Gesicht in beide Hände nahm und ihren Kopf zurückbog, liefen die Regentropfen sanft über ihre geschlossenen Lider und ihre geteilten Lippen. Er neigte den Kopf und senkte seinen Mund auf ihren …

So war es also, geküsst zu werden. Diese Hitze und Feuchtigkeit, das sanfte Verschmelzen seiner Lippen mit ihren, das spielerische Vorschnellen seiner Zunge, die Wärme seines Atems auf ihrem Gesicht. Seltsam, dass sie all das bis in die Zehenspitzen spürte. Es strömte durch ihre Adern bis in ihre Fingerspitzen und raste in ihren Unterleib, wo es wie ein Feuer aufflammte, sich dann wie Sonnenlicht über einem dunstigen Horizont im Osten ausbreitete, um wie ein leise pulsierendes Glühen an dem Schnittpunkt zwischen ihren Schenkeln zu verharren.

Sie drängte sich an ihn. Selbst in ihrer Hochzeitsnacht hatte Destiny nichts Derartiges empfunden, und ihr wurde in diesem Moment bewusst, dass sie vielleicht nie wieder so empfinden würde.

Obwohl die Stimme der Vernunft laut in ihr Bewusstsein drang, zog sie mit bebenden Händen ihr Hemd über den Kopf. Ihr Unterhemd schmiegte sich wie ein feiner rosa Film an ihre Haut, und als sie an einem Band zupfte, klaffte es über ihren Brüsten auseinander, die jeden einzelnen Regentropfen fast schmerzhaft spürten. Wenn er sie jetzt zurückwies, würde sie sterben.

»Dummes Mädchen«, flüsterte er. »Warum?«

»Weil ich beschlossen habe, dich nicht wiederzusehen – nie mehr. Weil ich in deinen Armen liegen möchte, bevor du gehst. Bitte!«

Er murmelte: »Oh mein Gott!« Dann trat er zurück und wandte sich von ihr ab; zögernd ging er auf sein weidendes Pferd zu, bevor er stehen blieb, mit eingezogenem Kopf, da der Regen jetzt stärker auf seine Schultern fiel. Langsam, ganz langsam drehte er sich wieder zu ihr um, und sein Blick wurde wild. »Ein einziges Mal ist alles, was du von mir willst, meine Süße? Und dann verschwinde ich einfach? Mit dem Sonnenuntergang? In einigen Jahren wird dir die Erinnerung an mich flüchtig durch den Kopf gehen, vielleicht, wenn du dich gerade in die Arme deines Ehemanns kuschelst, und ich werde ein schmutziges kleines Geheimnis sein, dass dir gelegentlich ein Lächeln entlockt. Was, wenn ich dir sage, dass ich mehr als das will?«

»Das ist nicht möglich«, sagte sie leise.

»Weil du mich für einen Banditen hältst? Einen Zigeuner? Nicht gut genug für dich? Nun, ich könnte mir vorstellen, dass es ein paar Frauen in meiner Vergangenheit gibt, die gefühlt haben müssen, was ich genau jetzt fühle. Zum Teufel, was soll's. Was ich auch tue, morgen werde ich mich dafür hassen.«

Er griff so schnell nach ihr, dass ihr der Atem stockte, fiel vor ihr auf ein Knie und legte seine Hände um ihre Taille, um sie so eng an sich zu ziehen, dass er seine Lippen um ihre Brustspitze schließen und sie mit seiner Zunge und seinen Zähnen liebkosen konnte. Sie wimmerte leise und keuchte. Dann vergrub sie ihre Hände in seinem dichten dunklen Haar und bog den Rücken durch, um sich seinen Liebkosungen zu überlassen.

Seine Hände glitten an ihrem Körper herab, unter ihre Kleider und zwischen ihre Beine; sie streiften ihre Hosen hinunter, die sacht über ihre Hüften rutschten und sich um ihre Knöchel bauschten.

Er löste die Schnürbänder ihrer Stiefel, zog die Stiefel von ihren Füßen und stellte sie beiseite. Der Regen lief in Strömen von ihrem Haar auf ihre Schultern und perlte wie Tränen über die Spitzen ihrer steil aufgerichteten rosigen Brustspitzen, als sie zusah, wie er sich auszog und seinen harten, männlichen – und erschreckend zernarbten Körper entblößte.

Nackt und erregt, jeder Muskel nass und glänzend vom Regen, stand er vor ihr. Seine Augen umfingen sie, und seine Lippen waren nicht länger höhnisch verzogen, sondern sanft und zärtlich und murmelten Worte, die sie nicht verstehen konnte, weil ihr Herzklopfen sogar den Donner am Himmel übertönte. Er schlang sie in seine Arme und küsste sie wieder; seine Knie drängten ihre Schenkel mit einer Beharrlichkeit auseinander, die sie zugleich erschreckte und faszinierte.

Sie fiel, sank in seinen Armen auf den Boden, rollte sich mit ihm herum, als er seinen Mund auf ihre Brüste senkte, mit seiner Zunge und seinen Zähnen leckte und liebkoste, bis sie ihren eigenen Körper nicht mehr kannte und es sie auch nicht mehr kümmerte, dass er nicht länger ihr gehörte, sondern ihm, um damit zu machen, was er wollte, sie zur Frau zu machen, ihr die Hochzeitsnacht zu schenken, die ihr Ehemann ihr verweigert hatte. Wenn sie nie wieder heiratete, blieb ihr zumindest das.

Eng umschlungen im kalten, nassen Gras, dem immer stärker prasselnden Regen ausgesetzt, die Hände in seinem dichten Haar vergraben, erwiderte sie seine Küsse und bot ihm ihren Körper dar, indem sie die Beine spreizte und sie in einer unmissverständlichen Aufforderung um seine Hüften schlang. Er stieß einen tiefen, kehligen Laut aus, und doch hielt er sich noch zurück, überließ es seinen Händen, sie zu erforschen, sanft, grob, hungrig, mit Fingern, die streichelten und in sie eintauchten und wieder hervorkamen, bis sie die Zähne zusammenbiss und ihn innerlich verwünschte.

Dann presste er sie mit ausgebreiteten Armen und Beinen auf den Boden, während er sich auf seine Knie stützte und sich über sie schob. Seine Augen schlossen sich kurz und öffneten sich wieder und sahen dann in ihr Gesicht, als er langsam seinen Körper auf ihren senkte und so kraftvoll und schmerzhaft in sie eindrang, dass sie sich aufbäumte und einen Schrei ausstieß.

Das Rauschen des Regens erfüllte Wald und Lichtung.

Er starrte sie ausdruckslos an, immer noch in ihr. »Du bist noch Jungfrau«, sagte er schließlich. Der Schock auf seinem Gesicht verschwand, um Verwirrung und schließlich Zorn zu weichen.

»Du brauchst nicht so fassungslos dreinzuschauen. Ich habe dich nicht belogen. Mein Mann wollte mich nicht. Nicht in unserer Hochzeitsnacht und auch nicht in all den anderen Nächten der drei Monate, die wir verheiratet waren. Er erhängte sich, um dieses Ärgernis nicht länger ertragen zu müssen.« Sie versuchte zu lächeln. Seltsam, dass es ihr nicht gelang. Nach all den Wochen und Monaten, in denen sie gezwungen gewesen war, mit ihrer Demütigung zu leben, brach sie jetzt wie ein Lavastrom aus ihrem Inneren, brannte wie Quecksilber in ihren Augen. »Du brauchst also nicht zu befürchten, dass es mir etwas ausmacht, wer du bist, Bandit oder Vagabund. Du hast nur getan, was ein anderer nicht fertig brachte.«

4

Die Körper eng aneinander gepresst, Haut an Haut, feucht von Schweiß, Regen und Schlamm, blieben sie regungslos und schweigend liegen. Jason schloss die Augen und vergrub sein Gesicht in Destinys feuchtem Haar. Als Soldat hatte er während seiner Laufbahn kaum Fehler gemacht, als Mann und Liebhaber etliche. Das hier war ohne jeden Zweifel der größte. Die monatelange Einzelhaft hatte offensichtlich seinen gesunden Menschenverstand beeinträchtigt, von seiner Selbstbeherrschung ganz zu schweigen. Was zum Teufel sollte er jetzt tun?

»Was macht es schon aus, dass ich noch Jungfrau war?« Destiny legte eine Hand an sein Gesicht.

»Eine Jungfrau verdient etwas Besseres als eine Schlammpfütze als Bett und nasses Unkraut als Kopfkissen«, stieß er zwischen den Zähnen hervor, in Gedanken immer noch mit der Frage beschäftigt, wie Compton Fontaines Reaktion ausfallen würde, wenn er erfuhr, dass Jason, sein Freund und Vertrauter, seine behütete Tochter entjungfert hatte.

»Eine Braut verdient etwas Besseres als einen Bräutigam, der tränenüberströmt vor dem Ehebett davonläuft«, gab Destiny zurück. »Offensichtlich bekommen wir nicht immer, was wir verdienen.«

Jason rollte sich auf den Rücken und ließ sich von dem leichten Regen den Schweiß von der Stirn waschen und die Gedanken klären. Es war nicht so, dass er hier die treibende Kraft gewesen wäre, dachte er. Ganz im Gegenteil. Alles wies darauf hin, dass die Dame die feste Absicht gehabt hatte, ihn, einen Fremden, zu benutzen, um das zu vollbringen, was ihr Ehemann in der Hochzeitsnacht nicht zustande gebracht hatte.

Jason hob sein Hemd auf und fing an, behutsam das Blut und die Samenflüssigkeit von ihren Schenkeln zu wischen, ohne ihr dabei in die Augen zu schauen. Dann packte er sie schroff am Arm, half ihr auf die Beine, griff nach ihren Sachen und zog sie ihr an.

Sie runzelte die Stirn. »Warum bist du so erzürnt? Wäre es dir lieber, wenn ich die Art Frau wäre, die sich jedem x-Beliebigen hingibt?«

»Genau das hast du getan«, fuhr er sie an, als er nach seinen Reithosen griff. »Ich hätte ein Irrer sein können. Ein Mörder. Jemand mit allen möglichen Krankheiten …«

»Ich finde, du solltest dich eigentlich freuen. Es kommt bei einem Mann nicht alle Tage vor, dass eine Frau ihm ihre Jungfräulichkeit schenkt. Allerdings war mein Ehemann ja auch nicht besonders entzückt davon.«

Er knöpfte seine Hosen zu und langte nach seinen Stiefeln. »Wenn du das nächste Mal heiratest, solltest du besser über die speziellen Vorlieben deines Bräutigams Bescheid wissen. Man hätte schon blind sein müssen, um nicht zu sehen, dass Chesterfield die Gesellschaft seines eigenen Geschlechts vorzog. Er und Rosebury waren ein Liebespaar – schon seit Jahren.« Die Worte purzelten ihm aus dem Mund, bevor es ihm bewusst war. Die Stiefel noch in den Händen, wandte er langsam den Blick in ihre Richtung.

Destiny starrte ihn durch den Regen an, Schock und jähes Begreifen in ihren Augen.

Verdammt, dachte er.

»Oh mein Gott«, wisperte Destiny. »Du bist kein Bauer

oder Stallknecht … Du weißt, wer ich bin. Du hast es die ganze Zeit gewusst. *Wer bist du?*«

Jason ließ müde die Stiefel auf den Boden fallen, straffte die Schultern und deutete eine leichte Verbeugung an. »Jason Batson, Lady Chesterfield. Ich bin …«

Ihre Augen weiteten sich. »Batson!«, rief sie. »Oh mein Gott! Du kennst meinen Vater; er hat von dir geschrieben, und – oh mein Gott!« Sie bedeckte ihren Mund mit einer Hand und wich zurück.

Er machte einen Schritt auf sie zu. »Das ist kein Grund, hysterisch zu werden.«

»Du bist ein Freund meines Vaters!«

»Aus diesem Grund bin ich hier.«

»Mistkerl! Er würde dich erschießen, wenn er wüsste …«

Jasons Augen wurden schmal, und er streckte einen Finger aus. »Spiel jetzt nicht die arme Unschuld, mein Schatz. *Du* hast *mich* verführt.« Einen Moment lang glaubte er, sie würde in Ohnmacht fallen. »Eins steht fest, ich habe Mist gebaut«, erklärte er so ruhig wie möglich. »Es war in diesen letzten Tagen nicht meine Absicht …« Er schwenkte die Hand über das zerdrückte Gras zu ihren Füßen. »Ich hatte nicht vor, mich … so sehr an deiner Gesellschaft zu erfreuen. Andererseits hatte ich, bevor ich hier auf dich stieß, nicht erwartet, du könntest so verführerisch sein, dass ich deinetwegen meine Prioritäten vergesse. Was ich ganz offensichtlich getan habe.«

Wieder wich sie zurück, bebend, mit einer heißen Röte, die von ihrem Hals bis zu ihrem Kinn stieg. Ein Keuchen entrang sich ihr, sie biss die Zähne zusammen und ballte die Hände zu Fäusten. »Ich mochte dich, naiver kleiner Dummkopf, der ich bin. Und ich ließ mich von der absurden Märchenfantasie mitreißen, du könntest auch etwas für mich empfinden. Ich wollte nur ein paar köstliche Momente das Gefühl genießen, als Mensch geschätzt zu werden; ich wollte wissen, wie es ist, von einem Mann begehrt zu werden, der …«

»Oh, begehrt habe ich dich. Wie hätte es auch anders sein können, wenn du nackt wie eine Waldnymphe vor mir standst? Wie dem auch sei, ich bin hier, um über deinen Vater zu sprechen. Ich muss wissen, was du mir über seine Verbindung zu Nana Sahib sagen kannst.«

»Dann gibst du es also zu!« Sie straffte die Schultern und hob ihr Kinn. »Das Ganze war eine List, um mir Informationen über meinen Vater zu entlocken. Wer hat dich geschickt, verdammt? Sag es mir, sofort, oder ich …« Sie sah sich fieberhaft um, und ihr Blick blieb an der Reitgerte hängen, die sie beiseite geworfen hatte.

»Ich arbeite für einen Mann namens Harold Dunleavy.«

Dunleavys Name ließ sie erneut vor Zorn beben. »Dunleavy«, zischte sie, und Jason zog die Augenbrauen hoch. Offensichtlich hatte er einen wunden Punkt getroffen – noch einen.

»Dunleavy«, wiederholte sie, wobei sie sich anstrengen musste, nicht völlig die Beherrschung zu verlieren. »Dieser jämmerliche Wicht hat sich in den letzten Jahren nach Kräften bemüht, meinen Vater zu ruinieren. So will er es also jetzt schaffen – indem er mich benutzt? Oh Verzeihung, indem du mich benutzt. Sieht Dunleavys Plan vor, meinen Vater zu erpressen? Wenn mein Vater nicht aufhört, sich für die Sache Indiens einzusetzen, lässt Dunleavy in ganz England verbreiten, dass ich ein mannstolles Flittchen bin, das es mit Fremden im Wald treibt? Denn er weiß, dass mein Vater alles tun würde, selbst seinem geliebten Indien den Rücken zu kehren, um meinen Ruf zu schützen.«

Jason schenkte ihr ein dünnes Lächeln. »Erstens verwahre ich mich gegen die Unterstellung, ich hätte dich benutzt. Zweitens bin ich nur hergekommen, um zu erfahren, wie viel du über Comptons Beziehung zu Nana Sahib weißt. Ich bin schon vor Tagen zu der Ansicht gelangt, dass du nicht eben viel weißt. Ich bin nur deshalb immer wieder gekommen, weil ich in dir … eine angenehme Gesellschaft gefunden hatte.«

»Lügner!« Mit einem Satz war sie bei der Reitgerte, und bevor er ihre Hand packen konnte, holte sie mit der Gerte aus und verfehlte sein Gesicht nur knapp. Er stürzte zu ihr, nahm ihr die Gerte ab, zog ihren zappelnden Körper an seinen und hielt ihr die Arme an den Seiten fest.

»Du blutrünstige kleine Furie! Wenn das ein Indiz dafür ist, wie du mit Männern umspringst, wenn du in Rage kommst, wundert es mich nicht, dass Chesterfield sich erhängt hat.«

Sie wehrte sich nach Leibeskräften, aber es war zwecklos. Ihre Schläge auf seine Arme und die Brust fühlten sich an, als wäre er aus Stein. »Hör auf!«, herrschte er sie an und schüttelte sie. Sie trat ihm gegen das Schienbein. Er stieß sein Knie zwischen ihre Schenkel und zog sie an sich. »Halt um Himmels willen still, und hör mir zu!«

Ihr Kopf sackte zurück. Ihre Augen loderten vor Zorn. »Mein Vater hat dich geliebt, du Verräter!«, schrie sie. »Ich verachte dich! Und wenn ich meinem Vater sage, was du getan hast und warum, wird er dich genauso verachten.«

»Ich kann deinem Vater nicht helfen, solange ich die Wahrheit nicht kenne.«

»Dunleavy helfen, meinst du wohl!«

»Vergiss Dunleavy!« Er jaulte vor Schmerz auf und knickte in der Mitte ein, als sie ihm ihr Knie in den Unterleib rammte, sich aus seinem Griff wand und zu ihrem Pferd rannte. Jason richtete sich taumelnd auf und warf sich auf sie. Beide schlugen hart auf den Boden, und sie landete unter ihm.

»Wenn du mich anfasst, schreie ich!«, verkündete sie mit solcher Vehemenz, dass er in Anbetracht ihrer jämmerlichen Lage beinahe gelacht hätte. Dennoch wirkte der Anblick, wie sie jetzt unter ihm lag, ernüchternd auf ihn. Das feuchte, durchsichtige Hemd verbarg kaum ihre Brustspitzen. Sein Körper reagierte mit einem Hunger, der den Schmerz zwischen seinen Beinen unerträglich machte.

»Sei ruhig. Ich sagte, sei ruhig! Und halt still. Wenn du mich nämlich noch einmal so trittst, vergesse ich, dass ich mir in den letzten Tagen verdammt viel Mühe gegeben habe, mich wie ein Gentleman zu benehmen. Ich werde wieder vergessen, dass du Comptons kleines Mädchen bist, und dir die Sachen vom Leib reißen, deine Beine spreizen und so hart und tief in dich hineinstoßen, dass du die nächsten vierzehn Tage nicht auf deinem verdammten Pferd sitzen kannst!«

Sie schnappte nach Luft, und die Farbe wich aus ihren Wangen. Ihre großen Augen schwammen in ihrem Gesicht wie zwei grüne Teiche.

Aus irgendeinem unbegreiflichen Grund hätte er ihr gern so viel erzählt – die Gründe, warum er all die schönen Nachmittage in ihrer Gesellschaft verbracht hatte, Gründe, die nichts mit seinem Auftrag zu tun hatten. Er war fasziniert von ihrem Geist, ihrer Intelligenz und ihrer Lebensfreude. Ihre Warmherzigkeit machte die Kälte vergessen, die ihm in jenen langen Monaten der Gefangenschaft in die Knochen gekrochen war, als er in der Dunkelheit dahinvegetiert und sich an den Gedanken geklammert hatte, dass es irgendwo da draußen eine Frau gab, die allein durch ihre Anwesenheit die Erinnerungen an den Krieg und das Grauen in seinem Inneren auslöschen könnte; eine Frau, die mit ihm auf seine Teeplantage Ceylonia gehen würde, wo sich sein Paradies befand – ein großes weißes Haus mit Blick auf die endlose grüne See.

Aber der Soldat in ihm hatte feststellen wollen, ob sie irgendetwas über die Verbindung ihres Vaters zu Nana Sahib wusste. Falls Dunleavys Vermutung zutraf, dass Compton Fontaine sich mit Sahib verbündet hatte, um die britische Kolonialherrschaft gewaltsam zu beenden, war Jason wohl oder übel gezwungen, auf die eine oder andere Art mit der unerfreulichen Situation fertig zu werden.

Aber Jason hatte rasch erkannt, dass Comptons Tochter nichts über die jüngsten Aktivitäten ihres Vaters und Sahibs wusste – falls Jason Dunleavys Behauptung, es ginge um Hochverrat, überhaupt Glauben schenken durfte. Soweit Destiny wusste, rüttelte Compton lediglich an den Pforten des Parlaments, indem er die Zeitungen mit Briefen über die Ungerechtigkeiten und die ungleiche Behandlung von Engländern und Indern bombardierte.

Zu seinem Leidwesen musste er erkennen, dass er in den letzten Tagen – genau genommen in den letzten Minuten – jede Chance vertan hatte, sich Destiny Fontaine in einer anderen Eigenschaft als der … eines Feindes, eines Verräters an ihrem Vater zu präsentieren. Er konnte die Uhr nicht bis zu dem Augenblick zurückstellen, an dem er sich ihr zum ersten Mal auf der abgeschiedenen Lichtung genähert hatte. Er konnte ihr nicht mit großer Geste die Hand küssen und verkünden, es wäre der größte Wunsch ihres Vaters, dass sie beide miteinander in den Sonnenuntergang ritten. Sie würde ihm nie wieder vertrauen. Sie würde nie glauben, dass sie etwas in ihm geweckt hatte, das neuartig und beunruhigend war und ihn mit Bedauern erfüllte – einem Gefühl, das ihm bis heute fremd gewesen war.

Ihr Kinn bebte leicht, aber dennoch starrte sie ihm mit

der Wildheit einer Tigerin in die Augen. Er konnte fühlen, wie ihr Herz an ihre Rippen hämmerte und dass sie jeder Atemzug Mühe kostete.

»Du bist ein hinterhältiger, intriganter Betrüger«, sagte sie schließlich, »und ich werde dich bis an mein Lebensende hassen.«

»Wie auch immer, du wirst dir anhören, was ich zu sagen habe. Dein Vater steckt in Schwierigkeiten. Dunleavy hat ihn im Verdacht, Nana Sahib dabei zu helfen, die Engländer aus Indien zu vertreiben. Sollte er feststellen, dass es sich tatsächlich so verhält, hat er vor, deinen Vater sowie Sahib umbringen zu lassen, mit stillschweigender Billigung vom Parlament, versteht sich.«

Destinys Gesicht wurde kreidebleich. Sie blinzelte nicht, und sie atmete nicht. Schließlich fand sie die Kraft zu fragen: »Und wer soll meinen Vater töten?«

»Ich«, sagte Jason leise.

Ihr Gesicht versteinerte. Er strich leicht über ihre kalte Wange, im vollen Bewusstsein des Schocks und der Angst, die sie in diesem Moment ausstand. »Vertrau mir, mein Schatz. Ich glaube keinen Moment, dass sich dein Vater des Verrats schuldig gemacht hat. Compton mag in seiner Liebe zu Indien fanatisch sein, aber er würde nie das Leben seiner englischen Landsleute in Gefahr bringen. Destiny, ich würde eher eine Waffe auf mich selbst richten als deinem Vater ein Leid zufügen.«

»Ich glaube dir nicht.« Ihre Stimme war ausdruckslos. »Wenn dir wirklich etwas an meinem Vater läge, wärst du gar nicht erst in Dunleavys Auftrag hergekommen. Du hättest mich nie belogen und zugelassen, dass es zu diesem abscheulichen Intermezzo gekommen ist.«

»Ich habe nur Dunleavys Wort für das, was in den letzten Monaten in Indien vorgegangen ist. Ich muss erst selbst feststellen, ob Compton zu weit gegangen ist. Als ich diese letzten Tage hier mit dir zusammen war, wurde mir klar, dass dein Vater, selbst wenn er eine Verbindung zu Sahib hat, dir niemals auch nur etwas von seiner Entscheidung berichtet hätte. Dunleavy wird versuchen, dich dazu zu bringen, ihm zu helfen. Du darfst ihm nicht vertrauen. Wenn du dich in die Sache hineinziehen lässt, gefährdest du nicht nur Comptons Leben, sondern auch dein eigenes.«

»Aber dir soll ich alles glauben, was du mir sagst.« Es war keine Frage. Ihre Augen verengten sich. »Wohl kaum, mein Herr.«

Ihre Handbewegung war zu schnell, als dass er den Stein hätte abwehren können, den sie an seine Schläfe krachen ließ. Der jähe Schmerz vibrierte durch seinen Kopf wie ein Blitzschlag und ihm wurde schwarz vor Augen.

Eine Stunde später stand Destiny zitternd in Dianas Landsitz in der Kammer des Butlers, das schlammverschmierte Gesicht in den Händen vergraben. Sie traute sich nicht, die Augen zu schließen, da sie fest überzeugt war, dann Batsons stilles Gesicht vor einer Lache aus Blut und Regenwasser zu sehen. »Ich glaube, ich habe einen Mann getötet, Diana. O Gott, was soll ich nur tun?«

Diana packte ihre Nichte an den Schultern und zischte: »Pst! Leise, sonst hört dich noch jemand! Heiliger Himmel, Des, du siehst grauenhaft aus!«

»Hast du nicht gehört, was ich gerade gesagt habe?« Destiny starrte in Dianas runde Augen, schüttelte ihre Hände ab und wich zurück. »Ich glaube, ich habe ihn getötet. Ich habe ihm den Kopf mit einem Stein eingeschlagen. Da war Blut, und … und er lag einfach da, ganz bleich und still, und ich bin sicher, dass er nicht mehr geatmet hat …«

»Rasch, wir müssen dich nach oben schaffen, bevor James dich sieht. Oder, was der Himmel verhüten möge, unsere Gäste!«

Destiny, die durch die winzigen Schlammklumpen, die an ihren Wimpern klebten, kaum etwas sehen konnte, klammerte sich an ihre Tante. »Ich sollte zu ihm zurückkehren«, flüsterte sie.

»Du gehst nirgendwohin außer in dein Zimmer und in die Badewanne. James kocht vor Wut. Er sucht dich schon seit Stunden. Wenn er dich jetzt zu sehen bekommt …«

»Diana!«, hörte man James blaffen, worauf Diana ein leises Wimmern ausstieß und die Augen verdrehte. Sie drehte sich auf dem Absatz um, schob sich zwischen ihren Ehemann und Destiny und straffte ihre schmalen Schultern, als wollte sie sich für einen Kampf rüsten.

James tauchte, gefolgt von mehreren Männern, aus dem Schatten auf und betrat die Kammer. Seine Augen wurden schmal, als er Destiny entdeckte, die über die Schulter ihrer Tante spähte, das Haar zerzaust von Wind und Regen, Gesicht und Kleidung völlig verschmutzt. Seine Schritte verlangsamten sich, und seine Miene schockierten Befremdens wich mörderischer Wut. »Guter Gott!«, rief er aus. »Was zum Teufel hat dieses Mädchen jetzt schon wieder angestellt, Diana? Sie sieht aus wie ein verdammter Totengräber.«

»Sie ist vom Pferd gestürzt«, erklärte Diana und hob ihr Kinn. »Wenn man bedenkt, dass dir letzte Woche dasselbe passiert ist, kannst du ihr kaum einen Vorwurf machen.« Sie wandte ihre Aufmerksamkeit den nervösen Dienstboten zu und sagte: »Decken, schnell. Destiny ist nass und durchfroren. Und bringt Verbandszeug und Salben für ihre Verletzungen. Lasst ihr ein heißes Bad ein. Wärmt etwas Milch für sie.«

»Zur Hölle mit heißen Bädern und warmer Milch«, schnaubte James und stieß Diana grob beiseite. Er starrte Destiny mit mahlenden Unterkiefern erbittert an. »Du dummes Ding, wir haben stundenlang verzweifelt nach dir gesucht. Es ist jemand aus London eingetroffen, mit Nachrichten von deinem Vater.«

»Von meinem Vater?« Destiny warf einen Blick auf die ihr unbekannten Männer, die hinter James standen. Alle machten ernste Gesichter und musterten sie, als wäre sie ein Schwein, das verkauft und geschlachtet werden sollte.

James packte sie mit eisernem Griff am Arm und zerrte sie in die Halle hinaus zur hinteren Galerie, gefolgt von den Männern mit ausdruckslosen Mienen und dunklen Anzügen. Diana lief händeringend hinterher.

Als sie die Bibliothek betraten, drängte James Destiny zu einem von mehreren hochlehnigen Stühlen. Er schubste sie auf die Sitzfläche, zog ein Taschentuch aus seiner Jacke und rieb sich den Schmutz und das Wasser von den Händen.

»Da ist sie, Gentlemen. Sie sind meiner Nichte willkommen. Wenn Sie mich jetzt entschuldigen würden, ich habe Gäste.« Er nahm Dianas Arm und zog sie gewaltsam zur Tür, wo er stehen blieb und sich noch einmal umdrehte. »Sowie dieses Treffen beendet ist, Destiny, ziehst du dich unverzüglich auf dein Zimmer zurück und verlässt es erst dann wieder, wenn ich es dir ausdrücklich gestatte.«

Ohne auf eine Erwiderung ihrerseits zu warten, verließ James das Zimmer, eine zappelnde Diana am Arm, die versuchte, sich aus seinem Griff zu winden.

Einer der Männer ging zu einer Reihe von Kristallkaraffen, die auf einem Tisch in der Nähe des Erkers standen. Er schenkte mehrere Gläser ein und drückte eines davon Destiny in die Hand, indem er ihre steifen Finger um das

Glas legte. Ein anderer Mann, der älter und distinguierter wirkte, saß in dem Sessel neben ihrem.

»Nur zu«, sagte der ältere Mann und deutete auf das Glas in ihrer Hand. »Sie sehen aus, als könnten Sie eine Stärkung vertragen.«

»Sie sind wegen meines Vaters hier?«, hörte sie sich selbst mit hohler Stimme fragen. Ihre Hände bebten, und die Erinnerungen an die letzten Stunden bohrten sich wie kleine spitze Dornen in ihr Gehirn. Sie war so starr vor Anspannung, dass sie kaum atmen konnte.

»Trinken Sie«, befahl der Mann, während er die Beine übereinander schlug und sich in seinen Sessel zurücklehnte.

Destiny hob das Glas Sherry an ihre Lippen, nahm einen kleinen Schluck, schauderte und schloss kurz die Augen. Keine gute Idee. Jason Batson tauchte vor ihrem geistigen Auge auf, das hübsche Gesicht blutüberströmt. O Gott. Erst Chesterfield, jetzt Batson. Jason. Der Freund ihres Vaters. Der Mann, der sie so verzaubert hatte, dass sie ihn verführt hatte, als wäre sie ein … schamloses Flittchen. Der Sherry erwärmte sie ein wenig und erfüllte sie mit einer angenehmen Lethargie. Sie richtete den Blick wieder auf das Gesicht des Fremden und stieß zittrig den Atem aus.

»Was ist los mit meinem Vater? Ist ihm etwas zugestoßen? Warum sind Sie hier?«

»Lady Chesterfield, Sie sind sicher darüber im Bilde, dass es in den letzten Monaten in ganz Indien zu erheblichen Unruhen gekommen ist.«

»Mein Vater hat es in seinen Briefen erwähnt.«

Der Mann zog die Augenbrauen zusammen. »Was Sie nicht sagen. Und was genau hat er geschrieben?«

»Was schon? Dass die Engländer drauf und dran wären, die gesamte Nation vor den Kopf zu stoßen. Und dass Dalhousie mehr dazu beigetragen hätte, die Einheimischen aufzubringen als jeder andere Engländer, der je den Subkontinent betreten hat. Mein Vater war entsetzt über die wachsende Arroganz der Krone und ihre Versuche, die Bevölkerung immer mehr zu unterdrücken und auszubeuten.«

Der Hauch einer Gefühlsregung huschte über das Gesicht des Mannes.

»Wer sind Sie?«, wollte Destiny wissen, während sie sich innerlich wappnete. Noch bevor er sprach, wusste sie, wie die Antwort lauten würde.

»Harold Dunleavy.«

Destiny stellte ihr Glas ab und stand auf. »Dunleavy. Natürlich. Der Mann, der seit Jahren versucht, das Parlament davon zu überzeugen, dass mein Vater ein Verräter ist. In seiner kurzen Amtszeit als Vizekönig haben Sie ihm unvorstellbare Schwierigkeiten gemacht. Korrigieren Sie mich, wenn ich mich irre, Sir, aber haben nicht Sie die Untersuchung in die Wege geleitet, die letzten Endes dazu führte, dass mein Vater seines Amtes enthoben wurde?«

»Sollte sich Ihre Majestät etwa keine Gedanken über einen Beamten der Krone machen, der sich anscheinend mehr für die Rechte einer Horde Heiden als für seine Landsleute interessiert?«

Destiny wandte sich ab, wurde aber abrupt zum Stehen gebracht, als einer der Männer vor die Tür trat und ihr den Fluchtweg abschnitt.

»Ich bin nicht hier, um einen alten Groll wieder aufleben zu lassen, Madam.«

Sie wandte ihm ihr Gesicht zu. »Nein? Man hat mir erzählt, Sie wären wegen meines Vaters bei der Besetzung der Position des Vizekönigs übergangen worden. Vielleicht grollen Sie sogar der Luft, die er atmet.«

»Das ist lange her. Worauf es ankommt, ist Folgendes: Sie

sollten sich darüber im Klaren sein, dass die Sicherheit ihres Vaters stark gefährdet ist, und zwar durch einige radikale Elemente, die wegen Dalhousies Erbfolgegesetz toben.«

»Mein Vater genießt großen Respekt, Mr Dunleavy. Ich kann mir nicht vorstellen, wer sich aus irgendeinem Grund gegen meinen Vater stellen sollte, ungeachtet des Chaos, in das Dalhousie das Land gestürzt hat.«

»Sie wissen, wer Nana Sahib ist?«

»Natürlich. Er ist ein enger Freund meines Vaters.«

»Wir haben unsere Informationen von Sahib persönlich. Er hat sämtlichen Untertanen Ihrer Majestät, die in der Region leben, ernste Konsequenzen angedroht, falls keine Schritte zur Aufhebung des Erbfolgegesetzes unternommen werden.«

»Das glaube ich nicht. Sahib würde sich nie in dieser Weise gegen die Engländer stellen.«

»Ich fürchte, es ist wahr.« Er zog einen Brief aus seiner Jackentasche und reichte ihn ihr. »Lesen Sie selbst. Er warnt uns vor einem landesweiten Aufstand, falls wir nicht im Interesse der Inder handeln.«

»Warum kommen Sie damit zu mir?« Ihre Stimme bebte. Es musste sich um ein Missverständnis handeln. Nana Sahib verehrte ihren Vater. Er hatte in seinem eigenen Heim Geburtstagsfeiern für Destiny veranstaltet. Und als ihre Mutter starb, hatte er die Türen seiner heiligen Kapellen geöffnet, um sie mit großem Pomp bestatten zu lassen.

Destiny wandte den Blick ab, als ihr Batsons Warnung durch den Kopf ging: *Du wirst dir anhören, was ich dir zu sagen habe. Dein Vater steckt in Schwierigkeiten. Dunleavy hat ihn im Verdacht, Nana Sahib dabei zu helfen, die Engländer aus Indien zu vertreiben.*

»Lady Chesterfield, ich bin hier, weil ich versuchen möchte, Ihrem Vater zu helfen.«

»Warum sollten Sie meinem Vater helfen wollen, nachdem Sie ihn jahrelang bekämpft haben?«

Dunleavy erhob sich aus seinem Sessel und ging zum Fenster. Einen Moment lang schwieg er. Sein Gesichtsausdruck wirkte nachdenklich. »Zugegeben, meine Liebe, ich habe aus meiner Meinung, was das Verhalten Ihres Vaters angeht, nie einen Hehl gemacht. Aber nur, weil ich befürchtete, die Tatsache, dass er den Funken der Zwietracht schürt, könnte genau zu der Art Situation führen, der wir uns jetzt gegenübersehen. Ihr Vater, der offensichtlich ungeheuren Einfluss auf Nana Sahib hat, könnte sich als Vermittler von unschätzbarem Wert erweisen, aber alle Versuche der letzten Monaten mit Ihrem Vater darüber zu reden, waren vergeblich gewesen.«

»Was wollen Sie von mir?«, fragte sie leise.

»Ihre Hilfe, versteht sich.«

»Ich kann mir nicht vorstellen, wie ich Ihnen eine Hilfe sein könnte.«

»Wir wissen, wie nahe Sie und Ihr Vater sich stehen. Er wird auf Sie hören. Reden Sie mit ihm. Machen Sie ihm klar, dass seine Hände mit dem Blut von Engländern und seinen geliebten Indern befleckt sein werden, wenn er nicht zustimmt, Nana Sahib dahingehend zu beeinflussen, diese empörende Rebellion aufzugeben. Sollte Ihr Vater hingegen kooperieren und uns in dieser Angelegenheit behilflich sein, wird man seine früheren Übergriffe vergeben … und vergessen.«

»Sie wollen, dass ich nach Cawnpore gehe? Um mit meinem Vater persönlich über dieses Thema zu sprechen?«

»Als unsere Abgesandte gewissermaßen.«

Destiny sah zu den anderen Männern im Raum, die sie mit unbewegten Mienen musterten.

Er hat vor, deinen Vater und Sahib umbringen zu lassen,

mit stillschweigender Billigung des Parlaments, versteht sich.

»Wir haben ein Schiff zur Verfügung, das Ende der Woche die Segel setzen könnte«, teilte Dunleavy ihr mit. »Ich habe Vorsorge getroffen, dass Sie von einer Spezialeinheit meiner Männer begleitet werden. Wenn es jemand schafft, bis Cawnpore und in Sahibs Hauptquartier vorzudringen, dann sie. Sie sind Fachleute für … größte Gefahren, könnte man sagen.«

Wer soll meinen Vater töten?

Ich.

Destiny, die sich bemühte, ruhig zu atmen, ließ sich eine Weile Zeit, bevor sie mit einem bloßen Nicken antwortete. »Ich denke darüber nach und gebe Ihnen dann Bescheid.«

Dunleavy beobachtete sie scharf, und sein Lächeln wirkte alles andere als glaubwürdig.

5

Jason, der auf seinem Bett lag und sich nach Kräften bemühte, den Lärm unten in der Schänke zu überhören, beobachtete das Spiel von Licht und Schatten, das die Lampe an die Decke malte. Er hatte auf Schlaf gehofft. Aber das sollte offensichtlich nicht sein. Die Wunde an seinem Kopf tat höllisch weh, und jedes Mal, wenn er die Augen schloss, sah er Destiny Fontaine vor sich, ihre Lippen geteilt, ihr Körper nach hinten gebogen, um ihn noch tiefer in sich aufzunehmen. Ihr Duft kitzelte seine Sinne, und ihr leises Stöhnen klang immer noch in seinen Ohren.

Was hatte sich James Shaftesbury nur dabei gedacht, als er Destiny einem Mann wie Chesterfield opferte? Diese Frau war Glut und Feuer. Donner und Blitz.

Jason tastete nach der Schwellung an seiner Schläfe und zuckte zusammen.

Eine Jungfrau. Gott, er hatte schon mit vielen Frauen geschlafen, aber noch nie mit einer Jungfrau. Und hätte es auch nie getan, es sei denn, in ihrer gemeinsamen Hochzeitsnacht. Ein Mann ließ eine Frau, der er die Unschuld genommen hatte, nicht einfach zurück … nicht einmal, wenn sie ihm den Schädel einschlug und dem Tod überließ.

Was jetzt?

Dunleavy war genau in diesem Moment in Sheffield House, um mit ihr über die Lage ihres Vaters zu sprechen, ihr zu erklären, wie dringend erforderlich ihre Hilfe war, um nicht nur Comptons Leben, sondern auch das Tausender anderer Menschen zu retten. Dank Jason war sie über Dunleavys Pläne im Bilde, es war also ausgeschlossen, dass sie zustimmte, die Reise nach Indien anzutreten. Das würde Dunleavy natürlich nicht aufhalten. Wenn es sein musste, würde er sie gefesselt und geknebelt an Bord von Jasons Schiff schleppen. Gut. Sehr gut. Solange Jason die Situation im Griff hatte und das Mädchen in seiner Obhut war, konnten Dunleavy und ein Dutzend seiner Handlanger ihr nichts anhaben. Das Problem war, sie an Bord seines Schiffs zu bringen – und dort zu behalten. Kein Zweifel, in dem Moment, in dem ihr klar wurde, dass der Kapitän derselbe Mann war, der nicht nur mit ihr geschlafen, sondern auch noch zugegeben hatte, dass er den Auftrag hatte, ihren Vater zu töten, würde sie Ärger machen. Aber damit würde er sich befassen, wenn es so weit war. Eins nach dem anderen, und der erste Schritt war, Destiny aus Dunleavys Gewalt zu befreien und zu ihm selbst zurückzuholen.

Jason richtete sich auf und griff nach einem Glas und einer Flasche Rum.

Die Tür ging auf.

Er blickte auf und schnaubte leicht. »Ich scheine nachzulassen. Ich dachte, ich hätte die verdammte Tür abgesperrt.«

»Ich wäre vorsichtig mit dem Rum. Vergessen Sie nicht, es ist eine Weile her, seit Sie Alkohol getrunken haben. Es ist möglich, dass Sie sich betrinken und eine Dummheit begehen.«

»Wann haben Sie schon einmal erlebt, dass ich eine Dummheit begangen hätte, Harold? Oh, das nehme ich zurück. Ich meine, abgesehen davon, mich mit Ihnen einzulassen.«

Dunleavy ging zu dem kleinen Fenster, von dem man auf

das umliegende Land sah. »Sie haben sich mit dem Mädchen getroffen, stimmt's, Batson? Leugnen Sie nicht. Ich habe Sie heute Nachmittag bis zu der Waldlichtung verfolgen lassen. Ich kann mich nicht entsinnen, dass unsere Pläne vorsahen, die junge Frau zu verführen. Um genau zu sein, war nie vorgesehen, dass Sie die Kleine überhaupt kennen lernen, bevor sie an Bord Ihres Schiffs geht. Ihnen ist wohl klar, dass Ihre nähere Bekanntschaft mit der Dame alles ändert.«

Jason schenkte sich einen Drink ein. Die Wunde an seinem Kopf fing wieder an zu bluten, vielleicht war es aber nur der Schweiß, der ihm auf der Stirn stand. Die Luft schien unangenehm warm zu sein.

Harold lachte. »Ich hätte wissen müssen, dass Sie sie zu schön finden würden, um widerstehen zu können. Mein Fehler, fürchte ich. Sagen Sie, was haben Sie ihr von unseren Plänen erzählt?«

Jason kippte den Rum hinunter und zuckte leicht zusammen, als die Flüssigkeit in seinem leeren Magen brannte. »Sie weiß nichts, Harold. Dass ich mit ihr geschlafen habe, heißt nicht, dass ich alles ausgeplaudert habe. Verdammt, ich war monatelang in Einzelhaft. Wenn eine Frau ihre Beine für mich breit machen will, warum sollte ich die Einladung nicht annehmen?«

Harold richtete seinen scharfen Blick auf Jason. »Ich glaube Ihnen nicht, Batson. Ich denke, Sie haben etwas zu verbergen. Oder führen etwas im Schilde. Es muss so sein, sonst hätten Sie nicht ein Zusammentreffen mit ihr herbeigeführt.«

Jason starrte direkt in Harolds kleine Augen, während er im Geist die Details seines heutigen Treffens mit Destiny durchging. Anscheinend war ihm jemand bis zur Lichtung gefolgt, aber auch wenn der Betreffende aus dem Schatten des Waldes einige Momente perverser Freuden genossen hatte, war es ihm mit Sicherheit nicht möglich gewesen, ihr Gespräch zu belauschen. Der Waldrand war zu weit entfernt gewesen.

»Ich wollte selbst herausfinden, wie tief ihr Vater in Nana Sahibs Angelegenheiten verstrickt ist. Ich bin unter anderem auch deshalb noch am Leben, weil ich zuerst immer persönlich Nachforschungen über eine vorliegende Krise anstelle, bevor die Jagd beginnt.« Jason zeigte auf die offene Wunde an seiner Schläfe und verzog das Gesicht. »Außerdem glaube ich kaum, das sie mir den Schädel mit einem Stein einschlagen würde, wenn wir Geheimnisse miteinander hätten.«

»Warum hat sie das eigentlich getan?«

»Ich habe ihr gesagt, sie wäre der beste Fick, den ich je gehabt hätte.«

»Du meine Güte! Hat Cobra etwa sein Händchen für Damen verloren? Vielleicht hat Sie die Einzelhaft von fast einem Jahr ein wenig einrosten lassen. Ts, ts, ts. Sie lassen tatsächlich nach, alter Junge. Aber den Verdacht hatte ich bereits, als Sie Lieutenant Grant umbrachten.«

»Er hat eine Frau erschossen. Ich würde es wieder tun. Und werde es auch, wenn es sein muss.«

»Drohen Sie mir, Batson?« Dunleavy trat an den Nachttisch, griff nach der Flasche Rum und füllte Jasons Glas nach. Dann lachte er. »Töten ist für Sie so selbstverständlich wie atmen. Das ist alles, wozu Sie gut sind, wissen Sie. Jemand, der so unmenschlich ist wie Sie, verdient es im Grunde nicht, sich unter normalen Menschen aufzuhalten. Wem wird es etwas ausmachen, wenn Sie sterben, frage ich mich? Wenn ich es recht bedenke, wird es Freudenfeste bei all den Ehefrauen, Müttern und Kindern der Männer geben, die Sie im Lauf der Jahre abgeschlachtet haben.«

»Nur weil ein Wurm wie Sie nie den Mumm hätte, es selbst zu tun.« Jason stürzte den Rum hinunter und knallte das leere Glas auf den Tisch. Dann stand er auf und baute sich so bedrohlich vor dem weit kleineren Dunleavy auf, dass der andere unwillkürlich zur Tür zurückwich. »Ich mag Sie nicht, Harold. Sie sind ein kleiner Mann, der hässliche Gedanken hat und sich vor Courage fürchtet. Schwäche erregt Sie. Die einzige Möglichkeit für Sie, sich selbst gut zu fühlen, ist es, wehrlose Opfer zur Strecke zu bringen. Ich bin fertig mit Ihnen und Ihren verdammten verdeckten Operationen.«

»Sie können uns nicht einfach so verlassen, Batson.«

Jason ballte die Fäuste. Der Rum ließ das Zimmer schwanken, als er einen Schritt auf Dunleavy zu machte. Er hielt sich am Bettpfosten fest. »Mein Vater konnte es«, sagte er mit belegter Stimme. »Er ist gegangen.«

Harold lachte. »Glauben Sie?«

Er versuchte verzweifelt, sich auf Dunleavys Mund zu konzentrieren, die Bedeutung seiner Worte zu erfassen. Was zum Teufel wollte er damit andeuten?

»... ein Jammer, dass er so plötzlich von uns ging ... Angeblich ein Herzanfall ...«

»Mein Vater ist tot?«

»... Soll ganz friedlich im Schlaf gestorben sein. Ihre Mutter war am Boden zerstört. Nach all den Jahren des Alleinseins war sie überglücklich, ihn wieder bei sich zu Hause zu haben. Natürlich hatte sie nie die geringste Ahnung, wer er war oder was er machte, wenn er wochen- oder monatelang weg war. Wir waren sehr geschickt im Abfassen seiner Briefe an sie, Regierungsgeschäfte im Ausland und dergleichen – dasselbe haben wir getan, als Sie das letzte Jahr im Gefängnis schmorten. Sie glaubte, Ihr Vater wäre Botschafter oder etwas in der Art, genauso wie sie glaubt, dass Sie und Trevor sich in Amerika herumtreiben. Denken Sie nur, wie sehr es sie treffen würde, wenn sie feststellte, dass ihr eigenes Fleisch und Blut nichts weiter ist als ein Söldner – ein Mann, der für Geld tötet.«

Jason warf sich mit einer solchen Wucht auf Dunleavy, dass der andere von den Füßen gerissen wurde und an die Wand krachte. Seine Hände krallten sich in Dunleavys Kragen; seine Knöchel bohrten sich in seine Kehle. »Haben Sie ihn getötet? Antworten Sie mir, Sie Hurensohn! Haben Sie meinen Vater auf dem Gewissen?«

»Ihr Vater scherte sich einen Dreck um den Tod, genauso wie er sich einen Dreck aus seiner Familie und seinem Zuhause machte. Das alles war lediglich eine angenehme Erholung von blutigen Kriegen. Ein Ort, um seinen Hut aufzuhängen und die Füße am Kaminfeuer zu wärmen. Glauben Sie im Ernst, er hätte Sie und Ihren Bruder in seine Operationen einbezogen, wenn Sie ihm auch nur das Geringste bedeutet hätten? ›Zwei von meinem Schlag‹, hat er von Ihnen und Trevor gesagt. Und in noch einer Sache hatte er Recht: Er sagte, Sie würden als Erster weich werden – Sie hätten nicht Trevors Freude am Töten. Und dass Ihre Schwäche für Frauen und Kinder irgendwann Ihr Untergang sein würde.«

Dunleavy biss die Zähne zusammen, löste Jasons Finger von seinem Hemd und stieß ihn von sich. »Was ist aus Ihnen geworden, Batson? Haben Ihnen diese Monate in Einzelhaft zu viel Zeit gelassen, über die Männer nachzudenken, die Sie auf dem Gewissen haben? Hat Sie der Anblick Ihrer Gesichter bis in den Schlaf verfolgt? Haben Ihre Schreie Sie gequält?« Er strich seinen Kragen und seine Jacke glatt. »Falls es hilft, reden Sie sich einfach weiterhin ein, dass Sie ein Soldat im Kampf für die Schwachen und Entrechteten sind, und versuchen Sie, nicht an das

Geld zu denken, dass es Ihnen einbringt, diesen Leuten die Kehle durchzuschneiden.«

Harold langte nach der Türklinke. »Sie sind fertig mit der Chesterfield. Verstehen Sie? Wir brauchen Ihre Dienste nicht länger, was sie und ihren Vater angeht.«

Jason versuchte verzweifelt, einen klaren Kopf zu bekommen, als Harold aus dem Zimmer ging und die Tür offen ließ. Er taumelte zur Schwelle und sah Harold den Flur hinuntergehen. »Was zum Teufel soll das heißen, ich bin fertig mit der Chesterfield?«, rief er. »Schauen Sie mich an, Sie Schwein!«

Dunleavy verschwand über die Hintertreppe. Jason rannte ihm nach, wobei er immer zwei Stufen auf einmal nahm und sich mit beiden Händen an den engen Wänden abstützte. Das Getöse aus der Schänke dröhnte ihm in den Ohren und nahm ihm die Orientierung. Er hätte den verdammten Rum nicht trinken sollen … war dumm von ihm – genauso dumm wie den Reizen einer Waldnymphe zu erliegen, die wilde Ponys fütterte. Jesus, er war kein unreifer Jüngling in kurzen Hosen mehr, der noch nie eine Frau gesehen hatte, die so strahlend lächelte oder so hell und klar lachte, dass es in seinen Ohren wie Vogelgezwitscher klang. Er hatte einfach zu lange keine Frau mehr gehabt – seit Monaten nicht mehr, um Himmels willen. Er war auch nur ein Mensch. Oh ja, Dunleavy mochte sagen, was er wollte, aber er war ein Mensch. Er hatte genauso viele Leben gerettet wie genommen, zum Teufel! Wenn er Dunleavy noch einmal in die Finger bekam … Er stürzte zur Hintertür hinaus und rutschte in der Dunkelheit, wo Regen und Wind gegen ihn prallten wie Geschosse, im Matsch aus.

Er sah die Männer nicht, die ihn packten – noch ein Fehler, dachte er, als er mit dem Gesicht voran gegen die Hausmauer geworfen und dort festgehalten wurde, die Wangen aufgerissen von den scharfkantigen Steinen. Jemand versetzte ihm einen Schlag in die Nieren, und ein jäher Schmerz schoss seinen Rücken hinauf. Ein anderer drosch seine Faust in Jasons Rippen, einmal, zweimal, bis er spürte, wie seine Knie nachgaben. Finger schlangen sich in sein Haar und scheuerten sein Gesicht über die Mauer, immer wieder, bis ihm das Blut aus Mund und Nase strömte und er zu ersticken glaubte. Schließlich ließen sie ihn los. Er sackte an der Mauer in sich zusammen.

»Du hast den Mann gehört, Batson. Wenn du klug bist, vergisst du Lady Chesterfield und tauchst eine Weile unter. Vielleicht lässt du dir in der Zeit einen neuen Satz Eier wachsen. Deine scheint einer geklaut zu haben, als du gerade nicht hingeschaut hast.« Das schallende Gelächter mehrerer Männer folgte dieser Bemerkung, und nach einem letzten Fußtritt, der Jason vornüber in den Schlamm sinken ließ, verschwanden die Angreifer in der Dunkelheit.

Regen prasselte auf seinen Rücken, und er versuchte, sein Gesicht aus dem Schlamm zu heben, schaffte es aber nicht.

»Sieh mal einer an«, sagte eine vertraute Stimme.

Mehrere Händepaare packten ihn am Hemd und drehten ihn um.

»Sieht so aus, als wären wir ein bisschen spät dran, was?«, sagte ein anderer.

Ein Gesicht näherte sich dem von Jason und verzog sich zu einem breiten Grinsen. »Mann, ich glaube, er atmet noch. Aber ganz schön kaputt ist er, was? Sollen wir einen Doktor holen oder was? Was meinst du, Käpt'n? Bleibst du am Leben oder nicht?«

Jason spuckte Schlamm und Blut aus. »Scheint so, als wäre ich ein wenig aus der Übung.«

»Nicht doch, Käpt'n. Wirklich nicht.«

Paolo Tosti war blond, blauäugig und schmächtig ... und absolut tödlich mit der Garotte. Mit einer Schlinge aus Silberdraht konnte er einem Mann so schnell und glatt die Kehle durchschneiden, dass der arme Kerl nicht einmal merkte, wie ihm geschah. Er hatte jedoch nichts für Messer übrig – viel zu unsauber – und Schusswaffen machten ihn nervös. Paolo war mit einem außergewöhnlich scharfen Gehör gesegnet. Er konnte eine Schlange in hundert Metern Entfernung durchs Gras gleiten hören. Außerdem konnte er hervorragend maskieren – nicht sich selbst, sondern Jason. Paolos Begabung, Gummi und Wachs zu menschlichen Zügen zu formen, war fast unheimlich.

Conrad LaTouche hingegen war so groß wie Jason, aber gut hundert Pfund schwerer. Im Umgang mit Messern war er im Gegensatz zu Paolo sehr geschickt. Er traf mit einem Messer aus fünfundzwanzig Fuß Entfernung ins Schwarze. Er trug sie in einem Gürtel um seine Taille – manchmal zehn an der Zahl –, nur falls er einmal in eine brenzlige Lage geraten könnte. Er hatte Messer aus aller Herren Länder zusammengetragen: Russland, China, Japan – sogar ein Bowie-Messer aus Amerika. Das war sein Lieblingsstück. Es war groß und gebogen und konnte ein Haar spalten, als wäre es warme Butter. Connie war stolz darauf, einem Mann die Kehle sauber und schmerzlos durchzuschneiden. Jason hatte ihn an demselben Morgen vor dem Galgen gerettet, als er für den Mord an einem Anwalt hingerichtet werden sollte, der nach Connies Aussage versucht hatte, Connies Mutter Geld für nie geleistete Dienste abzuknöpfen. Dunleavy hatte ihn nur zögernd begnadigt, da besagter Anwalt Harolds Cousin zweiten Grades gewesen war.

Gabriel Hirsch maß barfuß über zwei Meter. Seine Hände waren groß wie Servierplatten und stark genug, um Eisen zu biegen. Er sprach wenig, da er zum Stottern neigte. Er war vier Jahre im Inneren eines Schiffsrumpfs eingepfercht gewesen – lebendig in einer Zelle begraben, weil er einen Mann zusammengeschlagen hatte, der ihn eine Missgeburt genannt hatte. Gabriel machte sich nicht viel aus Menschen, außer aus Kindern. Der Grund dafür war, vermutete Jason, dass Gabriel geistig selbst ein Kind geblieben war – außer wenn es ums Töten ging. Er war schonungslos und unerbittlich und imstande, durch Wände zu gehen, um einen Mann mit bloßen Händen zu erledigen.

Franz, Fritz und Zelie Lussan waren in Seven Dials aufgewachsen, einem Verbrecherviertel, wo in der Nähe von St. Giles sieben Straßen voller Diebe, Mörder und Prostituierte zusammenliefen. Die Brüder waren gleichermaßen fasziniert von allem, was explodierte. Schusswaffen waren ihr Fachgebiet. Wenn sie nicht gerade jemanden erschossen oder etwas in die Luft jagten, beschäftigten sie sich damit, Waffen zu entwickeln, die präziser oder schneller schossen oder mit dem einmaligen Betätigen des Abzugs noch größeren Schaden beim Feind anrichteten.

Franz und Fritz hatten Freude daran, mit verschiedenen Arten von Munition zu experimentieren. Ihr jüngster Beitrag auf dem Weg zum Ruhm war nach eigenen Angaben das neue Geschoss, das zurzeit so viel dazu beitrug, die Unruhen in Indien zu schüren. Um den mühsamen Vorgang zu ersetzen, ein Gewehr nacheinander mit Kugel und Schießpulver zu füllen und dies dann festzustopfen, um beides an Ort und Stelle zu halten, erhielt der Soldat eine Papierhülse, die eine Kugel und die entsprechende Menge Pulver enthielt. Er brauchte nur das Endstück abzubeißen und sein Gewehr zu laden, indem er das Papier, das mit Schweine- oder Rindertalg eingefettet war, in den Lauf schob. Da die Brüder mit diesem Stand der Dinge allerdings immer noch nicht zufrieden waren, arbeiteten sie jetzt fieberhaft an einer noch vereinfachteren Version der Patrone – eine Hülse, die in Kammern geladen und automatisch und ohne große Umstände in den Lauf der Waffe geführt und innerhalb von Sekunden abgefeuert werden konnte. Die Brüder waren zweifellos Genies.

Zelie allerdings hatte ein Problem mit Opium. Es war Bestandteil jeder Zelle seines Körpers. Natürlich hatte Jason mit ihm über diese unangenehme Angewohnheit gesprochen, aber es war zwecklos. Zelie war der Meinung, dass jeder, der auch nur einen Funken Kreativität besaß, den Samen der Mohnblume bräuchte, um seine geistigen Fähigkeiten voll auszuschöpfen, und da er fraglos das Gehirn der Brüder sei, wären seine Abstecher in das Reich des Vergessens absolut erforderlich.

Jason war überzeugt, dass die Gruppe, die sich um sein Bett scharte und seinen Rum trank, geistig und seelisch ebenso explosiv war wie ein Fass Schießpulver der Brüder Lussan. Aber das war schließlich genau der Grund, warum er sie zu seinen Gefährten gemacht hatte. Die Spezialeinheit Cobra existierte allein zu dem Zweck, sich in Situationen zu begeben, die für das Militär Ihrer Majestät als zu riskant oder zu geheim angesehen wurden. Cobra griff ein, wenn alle anderen versagt hatten, jede Hoffnung verloren war. Auf Anordnung der Krone schlichen die Agenten durch die Schatten der Nacht und ermordeten Potentaten und Heerführer, die eine Bedrohung für die Sicherheit des Empires darstellten. Cobra war eine Vereinigung von Männern, denen der Gedanke an den Tod keine Angst machte. Und dafür wurden sie mit enormen Summen Geld belohnt.

Zelie lächelte Jason an und schüttelte den Kopf. »Seit Kalamita habe ich dich nicht so übel zugerichtet gesehen. Eigentlich finde ich es ganz amüsant. Sonst ist es immer einer von uns, der Prügel bezieht.«

»Ich scheine Harold wirklich verärgert zu haben.« Jason zuckte zusammen und presste eine Hand an seine Seite. Jesus, die Bastarde hatten ihm eine Rippe gebrochen.

»Gelinde gesagt«, bemerkte Fritz. »Wenn du nicht gut aufpasst, sitzt du demnächst wieder in Einzelhaft. Schlimmer noch, wir werden alle dort landen. Lieber schlage ich dich persönlich zu Brei, bevor ich das zulasse.«

Zelie beugte sich vor und schnurrte: »Möchtest du vielleicht ein bisschen von meinem Opium, alter Junge? Es wirkt Wunder. Du spürst nichts mehr, lässt dich einfach treiben und stellst dir vor, du wärst an einem Strand auf Jamaika. Ahhh!« Seine Augen schlossen sich. »Ich kann beinahe die Sonne auf meinem Gesicht spüren. Wo ist meine Pfeife? Bringt mir meine Pfeife!«

Connie zog einen Stuhl ans Bett und setzte sich. Er hatte sich einen dichten Bart wachsen lassen, seit Jason ihn zum letzten Mal gesehen hatte. Jetzt sah er wie ein roter Busch mit Augen aus. »Soll ich den Bastard für dich erledigen, Käpt'n? Keiner von uns hätte was dagegen, seinen Kadaver an einem Galgen baumeln zu sehen.«

»Wenn einer Dunleavy umbringt, Connie, dann ich.« Jason holte tief Luft oder versuchte es zumindest. Vielleicht war seine Rippe nicht gebrochen, aber sie tat auf jeden Fall höllisch weh. »Er hat uns von diesem Auftrag abgezogen. Das kann ich nicht zulassen.«

»Hör mal, Käpt'n, vielleicht wird's Zeit, dass du den Job an den Nagel hängst. Du hast im Lauf der Jahre genug Geld gemacht, um dir dein eigenes Scheißland zu kaufen. Nimm deine Tochter, kauf ihr ein Pony, und hol die Zeit nach, die du versäumt hast. Nachdem Michelle nicht mehr da ist, wird sie ihren Daddy brauchen.«

Jason sah die Sorge auf ihren Gesichtern.

»Was Connie meint«, sagte Franz, »ist, dass du immer

gesagt hast, wenn du einmal nicht mehr das Herz hast, einen Auftrag anständig zu erledigen, würdest du deine Waffen niederlegen und gehen, in das schöne Haus ziehen, das du auf deiner Inselplantage vor der Küste Ceylons gebaut hast, Tee anbauen, Pferde züchten und Kinder haben, die auf deinen Knien sitzen – all das genießen, was du nicht hattest, als du selbst ein Kind warst.«

Jason sah zu Paolo, der in der Nähe des Fensters stand. »Wisst ihr etwas, das ich nicht weiß?«

Paolo zuckte die Achseln. »Dunleavy hat diesen Auftrag einem anderen Trupp übergeben. Unter Führung eines Mannes, der sich nicht von seinem Gewissen beeinflussen lassen wird, wenn es zur Konfrontation kommt, und der hinterher den Dreck wegräumt. Harold hat vor, die junge Frau zu benutzen, um ihren Vater aus Sahibs Einflussbereich zu locken, wo er in den letzten Monaten Zuflucht gesucht hat. Compton wird nicht lange überlegen … und dann still und leise ausgeschaltet werden. Auf Destiny Fontaine Chesterfield wartet dasselbe Schicksal. Ohne Zeugen, wohlgemerkt.«

Schweigen senkte sich über den Raum. Jason lag regungslos da und starrte an die Decke, die Schmerzen in seinem Körper plötzlich nicht mehr als ein dumpfes Pochen. Natürlich würde Harold Destiny erledigen. Wie hatte er nur so dumm sein können? Harold konnte unmöglich zulassen, dass Destiny nach England zurückkehrte und berichtete, dass die Regierung Mitglieder ihrer Aristokratie ermorden ließ. Jason biss die Zähne zusammen und rollte sich vom Bett. Das Zimmer verschwamm vor seinen Augen, ebenso die Gesichter seiner Männer. Den Blick wieder auf Paolo geheftet, fragte er: »Was hast du noch gehört? Wer hat den Auftrag, Destiny bei ihrem Vater abzuliefern, nachdem ich draußen bin?«

»Wie ich bereits sagte, es ist jemand, dem Dunleavy zutraut, den Auftrag auszuführen. Der keine wie immer gearteten Bedenken hat, Sahib, Fontaine oder seine Tochter auszuschalten.«

»Wer, verdammt noch mal?«

Paolo wandte den Blick ab. »Dein Bruder natürlich.«

6

Als die große Standuhr Mitternacht schlug, trat Destiny ans Fenster und starrte auf die dunklen, vom Regen durchnässten Parkanlagen und die Straße hinaus, die sie heute Nachmittag entlang geritten war, um einen Mann zu treffen, den sie in ihrer Ahnungslosigkeit zu lieben geglaubt hatte.

Jason Batson. Einer der engsten Freunde ihres Vaters. Wie überaus praktisch. Ihr Vater würde Batson mit offenen Armen empfangen, und Batson würde ihn erschießen.

Oder?

Er hatte immerhin eingestanden, wer und was er war. Und er hatte sie vor Dunleavy gewarnt.

Lieber Gott, was, wenn sie einen Fehler beging? Was, wenn er die Wahrheit gesagt hatte, als er behauptete, er wolle ihrem Vater helfen, nicht ihm etwas antun? Lächerlich! Er hatte sie benutzt, hatte mit seinem unbeschwerten Flirten, leichten Berührungen und charmanten Komplimenten ihr Herz gewonnen. Er hatte es darauf angelegt, dass sie sich in ihn verliebte, ihm vertraute, ihm bereitwillig alles gab – selbst ihren Vater, wie es schien.

Hatte sie ihn getötet?

Nein. Das konnte sie nicht glauben. Sie hatte ihn nur außer Gefecht setzen wollen. Sie hatte seinen Armen, seinem Körper und seinen Augen entfliehen wollen, all den Dingen an ihm, die sie durcheinander brachten und bezauberten, auch dann noch, als sie befürchten musste, er könnte ihrem Vater ein Leid zufügen.

Warum ließ sie die Erinnerung an ihn nicht los, nicht einmal jetzt, nach allem, was geschehen war? In ihrem Inneren loderte Zorn. Ungeheurer Zorn. Beängstigender Zorn. Aber auch Schmerz.

Destiny wandte ihre Gedanken ihrem Vater zu. Zu jedem anderen Zeitpunkt hätte sie Gott gedankt, dass er nicht hier war, nicht Zeuge ihrer Charakterschwäche war. Aber heute Abend brauchte sie ihn. Nicht nur, um von ihm in den Arm genommen und getröstet zu werden, sondern weil sie unbedingt wissen musste, ob er sich des schrecklichen Verbrechens schuldig gemacht hatte, das Dunleavy ihm vorwarf. Denn wenn es stimmte, wenn Compton Fontaine in irgendeiner Weise die Unruhen in Indien mitverursacht hatte, war er in großen Schwierigkeiten. Abgesehen von der Möglichkeit, unverzüglich nach Cawnpore zu reisen, gab es absolut nichts, was sie tun konnte.

Ihre Tante Diana saß in einem Sessel, die weißen Hände in der wogenden Fülle ihres blauen Samtrocks verschränkt. »Ich warte, Destiny«, sagte Diana mit bebender Stimme. »Wer ist der Mann, den du angeblich getötet hast? Und warum warst du bei ihm?« Diana neigte den Kopf und musterte scharf Destinys Profil. »Dein Gesichtsausdruck gefällt mir nicht«, sagte sie leise. »Er macht mir Angst. Du führst etwas im Schilde.«

»Bin ich so leicht zu durchschauen, liebe Tante?«

»Das Einzige, was an dir zu durchschauen ist, Des, ist deine Unberechenbarkeit.« Diana lächelte leicht. »Ich habe mich schon oft gefragt, was ich all die Jahre ohne diese Eigenschaft an dir gemacht hätte. Ich habe mich jeden Tag darauf gefreut.«

»Es wäre schön gewesen, wenn ein bisschen davon auf dich abgefärbt hätte«, erwiderte Destiny.

»Bist du sicher, dass dem nicht so ist?«

»Gelegentlich glaube ich einen Hauch davon zu bemerken.«

Diana zog ihre blonden Augenbrauen zusammen und machte ein ernstes Gesicht. »An mir ist mehr, als man auf den ersten Blick wahrnimmt, liebe Nichte«, erklärte sie. »Wie meine eigene Mutter zu sagen pflegte: Stille Wasser sind tief. Jetzt erzähl mir, was genau passiert ist. Ich muss alles wissen, wenn wir diese beklagenswerte Situation auch nur mit einem Schimmer von Hoffnung überstehen wollen.«

»Ich mache mir schreckliche Sorgen um meinen Vater, Diana.«

»Dann glaubst du Dunleavy also?«

»Kaum. Er macht meinem Vater seit Jahren nichts als Ärger. Warum sollte er ihm auf einmal helfen wollen?«

»Großartig!«, verkündete Diana. »Dann denkst du also nicht daran, mit ihm nach Indien zu fahren.«

»Nein. Ich fahre allein.«

Diana sperrte den Mund auf und blinzelte.

»Ich werde natürlich Geld brauchen.« Destiny sah zu ihrer Tante und beobachtete, wie Dianas Augen sich weiteten, als ihr klar wurde, was Destiny meinte.

»Ich kann unmöglich eine solche Eskapade finanzieren, Destiny. James würde sich von mir scheiden lassen.«

»Wenn ich bedenke, wie unglücklich du jeden Tag aussiehst, kann das kaum ein so grausames Geschick sein, würde ich sagen.«

Diana zog beide Augenbrauen hoch. »Wie unverschämt von dir!«

»Es stimmt doch, oder? Du liebst James nicht. Wir wissen beide, wen du liebst, und zwar seit dem Tag, an dem du ihn zum ersten Mal gesehen hast – am selben Tag, an dem meine Mutter ihn kennen lernte.«

Dianas Wangen färbten sich tiefrot. Sie ließ sich in den Sessel zurücksinken und biss sich auf die Lippen.

Destiny kniete sich neben ihre Tante auf den Fußboden und nahm ihre Hand. »Du liebst meinen Vater, Diana. Das ist in Ordnung, wirklich. Du brauchst nichts so fassungslos dreinzuschauen.«

»Woher weißt du es?«, fragte sie mit abgewandtem Gesicht.

»Deine Augen verraten dich. Deine Lippen beben, und deine Wangen erröten, wenn ich ihn nur erwähne.«

»Du meine Güte. Ich hatte ja keine Ahnung. Ich fühle mich so … beschämt. Wirst du mir je verzeihen, Destiny?«

»Verzeihen? Was?«

»Er war der Mann meiner Schwester.« Mit Tränen in den Augen nahm Diana Destinys Gesicht in beide Hände. »Weißt du, wie oft ich mir vorgestellt habe, du wärst meine Tochter? Jeden Morgen, den ich in deine Augen schaue, sehe ich vor mir, wie er mich anlächelt, genau wie damals an jenem stürmischen Frühlingstag, als deine Mutter und ich ihm zufällig auf der alten Landstraße begegnet sind. Wir fuhren einen Wagen mit zwei zottigen weißen Ponys, die scheuten und mit uns durchgingen. Plötzlich war er da, an unserer Seite, beugte sich vom Pferd und griff ins Geschirr, um uns aufzuhalten. Wenn ich mich recht entsinne, war deine Mutter ganz empört und machte daraus auch keinen Hehl. Sie wäre durchaus imstande, mit der Situation fertig zu werden, und er solle gefälligst sofort loslassen, sagte sie zu ihm. Ich glaube, genau in diesem Moment hat er sich in sie verliebt – und ich mich in ihn. Aber deine Mutter war älter, eine strahlende und weltgewandte Achtzehnjährige, stolz, temperamentvoll und aufsässig, und ich war knapp dreizehn, fast noch ein Kind und schüchtern wie ein Mäuschen. Welch ein Fluch die Jugend doch manchmal ist!

Ich muss zu meiner Schande gestehen, dass ich von dem Tag, an dem sie beschloss, ihm nach Indien zu folgen, alles versucht habe, um es ihr auszureden, nicht weil es gefährlich war und unschicklich und weil unser Vater sie enterben würde, sondern weil ich eifersüchtig war. In den darauf folgenden Jahren lebte ich für die Tage, an denen ich Briefe von deiner Mutter bekam. Dein Vater fügte immer ein paar Zeilen an, und ich redete mir ein, dass er mir chiffrierte Liebeserklärungen zukommen ließ. Natürlich wusste ich tief in meinem Inneren, dass er nur eine Frau liebte und sie bis zu seinem Todestag lieben würde.«

Diana sah forschend in Destinys Augen. »Verachtest du mich jetzt, Des?«, sagte sie leise. »Hältst du mich für eine schamlose Person, weil ich mich in einen Fremden verliebt habe und ihn weiter liebte, selbst nachdem er meine Schwester geheiratet hatte?«

»Nein.« Destiny schüttelte den Kopf und runzelte die Stirn. Die Worte ihrer Tante hatten ihr die katastrophalen Ereignisse des Tages schlagartig wieder zu Bewusstsein gebracht. »Es gibt Zeiten, in denen wir alle zu Opfern unserer Gefühle werden. Das macht uns menschlich, Diana, und manchmal, wenn auch vielleicht nicht oft, sehr, sehr dumm.«

Wieder ging Destiny zum Fenster. Der Regen fiel schwer auf das dunkle Land und erstickte selbst die Lichter von Saitos unweit gelegenem Häuschen. »In den letzten Tagen habe ich mich auf der Waldlichtung, wo ich immer die wilden Ponys füttere, mit einem Mann getroffen.«

Sorge schwang in Dianas Stimme mit, als sie fragte: »Was genau meinst du damit, wenn du sagst, du hättest dich mit ihm getroffen?«

Den Blick auf ihr Spiegelbild in der Fensterscheibe gerichtet, ihr dunkles Haar ein wildes Lockengewirr, lächelte Destiny süßsauer in sich hinein. »Ich dachte, er wäre ein Bauer oder vielleicht ein Stallknecht. Ich habe mir sogar vorgestellt, er wäre ein Zigeuner.«

»Sag mir seinen Namen.«

»Am Anfang wollte ich gar nicht wissen, wie er heißt. Wenn ich seinen Namen nicht kannte, brauchte er auch meinen nicht zu wissen. Aber das war, bevor wir einander anvertrauten, wovon wir träumten. Bevor wir zusammen wilde Ponys mit der Hand fütterten. Bevor ich ihm Shakespeare vorlas und seine Augen beim Lachen aufleuchten sah. Er hat ein wundervolles Lachen, Diana. Es klang in mir nach wie die Saite einer Harfe, mit einem vollen, schwingenden Ton.«

Diana stand auf und ging zu ihr. Sie legte sanft eine Hand auf Destinys Arm. »Er hat dir gefallen?«

»Gefallen?« Destiny lachte und schüttelte den Kopf. »Das Wort reicht bei weitem nicht aus, um zu beschreiben, was ich für ihn empfand – oder zu empfinden glaubte.« Destiny wandte sich ab, damit Diana nicht die Verzweiflung in ihrem Gesicht sah, und schüttelte erneut den Kopf. »Ich will nicht daran denken.«

Diana packte sie am Arm. »Sag mir, was passiert ist, Nichte.«

»Ich traue mich nicht, Diana. Mein unglaubliches Betragen würde dich nur schockieren.«

»Sag es mir!«

»Er gestand, dass er Jason Batson sei … und dass er ein Freund meines Vaters wäre. Er gab außerdem zu, für Harold Dunleavy zu arbeiten … und er hat – oder hatte – den Befehl, meinen Vater zu ermorden.«

»O mein Gott«, wisperte Diana. »Aber das ist noch nicht alles … oder?«

Destiny verbarg ihr Gesicht in den Händen und schüttelte den Kopf. »Wenn ich jetzt daran zurückdenke, bin ich mir nicht sicher, ob ich ihn verführt habe oder er mich. Den einen Moment haben wir noch geredet, und im nächsten …« Ihre Augen schlossen sich, und eine warme Röte stieg in ihr Gesicht. »Ich hatte das Recht dazu«, verkündete sie mit entschlossener Stimme. »Mein Ehemann hat mir dieses Recht in meiner Hochzeitsnacht vorenthalten. Warum sollte ich mich nicht einem anderen zuwenden? Er hat mich zumindest in den Armen gehalten und geküsst.«

»Oh!« Diana legte eine Hand an ihren Mund. »Destiny, du hast doch nicht etwa …«

»Ich habe«, sagte Destiny ausdruckslos, während sie sich erlaubte, in Gedanken zu diesem Augenblick zurückzukehren, die Regentropfen von seinen nackten Schultern und den Enden seiner dunklen Haare und Wimpern perlen zu sehen. »Und es war wunderschön. Genauso, wie ich es mir immer erträumt hatte. Er gab mir das Gefühl … schön und begehrenswert zu sein. Er küsste meine Augen und Lippen und Brüste und …« Sie spähte aus dem Augenwinkel zu ihrer Tante und stellte fest, dass Dianas Gesicht weiß und ihr Blick leicht glasig war. »Er teilte mir nebenbei auch mit, welcher Art die Beziehung zwischen Chesterfield und Lord Rosebury war.«

»Was für ein schrecklicher Kerl. Ich wollte es dir sagen, Destiny. James erlaubte es nicht. Du weißt, wie unnachgiebig er sein kann. Wir hatten alle die Hoffnung … nun ja, du schienst Chesterfield recht gern zu haben, und … es bestand immer noch die Möglichkeit, dass er seine Verantwortung akzeptieren und sich ändern würde. Das ist schon vorgekommen, weißt du. Sogar recht häufig. Zumindest hofften wir alle, er würde einen Erben zeugen, und wir wissen beide, wie sehr du dich nach einem Kind sehntest.«

Das Ticken der Uhr hallte laut durch das plötzliche

Schweigen, das sich wie ein tonnenschwerer Stein auf sie legte. Destiny lauschte ihrem Herzschlag, der wie ein Trommelwirbel in ihren Ohren dröhnte.

Diana räusperte sich. »Destiny … Hat er … Was ich meine, ist … Könntest du … Besteht die Möglichkeit, dass du …«

»Dass ich ein Kind empfangen habe?« Destiny schluckte. »Oh … Daran habe ich nicht gedacht … Ich weiß es nicht.«

»Du musst es wissen. Du warst dabei.«

»Wir waren miteinander … intim.«

»Ja, aber hat er … du meine Güte, wie sage ich es bloß? Ein Mann erfährt gewisse … körperliche Reaktionen, wenn er … Du kannst nicht schwanger werden, wenn er nicht … Was ich meine, ist …«

»Sag schon, um Himmels willen!«

»Hat er seinen Samen in dich ergossen?«, flüsterte Diana und kniff die Augen zusammen, während sie sich mit einem Taschentuch, das sie aus dem Ärmel ihres Kleids gezogen hatte, Luft zufächelte. »Eine ziemlich klebrige Angelegenheit, aber ihnen gefällt es, oder es scheint zumindest so. Ich kann es wirklich nicht genau sagen. Aber es muss wohl so sein, sonst würden sie nicht so oft darauf bestehen. Man kann immer erkennen, wenn sie die Sache erfolgreich abschließen; sie werden äußerst hektisch und aufgewühlt. Dann sind da diese Krämpfe und Zuckungen und Knurren und Stöhnen und …« Sie fächelte ihr Gesicht heftiger und tupfte dann ihre Stirn ab. »Dann ist es schnell vorbei. *Sehr schnell.*«

»Ja«, erwiderte Destiny mit dünner Stimme. »Er könnte durchaus ein Kind mit mir gezeugt haben.«

Diana bedeckte ihre Augen mit den Fingerspitzen. »Kann diese Nacht noch schlimmer werden?«

»Meine Eltern waren recht häufig miteinander intim«, sagte Destiny. »Und sie hatten nur ein Kind. Und obwohl ich es nur ungern zur Sprache bringe, du und Onkel James versucht es seit Jahren …«

Diana fing an zu lachen, und ihre Augen blitzten. »Liebe Nichte, wie naiv du noch bist. Für eine Frau gibt es Mittel und Wege, eine Schwangerschaft zu verhüten. Ich hatte nie die Absicht, James ein Kind zu schenken, ein weiteres Wesen, das er beherrschen und manipulieren und demütigen könnte. Der Gedanke, die Grausamkeit meines Mannes an künftige Generationen weiterzugeben, war mir unerträglich. Und was deine Mutter und deinen Vater angeht … nach deiner Geburt traten gewisse Komplikationen auf. Der Geburtshelfer war der Meinung, dass eine weitere Entbindung für deine Mutter ein gewisses Risiko bergen würde. Aus diesem Grund trafen sowohl meine liebe Schwester wie ich Vorkehrungen während der ehelichen Intimitäten. Wenn ich das nicht getan hätte, würde es in diesen endlosen, düsteren Galerien vermutlich nur so von kleinen Ebenbildern Lord Shaftesburys wimmeln. Gott behüte!«

Destiny ließ sich auf das Bett sinken und starrte an die Decke. »Als ich von seiner Verbindung zu Dunleavy erfuhr, schlug ich ihm mit einem schweren Stein auf den Kopf. Ich wollte ihn nicht schwer verletzen. Ich wollte bloß … weg. Ich hatte Angst, und … mein Herz fühlte sich an, als wäre es gebrochen.«

»Wenn er ein Mörder ist, hat er den Tod verdient«, verkündete Diana mit einer Vehemenz, die Destiny überraschte.

»Aber er hat mich vor Dunleavy gewarnt.«

»Und das soll die Tatsache entschuldigen, dass er ein Mörder ist?«

»Was ist, wenn er mich geschwängert hat?«

»Reden wir nicht darüber.«

»Ich werde dich zum Gespött machen. Du wirst keine ruhige Minute mehr haben. Und wie Onkel James reagieren wird, mag ich mir gar nicht vorstellen. Lieber Himmel, was habe ich mir nur dabei gedacht, etwas so Unüberlegtes und Idiotisches zu tun, Diana? Ich sollte mich sofort auf den Weg nach Indien machen, möglichst viel Entfernung zwischen dich und mich legen. Ich werde nach Cawnpore reisen und meinen Vater vor Dunleavy und seinen Plänen warnen.«

»Wie sieht es mit Geld aus?«

»Ich habe immer noch den Unterhalt von den Chesterfields.«

»Dafür bekommst du nicht einmal eine Passage über den Ärmelkanal, geschweige denn nach Cawnpore. Außerdem, wenn das, was Dunleavy sagt, stimmt, ist bestimmt das Letzte, was dein Vater will, dass du an Sahibs Tür klopfst. Du bist eine hübsche, junge Witwe, Destiny. Du kannst nicht ohne Begleitung allein auf große Fahrt gehen. Oder in fremden Ländern herumziehen, in denen es Unruhen gibt.«

Sie saßen wie blasse Statuen da und lauschten dem Ticken der Uhr und dem Regen, der heftiger gegen die Fensterscheiben schlug. Dann war vom Gang ein Geräusch zu hören. Ein Umschlag wurde unter der Tür hindurch geschoben. Destiny sprang hastig auf, um ihn aufzuheben und die Tür zu öffnen, konnte aber im Halbdunkel des Korridors niemanden entdecken. Während sie in ihr Zimmer zurückkehrte, riss sie das Schreiben auf und hielt es unter eine Öllampe, um den Inhalt besser lesen zu können.

In Portsmouth gibt es einen Mann, der Ihnen helfen kann. Die Adresse lautet 777 Seacove. Gehen Sie allein. Sagen Sie zu niemandem ein Wort. Rasches Handeln ist unerlässlich, wenn Sie Ihrem Vater helfen wollen.

Die Nachtluft war erfüllt vom scharfen Geruch nach Teer und faulem Fisch, als Destiny, ein parfümiertes Batisttaschentuch an ihre Nase gepresst, an den Piers entlang ging und dabei einen großen Bogen um das Haus des Hafenadmirals machte – ein lebhafter, polternder Mann und guter Bekannter von James und Diana, der manch einen erfreulichen Nachmittag damit verbracht hatte, mit ihrem Onkel und seiner Hundemeute auf die Jagd zu gehen. Sie wich der Wachstube aus und wanderte mit wachsender Unruhe und Verzweiflung durch die feuchten Gassen, die die Docks von Portsmouth säumten. Sie traute sich nicht, einen vorbeikommenden Seemann zu fragen, in welcher Richtung die Seacove Street lag. Er würde sie bestimmt für ein loses Frauenzimmer halten – wenn nicht sogar Schlimmeres geschah. Viele Frauen, die im Lauf der Jahre verschwunden waren, hatten ihr Schicksal angeblich den weißen Sklavenschiffen zu verdanken, die sich gelegentlich in die Häfen stahlen, um nach hübscher Beute Ausschau zu halten.

Hinter ihr war ein Geräusch zu vernehmen, und Destiny sackte das Herz in die Hose. Sie fuhr herum und sah gerade noch eine dunkle Gestalt im Umhang in die tiefen Schatten zwischen aufgestapelten Kisten und Fässern verschwinden, die daraufhin anfingen, bedenklich zu schwanken. Eine Stimme quiekte angstvoll, und Destiny schnappte nach Luft. Sie strengte sich an, durch den dichter werdenden Nebel etwas zu erkennen, und rief: »Bist du das, Diana?«

Ein leises Scharren von Füßen und ein weiteres Rumpeln von Fässern, und Diana tauchte auf, ihren Umhang so eng wie möglich um die Schultern geschlungen.

Destiny verdrehte die Augen und ging kopfschüttelnd zu ihrer Tante. »Du hast versprochen, mir nicht zu folgen.«

»Ich habe mich wirklich bemüht, Des. Ehrlich! Aber bei der Vorstellung, dass du allein an diesem schrecklichen Ort herumirrst, hielt mich nichts mehr im Bett. Ich könnte einfach nicht damit leben, wenn dir etwas zustieße.«

»Und wie willst du mich beschützen, wenn ich angegriffen werde? Den Feind mit deinen Absätzen zu Tode trampeln?«

»Ich bin vorbereitet. Sieh selbst.« Sie ließ ihr Retikül aufschnappen und zeigte ihrer Nichte eine von James' Pistolen.

»Solange unser Feind nicht größer als ein Kanarienvogel ist, kann uns nichts passieren«, murmelte Destiny.

Durch die Dunkelheit kam ein einsamer Seemann mit struppigem Haar gewankt, der leise vor sich hin sang und auf einem Stapel Hanf zusammensackte.

Destiny bewegte sich in seine Richtung. Diana hielt sie zurück.

»Er ist betrunken«, wisperte Destiny und löste Dianas Finger von ihrem Arm.

Vorsichtig näherte sie sich dem Betrunkenen, wobei sie Umhang und Kapuze eng um sich geschlungen hielt. Ein Geruch von Whisky und säuerlichem Schweiß schlug ihr entgegen, als er langsam den Kopf hob, wobei er eine mit Narben übersäte Nase und einen wirren Schnauzbart zeigte, der über seinen Mund und sein gefurchtes Kinn hing.

»Seacove Street«, sagte sie und wich rasch einen Schritt zurück, als er versuchte sich aufzurichten, sie mit schwarz verfärbten Zähnen angrinste und kräftig rülpste.

Indem er die Augen zusammenkniff und sie mit einem lüsternen Grinsen bedachte, zeigte er auf die gepflasterte Straße am anderen Ende der Docks. »Da lang, Süße.

Gleich hinner dem blöden Licht. Aber ich sag dir was, dassis kein Ort für'n Mädchen.« Er wackelte vielsagend mit dem Finger. »Da brauchste 'n Mann, jawoll. Dafür bin ich genau der Richtige.« Er versuchte erneut aufzustehen und kam schwankend auf die Beine, um gleich darauf auf dem Pier zusammenzusacken und mit einem Grunzen auf dem Rücken zu landen.

Diana zog sie weg. Sie eilten durch den Nebel, wobei sie nur einmal zurückschauten, um sich zu überzeugen, dass der Betrunkene ihnen nicht folgte – und feststellen mussten, dass der Seemann genauso plötzlich verschwunden war, wie er aufgetaucht war. Sie folgten den Windungen der Straße, so gut es ihnen in der Dunkelheit möglich war, und versuchten die Hausnummern der verfallenen Gemäuer zu lesen, aber derartig zaghaft, als wären es die Behausungen ausgehungerter Drachen. Endlich fanden sie es, ein rußverschmiertes, unscheinbares Gebäude mit vernagelten Fenstern, das an der Stelle stand, wo die Seacove Street als Sackgasse im Hafen endete. Destiny sank der Mut, und sie und Diana kuschelten sich eng aneinander, nicht nur wegen der schleichenden Kälte, sondern auch vor Nervosität zitternd.

»Ich fürchte, man hat uns zu einem fragwürdigen Ort gelockt, Nichte. Dieses jammervolle Gebäude sieht aus, als wäre es seit Jahren nicht mehr bewohnt. Machen wir uns davon, solange es noch geht. Wenn wir uns beeilen, können wir noch vor Sonnenaufgang zu Hause sein. Ehrlich gesagt habe ich sowieso nicht die leiseste Ahnung, wie ich James meine Abwesenheit erklären soll.«

»Ich habe nicht den weiten Weg gemacht, um mich jetzt wie ein geprügelter Hund nach Hause zu schleichen.«

Destiny schlug mit der Faust gegen die Tür – einmal, zweimal, dann noch einmal, diesmal energischer. Allmählich befürchtete sie, dass Diana Recht hatte und dieses

Gebäude seit langem leer stand und ihr gefährlicher Ausflug umsonst gewesen war.

Ein Geräusch war zu hören, als ob ein Riegel zurückgeschoben würde. Als Destiny vorsichtshalber einen Schritt zurücktrat, öffnete sich die Tür mit einem Knarren und ließ einen schmalen Lichtstrahl und den schweren Geruch von Räucherstäbchen auf die Straße entweichen. Ein breit gebauter Asiate mit gekrümmtem Rücken starrte auf sie herab. Er verzog keine Miene, als wäre es ganz alltäglich, zwei vor Kälte zitternde Frauen vor seiner Tür stehen zu sehen, noch dazu um drei Uhr morgens.

Destiny räusperte sich, straffte ihre bebenden Schultern und atmete tief durch. »Ich wurde aufgefordert, hierher zu kommen«, erklärte sie mit einer alles anderen als festen Stimme.

Seine schwarzen Augen schienen durch sie hindurchzusehen. Destiny hatte das unheimliche Gefühl, diese Augen zu kennen, und das machte sie unruhig. Aber das war völlig ausgeschlossen. Hätte sie sich irgendwann in der Nähe dieser seltsamen und furchteinflößenden Erscheinung befunden, würde sie sich bestimmt daran erinnern.

»Was wollen Sie?«, fragte er in fließendem Englisch.

Sie starrte ihn an, außerstande, den Blick von ihm zu wenden. »Man hat mir gesagt, hier wäre jemand, der mir vielleicht helfen könnte.«

Seine dunklen Augen wanderten zu Diana. »Hat man Ihnen nicht gesagt, Sie sollen allein kommen?«, fragte er.

Diana trat zu ihr. »Das ist sie auch. Das heißt, ich bin ihr gefolgt. Als ihr Vormund wollte ich nicht, dass sie einen Ort wie diesen allein aufsucht.«

»Ich werde das nicht hier draußen in der Kälte erörtern.« Destiny stieß die Tür mit der Schulter weiter auf und zwang den Mann, zur Seite zu treten und sie hineinzulassen.

Im Inneren des Hauses duftete es intensiv nach Räucherstäbchen und dampfendem Tee. An den Wänden hingen dicht nebeneinander kleine Schreine, Amulettbeutel und Darstellungen von Daikoku, dem Gott des Reichtums. Auf lackierten Wandschirmen waren zwei Abbildungen Buddhas gemalt, auf dem einen mit gefalteten Händen, auf dem anderen mit einer Lotusblume. Am Ende der schmalen Treppe befand sich ein Bild von Ni-o, dem Beschützer vor Einbrechern, eine abschreckende Erscheinung mit vorstehenden Augen, Gesicht und Körper von übertriebenen krampfhaften Zuckungen verzerrt und entstellt.

Destiny ging zum Fuß der Treppe und sah hinauf; oben auf dem Treppenabsatz entdeckte sie eine einzelne Tür. »Man hat mir gesagt, dass ich herkommen solle. Dass jemand hier wäre, der meinem Vater helfen könnte.« Zorn schwang in ihrer Stimme mit, als sie hinzufügte: »Oder ist das Ganze etwa ein Trick? Was starren Sie mich so an?«, wollte sie wissen. »Ich habe nicht ewig Zeit. Wer hat mir diese Nachricht geschickt?« Sie warf dem Chinesen das zerknitterte Stück Papier zu. Er ignorierte es und trat an einen Tisch, auf dem eine Kanne mit dampfendem Tee stand.

Etwas ruhiger sagte Destiny: »Ich nehme an, Sie sind über die Lage meines Vaters im Bilde, sonst hätten Sie oder wer auch immer es gewesen sein mag keinen Kontakt zu mir aufgenommen. Man hat mir mitgeteilt, jemand hier könnte mir in der Angelegenheit helfen. Sie können dem Betreffenden sagen, dass ich keine Geduld habe, um Spielchen zu spielen.«

»So wie der Gentleman, der Ihnen zu helfen wünscht«, sagte er, während er sich auf einen Teppich setzte.

Diana zupfte an Destinys Umhang. »Komm, Destiny. Ich bin mir nicht sicher, ob ich das Bedürfnis, laut zu schreien, noch sehr viel länger unterdrücken kann.«

Der Mann hob seinen dunklen Blick wieder zu Destiny und deutete auf ein Kissen auf dem Boden. »Bitte. Sie haben den weiten Weg auf sich genommen und eine Menge riskiert, um hier zu sein.«

Destiny ließ sich auf das Kissen sinken; Diana trat unschlüssig von einem Bein auf das andere. »Woher kennen Sie mich? Und wenn Sie nichts mit Dunleavy zu tun haben, woher wissen Sie über die Situation meines Vaters Bescheid?«

»Durch einen gemeinsamen … Bekannten.« Er schenkte ihr eine Tasse Tee ein und reichte sie ihr. Seine Fingerspitzen strichen kurz über ihre, und seine vollen Lippen kräuselten sich, als ihre Hand zurückzuckte. »Unser Freund hatte Recht, was Sie angeht. Sie haben viel Mut und hängen offenbar trotz seines möglicherweise unpatriotischen Verhaltens sehr an Ihrem Vater.«

»Wollen Sie damit auf taktvolle Art andeuten, dass mein Vater ein Verräter ist?«

»Ist das nicht der Grund, warum er seines Amtes in Indien enthoben wurde?«

»Mein Vater liebt und respektiert die indische Kultur, aber nicht so sehr, dass er sich gegen sein eigenes Land wenden würde. Außerdem, selbst wenn es so wäre, welchen Grund hätte Sahib, ihm Schaden zuzufügen? Harold Dunleavy will mich wie eine Schachfigur einsetzen, um auf die eine oder andere Art an meinen Vater heranzukommen. Ich werde eigenhändig über die verdammten Meere paddeln, wenn es sein muss, aber ich habe vor, nach Cawnpore zu kommen, mit oder ohne Hilfe der Person, die mir diese Nachricht geschickt hat.«

Der Chinese schwieg, während er den Dampf von seinem Tee einatmete, ohne seine dunklen Augen auch nur eine Sekunde von Destiny zu nehmen. In seinem Gesichtsausdruck lag eine eigenartige Milde, die sie noch mehr beunruhigte als der Gedanke, dass sie und Diana ihm auf Gedeih und Verderb ausgeliefert waren.

Schließlich sprach er wieder. »Der Mann, von dem ich spreche, ist gewissermaßen ein Soldat. Er wählt seine Kriege und seine Armeen sehr sorgfältig. Natürlich haben seine Dienste ihren Preis.«

»Ein Söldner«, verkündete Diana, worauf sich Destiny zu ihrer Tante umdrehte. Diana lehnte an der Tür. Ihre Kapuze war hinuntergerutscht, und ihr Gesicht war weiß, ihre Lippen blutleer. Jähes Verstehen senkte sich wie ein Schatten über ihre Gesichtszüge. »Destiny, wir sollten unverzüglich gehen. Ich habe James von solchen Männern sprechen hören. Sie kämpfen nicht aus Patriotismus oder Loyalität, sondern für Geld. Sie sind tödlich und skrupellos. Für ein ausreichend großes Vermögen würden sie selbst Königin Victoria ermorden.«

Destiny drehte sich zu dem Chinesen um. »Ist das wahr?«

»Leicht übertrieben vielleicht. Ich weiß zufällig, dass besagter Gentleman sehr viel von Ihrer Majestät hält, und sie von ihm. Ich bezweifle, dass er sie ermorden würde.«

Destiny überlief ein Schauer. Diana ging zu ihr, sank neben ihr auf die Knie und sah ihr flehend ins Gesicht. »Ich weiß nicht, wer dich hierher geschickt hat oder warum, Nichte. Aber wir sollten sofort aufbrechen. Diese ganze Eskapade macht mir Angst. Dein Vater wäre niemals mit deiner Verbindung zu solch einem Mann einverstanden, ganz gleich, aus welchem Grund.«

»Ich möchte ihn zuerst sehen«, gab Destiny zurück.

»Das ist im Moment nicht möglich«, sagte der Chinese und stellte seine Teetasse ab. »Sein Leben hängt davon ab, dass seine Identität unbekannt bleibt, aus naheliegenden Gründen.«

Destiny wandte sich zu Diana um. »Aber wenn er meinem Vater helfen könnte …«

»Nein! Du darfst nicht einmal daran denken, Destiny. Komm jetzt, bitte! Bevor wir in etwas hineingezogen werden, das wir einmal bitter bereuen könnten.«

Destiny schob Diana sanft beiseite. »Du hast selbst gesagt, dass ich nicht allein nach Cawnpore reisen kann, Diana.« An den Chinesen gewandt, fügte sie hinzu: »Ich beauftrage diese Person nicht, jemanden zu töten. Ich will nur, dass er mir hilft, nach Cawnpore zu kommen. Wenn ich erst einmal dort bin, werde ich … meine Alternativen überdenken.«

Diana sank auf den Boden und vergrub ihr Gesicht in den Händen.

Der Chinese studierte Destiny einen langen Moment schweigend. Seine Gesichtszüge verrieten mit keiner Bewegung, was in ihm vorging. Schließlich stand er auf. Er wirkte ungeheuer groß.

Diana sprang auf. »Sie ist ein verzweifeltes Kind, das nicht in diese grauenhafte Sache verwickelt werden darf. Sie hat kaum Geld und ist tollkühner als gut für sie ist.«

Der Mann schenkte Destiny noch einen Blick, bevor er die schmale Treppe hinaufging.

Beißenden Opiumrauch ausstoßend, streckte sich Zelie Lussan gerade träge auf dem Stapel indischer Teppiche und Kissen und lächelte über irgendwelche geheimen Betrachtungen in sich hinein, als der »Chinese« die Tür schloss und dagegen sank, die Arme vor seiner breiten Brust verschränkte und leise fluchte.

»Ist sie so schön, wie du sie in Erinnerung hast?«, fragte Zelie und machte einen tiefen Zug aus seiner Wasserpfeife.

»Rauch dein Opium, und halt den Mund.«

»Reine Neugier. Ich würde meinen, nach einem Jahr Gefängnis hättest du jedes x-beliebige Mädchen aus der Gosse unwiderstehlich gefunden. Eine Waldnymphe, die Ponys mit der Hand füttert, musste hinreißend wie eine Göttin erscheinen.«

»Sie wirkte auf der Lichtung älter. Erfahrener.«

»Du verlierst deinen sechsten Sinn, alter Freund. Ein schlechtes Zeichen, würde ich sagen. Wie du und dein Vater immer wieder verkündet habt: Niemals das Ziel aus den Augen verlieren; niemals Kompromisse machen. Er hat sich nie auf Kompromisse eingelassen. Sowie erste Zweifel an seinem Gewissen zu nagen drohten, trat er das Kommando an dich und Trevor ab. Ich bezweifle, dass ein paar geraubte Küsse im Wald deinen Blick auf das Ziel trüben können.«

Eine Seitentür öffnete sich, und Paolo Tosti kam in seiner Verkleidung als Seemann herein. Seine Uniform stank nach dem Whisky, den er darüber geschüttet hatte, um vor Destiny als Betrunkener auftreten zu können. »Vielleicht sollte unser Freund endlich entscheiden, was genau sein Ziel ist.«

Zelie zog seine Augenbrauen hoch und lachte in sich hinein. »Wieder mal am Schlüsselloch gehorcht, Paolo?«

»Das ist meine Stärke, oder?«

»Weil du Ohren wie ein Luchs hast.«

»Dieser Luchs hat bei jedem Auftrag mindestens einmal deine vom Opium verursachten Pannen ausmerzen können.« Er rümpfte die Nase und wedelte eine Rauchwolke aus seinen Augen. »Vergessen wir all den Mantel-und-Degen-Kram. Im Grunde ist es ihm doch egal, ob Fontaine mit einer Horde Sepoys unter einer Decke steckt. Und einen Auftrag gibt es dank Dunleavy nicht mehr. Den einzigen Grund, den Lord Batson hat, sich in Turbulenzen zu stürzen, ist, den hübschen Hals seiner Liebsten zu retten. Wie überaus dramatisch und romantisch. Könnte sich als Mordsspaß entpuppen.«

»Batson wird sich nicht von einem hübschen Gesicht den Kopf verdrehen lassen.« Zelie hob den Zeigefinger. »Nicht einmal Michelle hat das geschafft, obwohl sie es weiß Gott versucht hat, mit dem Kind und so. Hinter Jasons Plan steckt mehr, als man auf den ersten Blick erkennt. Ich behaupte, er will selbst herausbekommen, ob Fontaine mit Nana Sahib unter einer Decke steckt. Aber genau da liegt das Problem, verstehst du? Was soll er machen, wenn er entdeckt, dass sein alter Freund sich keinen Deut mehr um die Krone schert?«

Paolo durchquerte das Zimmer, setzte sich auf einen Hocker vor einem Spiegel und starrte sein Spiegelbild unverwandt an. Er zog die dichten schwarzen Augenbrauen ab, unter denen sich seine eigenen verbargen, die erheblich heller waren. Als Nächstes waren die knollige Nase aus Wachs und das gespaltene Kinn dran. Alles landete auf dem Tisch. »Ist jemand an meiner Meinung interessiert?«

»Nein«, antwortete Zelie.

Paolo drehte sich zu seinen Gefährten um. »Du solltest den Mund halten und ihn nachdenken lassen. Der Mann steckt in einer moralischen Zwickmühle, um Himmels willen. Er hat sich verliebt. Was soll er tun, wenn er die junge Frau nach Cawnpore bringt und dort feststellt, dass Dunleavy Recht hat? Die Augen vor der Situation zu verschließen würde ihn genauso des Verrats schuldig machen wie Compton Fontaine. Andererseits, wenn er sie nicht wegschafft, wird Dunleavy es tun, auf die eine oder andere Art. Und wir wissen alle, was die andere Art bedeutet. Trevor Batson.«

Paolo stand auf und ging zu Jason. »Wenn du sie mitnimmst«, sagte er leise, »hast du Trevor am Hals. Und Dunleavy auch. Trevor wird zwar dir vielleicht nicht die Pistole an die Schläfe halten, aber er wird keine Skrupel haben, Destiny zu töten. Wenn er die hätte, würde ihm Dunleavy nicht diesen Auftrag gegeben haben. Wenn du sie mitnimmst, bist du früher oder später gezwungen, dich gegen deinen eigenen Bruder zu stellen. Bist du bereit, dieses Risiko einzugehen, für eine Frau, die du kaum kennst?«

»Dieses Gespräch führt zu nichts«, ließ sich Fritz aus einer Ecke des Zimmers vernehmen. »Das Mädchen wird nie an Bord gehen, wenn sie erst einmal entdeckt, wer ihr Retter in Wirklichkeit ist. Ich habe keinen blassen Schimmer, was auf dieser Waldlichtung zwischen dem Käpt'n und der Lady gelaufen ist, aber ich habe das unbestimmte Gefühl, dass sie in absehbarer Zeit nicht gewillt ist, zu vergeben und zu vergessen.«

Paolo löste den langen Schnurrbart von seiner Oberlippe und schwenkte ihn vor Jasons Nase. »Ein Wiedererkennen unseres Kapitäns ist nicht das Problem. Verdammt, sie hat die letzten Minuten in seiner Gesellschaft verbracht, ohne auch nur zu ahnen, wer er ist. Wenn ich erst einmal mit ihm fertig bin, erkennt ihn nicht einmal seine eigene Mutter wieder, Gott segne sie.«

Frauenstimmen waren durch die geschlossene Tür zu vernehmen. Alle verstummten und lauschten angespannt.

»Destiny! Komm sofort von der Treppe runter! Was fällt dir ein?«

»Du bist hysterisch, Diana.«

»Und ich sage dir, ich erlaube es nicht!«

»Lass mich los.«

»Nein!«

Paolo ging mit einem Seufzer zur Tür, klappte eine winzige Luke auf und spähte durch den Spion.

Jason nahm Kappe und Perücke ab und zog dann die Maske aus Wachs und Gummi von seinem Gesicht. Er zuckte zusammen, als sie an der Wunde an seiner Schläfe hängen blieb. Nachdem er mit einer Hand durch sein Haar gefahren war, drückte er sein Auge an das Guckloch und beobachtete die beiden Frauen am Fuß der Treppe, die mit gedämpften Stimmen weiter stritten.

»Sie wird sich leicht hinters Licht führen lassen«, bemerkte Zelie und zündete seine Pfeife neu an. »Sie hört zu sehr auf ihr Herz und nicht genug auf ihren Verstand.«

»Was hast du vor?«, fragte Paolo Jason.

»Als Erstes muss ich dafür sorgen, dass meiner Tochter keine Gefahr droht.«

»Erledigt«, verkündete Zelie großspurig. »Gabriel ist schon an der Sache dran. Das Kindermädchen, das Dunleavy zu ihrer Betreuung engagiert hat, ist gerissen und wachsam wie eine Hyäne. Sie werden damit rechnen, dass du irgendwelche Schritte in dieser Richtung unternimmst, weißt du.«

Jason ging zu einem Tisch und setzte sich, um seine Gedanken zu sammeln. Wenn Destiny in England blieb, war sie Dunleavy und Trevor auf Gedeih und Verderb ausgeliefert –, um zunächst als Köder zu dienen, um ihren Vater aus Sahibs Bereich zu locken, und danach zusammen mit ihm für immer zum Schweigen gebracht zu werden. Aber obwohl Jason fest entschlossen war, nach Indien zu segeln, um festzustellen, wie er seinem Freund Fontaine helfen konnte, schien es ihm nicht ratsam, Destiny in das von wachsenden Unruhen erschütterte Indien mitzunehmen.

Paolo beugte sich über Jasons Schulter und sagte leise: »Ich weiß, woran du denkst, mein Freund. Du kannst sie und deine Tochter in dem sicheren Haus in Kapstadt unterbringen, bis wir mit dem Aufruhr in Cawnpore fertig sind.«

Jason nickte, griff nach Feder und Papier und begann zu schreiben. Als er fertig war, ging er wieder zur Tür und spähte hinaus. Destiny saß auf der untersten Treppenstufe, ihr dunkles Haar vom Licht der kleinen Wandlampe beschienen. Sie starrte die Treppe hinauf und wartete auf die Rückkehr des Chinesen. Ihr Gesicht wirkte müde und sorgenvoll, und ihre Augen glänzten von ungeweinten Tränen. Jetzt war sie wieder das verletzliche junge Mädchen von der Waldlichtung, eine unschuldige Verführerin, die es irgendwie geschafft hatte, ihm tief unter die Haut zu gehen und Gefühle in ihm zu wecken, die ihm beunruhigend fremd waren.

7

Sir John Barrow bezeichnete einmal die Hafenanlagen von Portsmouth »als größtes Marinearsenal Englands und Hauptquartier beziehungsweise Treffpunkt der britischen Flotte«. Als Destiny sich durch die feuchten Gassen mit ihren Speichern, Sägewerken und Schreinerwerkstätten schob, die Augen auf die gewaltigen Docks, die den Hafen säumten, und die Schiffe gerichtet, die alle bestürzend ähnlich aussahen, erschienen ihr Sir John Barrows Worte als Untertreibung. Offenbar lag jedes Schiff, das jemals zu dem Zweck erbaut worden war, die Meere zu befahren, in dieser Nacht an den Landungsbrücken vor Anker. Unter den unzähligen Segelschiffen ein ganz bestimmtes Handelsschiff auszumachen, schien ein deprimierend hoffnungsloses Unterfangen zu sein. Es war fast Mitternacht, und ihre Zeit lief allmählich ab.

Wieder trat sie in den Lichtstrahl einer Straßenlaterne und starrte auf das Stück Papier in ihrer Hand: *Die* Pretender *legt um Mitternacht ab. Viel Glück, Lady Chesterfield. Gehen Sie mit Gott.*

»Gehen Sie mit Gott«, las sie laut. Ihre Stimme klang bitter. »Was weiß er schon von Gott? Ein Mann, der für Geld tötet …« Dann fiel ihr ein, dass sie selbst erst vor wenigen Stunden praktisch einen Pakt mit dem Teufel geschlossen hatte, um nach Cawnpore zu gelangen.

Müde ließ sie sich auf einen Stapel Hanf sinken, wobei sie versuchte, nicht an die letzten sechsunddreißig Stunden zu denken. Der Nachmittag, den sie mit Saito im Garten verbracht hatte, schien in ferne Vergangenheit gerückt. Welche Ironie des Schicksals, dass sie mit ihrer alten Freundin noch vor kurzem unbeschwert über Reisen gesprochen und Pläne für die Zukunft geschmiedet hatte – ein Anliegen, das im Moment genauso belanglos schien wie die Sorge, ob ihr Ruf das Aufsehen überstehen würde, dass die klägliche Farce ihrer Ehe mit Chesterfield erregt hatte.

Arme Diana. Wie hatte sie Destiny angefleht, zur Vernunft zu kommen und den verwegenen Plan aufzugeben, ein fremdes Schiff zu besteigen, das sie laut Aussage eines Söldners, den sie noch nicht einmal gesehen hatte, um die halbe Welt zu ihrem Vater bringen würde. Im Geist sah Destiny immer noch ihre Tante vor sich, weinend und so verstört, wie Destiny sie noch nie erlebt hatte, und mit leiser Stimme klagend: »Was soll ich nur ohne dich anfangen, Des? Was soll ich tun, wenn dir etwas zustößt? Ich werde mir mein Leben lang Vorwürfe machen. Wie kannst du es mir nur antun, Destiny, mich hier mit James allein zu lassen. Vielleicht hat Chesterfield das Richtige getan. Vielleicht sollte ich mich auch einfach aufhängen. Lieber eine Schlinge um den Hals als die Aussicht auf ein weiteres Jahr dieses trostlosen Daseins in einer lieblosen Ehe, ohne meine liebe Destiny, die meine Tage erhellt!«

Destiny schloss einen Moment die Augen, bevor sie durch den Nebel auf den Punkt der High Street schaute, wo sie mehrere andere Straßen kreuzte, die von Osten nach Westen verliefen, schmale Gässchen mit eng aneinander gedrängten verwitterten Kapellen, Marktgebäuden, Armenhäusern und schäbigen Hotels. Unsicherheit und wachsende Furcht stiegen in ihr auf, als sie sich vorstellte, die nächsten Wochen in Gesellschaft einer Schar blutrünstiger Söldner zu verbringen. Und was, wenn sie in Cawnpore eintraf und dort feststellen musste, dass Dunleavy die Wahrheit gesagt hatte? Oder schlimmer noch, dass ihr Vater tot war – ermordet von den Männern, die seit vielen Jahren wie eine Familie für ihn gewesen waren?

Das hier war keine Reise für eine verunsicherte Frau von zweiundzwanzig, deren Vorstellung von Rebellion darin bestand, in der Aufmachung eines japanischen Reisbauern kreuz und quer durch das Land zu reiten.

Feige war sie jedoch nicht – war es nie gewesen.

Mit einem letzten Blick auf das Papier in ihrer Hand hob sie ihren Koffer auf und ging den Pier entlang, mit wachsender Erbitterung nach dem Schiff Ausschau haltend, das sie vielleicht, vielleicht aber auch nicht nach Indien befördern würde. Am Horizont waren die Silhouetten etlicher Schiffe zu sehen, die bereits die Segel gesetzt und sich auf den Weg gemacht hatten. Kam sie vielleicht zu spät?

Ihre Schritte wurden langsamer. Dort, zwischen einem Kriegsschiff und einem gut ausgestatteten Ostindienfahrer, lag ein heruntergekommen wirkender Frachter, dessen Deck aussah, als wäre es bis an den Rand gefüllt mit Kisten und Kabeln und Ketten, deren Glieder so lang und so breit wie der Arm eines Mannes waren. Das Schiff schien kaum imstande zu sein, sich aus dem Hafen zu schleppen, geschweige denn, den weiten Weg bis Indien zu bewältigen. Und es sah gewiss nicht im Entferntesten aus wie ein Schiff, das Söldnertruppen in ein Kriegsgebiet brachte.

»Gott steh mir bei«, murmelte sie, als sie in dem Namen auf dem Schiff denselben erkannte, der auf das Papier in ihrer schweißnassen Hand gekritzelt war.

Die *Pretender*.

Das Gebrüll des Kindes ließ die Wände wackeln und veranlasste Gabriel Hirsch und Connie LaTouche, sich die Ohren zuzuhalten. »Sie kreischt wie eine Banshee, Käpt'n«, verkündete Connie. »Bist du sicher, dass du sie unterwegs nicht bei 'ner lieben Tante oder so abliefern willst? Ich glaub nicht, dass du dich bei dem Getöse auf irgendwas konzentrieren kannst. Da vergeht einem ja sogar der Appetit.«

Der »Kapitän« der *Pretender* versuchte, das Mädchen zu beruhigen, bewirkte aber nur, dass sie noch lauter schrie und wie wild in seinen Armen zappelte. »Lassen Sie mich los! Lassen Sie mich los!«, brüllte sie auf Französisch. »Ich will meine Nana. Hilfe! Hilfe! Er will mich aufessen! Ich muss sterben!«

»Ich esse dich *nicht* auf.« Jason fing ihre rudernden Arme ein, bevor sie ihm wieder einen Schlag auf die Nase versetzen konnte. »Schau mich an, Jenette.«

»Sie sind viel zu hässlich zum Anschauen! Mir werden die Augen aus dem Kopf fallen!«

Connie kicherte und stieß Gabriel mit dem Ellbogen an. »Sie hat das Temperament ihrer Mutter geerbt, was? Von der Art ihres alten Herrn will ich gar nicht reden.«

Gabriel stimmte mit Lachen und Nicken zu. Er zwickte das kleine Mädchen mit seinen kräftigen Fingern zärtlich in die Wange und tätschelte ihr den Kopf.

Jason mühte sich mit dem tobenden Kind ab. »Ruhig, meine Kleine, sonst weckst du noch die gesamte britische Flotte auf. Wenn du brav bist, schenke ich dir eine Zuckerpflaume.«

»Ich will keine Zuckerpflaume! Ich will meine Nana!«

Jason legte seine Hand auf den Mund seiner Tochter und sah zu Connie. »Mitternacht ist längst vorbei. Noch nichts von Destiny zu sehen? Da braut sich ein Unwetter zusammen. Wenn wir nicht aus dem Hafen sind, bevor es losbricht, müssen wir hier vor Anker bleiben, bis es sich verzogen hat. Wenn Dunleavy entdeckt, dass der Trumpf, den er im Ärmel hatte, weg ist, haben wir ihn und jeden Marineoffizier der Flotte am Hals. Ganz zu schweigen von Trevor. Jesus, ich bin nicht in der Stimmung, ihm gegenüber zu treten. Noch nicht.«

»Ich habe Fritz auf die Suche geschickt. Wenn sie im Hafen ist, findet er sie. Was die Kleine angeht« – er zeigte auf das schluchzende Kind in Jasons Armen –, »können wir von Glück sagen, lebend hier rauszukommen, wenn sie so weitermacht. Sag ihr doch, wer du bist. Vielleicht hält sie dann die Klappe.«

Die Stimme zu einem Flüstern gesenkt und auf sein maskiertes Gesicht deutend, sagte Jason: »Würdest du einen Vater wollen, der so aussieht?«

Connie grinste. »Tja, die Verkleidung ist ganz schön scheußlich. Glaube, Paolo hat sich 'n bisschen mitreißen lassen. Aber er hatte ja schon immer einen Sinn für das Dramatische. Etwas Gutes hat die Sache, Sir. Die Lady erkennt dich nie und nimmer. Verdammich, du kannst von Glück reden, wenn sie mit dir in einem Raum bleibt.«

Jason schwenkte das kleine Mädchen in seinen Armen auf und ab und sagte zu ihr: »Du brauchst keine Angst zu haben, *ma petite chou chou.* Ich bin ein Freund deines Vaters.«

»Mein Vater hat bestimmt keine Freunde, die so aussehen«, gab sie mit einem hochmütigen kleinen Naserümpfen zurück und warf ihre langen dunklen Locken in den Nacken. »Sie sind viel zu hässlich und gemein. Mein Papa ist sehr hübsch und groß und tapfer … und sehr nett. Er würde bestimmt keine kleinen Mädchen stehlen, wenn sie in ihren Betten liegen und schlafen.«

»Woher weißt du, dass er hübsch ist? Kannst du dich an ihn erinnern?«

Sie schüttelte den Kopf. Ihre Unterlippe bebte. »Aber bevor meine Mama gestorben ist, hat sie mir gesagt, dass er irgendwann kommt, um mich zu holen. Sie dürfen mich also nicht mitnehmen, Monsieur. Wenn Sie das tun, sehe ich ihn nie, nie wieder.«

Jason sah forschend in die großen Augen seiner Tochter, die der ihrer Mutter so ähnlich waren. Wie oft hatte Michelle ihn so angeschaut, angstvoll flehend, in der Hoffnung, Schwüre und Versprechungen zu hören, die er wegen seiner verfluchten Gier nach Abenteuern nicht machen konnte. »Und wenn ich dir nun sage, dass ich dich zu deinem Papa bringen will? Würde dir das gefallen, *ma petite?*«

»Ich glaube Ihnen nicht! Lassen Sie mich los! Ich will meine Nana!«

»Was um Himmels willen machen Sie denn da mit dem Kind?«, ertönte eine Frauenstimme von der Tür. Destiny, das Kinn energisch vorgeschoben, das Haar aus den Kämmen gelöst und in den Augen dasselbe faszinierende grüne Feuer, das er in Erinnerung hatte, rauschte über die Schwelle. Ihre Nähe und ihr Duft umfingen ihn, und jedes Zögern, seinen Plan auszuführen und ihr zu helfen, verschwand mit einem einzigen Lidschlag ihrer großen Augen und dem hochmütigen Heben ihres Kopfs. Jesus, noch nie hatte ihn eine Frau so sehr aus dem Gleichgewicht gebracht. Allerdings hatte er auch noch nie eine Frau mit ihrem Kampfgeist und Mut kennen gelernt. In diesem Moment hielt er sie für fähig, es notfalls mit Nana Sahibs gesamter Sepoy-Armee aufzunehmen, um ihrem Vater zu helfen. Am liebsten hätte er sie in seine Arme gerissen und mit ihr geschlafen … jetzt gleich.

Sie riss das weinende Kind aus Jasons Armen und drückte das Mädchen zärtlich an ihre Brust, streichelte ihre wogenden Locken und murmelte ihr tröstende Worte ins Ohr. »Na, na, meine Kleine. Kein Wunder, dass du Angst hast. Was haben sie dir getan?«

Jason zog die Augenbrauen hoch, als sich seine Tochter an Destinys Schulter kuschelte. Ihre Lider wurden augenblicklich schwer, und ihre Tränen versiegten.

Erst jetzt wandte Destiny ihm den Blick zu. Ihre Augen weiteten sich kurz, als sie seine von Narben entstellten Züge bemerkte; Unsicherheit und Furcht huschten über ihr Gesicht, waren aber genauso schnell wieder verschwunden. Sie schluckte, wich einen Schritt zurück und holte tief Luft, bevor sie mit ruhiger Stimme fragte: »Wo ist die Mutter des Mädchens?«

»Hat keine mehr«, antwortete Connie. »Armes kleines Ding, ist praktisch 'ne Waise bis auf ihren alten Herren. Die Mutter ist vor ein paar Jahren einfach mit der Kleinen auf und davon. Hat bis jetzt gedauert, sie aufzustöbern – Gott schenke ihrer Seele Frieden – und das Kind nach Hause zu bringen.«

Jason zog eine Augenbraue hoch und richtete seinen Blick auf Connie, beeindruckt, wie schnell sein Freund aus dem Stegreif eine Geschichte erfunden hatte, die die Anwesenheit eines fünfjährigen Mädchens an Bord der *Pretender* erklärte.

Fritz erschien leicht außer Atem in der Tür der Kajüte. »Das ist wohl Lady Chesterfield, nehme ich an. Hab sie starr vor Angst da draußen entdeckt. Als ich versuchen wollte, ihr mit dem blöden Gepäck zu helfen, hätte sie mir mit ihrer Schuhspitze beinahe das Schienbein eingetreten.«

»Was erwarten Sie denn, wenn Sie plötzlich aus dem Nebel auf mich losstürzen?«, gab sie zurück. Die Arme um das Kind geschlungen, starrte Destiny unverwandt den Kapitän der *Pretender* an. Schweißperlen glitzerten auf ihrer glatten Stirn, aber sie gab sich große Mühe, mutig zu erscheinen. Angesichts der Tatsache, dass sie von einem Haufen Halsabschneider umringt war, machte sie ihre Sache ziemlich gut, fand Jason.

Da Gabriel und Connie Destiny mit wachsamen und sorgenvollen Mienen betrachteten und Fritz am Türrahmen lehnte und die Arme vor der Brust verschränkte, offensichtlich gespannt auf Jasons Reaktion, ergab sich dieser in sein Schicksal und setzte seiner Rolle entsprechend ein so anzügliches Lächeln auf, dass Destiny errötete und ihr der Atem stockte. Sie wich an die Wand zurück und bemühte sich, das Kinn zu heben.

Jason griff nach seiner Tochter.

Destiny wich ihm aus und drückte Jenettes Köpfchen an ihre Schulter. »Wenn Sie mir meine Kabine zeigen, Kapitän, kümmere ich mich um das Wohlergehen des Kindes.«

Die Männer wechselten einen Blick, dann meinte Jason: »Vielleicht kommt die Kleine mit einer Frau besser zurecht. Bring Lady Chesterfield in ihre Unterkunft, LaTouche, und achte *auf deine Manieren*. Wir müssen in See stechen, wie du weißt. Eine kreischende Frau würde uns sämtliche Polizisten von der Queen Street auf den Hals hetzen.«

Jason grinste, als jede Farbe aus Destinys Wangen wich. Ihre Augen, groß und kugelrund, wirkten wie polierte Smaragde in dem perfekten Oval ihres Gesichts, als sie erst ihn und dann Gabriel anstarrte, der sie um sechzig Zentimeter überragte.

Kurz nach zwei Uhr morgens fingen die Segel der *Pretender* die erste Andeutung eines aufkommenden Winds ein, und das Schiff glitt mühelos aus dem Hafen von Portsmouth. Die Deckplanken schwankten und knarrten, und die Takelage spannte sich straff unter den vollen Segeln, als Jason auf der Brücke stand, den Blick auf die dunkle Anlegestelle gerichtet, um nach jedem Anzeichen ungewöhnlicher Aktivität Ausschau zu halten, das darauf hingewiesen hätte, dass ihre Abfahrt noch andere Zuschauer hatte als bestenfalls einen Seemann, der keinen Schlaf finden konnte. Bis jetzt war alles ruhig.

Mit etwas Glück würde Dunleavy erst in ein, zwei Tagen dahinter kommen, dass Destiny ihm durch die Finger geschlüpft war, und selbst dann würde er nicht sofort vermuten, dass Jason etwas mit ihrem Verschwinden zu tun haben könnte. Bis Dunleavy bei dem Versuch, Destiny zu finden, jeden Stein in Bournemouth, London und Portsmouth umgedreht hatte, würden dank der Pretender mehrere hundert Seemeilen zwischen ihnen liegen. Trevor konnte sie dann nur noch einholen, wenn die Pretender sank.

»Na, Käpt'n, schön, wieder auf See zu sein, was?«

Jason wandte den Kopf.

Connie stand mit breit gespreizten Beinen an Deck, reckte sein bärtiges Gesicht dem Wind entgegen und seufzte. »Nirgends ist es so friedlich wie auf See, sag ich immer.«

»Wir haben schwere See vor uns«, bemerkte Jason. »Wenn wir klug wären, hätten wir gewartet, bis der Sturm abflaut.«

»Na ja, müssen wir wohl zeigen, wie seefest wir sind. Keine Frage. Aber diesmal haben wir eine feine Crew beisammen, Käpt'n. Die packen es schon, mit dem Wind und allem anderen fertig zu werden.«

»Ich verlasse mich drauf. Ich brauche dich wohl nicht daran zu erinnern, dass wir eine kostbare Fracht mitführen.«

Connie grinste. »Ich nehm mal an, du meinst nicht die Munition von Fritz und Franz. Verdammich, die beiden haben genug Schießpulver und Waffen eingepackt, um uns auf den Mond zu schießen, wenn wir hochgehen. Eins steht fest, wir sind gut gerüstet, falls es Ärger gibt.«

Jason warf seinem Freund einen Blick zu. »Ich will kein Risiko eingehen, Connie. Lieber laufe ich weg, bevor ich mich auf einen Kampf einlasse.«

»Alles klar, Sir.«

»Wie geht es meiner Tochter?«

»Hat sich's bei Destiny gemütlich gemacht. Durch die Kleine hat die Lady was anderes zu tun, als sich den Kopf über uns Halsabschneider zu zerbrechen – das sind wir wohl für sie, schätze ich.«

Jason nickte. »Lass die Männer in fünfzehn Minuten antreten.«

»Aye, aye, Käpt'n.«

Der Wind nahm weiter zu, wehte mal warm, mal kalt, von Ost nach West, von Nord nach Süd. Das Tauwerk sang, und die Schoten und Wanten knallten wie Feuerwerkskörper, sodass Jason gezwungen war, seine Stimme zu heben, um die Geräuschkulisse zu übertönen. Das Gesicht von der schäumenden Gischt besprüht, ging er die Reihe durchnässter Matrosen und Seesoldaten ab, die Mühe hatten, sich auf dem Deck, das unter ihnen wie ein gereiztes Pferd bockte, auf den Beinen zu halten. Connie hatte Recht. Die Crew war gut. Sehr gut. Er war schon früher mit diesen Leuten auf See gewesen und hatte mit ihnen gekämpft, und er war bereit, ihnen sein Leben anzuvertrauen.

»Willkommen an Bord, Gentlemen«, rief er. »Diese Mission unterscheidet sich kaum von den vorherigen. Mit einer Ausnahme. Wir haben eine junge Frau und ein Kind an Bord. Meine Tochter. Sie werden sich in ihrer Gesellschaft anständig betragen. Kein Spucken, kein Urinieren an den Besan, keine unflätigen Redensarten.«

Die Crew lachte.

Jason lachte nicht, starrte nur jeden einzelnen Mann an, bis das Grinsen von den Gesichtern verschwand. Dann fuhr Jason fort: »Wer meine Befehle nicht befolgt, kommt eine Woche in den Bau. Und ich bringe jeden Mann eigenhändig um, der sich Lady Chesterfield gegenüber nicht wie ein Gentleman beträgt.«

»Schön blöd, die Frau an Bord zu nehmen«, ertönte eine Stimme aus der Dunkelheit.

Jason trat zu der massigen Gestalt im Schatten. »Hugo Mallet. Hätte ich mir denken können. Ich dachte, du verrottest irgendwo in Schottland in einem Gefängnis.«

»Ich wurde wegen guter Führung vorzeitig entlassen.«

»Wie bist du entkommen?«

Hugo grinste. »Das Gefängnis, das mich lange halten kann, gibt's noch nicht ... Sir. Und ich sag's noch mal: Eine Frau gehört nicht auf die *Pretender*. Ich hab nichts dagegen, einem Haufen Sepoys die Schädel einzuschlagen; hab nicht viel übrig für die Hundesöhne. Aber den Hintern einer Frau in den Tumult reinzuziehen bringt nur Ärger. Sie wird dich ganz schön durcheinander bringen ... wenn sie's nicht schon getan hat.«

Jason wandte sich an Connie. »Was zum Teufel macht er auf meinem Schiff?«

»Tut mir Leid, Käpt'n. Wir hatten zu wenig Männer, und er war da.« Er senkte die Stimme und fügte hinzu: »Ehrlich gesagt, ist es mir lieber, wenn er an Bord der *Pretender* ist als bei deinem Bruder.«

»Wofür genau ist er das letzte Mal verurteilt worden?«

Connie schürzte die Lippen. »Raub bei der alten Dame aus der Threadneedle Street.«

»Du hast die Bank von England ausgeraubt?«, sagte Jason zu Hugo.

»Warum nicht?«

Connie räusperte sich und drehte sich zu der Reihe nasser Soldaten und Seemänner zu. »Ich soll euch Haufen von Verbrechern und blutrünstigen Galgenvögeln an den Code von Oléron erinnern, das Reglement für euer Verhalten an Bord.

> Jeder, der einen anderen an Bord tötet, es sei denn auf Befehl oder mit Erlaubnis des Kapitäns, wird an den Leichnam gefesselt und zusammen mit ihm ins Meer geworfen.
> Jeder, der einen anderen an Land tötet, es sei denn auf Befehl oder mit Erlaubnis des Kapitäns, wird an den Leichnam gefesselt und zusammen mit ihm begraben.
> Jeder, der nach Recht und Gesetz überführt wird, gegen einen anderen die Waffe gezogen oder die Hand erhoben zu haben oder dies nur androht, verliert seine Hand.
> Jeder, der nach Recht und Gesetz des Diebstahls überführt wird, kriegt den Kopf geschoren und wird mit kochendem Pech übergossen und mit Federn bestreut, um als Täter erkannt zu werden, und bei der ersten Gelegenheit ohne Essen, Trinken oder Geld an Land gebracht.
> Jeder, der vor Frauen oder Kindern schmutzige Reden führt, kriegt die Zunge abgeschabt und wird nackt an den Besan gebunden, um dort nicht weniger als ein Dutzend Hiebe mit der neunschwänzigen Katze zu erhalten.
> Jeder, der sich eines Angriffs oder ehrlosen Betragens gegen Frauen und Kinder schuldig macht, wie zum Beispiel Beleidigungen, tätliche Angriffe

> oder Schlimmeres, wird hingerichtet und sein Leichnam ohne Gebet oder Zeremonie der See übergeben.

Wenn ihr diese Gesetze verstanden habt, sprecht jetzt.«

»Aye, aye«, riefen die Männer und schlugen die Hacken zusammen.

8

Das heftige Rollen des Schiffs weckte Destiny aus ihrem unruhigen, sorgenvollen Schlaf. In ihrem Unterleib zog es so seltsam, dass sie ihr Gesicht ins Kissen drückte und die Augen schloss. Ein Fehler. Die Bilder, die verschwommen aus ihrer Erinnerung auftauchten, waren schockierend, quälend, bestürzend. Das konnte nicht sie sein, diese Frau, die sich nackt an den Mann klammerte und eine Intimität herausforderte, die sie um jeden klaren Gedanken gebracht und dasselbe Pochen verursacht hatte, das sie in diesem Moment spürte. Sein Stöhnen hatte ihre Sinne berauscht. Sein Keuchen hatte jeden Nerv unter ihrer Haut wachgekitzelt, bis sie es nicht mehr aushielt. Noch nie hatte sie sich so gefühlt wie in jenem Moment, wie ein kostbares Geschenk …

Hatte sie ihm etwas bedeutet?

Hatte sie voreilige Schlussfolgerungen gezogen?

Wenn er wirklich die Absicht hatte, ihrem Vater zu schaden, warum hatte er dann von seiner Verbindung zu Dunleavy berichtet?

Sie hatte ihn nicht so schlimm verletzen wollen.

War er tot?

O Gott, bitte, lass ihn nicht tot sein!

Der Seegang wurde stärker, und der Wind heulte wie ein Rudel hungriger Wölfe. Destiny schluckte einen Schluchzer hinunter und lag zitternd in der unbequemen Koje, die einen Großteil der dunklen Kabine einnahm, in welcher der Kapitän sie und das verstörte Kind erst vor wenigen Stunden untergebracht hatte.

Sie hatte es wirklich gewagt. Möge Gott ihr beistehen.

Während sie von der Liebe zu einem gefährlichen Fremden träumte, hatte das Schiff Englands Küste hinter sich gelassen. Sollte tief in ihrem Unterbewusstsein ein Hauch von Widerwillen geblieben sein, diese mühselige Reise auf sich zu nehmen, war es jetzt zu spät, ihre Meinung zu ändern. Sie war auf dem Weg nach Cawnpore, mit einer Crew, die die hartgesottensten Piraten in den Schatten stellte.

Das Kind rührte sich und wimmerte. Destiny strich dem kleinen Mädchen über die Wange, und es glitt zurück in den Schlaf.

Destiny rutschte aus der Koje und stopfte die Bettdecke fürsorglich um das schlafende Kind fest. Sie stolperte, als das Schiff hin und her schlingerte, flog an die Wand und prallte dann an eine Truhe, die mit schweren Scharnieren am Fußboden befestigt war. Da sie in ihren Sachen geschlafen hatte, versuchte sie die Falten in ihrem Rock glatt zu streichen, während sie gleichzeitig verzweifelt bemüht war, sich auf den Beinen zu halten. Das Schiff schien plötzlich wie ein Stein ins Bodenlose zu fallen, fing an zu zittern, als würde es gleich in Millionen Einzelteile zerbersten, durchpflügte dann eine hohe Woge und nahm sie schließlich wie ein Jagdpferd, das über eine Hecke springt.

Endlich schaffte sie es, aus ihrer Kabine herauszukommen, kämpfte sich dann nach mehreren Anläufen, bei denen sie wieder nach hinten geschleudert wurde, den Niedergang hinauf und trat an Deck, wo sich die Segel im Wind blähten und im grauen Morgendunst geisterhaft schimmerten. Ein kalter Wind zerrte an ihren Kleidern, als sie sich mühsam aufrichtete und das Deck mit Blicken absuchte. Schemenhafte Gestalten rannten stumm hin und her, alle damit beschäftigt, die Takelage für das drohende Unwetter festzuzurren.

»Da ist sie«, ertönte ein Ruf, und Destiny drehte sich im selben Moment um, als jemand sie packte und buchstäblich in die Luft hob, um sie dann in Richtung Offiziersmesse zu bugsieren, wo durch den Morgennebel kaum erkennbar ein schwaches Licht hinter den Bullaugen glomm. Bevor sie Zeit hatte, Protest zu erheben, wurde sie in einen Raum gedrängt, wo sich ein einzelner Tisch, übersät mit schmutzigem Geschirr und Besteck, befand. In der Luft waberte ein süßlicher, Übelkeit erregender Dunst, der wie der Rauch aus Londons Kohleöfen an der Decke hing. Der Kapitän saß an einem Ende des Tischs, über etwas gebeugt, das wie eine Schale kalter Haferbrei aussah, in der einen Hand einen Löffel, in der anderen eine Tasse Kaffee.

Er schaute sie nicht sofort an, sondern zeigte nur mit dem Löffel in seiner Hand auf einen Stuhl ihm gegenüber und knurrte: »Setzen.«

Hände schubsten sie zu dem Stuhl. Sie landete im selben Moment auf der Sitzfläche, in dem das Schiff wieder absackte. Destiny hielt sich an der Tischkante fest, wobei sie es vermied, das erstarrte Fett der Essensreste anzuschauen, und bemühte sich krampfhaft, ihre plötzliche Übelkeit hinunterzuwürgen.

Der Kapitän wandte den Kopf und zeigte ihr sein von Narben verunstaltetes Profil. Seine Gesichtshaut war von der Schläfe bis zum Kiefer und den Hals hinunter verbrannt. Wulstiges rosiges Narbengewebe verzerrte sein rechtes Auge, das fahl und blicklos wirkte.

»Regel Nummer Eins«, schnarrte er. Destinys Augen weiteten sich, und ihre Zähne fingen an zu klappern. »Sie verlassen nie wieder Ihre Kabine, unter gar keinen Umständen, es sei denn, in meiner Begleitung oder der von Connie LaTouche. Verstanden, Lady Chesterfield?«

Sie nickte und versuchte zu schlucken. Ausgeschlossen. Ihre Kehle brannte, als hätte sie ein ganzes Meer von Salzwasser geschluckt.

Er maß sie mit einem strengen Blick. »Die Männer hier sind keine blaublütigen Schlappschwänze. Wenn sie eine Frau beäugen, dann stellen sie sich bestimmt nicht vor, mit ihr in einem stickigen Salon unter den Augen einer altjüngferlichen Tante gemeinsam Kakao zu trinken.«

Wieder nickte sie und kniff die Augen zusammen, weil sie am liebsten in Tränen ausgebrochen wäre. Meine Güte, das war nicht der richtige Zeitpunkt, Schwäche oder Angst zu zeigen. Den Menschenfresser, der sie höhnisch musterte, würden Tränen nicht beeindrucken – nicht von einer Frau, die gerade seine Besatzung angeheuert hatte, um sie auf schnellstem Weg um die halbe Erdkugel herum zu ihrem Vater zu bringen, in ein Land, das am Rand eines Bürgerkriegs stand.

»Ist Ihnen voll und ganz bewusst, auf was Sie sich eingelassen haben?«, wollte er wissen.

Sie öffnete den Mund, um etwas zu sagen. Kein Laut kam heraus.

»Wir sind Söldner, Lady Chesterfield. Ziel und Zweck unserer Mission ist es, den Feind zu stellen und zu vernichten – um jeden Preis. Keiner von uns ist verheiratet, deshalb brauchen wir uns nicht darum zu sorgen, trauernde Witwen zu hinterlassen. Die meisten von uns haben überhaupt keine Familie. Und selbst wenn … wir waren gezwungen, unsere Bande zu ihnen vollständig zu kappen. Wissen Sie, warum?«

Sie schüttelte den Kopf und schlang die Finger, die auf ihrem Schoß ruhten, ineinander.

»Weil es an Bord dieses Schiffs nicht einen Mann gibt, auf dessen Kopf nicht ein Preis ausgesetzt wäre, Lady Chesterfield. Es gibt eine Menge sehr einflussreicher Männer, die sich über unsere Familien nur zu gern an uns rächen würden.«

»Das tut mir sehr Leid für Sie«, brachte sie mit belegter Stimme heraus.

»Warum?«, fragte er stirnrunzelnd.

»Weil Sie eine elende Existenz fristen. Und wenn Sie sterben, wird es keinen kümmern. Was außer Ihren Mordtaten wird noch an Sie erinnern?«

Er starrte sie einen langen Moment unverwandt an. In der weißen, blicklosen Scheibe seines rechten Auges spiegelte sich das Licht der Lampe wider. Seltsam, dass sie den Blick nicht abwenden konnte. Es war fast etwas Hypnotisches in der Art, wie er sie ansah, und obwohl seine Stimme rau und schroff war und er ihr bewusst Angst machte, schien ein weicher Unterton in seinen Worten mitzuschwingen. Und sein Gesicht … der Teil, der nicht entstellt war, wirkte unerklärlicherweise genauso beunruhigend wie die Narben. Es rief irgendetwas in ihrem Inneren hervor … Mitleid vielleicht. Ja, Mitleid. Der Mann musste früher einmal sehr attraktiv gewesen sein.

»Was starren Sie mich so an?«, fuhr er sie schließlich an, und sie schrak zusammen. »Passt Ihnen etwas an meinem Gesicht nicht? Vielleicht hat sich eine Dame wie Sie noch nie in Gesellschaft eines derart … entstellten Menschen befunden. Hm? Oder ist es eher mein Charakter, an dem Sie Anstoß nehmen? Und bevor Sie antworten, möchte ich Sie daran erinnern, dass wir beide hier in diesem Raum sind, weil Sie es so wollten.«

»Ich weiß sehr wohl, warum ich hier bin, Kapitän. Dieses Schiff war meine einzige Möglichkeit, nach Indien zu kommen. Was Ihren Charakter angeht, Sir, ist es mir zwar unbegreiflich, wie man für Geld töten kann, doch steht es mir nicht zu, darüber zu richten. Ich selbst bin weiß Gott zu Unrecht verurteilt worden. Was nun Ihr … Aussehen betrifft …« – sie hob das Kinn und zwang sich, ihm direkt ins Gesicht zu sehen – »Sie wirken tatsächlich ein wenig … beängstigend. Aber ich habe Schlimmeres gesehen. Mein Vater hatte einen Diener, dessen Gesicht völlig von Brandwunden entstellt war. Er hatte auch eine Hand verloren, aber er war der ergebenste und am meisten geschätzte unserer Diener. Ich habe schon in jungen Jahren gelernt, Sir, dass das Äußere eines Menschen kaum je die Wahrheit über seinen Charakter widerspiegelt.« Sie seufzte und fügte mehr an sich selbst als an den Kapitän gerichtet hinzu: »Selbst die hübschesten Männer verbergen nur zu oft ein unredliches Wesen.«

Er trank einen Schluck Kaffee, das beunruhigende farblose Auge immer noch auf sie gerichtet. »Höre ich da eine Spur Zynismus, Lady Chesterfield? Hat Ihnen etwa ein gut aussehender Schurke das Herz gebrochen?«

»Wohl kaum.« Heiße Röte schoss ihr ins Gesicht, und sie wandte den Blick ab.

»Ich kann mir nämlich nicht vorstellen, dass Sie einem solchen Halunken zugestehen würden, Sie zu benutzen … es sei denn, Sie wollten es selbst so.«

Destiny runzelte die Stirn und warf ihm einen scharfen Blick zu. Die Röte auf ihrem Gesicht vertiefte sich.

»Sie haben Temperament.« Der Kapitän stieß ein kehliges Lachen aus. »Ich schätze, Sie würden es ihm irgendwie heimzahlen, wenn Sie ihm auf die Schliche kämen. Treten. Schreien. Ihm etwas über den Kopf ziehen.«

Ihr Herz klopfte laut, und sie hielt den Atem an.

»Einen Schirm. Einen Schuh. Was weiß ich.« Er grinste.

»Dieses Gespräch ist lächerlich und noch dazu viel zu persönlich«, erklärte sie.

Einen Moment lang verdüsterte sich seine Miene, dann zuckte er die Achseln. »Haben Sie schlafen können?«

»Ich bin vom Rollen des Schiffs aufgewacht.«

»Und das Kind? Schläft die Kleine noch?«

»Tief und fest wie ein Engel.«

Er lächelte versonnen. »Sie ist auch ein kleiner Engel, was? Abgesehen von ihrem Temperament. Wenn sie sich daran gewöhnt hat« – er zeigte auf sein Gesicht – »fasst sie vielleicht ein bisschen Zutrauen zu mir. Was meinen Sie, Lady Chesterfield?«

»Vielleicht«, sagte sie leise.

Der Kapitän stieß seinen Stuhl zurück und stand auf. Er fand mühelos sein Gleichgewicht, obwohl das Schiff hin und her schwankte, und ging um den Tisch herum. Vor ihr blieb er stehen, so nahe, dass sie seinen Atem warm durch ihre Kleider spüren konnte, und legte eine Hand auf ihre Schulter. Ihr Rücken versteifte sich, und ihr stockte der Atem.

»Törichtes junges Ding«, murmelte er mit dieser beunruhigenden Stimme, die sie erschauern ließ. Seine Finger massierten sanft ihre Schulter. »Sie haben nicht die leiseste Ahnung, wer oder was ich bin. Und doch sind Sie hier, eine Rose inmitten von Unkraut, hungrig nach Abenteuern und ohne Rücksicht auf Konventionen. Ich frage mich, was für eine Hingabe erforderlich ist, um Sie zu solch einem Verhalten zu veranlassen.«

Sie warf einen nervösen Blick auf seine Hand, die langsam unter ihr Haar glitt. Er hob es hoch und ließ es durch seine Finger gleiten. »Falls mein Vater tatsächlich in Schwierigkeiten steckt, kann ich ihm vielleicht helfen.«

»Vielleicht auch nicht. Es gibt manchmal Kriege, die

nicht zu gewinnen sind. Feinde, die nicht zu besiegen sind. Manchmal fechten wir unsere erbittertsten Kämpfe mit uns selbst aus. Der Kampf zwischen Wahrheit und Lüge ist oft der vernichtendste. Unser Widerwillen, der Realität ins Auge zu schauen, ist unser Untergang.« Er schlang ihr Haar zärtlich um seine Finger und sagte: »Was wollen Sie tun, wenn Sie feststellen, dass Ihr Vater ein Verräter ist, Lady Chesterfield? Die Situation könnte äußerst gefährlich sein. Sollte der Aufstand tatsächlich ausbrechen, wird kein Engländer im Land mehr sicher sein, auch Ihr Vater nicht, egal, welche Position er beziehen mag. Wenn er der Krone die Treue hält, werden ihn die Aufständischen umbringen. Wenn er die Seiten gewechselt hat, wird er vor Gericht gestellt und wegen Hochverrats verurteilt.«

»Mein Vater ist kein Verräter und wird es auch nie sein, Kapitän. Er ist der loyalste und standhafteste Mann, den ich kenne.«

»Sie sind nicht nur schön, sondern auch naiv.«

Indem sie all ihren Mut zusammennahm, stand Destiny auf, entwand ihr Haar seinem Griff und trat ein Stück zurück. Sie taumelte, als das Schiff unter ihr heftig erbebte. »Wenn Sie fertig sind, würde ich jetzt gern in meine Kabine zurückgehen.«

»Und wenn nicht?« Seine Lippen kräuselten sich. Seine Schuhe scharrten über den Boden, als er wieder auf sie zuging. Destiny wich zurück. Ihr Blick flog zum Tisch und fiel auf ein buntes Sammelsurium von Messern. Nur nicht die Nerven verlieren, ermahnte sie ihr Verstand. Dieser Mann war alles, was zwischen ihr und einer Besatzung stand, die sich ausschließlich aus Kriminellen rekrutierte. Wenn sie ihn verwundete, warf er sie möglicherweise diesen Halsabschneidern zum Fraß vor. Wenn sie ihn tötete, würde sie den morgigen Tag nicht mehr erleben.

Mit dem Rücken zur Tür holte Destiny tief Luft, als der Kapitän ein raues Lachen ausstieß. »Sie sind ein hübsches kleines Ding, Lady Chesterfield. Voll Temperament und Entschlossenheit. Von der Leidenschaft ganz zu schweigen. Ich frage mich … wie würden Sie reagieren, wenn ich nicht ganz so … hässlich wäre? Würden Sie trotzdem vor Furcht zittern?«

»Es ist Ihre unterschwellige Bösartigkeit, die mich irritiert, Sir, nicht Ihr Aussehen.«

»Hinter diesem zernarbten Äußeren steckt ein Mann mit denselben Bedürfnissen und Wünschen wie jeder andere. Wir werden lange Tage und Wochen miteinander verbringen. Und ich habe vor, mich möglichst oft an Ihrer Gesellschaft zu erfreuen, einfach weil es mir passt. Und weil das Feuer, das mein Gesicht zerstört hat, nichts an der Tatsache geändert hat, dass ich ein Mann bin. Glauben Sie mir, ich bin durchaus imstande, die Freuden zu genießen, die die Nähe einer schönen Frau mit sich bringt. Es kann sehr einsam auf See sein, wie Sie bald feststellen werden.«

Sie spielte mit dem Gedanken, ihm mitzuteilen, dass Einsamkeit für sie nichts Neues war und sie durchaus in der Lage wäre, damit zurechtzukommen; als Einzelkind in Cawnpore aufgewachsen, wo nur wenige der Eingeborenen Englisch sprachen, war sie gezwungen gewesen, sehr erfinderisch in der Gestaltung ihrer Freizeit zu sein. Als junge Frau, die sich lieber mit Pferden und den Tieren des Waldes die Zeit vertrieb als mit Onkel James' hochnäsigen Bekannten, hatte sie Wochen und Monate ein zurückgezogenes Leben auf seinem Landsitz geführt, wenn er und Diana sich in London aufhielten. Sollte dieser Mann also allen Ernstes glauben, sie würde sich aus reiner Langeweile auf eine schmutzige Affäre mit ihm einlassen, war er ein Dummkopf.

Aber die scharfe Entgegnung erstarb ihr auf der Zunge. Vielleicht war es die Müdigkeit auf seinen Gesichtszügen. Vielleicht der geisterhafte Schatten einer seltsamen Gefühlsregung, die in seinem gesunden Auge aufflackerte, das ebenso schlammig grün war wie die Wellen des Ozeans, die an den Bug schlugen. Einen Moment lang fühlte sie sich unerklärlich und beunruhigend schwerelos – so schwerelos wie in jenen Augenblicken auf der Lichtung, als ein Fremder ihr in die Augen geschaut und ihre Bedürfnisse und ihr Verlangen bloßgelegt hatte.

»Warum tun Sie das?«, fragte sie atemlos. »Mich nach Indien bringen, meine ich, obwohl ich kein Geld habe, um Sie dafür zu bezahlen.«

Er berührte ihre Wange und zog ihre Kinnlinie mit der Spitze seines Fingers nach. »Wo Krieg ist, ist auch Geld, Lady Chesterfield. Viel Geld. Ihre Anwesenheit auf meinem Schiff ist lediglich ein Luxus, den ich mir gönne. Es kommt nicht oft vor, dass ein Mann wie ich Gelegenheit hat, seine Zeit in Gesellschaft einer so … faszinierenden Dame zu verbringen.«

»Käpt'n!«, brüllte jemand und hämmerte an die Tür.

Ein Moment verging, bevor der Kapitän Destiny beiseite schob und die Tür öffnete. Ein kalter Luftzug strömte herein, begleitet von Nebel und dem ersten grauen Morgenlicht. Ein kleiner Mann mit wirrem karottenrotem Haar und einer Haut so bleich wie ein Fischbauch stolperte über die Schwelle, wobei er eine völlig durchnässte Gestalt mit sich zog.

»Wir haben einen blinden Passagier an Bord, Käpt'n. Hab sie an Deck gefunden, wo sie sich mit den Fingernägeln an die Reling geklammert hat. Noch ein Schlenker vom Bug, und sie wäre wie ein Albatross über Bord gesegelt.«

Als er die kleine Gestalt nach vorn schubste, schnappte Destiny nach Luft. »*Diana!*«

Der Kapitän fing Diana auf, bevor sie fiel. Das lange nasse Haar an den Kopf geklatscht, die Kleider wie eine zweite Haut an ihrem Körper klebend, starrte sie ihn mit einem Gesichtsausdruck an, der zwischen Benommenheit und Entsetzen schwankte.

»Diana?«, wiederholte Destiny und streckte eine Hand nach ihrer Tante aus. »Was um Himmels willen …«

»Ich konnte nicht …«, setzte Diana an, schüttelte dann den Kopf und starrte wieder den Kapitän an, der sie ebenso fassungslos betrachtete. »Ich konnte nicht zulassen, dass du ohne … konnte es einfach nicht ertragen … die Vorstellung, dass du diese Reise allein auf dich nimmst, wehrlos den Launen dieser … dieser Menschen ausgeliefert – o mein Gott, was haben wir getan?«

Destiny hielt Diana fest, als sie unkontrolliert zitternd auf den Boden sank. Ihre Wangen waren kalt wie Eis und schimmerten bläulich. »Holen Sie sofort eine Decke für sie«, rief Destiny dem tropfnassen Matrosen zu. Dann wandte sie sich an den Kapitän. »Geben Sie ihr eine Tasse Kaffee, und helfen Sie ihr in einen Sessel.«

»Du hast gehört, was die Dame gesagt hat, Zclie«, schnauzte der Kapitän den anderen an, der auf dem Absatz kehrtmachte und hinausflitzte.

Der Kapitän nahm Destiny ihre Tante ab, zog ihren schlaffen Körper auf einen Stuhl und fing an, ihr Gesicht und ihre Hände zu reiben und ihr leichte Klapse auf die Wangen zu geben, wobei er halblaut murmelte: »Was zum Teufel hat sich diese Person bloß dabei gedacht? Machen Sie die Augen auf. Atmen Sie, um Himmels willen!« Er langte nach seiner Kaffeetasse, hielt sie an ihre Lippen und zwang sie zu trinken. Diana hustete, spuckte und würgte wie eine Ertrinkende. Schließlich hoben sich ihre Lider, und ihre Augen richteten sich auf sein Gesicht.

»Ich habe gute Lust, Sie über Bord zu werfen«, stieß er zwischen den Zähnen hervor, worauf Diana sofort die Augen verdrehte und ihr Körper wieder erschlaffte.

Destiny schubste ihn beiseite. »Sie sind ein wahres Ungeheuer, Kapitän. Sehen Sie denn nicht, dass sie unter Schock steht?«

»Blinde Passagier werden normalerweise an den Mast gebunden und ausgepeitscht, Lady Chesterfield. Die Lady kann von Glück sagen, dass Zelie sie nicht gleich ins Wasser geschmissen hat.« Er marschierte auf und ab. Sein zottiges dunkles Haar hing ihm wirr auf die Schultern, und das Stampfen und Scharren seiner Füße auf dem Boden war genauso beängstigend wie sein wachsender Zorn. »Was zum Teufel soll ich mit ihr machen? Es reicht schon, Sie am Hals zu haben …«

»Niemand hat Sie gezwungen, mich an Bord zu nehmen«, schrie sie zurück. »Onkel James hat keine Ahnung, wo sie … wo wir sind, da bin ich ganz sicher. Es sei denn, sie hat einen Brief hinterlassen …« Destiny nagte an ihrer Unterlippe und tätschelte ihrer Tante liebevoll die Wange.

»Einen Brief?« Der Kapitän baute sich mit gefletschten Zähnen und geballten Fäusten vor Destiny auf. »Sagen Sie mir, dass sie unmöglich so dämlich sein kann.«

Dianas Lider flatterten. Sie hob den Kopf und bemühte sich, den Blick zu Destiny zu heben. Destiny versuchte zu lächeln, was ihr angesichts der Tatsache, dass der Kapitän wie ein wilder Hund an ihrer Seite lauerte, nicht gerade leicht fiel.

»Fragen Sie sie«, knurrte der Kapitän. »Hat sie jemandem gesagt, wohin sie will und mit wem?«, brüllte er so laut, dass Destiny und Diana zusammenzuckten.

Destiny nahm das Gesicht ihrer Tante in beide Hände und zwang Diana, sie direkt anzuschauen. »Liebe, gute Tante, hast du irgendjemandem von unseren Plänen erzählt?«

»Ich … ich musste es. Nur eine kurze Nachricht. Eine Entschuldigung, um genau zu sein. Ich musste James begreiflich machen, warum ich ihn verlasse. Wie unglücklich ich seit langer Zeit bin …«

Der Kapitän stieß Destiny zur Seite, packte Diana bei den Schultern und schüttelte sie grob. »Hören Sie, Lady. Denken Sie gut nach. In diesem Brief haben Sie Lord Shaftesbury hoffentlich nicht mitgeteilt, wohin Sie fahren und auf welchem Schiff …«

»Nur, dass Destiny und ich um Mitternacht die Reise nach Indien antreten … auf der *Pretender*.«

Sein Gesichtsausdruck wurde mörderisch, und er biss die Zähne zusammen, bevor er sich zwang, Diana loszulassen und ein Stück zurückzutreten.

Mit sinkendem Mut nahm Destiny ihre Tante in die Arme. Ihre Bestürzung wuchs, als der Kapitän auf den Boden starrte, unverkennbar bemüht, seine Wut unter Kontrolle zu halten.

Die Tür flog auf, und Zelie kam mit einer Decke in den Armen hereingestolpert. Der Kapitän drehte sich zu ihm um. »Lass die Männer sofort in meine Kajüte kommen. Ich fürchte, dank unseres reizenden blinden Passagiers bereitet sich mittlerweile jedes Kriegsschiff im Hafen von Portsmouth darauf vor, die Segel zu setzen.«

Zelie zuckte die Achseln. »Der Sturm wird sie aufhalten.«

»James wird keinem Menschen gegenüber erwähnen, dass ich ihm davongelaufen bin«, rief Diana und klammerte sich an Destinys Hände. »Es würde ihn viel zu sehr demütigen. Er wird einfach behaupten, dass er beschlossen hat, sich scheiden zu lassen, und den Leuten erzählen, dass Destiny und ich eine Reise machen und …«

»Es ist nicht James, der uns Sorgen macht«, unterbrach Destiny ihre Tante mit so viel Geduld, wie sie aufbringen konnte.

Von Kopf bis Fuß vor Kälte zitternd, starrte Diana ihre Nichte an. Ihre Augen weiteten sich, als sie begriff, was Destiny meinte. »O mein Gott, Des. Dunleavy. James wird Dunleavy sagen, auf welchem Schiff wir unterwegs sind.«

»Schaff die zwei unter Deck, und lass Connie und Fritz ihre Positionen längsschiffs einnehmen. Inzwischen überlege ich mir, was wir mit ihr machen.« Der Kapitän zeigte auf Diana und wandte sich mit einem unterdrückten Fluch ab. Zelie half Destiny und Diana beim Aufstehen, warf die Decke über ihre Schultern und führte sie hinaus.

Zitternd und blass starrte Diana auf das Kind, das sich in eine dunkle Ecke der Koje kuschelte, die Decke bis ans Kinn gezogen, und unverwandt zurückstarrte. »Was ist das?«, fragte Diana mit bebender Stimme.

»Wonach sieht es denn aus?« Destiny ging zu dem kleinen Mädchen, das bereitwillig die Arme nach ihr ausstreckte. »Soweit ich weiß, wurde das Kind aus dem Bett entführt und an Bord gebracht. Der Kapitän behauptet, er hätte den Auftrag, die Kleine zu ihrem Vater zu bringen.«

»Das glaube ich ihm nicht. Du etwa?«

Destiny schlang ihre Arme um das Kind und drückte es an sich. »Ich weiß nicht mehr, was ich glauben soll.«

Diana setzte sich neben Destiny und zog die Decke enger um ihre Schultern. Sie senkte die Stimme zu einem Flüstern. »Es gibt schlechte Menschen, die viel Geld für Kinder bezahlen – reiche, kinderlose Ehepaare, die ein

Vermögen ausgeben, um Kinder entführen und zur Adoption in ein anderes Land schaffen zu lassen. Und was uns angeht, so wissen wir nichts über diese Männer, Destiny. Sie könnten durchaus mit weißen Sklaven handeln. Wir könnten ausgepeitscht und verprügelt und missbraucht werden, den Rest unserer Tage an ein Bett gekettet in einem schäbigen Bordell verbringen, gezwungen, die grauenhaftesten und perversesten Dinge über uns ergehen zu lassen und irgendwann an einer Krankheit zugrunde zu gehen, die Geist und Körper zerstört.«

Destiny hielt dem Kind die Ohren zu und starrte ihre Tante erzürnt an. »Ich habe mir auch so meine Gedanken gemacht. Das alles passt ein bisschen zu gut. Dunleavy könnte klar gewesen sein, dass ich mich weigern würde, ihm zu gehorchen, und daher auf die schlaue Idee gekommen sein, uns mit diesen Männern zusammenzubringen. Er wird sich gedacht haben, dass ich verzweifelt nach einer Möglichkeit suchen würde, nach Cawnpore zu kommen. Und ich bin prompt darauf hereingefallen, verdammt noch mal! Warum sonst sollte sich diese Bande von Galgenvögeln bereit erklären, mich mit dem Schiff Tausende von Meilen mitzunehmen, damit ich zu meinem Vater komme?«

»Für Geld bestimmt nicht«, antwortete Diana kopfschüttelnd.

»Wenn wir Teneriffa erreichen, müssen wir versuchen, auf andere Weise nach Cawnpore zu gelangen. In Anbetracht der Tatsache, wie wenig Geld wir haben, sind unsere Möglichkeiten allerdings gelinde gesagt begrenzt.«

»Oh, wir haben Geld!« Diana lüpfte ihren Rock, knöpfte ihr Stiefelchen auf, zog es aus und kippte es um. Ein Bündel Geldscheine fiel auf das Bett. »Das habe ich beiseite gelegt.«

Die Tür ging unvermittelt auf, und der rothaarige Zelie kam herein, begleitet von dem Riesen Gabriel, der gezwungen war, den Kopf ein ganzes Stück einzuziehen, um sich in die Kajüte zu zwängen.

»Wir nehmen die Kleine jetzt mit«, sagte Zelie und bedeutete seinem Gefährten, Destiny das Kind wegzunehmen.

Das kleine Mädchen kreischte und schlang die Arme um Destinys Hals. Destiny starrte den Mann herausfordernd an. »Was haben Sie mit ihr vor?«

»Befehl vom Käpt'n. Er will das Kind bei sich haben.« Zelie grinste. »Er hat Kinder echt gern, und das hier ganz besonders.«

»Sie will nichts von ihm wissen.«

»Wen kümmert's?«

Das Kind schrie noch lauter, als der riesige Mann es aus Destinys Armen riss. Destiny rannte zur Tür, blockierte sie mit ihrem Körper und starrte den Riesen erbittert an. »Ohne mich geht das Kind nirgendwohin. Richten Sie das Ihrem Kapitän aus.«

Die Männer wechselten belustigte Blicke.

Das zappelnde Kind unter einen Arm geklemmt, stieß der Riese Destiny so mühelos beiseite wie einen Sack Federn. Zelie, der ihm folgte, blieb noch einmal stehen und drehte sich um. »Gabriel ist zwar groß und stark wie ein Dutzend Ochsen, aber er würde nie einer Frau oder einem Kind etwas tun. Schließlich hat er selber ein paar Kinder da und dort verteilt. Und was unseren Käpt'n angeht, er hat für die lieben Kleinen eine große Schwäche – so groß wie der verdammte Ozean. Sie brauchen keine Angst zu haben, dass er ihr etwas tun könnte. Sie beide hingegen … Für Dummheit oder schlechte Manieren hat er nicht viel übrig. Es wäre also klug von Ihnen, sich zu benehmen.«

»Und wenn nicht?«, wollte Destiny wissen und rieb sich den Arm.

»Sagen wir mal, er hat so seine Methoden, mit Leuten fertig zu werden, die Ärger machen. Und wegen der da« – er zeigte mit dem Finger auf Diana – »stecken wir bis zum Besan in der Patsche.«

»Vielleicht hat meine Tante Recht. Vielleicht ist diese Mannschaft eine Bande Piraten, die sich ihr Geld mit Entführung und Erpressung verdient.«

»Vielleicht«, gab Zelie zurück und ging hinaus. Er schlug die Tür zu und sperrte hinter sich zu.

9

Das Unwetter verzog sich allmählich, aber die See blieb rau. Getrieben vom eisigen Nordwind, setzte das Schiff seine stürmische Fahrt in Richtung Süden fort und pflügte mühelos durch die Wogen, deren Gischtkronen wie Geisire über die Reling und das Deck schäumten. Während Diana rastlos auf und ab ging, lag Destiny in ihrer Koje und lauschte auf das Geräusch hin und her eilender Füße und die lauten Rufe, die von oben herunterschallten.

»Setz dich, Diana, bevor ich mich gezwungen sehe, nach meinem Riechsalz zu suchen. Du bist selber schuld an deiner misslichen Lage.«

»Kannst du ehrlich behaupten, dass du dein überstürztes Handeln nicht bereust, Destiny? Hier sind wir nun an Bord eines Schiffes inmitten lauter Unmenschen, denen in Wirklichkeit gar nichts daran liegt, uns zu helfen – jedenfalls nicht, wenn dein Verdacht bezüglich der Gründe für ihre Unterstützung zutrifft. Und warum sollte es nicht so sein? Unser Geld reicht schwerlich aus, die Dienste von Söldnern zu erkaufen. Diese Leute führen mit ganzen Staaten Krieg! Ich kann mir kaum vorstellen, dass der Kapitän dieses kostspielige Unternehmen nur deshalb auf sich genommen hat, weil er eine Schwäche für Not leidende junge Damen mit einem hübschen Gesicht hat. Männer wie er haben in ihrem schwarzen Herzen keinen Platz für Liebe. Oder Freundlichkeit. Oder Entgegenkommen. Oder Mitgefühl. Oder irgendein anderes Empfinden, das normale Männer sich vielleicht zugestehen. Abgesehen von körperlicher Liebe, versteht sich. Der liebe Gott im Himmel allein weiß, welche Gedanken sie in dieser Beziehung hegen mögen.«

Destiny schloss die Augen und rief sich in Erinnerung, wie die Hand des Kapitäns auf ihrem Haar geruht hatte, seine Finger auf ihrer Schulter. »Versuch lieber, nicht daran zu denken, Diana, sonst regst du dich nur noch mehr auf. Außerdem beruhigt es dich vielleicht zu erfahren, dass der Kapitän sehr besorgt um unsere Sicherheit scheint. Er hat uns verboten, unsere Kabine ohne seine oder Mr. LaTouches Begleitung zu verlassen.«

»Das hat überhaupt nichts zu sagen, Des. Ich habe höchst schockierenden Romane über grausame Piraten und dergleichen gelesen. Der Kapitän vergnügt sich als Erster mit seiner weiblichen Beute, und wenn er ihrer müde ist, wirft er sie seinen Leuten vor und überlässt es ihnen, mit ihr zu machen, was sie wollen. Ich möchte dir nicht verraten, was sie genau machen. Es sei nur so viel gesagt, dass sich diese armen Frauen, wenn sie wieder an Land kommen, nicht mehr unter ehrbare Leute begeben können – das heißt, wenn man sie überhaupt lange genug am Leben lässt, um wieder einen Fuß an Land zu setzen. In einer dieser Geschichten sprang das bedauernswerte Opfer in einen Haifischschwarm, um so den Qualen und Demütigungen ein Ende zu machen.«

Diana lehnte sich gegen die Wand und hielt die Augen weiter geschlossen. Die Seekrankheit, an der sie litt, ließ ihr Gesicht aschfahl werden und Schweißperlen auf ihre Stirn treten.

Destiny richtete sich auf. »Es tut mir schrecklich Leid, dass ich dich in diese Sache hineingezogen habe, Diana.«

»Das ist ganz allein meine Schuld, Des. Die Sorge um dein Wohlergehen war genauso wenig der einzige Grund, dir zu folgen, wie dein Wunsch, deinem Vater zu helfen, dein einziger Grund war, aus England zu fliehen.«

Destiny runzelte die Stirn.

Diana, deren Gesichtsfarbe sich von grau zu grünlich verfärbte, versuchte sich zu einem schwachen Lächeln zu zwingen. »Ich laufe zu einem Mann, Destiny … und du läufst vor einem davon.« Sie versuchte zu lachen. »Aber genau genommen sind beide Gründe absurd. Ich bin Compton Fontaine genauso fremd, wie es der Mann von der Waldlichtung für dich ist.«

»Wohl kaum«, gab Destiny zurück. »Du kennst meinen Vater seit vierundzwanzig Jahren. Ich hingegen habe meine Moral – von meinem Körper ganz zu schweigen – einem Mann geopfert, den ich erst seit wenigen Tagen kannte.«

»Zumindest hast du es getan«, sagte Diana leise. »Schweigen zu bewahren und sich all die Jahre nach deinem Vater zu verzehren, während meine Schwester ihn lieben durfte, war eine einzige Qual für mich. Manchmal habe ich deine Mutter zutiefst beneidet, und ich muss zu meiner Schande gestehen, dass ich mir oft ausgemalt habe, ihn zu verführen.«

»Warum erzählst du mir das?«, fragte Destiny.

»Weil ich Angst vor dem Tod habe. Wenn uns der Kapitän nicht umbringt, dann die Seekrankheit. Du sollst wissen, was für ein schrecklicher Mensch ich in Wirklichkeit bin.« Diana rannte zum Nachttopf und übergab sich. Ihr Körper wurde derartig von Krämpfen geschüttelt, dass sie auf die Knie sank. Destiny eilte zu ihr, schob Dianas Haar zurück und strich ihr über die Stirn.

Schließlich hob Diana wieder den Kopf, vergrub ihr Gesicht in Destinys weiten Röcken und klammerte sich verzweifelt an sie. »Ich erinnere mich an einen Brief, den deine Mutter mir schrieb, kurz nachdem sie und Compton in Cawnpore geheiratet hatten. ›Er liebt Schönheit in jeder erdenklichen Form und ist fasziniert von allem, was ungewöhnlich oder irrational ist. Welch einen Kontrast stellt er doch zu allem da, was ich bis jetzt gekannt habe – die dumpfe, festgefahrene und grauenhafte Monotonie der Tyrannei unseres Vaters und seiner Besessenheit, den Normen der Aristokratie zu genügen.‹ Ach, Destiny, danach liebte ich ihn noch mehr. Ich sehnte mich nach den Briefen deiner Mutter ebenso sehr, wie ich sie verabscheute. Sie machten mir meine Unzufriedenheit schmerzlich bewusst und stießen doch die Pforten zu meiner Fantasiewelt weit auf. Verachte mich bitte nicht zu sehr, Des. Ich habe meine Schwester aufrichtig geliebt, und dich liebe ich genauso. Ich habe kein Verlangen, an die Stelle meiner Schwester zu treten; er hat sie leidenschaftlich geliebt, und ich bin überzeugt, dass er immer noch um sie trauert und in mir nur seine Schwägerin sieht. Aber auch das würde mir genügen, wenn ich nur eine einzige Stunde in seiner Nähe verbringen könnte.«

»Pst.« Destiny umarmte ihre Tante. »Ich kann und werde dich nicht verachten, niemals.«

»Ist es nicht zu dumm, Destiny? Zu lieben, meine ich. Die Liebe bringt uns dazu, völlig verrückte und unlogische Dinge zu tun. Obwohl mich Zeit und Raum von Compton trennten – gar nicht zu reden von seiner ungeheuren Zuneigung zu deiner Mutter – habe ich nie aufgehört, ihn zu lieben. Und du …«

»Oh, bitte, reden wir nicht über meine Dummheit«, fiel Destiny ihrer Tante ins Wort und wischte ihr die feuchte Stirn ab. »Du kannst meine Gefühle und meine Beziehung zu einem Fremden nicht mit dem vergleichen, was du für meinen Vater empfindest.«

»Aber genau wie du habe ich mich in einen Fremden verliebt, in dem Moment, als ich ihn zum ersten Mal sah. Ich kannte nicht einmal seinen Namen, aber das kümmerte mich nicht. In meinen Augen und in meinem Herzen verkörperte er alles, was ich mir von einem Mann erträumt hatte.«

»Du warst erst dreizehn.« Destiny lachte und bemühte sich redlich, die Erinnerung an Jason Batson und die unwillkommenen Gefühle zu verscheuchen, die der Gedanke an ihn in ihr weckte. Sie liebte ihn nicht mehr. Wie sollte sie auch nach seinem Geständnis?

Diana seufzte. »Lächerlich, nicht wahr, wie wir uns an kindische Fantasien über Menschen und Dinge klammern, egal, wie alt wir sind.« Sie richtete sich ein wenig auf und musterte Destiny mit gerunzelter Stirn. »Was, wenn wir uns in deinem Vater täuschen, Des? Was, wenn er tatsächlich mit Nana Sahib im Bunde ist? Was in aller Welt machen wir, wenn wir feststellen, dass er sich gegen die Krone gewandt hat?«

Die Tür ging auf, und ein großer, dünner Mann mit hellem Haar kam herein. Er marschierte direkt auf Diana zu und zog sie aus Destinys Armen.

»Wo bringen Sie sie hin?«, wollte Destiny wissen.

»Sie soll zum Käpt'n.«

»Aus welchem Grund?«

»Tja, das geht Sie eigentlich nichts an, oder?«

Diana musste erneut würgen, als sie zur Tür hinaus geführt wurde. Die Augen glasig vor Angst, rief sie: »Lebewohl, Nichte! Wenn ich dich jemals wiedersehen sollte, dann bestimmt als gefallene Frau. Bete für mich, dass diese Folter schnell überstanden ist ...«

Das Schiff schlingerte, und die Tür fiel von selbst ins Schloss. Destiny stolperte zur Koje und sank auf die Matratze, während sie angestrengt lauschte, ob irgendetwas zu hören war, das darauf hinwies, was der fragwürdige Kapitän mit ihrer bemitleidenswerten und verzweifelten Tante anstellen mochte. Aber kein Laut drang an ihr Ohr, nur das Schäumen und Schlagen der Wellen an den Schiffsrumpf und etwas, das so klang, als würde jemand singen.

Ihre Erschöpfung machte sich bemerkbar. Die letzten Stunden, nein Tage voller Angst und Schlaflosigkeit senkten sich bleischwer auf ihre Glieder. Sie sollte sich dem furchteinflößenden Kapitän stellen und ihre Tante verteidigen, aber leider fehlte ihr die Kraft dazu. Sie sehnte sich nach Schlaf … und Vergessen. Die Gegenwart vergessen. Die Vergangenheit vergessen. Vergessen, dass Diana Recht hatte. Sie lief nicht nur zu einem Mann, sie lief auch vor einem davon. So sehr sie sich auch bemühte, ihn aus ihren Gedanken zu vertreiben, so sehr sie ihre Empörung über sein bewusstes Täuschungsmanöver aufrecht erhielt, sie konnte ihre Gefühle nicht abschütteln. Sie litt.

Ihre Gedanken schweiften ab.

Seltsam, dass seine Identität am Anfang überhaupt keine Rolle gespielt hatte. Er sah gut aus und war nett. Sie hatte sich in seine eigenartigen, faszinierenden Augen verliebt, in seinen lächelnden Mund, in die zärtlichen Worte, die er ihr ins Ohr geflüstert hatte und die ihren Körper in flüssiges Feuer verwandelt hatten.

Deine Augen sind grün wie ein irisches Tal, hatte er gemurmelt.

Sie schlief stundenlang und wurde nur widerstrebend wach. Ihre Träume waren sanft und beruhigend gewesen, erfüllt von verschwommenen Erinnerungen an Farben und Laute, die sie schweißgebadet erwachen ließen, eng in ihre Decke und ihre weiten Röcke gewickelt. Als sie den Kopf hob, stellte sie fest, dass die Lampe schwach leuchtete und in der Kabine weder von Diana noch dem Kind etwas zu sehen war. Panik befiel sie.

Destiny spritzte kaltes Wasser in ihr Gesicht und betrachtete in dem versilberten Glas ihr Spiegelbild: unter den Augen dunkle Ringe, die Augen selbst … ganz und gar nicht grün wie ein irisches Tal, eher wie ein Torfmoor. Und ihr Haar erinnerte eher an die zottigen Mähnen der Wildpferde als an die gefälligen Locken einer jungen Dame von untadeliger Herkunft. Außerdem hatte sie sichtbar Gewicht verloren.

Was zum Teufel hatte der Kapitän mit Diana und dem Kind gemacht?

Destiny zog eine frische Bluse und einen sauberen Rock an, legte einen Schal um ihre Schultern und ging nach oben an Deck. Der Wind hatte sich endlich gelegt; alles war still. Die Segel, in denen sich die letzten Strahlen des Tageslichts fingen, die sie wie rotgoldene Banner leuchten ließen, hingen schlaff von den Masten, als wären sie müde von dem vorangegangenen Kampf mit dem Wind. Einen Moment lang blieb sie ergriffen stehen, überwältigt von der Ruhe und dem Frieden. Oben am Himmel erschien der Abendstern, dann kamen, einer nach dem anderen, die übrigen Sterne zum Vorschein und funkelten wie goldene Lichter in den samtigen Tiefen des dunkler werdenden Himmels. Ein fahler Lichtschein am Horizont wies darauf hin, dass bald der Mond aufgehen würde.

Am Bug des Schiffs saß unter einer Laterne eine Gruppe von Männern, rauchend, trinkend und Karten spielend. Dann und wann ertönte fröhliches Gelächter, und Destiny beschlich der Gedanke, dass die Leute eigentlich nicht besonders blutrünstig wirkten. Genauso gut hätten es Bedienstete ihres Onkels sein können, die sich die Zeit mit harmlosen Scherzen vertrieben.

Ihr Blick fiel auf das Kind. Es spielte in der Nähe der Männer mit einer kleinen Puppe. Destiny runzelte die Stirn, als sie entdeckte, dass ein Tau um die Mitte eines der Männer geschlungen war, dessen anderes Ende an der Schärpe befestigt war, die das kleine Mädchen um die Taille trug. Im nächsten Moment, als das Schiff unvermittelt absackte und das kleine Mädchen ins Stolpern kam, erkannte Destiny den Grund für diese Maßnahme: So sollte verhindert werden, dass das Kind bei einer plötzlichen Woge über Bord fallen würde.

Plötzlich hatte sie das Gefühl, beobachtet zu werden. Als sie sich langsam umdrehte und den Schatten absuchte, entdeckte sie auf der Brücke die Silhouette eines Mannes. Sie stieg die Stufen hinauf und fand oben den Kapitän vor. Er schenkte ihr keine Beachtung, sondern lehnte an der Reling und starrte auf das spielende Kind hinunter. Sein Blick war angespannt und verschlossen … und traurig.

»Muss ich Sie daran erinnern, dass Sie Ihre Kabine nur in meiner oder LaTouches Begleitung verlassen dürfen?«, sagte er.

»Ich war beunruhigt, als ich aufwachte und feststellte, dass weder meine Tante noch das Kind zurückgekommen waren. Wo ist Diana?«

»Befürchten Sie, ich hätte sie über Bord geworfen, Lady Chesterfield? Oder sie vielleicht in Ketten gelegt, um sie in unserer Gefängniszelle nach stundenlanger Folter und Notzucht verhungern zu lassen?«

»Ich finde Ihre Versuche, komisch zu sein, nicht amüsant, Kapitän.«

Er lachte in sich hinein. »Würden Sie das Wohlergehen Ihrer Tante auch dann in Frage stellen, wenn ich in Uniform vor Ihnen stünde, Lady Chesterfield?«

Sie runzelte verwirrt die Stirn.

»Zu Ihrer Beruhigung, Ihre Tante ruht sich momentan in ihrer eigenen Kabine aus – vorausgesetzt, sie hat inzwischen die Angst überwunden, als blinder Passagier von uns zur Strafe an den Mast gebunden und mit der neunschwänzigen Katze ausgepeitscht zu werden. Sie wird sich besser fühlen, wenn sie sich erst einmal an den Seegang gewöhnt hat. Sie können mir übrigens gern Gesellschaft leisten«, fügte er hinzu, ohne in ihre Richtung zu schauen.

»Sie scheinen gern mit Ihren Gedanken allein zu sein, Kapitän. Ich möchte Ihnen nicht lästig fallen.«

»Seit wann ist die Gesellschaft einer schönen Frau eine Belästigung? Kommen Sie, keine Angst. Was Sie auch gehört haben oder denken mögen, ich beiße nicht ... es sei denn, ich werde zuerst gebissen.«

Sie trat näher, wahrte jedoch einen gewissen Abstand zu ihm und schaute auf das Kind hinunter. »Ich habe kaum je ein so schönes Kind gesehen. Sie ist genauso hübsch wie ihre Porzellanpuppe.«

»Ihre Mutter war schön«, antwortete er leise.

»Ich bin sicher, dass auch ihr Vater ein ungewöhnlicher Mann sein muss.«

Der Kapitän sagte nichts, sondern fuhr fort, das kleine Mädchen zu betrachten.

»Haben Sie Kinder, Kapitän?«

»Warum fragen Sie?«

»Die Art, wie Sie das Kind ansehen, wirkt fast traurig. Ich dachte, dass Sie vielleicht an Ihre eigenen Kinder denken.«

»Kinder sind etwas für Männer mit Verantwortungsbewusstsein, Lady Chesterfield. Nichts für diejenigen unter uns, die sich ihr Leben lang nicht um andere gekümmert haben.«

»Ihr Vater muss sie sehr lieben, wenn er so viel riskiert, um sie zurückzubekommen.«

»Ihr Vater war ein Idiot, weil er sie überhaupt erst verloren hat.«

»Dann kennen Sie ihn gut?«

Er lachte bitter. »Gut genug.«

»Ihre Mutter ist tot?«

Er nickte.

»Armes Ding. Die Mutter tot und jetzt auf dem Weg zu einem Mann, den sie kaum kennt. Sie muss völlig verängstigt sein.«

»Kinder sind widerstandsfähig. Sie lernen schnell, sich mit den Gegebenheiten abzufinden. Sehen Sie nur, wie sie spielt, obwohl sie vor ein paar Stunden noch vor Angst geweint hat. Vielleicht lernt sie sogar noch, mich ein kleines bisschen zu mögen.«

Destiny trat näher zu ihm, um ihn besser hören zu können, während er weiter das Kind dabei beobachtete, wie es im Schein der Öllampe spielte. Im Zwielicht wirkte er weit weniger Furcht erregend; die Schatten ließen die Narben an seinem Profil verschwinden und sein Gesicht beinahe normal erscheinen.

»Die Mutter muss sehr mutig oder vielleicht auch nur sehr verzweifelt gewesen sein, wenn sie ihren Mann auf diese Art verlassen hat.«

»Der Bastard hat sie nie geheiratet«, erwiderte er.

»Aber er muss sie geliebt haben.«

»Muss er?« Er schüttelte den Kopf. »Offensichtlich nicht genug. Die Wahrheit, Lady Chesterfield, ist, dass er das Gefühl hat, Liebe sei unmännlich. Liebe bedeutet Bindung, das Aufgeben der eigenen Seele. Und was ist ein Mann ohne seine Seele, frage ich Sie?«

»Ich habe die Seele eines Mannes oder einer Frau immer als unvollständig betrachtet, bis er oder sie liebt und diese Liebe auch erwidert wird.«

»Vielleicht ist er einfach unfähig zu lieben.«

»Wir sind alle fähig zu lieben, Sir. Ich glaube, problematisch ist nur, zu wissen, woran wir erkennen, ob es tatsächlich Liebe ist.«

»Zu wissen, woran man das erkennt, und zu wissen, was man zu tun hat, ist zweierlei. Das Wissen, wie wir uns in dieser Situation verhalten sollen, ist uns nicht angeboren. Wer nie erlebt hat, was es heißt, Liebe zu geben, oder es selbst erfahren hat, wird bei jedem Versuch, seine Gefühle zu zeigen, kläglich scheitern.«

»Ja.« Destiny runzelte die Stirn und nickte. »Ich denke, Sie haben Recht.« Sie beobachtete, wie das Kind seine Puppe umarmte und auf die Wange küsste. »Dieses Kind ist offensichtlich von seiner Mutter sehr geliebt worden.«

Sie fuhren fort, das kleine Mädchen schweigend zu betrachten. Schließlich fragte Destiny: »Wie heißt sie?«

»Jenette.« Er sprach den Namen so sanft und zärtlich aus wie eine Liebkosung. Der Klang seiner Stimme brachte Destiny aus der Fassung; ihre Brust und ihre Kehle wurden eng, und ein unerwarteter Druck schien plötzlich auf ihren Augen zu lasten. Sie wandte sich abrupt ab. Unvermittelt wurde ihr die kalte Brise bewusst, die durch ihre dünnen Sachen drang und sie erschaudern ließ. Sie hatte nur einen einzigen Mann den Namen seines Kindes so andächtig aussprechen hören … und das war ihr eigener Vater gewesen.

Eine Jacke aus schwerem Tuch wurde über ihre Schultern gelegt, und als sie aufblickte, sah sie in die verschleierten Augen des Kapitäns. Er stand sehr dicht bei ihr. Sie wich an die Reling des Schiffs zurück; das Geländer drückte kalt und hart gegen ihren Rücken.

Er streckte die Hände aus und packte sie an den Schultern, erst grob, dann mit sanftem Griff. Ihr Herz schlug schneller, als sie sich instinktiv versteifte und ihre Hände gegen seine breite Brust stemmte. »Bitte nicht«, sagte sie ruhig, in der Annahme, dass er versuchen wollte, sie zu küssen.

Aber das tat er nicht. Er schob sie nur ein Stück beiseite, bevor sich ein Schwall Wasser über die Reling ergoss.

Als er sie losließ und sich umdrehte, sagte sie: »Es tut mir Leid, Kapitän. Ich dachte …«

»Ich weiß, was Sie dachten, Lady Chesterfield. Sie brauchen sich einstweilen keine Sorgen zu machen. Trotz meines Aussehens zählt es nicht zu meinen Gewohnheiten, Frauen zu schänden … oder auch nur zu verführen – es sei denn, sie haben nichts dagegen, verführt zu werden.« Die Beine gespreizt, die Hände in die Hosentaschen gesteckt, starrte er auf die weißen Schaumkronen der Wellen, die im Mondlicht wie Perlenschnüre schimmerten. »Was genau wäre erforderlich, um Sie zu verführen, Destiny?«

Sie war wie gelähmt, schockiert und irritiert, dass er so unverfroren war, sie bei ihrem Vornamen zu nennen.

Er warf ihr einen Blick über die Schulter zu, sein Haar ein wirres dunkles Netz um sein Gesicht, als ein plötzlicher Windstoß über die Brücke fuhr. »Kommen Sie, Sie scheinen mir nicht der Typ Frau zu sein, der vor einer offenen Frage zurückschreckt. Es ist schließlich nicht so, dass Sie noch nie mit einem Mann zusammen gewesen wären … nicht wahr?«

»Was wollen Sie damit andeuten?«, fragte sie.

»Sie waren verheiratet«, sagte er in den Wind.

»Kapitän, ich fürchte, Sie wissen viel mehr über mich, als Sie sollten. Und dieses Gespräch ist für meinen Geschmack viel zu persönlich. Woher kennen Sie mich so gut?« Sie zog die Jacke enger um ihre Schultern und trat zu dem Kapitän, um ihm direkt ins Gesicht zu sehen. »Wollen wir nicht aufhören, Spielchen zu spielen, Sir? Sie wissen, dass ich verheiratet war und mit wem. Ich bin mir also ziemlich sicher, dass Sie auch über die näheren Umstände des Todes meines Ehemanns informiert sind.«

»Ganz England ist über die näheren Umstände von Lord Chesterfields Tod informiert. Soweit ich weiß, hat er sich in einem Glockenturm erhängt.«

»Falsch. An einem Giebel.«

»Sie kommen mir nicht wie der Typ Frau vor, der einen Mann in den Selbstmord treibt … zur Verzweiflung vielleicht, aber nicht in den Selbstmord.« Mit einem Anflug von Humor in seinem Ton fügte er hinzu: »Ich bin sicher, der arme Teufel hatte keine Ahnung, was ihm entging.«

»Wie bitte?«

Er lachte. »Wenn er es gewusst hätte, hätte er vielleicht seine … Alternativen im Leben in Frage gestellt. Sie sind der Typ Frau, Lady Chesterfield, für den die meisten Männer Gott danken würden.«

»Sie verkehren ganz offenkundig nicht in denselben Kreisen wie ich, Sir. Ich bin kaum das Musterbild einer Frau von Adel. Sie stimmen mir sicher zu.«

»Ja.« Er grinste, und sein Gesichtsausdruck wurde milder. »Aus ganzem Herzen. Sie strahlen eine Natürlichkeit aus, die jeder *gewöhnliche* Sterbliche unwiderstehlich finden würde.«

»Soll das ein Kompliment sein?«

Er antwortete einen Moment lang nicht, stand nur mit leicht gespreizten Beinen da, das weite weiße Hemd von der Brise und dem Fahrtwind des Schiffs gebläht. Irgendetwas an seiner Haltung, die Schultern ein wenig hochgezogen, den Kopf zur Seite gelegt, rief eine vage Empfindung in ihr wach, eine innere Unruhe. Aber es war mehr als das. Es ließ ihr Herz schneller schlagen. Noch vor kurzem war ihr vom Wind kalt bis in die Knochen gewesen, aber

10

»Dank dieses Kapitäns, der es anscheinend für Hochverrat hält, dass ich mich als blinder Passagier auf seinem elenden Kahn versteckt habe, sind meine Hände runzelig wie Dörrpflaumen, und meine Füße tun mir weh. Und schau dir meine Fingernägel an, Destiny. Sie sind völlig eingerissen, weil ich das Deck scheuern musste, auf Händen und Füßen, wohlgemerkt, und dann hat mich dieser abscheuliche Hugo Mallet gezwungen, einen ganzen Bottich Zwiebeln für seinen Eintopf klein zu schneiden. Meine Augen sind total verschwollen, so sehr haben sie getränt. Du kannst dir nicht vorstellen, wie demütigend es für mich war, als ich wegen dieser schrecklichen Zwiebeln schniefend und blind vor Tränen aus der Kombüse stolperte, während Mallet und seine gemeinen Freunde grinsend zuguckten. Erinnere mich daran, nie wieder von einem Dienstboten zu verlangen, Zwiebeln zu schneiden. Das ist eine schlimmere Strafe, als ausgepeitscht zu werden.«

Destiny, die gerade Jenettes langes schwarzes Haar bürstete, schüttelte den Kopf und runzelte die Stirn. »Ich fürchte, über Dienstboten brauchst du dir nicht mehr den Kopf zu zerbrechen, Diana. Nicht, wenn James sich von dir scheiden lässt und Sheffield House für sich behält.«

»Fein. Lieber schneide ich den Rest meines Lebens Zwiebeln, ehe ich auch nur ein einziges Jahr länger diese Farce einer Ehe weiter aufrechterhalte.« Diana starrte ihre Hände an. »Der Kapitän sagt, ich muss Küchendienst leisten, bis wir Teneriffa erreichen. Das heißt, ich werde ständig auf Tuchfühlung mit diesem grässlichen Hugo sein. Er geht mit dem Hackmesser auf das Fleisch los, als wäre es sein persönlicher Feind. Könntest du nicht mit dem Kapitän sprechen und ihm erklären, dass die einzige Aufgabe, die ich je in meinem Haushalt erledigt habe, darin bestand, gelegentlich das Wasser für den Tee zu kochen.«

»Warum sollte ich mit dem Kapitän sprechen?«

»Er scheint eine Schwäche für dich zu haben.«

Destiny sah ihre Tante an. »Wie kommst du denn auf die Idee?«

»Ich habe die anderen reden hören. Der Kapitän hat angeordnet, dass sich in deiner Gegenwart alle anständig zu betragen haben und dir der Aufenthalt so angenehm wie möglich gemacht werden soll.«

Destinys Wangen glühten leicht, als sie an das Gespräch zurückdachte, das sie und der Kapitän am vergangenen Abend auf der Brücke geführt hatten. »Ich halte sein Interesse nicht unbedingt für einen Beweis, dass er von mir besser denkt als von dir.«

Diana lehnte sich mit schweren Lidern in die Koje zurück und beobachtete schweigend, wie Destiny das Haar des Kindes flocht, es dann an seinem Hinterkopf zusammenschlang und mit kleinen Kämmchen befestigte. Erst jetzt wand sich das Mädchen in ihren Armen und drehte sich zu Destiny um. Ihre dunklen Augen waren rund und ihr kleiner Mund so rot wie das Innere einer winzigen Rosenknospe.

»Ich will nicht zum Kapitän, Madame. Er ist so groß, und er macht mir Angst.«

»Ich bin sicher, der Kapitän würde dir nie etwas zuleide tun, Jenette. Ich glaube, er mag Kinder sehr.«

»Er starrt mich die ganze Zeit an.«

»Weil du sehr hübsch bist, denke ich.« Destiny half der Kleinen aus dem Stuhl, zupfte die blassrosa Schärpe um ihre Taille zurecht und strich die Falten aus der spitzenbesetzten Schürze, die sie über ihrem Samtkleidchen trug. Dann drückte sie Jenette die Porzellanpuppe in die Hand.

»Das ist eine schöne Puppe, Jenette. Sie sieht dir sehr ähnlich.«

»Mein Papa hat sie mir geschenkt, als ich noch ein Baby war. Er hat sie den weiten Weg von Russland mitgebracht.«

»Du bist bestimmt sehr aufgeregt, weil du deinen Papa bald wiedersiehst.«

»Er hat mich sehr lieb. Das hat Mama mir erzählt.«

»Er ist bestimmt ein großartiger Mann. Und jetzt komm. Es ist Zeit für dein Abendessen mit dem Kapitän. Wir wollen ihn doch nicht warten lassen, oder?«

»Oh doch, wollen wir«, erklärte das Kind und schob trotzig das Kinn vor.

Destiny ließ Diana, die bereits fest schlief, allein, nahm Jenette an der Hand und ging mit ihr auf das Oberdeck, wobei Destiny der Kleinen noch einmal versicherte, dass sie von dem Kapitän nichts zu befürchten habe und dass sie nicht ihre guten Manieren vergessen dürfe und nett zu ihm sein solle. Eine wahre Dame zeichne sich dadurch aus, Mitgefühl mit jenen zu zeigen, die vom Schicksal weniger begünstigt waren.

Der Kapitän trug eine elegante schwarze lange Jacke mit einer dazu passenden bestickten Weste und ein weißes Hemd mit steifem Stehkragen. Sein Haar war gekämmt und im Nacken mit einem schwarzen Samtband zusammengefasst. Über seinem vernarbten, blicklosen Auge trug er eine schwarze Klappe, zweifellos dem Kind zuliebe. Aber obwohl seine Kleidung eindrucksvoll und der eines Gentleman angemessen war, gab sein Aussehen Destiny zu denken. Sie versuchte ihn so zu sehen wie am Vorabend, als die Dunkelheit jedes Zeugnis seiner Tragödie von seinen Zügen gelöscht hatte. Die ganze Nacht und den ganzen Tag über hatte sie über ihr Gespräch auf der Brücke und die eigenartigen und verwirrenden Emotionen gegrübelt, die er in ihr, wenn auch nur kurz, geweckt hatte. Sie wurde das Gefühl nicht los, dass sie eine seltsame Vertrautheit verband.

Als Destiny an die Tür klopfte, entließ der Kapitän seinen Gefährten Paolo, einen gut aussehenden jungen Mann, den sie bei ihrem morgendlichen Rundgang an Deck mit Connie getroffen hatte. Paolos und Connies scherzhaftes Geplauder hatte sie zum Lachen gebracht und sie ebenso wie das Verhalten des Kapitäns am Abend zuvor kurzzeitig vergessen lassen, dass sie skrupellose Auftragskiller waren.

Der Kapitän musterte Destiny und Jenette prüfend, bevor er sie mit ausgebreiteten Armen willkommen hieß.

»Sie kommen zur rechten Zeit, meine Damen. Fünf Minuten später, und Hugo hätte angefangen zu jammern, dass sein Essen kalt wird.«

Destiny schob Jenette über die Schwelle, wobei sie dem kleinen Mädchen ermutigend die Schultern drückte.

Als der Kapitän zu ihnen trat, schmiegte sich Jenette an Destinys Beine und vergrub ihr Gesicht in Destinys Röcken. »Bitte, bitte, lassen Sie mich nicht mit ihm allein!«, rief sie.

Destiny bückte sich, legte die Arme um das kleine Mädchen und murmelte beruhigend: »Nicht doch, Jenette. Du darfst deinen Gastgeber nicht kränken. Er möchte nur mit dir zusammen zu Abend essen. Ich bin ganz in der Nähe, das verspreche ich dir. Gleich vor der Tür. Solltest du mich brauchen, bin ich im Handumdrehen bei dir.«

Der Kapitän, der beim Tisch stehen geblieben war und

unsicher das Kind betrachtete, das sich noch verzweifelter an Destiny klammerte, sagte: »Möchten Sie uns nicht beim Essen Gesellschaft leisten, Lady Chesterfield?«

»Ich fürchte, Kapitän, ich bin nicht dem Anlass entsprechend gekleidet. Mein Haar ist zerzaust, und mein Kleid … Ich habe die letzten Stunden an der frischen Luft auf der Brücke verbracht, während Connie Wache stand. Er war sehr entgegenkommend. Ich hoffe, es macht Ihnen nichts aus. Ich halte die stickige Luft in meiner Kabine einfach nicht lange aus, und es entspricht nicht meiner Natur, in den vier Wänden zu bleiben, wenn draußen die Sonne scheint.«

Er antwortete nicht, sondern starrte ihr so unverwandt ins Gesicht, dass sie nur noch nervöser wurde.

»Die meisten Frauen hätten einen Hut aufgesetzt«, fügte sie mit leicht bebender Stimme hinzu. »Ich fürchte, mein Gesicht ist von der Sonne verbrannt.«

»Sie sind nicht wie die meisten Frauen«, erinnerte er sie. »Und ich finde die Farbe auf Ihren Wangen äußerst vorteilhaft. Sie betont das Grün Ihrer Augen. Was Ihre Spaziergänge an Deck betrifft, habe ich damit nicht das geringste Problem, Lady Chesterfield, ebenso wenig wie mit Ihrem Sonnenbad auf der Brücke – mit einer Ausnahme. Das nächste Mal werden Sie erlauben müssen, dass ich Sie begleite.« Er gab sich einen Ruck und wandte seine Aufmerksamkeit Jenette zu. Als er das Kind ansah, wurden seine strengen Züge weich. »Sie würde sich freuen, wenn Sie bleiben, denke ich. Und ich auch.«

Jenette heftete ihre großen Augen auf Destiny und zupfte sie am Rock. *»S'il vous plaît, madame?«*

Destiny gab widerstrebend und mit einem unterdrückten Seufzer nach und nickte. Sie drückte Jenette einen Kuss auf die Wange und führte sie dann an den Tisch, auf den Platz neben dem Kapitän. Die zarten Teller aus weißem Porzellan mit Goldrand und einem Muster aus roten Rosen wirkten eher deplatziert in der ausgesprochen männlichen Umgebung aus rohem Holz und zusammengerollten Karten, die auf den Tischen und dem Fußboden verstreut waren. Der Kapitän zog für Jenette einen Stuhl zurück, die unsicher zu Destiny spähte, bevor sie auf den Stapel dicker rubinroter Kissen kletterte.

Eine Tür ging auf, und ein Riese von Mann trat ein. Seine Schultern waren beinahe so breit wie der Türrahmen, und die Vorderseite seines Hemds war mit dunklen Flecken übersät, die nach Blut und brauner Soße aussahen. Er trug ein Tablett mit einem Stapel Brotscheiben und einem großen Stück Butter sowie einer Flasche Whisky, die er auf den Tisch stellte, bevor er Destiny mit einem finsteren Blick bedachte.

»Hätte nie gedacht, dass ich an diesem Tisch mal 'ne Frau sitzen sehen würde. Denken Sie an meine Worte, Sir, drei Weiber an Bord, das kann nicht gut gehen.«

Während Hugo vor sich hin brummelnd hinaus marschierte, brachte der Kapitän Destiny zu ihrem Platz. Seine Hand streifte flüchtig ihre Schulter, bevor er sich setzte und nach der Whiskyflasche griff. »Sie müssen Hugo verzeihen, Lady Chesterfield. Er neigt gelegentlich dazu, abergläubisch zu sein, und er hat für Wasser nicht viel übrig. Seine gesamte Familie ertrank bei einem Sturm, als er zehn war.«

»Warum ist er dann auf See?«, fragte sie und nickte, als er anbot, ihr einen Drink einzuschenken.

»Um von einem Ort zum anderen zu kommen, nehme ich an.« Er grinste und zuckte die Schultern. »Manchmal müssen wir Unannehmlichkeiten auf uns nehmen, um das zu erreichen, was uns am meisten am Herzen liegt.«

»Was, bitte sehr, liegt Hugo so sehr am Herzen, dass er

trotz seiner Furcht vor dem Wasser an Bord eines Schiffs geht?«

»Die Jagd«, antwortete er geheimnisvoll. Er hob sein Whiskyglas und toastete ihr zu. »Möge Ihre Reise nach Cawnpore von Erfolg gekrönt sein, Lady Chesterfield.«

Sie nippte an dem starken Getränk, als Hugo mit einem Gedeck für sie zurückkam. Unmittelbar darauf kehrte er mit einem dampfenden Eintopf zurück, den er auf ihren Tellern verteilte. »Geben Sie nicht mir die Schuld, wenn Sie an den Zwiebeln ersticken«, erklärte er. »Das verdammte Weibsbild hat mein Essen total versaut. Und jetzt erfahre ich, dass sie mir beim Kochen helfen soll, bis wir in Teneriffa sind. Sie weiß nicht mal, wo bei einer Kartoffel vorn und hinten ist.«

Destiny, die an Dianas verschwollene Augen und rote Hände dachte, warf ein: »Sie hat an Ihrer Gesellschaft genauso wenig Freude wie Sie an der ihren. Vielleicht tut der Kapitän Ihnen beiden einen Gefallen und gibt ihr eine andere Arbeit.«

Hugo grunzte missmutig und knallte die Tür hinter sich zu, als er hinausging.

»Ich mag Eintopf nicht«, verkündete Jenette und schob ihr Gedeck weg. »Ich will jetzt in meine Kabine.«

Der Kapitän stellte ihren Teller zurück. »Er wird dir gut tun.«

»Ich will das nicht. Ich mag das nicht. Meine Mama hat mich nie gezwungen, etwas zu essen, das mir nicht schmeckt.«

»Nach deinem Benehmen zu urteilen, hat deine Mama dich maßlos verwöhnt. Jetzt sei schön brav und iss.«

Sie zog die kleine Stirn in Falten. »Ich werde meinem Papa von Ihnen erzählen. Es wird ihm gar nicht gefallen, dass Sie so gemein zu mir waren.«

»Dein Papa wird bestimmt keine Unarten bei kleinen Mädchen mögen. Dein Papa wird dir sagen, dass du brav sein sollst und aufhören musst, dich wie ein verzogener Balg aufzuführen.«

Tränen füllten Jenettes Augen und ihr Kinn bebte. Sie sprang vom Stuhl, warf dabei die Kissen auf den Boden und rannte hinaus. Destiny, die ihr nachlaufen wollte, erhob sich. Der Kapitän hielt sie am Arm fest.

»Lassen Sie sie.«

»Aber sie ist außer sich!«

»Wenn sie hungrig genug ist, wird sie schon essen. Setzen Sie sich, Lady Chesterfield. Ihr Essen wird kalt.«

»Aber …«

»Setzen, habe ich gesagt.« Er zog sie am Arm und zeigte auf ihren Stuhl. »Fassen Sie es als Befehl auf.«

Destiny setzte sich zögernd, während der Kapitän sich noch ein Glas einschenkte und sein Essen unangetastet beiseite schob. In seinen Sessel zurückgelehnt, den Blick unverwandt auf die Tür gerichtet, durch die Jenette geflohen war, trank er finster brütend seinen Whisky.

»Sie dürfen sich ihre Ablehnung nicht zu Herzen nehmen, Kapitän. Sie ist noch ein Kind und völlig verängstigt.«

Wieder machte er einen Schluck. »Sie hat das Temperament ihrer Mutter geerbt.«

»Sie sprechen von ihrer Mutter, als hätten Sie sie gut gekannt.«

»Sie war wie Feuer. Schön, aber unberechenbar. Bei Michelle hieß es immer alles oder nichts. Sie aufrichtig zu lieben hieß für einen Mann, alles aufzugeben, sogar seine …«

»Seele?« Sie lächelte, als sie an ihr letztes Gespräch dachte.

»Seine Leidenschaften. Seine Seele. Seine Visionen. Ihre

emotionalen Forderungen waren erstickend. Für einen Mann, der aufgewachsen war, ohne innere Bindungen oder romantische Liebe zu kennen, war ihre Anhänglichkeit irritierend und anstrengend.«

»Schlimm für ihn«, sagte sie, während sie sich ein Stück Brot abbrach und mit Butter bestrich.

»Was meinen Sie damit?« Er knallte sein leeres Glas auf den Tisch, und Destiny fuhr zusammen.

»Nun, es klingt so, als wäre er kein sehr glücklicher Mensch. Sind Sie sicher, dass es klug ist, das Kind einem Menschen wie ihm anzuvertrauen?«

»Ich finde, Sie sollten sich darüber nicht allzu sehr den Kopf zerbrechen. Es ist nicht Ihre Sache.«

Destiny rührte in ihrem Eintopf. Die unvermittelt düstere Stimmung des Kapitäns verunsicherte sie. »Stehen Sie in irgendeiner Beziehung zu dem Vater des Kindes?«

»Ich habe einfach nichts für Ihre selbstgerechte Einstellung übrig, Lady Chesterfield. Als Mensch, der so offenkundig den Erwartungen seiner Mitmenschen spottet, sind Sie kaum in der Lage, Mutmaßungen über jemanden anzustellen, den Sie gar nicht kennen.« Er goss sich ein drittes Glas Whisky ein und verließ seinen Platz. »Anscheinend waren Sie mit Eltern gesegnet, denen ihr Ehegelöbnis etwas bedeutet hat.«

»Im Gegensatz zu anderen ihres Standes haben sie aus Liebe, nicht wegen der Konventionen geheiratet, falls es das ist, was Sie meinen, Kapitän.«

Er stieß ein scharfes Lachen aus, bevor er um den Tisch herumging. »Was für ein einzigartiges Konzept. Aus Liebe zu heiraten statt wegen des Geldes und der gesellschaftlichen Stellung. Sagen Sie mir, Lady Chesterfield, wie war es, eine Mutter und einen Vater zu haben, die einander so hingebungsvoll zugetan waren?«

»Es war eine erfreuliche Erfahrung.«

»Haben sie viel Zeit miteinander verbracht?«

»Sie waren ständig zusammen. Meine Mutter unterstützte meinen Vater sogar bei seinen Verpflichtungen. Er verreiste niemals ohne sie. Ich glaube, bis zu dem Tag, an dem meine Mutter starb, waren sie nicht eine einzige Nacht voneinander getrennt.«

Er beugte sich über ihre Schulter und schenkte ihr nach. Sein Atem, der ihre Wange streifte, roch nach Whisky. Er stellte die Flasche ab, griff nach ihrem Glas und drückte es ihr in die Hand. Die Lippen nah an ihrem Ohr, murmelte er: »Ich trinke nicht gern allein, Lady Chesterfield. Allein zu sein ist kein Zustand, den ich genieße, glauben Sie mir. Nicht, dass mir Einsamkeit fremd wäre. Ich kann sie ertragen. Ich mag sie nur nicht. Wer allein ist, ist gezwungen, sich mit seinen Gedanken auseinander zu setzen und mit den Gründen, warum er diese Gedanken hat. Das mit den Gefühlen lassen wir lieber beiseite. Gefühle sind mehr noch als Gedanken viel zu intensiv und real.«

Er strich mit der Nase über ihr Ohr und hauchte in ihr Haar, bevor er sich aufrichtete. »Wo waren wir gerade? Ach ja, bei Jenettes Vater, nicht wahr. Sie können ihm seine Unfähigkeit, innere Bindungen einzugehen, wirklich nicht vorwerfen. Sein Vater heiratete seine Mutter aus Pflichtgefühl. Wenn er gelegentlich nach Hause kam, um seine achtlos beiseite geschobene Verantwortung zu übernehmen, wurde er mit kaum mehr Wärme willkommen geheißen als eine streunende Katze. Nicht, dass es ihm besonders viel ausgemacht hätte. Die Gleichgültigkeit seiner Frau in Bezug auf ihre Ehe erleichterte es ihm, für Monate, manchmal sogar für Jahre zu verschwinden.«

»Wie überaus tragisch für seine Kinder.«

»Ganz und gar nicht«, erwiderte er und starrte in sein

Whiskyglas. »Sie lernten schon in frühen Jahren, gefühlsmäßig ungebunden zu sein.«

»Ich bedaure sie zutiefst.«

»Ich glaube nicht, dass Jenettes Vater etwas an Ihrem Mitgefühl liegt oder dass er es überhaupt verdient hat, Mylady. Er hat seinen Lebensweg gewählt und akzeptiert die Folgen seines Handelns voll und ganz.«

»Ja, aber wenn er Liebe und Bindungen so sehr ablehnt, Kapitän, was kann er seiner Tochter dann bieten?«

Sein Gesicht verdüsterte sich. »Vielleicht kann sie ihn diese Dinge lehren.«

»Ich hoffe für ihr Wohl und für seines, dass sie es kann.« Destiny seufzte und zeigte auf seinen leeren Stuhl. »Setzen Sie sich doch, Kapitän, und essen Sie. Der Eintopf schmeckt wirklich gut.«

Endlich setzte er sich. Die Ellbogen neben sein Gedeck gestützt, starrte er mit gerunzelter Stirn und zusammengepressten Lippen auf sein kühler werdendes Essen. Schließlich sagte er, ohne den Blick zu heben. »Erzählen Sie mir von Ihrem Vater.«

»Loyal und ungemein liebevoll«, antwortete sie und lächelte in sich hinein. »Verantwortungsbewusst. Er hätte Minister werden sollen, finde ich. Er war immer ein Kämpfer für die Armen. Wie oft habe ich früher gesehen, wie er und meine Mutter in unserem Haus Lebensmittel und Kleidung zusammensuchten, um sie den Hungernden und Obdachlosen zu geben. Die Menschen in Indien verehren ihn sehr.«

»Er sollte heilig gesprochen werden«, erwiderte er scherzhaft.

»Er hat die Verantwortung gegenüber seinen Mitmenschen immer sehr ernst genommen.«

Erst jetzt sah er sie an. Auf seinen Zügen spiegelte sich

eine Wildheit, die sie beunruhigte. »Und was genau würde er abgesehen von Essen und Kleidung noch opfern, um dem indischen Volk zu helfen? Sein Leben vielleicht? Oder vielleicht das Leben seiner englischen Landsleute?«

Destiny runzelte die Stirn und legte ihre Gabel beiseite.

Der Kapitän stand auf und ging hin und her. Sein jäher, unerwarteter Zorn war förmlich mit Händen zu greifen.

Destiny, die das eigenartige Benehmen des Kapitäns völlig aus der Fassung brachte, stand auf. »Kapitän, Compton Fontaine ist in erster Linie Engländer.«

»Ist er das?« Die Lippen des Kapitäns kräuselten sich, als er auf sie zuging. »Wie lange leben Sie nicht mehr bei ihm, zehn Jahre? Männer haben sich schon in weit kürzerer Zeit verändert. Geben Sie einem Mann einen guten Grund, und er wird beginnen, seine grundlegenden Instinkte, jedes seiner Motive in Frage zu stellen. Alles, wofür er einzustehen, was er zu vertreten glaubte, kann so leicht in sich zusammenfallen.« Er schnippte mit den Fingern. »Auf einmal festigt sich der Nebel seiner früheren Existenz zu einer scharfen, hässlichen Realität. Für die meisten von uns ist die Realität nicht sehr schön. Im Gegenteil, sie ist grauenhaft, Lady Chesterfield, weil wir plötzlich all unsere Handlungen und Reaktionen hinterfragen müssen, um nicht dieselben Fehler zu machen, die wir in der Vergangenheit begangen haben, als wir noch absolut überzeugt waren, das Richtige zu tun.«

»Warum interessieren Sie sich so für meinen Vater?«, fragte sie mit gerecktem Kinn und einem leichten Beben in der Stimme. Die unerfreulichen Mutmaßungen, welches Motiv er haben mochte, um ihr nach Cawnpore zu helfen, schwirrten ihr durch den Kopf.

Er zog seine schwarzen Augenbrauen hoch und lachte. »Mich fasziniert einfach ein Mann, der in seiner Tochter so viel Loyalität weckt, dass sie es mit mir und meinesgleichen und diesem Schiff aufnimmt, um in einer Krisenzeit zu ihm nach Indien zu reisen.«

»Ich tue nicht mehr als jeder loyale Sohn oder jede loyale Tochter tun würde, wenn sie befürchten müssen, dass ein Elternteil in Schwierigkeiten steckt.«

Als er näher kam, wich sie nicht zurück, stellte sich nur fest auf die Füße und straffte die Schultern.

Er strich sanft mit einer Fingerspitze über ihre von der Sonne geküssten Wangen und senkte die Stimme. »Was werden Sie tun, wenn Sie zu spät kommen, Destiny? Was, wenn Ihr Vater bereits tot ist? Was, wenn Nana Sahib ihn umgebracht hat?«

»Dann werde ich seinem Mörder persönlich gegenüber treten und Rache fordern.«

Er warf den Kopf zurück und brüllte vor Lachen. »Mein Gott, Kind, das ist der erste Unsinn, den ich von Ihnen höre. Und ich dachte schon, dass Sie nicht nur schön, sondern auch leidlich intelligent sind.« Er schloss seine Finger um ihr Kinn, legte ihren Kopf zurück und sah ihr in die Augen, seine Lippen nur einen Atemhauch von ihren entfernt. »Wie wollen Sie ihn töten, *ma chère?* Mit einem Klappern Ihrer schönen, langen Wimpern? Indem Sie schmollend Ihre köstlich vollen Lippen verziehen oder Ihren Körper eng an seinen schmiegen? Aber vielleicht erschlagen Sie ihn ja auch mit Ihrer Naivität und Unschuld.«

»Machen Sie sich über mich lustig, Kapitän?«

Seine Miene verhärtete sich, und seine Hand schloss sich fester um ihr Kinn. »Ich könnte mir schlimmere Todesarten vorstellen«, murmelte er.

Es überraschte Jason nicht, seine Gefährten in seiner Kajüte vorzufinden, als er von seinem Abendessen mit Destiny zurückkam. Zelie räkelte sich auf Jasons Bett, rauchte Opium und wirkte entspannt. Paolo saß vor dem Frisiertisch und betrachtete sein Spiegelbild, und Connie brütete über einer Seekarte. Hugo ging auf und ab, immer noch mit Blut und Soße auf seinen Sachen und einem Gesichtsausdruck wie ein brodelnder Kessel. Sie alle blickten erwartungsvoll auf, als Jason hereinkam und energisch die Tür hinter sich zumachte.

»Na, wenn das nicht unser Scheiß-Romeo ist«, verkündete Hugo. »Hab mich schon gefragt, wie lange wir noch warten müssen. Dachte, du machst nach dem Essen mit der Kleinen vielleicht bei Mondlicht einen Bummel an Deck. Singst vielleicht ein Ständchen unter dem Scheiß-Besan.«

Zelie blies Rauch durch seine Lippen und richtete die Augen auf Jason. »Sie ist wirklich charmant, alter Junge. Ich denke, darin sind wir uns alle einig. Und ich bin überzeugt, wenn du mit ihr zusammen bist, kehren die Erinnerungen an die unvergesslichen Momente in ihren Armen schlagartig und in den lebhaftesten Farben zurück. Sternschnuppen und all der Krampf. Du bist völlig aus den Fugen, weil du deine Gefühle bis jetzt immer unter Kontrolle hattest.«

»Wie ein Felsen«, verkündete Connie und schüttelte seine Faust. »Keiner von uns ist einem Feind je mit mehr Mumm entgegengetreten.«

»Wir dürfen natürlich nicht dein schlechtes Gewissen wegen Michelle vergessen«, sagte Paolo. »Es macht dich fertig, dass sie gestorben ist, während du in Dunleavys Gefängniszelle geschmachtet hast. Du hast das Gefühl, dass du durch deine Weigerung, sie zu heiraten und dem Kind ein richtiger Vater zu sein, irgendwie mit an ihrem Tod schuld bist. Wenn du bei ihr gewesen wärst und ihr die Hand gehalten hättest, hätte sie ihre schreckliche Krankheit möglicherweise überlebt. Jetzt siehst du in das Gesicht deiner Tochter und bereust all die Jahre, die dir mit ihr entgangen sind; du malst dir aus, sie auf Ceylonia großzuziehen, wo du sie mit allem überschütten kannst, was sich mit Geld kaufen lässt. Reue, Reue, Reue. Sie liegt dir auf der Seele und bringt dich dazu, deine Vergangenheit und letztlich auch deine Zukunft in Frage zu stellen.

»Und dann diese unangenehme kleine Sache mit Compton Fontaine. Er ist dein Freund, stimmt. Du hast im Lauf der Jahre manches angenehme Dinner und lange Gespräche mit ihm genossen. Er hatte dich sogar als Schwiegersohn ins Auge gefasst. Jetzt findest du dich dank einer schicksalhaften Verstrickung in einer romantischen Affäre mit seiner Tochter wieder und wünschst dir vermutlich, du hättest damals auf ihren Vater gehört, wenn man bedenkt, dass du jedes Mal, wenn du sie anschaust, ein Gesicht machst wie ein geprügelter Hund. Ich denke, ich spreche für uns alle, wenn ich sage, ich hätte nie geglaubt, dass ich erleben würde, wie sich einer der gefährlichsten Männer, den ich kenne, in der Gegenwart einer Frau in einen Wackelpudding verwandelt. Du hast sie vor Dunleavy gerettet, sie ihm vor der Nase weggeschnappt, und jetzt klammerst du dich an den Gedanken, ihren Vater heldenhaft Nanas Einfluss zu entziehen … und dadurch vielleicht ihr Vertrauen wiederzugewinnen und möglicherweise das Feuer neu zu entfachen, das sie dazu gebracht hat, sich in dich zu verlieben.

Andererseits, so sehr du Lady Destiny und ihren Vater auch schätzen magst, du bist und bleibst ein pflichtbewusster Soldat des Empire. Wenn du dadurch deine Landsleute retten kannst, wirst du Fontaine töten, falls es nötig ist, und dich später mit den romantischen, wenn auch tragischen Folgen befassen.

Romantik und Gefahr – das alles ist zwar höchst prickelnd und befriedigend, aber nur unter der Bedingung, dass du nicht dein Ziel aus den Augen verlierst. Was uns zum kritischen Punkt dieser Unterhaltung bringt.«

Connie mischte sich ein. »Findest du es klug, deine Bekanntschaft mit Lady Destiny zu vertiefen, wenn die Möglichkeit besteht, dass du ihrem Vater das Hirn wegschießen musst, falls wir dahinter kommen, dass er Nana Sahib bei seinem kleinen Aufstand unterstützt?«

Jason trat an den Frisiertisch und scheuchte Paolo mit einer Handbewegung vom Stuhl. Dann setzte er sich und starrte sein Spiegelbild an. »Jesus, Paolo, musstest du mich so verdammt hässlich machen? Meine eigene Tochter hat zu viel Angst vor mir, um mit mir in einem Raum zu bleiben.«

Paolo grinste. »Nachdem wir jetzt auf See sind, kannst du die Verkleidung abnehmen. Gibt nicht viel, was Destiny machen kann, wenn sie feststellt, dass sie auf ein und demselben Schiff mit dem Mann ist, der dumm genug war, ihr zu gestehen, dass er den Auftrag hat, ihren Vater umzubringen.«

Die Männer lachten – bis auf Jason.

»Natürlich legt er sie nicht ab«, fügte Paolo hinzu. »Und wir wissen alle warum. Destiny mag sich vielleicht an die Gesellschaft des *Kapitäns* gewöhnen und sich allmählich sogar ein bisschen für ihn erwärmen, aber bestimmt würde sie lieber über Bord springen als zulassen, dass Batson an ihren Vater herankommt. Und dann wäre es aus mit den gemeinsamen Mahlzeiten oder Gesprächen bei Mondlicht an Deck. Und sie würde dich noch mehr verachten, weil du sie wieder einmal hinters Licht geführt hast, diesmal, um sie an Bord der *Pretender* zu locken.«

»Oh, welch ein verschlungenes Netz wir doch weben«, rief Zelie und presste eine Hand auf sein Herz.

»Halt den Mund«, sagte Jason.

Hugo beugte sich über Jasons Schulter und starrte finster auf das Spiegelbild seines Gesichts. »Du hast dich verändert, Batson. Der Biss ist weg. Dein Aufenthalt im Kittchen hat dich weich gemacht. Das sehen wir alle. Denselben Blick hatte dein Vater, kurz bevor er sich von diesem Leben verabschiedete. Du hast keinen Spaß mehr am Spiel mit dem Tod.«

»Ich hatte nie *Spaß* daran, Mallet. Nicht wie du. Ich habe einfach Befehle befolgt wie jeder andere Soldat.«

»Nur dass du dafür bezahlt worden bist.« Hugo grinste. »Und zwar nicht zu knapp. Ist es das? Du bist so gut versorgt, dass du dich häuslich niederlassen und den lieben Papa für die Kleine spielen willst?«

»Ich würde dir raten, meine Tochter aus dem Spiel zu lassen«, stieß Jason zwischen den Zähnen hervor.

»Habe ich einen wunden Punkt getroffen?« Hugo drehte sich zu den anderen um. »Ich fürchte, Cobra hat sich seiner väterlichen Pflichten besonnen. Er ist bereit, sich zurückzuziehen und Babys auf seinen Knien zu schaukeln. Ist noch gar nicht lange her, da hat Jason geschworen, er würde nie zulassen, dass sich eine Frau zwischen ihn und seine Mission stellt. Zumindest hat er das behauptet, als Michelle versuchte, ihn an den Haken zu kriegen. Keine Frau wäre es wert, ihretwegen das Leben eines braven Bürgers zu führen. Jetzt hockt er da, zerbricht sich den Kopf über ein Kind und macht im Mondschein Spaziergänge mit der Tochter eines potenziellen Feindes. Verdammt, der Mann, den ich früher kannte, hätte ein weibliches Wesen nicht einmal auf ein Yard an sein Schiff herangelassen.

Und was heißt das für uns? Können wir darauf bauen, dass unser Mitstreiter seine Instinkte lange genug im Griff hat, um unseren Hintern zu retten, wenn's brenzlig wird?

Während er im Schützengraben von Heim und Herd träumt, wird uns vielleicht von einer Hand voll Sepoys die Kehle von einem Ohr zum anderen aufgeschlitzt. Miese Hurensöhne, diese Sepoys. Ich trete lieber gegen die ganze Armee auf der Krim an als gegen eine Hand voll Sepoys.« Hugo grunzte und spuckte auf den Boden. »Verdammt, als ob es nicht genug wäre, dass uns Dunleavy und Trevor Batson im Nacken sitzen! Dass du das Mädchen geschnappt hast und von Portsmouth losgesegelt bist, wird er als Akt des Verrats ansehen. Diesmal wird er unsere Hintern so tief im Knast vergraben, dass keiner von uns mehr das Tageslicht zu sehen bekommt – das heißt, falls er uns nicht gleich vor ein Erschießungskommando stellt. Das heißt, falls Trevor uns nicht zuerst erwischt. Scheiße, ich würde lieber gegen eine ganze Grube mit schwarzen Mambas kämpfen. Da hätten wir genauso viel Chancen, mit dem Leben davonzukommen, wie gegen Trevor und seine Leute.«

Jason, den Blick immer noch auf sein Spiegelbild gerichtet, lehnte sich in seinen Stuhl zurück und bemerkte trocken: »Vielleicht bist du es, der langsam weich wird, Mallet. Es macht dir nicht nur Sorgen, es mit Dunleavy und meinem Bruder aufnehmen zu müssen, du hast auch noch Angst vor zwei Frauen und einem Kind. Vielleicht hast du deinen Biss verloren. Vielleicht taugst du nur noch dazu, meinen Bauch mit deinem elenden Eintopf zu füllen.«

Hugos Gesicht rötete sich, und seine Hände ballten sich zu Fäusten. Er stand wie angewurzelt da, die fleischigen Wangen bebend vor Zorn, den Blick wutentbrannt auf Jason gerichtet.

Jason drehte sich langsam um, die Ellbogen auf die Knie gestützt, und schenkte Hugo ein verächtliches Lächeln. »Stimmt was nicht, Mallet?«

»Ich hätte gute Lust, dir die Kehle durchzuschneiden.«

»Und was hindert dich daran? Ich glaube kaum, dass einer dieser Männer dich aufhalten wird. Aber du wirst es nicht tun, stimmt's, Hugo? Denn wenn du zuschlägst und dein Ziel verfehlst, bist du erledigt. Wenn Cobra zuschlägt, trifft er auch. Du wärst tot, noch bevor dein jämmerliches kleines Hirn auf den Boden spritzt.«

Hugo sah sich in der Kajüte um, machte, da er keine Unterstützung fand, auf dem Absatz kehrt und ging rasch hinaus. Die anderen folgten. Zelie blieb auf der Türschwelle stehen und sagte: »Möchtet du, dass ich mich um ihn kümmere? Es wäre mir ein Vergnügen, weißt du. Habe ihn nie besonders gemocht, und außerdem ist er furchtbar grobschlächtig. Wenn er einem Mann die Kehle durchschneidet, geht er vor, als würde er ein Wildschwein abstechen.«

Jason nahm seine Perücke ab und schleuderte sie auf den Frisiertisch. »Behalte ihn im Auge. Er lässt nach, glaube ich, und es könnte gefährlich werden, ihn in der Nähe zu haben.«

»Sehr gut«, erwiderte Zelie und ging. Jason ließ sich wieder in den Stuhl zurücksinken und schloss die Augen.

Vielleicht hatte Hugo Recht. Vielleicht war die Zeit von Cobras Schlagkraft abgelaufen. Ein Jahr in Einzelhaft hatte offensichtlich sein Urteilsvermögen getrübt.

Gelinde gesagt. Ein Mann, der seinen Verstand beisammen hatte, würde sich nie erlauben, seinen niederen Instinkten nachzugeben und mit einer Frau zu schlafen, der er ursprünglich nur Informationen hatte entlocken wollen. Noch hätte er den direkten Befehl der Krone missachtet, diese Mission aufzugeben, und ihr die Überfahrt zu den Küsten Indiens ermöglicht, in der Hoffnung, sie könnte irgendwie dazu beitragen, jeden Versuch Fontaines und Nana Sahibs, eine Rebellion anzuzetteln, zu vereiteln.

Aber er war mehr als vertraut mit Dunleavys Methode,

jegliche Beweise dafür zu vernichten, dass die verdeckten Aktionen freier Agenten – unter der offiziellen Bezeichnung *Covered Operations by Radical Agents,* kurz COBRA – in irgendeiner Weise etwas mit dem hässlichen Geschäft von Attentaten zu tun hatten. Schließlich war Cobra nicht mehr als der schemenhafte verlängerte Arm einer Regierung, die niemals zugeben würde, kaltblütige Söldner in ihren Dienst zu nehmen. Wenn auch gelegentlich von der Existenz einer derartigen Organisation getuschelt wurde, hatte außer Dunleavy und der Königin niemand den entferntesten Hinweis auf ihre Identität. Harold Dunleavy würde dafür sorgen, dass sich daran nichts änderte, selbst wenn es bedeutete, Destiny Fontaine Chesterfield im Schlaf zu ermorden.

Solange sie in Jasons Obhut war, würden Dunleavy, Trevor und die gesamte britische Armee es erst mit ihm aufnehmen müssen, um an sie heranzukommen. Und er hatte nicht die Absicht, es ihnen leicht zu machen.

11

Ärger lag in der Luft. Jason konnte es riechen wie das Parfüm, das Destiny jeden Morgen hinter ihre Ohrläppchen tupfte. Wie ausgehungerte Kater belauerten die Männer an Bord sie und Diana auf Schritt und Tritt, und ihre Blicke wurden von Stunde zu Stunde zudringlicher. Jason hatte den Verdacht, dass Hugo Mallets Voraussage sich durchaus als zutreffend erweisen könnte. Eine Frau an Bord eines Schiffs voller Halunken zu bringen – auch wenn er diesen Halunken unter normalen Umständen rückhaltlos vertraute – hieß, das Schicksal herauszufordern. Der Umstand, dass Destiny und Diana sich ein wenig mit dieser Bande anzufreunden schienen, machte die Sache nicht einfacher. Paolo verbrachte jeden Nachmittag eine Stunde mit Destiny, um sie in der Kunst des Malens zu unterweisen, wobei er Farben und Leinwand aus seinem eigenen, eifersüchtig gehüteten Vorrat verwendete, während Diana und Connie auf einem Fassdeckel Karten spielten. Connie schaukelte Jenette auf den Knien und sprach zu Jasons Tochter mit einer sanft flötenden Stimme, die eher einem Bühnendarsteller als einem blutrünstigen Söldner zu gehören schien – den Blick natürlich auf Diana geheftet, die im Laufe der letzten Tage förmlich aufgeblüht war und kaum noch an die elende Person, die Landplage, erinnerte, die möglicherweise das Leben ihrer Nichte in Gefahr gebracht hatte, indem sie in dem Brief an ihren Mann den Namen des Schiffs nannte, mit dem sie aus England geflohen waren.

Abgesehen von Connie und Paolo hingen die Augen jedes einzelnen Mannes an den Frauen, sowie die beiden einen Fuß an Deck setzten. Irgendwann würde jemand die Beherrschung verlieren. So schmerzlich und frustrierend es auch sein mochte, aber Jason befürchtete, er würde derjenige sein.

Heiße, stickige Luft lastete auf Jason, als er vor Destinys Tür stand und angestrengt auf Geräusche lauschte, die verrieten, dass sie aus ihrem Nachmittagsschlaf erwacht war. Er war ihr in den letzten Tagen möglichst aus dem Weg gegangen, um seinen Männern ein Beispiel zu geben: Nicht schauen, nicht schnuppern, nicht zulassen, dass verbotene Fantasien über den gesunden Menschenverstand siegten, und sie würden alle lang genug am Leben bleiben, um ihre fleischlichen Gelüste an den Huren auf Teneriffa zu stillen.

Und doch stand er jetzt hier im Halbdunkel, das Gesicht schweißnass unter der Maske, und fragte sich, wann er sie wieder an Deck sehen würde … bis ihr Anblick ihn irgendwann dazu trieb, in seine Kajüte zu fliehen und zu brüten … unter anderem. Aber seit er Destiny und Diana mitgeteilt hatte, dass sie Teneriffa bald erreichen würden, spürte er, dass die beiden Frauen etwas im Schilde führten. Zu oft hatte er gesehen, wie sie ihre hübschen Köpfe zusammensteckten, tuschelten, manchmal stritten, verstohlen über die Schultern spähten, als erwarteten sie, auf frischer Tat ertappt zu werden.

Als Dianas Tür aufging, zog sich Jason in den Schatten unter dem Niedergang zurück. Diana lief zu Destinys Tür und klopfte leise an. Destiny machte fast sofort auf und ließ Diana in ihre Kabine. Wieder schob sich Jason vor Destinys Tür und horchte.

»Wo ist Jenette?«, fragte Destiny.

»Sie spielt mit ihrer Puppe. Ich glaube, sie wird bald einschlafen.«

»Hast du schon mehr über unsere Ankunft in Teneriffa in Erfahrung gebracht?«

»Zwei Tage, höchstens drei.«

»Dann bleibt uns nicht viel Zeit.«

»Keine Sorge, liebe Nichte. Ich habe entdeckt, wo die Waffen liegen.«

Jason runzelte die Stirn.

»Lieber Himmel, Des, auf diesem Schiff sind genug Waffen, um eine ganze Armee auszurüsten. Gewehre, Handfeuerwaffen und Messer – und absolut mörderisch aussehende Säbel und Bajonette.«

»Hast du eine Waffe für uns besorgt?«

»Ich hatte keine Zeit. Heute Nacht gehe ich noch einmal hin.«

»Hältst du das für klug, Diana? Falls der Kapitän Wind von unseren Plänen bekommt ...«

»Des, falls der Kapitän in irgendeiner Weise mit Dunleavy zu tun hat und man uns mit der Absicht auf dieses Schiff gelockt hat, uns nach Indien zu schaffen, damit Dunleavy deinen Vater umbringen lassen kann, müssen wir alles Menschenmögliche tun, um diesen Plan zu vereiteln. Sobald wir in Teneriffa angelegt haben, verschwinden wir einfach.«

»Diana, wenn unser Verdacht begründet ist, glaubst du, diese Männer werden zulassen, dass wir ›einfach verschwinden‹? Ich glaube es nicht. Sie werden jeden Stein auf der Insel umdrehen, um uns zu finden, und wenn sie das tun ...«

»Dann haben wir wenigstens Waffen, um uns zu verteidigen.«

»Und wenn wir uns irren, Diana?«

»Irren? Sie haben offen zugegeben, dass ihr Motiv für die Überfahrt nach Indien lediglich Freude am Kampf und am Geld ist. Es liegt doch auf der Hand, dass du genau in ihre Pläne passt. Was, wenn« – Diana senkte die Stimme und zwang Jason, sein Ohr noch dichter an die Tür zu pressen – »der Kapitän beschlossen hat, von deinem Vater ein Lösegeld für uns zu fordern? Compton würde seinen letzten Penny opfern, um dich zu retten, Des. Deshalb müssen wir Mut zeigen und uns bei der ersten Gelegenheit von diesen Männern absetzen.«

»Diana, hätte es den Kapitän so aufgeregt, dass du in deinem Brief an James den Namen des Schiffs genannt hast, mit dem wir segeln, wenn er und Dunleavy unter einer Decke stecken würden?«

»Hast du eine Schwäche für den Kapitän entwickelt?«, wollte Diana wissen.

Jason grinste und wartete auf die Antwort. Es dauerte einen Moment, bis sie kam.

»Kaum. Ich versuche nur, diese seltsame Situation zu begreifen. Zugegeben, irgendetwas am Benehmen des Kapitäns ist ausgesprochen verwirrend und beunruhigend. Einen Moment ist er ein Gentlemen, und im nächsten ist er … beängstigend, gelinde gesagt. Er starrt mich mit einer solchen Intensität an, dass ich anfange zu zittern und keine Worte mehr finde und mich in meine Kabine flüchte. Aber nicht einmal hier finde ich meine innere Ruhe. Das Alleinsein weckt Erinnerungen, und die Erinnerungen treiben mich zurück an Deck, wo ich fieberhaft etwas suche, womit ich das Bild vertreiben kann, wie ich mich dem Mann hingebe, der vorhatte, meinen Vater zu töten.«

»Denk nicht daran, Des. Was geschehen ist, ist geschehen und lässt sich nicht mehr ändern.«

»Ich denke nur … wenn ich nur nicht so überstürzt gehandelt hätte! Was, wenn er mir die Wahrheit gesagt hat – dass er sich nur mit mir auf der Lichtung getroffen hat, um persönlich dahinter zu kommen, ob mein Vater zusammen mit Nana Sahib den Aufstand plant. Dass er nie vorhatte, meinen Vater zu töten. Dass er mich tatsächlich gern hatte …«

»Er hat dich belogen. Er hat dich benutzt. Das kannst du ihm unmöglich verzeihen.«

»Nein. Nie. Aber …«

»Kein Aber, Des.«

»Was, wenn …«

»Kein Was-wenn. Wenn er in diesem Moment zur Tür hereinkäme, würde ich ihn höchstpersönlich erschießen, weil er deine Verletzlichkeit zu seinem eigenen Vorteil ausgenutzt hat. Er wusste die ganze Zeit, wer du bist. Er wusste auch über die näheren Umstände deiner Ehe Bescheid – Chesterfields Neigungen waren ihm bekannt. Aber wichtiger noch, er war der Freund deines Vaters. Wie du selbst gesagt hast, hätte Compton Jason Batson sein Leben anvertraut, und was macht dieser Schurke? Pflückt deine Jungfräulichkeit wie eine süße Frucht und teilt dir dann mit, dass seine so genannte Zuneigung reine Tarnung war. Glaub mir, sowie wir deinen Vater sehen, werde ich ihn informieren, als welch niederträchtiger Spitzbube sich dieser Batson entpuppt hat.«

»Ich wünschte, du würdest das nicht tun. Es wird meinem Vater das Herz brechen, Diana. Und für mich wäre es … demütigend, wenn mein Vater erfährt, dass ich so eine Frau bin, die sich auf eine solch skandalöse Affäre einlässt. Außerdem wird mein Vater vielleicht nie wieder Gelegenheit haben, Batson zu sehen oder mit ihm zu sprechen. Vergiss nicht, dass ich ihn getötet haben könnte.«

Jason huschte lautlos in seine Kajüte zurück.

Destiny saß auf dem Achterdeck und tupfte Wasserfarben auf eine Leinwand. Obwohl sie unverwandt auf die schaumgekrönten Wellen starrte, waren es weder die Wolken noch der Ozean, noch eine imaginäre Küste, die auf der Leinwand auftauchten, sondern das verschwommene Bild einer Waldlichtung und eines kastanienbraunen Pferds, gesattelt, aber reiterlos, das friedlich graste.

Das Bild verstörte sie und ließ ihr die Röte in die Wangen steigen. Warum konnte sie diese Augenblicke auf der Lichtung nicht einfach vergessen? Es gab andere, weit wichtigere Dinge in ihrem Leben: das Wohlergehen ihres Vaters zum einen, aber auch die Tatsache, dass sie von Leuten umringt war, die vielleicht, vielleicht aber auch nicht mit Dunleavy zusammenarbeiteten – eine Möglichkeit, die ihr mit jedem Tag, den sie in der Gesellschaft dieser eigenartigen Männer verbrachte, weniger wahrscheinlich schien. Sie wagte nicht, Diana zu gestehen, dass ihr all die Leute auf der *Pretender* – oder fast alle – ans Herz gewachsen waren. Paolo brachte sie zum Lachen, und Zelie fesselte sie mit seinen Lebensweisheiten und Diskussionen über Himmel und Hölle. Connie faszinierte sie mit der Fähigkeit, den einen Moment mit Jenette zu spielen und im nächsten das Schiff mit einer Grimmigkeit zu befehligen, bei der die meisten Männer mit den Knien schlottern würden.

Und dann war da natürlich der Kapitän. Beunruhigend, furchteinflößend … allgegenwärtig. Obwohl er seit etlichen Tagen Distanz zu ihr hielt, spürte sie immer, wenn er in der Nähe war. Seine Intensität ließ die Luft vibrieren. Wenn er ihren Blick einfing, gab er ihn nicht mehr frei. Sie fühlte sich … hypnotisiert, hilflos und bis ins Innerste erschüttert. Unerklärlich, dass seine Unnahbarkeit sie reizte. Mittlerweile sehnte sie sich nach seiner Gegenwart ebenso sehr wie sie sie fürchtete.

Sie legte den Pinsel nieder und rief: »Endlich fertig! Was meinen Sie, Paolo?«

Paolo lächelte. »Ausgezeichnet! Ein Meisterwerk! Sie haben Talent und eine sehr lebhafte Vorstellungskraft, *ma chère.* Vielleicht fangen wir morgen mit einem Porträt an, von jemandem, der atemberaubend gut aussieht, gefährlich und sehr charmant ist – ich stehe Ihnen selbstverständlich Modell. Wer sonst auf diesem Schiff hat die durch und durch klassischen Züge eines Gottes, hm?« Er zeigte ihr sein Profil und brachte sie so sehr zum Lachen, dass ihr die Pinsel aus der Hand fielen.

Paolo kniete nieder, um sie aufzusammeln, hielt aber abrupt inne, als der Kapitän wie aus dem Nichts auftauchte und einen Fuß auf die Pinsel setzte, wobei er ein Paar entzwei brach und Paolos Finger mit der Sohle seines Stiefels auf den Boden quetschte.

Mit einem überraschten Ausruf sprang Destiny auf, während Paolo langsam den Blick hob, weit hinauf, bis zum Gesicht des Kapitäns, und die Zähne zusammenbiss, um einen Fluch zu unterdrücken. »Du Irrer hast meine Pinsel zerbrochen«, sagte Paolo schließlich.

»Ist das alles?«, gab der Kapitän zurück, presste Paolos Finger noch fester an das Deck und durchbohrte Destiny mit einem Blick, der sie an die Reling zurückweichen ließ.

Paolos Gesicht wurde weiß.

Destiny nahm all ihren Mut zusammen. »Hören Sie auf!«, rief sie. »Sie tun ihm weh! Er hat doch nichts getan, nur …«

»In den letzten Wochen jeden Nachmittag mit Ihnen verbracht. Sie mit seinen monotonen Geschichten eingewickelt und den Hanswurst gespielt, um Sie zum Lachen zu bringen.« Er warf einen Blick auf Paolo und fügte hinzu: »Mir ist durchaus bewusst, wie gut sich Paolo darauf versteht, junge Frauen zu verführen.«

Paolo, der sich wand und krümmte, um seine Finger unter dem Stiefel des Kapitäns hervorzuziehen, schüttelte den Kopf und versuchte ein schwaches Lächeln. »Bestimmt nicht … Sir. Diese spezielle junge Dame zu verführen ist mir nie in den Sinn gekommen. Hältst du mich für so dumm? Tut es irgendjemand auf diesem Schiff?«, brüllte er und sah zu seinen Kameraden hinüber, die die Szene beobachteten.

Eine Vielzahl von Empfindungen stürmte auf Destiny ein, als sie den Kapitän anstarrte. Wieder trug er eine Klappe über seinem verletzten Auge. Sie lernte allmählich, sich auf die halbwegs unversehrte Seite seines Gesichts zu konzentrieren. Es war nicht so Furcht erregend. Einfach … irritierend, als ob irgendetwas in diesen Zügen an ihrem Unterbewusstsein nagte.

»Nehmen Sie den Fuß von seiner Hand«, hörte sie sich sagen. »Sofort.«

»Wie bitte?«, fragte er in so mokantem Ton, dass ihre Wangen glühten. Sie schluckte und holte tief Luft.

»Ich sagte, treten Sie zurück, und lassen Sie ihn in Ruhe. Er hat mir nur Zeichenunterricht gegeben, und es gibt keinen Grund, ihn zu schikanieren.«

Einer seiner Mundwinkel verzog sich. »Paolo, du scheinst einen Verteidiger zu haben. Na schön.« Er nahm seinen Fuß weg, ohne den Blick von Destiny zu wenden. »Einigen wir uns auf einen Kompromiss, Lady Chesterfield. Ich verfüttere Paolo nicht an die Haie, wenn Sie nicht sofort in Ihre Kajüte flüchten.«

Paolo hob seine Pinsel auf und griff nach der Schachtel mit Pinseln und Farben, bevor er dem Kapitän direkt ins Gesicht sah. »Dein Besitzdenken ist verständlich. Es ist allerdings nicht einzusehen, warum wir uns nicht dann und wann an einem harmlosen Gespräch mit der jungen Dame erfreuen sollten, falls sich die Gelegenheit ergibt. Ich schlage vor, du zügelst deine Eifersucht und dein Temperament, oder auf diesem Schiff wird es demnächst zu einer Meuterei kommen. Es sei denn, es wäre dir lieber, wir gingen in Teneriffa von Bord und ließen dich allein mit diesem Kahn nach Indien segeln. So gut du mit einer Waffe auch umgehen kannst, *Sir*, ich bezweifle, dass du allein gegen hundert Sepoys lange durchhältst.«

Paolo warf den Kopf zurück und stürmte davon, seine Kiste mit Malutensilien unter dem Arm. Die Crewmitglieder, die aufmerksam gelauscht hatten, grinsten und nickten bei seinen Worten an den Kapitän beifällig. Die Leute verzogen sich allerdings schleunigst, als der Kapitän jedem von ihnen einen warnenden Blick zuwarf, bevor er seine Aufmerksamkeit wieder Destiny zuwandte.

»Zufrieden?«, fragte er mit so Unheil verkündender Stimme, dass Destiny mit dem Gedanken spielte, doch fluchtartig in ihre Kabine zu rennen, sich dann aber dagegen entschied.

»Ich weiß nicht, was Sie meinen«, erwiderte sie. »Zufrieden womit?«

»Sie haben sämtliche Männer an Bord dazu gebracht, Ihnen mit heraushängender Zunge hinterherzuhecheln. Sie können weder essen noch schlafen. Sie fangen an zu schmollen, wenn Sie sie nicht mit einem Lächeln begrüßen. Das sind Soldaten, Lady Chesterfield, und dank Ihnen würden Sie jetzt lieber Teepartys besuchen.«

»Unsinn.« Sie hob das Kinn. »Erwarten Sie etwa, dass ich den ganzen Tag in meiner Kabine hocke? Wenn Sie sich nicht wie ein Mönch abschotten würden, hätte ich vielleicht nicht das Bedürfnis, die Gesellschaft Ihrer Mannschaft zu suchen.«

»Ich hatte den Eindruck, dass Sie meine Gesellschaft als beunruhigend empfinden.«

»Manchmal ja. Wenn Sie außer sich sind, wie jetzt. Welche Dame ist schon lieber mit einem Wüterich zusammen als mit einem Mann wie Paolo, der darum bemüht ist, mich zum Lachen zu bringen, statt mich einzuschüchtern.«

»Ach, Sie finden also Gefallen an Paolos Gesellschaft?«

»Ja.« Sie nickte, immer noch außerstande, den Blick von seinem gesunden Auge zu wenden, das sie wie ein Pfeil zu durchbohren schien. Es lag etwas in seinem Blick, das ebenso faszinierend wie bedrohlich wirkte. »Er hat mich im Malen unterrichtet«, sagte sie und zeigte auf Staffelei und Leinwand, in der Hoffnung, die vor Spannung knisternde Atmosphäre zu lockern.

Ein Moment verging, ehe er seine Aufmerksamkeit dem Bild zuwandte. Schweigend betrachtete er die Leinwand. Nach und nach schmolz der Zorn auf seinen Zügen, und sein Gesichtsausdruck entspannte sich. Schließlich sagte er: »Wirkt sehr friedlich und einsam. Ein reiterloses Pferd bedeutet meistens Tod. Oder Verlust. Haben Sie etwas … oder jemanden verloren, M'lady?«

»Um etwas … oder jemanden … zu verlieren, müsste ich es erst einmal besessen haben.« Sie schüttelte den Kopf. »Ich kann nicht für mich beanspruchen, was nur in meiner Vorstellung mir gehört hat.«

Destiny lehnte sich an die Reling und wandte ihr Gesicht der Sonne zu. Der Wind fuhr durch ihr Haar, und die Gischt benetzte ihre Wimpern. Ihre Wangen glühten vom Sonnenschein und der Hitze. Ihre Haut schimmerte feucht. »Sagen Sie, Kapitän, ist das genug für Sie, dieses Schiff, diese Männer, die Erwartung des nächsten Kampfes?«

»Würde es Sie überraschen, wenn ich Nein sage?«

Ihre Augenbrauen hoben sich.

»Was Sie auch von mir halten mögen, Madam, ich bin ein Mensch, kein Tier. Ich habe ganz normale Bedürfnisse.

Gelegentlich brauche ich Gesellschaft, um diese Bedürfnisse zu befriedigen. Ich vermute aufgrund Ihres Bilds, dass Sie nicht anders sind als ich. Manchmal begegnen wir einem Menschen, der unserem Idealbild entspricht. Aber leider ist eine solche Schwärmerei selten von Dauer, und hinterher bleiben wir … leer und ein wenig verhärtet zurück. Das nächste Mal werden wir nicht mehr so leicht vertrauen oder lieben.«

»Ja«, sagte sie leise und mit einem zustimmenden Lächeln. »Ich fürchte, Sie haben Recht.«

»Möchten Sie darüber sprechen?«, fragte er, und zeigte auf die Leinwand, als sie sich zu ihm umwandte. »Das Bild. Die Lichtung. Das Pferd. Wo ist der Reiter?«

»Fort«, antwortete sie achselzuckend. »Er war nur ein Produkt meiner Einbildungskraft. Ein Fantasiebild, zu gut, um wahr zu sein. Ich habe ihn kurze Zeit geliebt oder glaubte ihn zu lieben, bis ich erkannte, was für ein Mensch er in Wirklichkeit war. Ich brauchte etwas von ihm. Ich nahm es mir. Er brauchte etwas von mir. Er nahm es sich. Wenn ich jetzt darüber nachdenke, hört sich das alles sehr kalt an. Aber wir lernen aus unseren Fehlern, nicht wahr, Kapitän?«

»Er muss doch eine Eigenschaft gehabt haben, die für ihn spricht.«

»Nichts spricht für einen Lügner, Sir. Er war ein Betrüger. Ein Hochstapler, der vorgab, jemand zu sein, der er nicht war. Er hat sich auf meine Kosten amüsiert und mein Herz verletzt, von meiner Würde ganz zu schweigen.« Mit steinerner Miene fügte sie hinzu: »Ich verabscheue Falschheit. Wenn Glauben und Vertrauen erst einmal durch eine Lüge zerstört sind, ist es nie mehr wie zuvor, nicht wahr? So etwas hinterlässt eine unheilbare Narbe auf unserer Seele … und in unserem Herzen.«

Der Kapitän wandte den Blick ab. Er klammerte sich an die Reling und stieß einen langen Atemzug aus. »Und wenn er vor Ihnen auf die Knie fiele und Sie anflehte? Wenn er beschwören würde, dass seine Gefühle aufrichtig waren, dass er nie die Absicht hatte, Sie zu verletzen, und wenn er die Lüge zurücknehmen könnte, könnten und würden Sie ihm verzeihen?«

Destiny beantwortete seine Frage nicht, weil sie es nicht konnte; dasselbe hatte sie sich schon hundertmal gefragt, seit sie von der Lichtung fortgeritten war, seine Blutflecken auf ihrer Kleidung, und zwischen ihren Beinen einen Schmerz, der sie seitdem immer noch mitten in der Nacht aufwachen ließ. Was nützte es ihr schon, jetzt an ihn zu denken?

Sie starrte auf die fernen dunklen Wolken, die sich am Horizont zusammenbrauten. Blitze tanzten auf der Wasserlinie. »Wird es uns erwischen?«, fragte sie. »Das Gewitter, meine ich. Es sieht sehr bedrohlich aus.«

»Ja, ein schlimmes Unwetter. Aber wenn wir unseren Kurs halten, müssten wir um das Schlimmste herumkommen. Aber Sie haben meine Frage nicht beantwortet. Würden Sie ihm seine Täuschung verzeihen?«

»Ich kann mir nichts vorstellen, was er tun oder sagen könnte, Sir, um mein Verzeihen zu erlangen.«

»Armer Kerl. Ich bin sicher, er bereut, was er getan hat, und wenn er diese Augenblicke auf der Lichtung noch einmal durchleben könnte, würde er vorsichtiger in seinen Worten und Handlungen sein.«

Destiny runzelte die Stirn und hob den Blick zu ihm. Ihr Herz klopfte wie rasend in ihrer Brust. »Woher wissen Sie, dass wir uns auf einer Lichtung getroffen haben, Sir?«

Er zog die Augenbrauen hoch und deutete auf die Leinwand. »Das Bild natürlich.«

Die Woge von Panik, die Destiny den Atem genommen hatte, verebbte so plötzlich, wie sie gekommen war. Natürlich wusste der Kapitän der *Pretender* nichts von ihren Treffen mit Batson auf der Lichtung. Wie könnte er? Es war nur dieses unterschwellige Gefühl von Schmerz und Schuld, das ihr noch immer keine Ruhe ließ. Derartige Bilder auf die Leinwand zu bannen, um sie zu betrachten und darüber nachzugrübeln, würde ihr kaum helfen, ihr skandalöses Betragen mit Batson aus ihren Gedanken zu verdrängen.

Sie packte die Leinwand mit beiden Händen und schleuderte sie mit aller Kraft über die Reling. Ein Windstoß fing sie ein und trug sie ein Stück in die Höhe, bevor sie leicht wie eine Feder auf das Wasser fiel. Destiny sah zu, wie eine Welle das Bild überspülte und teilweise unter das Wasser zog. Die Farben verliefen und die Gegenstände auf dem Gemälde zerrannen, bevor die durchtränkte Leinwand unter die Wasseroberfläche sank und verschwand.

Beide Hände krampfhaft um die kühle Messingreling gelegt, starrte Destiny die Blitze an, die wieder über den Horizont zuckten, und bemühte sich verzweifelt, die Tränen zurückzuhalten, die hinter ihren Lidern brannten. Der Kapitän trat hinter sie, löste ihre Finger von der Reling und drehte sie mit sanfter Gewalt zu sich herum. Indem er ihr Kinn mit einer Hand einfing, legte er ihren Kopf zurück und sah eine Träne über ihre Wange laufen.

»Na los«, ermutigte er sie leise. »Weinen Sie. Werden Sie es los. Glauben Sie einem, der weiß, wovon er spricht, dass ihre Gefühle umso mehr schmerzen werden, je länger Sie sie unterdrücken. Wenn Sie nicht gut aufpassen, enden Sie wie ich – ein herzloser, gefühlskalter Hundesohn, der unmöglich wissen kann, was es heißt, einen anderen zu mögen und dann zu verlieren.«

»Ich mochte ihn«, sagte sie mit einem kleinen Schluchzen in der Stimme, und dann ließ sie sich gegen ihr besseres Wissen gegen ihn sinken und drückte ihr Gesicht an seine harte Schulter, die leicht nach Rauch und Schweiß roch. »Ich war so dumm, Sir. Und verzweifelt. Ich habe geheiratet, um den Konventionen zu genügen – genauer gesagt, denen meines Onkels – und entdeckte zu spät, dass mein Mann ... an mir als Frau nicht interessiert war. Dann begegnete ich einem Mann, der in einer Art auf mich reagierte, wie es mein Mann nie getan hatte.«

»Und Sie verliebten sich in ihn.« Er strich über ihr Haar.

»Ja. Nein! ... Ja.« Sie nickte und schniefte und genoss die Nähe seines Körpers, dessen Wärme seltsam tröstlich auf sie wirkte. Seine Hand auf ihrem Haar machte sie schläfrig; der Geruch seiner Haut und der Stoff seines Hemds an ihrer Wange ließen ihr Herz warm aufglühen. »Ja«, wiederholte sie leiser, die Augen immer noch geschlossen. »Dumm von mir, nicht wahr, mich in einen Fremden zu verlieben? Mir einzubilden, er könnte mich auch lieben. Onkel James hat Recht. Ich bin eine Schande für mein Geschlecht und ein Stein des Anstoßes für die gute Gesellschaft. Ich gehöre zurück nach Indien, wo ich ›unter den Heiden leben kann, ohne Aufsehen zu erregen‹.« Wieder schniefte sie und kuschelte sich noch enger an seine Schulter. »Wenn ich früher nach Indien zurückgekehrt wäre, wäre mein Vater möglicherweise nicht in der prekären Situation, in der er sich jetzt befindet. Ich bete, dass ich rechtzeitig komme, um ihm zu helfen oder ihn zu retten ...«

Destiny wich unvermittelt zurück oder zumindest versuchte sie es, und ihr Blick flog zu dem des Kapitäns, dessen Hände sich fester um ihre Arme schlossen und sie eng an seinen Körper zogen, wo sie sich so geborgen fühlte, dass sie einen Moment lang vergessen hatte, wer er war oder sein könnte. »Glauben Sie mir, Kapitän, welcher Art die Schwierigkeiten auch sein mögen, in denen mein Vater steckt, niemals würde er zum Verräter an England werden. Darauf würde ich mein Leben setzen.«

»Ein sehr hoher Einsatz für jemanden, der naiv genug ist, sich in einen Fremden zu verlieben.« Er wischte eine Träne von ihrer Wange. »Sagen Sie mir, Sie entzückende Unschuld, sind Sie ganz sicher, dass Ihr Fremder nicht doch ein bisschen verliebt in Sie war?«

»Er wollte nur Informationen über meinen Vater. Er arbeitet für Dunleavy.«

»Was hat das damit zu tun, ob er Sie liebt? Glauben Sie mir, Lady Chesterfield, nichts kann einen Mann leichter zugrunde richten, als zwischen der Liebe zu seinem Land und der Liebe zu einer Frau hin- und hergerissen zu werden.«

»Verteidigen Sie ihn etwa, Kapitän?«, fragte sie zornig.

»Stellen Sie sich bloß vor, durch welche Hölle er gegangen sein muss, als er in Ihre Augen sah, Ihren Körper an seinem spürte, und wusste, ein Augenaufschlag oder ein Kuss von Ihren Lippen, und er würde seiner Königin die Treue brechen, um Sie zu schützen.«

Wieder fühlte sie sich wie gefesselt, wie hypnotisiert von den Augen, die sie mit ihrem erschreckenden Äußeren in ihren Bann zogen und gleichzeitig mit Angst erfüllten. Seine Worte lösten etwas in ihrem Inneren aus, eine Schwäche, die sie zornig machte, ein Verlangen, dass ihr die Röte ins Gesicht trieb bei der Erkenntnis, dass selbst dieser Mann ihren Körper mit einer intimen Geste, einem gemurmelten Wort erregen konnte.

Sie wandte sich ab oder versuchte es. Er packte sie an den Schultern und drehte sie wieder zu sich herum. Seine

Hände schlossen sich eisern um sie, als sie versuchte, sich loszumachen. »Halten Sie still, verdammt! Ist das Ihre Art bei Männern, Destiny? In der einen Minute an ihrer Schulter weinen, um in der nächsten zu fauchen und die Krallen zu zeigen wie eine Katze?«

»Fassen Sie mich nicht an. Bitte lassen Sie mich los, sonst …«

»Was sonst?« Er schüttelte sie, und ihr Kopf fiel nach hinten, sodass sie gezwungen war, ihm ins Gesicht zu sehen. »Was wollen Sie sonst machen, Destiny? Mich ohrfeigen? Mich küssen? Entscheiden Sie sich, um Himmels willen! Ihre Augen schleudern Blitze vor Zorn, aber Ihre Lippen beben vor Leidenschaft. Wäre ich weniger Gentleman, würde ich Ihren hübschen kleinen Hintern in meine Kajüte verfrachten und den Rest des Nachmittags zwischen Ihren Beinen verbringen. Und Sie brauchen keine Sekunde zu glauben, dass Sie keinen Spaß daran hätten.«

Sie schnappte nach Luft und blinzelte.

Er zog sie noch enger an sich, und seine Finger bohrten sich so fest in ihre helle Haut, dass ihre Arme wie taub waren. Dennoch konnte sie weder etwas sagen noch sich rühren. Sie konnte den Blick nicht von seinen Zügen wenden, die weniger beängstigend, sondern eher von einem Verlangen erfüllt waren, das ihre Knie weich werden ließ.

Seine Stimme wurde leise und rau, und seine Lippen verzogen sich zu einem leichten Lächeln, als er sie auf die Zehenspitzen hob und seinen Mund über ihren neigte. »Sie würden es genießen, mit mir zu schlafen, Lady Chesterfield, denn trotz Ihrer damenhaften Manieren und des Anscheins von Naivität, den Sie sich geben, wissen wir beide, dass sich hinter dieser Fassade eine Frau verbirgt, die einen Mann braucht, der sie geistig und körperlich erfüllt. Sie sind die Art Frau, die, wenn sie einmal einen

Mann gehabt hat, nachts aufwacht und sich schmerzhaft nach ihm sehnt. Leugnen Sie es nicht. Schauen Sie mich nicht so entrüstet an. Als Kind sind Sie in einem Land aufgewachsen, in dem man die körperliche Liebe verehrt, wo die Menschen glauben, dass ihre Körper Tempel der Freude sind. Ich merke es jedes Mal, wenn Sie mich oder einen meiner Männer ansehen. Die Augen, die träge unter den Wimpern hervorspähen. Die Art, wie Sie ihre Lippen leicht öffnen – genau wie jetzt. Wenn ich Sie küsse, werden Sie mir ins Gesicht schlagen. Wenn ich Sie in meine Kajüte schleppe, werden Sie sich mit Händen und Füßen wehren. Aber in dem Moment, in dem ich in Sie eindringe, werden Sie sich in eine Sirene verwandeln.«

»Monster!«, war alles, was sie herausbrachte. Ihre Kehle war wie ausgedörrt. »Lieber würde ich mich den Haien vorwerfen!«

Er machte ein Gesicht, als würde er sie am liebsten schlagen.

»Käpt'n!«, brüllte Fritz von seinem Ausguck auf dem Großmast. »Wir haben Gesellschaft, Sir. Schiff achteraus, alle Segel gesetzt und auf schnellem Kurs.«

Der Kapitän schloss kurz die Augen, ließ sie aber nicht los, als er rief: »Was für ein Schiff ist es?«

»Sieht aus wie ein Klipper, Sir.«

Nach einem Moment, der eine Ewigkeit zu währen schien, ließ er Destiny los und starrte sie noch einmal finster an, bevor er zum Hauptmast ging. Sie nahm all ihren Mut zusammen und rief ihm nach: »Ist es Dunleavy, Kapitän?«

Er blieb abrupt stehen und warf ihr über die Schulter ein schmales, kaltes Lächeln zu. »Vielleicht. Wie es scheint, ist der Moment der Wahrheit gekommen, Lady Chesterfield. Wenn ich, wie Sie und Diana beharrlich mutmaßen, tatsächlich in Dunleavys Sold stehe, wäre jetzt für mich der richtige Zeitpunkt, die Segel zu raffen und Sie dem Bastard bereitwillig auszuliefern – Sie von meinem Schiff zu schaffen, bevor Sie meine Crew zur Meuterei aufhetzen.«

Er drehte sich auf dem Absatz um, zog seine Jacke aus und schleuderte sie aufs Deck, um dann wie eine Katze auf einen Baum die Spanten hinaufzuklettern und sich zu Fritz auf den langen Stag zu setzen, wo er mühelos das Gleichgewicht hielt, nach dem Fernrohr griff und es auf den kleinen Punkt am Horizont richtete.

»Würde meinen Pimmel verwetten, dass das Trevors Klipper ist«, sagte Fritz. »Außer dir, Käpt'n, gibt's auf See sonst keinen Bastard, der so mit einem Klipper umgehen kann. Jesus, wie das Schiff rankommt! Er hat uns entdeckt, keine Frage!«

Der Kapitän knallte das Fernrohr gegen den Mast und fluchte. Sein Blick fiel auf Destiny, die ihre Augen mit einer Hand vor der Sonne abschirmte und zu ihm hinaufsah. Er rutschte wieder hinunter, landete auf dem Deck und brüllte: »Hart backbord, Connie, und rein in den Sturm!«

»Aye, aye, Käpt'n«, schrie Connie zurück.

»Schaff die Dame nach unten!« Er packte Destiny am Arm und schubste sie zum Niedergang, wo Paolo stand und ihn entgeistert anstarrte.

»Bist du verrückt?«, schrie Paolo ihn an. »In *das* Unwetter segeln? Wir können von Glück reden, wenn wir mit unserem Kiel in einem Stück aus dem Schlamassel rauskommen.«

»Trevor springt vielleicht mit den Füßen voran in die Hölle, aber dorthin wird er mir nicht folgen.« Er zeigte auf den schwarzen, brodelnden Horizont. »Ich weiß zufällig, dass er für Gewitter noch nie viel übrig hatte.«

»Und ich habe nicht viel fürs Ertrinken übrig«, bemerkte Paolo, bevor er Destiny in das dunkle Unterdeck folgte.

12

Die Ruhe vor dem Sturm schien in jede Pore des Schiffs zu dringen, als die *Pretender* nach Backbord abschwenkte und so schnell wie möglich auf den Sturm zuhielt. Der Klipper in der Ferne rückte näher, und Jason wusste, dass es nur eine Frage der Zeit war, bis das schnittige Schiff sie einholen würde. Die einzige Chance der *Pretender* war, mitten in das Zentrum des Sturms zu steuern und zu beten, dass Wind und Wellen sie nicht zum Kentern brachten.

Jason beobachtete seine geschäftige Crew vom Achterdeck aus, Connie an seiner Seite. »Die Damen sind sicher untergebracht?«, erkundigte er sich.

»Aye, Käpt'n. Deine Tochter ist in guten Händen. Die Frauen wachen über sie wie Glucken.« Connie beobachtete, wie das Spiel der Blitze am Horizont von Minute zu Minute näher kam. »Hässliches Gewitter, kann man wohl sagen. Aber wir wissen beide, dass keine Crew es besser drauf hat als unsere, uns da durch zu bringen. Außerdem sind unsere Chancen, dem verdammten Sturm ein Schnippchen zu schlagen, besser als Destinys Chancen in Dunleavys Händen.«

»Und wenn ich mich irre, Connie? Wenn ihr Vater sich tatsächlich gegen die Krone gestellt und mit Sahib eine Revolte angezettelt hat?«

»Du schaffst das schon. Wie immer.«

»Schon, Connie, aber ich war auch noch nie persönlich beteiligt, oder?«

»Nein, Sir. Ein schönes Schlamassel, Sir, keine Frage. Aber in den letzten Wochen haben wir allmählich kapiert, wie's in dir ausschaut. Gibt keinen von uns, außer Mallet, der nicht auch ein bisschen in sie verliebt ist … und in Diana. Auf keinen Fall lassen wir sie Dunleavy in die Finger fallen.«

Jason stieß einen müden Seufzer aus und sagte mehr zu sich selbst als zu Connie: »Sie wird mir nie verzeihen – nichts von alledem – was soll's also?«

»Wenn das dein Ernst wäre, würdest du nicht in diesen Hexenkessel segeln. Wie dein Vater oft gesagt hat: Wenn es sich lohnt, für etwas zu kämpfen, lohnt es sich auch, dafür zu sterben.«

Jason runzelte die Stirn. »Wie ich meinen Vater kenne, bezweifle ich, dass er eine Frau gemeint hat.«

Düstere Wolken schoben sich vor die Sonne, und das Tageslicht verblasste zu trübem Flaschengrün. Die Segel fielen zusammen, und die Stille wurde greifbar. Die Crew stellte sich dem drohenden Unwetter, die Augen auf die wirbelnden Wolken und tosenden Wasser gerichtet, die sich wie ein Leviathan erhoben, um Himmel und Meer in einen schäumenden grünen Wall zu verwandeln.

Ein lauter Donner krachte.

»Jesus«, murmelte Jason. Er hielt sich an der Achterdeckreling fest und hob die Stimme, um über das lauter werdende Getöse gehört zu werden: »Geh runter, und kümmere dich um die Frauen. Binde Jenette an der Koje fest. Du weißt ja, was zu tun ist, Connie.«

»Aye, aye, Sir.«

Als Connie hastig zum Niedergang lief, brüllte Jason seiner Mannschaft zu: »Runter mit dem Klüver, und zwar schnell! Vor-Royalsegel und Groß-Royalsegel reffen und das Bramsegel setzen. Wanten und Blindesegel fieren und Besan einholen. *Sofort!*«

Ein jäher Windstoß schlug die Rahsegel zurück, presste sie gegen die Masten und hob den Bug in die Höhe. Jason packte das Steuerrad, als das Deck unter ihm absackte und der Wind durch Masten und Rahen pfiff, Takelage und Seile festzurrte und ein Einholen der Segel so gut wie unmöglich machte. Die Rufe der Männer verloren sich im Heulen und Wüten des Sturms und den prasselnden Regentropfen, die sich wie Messerspitzen in ihre Haut bohrten.

Die hölzernen Planken ächzten unter der Wucht des Unwetters. Das Schiff erbebte und schlingerte durch die undurchdringliche grüne Finsternis, die nur von den Blitzen erhellt wurde, die gefährlich nah um die Mastspitzen zuckten.

Jason hangelte sich über das Achterdeck und versuchte, in dem allgemeinen Chaos seine Männer zu finden. Er entdeckte Fritz und Gabriel, die sich mit dem Besan-Topsegel abmühten. Hinter ihnen kämpfte Connie verzweifelt darum, sich auf den Beinen zu halten, als eine Welle über das Hüttendeck schlug und wie eine Dampframme gegen seine Brust krachte.

»Mann über Bord!«, ertönte ein Ruf.

Jason rappelte sich hoch und wurde gegen den Fockmast geschleudert. Er tastete nach einem Tau und schlang es sich um die Taille. Dann rannte er zur Reling, wo er Paolo gerade noch in den Wellen verschwinden sah.

»Er ist weg!«, schrie Zelie.

Jason knotete das andere Ende des Taus an die Reling.

»Kapitän!«, rief eine Frauenstimme, und als Jason sich umdrehte, sah er Destiny, die beide Arme nach ihm ausstreckte und sich gegen Franz wehrte, der versuchte, sie gewaltsam den Niedergang hinunter zu zerren. »Nicht!«, schrie sie.

Fritz griff nach ihm, aber Jason stieß ihn beiseite, kletterte über die Reling und tauchte ins Wasser.

Stunde um Stunde wütete der Sturm. Er warf das Schiff hin und her, als wäre es ein Stück Treibgut.

Diana saß geduckt in einer Ecke der Kabine, die Arme um sich geschlungen und am ganzen Leib zitternd, und hielt sich jedes Mal die Ohren zu, wenn das Wasser mit Gewalt an den Schiffsrumpf krachte und das Sägemehl aus den Ritzen wie Elfenstaub auf ihre Schultern rieselte.

Destiny kauerte auf der Koje, die Arme fest um Jenette geschlungen. Das Kind verhielt sich erstaunlich ruhig, den Kopf an Destinys Schulter gelegt und die Porzellanpuppe an seine schmale Brust gedrückt. Manchmal wimmerte es leise, wenn sich das Schiff wie ein scheuendes Pferd aufbäumte. Mit angehaltenem Atem, fest geschlossenen Augen und angespanntem Körper warteten sie dann darauf, dass sich das Schiff wieder senkte, jedes Mal überzeugt, es würde kentern und wie ein Stein auf den Meeresboden sinken.

Destiny versuchte, nicht daran zu denken, was sich jetzt an Deck abspielte – an die Männer, die verzweifelt darum kämpften, das Schiff und sich selbst zu retten. Dennoch hatte sie ständig das Bild vor Augen, wie sich der Kapitän bereitmachte, über Bord zu gehen, um ein Mitglied seiner Mannschaft zu retten, und es entsetzte sie immer noch genauso wie in dem Moment, in dem sie den Niedergang hinaufgetaumelt war und gesehen hatte, wie er ein Tau um seine Mitte schlang.

Was, wenn er starb?

Bitte, lieber Gott, lass ihn nicht sterben!

Die Tür sprang auf, und ein Schwall Wasser stürzte in die Kabine und riss die Kartons und Schachteln, Stiefel und

Kleidungsstücke mit sich, die im Raum aufgestapelt waren. Diana, die sich zitternd auf eine Truhe flüchtete, stieß einen Schrei aus und kreischte: »O Gott, wir werden …«

»Genug, Diana!«, rief Destiny, während sie das kleine Mädchen enger an sich zog und ihr die Ohren zuhielt.

Das Schiff schwankte hin und her.

»Ich weigere mich, in diesem schrecklichen kleinen Loch zu ertrinken!«, schrie Diana und watete durch das wadenhohe Wasser zur Tür.

Destiny lief ihr nach, stolperte und wäre beinahe ausgerutscht, erwischte ihre Tante aber am Ärmel und riss sie zurück.

Diana taumelte rücklings ins Wasser und tauchte prustend und spuckend wieder auf, die Augen sprühend vor Angst und Wut, das Haar voller Seetang. »Woher sollen wir wissen, ob nicht schon die ganze Crew über Bord gegangen ist!«, schrie sie.

Ihre Tante hatte natürlich Recht. Es war Stunden her, seit sie zum letzten Mal im Getöse des heulenden Winds und der tosenden Wellen eine menschliche Stimme gehört hatten. »Bleib bei dem Kind!«, rief sie Diana zu und wandte sich zur Tür.

Mühsam kämpfte sich Destiny durch die wogenden Wassermassen, die sie zu ertränken drohten, den Niedergang hinauf. Endlich langte sie oben an. Sie schützte ihr Gesicht mit einer Hand vor dem peitschenden Regen und suchte mit wachsender Panik auf dem dunklen Deck nach den Crewmitgliedern. Dann, als ein greller Blitzschlag die Dunkelheit zerriss, sah sie die schemenhaften Umrisse von Männern, die sich abmühten, inmitten des Regens und des Winds auf den Beinen zu bleiben. Mit sinkendem Mut und einem Gefühl von Verzweiflung fragte sie sich, wo der Kapitän sein mochte, ehe sie in ihre Kabine zurückkehrte.

Es waren die Totenstille und die tiefe Dunkelheit, die Destiny aus dem Schlaf schrecken ließen. Erschöpft rollte sie sich von der Koje und blieb schwankend und taumelnd in der finsteren Kabine stehen, bis sie ihr Gleichgewicht soweit wiedererlangt hatte, um sich auf den Beinen zu halten. Ihr ganzer Körper schmerzte. Ihre Kehle brannte von dem Meerwasser, das sie geschluckt hatte. Sie hangelte sich an der Wand entlang bis zur Tür. Unzählige Ängste stürmten auf sie ein – unter anderem die grauenhafte Vorstellung, sie, Diana und Jenette könnten die einzigen Überlebenden sein. Ihre Hände und Füße rutschten auf dem glitschigen Untergrund aus, als sie sich mühsam aufrichtete und sich den Niedergang hinauf schleppte, wo ihre Ängste sich angesichts der einsamen Laterne, die an einem Wandhaken hing, ein wenig legten. Offenbar war noch jemand am Leben. Aber wer? Sie stieg über Algen, Tang und tote Fische, und ihre nackten Füße versanken knöcheltief in dem Sand, der sich wie ein Teppich auf dem Boden verteilt hatte.

Die Nacht war windstill, der Himmel unglaublich klar und mit unzähligen Sternen übersät. Das Meer, in dem sich die nächtlichen Lichter spiegelten, wirkte so still und friedlich wie ein Mühlenweiher. Hier und dort brannte eine Laterne und warf ihren Schein auf das Deck, das übersät war mit zerbrochenen Rahen, zerfetzten Segeln und Tauen, die wie alte Fischernetze ineinander verschlungen waren. Inmitten dieses Bilds der Zerstörung lag die Crew der *Pretender*, ihre Kleidung ebenso zerrissen wie die Segel und so verdreckt wie die Schiffsplanken. Wäre nicht gelegentlich ein leichtes Stöhnen zu hören gewesen, hätte Destiny sie alle für tot gehalten.

»Daran sind nur die Weiber schuld«, ließ sich eine zornbebende Stimme vernehmen. »Du hast das Schiff geopfert, vom Leben unserer Männer gar nicht zu reden, bloß weil du bei dieser blöden Schlampe weich geworden bist!«

»Ruhe, Mallet! Für den Fall, dass du es noch nicht bemerkt hast, ich bin nicht in der Stimmung, mir deine persönliche Meinung über mein Verhalten als Kapitän dieses Schiffs anzuhören. Noch gehen dich meine Gefühle etwas an. Ich überlasse dir gern eine Gig, falls du den Wunsch haben solltest, uns zu verlassen.«

Als Destiny die Stimme des Kapitäns hörte, wäre sie vor Erleichterung beinahe auf das Deck gesunken.

»Für den Fall, dass *du* es nicht bemerkt hast, es gibt auf diesem elenden Kahn keine verdammte Gig und auch sonst kein Beiboot mehr. Alles weg, Käpt'n, irgendwo da draußen bei Paolo und Gabriel. Und ich wollte dir nur sagen … Sir, dass du völlig übergeschnappt sein musst, wenn du dir einbildest, dass du mit dieser Nummer Dunleavy abschütteln kannst.«

Destiny versteckte sich, bis Mallet ging. Sie erlebte ein Wechselbad der Gefühle: zuerst Erleichterung, dass der Kapitän überlebt hatte, dann tiefe Betroffenheit über den Tod von Paolo und Gabriel.

Der Kapitän saß vor dem Heckspiegel, die Ellbogen auf die Knie gestützt und den Blick auf den Horizont gerichtet. Sie trat hinter ihn. Das Verlangen, ihn zu berühren, ihn zu trösten, war beunruhigend stark.

»Kapitän?«

Er versteifte sich und stand mit dem Rücken zu ihr auf. Dann ging er.

»Ich fühle mich so verantwortlich für diese Katastrophe«, rief sie ihm nach.

»Das brauchen Sie nicht.«

»Paolo und Gabriel waren sehr nett zu mir. Ich mochte sie.«

»Es waren gute Männer. Und gute Freunde.« Er umklammerte in einer Aufwallung von Gefühl die Reling, straffte dann die Schultern und fuhr mit beherrschter Stimme fort: »Wenn sie das Risiko gescheut hätten, wären sie gar nicht erst an Bord dieses Schiffs gekommen.«

»Ich nehme an, in Ihrem Metier gewöhnt man sich daran, mit dem Tod konfrontiert zu werden.«

Er stieß ein scharfes Lachen aus und schüttelte den Kopf. Noch immer drehte er sich nicht zu ihr um. »Sie müssen mich wirklich für ein Monster halten, wenn Sie glauben, ich wäre zu abgebrüht, um den Verlust eines Freundes zu betrauern. Nun, Sie irren sich. Abgesehen von Connie war Paolo mein bester Freund. Ich habe versucht, ihm zu helfen. Ich habe es versucht … Einen Moment war er noch da, hatte seine Hand in meiner, und im nächsten war er weg. Sicher nicht der Tod, den er sich gewünscht hat.«

Destiny fiel auf, dass seine Hand dick mit blutbeschmiertem Verbandszeug umwickelt war. »Darf ich Ihnen helfen?«, fragte sie leise und mit Tränen in den Augen.

»Ich möchte, dass Sie sich verdammt noch mal von mir fern halten. Sehr fern.«

Seine Worte wie sein Ton trafen sie bis ins Mark. Noch vor wenigen Wochen wäre sie froh gewesen, ihn los zu sein, und wäre gegangen, dankbar für jeden Vorwand, seine Gesellschaft nicht ertragen zu müssen. Jetzt hingegen starrte sie nur seinen breiten Rücken an und fragte sich, was für ein seltsames Band zwischen ihnen entstanden war. Der Gedanke, sich gegen ihn zu stellen, bereitete ihr jetzt ebenso viel Schmerz wie der Tod von Paolo und Gabriel.

»Warum haben Sie es getan, Kapitän – diese Mission auf sich genommen, um mir und meinem Vater zu helfen? Was sind wir denn anderes für Sie als Fremde?« Sie trat näher. Er wich zurück, immer noch mit dem Rücken zu ihr. »Eine

Zeit lang glaubte ich, dass Sie tatsächlich für Dunleavy arbeiten und das Ganze ein Trick wäre. Dass Sie mich benutzen, um an meinen Vater heranzukommen. Jetzt … nachdem ich sehe, wie viel Sie geopfert haben, wüsste ich gern, warum.«

Endlich drehte er sich zu ihr um. Seine Antwort klang schneidend und kalt. »Vielleicht hat Mr Mallet Recht. Vielleicht werde ich allmählich weich. Andererseits werden Männer wie ich nie weich, oder?«

Langsam und mit gemessenen Schritten kam er auf sie zu, und je näher er kam, desto bedrohlicher wurde seine Präsenz. In ihr regte sich der Impuls zu fliehen, aber sie hielt tapfer stand, da sie instinktiv spürte, dass der dünne Faden Geduld, der sein Temperament noch im Zaum hielt, reißen würde, wenn sie jetzt vor ihm davonlief. Dennoch bebte ihr verräterischer Körper, als er sie umkreiste, sie nicht direkt berührte, aber ihr doch so nah war, dass die Wärme seines Körpers über ihre klamme, fröstelnde Haut strich und tief in ihrem Inneren eine Fülle von aufwühlenden Gefühlen freisetzte. Ihr stockte der Atem, und einen Moment lang hatte sie dieselben verwirrenden Empfindungen, die an dem Nachmittag auf sie eingestürmt waren, als sie ihren Kopf an seine Schulter geschmiegt und seine Nähe genossen hatte – überraschend vertraute Empfindungen, die zu einem verliebten Mädchen auf einer Waldlichtung gehörten.

Er beugte sich herab und murmelte dicht an ihrem Ohr: »Männer wie ich können unmöglich einer Frau in die Augen schauen und sich verlieben, oder, Lady Chesterfield? Weil ein Soldat, der dazu fähig ist, einem anderen im Schlaf die Kehle durchzuschneiden, unmöglich zärtliche Gefühle haben kann.« Er legte seine kühlen Finger um ihren Hals, grub sie in ihre Haut, knetete sie wie weichen Lehm, während er seinen Mund fast auf ihren senkte. »Ein solcher Mann kann unmöglich ein Gewissen haben oder unter dem Tod eines Freundes leiden. Er kann sich unmöglich vom Lachen oder Weinen eines Kindes rühren lassen. Er kann sich unmöglich schmerzlich danach sehnen, die Arme dieses Kindes um seinen Hals zu fühlen oder sich mit jeder Faser seines Seins wünschen, es abends in den Schlaf zu singen. Ein Soldat kann unmöglich der Kriege müde werden und nur noch den Wunsch haben, sein Gewehr hinzulegen und den Rest seines Lebens damit zu verbringen, in den Armen einer Frau Wärme und Geborgenheit zu finden.«

»Sie wollen mich küssen«, stöhnte sie, außerstande, den Blick von der ungezügelten Leidenschaft zu lösen, die auf seinem von Schatten überdeckten Gesicht glühte.

»Verdammt richtig, Lady, ich will Sie küssen. Ich denke, das sind Sie mir schuldig.«

Eine Hand in ihrem Haar vergraben, bog er ihren Kopf zurück, während sich sein Arm um ihre Taille legte und sie so eng an sich zog, dass sie das wilde Pochen seines Herzens an ihrem fühlen konnte. Der Gedanke an Widerstand streifte sie flüchtig, aber als sich sein Mund mit einer Unerbittlichkeit, die ihr jeden klaren Gedanken raubte, auf ihren senkte, war sie zu nichts anderem mehr fähig, als sich seiner Umarmung zu überlassen, hoffnungslos dem stürmischen Verlangen seines feuchten Mundes ausgeliefert, der ihre trockenen Lippen teilte, seiner Zunge, die in ihren Mund glitt, tief eintauchte und liebkoste, bis sie sich wimmern hörte und spürte, wie sie seinen Kuss erwiderte, die Arme um seine Schultern schlang und sich an sein vom Meerwasser getränktes Hemd schmiegte.

»Gutes Mädchen«, hauchte er in ihr Ohr; zärtliche Worte, warme Worte, die sie kopfüber in ein Labyrinth von Erinnerungen taumeln ließen, die sich zu einem heißen

Brennen zwischen ihren Schenkeln verdichteten. Er drückte ihren Rücken an den Mast, hielt sie dort mit seinem Körper gefangen, der schamlos hart und ruhelos geworden war und vor Verlangen schmerzte, und schob mit beiden Händen ihre Bluse hoch, um ihre Brüste dem Mondlicht darzubieten. »Gutes Mädchen«, wiederholte er, bevor er den Kopf senkte und seine Lippen um ihre Brustspitze schloss, während seine Hand unter ihren Rock glitt und das pulsierenden, Zentrum ihres Seins fand.

Kein Protest. Als wäre sie an den Mast gefesselt, verharrte sie regungslos, gehalten von seinem Körper, ihr ganzes Fühlen und Denken auf seine Hand zwischen ihren Schenkeln und seinen Mund auf ihren Lippen konzentriert, während sie sich immer wieder sagte: *Du bist es ihm schuldig. Du bist es ihm schuldig. Du willst ihn, weil … weil,* o Gott, weil sie fast glauben konnte, wieder auf der Waldlichtung zu sein und zu erlauben, dass ein Fremder sie mit seinen Liebkosungen um den Verstand brachte … er fühlte sich genauso an und roch genauso und …

Ein Laut entrang sich ihm. Seine Hände verkrallten sich in ihren Kleidern. Seine Lippen zogen sich zurück und zeigten seine Zähne. Er packte ihre Hand und presste sie auf die harte Ausbuchtung in seiner Hose. »Siehst du, was du mit mir machst? Spüre, was du mit mir machst! Wenn du weißt, was gut für dich ist, verschwindest du jetzt schleunigst in deine Kabine. Denn wenn du es nicht tust, lege ich dich hier aufs Deck und zeige dir, was es heißt, von einem Mann ohne Skrupel geliebt zu werden.«

Er stieß sie von sich, drehte sich abrupt um und ging. Destiny, deren Körper wie ein bloßgelegter Nerv pochte, starrte ihm nach.

Ein kräftiger Nordwind trieb sie in Richtung Teneriffa und bisher war von Dunleavys Schiff nichts mehr zu sehen gewesen. Destiny bekam den Kapitän nach ihrer hitzigen Begegnung auf dem Achterdeck kaum noch zu Gesicht. Vermutlich hätte sie dafür dankbar sein sollen, aber sie war es nicht. Er hatte sie zwar kaum besser behandelt als eine Hafendirne, aber sie musste sich eingestehen, dass sie in geradezu schamloser Weise auf ihn reagiert hatte. Anscheinend hatte er sie richtig eingeschätzt. Ohne Zweifel hatte der Umstand, bei Menschen aufzuwachsen, die ihre Körper als »Tempel der Freude« ansahen, eine größere Wirkung auf sie gehabt, als sie bereit gewesen war zuzugeben, sogar sich selbst gegenüber.

Tagsüber überließ er Connie das Steuer und tauchte erst spät am Abend auf, lange nachdem sie, Diana und Jenette zu Bett gegangen waren. Manchmal glaubte sie ihn auf und ab gehen zu hören. Seine Stimme wehte aus den Schatten wie ein Geist aus der Vergangenheit zu ihr herüber und weckte eine wachsende Unruhe in ihr, die bewirkte, dass sie sich rastlos hin und her warf und keinen Schlaf fand. Jedes Mal, wenn sie einschlief, wachte sie wieder auf, weil das Bild von seinem angespannten Gesicht an ihrem Gewissen nagte und die Erinnerung an seine Hände ein schmerzhaftes Verlangen in ihr weckte. Nicht zu vergessen sein Kuss. Diese Erinnerung bewirkte, dass sie in ihrer Kabine auf und ab ging und gegen den krankhaften Wunsch ankämpfte, zu ihm zu gehen, nur um ihr wachsendes Verlangen nach seiner Nähe zu stillen, seine Motive und Empfindungen zu begreifen, dahinter zu kommen, warum sie in dem Moment, als er seinen Mund auf ihren senkte, ein so überwältigendes Gefühl von Vertrautheit empfunden hatte, dass sie gegen jeden gesunden Menschenverstand handelte.

Immer wieder träumte sie davon, sich beim Aufwachen

auf einer einsamen Insel wieder zu finden und aus Leibeskräften nach dem Kapitän zu schreien, nur damit er aus dem Meer auftauchte und sie mit seinem spöttischen Lächeln neckte, das ebenso faszinierend wie beängstigend war. Noch während er in der Ferne stand und lächelte, begann sein Äußeres wie warmes Wachs zu schmelzen und in funkelnden Rinnsalen ins Wasser zu fließen. Der Mann, der vor ihr stand, war gar nicht der Kapitän, sondern Jason Batson, der Liebhaber, den sie auf der Lichtung so schamlos verführt hatte.

Endlich wieder Land sehen! Es unter ihren Füßen spüren. Vielleicht könnte sie dann wieder klarer denken und sich an die Gründe erinnern, warum sie diese beschwerliche Reise auf sich genommen hatte: Um ihren Vater zu finden und wenn nötig zu retten, wenn nicht vor Dunleavy, dann vor sich selbst. Tag für Tag auf einem stampfenden, schlingernden Schiff zu sein forderte anscheinend langsam seinen Tribut bei ihr. Ihr taten sämtliche Knochen weh, und das Essen von Mallet und Diana reizte ihren Appetit immer weniger. Sie konnte es nicht einmal mehr riechen, ohne dass ihr übel wurde.

13

Die *Pretender* legte an einem schönen, klaren Morgen in Santa Cruz de Tenerife an. Während die meisten Crewmitglieder an Bord blieben, um das Ergänzen der Vorräte und die Reparaturen nach dem Sturm zu überwachen, begleiteten Franz, Fritz, Zelie und der unberechenbare Kapitän, der ein Gewehr an der Schulter hängen hatte und eine Pistole an der Hüfte trug, Destiny und Diana, die Jenette an den Händen hielten, in den weitläufigen Basar der Stadt. An den Ständen wurde alles Mögliche feilgeboten, von Kleidung über Blumen und Obst bis hin zu importierten Waren, die zum Teil sogar aus dem fernen China kamen. Die Männer wahrten genügend Abstand, um die Frauen ungestört bummeln zu lassen, ließen sie aber nie außer Sichtweite. Der Kapitän trank Alkohol aus einer Flasche und beobachtete sie mit einer alles anderen als gnädigen Miene. Anscheinend gefiel es ihm und seinen Männern nicht, dass sie ihren Landgang damit verschwenden mussten, Frauen bei einem Einkaufsbummel zu eskortieren.

Während Diana Jenettes Interesse von einem Karton mit struppigen, jaulenden Welpen ablenkte, wandte sie sich mit leiser Stimme an Destiny. »Der Kapitän lässt dich in letzter Zeit kaum noch aus den Augen, Des. Aber ich denke, das ist dir auch schon aufgefallen. Ist irgendetwas zwischen euch vorgefallen, das ich wissen sollte?«

Destiny lächelte ein kleines Mädchen an, das eine bunte Bluse vor ihrer Nase schwenkte. Sie strich mit den Händen über den leichten Stoff und seufzte, krampfhaft bemüht, die Anwesenheit des Kapitäns zu ignorieren. »Der Kapitän und ich haben eine Art Waffenstillstand geschlossen, würde ich sagen.«

»Waffenstillstand? Nennst du so den Blick, den er dir gerade zuwirft?«

»Sei nicht albern. Der Mann hat seit der Sturmnacht nicht mehr mit mir gesprochen.« Sie musste an die intimen Augenblicke jener Nacht denken und warf dem Kapitän, der gerade in ein Gespräch mit einer hübschen dunkelhaarigen jungen Frau vertieft schien, einen Blick zu. Mit leicht gerunzelter Stirn fügte sie hinzu: »So wie er mir aus dem Weg geht, könnte man glauben, ich hätte die Pest.«

»Apropos Pest …« Diana legte mit besorgter Miene eine Hand an Destinys Stirn. »Du siehst gar nicht gut aus, Des. Deine Gesichtsfarbe ist ungesund. Ich denke, wir sollten mit dir zu einem Arzt gehen, solange wir auf Teneriffa sind. Nur um auf Nummer sicher zu gehen.«

Destiny schüttelte den Kopf und zwang sich, den Blick vom Kapitän abzuwenden, der anscheinend mehr daran interessiert war, mit den einheimischen Schönheiten zu flirten als auf zwei Frauen und ein Kind aufzupassen. Sie versuchte, ihre Aufmerksamkeit auf die junge Frau zu konzentrieren, die ihr einen Arm voll Kleider hinhielt, aber es fiel ihr nicht leicht, wie sie feststellen musste. Immer wieder kehrte ihr Blick zu dem Kapitän und dem Bild zurück, das er darbot, als er sich zwanglos in der Menge bewegte, die meisten Menschen beinahe um Haupteslänge überragend. Seine Waffen unterstrichen die Strenge seines Aussehens. Irgendetwas war eigenartig an ihm. Beunruhigend. Verwirrend. Wie jetzt, dachte sie, als er ihr kurz den Rücken zukehrte, um Zelie etwas zu sagen: breite Schultern, die durch das feine Leinenhemd, das er in seine engen, ockerfarbenen Reithosen gesteckt hatte, noch breiter wirkten. Abgetragene, kniehohe Stiefel. *Reitstiefel*. Fast könnte man glauben …

»Destiny!« Als Diana sie am Arm packte, blinzelte Destiny und starrte in das verstörte Gesicht ihrer Tante. »Alles in Ordnung, mein Liebes? Du bist weiß wie die Wand.«

»Schon gut«, erwiderte sie. »Ich bin einfach noch nicht ganz landfest. In ein paar Stunden wird es mir besser gehen.«

»Du hast abgenommen.«

»Sicher von dem Essen, das du und Hugo zubereiten.« Sie zwang sich zu einem Lächeln. »Ganz zu schweigen von dieser unerträglichen Hitze.« Neidvoll betrachtete sie die leichte Tracht der Inselbewohner. Die Sachen mussten bei diesem Klima wesentlich angenehmer sein als das schwere Kleid, das sie trug – das einzige Kleid, das sie in ihrer Hast, von Sheffield House fortzukommen, eingepackt hatte. Aber für eine neue Garderobe war leider kein Geld vorhanden.

»Beruhige dich, Diana, und hör auf, dir Sorgen um mich zu machen. Genieße den Ausflug. Dieser Ort ist ein wahres Paradies. Ich glaube kaum, dass die nächsten Wochen so friedlich und schön werden.«

»Bist du sicher, das wir nicht wenigstens versuchen sollten, unseren Plan, auf anderem Weg nach Indien zu kommen, auszuführen, Des?« Diana gab Jenette einen Klaps auf die Hand, als das Kind nach einer Frucht in einem Korb langte. Vergebens. Jenette biss in die reife Frucht und lachte vergnügt, als der rote Fruchtsaft über ihre rosigen kleinen Lippen und ihr Kinn lief.

Wieder warf Destiny einen Blick auf den Kapitän. Die junge Frau hatte eine Blume hinter ihr Ohr gesteckt. Zelie beteiligte sich an ihrer angeregten Unterhaltung. »Ganz sicher«, hörte sie sich antworten. »Wir sind uns wohl einig, dass der Kapitän kaum die Sicherheit seines Schiffs und seiner Crew in diesem mörderischen Unwetter aufs Spiel gesetzt hätte, wenn er mit Dunleavy unter einer Decke stecken würde.«

»Wir sind uns ebenfalls einig, ihnen nicht vorbehaltlos zu vertrauen.« Diana lächelte den verärgerten Obstverkäufer entschuldigend an und ließ eine Münze in seine ausgestreckte Hand fallen.

»Mr LaTouche scheinst du in letzter Zeit viel Vertrauen entgegenzubringen.« Destiny lachte, als Dianas Gesicht sich rötete und sie trotzig das Kinn reckte. Während sie Diana eine gelbe Bluse anhielt, scherzte Destiny: »Damit solltest du ihn endgültig erobern … obwohl eine Bluse dazu wohl kaum nötig ist. Der Mann ist hingerissen von dir. Im Ernst, wenn du nach etwas anderem als Zwiebeln riechen würdest, hättest du alle Hände voll zu tun, ihn dir vom Leib zu halten, davon bin ich überzeugt.«

Diana schnappte nach Luft, und Destiny lachte und gab dem lächelnden Verkäufer die Bluse zurück. In diesem Moment begann eine Gruppe von Trommeln schlagenden Einheimischen, durch die belebte Straße zu tanzen. Einige der Männer schwenkten bunte Fahnen in den Händen, für die Händler das Signal, in lauten Jubel auszubrechen und sich dem Tanz anzuschließen, indem sie sich rhythmisch zu den Klängen der Musik bewegten.

Destiny, die mit dem Fuß den Takt schlug und leicht die Hüften schwang, griff nach einem breitrandigen Strohhut mit einem blassblauen Band. Sie setzte ihn auf und schlang das Band unter ihrem Kinn zu einer Schleife. Dann schlenderte sie zu einem Tisch, auf dem sich Röcke in allen erdenklichen Farben türmten. Ein leuchtendes Rosa stach ihr ins Auge. Sie hielt sich den Rock an die Taille, wirbelte herum und lachte, als sich der hauchdünne Stoff leicht in der Brise bauschte. Erinnerungen an ihre Kindheit stürmten auf sie ein, an Augenblicke der Freiheit, Wildheit, an Tanzen, Lachen, und daran, so schnell wie möglich barfuß über den sonnenwarmen Sand zu laufen, sich zu drehen und zu drehen, bis ihr so schwindlig wurde, dass sie sich kaum noch auf den Beinen halten konnte. Wie jetzt.

Die Welt schwankte und taumelte; ihr wurde heiß und sie bekam kaum noch Luft. Sie stolperte und bemühte sich, den Blick auf die Gesichter zu konzentrieren, die sie umringten – alle lachten und sangen, bewegten sich wie Marionetten hin und her und auf und ab, und einige von ihnen feuerten sie an, sich ihnen anzuschließen.

»Kommen Sie, tanzen Sie mit uns, schöne Dame!«

Plötzlich wurde sie mitten in das Getriebe hineingerissen, flog von einem zum anderen. Der Hut segelte von ihrem Kopf auf den Boden. Ihr Haar löste sich aus den Kämmchen und fiel ihr auf die Schultern und ins Gesicht, während sie versuchte, die Bewegung aufzuhalten und den Feiernden zu erklären, dass sie sich nicht mehr auf den Beinen halten konnte.

»Diana!«, schrie sie, während sie sich an die Schultern eines gebeugten alten Mannes mit langem grauem Haar und einem Bart, der ihm bis zum Bauch reichte, klammerte. Ihre Augen suchten fieberhaft nach ihrer Tante und Jenette, dann nach dem Kapitän. Wo war der Kapitän, und warum ließ er zu, dass sie in dieses ausgelassene Treiben hineingezogen wurde? Schließlich entdeckte sie ihn, sah, wie er sich durch die Menge kämpfte, die Augen, die wie üblich vor Zorn funkelten, wie die eines Falken auf sie geheftet. Fritz und Zelie folgten ihm.

Sie konnte sich nicht mehr halten. Sie sackte in sich zusammen, überwältigt von einem plötzlichen Schwindel und einer Schwäche, die ihre Knie weich werden ließ. Sie schlug hart auf den Boden und blieb mit dem Kopf auf dem Pflaster liegen, während die Trommeln tief in ihrem Inneren unablässig weiter dröhnten.

Sie streckte eine Hand aus. »Kapitän! Helfen Sie mir …«

Er beugte sich über sie, schob sein Gewehr zurück und berührte sanft ihr Gesicht. Dann rief er Zelie etwas zu, der die anderen mit einem Pfiff alarmierte.

»Ich fürchte, ich falle in Ohnmacht«, verkündete sie und klammerte sich an sein Hemd, außerstande, den Blick von seinem Gesicht zu lösen, als wär es eine Art Rettungsanker, der verhindern konnte, dass sie ins Bodenlose abglitt. Wie seltsam, dass sein Äußeres, das ihr einmal so viel Angst eingeflößt hatte, jetzt tröstlich auf sie wirkte.

Am Abend, als die Schatten länger wurden, versammelte sich die Crew an Deck und beobachtete schweigend, wie Jason rastlos auf und ab ging. Seit einer Stunde war der einzige Arzt auf Teneriffa, der Englisch sprach, unten bei Destiny und Diana. Zweimal schon hatte Jason an die Tür von Destinys Kabine gehämmert und gefragt, was zum Teufel mit ihr los war. Warum war sie ohnmächtig geworden? Wenn sie krank war, hatte er das Recht, es zu erfahren … in seiner Eigenschaft als Kapitän der *Pretender*. Eine Krankheit könnte schwerwiegende Folgen haben. Die Nacht über in Teneriffa zu bleiben wäre eine Katastrophe. Die Fahrt durch den Sturm hatte dem Schiff und der Crew Zeit genug verschafft, um die Vorräte zu ergänzen, bevor sie die Reise nach Kapstadt fortsetzten. Aber wenn sie jetzt gezwungen waren, wegen einer Erkrankung Destinys vor Anker zu bleiben, war jede Hoffnung dahin, Dunleavy zu entkommen.

»Dem Mädchen fehlt schon nichts«, meinte Connie.

»Bestimmt kommt der Doktor gleich und sagt uns, dass es nur an der Hitze liegt und dass sie ein bisschen erschöpft ist. Der verdammte Sturm hat uns allen ganz schön den Wind aus den Segeln genommen.«

»Aye«, stimmten die anderen zu und nickten. Alle außer Hugo, der Jason finster anstarrte und bissig bemerkte: »Ich hab euch allen gleich gesagt, dass es mit Frauen an Bord nichts als Ärger gibt. Ich habe den Auftrag angenommen, um zu kämpfen, nicht um das Kindermädchen für zwei Weiber und einen Balg zu spielen.« Er spuckte aus. »Am besten wär's, wenn das Miststück abkratzt. Dann können wir die Tante und die Kleine hier in Teneriffa lassen und uns endlich um unsere Angelegenheiten kümmern.«

Jason starrte Hugo durch die Schatten an. Er hätte ihn am liebsten umgebracht.

Connie stellte sich zwischen die zwei und ließ beide Hände auf Jasons Schultern fallen. Er war in Augenhöhe mit Jason, und seine Wut auf Hugo war nicht zu übersehen, als er mit schmalen Lippen sagte: »Er ist ein Idiot. Das wissen wir alle. Aber ohne Paolo und Gabriel sind wir auf ihn angewiesen.« Er senkte die Stimme, sodass nur Jason ihn hören konnte, und fügte hinzu: »Ich lege ihn gern für dich um, Käpt'n, wenn die Zeit reif ist. Aber noch geht es nicht. Wenn du Fontaine und seiner Tochter helfen willst, brauchen wir jeden Mann.« Noch leiser sagte er: »Ich weiß, wie dir zumute ist. Wegen dem Mädchen und so. Wir machen uns alle Sorgen.«

Endlich tauchte der Arzt auf, gefolgt von Diana, deren Gesicht verhärmt und aschfahl war. Sie rang die Hände und biss sich auf die Lippen. Ihre Augen wirkten glasig, und ihr Kinn bebte.

Jason stieß Connie beiseite und lief zu den beiden. Mit finsterer Miene starrte er Diana an und wartete auf eine

Erklärung für Destinys Zustand. Sie vermied es jedoch, ihn direkt anzuschauen, daher stürzte er sich auf den Arzt. Er packte den alten Mann mit beiden Händen am Kragen und hob ihn hoch. »Was fehlt ihr?«, stieß er zwischen zusammengebissenen Zähnen hervor.

»Wer zum Teufel sind Sie, Sir?«, gab der Arzt mit versagender, zittriger Stimme zurück.

»Ich bin der Kapitän dieses Schiffs, und ich will wissen, was mit der jungen Dame los ist.«

Wieder griff Connie ein, indem er Jasons Finger von der Jacke des Doktors löste. »Er wird ein wenig reizbar, wenn es um das Wohl seiner Passagiere geht.«

»Offensichtlich.« Der Arzt trat einen Schritt zurück und strich seine Jacke glatt. Dann klemmte er sich wieder sein Monokel ins rechte Auge und drehte sich zu Diana um. »Als Tante der jungen Dame sollte Ihnen bewusst sein, was eine Reise wie diese für Ihre Nichte bedeuten könnte, gesundheitlich, meine ich. Mein Rat ist, dass sie mindestens vierzehn Tage, wenn nicht länger, auf Teneriffa bleiben sollte, damit sie Zeit genug hat, über die Konsequenzen nachzudenken, die sich ergeben könnten, falls sie beschließt, die Reise nach Cawnpore fortzusetzen. Anscheinend hat sie sehr viel durchgemacht ... erst seit kurzem verwitwet und all das. Sehr tragisch. Sehr traurig, da sie nur kurze Zeit verheiratet war. Vielleicht macht ihr dieses Ereignis neuen Mut.«

»Welches Ereignis?«, fragte Jason, erst Diana, dann wieder den Arzt, der ihn anstarrte, als hätte er den Verstand verloren. »Antworten Sie mir, verdammt! Welches Ereignis?«

»Sie erwartet ein Kind«, antwortete Diana leise. Sie bemühte sich um eine gefasste Miene, als sie widerstrebend den Blick zu Jason hob. »Meine Nichte bekommt ein Baby.«

Connie räusperte sich und ging.

Jason blieb sprachlos und wie angewurzelt an Deck stehen, als Diana den Arzt zur Laufplanke brachte. Sein Denken setzte aus. Aber ein heißes Aufwallen von Gefühlen brach sich in seinem Inneren Bahn.

Ein Kind.

Sein Kind.

Ihr Kind.

Destinys und *sein* Kind.

Das Kind des Fremden auf der Lichtung.

Jason Batsons Kind.

Das Kind eines Mannes, dessen Existenz Destiny verwünschte.

Das Kind eines Lügners. Eines Betrügers.

Das Kind eines *kaltblütigen Killers.*

Er holte tief Luft und schloss die Augen. Weiter hinten an Deck hörte man, wie Connie der Crew zurief, alles zum Ablegen vorzubereiten, gefolgt vom Scharren der Füße und dem Ächzen der Takelage. Schließlich zwang er sich, seine Schritte langsam zum Niedergang zu lenken und durch den schwach erleuchteten Korridor zu ihrer Kabinentür zu gehen, wo hinter der geschlossenen Tür gedämpftes Weinen zu hören war. Einen langen Augenblick blieb er im Schatten stehen. Er schwitzte am ganzen Körper, und sein Gesicht brannte unter der grotesken Maske, die auf seiner Haut juckte. Nicht zum ersten Mal fragte er sich, was passieren würde, wenn er das verdammte Ding herunterriss und sich Destiny stellte – nicht jetzt natürlich, sondern irgendwann einmal. Später. Wenn der richtige Zeitpunkt gekommen war. Sicher nicht jetzt.

Die Tür war nicht abgesperrt. Sie ließ sich mühelos aufstoßen und gab den Blick auf Destiny frei. Sie lag zusammengerollt in ihrer Koje, das Licht der kleinen Lampe auf ihren Schultern, und schluchzte in ihr Kissen.

Das dunkle Haar wirr um ihr blasses Gesicht wogend, hob sie den Kopf. Ihre großen Augen starrten ihn lange an, ohne zu blinzeln. »Was wollen Sie?«, fragte sie. Ihre Stimme brach bei dem verzweifelten Versuch, tapfer zu klingen.

Dich, dachte er.

Er trat ein und schloss hinter sich die Tür. Weibliche Gerüche umwehten ihn: Eau de toilette und Seife. Haut. Haar. Ein Frauenkörper. *Ihr* Körper. Himmel, er bekam kaum noch Luft.

»Nun?«, rief sie, die Hände in das Kissen gekrallt, das sie auf ihren Schoß gezogen hatte. »Sie haben doch bestimmt schon mal eine Schwangere gesehen, Kapitän. Warum starren Sie mich so an?«

Weil du schön bist, dachte er, *und das Kind in deinem Bauch von mir ist. Und ich bin viel zu durcheinander und verschreckt, um es dir zu sagen.* Jesus, er hatte sich noch nie im Leben vor etwas gefürchtet, aber dieses Persönchen konnte ihn mit einem Heben des Kinns und einem Funkeln der Augen völlig aus dem Gleichgewicht bringen.

»Sind Sie hier, um sich an meinem Anblick zu weiden?« Ihre Stimme schraubte sich höher, bedenklich nahe an den Rand der Hysterie.

»Nein«, sagte er sanft und schüttelte den Kopf.

»Warum sind Sie dann hier?«

Er zuckte die Achseln. »Um … zu helfen.«

»Helfen?« Tränen strömten über ihr Gesicht und sie fing an zu lachen, ein gepresstes Lachen, das ihre Stimme rau klingen ließ. »Und was schlagen Sie vor, Kapitän? Mich über Bord zu werfen? Damit wäre mir allerdings geholfen.«

»Das ist nicht Ihr Ernst. Ich habe gesehen, wie Sie mit Jenette umgehen. Sie werden eine wundervolle Mutter sein.«

»Ich besitze keinen Penny. Kein Zuhause. Bin auf dem

Weg in ein Land, in dem ein Aufstand ausgebrochen sein könnte, wenn wir dort eintreffen. Mein Vater, der einzige Mensch außer Diana, dem ich und das Kind etwas bedeuten könnten, ist vielleicht schon tot.«

Jason schob einen Stuhl an Destinys Bett und setzte sich. Die Ellbogen auf die Knie gestützt, starrte er seine Hände an. Unter seiner Kleidung bildete sich ein Schweißfilm. Er war drauf und dran, vor Gereiztheit zu explodieren … und was dann?

»Ich nehme an, es ist nicht mehr, als ich verdient habe«, sagte sie etwas ruhiger. Sie ließ sich wieder an die Wand sinken, drückte das Kissen an ihre Brust und heftete den Blick auf die Lampe, deren Licht sich wie ein kleines Leuchtfeuer in ihren feuchten grünen Augen spiegelte. »Onkel James hat mich immer davor gewarnt, dass sich meine Bedenkenlosigkeit eines Tages rächen würde. Dass ich gezwungen sein würde, die Konsequenzen meines Tuns zu tragen. Es tut mir nur leid, dass ein Kind unter meiner Dummheit zu leiden haben wird.«

»Ich glaube kaum, dass ein Kind mit Ihnen als Mutter jemals leiden wird.«

In der Kabine wurde es still bis auf das Knarren und Ächzen der Planken. Das Schiff rollte von einer Seite zur anderen, als die Brise in die Segel griff und das Gefährt auf die offene See trieb.

Mit einem kleinen Stöhnen presste Destiny eine Hand an ihre Lippen. »Ich glaube, mir wird wieder schlecht.«

Jason langte nach dem Nachttopf. Als Destiny sich auf ihre Knie setzte, schlang er einen Arm um sie und hielt ihr die Schüssel vor das Gesicht. Sie würgte und würgte, und ihr Körper wurde schweißnass vor Anstrengung und Schwäche. Als es vorbei war, sank sie an ihn und fing wieder an zu weinen. Er zog ein Taschentuch aus seiner

Hosentasche und tupfte ihre Wangen damit ab. Die Haare an ihren Schläfen waren feucht geworden. Ihre Augen wirkten glasig. Müde starrte sie ihn an.

»Ich habe mich zu einer wahren Pest ausgewachsen, nicht wahr, Kapitän? Ohne Zweifel bereuen Sie Ihren Entschluss, mir zu helfen.«

Er grinste und zuckte die Achseln und strich ihr mit einem Finger eine Haarsträhne aus der Stirn.

»Ich habe etwas zu beichten«, sagte sie. »Ich habe möglicherweise den Vater des Kindes getötet. Wissen Sie, als ich erfuhr, wer er war, wurde ich so wütend, dass ich ihm einen Stein auf den Schädel schlug und ihn blutend auf der Lichtung liegen ließ. Ich wollte ihn natürlich nicht umbringen. Aber was soll ich dem Kind später einmal sagen? Wie kann ich es jemals anschauen, ohne daran zu denken, dass ich vielleicht seinen Vater auf dem Gewissen habe?«

»Darüber sollten Sie sich nicht den Kopf zerbrechen. Ich bin sicher, der Bastard ist gesund und munter. Und ich glaube auch, dass er den Schlag verdient hat. Vielleicht ist er dadurch ein bisschen zur Vernunft gekommen.«

»Sie müssen mich für eine schreckliche Person halten, Sir.«

»Nein. Wie könnte ich?«

»Warum sollten Sie nicht, vor allem nach neulich Nacht. Unsere Begegnung nach dem Sturm. Ich habe mich benommen wie … wie ein Flittchen. Meine einzige Entschuldigung ist, dass ich Mitleid mit Ihnen hatte, wegen des Verlusts Ihrer Freunde.«

»Sie sind eine richtige kleine Märtyrerin, was?« Er warf das Taschentuch in ihren Schoß. »Tut mir Leid, Süße, aber das nehme ich Ihnen nicht ab. Ein Mann weiß, wenn eine Frau seine Umarmung genießt. Und Sie haben es genossen. Sehr.«

Wut flammte in ihren Augen auf, war aber genauso schnell wieder verschwunden. Sie nickte bekümmert. »Ja, das stimmt. Offensichtlich kann ich meine niederen Instinkte nicht beherrschen, sonst säße ich jetzt nicht so in der Klemme. Aber einen Moment lang erinnerten Sie mich an … Die Art, wie Sie mich berührt, mich gestreichelt haben … Zumindest waren Sie ehrlich mir gegenüber. Sie begehren mich nur aus einem Grund: Ich bin eine Frau und Sie sind ein Mann, der zu lange keine Frau mehr gehabt hat. Ich kann jetzt verstehen, warum Männer und Frauen so viel Gefallen an kurzlebigen Affären finden. Ihre Bedürfnisse werden befriedigt, und ihre Herzen bleiben unversehrt. Sagen Sie, Kapitän, waren Sie je verliebt?«

Die Lampe schwang mit dem Schiff hin und her, auf und ab, und warf Lichtstreifen auf Boden und Wände. Er dachte an Destinys Bedürfnisse, an seine und ihre Bedürfnisse in jener Nacht unter dem Sternenhimmel. Er war voller Zorn über seine Entscheidung gewesen, in das Unwetter zu segeln. Die Trauer um Paolo und Gabriel hatte an den Wunden in seinem Inneren gekratzt. Er war wie ein Tier auf sie losgegangen, getrieben von dem Wunsch, sie dafür zu bestrafen, dass sie aus ihm einen Mann gemacht hatte, der so leicht weich wurde. Ja, genau das machte sie seit dem Moment, als er sie zum ersten Mal gesehen hatte. Sie nahm ihm seine Stärke. Seinen gesunden Menschenverstand. Aber Liebe? Was zum Teufel war Liebe überhaupt?

»Ich … ich weiß es nicht«, antwortete er schließlich.

»Sie wüssten es natürlich, wenn Sie verliebt wären. Liebe bringt uns dazu, irrational zu handeln. Sie bringt uns um unser gesundes Urteilsvermögen. Liebe … tut weh. Ich kann sie nicht weiterempfehlen.«

Diana, die in diesem Moment die Kabine betrat, schockierte es, den Kapitän auf dem Bett ihrer Nichte sitzen zu sehen, einen Arm um sie gelegt, Destinys Kopf leicht an seiner Schulter ruhend. »Sir, ich denke, Sie sollten gehen. Meine Nichte und ich haben einiges zu besprechen. Wir müssen natürlich Pläne machen und …«

»Er kann bleiben«, unterbrach Destiny sie mit erstaunlich fester Stimme. »Ihm ist durchaus klar, dass Lord Chesterfield nicht der Vater des Kindes ist.«

Diana sank auf den Stuhl neben der Koje. Ihr Gesicht war beinahe so blass wie das von Destiny, als sie zuerst den Kapitän und dann wieder ihre Nichte ansah. »Dann hatte ich also Recht. Es ist etwas zwischen euch beiden.«

»Es ist gar nichts zwischen uns, Diana.« Destiny rückte von ihm ab und ließ sich wieder auf ihr Bett sinken.

»Simmt das, Kapitän?« Diana durchbohrte ihn mit einem Blick, der nicht ins Wanken geriet. »Oder ist meine Nichte wieder einmal zu naiv? Verzeihen Sie, dass ich das so ernst nehme. Aber sie scheint dazu zu neigen, sich mit Männern einzulassen, wenn sie nur den kleinsten Funken von Interesse für sie zeigen.«

»Diana!«, rief Destiny. »Wie kannst du nur etwas so Schreckliches sagen!«

Diana sprang auf und lief hin und her. »Es tut mir Leid. Furchtbar Leid, Des. Aber ich will nicht, dass du wieder ausgenutzt und verletzt wirst. Ich bin einfach so wütend, dass ich nicht mehr klar denken kann. Wie konnte dieser rücksichtslose Mistkerl dir das nur antun! Ich bin fest entschlossen, ihn aufzuspüren, wenn wir wieder in England sind, und ihn persönlich zu erschießen. Ich werde ihn ins Gefängnis werfen lassen … Ich hab's! Was hältst du davon, Des? Da wir nicht in absehbarer Zeit nach England zurückkehren, sondern erst in, sagen wir zwei, drei Jahren, können wir einfach Chesterfield als Vater deines Kindes ausgeben …«

Jason stand so abrupt auf, dass Diana vor Schreck einen Satz machte und den Mund zuklappte. Irgendetwas in seinem Blick bewog sie, vorsichtshalber ein Stück zurückzuweichen. »Chesterfield«, wiederholte er mit so scharfer Stimme, dass Diana sich in eine Ecke verkroch. »Nur über meine Leiche! Lieber heirate ich Destiny selbst, bevor ich das zulasse.«

Diana runzelte die Stirn.

»Wie bitte?« Destiny kauerte sich wieder auf ihre Knie, das Kissen immer noch fest an sich gedrückt, die Lippen geöffnet und auf den Wangen eine leichte Röte.

Diana geriet in Panik. »Destiny! Du würdest doch niemals …«

»Kapitän?« Destiny legte den Kopf zur Seite und starrte ihn aus ihren großen Augen unverwandt an, während sie auf seine Antwort wartete. »Haben Sie mir gerade einen Heiratsantrag gemacht?«

Hatte er? Jason holte tief Luft und ließ sie langsam wieder entweichen. »Sieht so aus.«

Diana trat zwischen die beiden und sah Jason kopfschüttelnd an. »Sie ist hysterisch. Sie ist verzweifelt und verängstigt. Nicht zu vergessen, dass ihr gar nicht gut ist. Soweit ich weiß, nimmt diese Art Übelkeit einer Frau die Fähigkeit, klar zu denken. So muss es sein, andernfalls würde sie nie einen Heiratsantrag von …«

»Von einem Mann wie mir annehmen?« Er schenkte ihr ein ausdrucksloses Lächeln, und Diana wand sich vor Verlegenheit.

»Welche Art Existenz erwartet sie denn in der Ehe mit einem Mann, der sein Leben damit verbringt, in fremden Ländern Kriege auszufechten? Was für ein Heim ist ein wackeliges Schiff voller Waffen?«

»Korrigieren Sie mich, wenn ich mich irre, aber soweit

ich weiß, brachte die Ehe mit Chesterfield mehrere Landsitze sowie nach dem Tod des alten Earl ein fürstliches Vermögen mit sich. Stellung und Reichtum haben Destiny weder Glück noch Geborgenheit geben können. Und vergessen wir nicht Ihre Ehe mit Shaftesbury. Sie sind kaum in der Lage, den ersten Stein zu werfen, Madam. Wenn Geld und Macht alles wären, was man braucht, um sich sicher zu fühlen, würden Sie jetzt wohl kaum Raum auf *meinem* Schiff in Anspruch nehmen, oder?«

Diana schnappte erst nach Luft und gab ihm dann eine schallende Ohrfeige.

Destiny sprang aus dem Bett und drängte sich zwischen die beiden. »Hört auf, bitte! Es sind meine Fehler und mein Leben und …«

Ihre Knie gaben unter ihr nach, und als sie ohnmächtig zu Boden sank, fing Jason sie auf, nahm sie in seine Arme und legte sie wieder auf das Bett. Diana befeuchtete einen Lappen und legte ihn auf Destinys Stirn. Erst dann wandte sie sich wieder Jason zu, indem sie mit ruhigerer Stimme zu ihm sagte: »Ich bezweifle nicht, dass Sie Zuneigung für meine Nichte empfinden, Sir. Aber wenn Sie zu einem derartigen Gefühl tatsächlich fähig sind, werden Sie ihr Bestes wollen. Und das schließt nicht die Ehe mit einem Mann ein, dessen Vorzüge sich hauptsächlich darauf beschränken, für Geld zu töten.«

»Sie sind ein Miststück«, sagte er.

»Vielleicht. Aber ich will nur, was für meine Nichte am besten ist, Kapitän.«

»Aus diesem Grund haben Sie wohl Ihre Ehe mit Chesterfield unterstützt, wie?«

»Sie sind unglaublich rücksichtslos, Sir.«

»Zumindest das haben Sie und ich gemeinsam, Diana.«

Er verließ die Kabine, bevor sein brodelnder Zorn die

Oberhand gewann. Diana versuchte lediglich, ihre Nichte zu schützen; das hieß allerdings nicht, dass ihre verbalen Attacken ihn nicht dazu reizten, es ihr mit gleicher Münze heimzuzahlen – was er letzten Endes bedauern würde.

Der Nachtwind legte sich warm auf seine erhitzte Haut, als er an Deck ging. Er zog sein Hemd aus, schälte die Maske Stück für Stück von seinem Gesicht und nahm dann die kratzige Perücke ab. Nachdem er alles auf sein Hemd geworfen und zu einem Bündel verschnürt hatte, spielte er mit dem Gedanken, das Ganze ins Meer zu schleudern.

»Das würde ich an deiner Stelle nicht tun.« Connie trat mit einer Flasche Rum in seiner großen Hand aus dem Schatten. »Ich glaube, jetzt ist nicht die Zeit für zu viel Ehrlichkeit. Zumindest nicht, solange es dem armen Ding so mies geht. Wer weiß, wie sie mit der Wahrheit fertig werden würde.«

Jason riss Connie die Flasche aus der Hand und trank einen Schluck.

»Willst du darüber reden, Käpt'n?«

»Diana hat vorgeschlagen, das Kind als Chesterfields Ableger auszugeben.«

Connie gab einen belustigten Laut von sich. »Ich bin ziemlich sicher, dass du davon nicht begeistert warst.«

»Ich habe mich der Dame erklärt.«

Connie nahm Jason die Flasche aus der Hand, trank einen Schluck und gab sie zurück. »Das heißt …?«

»Ich habe gesagt, ich würde sie lieber selbst heiraten, bevor ich zulasse, dass Chesterfield als Vater des Kindes gilt.«

»Hat sie angenommen?«

»Nicht ganz. Ich glaube nicht. Jedenfalls nicht, bevor Diana einen Haufen von Beleidigungen losließ und darauf hinwies, dass ein Killer wie ich nicht unbedingt der ideale Ehemann ist.« Jason machte noch einen tiefen Zug und warf einen schrägen Blick zu Connie. »Sollten Gedanken an eine Romanze mit Diana durch deinen Kopf geistern, vergiss es lieber. Abgesehen davon, dass die Frau eine Giftschleuder ist, hält sie uns für Gefolgsleute des Teufels.«

»Sie ist gar nicht so übel, wenn man sie erst mal besser kennt.«

»Ich nehme dein Wort darauf.«

»Und was hast du jetzt vor?«

»Mich zu betrinken. Über Bord zu gehen.«

»Damit ist weder ihr noch dem Baby geholfen.« Connie beobachtete unbewegt, wie Jason die Flasche an den Mund setzte und den dunklen Rum trank, als wäre er Wasser. »Wenn sie erst mal den Schock überwunden hat, dass du Batson bist, wird sie draufkommen, dass es am besten ist, zu vergeben und vergessen, wenn ein Kind im Spiel ist. Das ist doch die Hauptsache. Stimmt's?«

»Stimmt. Ich will verdammt sein, wenn ich noch einmal dieselben Fehler mache wie bei Michelle und Jenette.«

»Unterschiedliche Frauen. Unterschiedliche Umstände. Michelle hat das Kind benutzt, um dich zu ködern. Destiny hingegen …«

»Will nichts von mir wissen.«

Die Worte hingen in der schwülen Luft und brannten in seinem Inneren, genauso wie der Rum, der sich wie eine heiße Spirale in seinem Gedärm drehte. Er beugte sich über die Reling und schloss die Augen, als die Gischt sein Gesicht mit einem dünnen, kühlen Schleier bedeckte. Er wünschte, sie wären endlich in Indien. Was er brauchte, war ein ordentlicher Kampf.

Destiny blieb mit geschlossenen Augen liegen und gab vor zu schlafen, bis Diana den Docht der Laterne runter drehte und auf Zehenspitzen aus der Kabine huschte. Benommen, im Magen ein flaues Gefühl, als hätte sie sich ein paar Mal überschlagen, setzte Destiny sich auf, schluckte und starrte an die gegenüberliegende Wand, bis sich das Schwindelgefühl in ihrem Kopf gelegt hatte. Himmel, war sie hungrig! Und durstig. Es schüttelte sie von oben bis unten. Die Kabine schien ihr eng und stickig wie ein Sarg.

Ein leises Prickeln von Angst regte sich in ihrem Inneren, als sie im Geist die bevorstehenden Monate und Jahre vorbeijagen sah. Ihr Vater würde sie natürlich beschützen – falls er noch am Leben war. Compton Fontaine hatte sich nie vor dem Gerede der Leute gescheut oder sich auch nur einen Deut um gesellschaftliche Konventionen geschert, und genau aus diesem Grund hatte sich ihre Mutter in ihn verliebt. Wenn er an etwas oder jemanden glaubte, war seine Überzeugung durch nichts und niemanden außer Gott zu erschüttern. Oh ja, ihr Vater würde sie und das Kind unterstützen … wenn er noch lebte.

Und wenn nicht?

Wie oft hatte sie davon geträumt, ein Baby in ihren Armen zu halten? Jetzt würde sie es können.

Sie stöhnte. Die Versuchung, sich wieder unter der Decke zu verkriechen, war riesig groß. Aber sie widerstand. Noch nicht. Es gab zu viel zu überlegen und zu planen. Wenn sie Indien erreichten, würde sie – sie rechnete rasch im Kopf nach – mindestens im dritten oder vierten Monat sein, je nachdem wie der Wind stand. Der Kapitän verstand sich offensichtlich mehr als gut darauf, sein Schiff zu steuern, und würde auf der Überfahrt nach Indien keine Zeit vergeuden.

Der Kapitän. Sie musste wider Willen lächeln. Ein Mann, von dem sie nicht einmal den Namen kannte, hatte ihr einen Heiratsantrag gemacht. Eine gespaltene Persönlichkeit, keine Frage. Wie sein Gesicht. Ein Teil von ihm war wie ein wildes Tier, beängstigend und hässlich, entstellt von den Sünden seiner Vergangenheit. Der andere Teil war sanft, unglücklich und einsam – und bedauerte vielleicht die Taten der Vergangenheit.

Sie hatten beide Fehler gemacht.

Sie waren beide allein.

Vielleicht würde sie ihn eines Tages sogar lieben können, wenn sie ihn besser kennen lernte. Aber wie sollte man das anstellen? Er war äußerst reserviert und gab zu ihrem heimlichen Verdruss nie die geringste Information über sich preis.

Trotzdem, wenn sie ganz ehrlich war, musste sie zugeben, dass sie in jenen Augenblicken der letzten Wochen, wenn es ihr gelungen war, ihm ein Gespräch aufzuzwingen, seine Gesellschaft anregend und erfreulich gefunden hatte, ein Umstand, der nur dazu beitrug, ihre Neugier noch stärker zu reizen und ihre Fantasie weiter zu beflügeln.

Sie lauschte angestrengt auf die Schritte, die im Niedergang und über ihr auf dem Deck zu hören waren. Gelegentlich drangen Stimmen zu ihr, und sie ertappte sich dabei, die Augen zu schließen und zu versuchen, den Kapitän unter ihnen herauszuhören.

Lächerlich. Anscheinend hatte Diana die Saat des Zweifels in ihr gesät. Zwischen ihnen war absolut nichts. Ihr stockte nicht der Atem, wenn er sie ansah. Seine Nähe weckte kein Verlangen in ihr.

Jene Augenblicke in seinen Armen waren auf ihre Erinnerungen zurückzuführen, schlicht und einfach. Seine Berührungen und seine leise gemurmelten Worte hatten sie auf eine regennasse, grasbewachsene Lichtung zurückgetragen, wo sie ihren naiven Wunschvorstellungen erlegen war und ihre Arme für einen Fremden ausgebreitet hatte.

Nein, jetzt war er kein Fremder mehr. Sein Name war Jason Batson. Er hatte das Kind gezeugt, das in ihr wuchs. Sie mochte sich eingeredet haben, sie könnte ihn und die Fülle von Gefühlen, die er an jenem Regentag in ihr hervorgerufen hatte, eines Tages vergessen, aber das war jetzt nicht mehr möglich. Er würde für immer ein Teil ihres Lebens sein.

14

Destiny verschlief ganze Tage und raffte sich nur lange genug aus ihrem Dämmerzustand auf, um etwas zu sich zu nehmen, egal, was es war, Hauptsache, sie wurde satt und konnte ohne diesen schrecklichen Brechreiz weiterschlafen. Manchmal, wenn sie es schaffte, ihre schweren Lider zu heben, sah sie Diana mit nachdenklicher und sorgenvoller Miene auf dem Stuhl sitzen. Einmal wachte sie spät in der Nacht auf und stellte fest, dass der Kapitän an ihrem Bett saß, die Beine lang ausgestreckt und an den Knöcheln gekreuzt, die Finger über seiner Brust verschlungen, der Blick unverwandt und eindringlich auf sie gerichtet. Sie beobachtete ihn verstohlen durch den Schleier ihrer gesenkten Wimpern. Es schien, als würde er nicht einen Muskel rühren. Dann lehnte er sich plötzlich mit einem Seufzer nach vorn, stützte die Ellbogen auf die Knie und vergrub sein Gesicht in den Händen. Seine breiten Schultern sackten nach vorne. Aus irgendeinem Grund wirkte dieser Anblick beruhigend auf sie, und sie schlief wieder ein.

Vielleicht war es die Stille, die sie weckte. Seit sie sich an Bord der *Pretender* befand, hatte sie seit dem Moment, unmittelbar bevor das entsetzliche Unwetter mit voller Wucht losschlug, keine solche Lautlosigkeit mehr erlebt. Die Luft war zum Ersticken heiß. Das übliche Knarren und Ächzen der alten Holzplanken fehlte.

Die Tür sprang auf, und Diana kam hereingetänzelt. Ihr Haar war zu einem Knoten geschlungen, der hintere Teil ihres Rocks zwischen den Beinen durchgezogen und mit einer Schnur rund um ihre Taille gebunden, wodurch ihre Beine bis über die Knie zu sehen waren. Die ehemals lilienweiße Haut war stark von der Sonne gebräunt.

»Destiny!«, rief sie, breitete beide Arme aus und stürzte zum Bett, um ihre Nichte stürmisch zu umarmen. »Endlich bist du wach! Und sieh dich an, du hast wieder ein bisschen Farbe im Gesicht. Geht es dir besser?«

Destiny nickte und fragte sich, welcher Geist von dem Körper ihrer Tante Besitz ergriffen hatte. Das hier war mit Sicherheit nicht *ihre* Diana. Die züchtige und stets korrekte Diana. Die Diana, die normalerweise in Ohnmacht fallen würde, wenn ihre Knöchel nur flüchtig aufblitzten.

»Hast du Hunger, mein Liebes? Hoffentlich. Ich habe Stunden damit verbracht, Hühnchen mit matschigen rosa Früchten zu füllen, die wir auf Teneriffa besorgt haben. Ich habe keine Ahnung, wie es schmecken wird, aber es riecht köstlich. Hugo tobt natürlich. Er sagt, echte Männer essen solche extravaganten Gerichte nicht. Männer brauchen gekochtes Fleisch und Kartoffeln. So ein Blödsinn, habe ich zu ihm gesagt. Männer essen alles, was man ihnen vorsetzt, solange sie nur hungrig genug sind.«

»Wenn ich mir dein Gesicht und deine Arme und Beine so anschaue« – Destiny zeigte mit dem Finger auf Dianas offen zur Schau gestellte Gliedmaßen – »scheint mir, dass du nicht den ganzen Tag mit Hühnchen verbracht hast.«

»Ich habe nie gewusst, wie gut es tut, die Sonne auf seinem Körper zu spüren, Des. Meine Haut prickelt förmlich. Connie sagt, mit einem Hauch Farbe auf den Wangen sehen meine Augen noch blauer aus. Stimmt das?« Sie klapperte mit den Wimpern und lächelte.

»Connie?«

»Mr LaTouche, meine ich. Des, ich hatte in den letzten Tagen mehr Spaß als in meinem ganzen Leben.«

»Während ich hier drinnen im Sterben lag?«

»Ja.« Sie nickte und lächelte. »Aber du hast nicht im Sterben gelegen, Schatz. Dein Körper muss sich einfach an das Kleine gewöhnen. Das ist ganz normal, wirklich. Weißt du, Connie hat mir beigebracht zu fischen. Und Karten zu spielen …«

»Karten?«

Diana kicherte, und Destiny kam zu der schockierenden Erkenntnis, dass ihre Tante getrunken hatte.

»Du bist beschwipst«, verkündete Destiny und ließ sich wieder auf das Bett zurücksinken, unschlüssig, ob sie mit ernster Entrüstung reagieren oder das Benehmen ihrer Tante von der heiteren Seite nehmen sollte. »Total beschwipst.« Sie lächelte.

»Vielleicht. Nur ein ganz klein wenig. Der Rum ist ungeheuer stark. Aber süffig. Sehr süffig.« Sie zog die Nase hoch und hüpfte auf Zehenspitzen durch die Kabine, bevor sie auf den Stuhl neben der Koje sank und seufzte. »Ich nehme gelegentlich einen kleinen Schluck, wenn wir Karten spielen.«

»Spielst du oft mit diesen Männern?«

»Drei-, viermal am Tag.«

»Du meine Güte.« Destiny biss sich auf die Unterlippe, um nicht laut loszuprusten.

»Weißt du, der Wind hat uns im Stich gelassen. Eine absolute Flaute. Seit drei Tagen nicht der kleinste Luftzug mehr. Man kann nicht viel tun außer reden, essen, trinken und Karten spielen … und trinken … und noch ein bischen trinken.«

»Darf ich davon ausgehen, dass sich deine Meinung von der Crew geändert hat?«

»Sie sind Menschen wie du und ich, ausgenommen Hugo Mallet, versteht sich.« Sie schauderte. »Weißt du, das Connie zwölf Geschwister hat? Sechs in Amerika, drei in Irland, zwei in Japan und einer in Brasilien. Seine Eltern leben noch. Connie schickt ihnen zweimal im Jahr Geld. Ist das nicht süß von ihm, Des?«

»Wie lange habe ich geschlafen?«

»*Tage.* Ich war schon ganz krank vor Langeweile, weißt du. Ich musste einfach mit jemandem reden. Und als der Wind ausblieb … na ja, alle schlagen irgendwie die Zeit tot, weil es nichts zu tun gibt. Sie waren so nett, mich an ihren Gesprächen und am Kartenspiel teilnehmen zu lassen – alle bis auf den Kapitän natürlich. Er starrt mich immer noch an, als wäre ich kein menschliches Wesen.«

»Das glaube ich gern.«

»Außer mit Jenette redet er kaum mit jemandem. Ach ja.« Diana furchte die Stirn und nickte. »Die Kleine scheint ihre Angst überwunden zu haben. Sie hängt wie eine Klette an ihm.«

»Wie behandelt er das Kind?«

Diana zuckte die Schultern. »Freundlich. Sehr lieb, um ehrlich zu sein. Jenette bringt ihn zum Lachen.«

»Interessant«, sagte Destiny nachdenklich; das Bild, das von Jenette und dem Kapitän in ihrer Vorstellung entstand, rief merkwürdige Empfindungen in ihr hervor.

»Du leistest uns beim Abendessen doch Gesellschaft, Des? Ich habe zum ersten Mal Brot gebacken. Dieser unausstehliche Hugo hat prophezeit, dass es ungenießbar sein wird. Ich glaube, ich könnte deine Unterstützung brauchen.«

»Du meinst, ich soll es essen, auch wenn es furchtbar schmeckt?«

Diana machte ein flehendes Gesicht.

Destiny seufzte. »Na gut. So hungrig, wie ich bin, wird sich dieser Wunsch leicht erfüllen lassen.«

Diana ging zur Tür, blieb stehen und drehte sich um, auf ihrem Gesicht eine Mischung von Verdruss und Resignation. »In meiner Kabine liegen ein paar Sachen für dich. Sie wurden kurz bevor wir Teneriffa verließen an Bord gebracht. Unter anderen Umständen hätte ich es natürlich nicht geduldet. Es wäre ungehörig gewesen. Aber in Anbetracht deines Zustands kann ich mir nicht vorstellen, dass du dieses schreckliche schwere Kleid noch länger tragen magst. Geschenke, Nichte. Von unserem Kapitän.«

Zelie und Franz saßen an Deck im Licht einer Lampe an einem Tisch, in ihre Partie Schach vertieft. Als Jason kam, sprangen sie auf und gingen. Eine halb leere Flasche Rum in der Hand, starrte er ihnen nach, bevor er sich auf Zelies Platz fallen ließ und die einzelnen Figuren betrachtete, die vor seinen Augen verschwammen.

»Guten Abend, Kapitän.«

Er blickte auf.

Destiny stand etwas außerhalb des Lichtscheins, gekleidet in die Sachen, die er bei ihrem Bummel über den Basar gekauft hatte, eine blauen Bluse und einen rosa Rock. Der hauchdünne Stoff fiel so weich um ihre Gestalt, dass jede Rundung hervorgehoben wurde. Sie war barfuß. Ihr dunkles Haar wogte wie eine leichte Wolke über ihre Schultern.

»Störe ich?«, fragte sie.

Jason stand auf, stieß dabei den Tisch an und warf die Figuren durcheinander. »Nein.« Er schüttelte den Kopf, überwältigt von demselben betäubenden Verlangen, das ihn dazu gebracht hatte, sich damals auf der Lichtung zum Narren zu machen, als er sie jetzt von oben bis unten musterte und feststellte, dass das Licht der Lampe ihren Rock durchsichtig machte. Er konnte mühelos die Konturen ihrer Beine sehen, bis hinauf zu ihrem …

»Gefallen Ihnen die Sachen, Kapitän?«

»Wie?«

»Die Kleider.« Sie drehte sich im Kreis, und der Rock schwebte wie eine zarte Wolke um ihre Knie.

»Sehr hübsch«, sagte er gepresst.

»Ihre Großzügigkeit kommt ein wenig unerwartet. Wenn ich geahnt hätte, dass Sie mir jeden Wunsch von den Augen ablesen, hätte ich mich bemüht, auf dem Basar weniger Begeisterung zu zeigen.« In ernsterem Ton fügte sie hinzu: »Es ist äußerst ungehörig von mir, solche Geschenke anzunehmen, wie Sie sehr wohl wissen.«

»Etikette hat auf See keinen Platz, Madam. Schon gar nicht unter den gegebenen Umständen. Wo Sie hin wollen, wird Ihnen das trübselige schwere Kleid, das Sie getragen haben, kaum gute Dienste leisten.«

»Darf ich?«, fragte sie.

Er musterte stirnrunzelnd seine Rumflasche und hielt sie ihr dann hin.

Destiny lachte und nahm die Flasche. »Ich habe das Schachspiel gemeint, Sir, aber einen kleinen Schluck lehne ich nicht ab. Wenn ich Diana glauben darf, ist der Rum sehr … süffig.« Sie trank direkt aus der Flasche und schauderte leicht, als sie sie ihm zurückgab und sich auf den Sitz setzte, den vorher Franz innegehabt hatte. Im Schein der Lampe, der sich in ihrem Haar fing, fing sie an, die Figuren wieder aufzustellen. Jason ließ sie nicht aus den Augen.

»Ich habe früher oft mit meinem Vater Schach gespielt«, erklärte sie. »Ich konnte es einmal sehr gut. Die Nachmittage in Cawnpore waren so heiß, dass körperliche Betätigung kaum in Frage kam.«

Jason ließ sich schwer auf seinen Stuhl fallen, und sie machten ihre Eröffnungszüge.

Destinys Augen glänzten im Lampenlicht, als sie sich auf das Spiel konzentrierte und schweigend überlegte. Schließlich machte sie ihren Zug, seufzte zufrieden und lehnte sich zurück. »Sie sind am Zug, Kapitän.«

Jason schloss kurz die Augen und bemühte sich, seine Aufmerksamkeit dem Spiel zuzuwenden. Unmöglich. Er konnte dieselben erregenden weiblichen Düfte wahrnehmen, die ihn schon zuvor berauscht und um den Verstand gebracht hatten.

Jesus, warum hatte sie bloß nicht die geringste Ahnung von männlichen Gelüsten? War ihr denn nicht bewusst, das sie jetzt, wie sie so über die Schachfiguren gebeugt da saß, an ihrer Unterlippe nagte, mit ihren schlanken Fingern liebevoll die kleine Figur des Bauern berührte, in ihm den Wunsch hervorrief, sie auf die Deckplanken zu werfen und dieselbe rasende Leidenschaft in ihr zu wecken wie schon einmal? Spürte sie nicht, dass allein ihre Gegenwart seine Willenskraft lähmte und seine guten Vorsätze zunichte machte?

Er hatte in seinem Leben Hunderte Frauen begehrt und gelegentlich die Möglichkeit ins Auge gefasst, dass er sich in eine von ihnen verlieben könnte, wenn er es nur lange genug an einem Ort aushielte, aber diese Ideen hatten sich sofort in Luft aufgelöst, wenn ihm bewusst wurde, wie endgültig ein solcher Schritt wäre. Aber seit Destiny an jenem Tag von der Lichtung weggeritten war, ließ ihn die Vorstellung, mit ihr alt zu werden, nicht mehr los.

»Stimmt etwas nicht?«, fragte sie.

Er schüttelte den Kopf und nahm noch einen Schluck, immer noch außerstande, den Blick von ihrem Gesicht zu lösen.

Ihre Lippen teilten sich, und sie hob den Blick zu ihm. Wie immer traf ihn die sanfte Liebkosung ihrer Augen wie eine Kugel mitten in die Brust. Und wenn sein Leben davon abhinge, er hätte den Blick nicht abwenden können.

Komisch, dachte er, in gewisser Weise hängt mein Leben von ihr ab.

»Sir … ich kann nur ganz unverblümt fragen, weil es keine andere Möglichkeit gibt. Sie haben mir einen Heiratsantrag gemacht. War es Ihnen ernst damit?«

Er nickte kurz und hob wieder die Flasche an seine Lippen.

»Warum?«

»Was würden Sie gern von mir hören, M'lady? Weil ich ein Held bin, ein Ritter in schimmernder Rüstung, der keinen größeren Wunsch hat, als den Ruf einer ehrbaren jungen Dame zu retten? Ein netter, romantischer Gedanke, zugegeben. Aber wir haben mittlerweile ja klar gestellt, dass ich kein Held bin. Nicht bei *meinem* Ruf. Vielleicht möchten Sie sich vergewissern, ob hinter meinem großzügigen Angebot nicht der Gedanke stecken könnte, dass eine Ehe mit Ihnen ein sicherer Weg wäre, an Ihren Vater heranzukommen. Aber diese Karte sticht nicht, oder? Nicht, nachdem ich mein Schiff und meine Crew geopfert habe, um Sie vor Dunleavy zu retten.

Somit wären wir bei den üblichen und vernünftigeren Gründen für eine Ehe. Ich … mag Sie. Ich finde Sie begehrenswert. Ich habe in letzter Zeit daran gedacht, mich häuslich niederzulassen … eine Familie zu gründen. Und Sie … passen.«

»Aha. Vernunftgründe also.« Ihre Lippen kräuselten sich, und sie straffte die Schultern. »Was wäre die Ehe ohne Vernunftgründe?«

»Das stört Sie?« Er lachte leise und trank wieder. Der

Rum hämmerte in seinem Kopf und erhitzte sein Blut. »Ja, natürlich. Wo habe ich bloß meine Gedanken? Das Fiasko mit Chesterfield war für Sie beide eine Vernunftehe. Diesmal wollen Sie Liebe. Bindung. Leidenschaft. Sie wollen ein Märchen … mit irgendjemandem.« Er schenkte ihr ein kurzes Lächeln. »Wenn ich Ihnen Liebe, Bindung und Leidenschaft böte, wäre es Ihnen vielleicht nicht so unangenehm, mich aus Gründen der Vernunft zu heiraten, hm, Lady Chesterfield?«

Er langte über den Tisch und streichelte ihre blasse Wange. »Ich könnte mir Schlimmeres vorstellen, als meine Würde zu opfern, damit Sie ruhig schlafen können. Aber eins muss ich wissen … haben Sie den Mann auf der Lichtung wirklich geliebt?«

»Kurze Zeit.«

»Man liebt nicht kurz, Süße. Sie hatten eine Romanze. Der Schuft hat Ihnen das Herz gebrochen. Jetzt erwarten Sie ein Kind von ihm. So etwas kommt häufiger vor, als Sie meinen.«

»Vielleicht in Ihren Kreisen, Kapitän. Nicht in meinen.«

»Ah, hier spricht wahres blaues Blut. Vielleicht haben Sie mehr mit Lord Shaftesbury und seinesgleichen gemeinsam, als Ihnen lieb ist.«

Sie wandte das Gesicht ab. »Warum sollte das, was ich für den Vater des Kindes empfinde – oder empfunden habe – für Sie einen Unterschied machen?«

»Sollte es nicht. Tut es aber. Ich muss wissen, ob das, was an jenem Tag auf der Lichtung geschehen ist, uns weiterhin verfolgen wird.«

»Kapitän, wenn ich ihn aus meinem Gedächtnis streichen könnte, würde ich es tun. Aber das wird mir jetzt leider nie mehr gelingen.« Sie legte eine Hand auf ihren Bauch. »Sie haben mich einmal gefragt, ob ich ihm je vergeben könnte.

Ich habe eine Weile darüber nachgedacht und … Nein. Könnte ich ungeschehen machen, was auf der Lichtung passiert ist, würde ich es gerne tun. Aber wie es aussieht, werde ich ein Leben lang dafür bezahlen.« Sie seufzte und starrte in die Dunkelheit. »Ich habe mir sehnsüchtig Kinder gewünscht«, murmelte sie. »Jetzt trage ich eines in mir und empfinde nichts als Angst. Was soll ich dem Kind sagen, wenn es nach seinem Vater fragt?«

»Sie haben die Wahl«, sagte Jason. »Sie können ihm sagen, dass sein Vater ein Taugenichts ist, den Sie kurze Zeit geliebt haben, oder Sie sagen ihm, ich wäre sein Vater – falls Sie sich dazu entschließen, mich zu heiraten. Beides wäre nicht gelogen.«

Jason beobachtete Destinys Gesicht. »Es gibt eine weitere Alternative«, fügte er hinzu. »Wir können in Kapstadt heiraten. Nach einer angemessenen Zeitspanne lassen Sie sich von mir scheiden. Das Kind hat einen Namen und Sie ebenfalls. Und Ihr guter Ruf bleibt gewahrt.«

Sie schüttelte den Kopf. »Tut mir Leid, wenn ich amüsiert scheine. Sie wirken auf mich einfach nicht wie der sentimentale Typ. Ich kann mir nicht vorstellen, dass Sie Babys auf ihrem Knie schaukeln oder ganze Nachmittage mit einer Ehefrau vertrödeln.«

»Das konnte ich bis vor kurzem auch nicht.«

»Sie meinen Jenette.« Sie nickte, und ein liebevolles Lächeln ließ die Strenge auf ihren Zügen schmelzen. »Sie ist ein Engel. Wenn ich ein kleines Mädchen bekomme, hoffe ich, sie wird so bezaubernd wie Jenette.«

»Und wenn es ein Junge ist?«

»Dann hoffe ich, er ist so schön wie …« Ihr versagte die Stimme.

»Sein Vater?«, ergänzte Jason.

»Ich werde ihm beibringen, die Gefühle einer Frau zu

respektieren.« Mit nachdenklicher Miene und einem leichten Lächeln auf den Lippen studierte sie sein Gesicht. »Saito, unsere Gärtnerin, hat mir einmal eine Geschichte von einem Mann erzählt, der viele seiner Kinder in den Fluss warf, weil er sie hässlich fand. Als ihm endlich ein schöner Sohn geboren wurde, stellte er fest, dass er dieselbe Seele hatte wie die bedauernswerten Babys, die vorher kamen. Damals habe ich die Lektion nicht verstanden. Jetzt tue ich es. Man darf den Charakter eines Menschen nicht nach seinem Äußeren beurteilen. Trotz Ihrer Narben ist Güte in Ihrem Herzen. Trotz Ihres Rufs ist Wärme in Ihrer Seele. Wie meine Entscheidung auch ausfallen mag, Sir, ich möchte Ihnen für Ihr Mitgefühl danken.«

Ihr Lächeln und ihre Worte brachten ihn aus der Fassung. Er ermahnte sich, dass er kein Jüngling mehr war, der ein unbestimmtes Traumbild der Liebe in sich trug; er war ein Mann, der durchaus imstande war, diesen Wahnsinn zu beenden. Er würde sein Herz vor ihr verschließen, wie er es schon Hunderte Male getan hatte, bei anderen Frauen, sich in Erinnerung rufen, dass es nicht seine Bestimmung war, seine Abende in Ruhe und Frieden vor dem fröhlich prasselnden Kaminfeuer zu verbringen und sich von der Nähe einer Frau einlullen zu lassen. Und doch, als er jetzt Destinys Profil betrachtete, weckte der Gedanke an all das, was er in den letzten Jahren verleugnet hatte – die Pflichten eines Ehemanns und Vaters – brennende, schmerzliche Reue in ihm.

Das Haar genauso feucht von Schweiß und Dampf wie ihre Achselhöhlen und die Furche zwischen ihren Brüsten, beugte sich Diana über den Bottich mit heißem Wasser und scheuerte eifrig die fettigen Zinnteller sauber. Dann gab sie die Teller an Destiny weiter, die sie in einem Kübel mit klarem, kaltem Wasser abspülte, das später dazu dienen würde, den Fußboden der Kombüse zu schrubben.

»Du solltest nicht hier sein – so etwas machen, meine ich.« Diana reichte Destiny einen Teller und strich sich mit dem Handrücken eine feuchte Strähne aus der Stirn. »Du solltest dich schonen. Schlafen. Zumindest die Füße hoch legen. Soweit ich weiß, schwellen den Frauen die Füße an, wenn sie ein Kind erwarten.«

Beide hielten in ihrer Arbeit inne und starrten Destinys nackte Füße an.

Destiny wackelte mit den Zehen und schüttelte den Kopf. »Ich glaube nicht.«

»Deine Brüste werden auch größer.« Diana wischte einen Schweißtropfen ab, der an ihrer Nase hing. »Sind deine …?«

»Nein.« Wieder das Kopfschütteln, das eine lose Haarsträhne über ihr rechtes Auge rutschen ließ. »Nichts außer der Übelkeit und der Müdigkeit. Aber jetzt ist mir nicht mehr schlecht.« Sie betrachtete das schmutzige Spülwasser und schluckte. Das flaue Gefühl in ihrem Magen war wieder da, aber sie wollte noch nicht in ihre Kabine zurückgehen. Sie hatte einiges mit ihrer Tante zu besprechen. Wichtige Dinge. Ein Gespräch, das besser in James' eleganter Bibliothek stattgefunden hätte als in der dampfenden, nach Zwiebeln riechenden Schiffskombüse, mit einer Verwandten, die die Wut über ihr misslungenes Brot an den Zinntellern ausließ.

»Ich werde den Kapitän heiraten«, sagte Destiny.

Diana hob langsam den Kopf. »Ich würde dich gern bitten, das zu wiederholen, aber ich vermute und fürchte, dass mich mein Gehör nicht getäuscht hat. Was genau meinst du damit, wenn du sagst, du hast vor, den Kapitän zu heiraten?«

»Du brauchst gar nicht erst zu versuchen, es mir auszureden.«

»Hast du den Verstand verloren, Nichte?«

»Ich bin eine erwachsene Frau. Um Himmels willen, ich bin Witwe. Ich erwarte ein Kind. Ich bin durchaus imstande, eine solche Entscheidung zu treffen.«

»Du bist verzweifelt.«

»Was mich nicht unbedingt hirnlos macht.«

»Ich werde für dich sorgen, Destiny.«

»Du kannst nicht einmal für dich selbst sorgen, Diana, und schon gar nicht für mich und ein Baby. Außerdem tue ich es für das Kind. Ich will nicht, dass es wegen seiner Herkunft verspottet wird.«

Diana nahm ihre Hand. »Verzeih mir meine Sorge um dich. Ich will nur, dass du glücklich bist, Des. Hast du eine Zuneigung zu diesem Mann entwickelt?«

Sie dachte an seinen Kuss und daran, wie ihr Körper reagiert hatte. Nein, nicht nur ihr Körper. Irgendetwas Vertrautes hatte sich in ihrem Inneren gerührt. »Ich … er macht mir keine Angst mehr.«

»Antworte mir, Nichte. Magst du ihn ein wenig?«

»Ja.«

»Vertraust du ihm bedingungslos? Vertraust du ihm nicht nur unser Leben, sondern auch das deines Vaters an?«

Sie starrte in Dianas Augen. Zu der Übelkeit gesellten sich Herzklopfen und die überwältigende Angst, erneut einen Fehler zu machen. »Ja«, antwortete sie schließlich mit trockener Stimme. »Ich vertraue ihm.«

»Und du bist bereit, dich auf das hier einzulassen?« Diana musterte die Kombüse vom Boden bis zur Decke, wo der Dampf inzwischen wie Regentropfen von den rohen Holzbalken zu tropfen begann. »Des, falls du Angst davor hast, was dein Vater denken wird …«

»Ich werde ihn nicht enttäuschen.«

Diana lehnte sich an den Bottich und seufzte müde. »Das kommt mir alles so bekannt vor. Du hast Chesterfield geheiratet, weil du dachtest, es wäre mein Wunsch. Du dachtest, meine Beziehung zu James würde sich verbessern, wenn du Sheffield House verlässt. Liebe Nichte, du warst nie der Grund, warum meine Ehe mit James so unglücklich war. Er hat deine Anwesenheit nur als Vorwand für unsere Probleme benutzt, weil er nicht bereit war, seinen Teil der Verantwortung an unserer Misere einzugestehen. Ich hätte der Verbindung mit Chesterfield niemals zustimmen dürfen. Aber ich war rückgratlos und feige. Ich hoffte, sein Reichtum und seine Stellung in der Gesellschaft würden dir so etwas wie Glück und Freiheit erkaufen. Stattdessen bist du jetzt verzweifelt genug, um einen Mann zu heiraten, von dem du nicht einmal den Namen kennst, und das nur, weil du so ausgehungert nach Zuwendung und Liebe warst, dass du dich einem Fremden hingegeben hast. Des, zweimal falsch ist nicht gleich richtig. Du brauchst einen Mann, der dir Stabilität gibt. Finanzielle Sicherheit.«

»Er mag mich, Diana. Das ist mehr, als ich von Chesterfield sagen kann. Und zumindest wird das Kind einen Namen haben.«

Dianas Augen verengten sich, und sie beugte sich dicht zu Destiny. »Überleg es dir gut, Des. Die Chesterfields würden nichts lieber tun, als das Kind als Beweis dafür zu präsentieren, dass ihr Sohn ein richtiger Mann war. Sie haben keine anderen Erben, Des. Selbst wenn sie tief im Inneren wissen, dass das Kind nicht von ihm ist, werden sie ein fürstliches Vermögen opfern, um den Ruf ihres Sohns zu retten. Du hättest den Rest deines Lebens keine Sorgen mehr. Und denk an das Kind, Des, an das Geld und die Titel, die ihm nach seiner Geburt zufallen würden.«

Destiny wandte sich ab.

Diana packte sie am Arm, und ihre nassen Finger bohrten sich in Destinys Haut. »Wenn du schon darauf bestehst, dich mit weniger als Liebe zufrieden zu geben, dann sorge verdammt noch mal dafür, dass es die Mühe auch wert ist.«

Dianas Worte noch in den Ohren, floh Destiny aus der Kombüse. Es war spät geworden. Zelie und Franz hielten sich noch an Deck auf und saßen in ein Gespräch vertieft über dem Schachbrett. Irgendwo im Schatten unterhielt sich Fritz mit LaTouche. Beide klangen leicht angeheitert.

Wo war der Kapitän?

Sie ging in ihre Kabine, fand es dort aber erstickend heiß. Nachdem sie die letzten Tage praktisch verschlafen hatte, bekam sie Kopfschmerzen bei der Vorstellung, wieder in ihre Koje zu kriechen. Außerdem war es sinnlos. Der Brechreiz meldete sich bestimmt bald wieder, und dann war sie gezwungen, in die Kombüse zu gehen und nach etwas Essbarem zu stöbern. Dianas fades Brot würde ausreichen, nahm sie an. Irgendetwas, wenn es nur die schreckliche Übelkeit in Schach hielt. Aber die langen Stunden bis Tagesanbruch totzuschlagen, hieß, die Wände anzustarren, während ihr Erinnerungen und Stimmen in buntem Durcheinander durch den Kopf gingen und sie an ihre Fehler erinnerten, bereits begangene und zukünftige.

Sie ging zur Tür und blieb dort stehen.

Jetzt war vermutlich kein guter Zeitpunkt, den Kapitän aufzusuchen. Ihre Begegnung mit ihm am Abend hatte eine seltsame Wirkung auf sie gehabt. Ihr Widerstreben, sich ihm zu nähern, hatte sich in dem Moment in Luft aufgelöst, als er von seinem Stuhl aufsprang, um sie zu begrüßen, und dabei das Schachbrett umstieß. Ihr Gespräch war ohne das übliche Geplänkel verlaufen – hatte sie tatsächlich eingewilligt, ihn zu heiraten? Nein, nein, eigentlich nicht – noch nicht. Sie hatte nur seine Gründe verstehen wollen, warum er ein solches Angebot gemacht hatte. Und doch hatte sie seine Großzügigkeit nach ihrer Unterhaltung genauso wenig verstehen können wie zuvor. Er mochte sie. Er fand sie begehrenswert. Immerhin etwas.

Er hatte ihr vorgeschlagen, sich scheiden zu lassen. Man stelle sich vor. Im einen Moment erklärte er, nichts wäre ihm lieber, als sich mit ihr häuslich niederzulassen und Babys auf seinem Knie zu schaukeln. Im nächsten verkündete er, sie könne sich auch von ihm scheiden lassen und er würde ihr nicht im Weg stehen. Er wollte ihr einfach gefällig sein, damit das Kind einen Namen und einen Vater hatte. Er war bereit, für ihren guten Ruf ein Opfer zu bringen.

Merkwürdig, dachte sie. Sehr merkwürdig.

Jason war betrunken. Viel zu betrunken, um mit Destinys hysterischer Tante fertig zu werden, aber wie es aussah, hatte er keine andere Wahl. Diana stürmte ohne anzuklopfen in seine Kajüte und baute sich vor ihm auf, die geröteten Hände in die Hüften gestemmt und das helle Haar in schlaffen Strähnen links und rechts um ihr Gesicht hängend.

»Machen Sie's kurz, Lady Shaftesbury, ja? Ich erwarte Zelie mit einer weiteren Flasche Rum. Ich habe die Absicht, meine Sachen abzulegen, mich mit noch mehr Schnaps abzufüllen und in einem Zustand Ekel erregender Volltrunkenheit einzuschlafen. Ich warne Sie, ich bin nicht sehr höflich, wenn ich betrunken bin. Und auch nicht komisch. Um ehrlich zu sein, ich bin ein mieser Hurensohn mit wenig Nachsicht für beschissene blinde Passagiere.«

»Ich finde, Sie könnten sich mehr Mühe geben, nett zu mir zu sein, wenn man bedenkt, dass Sie meine Nichte heiraten wollen.«

»Was meinen Sie denn? Geben wir uns einen Kuss, und alles ist wieder gut?« Er schenkte ihr ein freudloses Lächeln. Diana runzelte die Stirn.

»Sie führen etwas im Schilde, Sir. Warum sonst würden Sie meiner Nichte die Ehe anbieten? Sie kennen sie kaum.«

»Sie sind viel misstrauischer als gut für Sie ist, Lady Shaftesbury. Außerdem ist es jetzt wohl ein bisschen spät, sich über Destinys Lebensgefährten zu echauffieren, nicht wahr, wenn man bedenkt, wie Sie sie förmlich in diese Farce von Ehe mit Chesterfield gedrängt haben. Ist es das? Wollen Sie die Fehler der Vergangenheit wieder gutmachen?«

Ihre Miene verhärtete sich, und ihre blauen Augen sprühten vor Zorn. »Sie ist immer noch in den Vater des Kindes verliebt, ganz gleich, was sie sagt. Und auch wenn ich diesen Mistkerl früher einmal für sein unverzeihliches Benehmen scharf verurteilt habe, wäre es mir immer noch lieber, sie würde ihn heiraten als ein Monster, das für Geld tötet.«

Er erhob sich langsam. »Sie dummes Frauenzimmer, wer zum Teufel glauben Sie wird Fontaines Leben retten, wenn er überhaupt noch am Leben ist? Ich schätze, Sie werden recht dankbar für dieses ›Monster‹ sein, wenn wir in Cawnpore eintreffen und feststellen, dass Sahib mitten in einer Revolte steckt und Fontaine irgendwie mit drinhängt. Ich bin sicher, dann werden Sie mich auf Knien anflehen, ein paar Sepoys die Kehlen durchzuschneiden.«

Sie standen Nase an Nase, schwer atmend vor Zorn. Diana würde keinen Zoll nachgeben, das wusste er. In ihren Augen glitzerte derselbe Starrsinn wie bei Destiny. Er holte tief Luft, um nicht die Beherrschung zu verlieren, und fragte dann mit täuschend ruhiger Stimme: »Sie wollen mir also sagen, dass Sie, wenn der Vater von Destinys Kind in diesem Augenblick zur Tür hereinkäme, ihn ermutigen würden, sie zu heiraten, wenn auch nur aus dem Grund, um sie daran zu hindern, mich zu heiraten?«

»Ja«, erwiderte sie mit einem kurzen Nicken und hob das Kinn.

In einem Winkel seines benebelten Hirns war Jason bewusst, dass er seine Impulsivität in spätestens einer Minute bereuen würde. Noch bevor Diana unerwartet hereingestürmt war, hatte er in den Spiegel gestarrt und voller Abscheu die Maske betrachtet, die während dieser Überfahrt zu einem Gefängnis für ihn geworden war. Er hatte sich hinter dieser grotesken Fassade verborgen, weil er gehofft hatte, die Zeit würde Destinys Zorn auf ihn und sein skandalöses Verhalten an jenem Tag auf der Lichtung beschwichtigen. Aber das war nicht passiert.

Zuerst nahm er das Glas aus seinem Auge, die winzige farbige Scheibe, die das Grau seiner Iris in Grün verwandelte, dann das undurchsichtige weiße Stück, das die andere Iris bedeckte.

Diana wich langsam einen Schritt zurück. Ihre Augen weiteten sich, und ihr Kiefer klappte herunter.

Er warf die Glaslinsen aufs Bett. Langsam legte er die Verkleidung Stück für Stück ab: erst die Augenbrauen, dann Paolos Werk aus Gummi und Wachs, das aus Jasons Haut ein Geflecht von Narben gemacht hatte, und schließlich die grobe schwarze Perücke. Sein eigenes dunkles Haar fiel ihm in weichen Wellen in die Stirn, als er beobachtete, wie jede Farbe aus Dianas Gesicht wich.

Jason zog ein Taschentuch aus seiner Hose und wischte die restliche Schminke von seiner Haut. »Voilà, Lady Shaftesbury. Gestatten Sie, dass ich mich vorstelle. Mein Name ist Jason Batson. *Lord* Batson für diejenigen, die mich außerhalb meiner Arbeit, gut kennen. Mein Vater, der Earl of Falkland, ist mittlerweile verstorben, wie ich höre. Und auch auf die Gefahr hin, dass Sie der Schlag trifft, gestehe ich, der Vater des Kindes zu sein, das Destiny erwartet.«

Sie sank zu Boden.

Jason hob sie auf und trug sie zu einem Stuhl, wo er ihr mit seinem Taschentuch Luft zufächelte, bis sie sich genügend erholt hatte, um ihn wieder anzustarren.

»Oh mein Gott«, war alles, was sie herausbrachte.

Jason tunkte das Taschentuch in eine Schüssel Wasser und drückte den feuchten Stoff an ihre Stirn. »Ich habe die Treffen mit Destiny auf der Lichtung bewusst herbeigeführt, um ihr Informationen zu entlocken. Ich hoffte dahinter zu kommen, inwiefern Fontaine an Sahibs Aktivitäten beteiligt ist. Mir wurde bald klar, dass Destiny wenig bis nichts über die Beziehungen ihres Vaters zu Sahib wusste. Mittlerweile hatte ich mich aber in sie verliebt. Ich versuchte mir einzureden, dass es sich bei meinen Gefühlen lediglich um meine körperlichen Bedürfnisse handelte, die durch ein Jahr Einzelhaft unbefriedigt geblieben waren.«

Jason drückte Diana das Taschentuch in die bebende Hand und ging weg, vom Rum ein wenig unsicher auf den Beinen. »Ich übernehme die volle Verantwortung für das, was zwischen uns vorgefallen ist. Ich bin alt genug, meine Begierden unter Kontrolle zu halten, während sie …« Er schloss kurz die Augen und stieß einen müden Seufzer aus. »Sie ist ein Kind«, sagte er schließlich leise. »Eine naive Unschuld, ob es ihr bewusst ist oder nicht. Ich vermute, ihre Ehe hat ihr mehr seelischen Schaden zugefügt, als sie je zugeben wird. Wir waren beide so verdammt ausgehungert …«

Er sah wieder zu Diana, die ihn immer noch anstarrte, als wäre er ein Geist. »Ich habe versucht, ihr alles zu erklären, aber sie wollte einfach nicht zuhören. In Anbetracht der Umstände kann ich es ihr kaum verdenken. Dann informierte Dunleavy mich über seinen Plan, Destiny zu benutzen, um ihren Vater zu ködern. Mittlerweile argwöhnte Harold, dass meine Gefühle für sie eine gewisse Grenze überschritten hatten und ich ihm deshalb bei seinen Machenschaften nicht mehr von Nutzen sein würde. An diesem Punkt war ich gezwungen, ihm die Sache aus der Hand zu nehmen, um Destinys willen. Dunleavy würde kaum Skrupel haben, sie, falls nötig, töten zu lassen.«

Diana schüttelte den Kopf. »Aber warum diese abscheuliche Farce – diese Verkleidung?«

»Ich musste sie aus Dunleavys Nähe schaffen, egal wie. Ich wusste, dass sie mir nach allem, was zwischen uns vorgefallen war, nicht mehr trauen würde. Die Verkleidung sollte nur vorübergehend sein – so war es jedenfalls geplant, bis ich erkannte, wie abgrundtief sie mich hasste. Sie war offensichtlich eher geneigt, ihre Zeit mit dem Kapitän zu verbringen statt mit dem Mann, der ihrer Meinung nach ihre Gefühle missbraucht hatte, von ihrem Körper ganz zu schweigen.« Er lachte und fuhr sich mit einer Hand über die Augen. »Gott, ich muss betrunkener sein, als ich dachte, sonst würde ich nicht hier stehen und alles einer Frau erzählen, die mich am liebsten erschießen würde.«

Sie hörten ein Geräusch an der Tür. Jason, der Zelie mit der nächsten Flasche Rum erwartete, drehte sich um.

Destiny stand auf der Schwelle. Ihre Augen waren riesengroß, ihr Gesicht weiß wie die Wand. Ihre roten Lippen bewegten sich und formten stumm die Worte *O mein Gott, o mein Gott!* Ihr Blick flog durch die Kajüte und fiel auf die abgelegte Maske. »O mein Gott, du warst es, die ganze Zeit, du verlogener Bastard!«

»Des …«, begann er.

Sie schrie auf und floh. Er folgte ihr, wobei er insgeheim den Rum verfluchte, der seine Glieder schwerfällig machte und ihn über die eigenen Füße stolpern ließ. »Destiny!«, brüllte er und taumelte gegen die Wand, bevor er sich an das Geländer im Niedergang klammerte und wieder hochrappelte.

An Deck war es dunkel und schwül und so stickig, dass Jason um Atem ringen musste. Schweißperlen traten ihm auf die Stirn und liefen an seinem Gesicht hinunter. Wieder rief er Destinys Namen. Wachsender Zorn und Verbitterung verdrängten seine Angst. Endlich sah er sie am Bug des Schiffs, wo sie an der Reling lehnte und in das dunkle Wasser starrte, als wollte sie jeden Moment hinunterspringen.

»Destiny!«, rief er und ging vorsichtig auf sie zu.

Sie fuhr herum, der Rücken an der Reling, die Hände krampfhaft an ihre Brust gedrückt, das Gesicht verzerrt vor Fassungslosigkeit und Verzweiflung.

»Geh da weg!«, befahl er ihr.

»Lügner!«, schrie sie. »Abscheulicher Betrüger! Komm nicht näher, oder ich springe!«

»Das tust du nicht, Des. Denk an das Kind.«

Wieder schrie sie vor Zorn und stampfte mit dem Fuß auf. »Gerade als ich begonnen hatte, den Kapitän – dich – wieder zu mögen … oh, du verdammter …«

»Ich kann es erklären.«

»Nein! Das kannst du nicht! Weil alles, was aus deinem Mund kommt, eine Lüge ist, oder etwa nicht?«

»Keine Lügen mehr, Destiny.«

»Lügner!«

»Geh weg da, habe ich gesagt!«

»Kapitän?«, ertönte hinter ihm Dianas Stimme. Er drehte sich auf unsicheren Beinen um und sah sie im Dunkeln stehen. »Oder sollte ich Lord Batson sagen? Ich habe geschworen, dass ich den Mann, der meine Nichte so schamlos ausgenutzt hat, erschießen würde, sollte er mir je über den Weg laufen.«

Er starrte angestrengt in ihre Richtung, kaum in der Lage, Diana im Schatten auszumachen. Was zum Teufel redete sie da?

Ihr Arm hob sich, und sie richtete die Pistole direkt auf ihn. Und zog den Abzug durch.

Die Wucht der Kugel warf ihn zurück. Er fiel nicht sofort, obwohl die Nacht mit einem ohrenbetäubenden Getöse explodierte, das von allen Seiten zu kommen schien – das Lärmen von Schreien und Alarmrufen, rennenden Füßen, dem Blut, das in seinen Ohren rauschte. Er schwankte hin und her, als er versuchte, sich wieder zu Destiny umzudrehen.

Dann der Schmerz.

Er starrte auf seine Brust hinunter – sein weißes Hemd war dunkel verfärbt. Hinter ihm war durch den allgemeinen Tumult Connies Stimme zu hören. »Bringt sie nach unten, und haltet sie dort fest – Jesus, das verdammte Weib hat auf den Kapitän geschossen!«

Connie rannte zu ihm. Jason bemühte sich verzweifelt, seinen Blick auf seinen Freund zu richten. Aber seine Augen wollten nicht mehr. Konnten sich nicht mehr bewegen. Zu viel Schmerz, der zu plötzlich kam.

Jason sackte auf die Knie, eine Hand an die Brust gepresst; sie fühlte sich heiß, klebrig und feucht an. Connie kauerte sich neben ihn, wobei er leise Flüche ausstieß und der Crew, die hilfsbereit herbeieilte, Befehle zurief. Die Geräusche verschmolzen zu einem unbestimmten Summen, das in seinen Ohren kaum Sinn ergab. Die Leere war da, das schwarze Loch; er hatte es schon zu oft erlebt, um es jetzt nicht zu erkennen. Mit dem letzten Funken Kraft, der ihm geblieben war, hob er den Kopf und entdeckte Destiny, ein blasser Schemen in der Dunkelheit; das weiße Gesicht zum Teil von ihren weißen Händen verdeckt, starrte sie ihn entsetzt an.

»Es tut mir Leid«, war alles, was er herausbrachte, bevor er im Nichts versank.

15

»Du bist einfach der größte Glückspilz, der mir je über den Weg gelaufen ist, Jason. Als ob du eine Katze wärst, die neun Leben hat. Oder hatte. Mindestens acht davon hast du mittlerweile verbraucht. Ich glaube, ich kenne niemanden, der dem Tod so oft von der Schippe gehüpft ist wie du.«

Jason zuckte zusammen und versuchte sich aufzusetzen. Kein leichtes Unterfangen angesichts der Tatsache, dass seine Schulter sich anfühlte, als hätte ihm jemand den Arm ausgekugelt. *Idiot, Idiot!* Er hätte größere Vorsichtsmaßnahmen treffen sollen, nachdem er belauscht hatte, wie Diana und Destiny darüber sprachen, Waffen aus dem Arsenal zu entwenden, aber er hatte die beiden als völlig harmlos abgetan. Und obwohl er seinen Männern voll und ganz vertraute, auch wenn sein Leben davon abhing, war er nicht unbedingt geneigt, ihnen bei einer Reise mit Frauen an Bord dasselbe Vertrauen entgegenzubringen. Wenn es die Damen beruhigte, sich eine Pistole ins Strumpfband zu stecken, dann bitte sehr. *Idiot!*

»Runter mit dir.« Connie drückte Jason sanft in die Kissen zurück. »Ich hab gesagt, du hast Glück gehabt, nicht, dass du wie durch ein Wunder geheilt bist. In deiner Schulter ist ein Loch, durch das ich meinen Finger stecken könnte. Du hast Blut verloren und bist sehr geschwächt, also falls du daran denkst, Diana zu ermorden, solltest du lieber warten, bis du wieder bei Kräften bist. Die Frau kämpft wie ein in die Enge getriebener Fuchs. Sie hat Zelie erwischt, mit einem so gemeinen Tritt in die …«

»Wo ist Destiny?«

»Hat sich in ihrer Kabine verbarrikadiert. Wir haben seit Stunden nichts von ihr gehört.«

Jason biss die Zähne zusammen und hievte sich aus der Koje. Connie hatte gute Arbeit geleistet und seine Schulter anständig verbunden, aber trotzdem fing die Wunde heftig an zu pochen, und warmes Blut sickerte durch den Verband. Der Raum verschwamm vor seinen Augen. Er klammerte sich an der Bettkante fest und versuchte sein Gleichgewicht wieder zu finden.

Connie war mit einem Satz bei ihm. Ein Anflug von Gereiztheit huschte über seine wettergegerbten Züge.

Jason blinzelte die Schweißtropfen aus seinen Augen und versuchte gleichmäßig zu atmen. Er hatte vor langer Zeit gelernt, dass der menschliche Verstand den Körper überlisten konnte, wenn es um Schmerzen ging. An andere Dinge denken. *Angenehme* Dinge. *Wichtige* Dinge. Ruhig durchatmen. Ein solcher Gleichmut konnte selbst den besten Folterknecht aus dem Konzept bringen.

Die Tür ging auf und Zelie kam herein. »Verdammt, Käpt'n, ich hab schon Hundekacke gesehen, die besser ausgesehen hat als du. Ich hole dir eine Prise von meinem Opium. Dann geht's dir im Handumdrehen besser.«

»Was habt ihr mit Diana gemacht?«, fragte er. Es ärgerte ihn, dass seine Stimme so rau klang. Anscheinend konzentrierte er sich nicht stark genug. Seine Schulter tat höllisch weh.

»Sitzt im Bau, Sir. Mucksmäuschenstill. Zerbricht sich wahrscheinlich den Kopf, was aus ihr wird.« Zelie sah zu Connie, der Jason mit einem verhaltenen und besorgten Gesichtsausdruck anstarrte.

»Was aus ihr wird …« Jason versuchte sich langsam ganz aufzurichten, wobei er ruhig atmete und das Schwindelgefühl in die hintersten Winkel seines Gehirns verbannte. »Was passiert denn normalerweise mit jemandem, der versucht, den Kapitän eines Schiffs zu ermorden?«

Den Blick immer noch auf Connie geheftet, sagte Zelie: »Auspeitschen und Kielholen scheint ein bisschen extrem für eine Frau, Sir.«

»Ich könnte mir Foltermethoden für Diana vorstellen, gegen die Kielholen ein Picknick im Hyde Park ist.« Jason machte einen kurzen Schritt in Richtung Tür. Er schwankte und fühlte, wie ihm am ganzen Körper der Schweiß ausbrach.

»Falls es dir ein Trost ist«, warf Connie ein, »sie sagt, sie wollte dich nicht treffen.«

»Oh, dann müssen wir ihr natürlich verzeihen.« Jason warf Connie einen schrägen Blick zu, der den anderen zum Erröten brachte, legte dann seine Hand um Connies Kragen und zog ihn zu sich. »Als Kapitän dieses Schiffs, der gerade ein Loch in der Schulter hat, bleibt es meinem Urteil überlassen, welche Strafe die Dame zu erwarten hat.«

Connie nickte. »Aye, aye, Sir.«

»Falls das zwischen uns beiden ein Problem werden könnte, LaTouche, lass es mich jetzt gleich wissen.«

»Du bist der Kapitän … Sir.« Connie räusperte sich und fügte hinzu: »Ich möchte nur daran erinnern, dass jede Entscheidung, die du wegen Diana triffst, deine Beziehung zu Destiny entscheidend beeinflussen wird.«

»Daran muss ich wohl kaum erinnert werden, oder?«

Connie wandte den Blick ab und schüttelte langsam den Kopf.

Jason drehte sich um und schleppte sich mühsam aus der Kajüte und den Niedergang hinauf. Eine leichte Brise blähte die gehissten Segel, nur ein leichter Luftzug, aber genug, um einen kühlen Schauer auf seiner fiebrigen Haut zu erzeugen. Er biss die Zähne zusammen. Sämtliche Crewmitglieder unterbrachen ihre Tätigkeiten und beobachteten ihn, alle in Habt-Acht-Stellung, um ihm notfalls beizuspringen. Alle außer Hugo, der seine Taurolle fallen ließ und wie ein tollwütiger Hund auf Jason zustürzte.

»Wir sind erledigt, sage ich! Die verdammten Weiber sind noch unser Tod. Schau dich doch an, um Gottes willen! Ein Loch in der Schulter und schwach wie eine Maus, mit der die Katze gespielt hat. Die Schlampe hat eine Kugel zwischen die Zähne verdient, und ich will verdammt sein, wenn ich das nicht gern selbst übernehme.«

»Zurücktreten, Mallet«, brüllte Connie, der sich neben Jason stellte. »Der Kapitän wird tun, was er tun muss.«

»Genau.« Hugo schnaubte. »Große Worte von einem Mann, der Diana hinterherhechelt, als wäre sie eine läufige Hündin. Damit sitzt der Rest von uns ganz schön in der Scheiße. Der Kapitän ist so scharf auf Destiny, dass er nur noch mit dem Schwanz denken kann, und sein Stellvertreter hat es auf Diana abgesehen. Unser Geschäft ist der Krieg, aber ihr beide seid nur noch damit beschäftigt, euch einen runterzuholen und an das da zu denken.« Er machte eine obszöne Geste mit seinen Händen. »Scheiß-Schlappschwänze, das seid ihr zwei. Dunleavy hätte Batson gleich damals, als er diesen Leutnant umbrachte, wegen Hochverrats abknallen sollen.«

Stille.

Jason musterte verstohlen seine regungslose, wachsame Crew. Die ausdruckslosen Mienen der Männer verrieten ihm, was sie dachten. Sie teilten Hugos Meinung, was die Frauen anging, auch wenn sie das nie zugeben würden, zumindest nicht in Jasons Hörweite.

Er straffte die Schultern, so gut es ihm bei den Schmerzen möglich war, und ging an Hugo vorbei. Fritz beeilte sich, die Luke zu öffnen, die in den Rumpf des Schiffs führte – zu den Vorratslagern, dem Waffenraum und dem Gefängnis. Connie folgte ihm mit einer Laterne in der Hand die Treppe hinunter. Im Gegensatz zu den wärmeren, saubereren Mannschaftsquartieren des alten Schiffs roch es in diesen gewaltigen, düsteren Gewölben nach Moder und altem Eichenholz. Die Feuchtigkeit kroch unter Jasons Verband und leckte an seiner Wunde. Stickige Wärme schlug ihm entgegen. Er war gezwungen, sich am Geländer festzuhalten und den plötzlichen Drang, sich zu übergeben, hinunterzuwürgen.

Connie, der neben ihm stand, fummelte an dem Schlüsselbund, der an seinen Kniehosen baumelte, suchte den Zellenschlüssel heraus und schob ihn ins Schloss. Die Tür schwang auf. Connie trat zur Seite und hielt die Laterne hoch, sodass der winzige Raum vom Licht erhellt wurde.

Diana saß zuammengekauert in einer Ecke der quadratischen Zelle. Sie hielt eine Hand hoch, um ihre Augen vor dem Licht zu schützen, als sie den Blick hob. Ein Ausdruck von Erstaunen und Erleichterung huschte über ihre Züge, als sie Jason erkannte, dann Abwehr. Langsam stand sie auf, den Rücken an die Wand gepresst, das Gesicht spitz und von der Angst gezeichnet, die sie ohne Zweifel in den letzten Stunden ausgestanden hatte. Jason wusste aus Erfahrung, was der Aufenthalt in einer solchen Zelle aus einem Menschen machen konnte.

»Überraschung«, sagte er, ohne zu lächeln.

Ein Moment verstrich, in dem sie ihre aufgeriebenen Nerven zu sammeln schien. »Sie sind am Leben. Zumindest werde ich nicht wegen Mordes bestraft.«

»Seien Sie sich nicht so sicher, Lady Shaftesbury. Ich

habe das Recht, jede Strafe zu verhängen, die mir angemessen scheint. Kielholen wurde bereits vorgeschlagen. Sie wissen doch, was das ist, oder? Wir fesseln Sie an Armen und Beinen und ziehen Sie an einem Tau unter dem Kiel des Schiffs durch. Wenn Sie nicht ertrinken und wenn noch ein Fetzen Fleisch an Ihrem Körper hängt, nachdem er über die Muscheln am Schiffsrumpf geschrammt ist, landen Sie für einen unbestimmten Zeitraum wieder hier.«

Sie öffnete den Mund, um ihn gleich wieder zu schließen, und sagte nichts.

»Sie sind eine Pest, Diana. Die Katastrophe, die Sie beinahe verursacht hätten, indem Sie Ihrem Ehemann den Namen des Schiffs nannten, mit dem Sie und Destiny die Flucht ergreifen wollten, hätte doch wenigstens einen Funken gesunden Menschenverstand in Ihrem Hirn wecken müssen.«

»Anscheinend nicht«, sagte sie leise.

»Mich zu töten wäre nicht unbedingt von Vorteil für Destiny.«

»Ich würde mein Leben geben, um sie *und* ihren Vater zu schützen.«

»Und Sie glauben nach wie vor, dass ich für die beiden eine Gefahr darstelle.«

»Bis jetzt haben Sie in jedem Punkt gelogen, Kapitän: Zuerst über die wahren Gründe, sich mit Destiny anzufreunden, dann, in den letzten Wochen, über Ihre Identität. Warum sollten wir den Grund, warum Sie sie heiraten wollen, glauben? Ich habe den Verdacht, dass Sie meine Nichte schlicht und einfach benutzen wollen, um an Compton Fontaine heranzukommen.«

Er starrte, ohne mit der Wimper zu zucken, in ihre Augen und unterdrückte das Verlangen, seine Hände um ihren Hals zu legen, sie zu würgen und ihr seine Gründe für all das einzubläuen. »Compton Fontaine ist auch mein Freund, und zwar seit vielen Jahren.«

»Und weil er Ihr Freund ist, haben Sie wohl auch seine Tochter schamlos hintergangen, nehme ich an. Ihre Loyalität wird ihn tief beeindrucken, Kapitän.« Der Pfeil saß. Sie schien es zu spüren; ihre Lippen wurden schmal und verzogen sich zu einem bitteren Lächeln. »Und wenn wir schon bei Loyalität sind, was gedenken Sie zu tun, wenn Sie erfahren, dass Destinys Vater tatsächlich Nana Sahibs Rebellion unterstützt?«

»Um das herauszufinden, werden wir einfach abwarten müssen, nicht wahr, Lady Shaftesbury?« Er wandte sich zum Gehen.

»Warten Sie!«, schrie sie. »Was machen Sie jetzt?«

»Über Ihre Strafe nachdenken, selbstverständlich.«

Sie richtete einen verängstigten Blick auf Connie, der sie mitfühlend betrachtete. Mit hoch erhobenem Kopf, das Kinn trotzig gereckt, sagte sie zu Jason: »Wenn Sie mir etwas tun, Sir, zerstören Sie endgültig jede Chance, Destinys Vertrauen, geschweige denn ihre Zuneigung wiederzugewinnen.«

»Das ist ein zweischneidiges Schwert: Wenn Destiny sich nicht fügt, werfe ich Sie ins Wasser. Sehen Sie, Sie haben mir eine perfekte Waffe gegen Ihre Nichte geliefert. Ich vermute, sie wird alles tun, um mich daran zu hindern, Ihnen ein Leid anzutun.« Seine Lippen kräuselten sich, als er das Aufblitzen von Furcht in ihren Augen bemerkte, und er zog eine Augenbraue hoch. »Genießen Sie Ihren Aufenthalt hier, Lady Shaftesbury.«

Er schlug die Tür krachend zu und wartete darauf, dass Connie absperrte. Den Schlüssel in seiner großen Hand, stand Connie wie festgewachsen vor der Tür und starrte Jason ungläubig an. »Absperren«, befahl Jason.

»Du willst sie doch nicht hier unten lassen, oder?«

»Doch.« Er nickte und zuckte zusammen und konzentrierte sich ein wenig stärker – der Schmerz schien allmählich wieder die Oberhand zu gewinnen. Er übersah geflissentlich Connies Unbehagen darüber, Diana hier in der Dunkelheit zu lassen, zeigte auf das Schloss und wiederholte: »Absperren.«

»Sie kann nicht auf diese Art bestraft werden.«

»Aber auf Leute zu schießen, das kann sie, was?« Jason wandte sich zur Treppe. »*Absperren!* Wenn du's nicht tust, stecke ich dich wegen Befehlsverweigerung selbst dort rein. Obwohl ich dir damit wahrscheinlich einen Gefallen täte. Endlich allein mit der weiblichen Natter. Ich hätte dir bei Frauen einen besseren Geschmack zugetraut.«

Das Schiff bewegte sich unter ihren Füßen, und über ihnen gellten aufgeregte Stimmen durch die Nacht. Der Wind war wieder da. Gut. Jetzt hatte die Crew an etwas anderes als Frauen und Meuterei zu denken.

Hinter ihm stieß Connie einen unterdrückten Fluch aus und sperrte das Schloss ab. Jason zwang sich, trotz seiner bleischweren Beine und des zunehmenden Schwindels die Stufen hinaufzusteigen.

Die Segel knatterten und blähten sich im Nordwind, der durch die Takelage pfiff. Jedes Zittern des Schiffs bohrte sich wie ein Messerstich durch Jasons Schulter. Connie trat zu ihm und legte einen Arm um seine Taille, um ihn zu stützen. Jason stieß ihn beiseite und fuhr ihn an: »Wenn ich einen Befehl gebe, LaTouche, dann wird er verdammt noch mal ausgeführt.«

Connie trat einen Schritt zurück und starrte Jason an.

»Verstanden, LaTouche?«

»Aye, aye, Käpt'n, verstanden.«

»Das ist *mein* gottverdammtes Schiff. *Meine* Crew. *Mein*

Vorrecht, jeden Attentäter einzulochen, auch wenn es sich dabei um ein Frauenzimmer handelt. Schau mich also gefälligst nicht länger an, als hätte ich einen jungen Hund ertränkt. Mallet hat Recht. Ich habe in den letzten Wochen zugelassen, dass Lady Chesterfield mein Urteilsvermögen trübt. Verdammt, ich bin zu einem schmachtenden Jüngling geworden, der nur noch daran denken kann, was für ein Gefühl es ist, eine Frau unter sich zu haben. Was zum Teufel gibt es da zu glotzen?!«

»Ich denk mir bloß, dass du auf diesem Schiff bald nicht mehr viel zu sagen hast, wenn du noch mehr Blut verlierst.«

Er sah an seiner Schulter hinunter. Der einst weiße Verband wirkte in der Dunkelheit schwarz. Blutstropfen liefen seitlich an seinem Oberkörper hinunter und kitzelten seinen Brustkorb. »Hör auf, mich zu bemuttern.«

»Na schön, dann stirb eben.«

Connie schob sich an ihm vorbei und ging zur Brücke. Er rief der Crew Anordnungen zu, und die Leute bezogen hastig ihre Posten, wobei sie lautstark ihre Freude über die Böen äußerten, die anfingen, die *Pretender* hart in den Wind zu legen.

Jason nahm die Stufen des Niedergangs mit äußerster Vorsicht, brach aber beinahe zusammen, als er unten angelangt war; er fing sich, verzog das Gesicht, stieß sich vom Geländer ab und ging schwankend zu Destinys Tür, eine dünne Blutspur hinter sich lassend. Er schlug mit der Faust an die Tür.

Keine Antwort.

Er klopfte noch einmal, während er mit zusammengebissenen Zähnen und geschlossenen Augen versuchte, sein Bewusstsein auf etwas anderes zu konzentrieren als den glühenden Pfeil, der sich in Brust und Schulter bohrte. »Mach die verdammte Tür auf, Destiny.«

»Geh zum Teufel, Batson.«

»Wenn es nach dir geht, bin ich selbst der Teufel, Lady Chesterfield. Mach jetzt sofort die Tür auf, sonst ist die Hölle los.«

»Ich sagte …«

»Wenn du nicht augenblicklich diese Tür öffnest, lasse ich Diana erschießen.«

Ein Laut. Ein Wimmern? Er grinste. Er fühlte sich durch und durch böse, und er genoss es. Seit Kalamita war er nicht mehr so böse gewesen. Und wenn jemand das Recht hatte, böse zu sein, dann er, dessen Lebenssaft auf seine Stiefelspitzen tropfte und dort dunkle Flecken bildete.

Oh ja, Lady Shaftesburys Torheit würde sein Leben um einiges leichter machen, was Destiny Fontaine Chesterfield anging.

Der Riegel bewegte sich; die Tür ging knarrend auf. Er stieß sie mit seiner unverletzten Schulter auf, und sie flog mit einem Krachen an die Wand, das seinen Ohren wehtat.

Destiny wich an die Wand zurück, die Schultern gestrafft, das Kinn energisch vorgestreckt. Das Verlangen, laut zu schreien, überwältigte sie beinahe. Aber nicht ihr Zorn auf ihn war es, der diesen Drang im Ansatz erstickte. Es war Angst, kaltes, lähmendes, unkontrollierbares Entsetzen, wie sie es nie zuvor erlebt hatte. Sie hatte allerdings noch nie, rief sie sich in Erinnerung, Luzifer von Angesicht zu Angesicht gegenübergestanden. Vor ihr stand nicht der Gott sinnlicher Verführung, den sie von der Waldlichtung kannte. Kein von grausamen Narben gezeichneter Kapitän, der mit leiser Stimme sprach und sie mit subtilem Charme faszinierte und dessen Heiratsantrag sie tatsächlich ernsthaft in Erwägung gezogen hatte.

Ohne Hemd. Schweißgebadet. Blutend. Blutbefleckte Hosen. Langes feuchtes Haar, das vor schmale Augen fiel und ihm ins Gesicht hing. Gebleckte Zähne. Seine Brust hob und senkte sich. Er spreizte leicht die Beine, um das Schlingern des Schiffs abzufangen, aber seine Augen, grau wie Stahl, ließen sie keinen Moment los. Sie waren scharf und kalt wie eine Schwertklinge.

»Regel Nummer eins«, schnarrte er. »Sperr diese Tür nie wieder vor mir ab. Regel Nummer zwei. Du stehst mir jederzeit zur Verfügung. Tag und Nacht. Ab jetzt gibt es keinen höflichen Herrn Kapitän mehr, der auf deine zarten Gefühle Rücksicht nimmt. Wie du mir so häufig in Erinnerung gerufen hast, bin ich ein Mensch, der kaltblütig für Geld tötet, und als solcher kenne ich keine Skrupel. *Keine*. Ich weiß sowieso nicht, was da in mich gefahren ist. Hatte noch nie viel für Schuldgefühle übrig. Sind bei meinem Beruf nur hinderlich.«

»Ich …« Sie schluckte und holte tief Luft, in der Hoffnung, dadurch ein wenig von ihrem früheren Mut einzuatmen. »Ich will Diana sehen.«

»Nein.« Er schüttelte den Kopf und kam auf sie zu.

Ihre Knie wurden weich, und beim Anblick seines von Blut getränkten Verbands drehte sich ihr der Magen um.

Er baute sich vor ihr auf, das Gesicht schweißnass, die Augenwinkel unverkennbar vor Schmerzen verzogen, und packte sie mit einer Hand so fest am Haar, dass sie nach Luft schnappte. »Nun, Lady Chesterfield, sind Sie erfreut, mich wiederzusehen? Erleichtert? Nur ein klein wenig? Schmeicheln Sie mir. Ich bin in der Stimmung, mich ein bisschen umschmeicheln zu lassen. Nein? Dann erzählen Sie mir noch einmal, was für ein Schurke ich bin. Ein Lügner. Ein Betrüger. Oder sprechen wir vielleicht lieber über die Intelligenz und Moral einer Frau, die einen Wildfremden auf einer Waldlichtung verführt und dann versucht, ihm mit einem Stein den Schädel einzuschlagen.«

Das Blut wich aus ihrem Gesicht. Wenn seine Hand ihr Haar nicht so unerbittlich gehalten hätte, wäre sie vielleicht auf den Boden gesunken, nicht aus Angst, sondern aus Scham. Aber das würde ihm zu viel Genugtuung bereiten. Es war mehr als offensichtlich, dass er sich nichts sehnlicher wünschte, als ihr so viel Angst einzujagen, dass sie in die Knie ging.

Im Geist suchte sie verzweifelt nach einer schlagfertigen Antwort, aber alles, was sie vor sich sah, waren seine Augen, schwelend wie Asche und glitzernd wie Glas. Sie erinnerten sie an eine andere Zeit, als Verlangen, nicht Zorn, diese Augen in einen düsteren Sturm verwandelt hatten.

»Lassen … Sie … sie … los!«

Die Stimme des Kindes ließ sie zusammenfahren.

Barfuß und im Nachthemd, das schwarze Haar ein wildes Lockengewirr um ihr süßes Gesichtchen, drängte sich Jenette an Destiny und vergrub sich in ihrem Rock, von wo sie Jason mit tränennassen Augen anblitzte.

Destiny ließ sich auf ein Knie fallen und zog das Kind an sich. Jason wich zurück. Sein Zorn verrauchte beim Anblick seiner Tochter, die ihre Ärmchen schützend um Destinys Hals legte.

»Wer ist das?«, fragte Jenette, als sie aufblickte und in Jasons fassungsloses Gesicht sah.

Die Frage hing in der Luft.

Destiny runzelte die Stirn. Die Wahrheit, nämlich dass Jason Batson der von Narben entstellte Kapitän, der Jenette anfänglich solche Angst gemacht hatte, war oder gewesen war, war viel zu kompliziert für ein Kind – insbesondere für eines, das von Kopf bis Fuß zitterte. Wie sollte man einer Fünfjährigen derartige Machenschaften erklären?

»Das ist der neue Kapitän«, erklärte sie vorsichtig und strich sanft über Jenettes Haar. Dass die Kleine trotz ihrer

Angst so tapfer war, rührte sie zutiefst. Bei dem Gedanken, dass sie in nicht allzu ferner Zukunft ihr eigenes Kind tröstend in die Arme nehmen würde, schwindelte ihr – und ihr wurde noch schwindliger, als sie in die dunklen, zornigen Augen des Vaters ihres Kindes sah, der sie immer noch wutentbrannt anstarrte.

Die zarten Augenbrauen gefurcht und die rosigen Lippen leicht vorgeschoben, verarbeitete Jenette die Information, dass der Mann vor ihr der neue Kapitän war. »Wo ist der Alte?«, fragte sie.

»Er ist weggegangen.«

»Wohin?«

Dumm von ihr, Hilfe suchend zu Batson zu schauen, der nicht nur so aussah, als hätte es ihm die Sprache verschlagen, sondern auch, als wäre er kurz vor dem Zusammenbrechen. Ihr Herz schlug schneller, als sie ihn verstohlen musterte. Er schien seltsam gebannt von dem Kind; sein Gesicht war wächsern, und seine Mundwinkel waren leicht nach unten verzogen, zweifellos wegen der Schmerzen in seiner blutenden Schulter. Aber da war noch etwas – eine unerwartete Verletzlichkeit und Hilflosigkeit, als er stumm vor Jenette stand und sie ansah. Bei dem Anblick vergaß sie für einen Moment ihren Zorn und erlebte wieder jenes atemberaubende Gefühl, das aus einem naiven und einsamen jungen Mädchen eine Frau gemacht hatte, die ihre Tugend für die Hoffnung auf Liebe aufs Spiel gesetzt hatte.

Jason kauerte sich unsicher auf ein Knie, worauf Jenette sich noch tiefer in Destinys Rock schmiegte. Destiny konnte sehen, dass er sich verzweifelt bemühte, nicht das Bewusstsein zu verlieren. Seine Hände hatten angefangen zu zittern. Seine Augen wirkten verhangen, und die Lider drohten zuzufallen.

»*Ma petite*«, sagte er leise.

Seine Züge verkrampften sich, als hätte er eine grausame Erkenntnis gehabt. Er sah auf seine blutigen Hände, auf seine Schulter, dann von Destiny zu Jenette. »Ich wollte ihr nicht wehtun, Jenette.« Mit einer Stimme, so trocken wie Staub, fügte er hinzu: »Du musst wissen, dass ich weder ihr noch dir je wehtun würde. Schau mich nicht so an, verdammt!« Mit einem stählernen Unterton wandte er sich an Destiny. »Sag ihr, dass ich dir nichts getan habe.«

Sie wechselten einen Blick. »Natürlich hat er das nicht, Jenette. Wir hatten nur eine … Meinungsverschiedenheit.«

»Er ist böse. Ich mochte den alten Kapitän lieber. Er war hässlich, aber er war nett.« Sie schniefte und heftete ihre großen Augen auf Destiny. »Wo ist Diana? Ich will Diana. Ich kann nicht einschlafen, wenn sie nicht bei mir ist.«

Batson gab einen Laut von sich und schaffte es, mit einem mörderischen Blick auf Destiny, sich wieder aufzurichten. »Lady Shaftesbury ist im Moment verhindert und wird es noch geraume Zeit bleiben.« Mit dem letzten Rest Kraft, der ihm geblieben war, wandte er sich zur Tür und verließ die Kabine, ohne einen Blick zurückzuwerfen.

Geistige Spielereien. Sein Vater hatte ihm viele beigebracht, hatte ihm gezeigt, wie man Erinnerungen, Schuldgefühle und Schmerzen in erfreulichere Kanäle umleitete.

Die erste Lektion hatte er an seinem zehnten Geburtstag gelernt. Vater oder »Gott«, wie er und Trevor ihren Erzeuger nannten, hatte für Jason einen Hengst namens Beelzebub gekauft, einen großen, schnaubenden, auffälligen Rappen mit glühenden Augen und feurigen Nüstern. Während der Reitknecht sich abmühte, das Tier im Zaum zu halten, hatte Jason ein Stück entfernt groß und aufrecht dagestanden, mit trockenem Mund und schlotternden Knien und nur von dem Gedanken beherrscht, dass er sich in dem Moment, in dem sein Vater ihn von oben herab ansah und ihm befahl aufzusitzen, in die Hosen machen würde. Trevor stand neben ihm, die harten Augen auf das Pferd geheftet, der Mund eine schmale Linie, die Schultern straff – ganz im Sinne der Lektionen seines Vaters. Nie ohne Erlaubnis sprechen. Nicht zittern, denn Angst ist etwas für Feiglinge, und Feiglinge waren nicht den Kot wert, der in ihren Hosen landete. Und was du auch machst, niemals weinen. Oder bitten. Sonst gibt dir dein Vater einen Grund zum Weinen, an den du noch sehr, sehr lange denken wirst.

»Jason! Rauf mit dir!« Die dröhnende Stimme von Gott.

Er starrte das Teufelspferd an, unfähig sich zu rühren.

»Rauf mit dir«, wisperte Trevor, wobei er unverwandt geradeaus starrte. »Jesus, Jay, beweg deinen Hintern oder …«

»Ich tu's nicht«, stieß Jason zwischen den Zähnen hervor. »Er kann mich nicht zwingen.«

Trevor trat unmerklich ein Stück näher und spähte aus dem Augenwinkel zu ihm. »Spinnst du? Mach schon, sonst …«

»Jason!« Gott klopfte mit seiner Reitgerte hart an seinen Stiefel. »Wir warten.« – Warten, warten. – »Brauchst du Hilfe?«

Trevor gab einen erstickten Laut von sich und stupste Jason in den Rücken. Natürlich war Jason vertraut mit der Art Hilfe, die sein Vater anbot – ein Hieb mit der Gerte über die Waden und noch einen Hieb, wenn er vor Schmerzen auch nur ein leises Wimmern ausstieß.

Steifbeinig, mit leicht schlurfenden Hacken, bewegte er sich auf das Pferd zu, beobachtete aus dem Augenwinkel die schwingende Gerte, während Beelzebub mit einem Vorderhuf auf den Boden stampfte und dann auf der Stelle tänzelte.

Der Reitknecht trat vor. Seine Miene wirkte besorgt, und doch versuchte er, dem Jungen Mut zu machen, als er seine Hände umfing und ihm zuraunte: »Gib dein Bestes, Junge. Ich bleibe in der Nähe.«

Ein Bein in der Luft, schwang sich Jason in den Sattel und griff nach den Zügeln, nahm sie in seine schweißnassen Hände, während das Tier unter ihm zuckte wie vom Sturm getriebener Sand. Der unerwartete Satz nach vorn brachte ihn aus dem Gleichgewicht; er rutschte rücklings vom Pferd, hörte das Knacken des Knochens noch bevor er es spürte, als er so hart auf den Boden aufschlug, dass ihm einen Moment lang schwarz vor Augen wurde. Dann der Schmerz in seinem Arm, heiß und stechend. Ein Aufschrei entrang sich seiner Brust, blieb ihm aber in der Kehle stecken, als sein Vater seinen Fuß direkt auf Jasons Magen stemmte und ihn auf dem Boden festnagelte.

Vater starrte auf ihn hinab, den Mund zu einem befriedigten Lächeln verzogen, die verschleierten Augen herausfordernd. »Regel Nummer eins. Niemals weinen.«

Jason schielte zu seinem Arm hinunter, wo sich zwischen Handgelenk und Ellbogen der Knochen vorwölbte. Tränen brannten in seinen Augen, und ihm war übel vor Schmerzen. »Aber er ist gebrochen …«

»Regel Nummer zwei. Niemals den Schmerz zur Kenntnis nehmen. Denk an etwas Angenehmes, und der Schmerz wird bald vergehen. Den Schmerz zur Kenntnis nehmen macht dich schwach. Du wirst zum Waschlappen. Ich will keinen Waschlappen als Sohn. Verstanden?«

Er nickte und versuchte, nicht zu blinzeln. Wenn er blinzelte, würden die Tränen überlaufen, und dann wäre er ein Waschlappen.

»Mach die Augen zu, und denk an etwas Angenehmes.«

Er stöhnte. Der Fuß auf seinem Bauch erschwerte es ihm

zu atmen, und er hätte gern seine Hand auf den gebrochenen Arm gelegt, aber Vaters Fuß war ihm im Weg. Ihn zu bewegen tat auch weh, deshalb ließ er ihn einfach auf der Erde liegen. Der bohrende Schmerz war so unerträglich, dass er am liebsten einen Fluch ausgestoßen hätte, aber auch das war keine gute Idee. Er war oft genug mit der Gerte gezüchtigt worden, um zu wissen, dass diese Hiebe fast genauso wehtun konnten wie ein gebrochener Arm …

»Ich sagte, mach die Augen zu, Jason.«

Er schluckte und schloss die Augen.

»Was siehst du?«

Rot glühenden Schmerz. Vibrierenden Schmerz. Lähmenden Schmerz.

»Du magst doch Marzipan, oder?«

»Ja, Sir.«

»Dann denk an Marzipan.«

Wie dachte man an Marzipan? Man aß Marzipan. Man dachte nicht daran.

»Mandeln. Zucker. Butter. Cremig. Stell es dir auf deiner Zunge vor. An deinem Gaumen. An deinen Zähnen. Schluck es nicht. Koste es aus. Spüre die feinen Zuckerkörnchen auf deiner Zunge. Jetzt zählst du sie. Jedes einzelne Körnchen. Dann stellst du dir vor, dass du an einem warmen Sommertag unter deinem Lieblingsbaum sitzt und so viel Marzipan isst, wie du willst. Du machst einen tiefen Atemzug und hältst ihn fest. Dann lässt du ihn langsam, ganz langsam heraus, während in deinem Mund noch immer diese köstliche Süße ist, kostbarer als Gold … So. Sehr gut. Jetzt sag mir, wie du dich fühlst.«

Er öffnete die Augen und starrte in das unbewegte Gesicht seines Vaters. Sein Arm tat entsetzlich weh. »Gut, Sir.«

»Guter Junge. Ich mache schon noch einen Mann aus dir, wart's nur ab.«

An Marzipan zu denken hatte ein paar Jahre gereicht, dann waren es Frauen gewesen, mit ihren berauschenden Körpern und ihrem leisen Lachen, und intime Begegnungen, die seinen Geist von Schmerzen und Folter abgelenkt hatten. Oh ja, er hatte es im Lauf der Zeit sehr, sehr gut gelernt, sich von Schmerzen zu distanzieren, von Schmerzen wie jenen, die jetzt an ihm nagten, sich in sein Unterbewusstsein bohrten und danach schrien, zur Kenntnis genommen zu werden.

Seltsam, dass er diese Schmerzen nicht bezwingen konnte. Offensichtlich hatten sich zu viele Schuldgefühle in seine Gedanken geschlichen. Schuldgefühle konnten die Konzentration beeinträchtigen.

Er wollte nicht daran denken, dass er in dem Moment, in dem er sich Jenette endlich als ihr Vater hätte zu erkennen geben können, ihr nur ein Bild seiner Unbeherrschtheit, seine blutigen Hände und seine rasenden Wut präsentiert hatte.

Er wollte nicht daran denken, dass er zu einem Mann geworden war, der eine Frau im Verlies eines Schiffs einkerkerte, weil sie versucht hatte, die Ehre ihrer Nichte zu verteidigen.

Er wollte nicht daran denken, dass er zu einem Mann geworden war, der im Dunkeln wach lag und sich den Kopf über derartige Bagatellen zerbrach. Hugo hatte Recht.

Jason Batson, Cobras berüchtigtster Soldat, wurde weich. Statt an Marzipan und Huren zu denken, um den Schmerz in Schach zu halten, sah er nur Destiny Fontaine Chesterfield vor sich, wie sie auf einem Baumstumpf saß und Ponys fütterte, ihr Bauch rund von seinem ungeborenen Kind, an ihrer Seite seine entzückende dunkelhaarige Jenette mit einer Porzellanpuppe im Arm. Nur gab es in seinem Traum keine regenverhangene Waldlichtung. Stattdessen saßen sie im Garten seiner Plantage Ceylonia. Sonnenlicht fiel auf ihre Schultern, die beiden lächelten, und ihre Augen strahlten vor Glück.

Immer noch nagte der Schmerz wie ein Tier an seiner Schulter, und er versuchte, den Grund dafür zu finden.

Mit fest geschlossenen Augen und durch zusammengebissene Zähne atmend, versuchte er sich an das in Sonnenlicht gebadete Bild seiner Märchenfamilie zu klammern, nur um es verschwimmen und wie Wassertropfen in einen pulsierenden Abgrund von Schmerz fallen zu sehen.

Die Wahrheit traf ihn ohne Vorwarnung wie eine Messerklinge mitten in die Brust. *Realität* war das Schlüsselwort. Um etwas im Geist vor sich sehen und es festhalten zu können, ohne befürchten zu müssen, dass es sich in Luft auflöste, musste es die Vision einer realen Erinnerung sein, die wie ein Schatz gehütet wurde und sich so unauslöschlich in die Seele und in das Gedächtnis eingeprägt hatte, dass keine noch so großen Schmerzen und Qualen sie jemals zerstören konnten. Aber seine Märchenfamilie war eben nur ein Märchen. Ein Produkt seiner Fantasie.

Regel Nummer eins: *Niemals* weinen.

16

Jason schloss seine Finger um Dianas Handgelenk und zog sie näher an den Tisch vor der offenen Herdstelle der Kombüse, auf dem er lag. Es war erstickend heiß im Raum, und die Herdflammen färbten ihre schweißnassen Gesichter gelb und orange. Er wollte Diana deutlich sehen – zumindest so deutlich, wie es bei den Schweißtropfen, die ihm in die Augen liefen, möglich war. Aber noch wichtiger war ihm, dass sie genau sah, was sie mit ihrer Wahnsinnstat angerichtet hatte. Sein Anblick sollte sich ihr so einprägen, dass sie jedes Mal, wenn sie die Augen schloss, sein Gesicht vor sich sah.

»Ich sterbe, Diana. Sind Sie jetzt zufrieden?«

Aus Augen, unter denen vor Erschöpfung dunkle Ringe lagen, starrte Diana auf Jason hinunter, die ausgetrockneten Lippen vor Entsetzen geöffnet, das Haar ein Rattennest aus wirren Zotteln, die über ihre Schultern fielen und bis auf Jasons schweißgebadete Brust reichten.

»Du stirbst noch nicht«, verkündete Connie mit einem gereizten Schnauben. »Aber wir müssen die verdammte Wunde ausbrennen, sonst verblutest du uns.« Connie hielt ein Messer in die Flammen und langte nach seiner Rumflasche. Er nahm einen Schluck, rülpste, hob dann behutsam Jasons Kopf und drückte den Flaschenhals an seine Lippen. Als Jason trank, grinste Connie. »Du hast schon Schlimmeres überstanden. Erinnerst du dich noch an das Bajonett, das in deinem Bein steckte? Zur einen Seite rein und bei der anderen wieder raus, und du warst wie ein Wildschwein an einem Baum aufgespießt. Du hast fünf Stunden dort gehangen, bevor wir dich gefunden haben. Damals hast du nicht so gejault wie jetzt. Vielleicht hat Hugo Recht. Vielleicht ist ein Jammerlappen aus dir geworden, als ich gerade mal nicht hingeguckt hab.«

Ein Schauer durchlief Diana, als sie sich vergeblich bemühte, ihr Handgelenk aus Jasons Umklammerung zu befreien. Sie sah aus, als würde sie jeden Moment in Ohnmacht fallen.

»Diana?«

Jason wandte den Kopf.

Destiny stand in der Tür, die großen grünen Augen auf ihre Tante geheftet. Offensichtlich wusste sie nicht recht, was sie von der Situation zu halten hatte. In den letzten zwei Tagen, als Jason auf dem Krankenbett lag und zwischen kurzen Wachzuständen und tiefer Bewusstlosigkeit schwebte, hatte sie Connie immer wieder angefleht, ihre Tante frei zu lassen. Connie in seiner Eigenschaft als vertrauenswürdiger Stellvertreter des Kapitäns hatte angesichts Jasons eindeutiger Befehle ihre Bitten ignoriert, auch wenn er darüber nicht glücklich war. Jason hatte den Verdacht, dass LaTouche ebenso viele Stunden damit verbracht hatte, Lady Shaftesbury in ihrer Zelle Gesellschaft zu leisten, wie mit der Pflege von Jasons Schulter.

Wieder versuchte Diana sich mit zusammengepressten Zähnen zu befreien, als er seinen Griff verstärkte und ihr jede Bewegungsfreiheit nahm. Verdammt, wenn er schon leiden musste, sollte sie es gefälligst auch!

Als aber Destiny einen vorwurfsvollen Blick auf ihn richtete, öffnete er seine Finger und ließ Diana los. Sie rannte zu Destiny; die beiden fielen einander in die Arme, wiegten sich hin und her und weinten vor Erleichterung.

Der Rum betäubte ihn ein wenig, aber bei weitem nicht genug. Jason nahm an, dass er die ganze verdammte Flasche leeren könnte, und es wäre immer noch nicht genug, um die Höllenqualen auszulöschen, die ihn erwarteten. Aber der Alkohol machte ihn teilnahmslos genug, um ihn ein wenig gegen das Grauen abzustumpfen und Freude über Destinys Lächeln empfinden zu können. Er hatte sie eine ganze Weile nicht mehr lächeln sehen und fast schon vergessen, was ihm dieser Anblick bedeutete. Er hatte ein dumpfes Gefühl im Kopf, und er fühlte sich benommen und wehrlos.

»Worauf zum Teufel wartest du?«, knurrte er Connie an, der sich an das Spülbecken lehnte und die Freude der beiden Frauen über Dianas Freilassung beobachtete.

»Die Klinge glüht noch nicht weiß«, gab Connie zurück und hob wieder die Flasche. »Nützt nichts, wenn sie nicht weiß ist. Du willst doch nicht, dass ich das zweimal machen muss, oder?«

Endlich wandte Destiny sich ihm zu. Ihr Gesicht war aschfahl und verhärmt. Vorsichtig trat sie näher.

»Ich sterbe«, verkündete er und wartete auf ihre Reaktion.

»Nein, tut er nicht«, warf Connie ein. »Glauben Sie ihm kein Wort.«

»Na schön, dann leide ich eben. Beschwichtigt das deinen Zorn? Wenn ich genügend blute, hörst du dann endlich auf, mich anzuschauen, als wäre es dein einziger Wunsch, mich kastriert und am Galgen aufgeknüpft zu sehen?«

Ihre Lippen wurden schmal, und sie zog eine Augenbraue hoch. »Es ist nicht meine Art, mich am Elend anderer zu weiden, Kapitän Batson.« Ihre Stimme war leise und unsicher.

»Im Gegensatz zu Diana – und mein Name ist Jason.«

»Ich weiß genau, wie Sie heißen … *Kapitän.*«

Zelie betrat die Schiffsküche, und Jason, der vor Schmerzen die Zähne zusammenbiss, zeigte auf Diana. »Bring sie her!«

Diana machte einen Satz zur Tür. Zelie packte sie, schleppte sie quer durch den Raum, ohne sich um rudernde Arme und wild um sich tretende Beine zu kümmern, und setzte sie bei Jason ab. Wie zuvor packte Jason sie am Handgelenk, blinzelte die Schweißtropfen aus seinen Augen und starrte auf ihre entsetzten Gesichtszüge. Sie begannen vor seinen Augen zu verschwimmen. Zu jeder anderen Zeit hätte er das Nahen von Bewusstlosigkeit begrüßt, vor allem in Anbetracht dessen, was bald folgen würde, aber nicht jetzt. Er würde verdammt noch mal dafür sorgen, dass Diana Shaftesbury aus ihrem leichtfertigen Umgang mit Schusswaffen eine Lehre zog.

Er ließ ihr Handgelenk los, krallte seine Finger in den Spitzeneinsatz ihrer Bluse und zog sie so weit zu sich herunter, dass ihr Gesicht seinem ganz nah war und er direkt in ihre blauen Augen starren konnte. Leichte Streifen von Dunkelheit flatterten durch sein Blickfeld; das Wenige, was ihm noch an Kraft geblieben war, strömte mit dem Blut und dem Schweiß aus seinen Poren. Dianas Gesicht verzerrte sich vor seinen Augen, zerfloss und veränderte sich, als hätte sie eine von Paolos Masken angelegt. Verzweifelt versuchte er die Schwäche abzuwehren; aber obwohl er sie unerbittlich festhielt und sich ausschließlich auf ihre Augen konzentrierte, gähnte der schwarze Abgrund bereits vor ihm und neben ihm … er hatte noch so viel zu sagen … konnte noch nicht loslassen …

»Passen Sie gut auf, Diana. Solche Qualen hat es zur Folge, wenn Sie bei Ihren Versuchen, einen Mann zu töten, pfuschen. Regel Nummer …«

Drei. Töte schnell und sauber. Wenn auch nur ein winziger Rest Leben in deinem Feind bleibt, wird er noch mit seinem letzten Atemzug versuchen, dich zu vernichten.

Der Soldat, der nicht älter war als Jason mit seinen zweiundzwanzig Jahren, verkrampfte sich vor Schmerzen und presste beide Hände auf seinen Bauch. Er erinnerte Jason an einen Fuchs, von der Meute gestellt und bereits schwer verletzt – besinnungslos vor Schmerzen und Angst, den Tod vor Augen, aber bereit, noch mit der letzten Unze Kraft um sein Leben zu kämpfen. Das Gewehr in der Hand, starrte Jason auf den blassen jungen Mann hinunter, hörte nur vage in der Ferne den Kanonendonner des Kriegs und das Geschrei seines Vaters. Seine Stirn war schweißnass, sein Magen drehte sich um, und seine Knie zitterten – Jesus, er hatte nicht damit gerechnet, dass das Töten eines Feindes von einem so grauenhaften, tief unter die Haut gehenden Schuldgefühl begleitet sein würde.

»Unfähiger junger Narr!«, brüllte sein Vater. »Ich dachte, ich hätte es dir besser beigebracht. Mach ihn fertig, Jason. Leg das Gewehr an seinen Kopf, und drück ab!«

Der Soldat richtete seine Augen auf Jason und seine Lippen bewegten sich wie bei einem Fisch auf dem Trockenen, der nach Luft schnappt. Was wollte er sagen? Hilf mir? Tu es nicht? Drück ab, und mach meinen Qualen ein Ende?

»Was bist du, ein Feigling? Ich dulde keinen Feigling …«

»Ich bin kein Feigling, verdammt!«, brüllte Jason zurück, aber so sehr er es auch versuchte, er schaffte es nicht, das Gewehr wieder auf den anderen zu richten und noch einmal abzudrücken, nicht vor diesen Augen, die ihn hilflos anstarrten …

Plötzlich kam ein Lachen aus dem blutverschmierten Mund des Soldaten, und indem er sich herumrollte, zog er wie aus dem Nichts eine Pistole und schoss auf Jason. Die

Kugel sauste wie eine gereizte Hornisse an seinem Ohr vorbei, noch bevor ihn der Knall zusammenfahren ließ. Er ließ das Gewehr fallen und taumelte zurück, während Trevor sich auf den Soldaten warf und ihm ein Messer in die Kehle stieß.

»Recht so, mein Junge«, lobte sein Vater und klopfte Trevor auf die Schultern. Sein Gesicht strahlte vor Stolz. »Du bist ein Spross vom alten Stamm, Trevor. Ein Sohn, auf den jeder Vater stolz sein kann.«

Die Worte gingen ihm immer wieder durch den Kopf.

Nacht. Ein Wolkenbruch trieb den Feind zurück und in die Zelte, um dort das Unwetter abzuwarten. Jason kroch auf dem Bauch durch Gras und Schlamm, das Messer fest in der Hand, am ganzen Körper zitternd vor Kälte – das redete er sich zumindest ein. Es war Kälte, nicht Angst, die seine Zähne klappern ließ, als er näher an das Zelt des Soldaten heranrückte. An diesem Nachmittag hatte er eine wertvolle Lektion gelernt: Töte schnell und sauber. Wenn auch nur ein bisschen Leben in deinem Feind ist, wird er noch mit seinem letzten Atemzug versuchen, dich zu töten.

Im Zelt saß der Feind mit dem Rücken zu Jason nahe einer kleinen Lampe am Tisch und schrieb. Die Feder machte in der Stille kratzende Geräusche auf dem Papier.

Jason ließ seinen Arm um den Hals des Soldaten gleiten und drückte seine Knöchel in die fleischige Stelle unter seinem Kinn, presste ihm die Kiefer aufeinander, so fest, dass er nicht schreien konnte. Mit seinem Messer machte er einen tiefen, schnellen Schnitt quer durch die Kehle des Mannes.

Schnell und sauber. Kein Laut. Keine Regung abgesehen von dem kurzen Entweichen von Luft aus toten Lungen und einem krampfhaften Schließen seiner Finger um die Füllfeder in seiner Hand. Jason starrte auf den Brief. Er begann: Meine geliebte Frau!

Sein Vater war in jener Nacht stolz auf ihn gewesen.

Aber Jason hatte sich auf seiner Pritsche schlaflos hin und her gewälzt. Weder freute es ihn, dass er und Trevor ihren Vater zufrieden gestellt hatten, noch quälte ihn der Tod der Soldaten. Es waren die Worte, die in schwarzer Tinte auf helles Bütten geschrieben waren, die ihn verfolgten: Meine geliebte Frau.

Regel Nummer vier – seine eigene Regel.

Ein Soldat sollte unter keinen Umständen heiraten.

Destiny machte zwar der Mangel an Sauerstoff in der unerträglich heißen Kombüse zu schaffen. Aber es war das aufreibende Herzklopfen, das an ihren Nerven zerrte. Sie hatte Angst. Seit dem Moment, in dem Diana die Waffe auf Jason gerichtet und abgedrückt hatte, seit dem Moment, als er mit blutverschmiertem Hemd auf das Deck gesunken war, litt sie Qualen. Ganz gleich, wie beharrlich ihr Kopf ihr auch sagte, dass sie Jason Batson misstrauen, sogar verabscheuen sollte, ihr Herz plädierte für Verständnis und Vergebung. Aber mehr als alles andere waren es die vertrauten alten Gefühlsregungen, die auf sie einstürmten, Gefühle wie damals an jenen regnerischen Tagen, als sie im Wald auf ihn gewartet hatte. Dieselbe nervöse Anspannung pochte in ihren Adern. Dieselbe Erregung pulsierte in ihrer Seele. In den letzten zwei Nächten war sie niedergekniet und inständiger, als sie es je für möglich gehalten hätte, hatte sie darum gebetet, dass er wieder gesund würde.

Beide Hände in Dianas Bluse verkrampft, sprach Jason leise in das Ohr ihrer Tante, so leise, dass Destiny bis auf ein gelegentliches Wimmern von Diana nichts hören konnte. Als sie versuchte zurückzuweichen, zog er sie wieder zu sich hinunter und fuhr fort, mit zusammengebissenen Zähnen auf sie einzureden. Diana wurde still. Sie nickte.

Schluckte. Ihr Körper entspannte sich, und als sie schließlich einen Schritt zurücktrat, wirkte ihr Gesicht weiß und ausdruckslos. Sie sah kurz zu Destiny, bevor sie zur Tür ging und dann aus der Schiffsküche flüchtete.

Kraftlos, schweißgebadet und schwer atmend wandte Jason den Kopf in Destinys Richtung. Seine Augen zogen sich zusammen, als hätte er Mühe, sie in sein Blickfeld zu bekommen. Sie trat näher. Sein Mund verzog sich zu einem fast unmerklichen schiefen Lächeln, und ihr wurden die Knie weich. Noch näher.

»Du bist immer noch da«, sagte er.

Sie nickte und gab sich Mühe, von oben herab und entrüstet zu wirken. Er sollte sich nur nicht einbilden, dass sie ihm so leicht verzeihen würde, was er ihr angetan hatte, auch wenn er aussah, als wäre er an der Schwelle zum Tod.

»Jenette.« Er wand sich und runzelte die Stirn, und seine Augen verdrehten sich ein wenig nach hinten, bevor er es mühsam schaffte, sich ein Stück aufzurichten und den Blick wieder auf sie zu richten. »Ist sie …«

»Es geht ihr gut«, antwortete Destiny leise.

Ein Anflug von Zorn huschte über sein Gesicht, und er sagte mehr zu sich selbst als zu ihr: »Ich wollte nicht, dass sie mich so sieht. Nicht diese Seite von mir. Sie ist zu hässlich und beängstigend. Sie muss mich für ein Ungeheuer halten.«

Connie stützte behutsam Jasons Kopf und hielt die Rumflasche an seine Lippen. »Mach einen kräftigen Schluck, alter Freund, und dann tu uns um Himmels willen den Gefallen und tauch ab, ja? Das Ganze wird für uns alle um einiges leichter, wenn du einfach tust, was dir dein Körper sagt, und das Bewusstsein verlierst. Hör auf, dich dagegen zu wehren, Jay. Du brauchst keinem von uns zu beweisen, was für ein Mann du bist.«

Jason, der Destiny immer noch unverwandt ansah, lachte bitter. »Hugo ist da anderer Meinung.«

Er streckte seine Hand nach ihr aus. Destiny starrte sie an. Connie bückte sich über das Feuer, drehte das Messer um und fing an, vor sich hin zu summen. Jason zog eine Augenbraue hoch und zwinkerte Destiny langsam zu. »Er fängt immer an zu summen, wenn er nervös ist.«

Sie legte ihre Fingerspitzen an seine. Kam näher. Ihre Finger schoben sich über seine, die fiebrig und feucht von Schweiß waren und leicht bebten. Indem er seine Finger mit ihren verschlang, schloss er seine Hand um ihre und zog sie an sich, hob ihre Hand an seinen Mund und presste seine trockenen Lippen darauf. Seine grauen Augen beobachteten sie so eindringlich, dass ihr der Atem stockte.

»Verzeihst du mir?«, fragte er. Zu ihrer Überraschung klang seine Stimme verzweifelt. Seine Hand hielt ihre besitzergreifend fest. »Überleg dir gut, was du antwortest, Liebste, ich werde dich nämlich beim Wort nehmen.«

»Ich … ich weiß es nicht«, erwiderte sie und schlang ihre Finger um seine. Ihre Kehle war wie zugeschnürt.

»Wie geht's unserem Kind?« Wieder das Grinsen, das sein Gesicht noch eingefallener und hagerer erscheinen ließ.

Destiny runzelte die Stirn und versuchte den Blick abzuwenden, bevor er die Tränen sah, die ihr in die Augen gestiegen waren. Zu spät. Schon liefen sie über ihre Wangen. »Das ist unfair«, rief sie und stampfte mit dem Fuß auf.

»Weißt du, wie ich mich fühle, wenn ich dich anschaue und weiß, dass du mein Kind in dir trägst?«

»Hör auf.« Sie lächelte und schniefte, kurz vor der Kapitulation.

»Hilflos«, flüsterte er. Seine Augen fielen zu, und der Griff um ihre Hand wurde schwächer, als würden ihn vor ihren Augen die letzten Kräfte verlassen.

In einer Anwandlung von Panik nahm Destiny seine Hand in beide Hände. Sie drückte sie fest und beugte sich vor. Ihr dunkles Haar fiel zu beiden Seiten ihres Gesichts herab wie ein weicher Vorhang. »Wir haben beide viel zu verzeihen. Viel zu verstehen. Wenn es dir besser geht …«

Connie legte eine Hand auf ihre Schulter und drückte sie leicht. »Es ist so weit, Mädchen. Gehen Sie jetzt lieber.«

Zelie ging um den Tisch herum, um Jasons Knöchel festzubinden, schob sich dann neben Destiny und stupste sie grinsend mit dem Ellbogen an. »Er ist im Handumdrehen wieder so gut wie neu.« Er löste Destinys Hand von Jasons und schnürte sein Handgelenk am Tisch fest. »Ich bin mir allerdings nicht so sicher, ob er je wieder zum Soldaten taugen wird, so weich, wie er Ihretwegen geworden ist.«

»Das reicht.« Connie durchbohrte Zelie mit einem warnenden Blick. »Du hast schon wieder Hugo zugehört. Krieg das endlich in dein opiumvernebeltes Hirn: Keiner, ob lebendig oder tot, ist so verantwortungsbewusst und so tüchtig in seinem Geschäft wie Batson. Ich schneide jedem die Zunge raus, der etwas anderes behauptet.« Connie erinnerte sich an Destinys Anwesenheit, drehte sich achselzuckend zu ihr um und sagte: »Tut mir Leid.« Dann fügte er hinzu: »Raus. Sie wollen sicher nicht dabei sein, und ich glaube, er will Sie auch nicht hier haben.«

»Sie irren sich«, sagte sie. Sie spürte einen Mut in sich, der sie ebenso überraschte wie freute. Connie hielt inne und sah sie an. »Ich glaube, er will mich hier haben. Ich bleibe bei ihm. Was passiert ist, ist meine Schuld, und … es ist das Mindeste, was ich tun kann.«

Sie beugte sich wieder über Jason und nahm sein Gesicht in beide Hände. »Ich bin hier … Jason.«

Seine Lider flatterten. Er versuchte seine Hand zu heben, aber der Gurt um sein Handgelenk hinderte ihn.

Connie drehte sich um, das Messer in der Hand. Seine zutiefst verstörte Miene bewirkte, dass sich Destinys Herz schmerzhaft zusammenzog. Er wollte ebenso wenig Schmerzen zufügen, wie Batson sie erleiden wollte.

Es ging alles sehr schnell – das plötzliche Versengen von Fleisch, die unmittelbare Reaktion eines Körpers auf den Schock und den Schmerz, krampfhafte Zuckungen und ein Aufbäumen; Knochen, Sehnen, Muskeln, die die Haut zu sprengen drohten; Handgelenke und Knöchel, die an ihren Fesseln zerrten … und ein Stöhnen, das tief in seinem Inneren brodelte, aber nicht zum Ausbruch kam, kein Schrei, kein Keuchen, nur diese erste instinktive Reaktion, dem Schmerz zu entfliehen, dann nichts als seine starren, glasigen Augen, die zu ihr hinaufblickten, ein Gesicht bar jeder Gefühlsregung, als hätte sich sein Geist wie durch ein Wunder aus seinem Körper zurückgezogen.

Die unerträgliche Hitze lastete schwer auf ihr. Lieber Gott, sie brauchte Luft!

Der Raum verschwamm vor ihren Augen.

Zelie fing sie auf und ging hastig mit ihr hinaus an Deck, in den Wind und die Gischt, die ihr kurz den Atem nahmen. Er trug sie zur Reling und setzte sie dort ab. »Ich hole Ihnen etwas zu trinken«, bot er an und eilte davon.

Destiny klammerte sich krampfhaft an die Reling, überzeugt, sofort zusammenzubrechen, wenn sie losließ, und bemühte sich, ihren Blick auf den wogenden Horizont und die vereinzelten rosa Wölkchen vor der untergehenden Sonne zu heften. Noch nie hatte sie solches körperliches Leid mit angesehen. Das Ausmaß seiner Qualen erschütterte sie. Und doch hatte er sie stumm ertragen, mit einer Apathie, die kaum noch menschlich schien. Wie, fragte sie sich, konnte ein Mensch derartige Schmerzen aushalten, ohne in irgendeiner Weise von ihnen zerstört zu werden?

Ein Geräusch. Sie drehte sich um, da sie Zelie mit dem versprochenen Getränk erwartete.

Hugo grinste auf sie hinunter. »Was ist los, Lady Chesterfield? Hat irgendwas Ihre zarten Empfindungen beleidigt? Sie wollten hier oben ein bisschen frische Luft schnappen, was? Konnten den Gestank von verbranntem Fleisch und das Stöhnen eines Verletzten wohl nicht mehr ertragen?« Er kam näher. Sie wich weiter zurück und spreizte ein wenig die Beine, um das Gleichgewicht zu halten, als das Schiff bei einem plötzlichen Windstoß schlingerte und ächzte. »Sind Sie jetzt zufrieden?«, stichelte er. »Sie haben genau das gemacht, was ich vorhergesagt habe – dem Schiff und der Crew nur Unglück gebracht. Und wie ich es sehe, wird's schlimmer, wenn Sie nicht bald von Bord verschwinden. Noch schlimmer. Keine Frau ist es wert, dass ihretwegen ein Schiff und seine Crew vor die Hunde gehen.«

»Wenn du nicht gut aufpasst«, ertönte Zelies Stimme, »bist du der Einzige, der demnächst von diesem Schiff verschwindet.« Destiny sank gegen die Reling. Ihre Knie waren wackelig vor Erleichterung. In einer Hand einen Becher, die andere auf der Pistole ruhend, die in seinem Hosenbund steckte, gönnte Zelie Hugo ein schmales Lächeln und deutete mit dem Kopf in Richtung Kombüse. »Der Kapitän ist wieder bei Bewusstsein. Ich fürchte, er wäre nicht allzu erfreut über deine Versuche, sein Schiff und seine Crew zu beschützen, schon gar nicht, wenn dafür die Dame seines Herzens geopfert werden soll.«

»Wann kapierst du endlich, dass der Kapitän als Soldat keinen Rattenfurz mehr wert ist? Das ist er schon nicht mehr, seit ihm die da über den Weg gelaufen ist. Vielleicht ist aber auch schon seit Kalamita nichts mehr mit ihm los, als er wegen einer verdammten Frau und ihrem Gör einen von uns erledigt hat. Ich weiß nicht, wie du es siehst, Mann, aber ich möchte ihn nicht gern als Rückendeckung haben, wenn ich von Sepoys umzingelt werde.«

Zelie reichte Destiny den Becher Wasser, den sie mit zitternden Händen entgegennahm. »Gehen Sie nach unten«, sagte er zu ihr. »Und bleiben Sie dort ... *bitte.*«

Sie nickte, aber als sie zum Niedergang wollte, stellte sich Hugo ihr in den Weg. »Ist nicht so, dass ich was gegen Frauen hab. Ich mag sie, ehrlich. Bloß nicht auf diesem Schiff, bei diesen Männern, und wenn sie den Kapitän total durcheinander bringen. Ehrlich gesagt, ich hätte nichts dagegen, selber mal einen Blick und ein bisschen mehr unter diese Röcke zu werfen. Muss echt nett sein, den Kapitän so am Bändel zu haben. Aber wie dem auch sei, vergessen Sie nicht eine Minute lang, was Batson wirklich will – und das ist Ihr Vater. Batson wird diesen Mistkerl von Verräter mit einer Kugel zwischen die Augen erledigen, sowie er ihn zu sehen bekommt. Und wenn nicht ... dann mach ich's. Verlassen Sie sich drauf.«

Destiny wich zurück und sah von Hugo zu Zelie, der den Blick abwandte. Als sie mit wachsender Panik zum Niedergang eilte, lief Zelie ihr nach, packte sie am Arm und ließ erst los, als sie sich zu ihm umdrehte. Er war gezwungen, die Stimme zu erheben, um das Knattern der Segel und das Brausen der Gischt zu übertönen.

»Beachten Sie ihn gar nicht, Mädchen. Er ist gemein und brutal und eine Pest, zu nichts nutze außer ...«

»Menschen zu töten.« Destiny gab Zelie den Becher zurück. »Aus diesem Grund sind doch Sie alle hier, oder? Weil Sie darauf aus sind, jemanden zu töten. Und dieser Jemand ist mein Vater.«

»Wir sind Soldaten.« Er zuckte die Achseln. »Das ist nun mal unser Metier: den Feind vernichten.«

Jenette schlief tief und fest auf ihrer kleinen Pritsche in Dianas Kabine. Diana selbst lag in ihrer Koje, einen Arm über die Augen gelegt. Destiny setzte sich zu ihr auf einen Stuhl, verschränkte die Hände im Schoß und wartete darauf, dass ihre Tante sich wieder genügend in den Griff bekam, um wieder zu sprechen. Schließlich stieß Diana einen Seufzer aus, drehte den Kopf zur Seite und starrte durch die Schatten zu Destiny.

»Ich fürchte, ich habe einen schweren Fehler begangen, Nichte. In vielerlei Hinsicht, um genau zu sein. Ein paar Tage eingekerkert in einem pechschwarzen Loch zu verbringen gibt einem Zeit, über sein Leben nachzudenken, nehme ich an, und die Motive für alles, was man tut, zu begreifen. Wie geht es dem Kapitän?«

»Man hat ihn in seine Kajüte gebracht. Fritz hat mir versichert, er würde in Null Komma nichts wieder wie neu sein.«

»Es war sehr tapfer von dir, bei ihm zu bleiben. Ich wünschte, ich wäre auch so tapfer. Magst du ihn noch ein bisschen?«

»Ich weiß es nicht.« Das war natürlich gelogen, und wenn Diana nicht so sehr mit ihren eigenen aufgewühlten Gefühlen beschäftigt gewesen wäre, hätte ihr ein einziger Blick in Destinys Gesicht die Wahrheit verraten.

»Ich muss dir etwas sagen. Etwas, das er mir im Vertrauen ins Ohr geflüstert hat. Vielleicht dachte er wirklich, er würde sterben. Oder vielleicht wollte er nur, dass ich mich noch schuldiger fühle, weil ich auf ihn geschossen habe. Er ist … Jenettes Vater.«

Destiny sank in ihren Stuhl zurück und ließ den Blick langsam durch die Kabine zu dem schlafenden Kind wandern. »Natürlich«, sagte sie leise. Ihr stieg ein Kloß in die Kehle, und sie legte eine Hand auf ihren Bauch. »Jetzt sehe ich die Ähnlichkeit. All die Bemerkungen, die er über ihren Vater gemacht hat, waren nur Ausdruck seiner Verachtung für sich selbst, weil er Michelle nicht geheiratet hat.«

»Ich musste ihm versprechen, dafür zu sorgen, dass du und Jenette versorgt seid, falls ihm etwas zustößt. Und das Baby natürlich. Er hat vor dich zu heiraten, wenn wir in Kapstadt sind, ob es dir passt oder nicht. Nur damit es keine Probleme mit ...seiner Hinterlassenschaft gibt. Des, er behauptet, sehr reich zu sein. Ihm gehört eine Insel vor der Küste Ceylons. Eine ganze Insel. Er baut dort Tee an.« Sie vergrub ihr Gesicht in den Händen. »O Gott, was habe ich getan?«

»Jedenfalls nicht unseren Kapitän getötet, falls es das ist, was Ihnen Sorgen macht«, ertönte eine Stimme hinter ihnen. Connie kam herein und schloss behutsam die Tür hinter sich.

Diana setzte sich auf. Ihr Gesicht erhellte sich. »Ist er bei Bewusstsein?«

»Er schläft. Das wird er in den nächsten Tagen hauptsächlich tun.« Er nickte Destiny zu. »Ich bin froh, dass Sie beide hier sind, ich habe Ihnen nämlich etwas zu sagen. Zelie hat mir von Ihrem Zusammenstoß mit Hugo vorhin an Deck erzählt. Was er über den Kapitän und seine Pläne mit Ihrem Vater gesagt hat. Ich denke, es wird Zeit, dass Sie erfahren, mit wem oder was Sie es zu tun haben, Ladys. Unsere Aktionen haben einigen Raum für Spekulationen gelassen, und ich habe das Gefühl, wir müssen ein bisschen die Luft reinigen, bevor wieder so was passiert wie die Sache mit dem Kapitän. Aber bevor wir Geheimnisse austauschen, möchte ich Ihnen etwas zeigen, das Ihnen helfen wird, Jason besser zu verstehen.«

Er räusperte sich und wandte sich an Destiny. »Tatsache ist, dass der Kapitän viele Gelegenheiten zum Heiraten hatte. Vielleicht hätte er es längst tun sollen. Und vielleicht versucht er bloß, frühere Fehler wieder gutzumachen. Vielleicht auch nicht. Wenn ich's mir genau überlege, war er nie der Typ Mann, der macht, was er will, ohne sich um die Konsequenzen zu scheren. Ich schätze, was ich sagen will, ist, dass Sie ihm mittlerweile sehr viel bedeuten. Und ich glaube, wenn Sie sich durchringen könnten, hinter die Fassade des Söldners zu schauen, würden Sie einen Mann entdecken, der Ihre Bewunderung verdient.«

»Mir ist klar, dass Sie ihn bewundern, Connie, aber …«

»Ihn bewundern? Aye, Lady, das tue ich. Er hat meinen Hintern öfter gerettet, als ich zählen kann. Er hat mir beigebracht, was Disziplin ist und Ehre, ganz zu schweigen von Tapferkeit vor dem Feind. Verdammt, wenn es ihn nicht gäbe, würde ich auf irgendeinem gottverdammten Kahn festsitzen und meine Tage mit Saufen und Glücksspiel und lockeren Weibern rumbringen. So war es jedenfalls, bevor ich zu ›Cobra‹ kam.

Als wir der Truppe beitraten, haben wir alle einen feierlichen Eid abgelegt, nie mit einem Zivilisten über Cobra zu sprechen. Abgesehen von den Soldaten selbst können Sie die Männer, die von unserer Existenz wissen, an einer Hand abzählen. Cobra ist eine militärische Einheit von speziell ausgebildeten Agenten, die dafür bezahlt werden, jede feindliche Gruppe oder Einzelperson zu stellen und auszuschalten, die eine Gefahr für die Krone darstellt.

Der Kapitän würde wahrscheinlich stinkwütend werden, wenn er wüsste, dass ich Ihnen das hier zeige. Er hält nicht viel von Orden und so – sagt, sie bringen gar nichts, sondern wecken nur Erinnerungen an die Taten, für die sie verliehen wurden.«

Er nahm Destinys Hand und legte etwas hinein. »Was Sie da in der Hand halten, Mylady, ist der Krimkrieg-Orden, eine hohe Auszeichnung, vergeben für besondere Tapferkeit in Ausübung seiner Pflicht. Es ist eine Medaille aus Sterling-Silber, auf einer Seite das gekrönte Haupt von Königin Viktoria, auf der anderen Seite ein römischer Legionär mit Schwert und Schild und einem Lorbeerkranz auf dem Kopf; hier links steht ›Krim‹. Die Aufhängung dort ist eine mit Blumengirlanden verzierte schwenkbare Befestigung, die es nur bei diesem Orden gibt; auch die Spangen hier, jede in Form eines Eichenblatts mit einer Eichel daran, sind einzigartig. Lady, jede Einzelne dieser Spangen steht für Einsätze in Alma, Balaklava, Inkermann und Sewastopol und wurde in einer privaten Zeremonie von Ihrer Majestät persönlich verliehen. Sehen Sie, für Cobra gibt es keine Paraden. Diese Spezialeinheit durfte nicht vor der Königin und Dutzenden begeisterten Bewunderern stehen und sich für ihren Heldenmut applaudieren lassen. Sie existiert nicht, weder in Zeitungen noch in Archiven und schon gar nicht in den Salons der guten Gesellschaft. Sie wird gerufen, um Aufgaben zu übernehmen, bei denen diesen Milchbärten von der Infanterie, die noch feucht hinter den Ohren sind, schlecht werden würde. Cobra geht Hand in Hand mit dem Teufel, damit diese Jungs es nicht tun müssen.«

Destinys Finger schlossen sich um den Orden.

»Wie ich den Kapitän kenne, wird er wollen, dass Sie ihn behalten. Heben Sie ihn einfach auf. Und sollten Sie einmal auf die Idee kommen, dass es besser für Sie wäre, irgendeinen Waschlappen zu heiraten, der sich morgens ohne die Hilfe seines Kammerdieners nicht einmal anziehen kann, nehmen Sie ihn, und schauen Sie ihn sich gut an, und danken Sie ihrem Glücksstern, dass Sie mit einem echten Ehrenmann verheiratet sind.«

Destiny drückte die Medaille an ihr Herz. Natürlich hatte

sie von den tapferen Männern gehört, die in den furchtbaren Schlachten auf der Krim mitgekämpft hatten. James und Diana hatten unzählige Beileidsbriefe an die Eltern und Witwen jener Männer geschickt, die im Krieg gefallen waren. Sie hatte sogar in der London *Times* von der Zeremonie gelesen, bei der Prinz Albert den Soldaten Orden verliehen hatte. Ihnen zu Ehren waren Paraden und Bankette und prächtige Feiern abgehalten worden, und die Frauen hatten Tränen der Rührung vergossen, wenn sie von ihren Heldentaten hörten. »Auf wahre Helden«, hatten James und seinesgleichen gerufen und ihre Sherrygläser gehoben.

Während Diana auf dem Bett in sich zusammensank und ihr Gesicht im Kissen vergrub und Connie sich zu ihr setzte, um ihr den Rücken zu streicheln und ihr mit sanften, tröstenden Worten zu versichern, dass der Kapitän seiner Schusswunde nicht erliegen würde, verließ Destiny die Kabine. Sie blieb im Dunkeln stehen, den Orden immer noch an ihr heftig klopfendes Herz gepresst, und ging dann weiter bis zu Jasons Kajüte, wo sie Franz dösend in einem Sessel neben Jasons Bett vorfand. Franz lächelte sie schlaftrunken an, stand auf und schlich auf Zehenspitzen hinaus.

Jason schlief.

Destiny setzte sich auf den Stuhl, schlang die Hände ineinander und studierte sein Gesicht. Lieber Gott, wie normal er in diesem Moment aussah – kein gemeiner Söldner, kein Held, nur ein Mann, der durch seine Verletzung und die Schmerzen am Ende seiner Kräfte war. Aber ungeachtet des Ordens, der sich in ihre Handfläche bohrte, des Kindes, das in ihr wuchs, der Flut von Gefühlen für ihn, die auf sie einstürmte, war er immer noch eine Bedrohung für ihren Vater – jetzt mehr denn je. Cobra würde zuschlagen und alles und jeden zerstören, der eine Gefahr für die Krone bedeuten könnte.

Ein Mann von Jason Batsons Ehre konnte nicht weniger als das tun.

17

Destiny lächelte Jenette an und drückte ihr ermutigend die Hand. In Wirklichkeit brauchte sie selbst ein wenig moralische Unterstützung. Sie hatte es in den letzten Tagen vermieden, Jason zu besuchen – sie brauchte Zeit zum Nachdenken, und jeder Versuch, ihre Gefühle für ihn zu analysieren, wäre unter den gegebenen Umständen hoffnungslos gescheitert. Ihn hilflos und unter starken Schmerzen leidend zu sehen, beeinträchtigte ihr logisches Denken.

»Jenette, ich bin sicher, du wirst den neuen Kapitän mögen. Er ist lange nicht so beängstigend wie der andere. Und viel hübscher, findest du nicht?«

Jenette musterte die geschlossene Tür der Kapitänskajüte, als hätte sie Angst, einem Drachen vorgeworfen zu werden. Schließlich heftete sie ihre großen Augen auf Destiny und fragte mit Mitleid erregend verzagter Stimme: »Wird er mich am Haar packen und schütteln, so wie dich?«

Die Tür ging abrupt auf. Fritz kam heraus, sah von Destiny zu Jenette und sagte: »Der Kapitän möchte Sie jetzt sehen.«

Destiny senkte die Stimme und sagte: »Wenn er sich dazu noch nicht in der Lage fühlt …«

»Mehr als jetzt wird er es in absehbarer Zeit nicht sein. Bringen wir es hinter uns.«

Sie hielt ihn am Arm fest, als er an ihr vorbeigehen wollte. »Stimmt etwas nicht, Fritz?«

Er zuckte die Achseln und runzelte die Stirn, bevor er

ein nicht sehr überzeugendes Lächeln aufsetzte. »Keine Ahnung, was Sie meinen könnten, Mädchen.«

»Sie kommen mir besorgt vor.«

Wieder sah er mit angespannter Miene zu Jenette. »Wir sind alle ein bisschen in Sorge, wie sich diese Vatergeschichte auf ihn auswirken wird«, sagte er leise. »Seien wir ehrlich, er war in letzter Zeit nicht ganz er selbst – aus begreiflichen Gründen. Seine Prioritäten sind durcheinander geraten und seine Instinkte auch.«

»Und daran geben Sie mir die Schuld.«

»So etwas passiert uns allen mal. Nur nicht gerade dann, wenn wir in ein potenzielles Krisengebiet unterwegs sind. Die Männer hier brauchen Batson als Anführer und Ratgeber. Er kann weder das eine noch das andere sein, wenn er den Kopf voll mit seinen Privatangelegenheiten hat.«

Destiny sah Fritz nach, als er den Niedergang hinaufstieg. Immer wieder in der vergangenen Woche hatte sie die Männer bei ernsthaften Diskussionen beobachtet und festgestellt, dass die Blicke, die sie ihr und Diana zuwarfen, immer kritischer wurden. Zuerst hatte sie angenommen, sie wären in Sorge um Jason, aber laut Connie hatte sich sein Zustand rapide verbessert.

Sie klopfte an die Tür.

»Müssen wir?«, fragte Jenette flehend und klammerte sich an Destinys Rock.

»Der Kapitän hat eine ganz tolle Überraschung für dich«, wisperte Destiny.

»Eine neue Puppe?«

»Etwas viel Besseres.«

Destiny holte tief Luft, öffnete die Tür und schob Jenette sanft in die Kajüte.

Jason klappte das Logbuch zu. Ein wenig steif erhob er sich aus seinem Stuhl und drehte sich zu ihnen um.

Einen Moment lang verschlug es Destiny die Sprache. Ihr stockte der Atem, und sie konnte ihn nur anstarren.

Batson trug eine maßgeschneiderte graue Uniform mit goldenen Knöpfen und Epauletten. Eine dunkelrote Schärpe war um seine Hüften geschlungen. Sein Haar war geschnitten und ordentlich frisiert. Er hatte in der letzten Woche abgenommen, was ihn hager und ausgezehrt wirken ließ und den Eindruck des Söldners verstärkte. Seine Schultern wirkten breiter, seine Hüften schmaler, seine Beine länger. Seine Augen waren wie Rauch.

Sie durchschaute sofort, warum er die Uniform angelegt hatte – um Jenette zu zeigen, dass er kein Pirat war, der ihr Böses wollte. Destiny schnürte sich die Brust so schmerzhaft zusammen, dass sie befürchtete, wieder in Ohnmacht zu fallen. Ihre Beine wurden weich wie Gelee. Er schien es zu bemerken, denn seine Lippen kräuselten sich vor Erheiterung. Oder vielleicht war es einfach nur Arroganz. Sie war überzeugt, nie einem Mann begegnet zu sein, der besser ausgesehen hatte als er in diesem Moment.

Schließlich räusperte er sich. »Meine Damen.« Er sah auf Jenette hinunter, die sich hinter Destiny verkroch und ihn misstrauisch musterte. »Es gibt Tee und Kekse.« Er deutete auf die Kanne und Tassen aus Porzellan, die auf einem Tisch standen.

Destiny biss sich auf die Lippe, um ein Lächeln zu unterdrücken. Jason war unverkennbar nervös. Er war schwerlich der Typ Mann, der es gewöhnt war, zum Tee zu bitten, insbesondere ein Kind, dem er sehr bald gestehen würde, dass er sein Vater war. Sie führte Jenette zum Tisch, wobei sie sich zwingen musste, ruhig durchzuatmen, als er an ihre Seite trat, ihren Arm mit seinem streifte und dann seine Hand sanft an ihren Rücken legte.

Als Jenette sich abmühte, auf ihren Stuhl zu klettern,

fasste er sie um die Taille, setzte sie auf das Kissen und streichelte ihre dunklen Locken, bevor er sich zurückzog. Ein dünner Schweißfilm trat ihm auf Stirn und Schläfen, und er zog ein Taschentuch aus seiner Jacke, um sich das Gesicht zu trocknen.

Destiny legte einen Keks auf Jenettes Untertasse und griff nach der Teekanne. »Ich nehme an, Kapitän, dass der Tee von Ihnen ist?«

Er runzelte die Stirn.

»Sie bauen ihn auf Ihrer Insel an?« Er nickte, und Destiny lächelte Jenette an. »Der Kapitän pflanzt Tee an, Jenette. Auf einer großen Insel vor der Küste Ceylons.«

Jenette knabberte an dem Keks und verteilte Krümel auf ihrem Schoß.

»Bestimmt hat er ein sehr großes Haus …«

»Dreißig Zimmer«, warf er ein. »Auf einem Hügel mit Blick auf den Hafen. Dann gibt es noch Stallungen. Und Pferde. Ponys …«, fügte er hinzu, wobei sein Blick flüchtig Destiny streifte. Es kostete sie Mühe, das Gesicht abzuwenden und ihre Hände ruhig zu halten, als sie Jenette eine Tasse Tee einschenkte.

»Haben Sie auch Hunde?«, fragte Jenette und langte nach dem zweiten Keks.

»Ja, habe ich. Einen, um genau zu sein. Er heißt … Hund.«

»Und Kätzchen?«

»Ich denke, in den Ställen wird es welche geben. Magst du Katzen?« Er drückte das Taschentuch an seine Oberlippe und beobachtete Jenette wie gebannt.

Sie nickte so heftig, dass ihre Locken hüpften. »Ich hatte mal ein Kätzchen. Aber es ist gestorben. Mama hat gesagt, sie schenkt mir ein anderes, aber das konnte sie nicht, weil sie dann auch gestorben ist.«

Schweigen senkte sich wie ein Leichentuch über den Raum. Jason erblasste; seine Augen wurden dunkel und angespannt. Bei dem Ausdruck auf seinem Gesicht krampfte es Destiny die Brust zusammen.

Sie wandte den Blick ab und sprach seine Tochter an. »Jenette, der Kapitän möchte dir etwas sagen«, verkündete Destiny mit trockener Stimme.

Jason sah Destiny in die Augen. *Ich bin noch nicht so weit,* lautete seine stumme Botschaft.

Alles wird gut, lautete ihre Antwort.

Jenette richtete ihre großen Augen erwartungsvoll auf Jason.

Er holte tief Luft und ließ sie langsam wieder heraus. »Jeni ... ich ...«

Nichts.

Jason wandte sich mit einem unterdrückten Fluch ab, fuhr sich mit einer Hand durchs Haar, strich über seine Schulter, ging auf und ab.

Destiny setzte ihre Tasse ab, hob Jenette von ihrem Kissen und nahm die Kleine an der Hand, um mit ihr zu Jason zu gehen. Sie kauerte sich auf ein Knie, lächelte, strich Krümel von Jenettes weißem Spitzenkragen und legte ihre Handflächen an die rosigen Wangen. »Was der Kapitän dir sagen will, Jenette, ist, dass er dein Vater ist.«

Jenette starrte Jason an, ohne zu blinzeln, ohne sich zu rühren, und mit jeder Sekunde, die verstrich, versteinerte sein Gesicht mehr, fast, als würde er wieder eine Maske tragen, fand Destiny. Sein ausdrucksloses Gesicht war nichts anderes als eine Fassade, hinter der er seine Unsicherheit und seine Enttäuschung über die mangelnde Freude seiner Tochter verbarg.

»Jenette, dein Vater ist von weither gekommen, um dich zu sehen, und ...«

»Er ist nicht mein Papa!«, platzte das Kind plötzlich wütend und mit gerötetem Gesicht heraus. »Meine Mama hat gesagt, dass Papa sehr lieb ist, und dieser Mann ist *nicht* lieb. Ich habe nämlich gesehen, wie er dir wehgetan hat!«

Jason ballte die Fäuste.

»Er hat mir nicht wehgetan, Liebling. Schau mich an. Sehe ich aus, als würde mir etwas wehtun? Würde ich ihm erlauben, dich anzufassen, wenn ich glaubte, er könnte dir etwas tun? Schau her!« Destiny stand auf und nahm Jasons Hand, um sie an ihre eigene Wange zu legen und zärtlich zu küssen. Ihre Augen schlossen sich, und ihre Stimme senkte sich zu einem gedämpften Murmeln. »Er ist ganz bestimmt lieb zu dir, denn er liebt Kinder. Du musst ihm eine Chance geben, dir zu zeigen, wie lieb er dich hat. Komm schon, schenk ihm eine kleine Umarmung. Bitte! Für mich!«

Jenette verzog ihren kleinen Mund nach unten, als sie zuerst über Destinys Bitte nachdachte und dann den großen, dunklen Fremden betrachtete, der vor ihr stand, einen Mann, der zusammenzubrechen drohte, wenn sie sich weigerte.

Aber sie weigerte sich nicht. Die kleinen Ärmchen in die Höhe gereckt, wartete sie, bis Jason sich auf ein Knie hockte, schmiegte sich dann an ihn und legte ihre Arme um seinen Hals. »Bist du wirklich mein Papa?«, fragte sie ihn.

Er schloss die Augen und hielt sie ganz fest. »Ja, Jeni.«

»Schenkst du mir ein Pony? Und einen Hund? Und ein Kätzchen?«

»Ich schenke dir alles, was dich glücklich macht.«

»Sogar ein Äffchen? Äffchen mag ich auch sehr gern!«

Jason lachte und drückte sie an sich. Seine Gefühle standen ihm ins Gesicht geschrieben. »Ich kaufe dir ein Dutzend Affen. Das verspreche ich.«

Destiny verließ den Raum und schloss die Tür so behutsam wie möglich hinter sich. Sie musste fliehen, bevor sie zuließ, dass ihre Gefühle sie überwältigten. Jason mit dem Kind in seinen Armen zu sehen hatte sie bis ins Mark erschüttert und absurde Hoffnungen in ihr geweckt – dass er, falls er eines Tages echte Liebe für sie und das Kind, das sie erwartete, empfand, die Pflichten eines Soldaten vielleicht vergessen würde, wenn es zu einer Konfrontation mit ihrem Vater kam.

Sie eilte zu ihrer Kabine.

Hinter ihr wurde die Tür geöffnet. »Des?«

Ihre Schritte stockten. Widerstrebend wandte sie sich um.

Jason, der auf der Schwelle stand, lächelte. »Ich würde dich später gern sehen.«

»Ich weiß nicht …«

»Es gibt einiges zu besprechen.«

»Aber es geht dir …«

»Schon viel besser.« Wieder lächelte er, wenn auch nicht mehr ganz so strahlend. »Vor ein paar Tagen, in der Schiffsküche, dachte ich, du hättest mir vielleicht verziehen. Ich dachte, wir könnten es noch einmal versuchen. Ganz von vorn anfangen.« Das Lächeln verschwand von seinen Lippen. »Des …«

»Ich gebe dir Bescheid.« Ihre Stimme brach. Sie lief in ihre Kabine, lehnte sich an die geschlossene Tür und bedeckte ihr Gesicht mit den Händen.

Obwohl er Destiny eine Nachricht geschickt hatte, in der er sie bat, mit ihm zu Abend zu essen, kam sie nicht. Jason, der an Deck war, trat an die Reling; der Wind wehte aus Nordost und wurde jetzt, da sie Kurs auf Kapstadt hielten, kühler. Mit etwas Glück würden sie in zwei, vielleicht drei

Wochen dort sein. Unterwegs hatten sie mit rauerem Wetter zu rechnen, da die wärmeren nördlichen Winde auf die kühleren südlichen prallten. Das Gesicht dem Wind zugewandt, konnte er die Unwetter förmlich riechen, die sich zusammenbrauten. Die Luft schien elektrisch aufgeladen und stach ihm in die Nase wie verbranntes Schießpulver, genau wie in jenen Augenblicken, kurz bevor er sich ins Kampfgetümmel stürzte. Seine Instinkte vibrierten. Sein Blut rauschte. Es fühlte sich ein bisschen verrückt an, als wäre sein Geist so straff gespannt wie eine Klaviersaite.

»Er ist für uns nicht mehr von Nutzen. Keiner von uns, der heute Abend hier steht, würde ihm zutrauen, uns Rückendeckung zu geben.«

Die Stimme kam vom Achterdeck, gefolgt von anderen.

»Seit Kalamita ist er nicht mehr der Alte. Fast ein Jahr in Einzelhaft und wofür? Die Frau, die der Leutnant erschossen hat, hielt unter dem Körper ihres Babys eine Pistole versteckt. Damit hätte sie jeden von uns umbringen können.«

»Und noch dazu die Sache mit Dunleavy. Wir können von Glück reden, wenn wir heil aus der Sache rauskommen und nicht am Galgen enden. Und das alles schon wieder wegen einer Frau.«

»Eine Frau, deren Vater laut Dunleavy bis zum Hals in Schwierigkeiten steckt. Der Kerl mag ja ein Schwein sein, aber in solchen Sachen hat er sich eigentlich noch nie geirrt. Wenn er Fontaine im Verdacht hat, mit Sahib unter einer Decke zu stecken, stimmt es wahrscheinlich auch.«

»Womit wir zwischen zwei Stühlen sitzen.« Connies Stimme. Jason lehnte sich wieder an die Reling und schloss die Augen. *Verdammter …* »Jason wird früher oder später eine Entscheidung treffen müssen. Entweder er verschließt die Augen vor Fontaines Verbrechen, *falls* Fontaine an dem Verrat beteiligt ist, und segelt mit Destiny in den Sonnenuntergang, oder er stellt sich seiner Verantwortung. Das Leben von einigen tausend britischen Bürgern hängt davon ab, dass er wieder zur Vernunft kommt. Verdammt, der Mann ist Soldat. Ein ausgebildeter Kämpfer. Ein Killer. Früher einmal hätte jeder von uns mit den Knien geschlottert bei der Vorstellung, gegen ihn anzutreten.«

»Und was machen wir?«, wollte Hugo wissen.

»Ich denke darüber nach«, erwiderte Connie.

»Wir übernehmen das gottverdammte Schiff«, verkündete Hugo. »*Das* machen wir.«

»Halt den Mund, Mann. Was du da redest, ist Meuterei.«

»Aye, Meuterei. Wir nehmen ihm das Scheißschiff ab, LaTouche, bevor es zu spät ist. Was geht es uns an, dass Batson für die Frau unbedingt den Helden spielen will? Wir warten in Kapstadt auf Dunleavy und Trevor. Wir übergeben ihnen die Frau und machen mit Dunleavys ursprünglichem Plan weiter.«

Jason beugte sich mit geschlossenen Augen nach vorn. Der Rum, den er getrunken hatte, brannte in seinen Eingeweiden. Er versuchte, ruhig zu atmen und seinen Zorn zu überwinden, Zorn auf die Crew, auf die Männer, die gemeinsam mit ihm an die hundert blutige Kämpfe ausgetragen hatten, und Zorn auf sich selbst. Sie hatten Recht, und er wusste es. Eine Schlacht wurde nicht von einem einzelnen Soldaten geführt und gewonnen. Sie bildeten eine Einheit. Wenn nur ein Glied in der Kette schwach war, mussten alle darunter leiden.

Jesus, wann war er das schwache Glied geworden? In Kalamita? In jenem Moment auf der Waldlichtung, als sich sein Körper mit dem von Destiny vereinte und er erkannte, dass er von einer Jungfrau verführt worden war? Oder als er nach der Befriedigung seiner Lust in ihre Augen sah und feststellte, dass er in gewisser Weise einen Freund entehrt hatte, nicht nur, indem er Fontaines Loyalität gegenüber der Krone in Frage stellte, sondern indem er Comptons ungeheures Vertrauen und seine Achtung vor Jason Batson missbrauchte. Wie oft hatte Compton, wenn sie zusammen auf der Veranda der Fontaines saßen und einen Drink nahmen, beiläufig erwähnt, dass Jason ein guter Ehemann für seine Tochter wäre?

Das Schiff schwankte unter ihm, und die fernen Stimmen wurden vom Singen des Winds in der Takelage übertönt. An seinem Rücken kroch ein unangenehmes Frösteln hinauf, das nichts mit dem Nordostwind zu tun hatte, der die *Pretender* in Richtung Kapstadt lenkte. Wie ein Blitzschlag traf ihn die Erkenntnis, dass er und nur er zwischen seiner Crew und Destiny, Diana und seiner Tochter stand – einer Crew, die ihren Kapitän wegen seiner Schwäche für eine Frau nicht mehr respektierte.

Destinys Körper veränderte sich allmählich. Das zarte Hemd, das sie unter ihrer Bluse trug, spannte sich jetzt enger um ihre Brüste, und ihre Taille schien breiter zu werden. Bestimmt bemerkte niemand sonst einen Unterschied, aber sie konnte es sehen. Alles an ihrer Existenz war aus den Fugen geraten. Ihre Gefühle lagen bloß, und das machte sie nervös und unausgeglichen – viel zu unausgeglichen, um in einem Raum mit Jason Batson zu sitzen und bei gebratenem Huhn und Früchten in Brandysauce höflich ihre Zukunft zu diskutieren.

Lieber Himmel, war ihr heiß! Auch das war zu einem Problem geworden. Einen Moment war ihr heiß, im nächsten fröstelte sie; einen Moment überschäumend glücklich, im nächsten knapp davor, sich ins Meer zu stürzen, um nicht länger über ihre missliche Lage grübeln zu müssen.

Ausgezogen bis auf Hemd und Hose, beugte sich Destiny über die Waschschüssel aus Porzellan. Der Krimkrieg-Orden, den Connie ihr gegeben hatte und der jetzt an einem Band um ihren Hals hing, baumelte hin und her, und sie schob ihn unter das Hemd. Dann bespritzte sie ihr Gesicht mit Wasser und ließ es zwischen ihren Brüsten hinunterlaufen. Sie kam fast um vor Hunger. Und sie fühlte sich wie ein Idiot, weil sie stur darauf beharrt hatte, sich in ihrer Kabine einzusperren, nur um der unausweichlichen Begegnung mit Jason zu entgehen. Sie war nie der Mensch gewesen, der vor etwas davonlief. Aber genau das tat sie ständig, was Batson betraf. Seit dem Moment, in dem sie in seine Kajüte gekommen war und ihn ohne Maske gesehen hatte, schlug sie um sich wie jemand, der nicht mehr aus noch ein wusste.

Sie liebte ihn.

Sie hasste ihn.

Sie fürchtete ihn.

Sie sehnte sich nach ihm … mit jeder Faser ihres Seins.

Ihn an diesem Nachmittag in seinem ganzen militärischen Staat zu sehen, hatte sie bis ins Innerste getroffen. Seine Gegenwart hatte alles andere ausgelöscht. Noch immer spürte sie seine Hand auf ihrem Rücken, als hätte er sie gebrandmarkt. Und die Luft, die ihn umwehte, hatte … wonach geduftet? Talkumpuder. Sein Duftwasser *Bay Rum*. Seife. Schweiß. Dann sah sie wieder vor sich, wie er seine Tochter im Arm hielt …

Es klopfte abrupt an die Tür, und sie fuhr zusammen.

»Mach auf«, ertönte Jasons gereizte Stimme.

Hitze breitete sich wie flüssiges Feuer in ihrem ganzen Körper aus. Natürlich war er wütend. Sehr wütend. Es überraschte sie eigentlich, dass es so lange gedauert hatte, bis er vor ihrer Tür stand.

»Ich sagte, mach die gottverdammte Tür auf, Destiny.«

»Geh weg«, rief sie und verkroch sich tief in ihre Koje.

»Ich zähle bis drei, dann trete ich die Tür ein. Eins.«

Sie streckte das Kinn vor.

»Zwei.«

Sie straffte die Schultern. Er konnte unmöglich so brutal sein und …

»Drei!«

Mit einem Aufschrei sprang sie vom Bett, als die Tür gegen die Wand krachte. Sie wich zurück, als Jason in die Kajüte stürzte. Das hier war kein aristokratischer Offizier, dieser Mann mit dem windzerzausten Haar und dem Hemd, das ihm aus der Hose hing, fast bis zu den Knien. In einer Hand hielt er eine nahezu leere Flasche Rum.

Destiny machte den Mund auf, schloss ihn aber gleich wieder, als ihr einfiel, dass jetzt vielleicht nicht der geeignete Moment war, ihn mit einem Tadel noch mehr zu provozieren. Das Feuer, das in seinen Quecksilberaugen blitzte, verriet ihr mehr als deutlich, dass er mit seiner Geduld am Ende war. Sie konnte in diesem Moment kaum atmen, noch viel weniger sprechen oder auch nur nach ihrer Kleidung greifen, die sie vorhin über die Stuhllehne geworfen hatte.

Langsam und ohne den Blick von ihr zu wenden, langte er nach dem Griff der Tür und schloss sie wieder. Sie abzusperren war allerdings nicht mehr möglich. Der Riegel hing verbogen herunter und schwang quietschend hin und her.

»Was zum Teufel willst du, Batson?«, brachte sie atemlos hervor, während sie sich rückwärts zum Waschtisch schob.

»Was glaubst du denn?« Er legte den Kopf zur Seite und verzog die Lippen. Seine Augen wirkten träge und tief wie graues Wasser, als sie langsam über sie glitten.

»Du willst mich zweifellos bestrafen, weil ich deine Einladung zum Dinner abgelehnt habe. Ich ... es tut mir Leid. Mir war nicht gut. Mir ist immer noch nicht gut, wenn du mich also entschuldigen ...«

»Halt den Mund.« Er stieß sich von der Tür ab und warf die leere Flasche achtlos beiseite. Sie rollte mit dem Schlingern des Schiffs hin und her. »Ich will nicht hören, wie es dir geht, Lady Chesterfield. Ich habe es wirklich satt, ständig Rücksicht nehmen zu müssen. Ich habe an anderes zu denken. Zum Beispiel daran, wie du mich vor meinen Leuten entmannt hast. Aus mir einen unfähigen Idioten gemacht hast, der nicht mehr in der Lage ist, Kapitän seines Schiffs zu sein. Du hast mein ganzes Denken auf den Kopf gestellt. Mich um den Verstand gebracht. Meine Crew denkt an Meuterei, nur weil ich nicht länger über unsere gemeinsame Zukunft hinaus denken kann.«

»Das tut mir Leid.«

»Nein, ich glaube nicht, dass es dir Leid tut. Du hast mich genau da, wo du mich haben wolltest. Du bekommst ein Kind. Von mir. Und du weißt verdammt gut, dass ich nicht die Absicht habe, mich wie bei Michelle vor der Verantwortung zu drücken. Um für uns ein ›Glücklich bis an ihr Lebensende‹ zu sichern, brauche ich dir nur zu schwören, dass ich deinen Vater trotz seiner Verbindung zu Sahib nicht verfolgen und vernichten werde. Wie zum Teufel kannst du das von mir erwarten, wenn er möglicherweise Pläne schmiedet, um seine eigenen Landsleute zu vernichten?«

»Das tut er nicht«, entgegnete sie. »Ich kenne meinen Vater. Du kennst meinen Vater. Wie kannst du nur eine Sekunde lang glauben, dass er zu so etwas fähig wäre? Er mag Indien und die Menschen dort leidenschaftlich lieben, aber nicht so sehr, um auch nur an Verrat zu denken.«

Seine grauen Augen verengten sich, und seine Lippen wurden schmal. In seiner Stimme schwang eine Bitterkeit mit, die Destiny bis ins Herz traf. »Ich weiß, was Leidenschaft aus einem Mann machen kann, Süße. Jene Art Leidenschaft, die einen Mann krank macht, die ihm jeden klaren Gedanken raubt und alles zunichte macht, woran er geglaubt, wofür er eingetreten ist. Die Art, die einen auslaugt und schwächt und völlig aus der Bahn wirft. Leidenschaft ist der schlimmste Feind eines Mannes. Sie ist die große Unbekannte in seinem Leben, auf die er keinen Einfluss hat.«

Sein Kopf fiel leicht nach vorn, und er starrte sie durch die wirren Haarsträhnen an, die ihm in die Stirn hingen. Destiny wich zurück, als er näher kam; ihr zitterten die Knie, nicht vor Angst, sondern vor dem Bild, das er abgab, das eines wilden Tiers auf Beutejagd, und sie ohne Hoffnung auf Entkommen, selbst wenn sie es wollte.

Sie wich ihm aus, als er eine Hand nach ihr ausstreckte. Sie brauchte Zeit zum Nachdenken …

Er machte einen Satz und hielt mit einer Hand ihr Hemd fest, um zu verhindern, dass sie zur Tür lief. Das Hemd zerriss sofort; die eine Hälfte blieb in seiner Hand, die andere rutschte von ihrer Schulter und über ihre Brust. Einen Moment lang starrte sie wie gelähmt auf den Fetzen Stoff in seiner Hand, dann in seine Augen, die erst benommen wirkten, als ihm die Medaille auffiel, die um ihren Hals hing, dann unerbittlich.

»Bastard«, zischte sie und verschränkte die Arme vor ihren Brüsten, obwohl sie wusste, dass der Versuch sinnlos und lächerlich war. Schließlich sah er sie nicht zum ersten Mal, aber damals war es ihre Entscheidung gewesen, nicht seine.

Der Stoff glitt aus seinen Fingern und flatterte zu Boden.

Seine Lippen verzogen sich. Seine Augen wurden schmal. »Sehr hübsch«, murmelte er und streckte wieder die Hand nach ihr aus.

Sie wich mit einem Satz zur Seite aus und schoss zur Tür. Er fing sie mitten in der Bewegung ab, schlang seinen Arm um ihre Taille und drängte sie grob an die Wand. Er hielt ihre Arme über ihrem Kopf mit einer Hand fest, wie er es vielleicht bei einem Feind tun würde, und stieß seine Knie zwischen ihre. Das Haar über ihre Brüste wallend, hielt sie schwer atmend seinem herausfordernden Blick trotzig stand.

»Wenn du damit fertig bist, deine Überlegenheit zu demonstrieren, kannst du mich loslassen.«

»Nein.« Er schüttelte den Kopf. Seine Augen musterten sie hungrig. Ihr Atem ging schneller.

»Dann ist das Ganze wohl nur ein Manöver, um mich zu demütigen. Wenn das dein Ziel ist, muss ich dich leider enttäuschen. Es erfordert einiges mehr, mich kleinzukriegen.«

»Denkst du, das habe ich mit dir vor, mein Schatz?« Er lachte und spielte mit der Medaille zwischen ihren Brüsten, wobei seine Fingerknöchel leicht ihre Haut streiften, legte dann seine Hand auf ihren Bauch und löste die Bänder ihrer Unterhose. Sie rutschte sofort über ihre Hüften und glitt an ihren Knien hinunter.

»Du bist betrunken.«

»Stimmt. Sehr betrunken.«

Seine Hand schob sich zwischen ihre Schenkel, umschloss sie, teilte sie, glitt in sie hinein. Sie keuchte und erbebte und versuchte vergeblich zu flüchten, bewirkte aber nur, dass er ihre Handgelenke noch fester umklammerte und seinen schweren Körper an ihren drängte, sie festhielt, während seine Hand sich weiter vorwagte. Ein

Stöhnen drang aus ihrer Brust. Sie konnte das Feuer nicht bezwingen, das seine Finger in ihr entfachten. Sie fühlte sich wie flüssiges Feuer. Ihre Beherrschung brach Stück für Stück in sich zusammen, als er sie erkundete, erst sanft, dann grob, tief in sie eintauchte, seine Finger wieder herauszog, um sie kreisen und liebkosen zu lassen, bis sich ihr Körper wand, nicht weil sie ihm entfliehen, sondern sich ihm so weit wie möglich öffnen wollte.

Er versuchte sie zu küssen. Sie wandte den Kopf und flüsterte: »Ich hasse dich, weil du mir das antust.«

»Was tue ich dir an? Dich daran erinnern, dass ich nur fünf Minuten in deiner Nähe zu sein brauche, um zwischen deine schönen Beine zu kommen?«

Seine beleidigenden Worte ließen etwas in ihr ausrasten. Sie bäumte sich auf, so wild, dass er gezwungen war, seinen Arm an ihre Brust zu drücken, und warf sich heftig an seine Schulter. Zu spät fiel ihr ein, dass dort seine Wunde war; er keuchte, und sein Gesicht wurde weiß. Einen Moment lang wirkte er wie betäubt. Ihr stockte der Atem. Ein Wechselspiel von Empfindungen durchlief sie: Schuldbewusstsein, Trotz, Sorge, während ihr Körper immer noch vor Verlangen schmerzte und pulsierte und von dem verräterischen Feuer, das er in ihr entzündet hatte, brannte. Fast hätte sie sich entschuldigt, aber in diesem Moment blinzelte er, und sein Blick wurde klarer. Er richtete sich auf, riss sie mit einem gutturalen Fluch von der Wand und schleuderte sie auf ihre Koje.

Destiny verkroch sich in den hintersten Winkel, die Beine bis zum Kinn angezogen, griff nach einem Kissen und warf es nach ihm.

Er verdrehte wie trunken die Augen und lachte, als er das Kissen mit einer Hand abwehrte, zog dann sein Hemd über seine verbundene Schulter und seinen Kopf, schleuderte es auf den Boden und kam auf sie zu. Seine Hände wanderten zu seiner Hose und begannen die Knöpfe zu öffnen, einen nach dem anderen.

»Du musst zugeben«, sagte er, »dass ich viel netter zu dir war, als ich es in Anbetracht der Umstände hätte sein sollen. Habe ich deine Launen etwa nicht geduldig ertragen? Antworte mir, verdammt!«

Destiny zog die Augenbrauen zusammen und nickte. Ihr Blick hing an dem V aus Haut und dunklem Haar, das er freigab, als er seine Hose aufknöpfte. Die unverkennbare Wölbung unter dem Stoff trieb ihr das Blut in die Wangen und ließ ihr Herz schneller schlagen.

»Ich habe bei dem Versuch, dich vor einer äußerst gefährlichen Begegnung mit Dunleavy zu bewahren, mein Schiff und meine Crew in Gefahr gebracht. Ich habe bei diesem verdammten Sturm zwei gute Freunde verloren, nur weil ich mir den Kopf von einem Haufen Unsinn habe verdrehen lassen: Verantwortung, Schuld, Verlangen, Freundschaft. Meine Leute halten mich für verblendet genug, Verrat zu begehen, falls sich dein Vater als Judas an seinen Landsleuten entpuppen sollte. Und die traurige Wahrheit ist, sie könnten Recht haben. Ich kann nicht mehr klar denken, ohne mir die Frage zu stellen, inwieweit meine Handlungen dich betreffen könnten. Ich denke immer wieder an die schönen Abende mit deinem Vater, als ich mir Geschichten über dich anhörte und mir dachte, dass die Vernarrtheit eines Vaters in seine Tochter sein Urteilsvermögen wohl trüben müsste. Dann sah ich dich auf der Lichtung Ponys mit der Hand füttern. Ich habe beobachtet, wie du dein Pferd wie der Teufel geritten hast, und den Atem angehalten, wenn du über Steinmauern gesetzt hast, als hättest du Flügel. Ich habe mich im Schatten von steinernen Buddhas versteckt und zugehört, wie du von Liebe und Verlangen und barfuß-im-Sand-laufen geschwärmt hast. Und ich fand, das Loblied, das dein Vater auf dich gesungen hatte, würde dir nicht gerecht werden. Bei weitem.«

Destiny, die sich auf die Decke sinken ließ und mit angehaltenem Atem beobachtete, wie seine Hosen langsam auf seine Hüften rutschten, fragte sich, wie sie sich so gerührt, erregt und wütend zugleich fühlen konnte. Sie schüttelte den Kopf, als er ein Knie auf die Koje stützte und seine Hosen an seinen Schenkel hinunterglitten, ihn nicht weiter einengend. Ein Laut entrang sich ihr. Sie versuchte sich auf die Seite zu rollen. Er hielt sie fest, drehte sie grob auf den Rücken und schob sich zwischen ihre Beine.

»Willst du mich vergewaltigen?«, fragte sie hitzig. Sie hasste ihren Körper, weil er vor hemmungslosem Verlangen bebte.

»Wenn es sein muss«, erwiderte er in rauem Flüsterton, fing dann ihre Fäuste ein, als sie versuchte, ihn von sich zu stoßen, presste sie über ihrem Kopf auf das Bett und erforschte mit seiner anderen Hand ihre Brüste, indem er sanft die Spitzen knetete, wanderte dann weiter nach unten, ganz langsam, zwischen ihre Beine bis an die Stelle, wo sich ein so köstlicher Schmerz konzentrierte, dass sie einen Schrei ausstieß und versuchte, sich loszureißen. Sie rangen miteinander. Er stieß einen zischenden Laut aus, als sie ihm einen Stoß mit dem Ellbogen versetzte. Sie trat mit den Beinen nach ihm und bockte wie ein wildes Pferd, rollte sich auf den Bauch und versuchte, sich auf die Knie zu ziehen. Eine Hand in ihrem Haar vergraben, schlang er seine Finger in ihre Locken und drückte ihr Gesicht auf die Matratze, zwängte seine Knie zwischen ihre Schenkel und zog ihre Hüften hoch.

»Erwischt«, verkündete er schwer atmend und strich mit

seiner freien Hand zärtlich über ihren Po, bevor er ihre Beine spreizte und zwischen ihre Schenkel tauchte, bis sie erzitterte und hilflose Laute von sich gab. »Wir können es auf zwei Arten machen, je nachdem, wie es dir lieber ist. Ich kann dich einfach nehmen. Oder ich kann es liebevoll machen.«

»Lieber würde ich mich …«

»Den Haien vorwerfen, wenn ich mich recht entsinne.«

Wieder setzte sie sich zur Wehr. Sein Griff verstärkte sich. »Komisch. Du verführst einen Fremden, lässt zärtliche Gefühle für einen grotesk entstellten und geilen Kapitän zur See zu, dessen Namen du nicht einmal kennst, aber Gott behüte, dass du dich mir fügen könntest.«

»Ich verachte dich.«

»Das glaube ich nicht.« Er schob sein Glied zwischen ihre Beine und bewegte seine Hüften. Sie schnappte nach Luft und erstarrte. Hielt den Atem an. Ihr Herz schlug ihr in der Kehle, und ein schockierendes Gefühl von freudiger Erregung durchzuckte sie wie ein Blitz. Ein Moment verging, bevor sie merkte, dass er ihr Haar losgelassen hatte. Seine Hände zogen die Rundungen ihrer Pobacken nach, streichelten und kneteten sie. Dann beugte er sich über ihren Rücken, strich ihr das Haar von den Ohren und murmelte mit vor Erregung heiserer Stimme: »Was zum Teufel willst du von mir, Des? Was ist nötig, damit du aufhörst, mich zu bekämpfen? Ein Versprechen? Ist es das? Wenn ich die Augen vor den Verbrechen deines Vaters verschließe, machst du dann Schluss mit diesem Wahnsinn?«

Er gab einen erstickten Laut von sich und drehte sie um. Seine dunklen Augen brannten sich in ihre. »Ich liebe dich«, sagte er leise. »Reicht das nicht?«

Ihr Herzschlag schien einen Moment auszusetzen. Sie fragte sich, ob das Gefühl, dass die Welt auf dem Kopf stand, von ihrer Überraschung her rührte oder ob das Schiff plötzlich von einem Wellenkamm sackte.

Er senkte den Kopf und küsste ihren Mund, sanft, zärtlich. Seine sinnlichen, nach Rum schmeckenden Lippen streiften ihre, und seine Zunge neckte sie. Süße Verführung. Jetzt war er der Verführer, der provozierte und lockte und in ihrem Körper ein Verlangen weckte, wie sie es noch nie erlebt hatte, nicht einmal an jenem regnerischen Nachmittag auf der Lichtung. Seine Hände schienen überall zugleich zu sein, quälten, liebkosten, verwandelten ihren Körper in flüssiges Feuer, bis sie unter ihm zuckte und sich wand, nicht vor Schmerzen, sondern vor Lust und überwältigendem Begehren. Und sein Mund – leicht an ihren Brüsten saugend, dann auf ihrem Bauch, Küsse hauchend und leise atmend und gemurmelte Worte zu seinem Kind sprechend, ein Ohr an ihre Haut gelegt, als erwarte er eine Antwort, dann weiter unten, wo seine Lippen sie liebkosten, auf eine schockierende Art, die sie verlegen machte und ihr das Gefühl gab, durch und durch schamlos zu sein. Es war verboten schön! Lieber Gott, so etwas hätte sie sich nie träumen lassen! Oh, was für eine köstliche Liebkosung war dieser Vorstoß seines Munds und seiner Zunge.

Die Hände in seiner wirren Mähne vergraben, presste sie sein Gesicht fester an sich und bog den Rücken durch, verlor jede Kontrolle, mitgerissen von rasendem Hunger nach einer Vollendung, die sie nicht ermessen konnte, einem Hunger, der mit jeder Berührung seiner Lippen und jedem leidenschaftlichen Laut, den er ausstieß, größer wurde. Als sie das Gefühl hatte, es keinen Moment länger aushalten zu können, schob er sich über sie und drang so schnell und vollständig in sie ein, dass es ihr einen Moment lang den Atem nahm.

Seine Finger bohrten sich in ihre Hüften, um sie höher

zu heben, um tiefer in sie einzutauchen. Seine schmalen Hüften fuhren auf und ab, während er mit zusammengebissenen Zähnen ihr Gesicht beobachtete, Schweißtropfen auf seiner Stirn und Oberlippe.

Ein Laut entrang sich ihr, und sie hörte sich immer wieder beschwörend sagen: »Bitte, bitte, bitte.« Ihre Hände tasteten nach ihm, gruben sich in sein Fleisch, bis ihre Nägel ihn blutig kratzten und er sich mit einem Stöhnen tiefer auf sie senkte.

»Hexe«, knurrte er und tauchte seine Zunge in ihr Ohr. »Du willst es wissen, Des? Süße, ich gebe dir, was du nur verkraften kannst.«

Seine Stöße wurden härter. Der Schweiß und das Blut von den Kratzern machten ihre Haut glitschig; immer wieder stießen ihre Körper gegeneinander, bis sich die Spannung in ihrem Inneren erneut aufgebaut hatte und ein erlösender Schrei in ihrer Kehle aufstieg. »Komm schon, komm«, sagte er mit verzweifelter Stimme, sein eigener Körper heiß und feucht und verkrampft vor Anstrengung; jede Anspannung seiner Muskeln, seiner Hüften machte seinen Körper hart wie Granit.

Es kam ganz plötzlich, wie eine grelle Explosion, erschütternd, konvulsivisch, schockierend heiß und unkontrollierbar. Sie wehrte sich dagegen, begriff nicht, was mit ihr geschah – ihr erstes Beisammensein hatte nicht so geendet, mit diesem köstlichen Schmerz, dem sie hilflos ausgeliefert war. Es war beängstigend, sich diesem Gefühl willenlos zu überlassen und sich an den Rand des Bewusstseins treiben zu lassen. Destiny stieß einen Schrei aus, krampfte ihre Hände in die Decken und wurde dann ganz still, am Abgrund schwebend, während Jason fortfuhr und sie schließlich mitriss.

Die Zuckungen, die sie durchliefen, schienen kein Ende

zu nehmen, hoben sie in die Höhe, um sie dann ins Bodenlose stürzen zu lassen. Jason vergrub sein Gesicht in ihrer Halsbeuge, als sie sich an seine Schultern klammerte, erfüllt von dem Verlangen, ihn zu halten, ihn ganz und gar zu spüren … ihn nie wieder loszulassen.

Und noch immer bewegte er sich in ihr, seinem eigenen Höhepunkt entgegen. Sein Körper schwitzte; sein Atem kam stoßweise. Sie fand den gemeinsamen Rhythmus wieder, nahm sein Gesicht in ihre Hände und zog seinen Kopf zu ihrem hinunter, öffnete dann die Lippen und schob ihre Zunge in seinen Mund. Ein dumpfer Laut kam aus seiner Brust, und er riss sich los. Die Muskelstränge an seinem Hals traten vor, als er den Kopf zurückwarf und die Augen schloss. Sie fühlte es kommen. Es zerbarst in ihr wie flüssiges Feuer, pulsierte wie ein Herzschlag; sein Körper erschauerte, und er brach mit einem leisen Stöhnen auf ihr zusammen.

18

Das Schiff erbebte bis in die Fugen. Es hob und senkte sich und legte sich von einer Seite auf die andere, als Jason benommen die Augen aufmachte. Einen Moment lang wusste er nicht, wo er war. Er schüttelte den Kopf, um den Schlaf abzuschütteln, der ihm das Gehirn vernebelte, und schob sich vorsichtig unter Destiny vor. Sie maunzte leise und schmiegte sich an ihr Kissen. Er zog die Decke über ihre nackten Schultern, beugte sich vor und hauchte einen Kuss auf ihre Wange.

Er zog sich rasch an und verließ die Kabine. Das Schiff schlingerte; er taumelte auf unsicheren Beinen zu seiner Kajüte, holte seine geladene Pistole und schob sie in seinen Hosenbund, bevor er zu Connies Logis weiterging. Die Tür war unversperrt. Connie lag ausgestreckt in seiner Koje und schnarchte. So geräuschlos wie möglich schlich Jason hinein, nahm den Schlüsselbund von einem Haken an der Wand und lief den Niedergang hinauf.

Wind und erste Regentropfen peitschten zwischen den Segeln und Wanten durch, mit einer Vehemenz, die Jason den Atem nahm. Die Segel waren auf Viertelmast gerefft und die Leinen so straff wie möglich festgezurrt. Er machte eine kurze Bestandsaufnahme der Crew, vielmehr der Leute, die er in der Dunkelheit ausmachen konnte. Jeder schien auf seinem Posten zu sein, wachsam und seiner Verantwortung bewusst. Sollte der Sturm stärker werden, würde für die anderen die Alarmglocke läuten.

Er schlug den Weg zum Laderaum ein, wobei er nur kurz innehielt, um sich eine Lampe zu holen. Er hatte etwas Mühe mit den Schlössern und fluchte leise, als das rostige Schloss nicht sofort aufspringen wollte. Schließlich klickte es ein und die Luke schwang auf.

Mit erhobener Lampe suchte er nach den Kisten mit Waffen. So weit, so gut. Alles an Ort und Stelle. Es fehlten keine Gewehre. Jesus, allmählich litt er unter Verfolgungswahn. Er nahm sich ein Paar Pistolen aus einer Kiste und steckte sie zu seiner in den Hosenbund.

»Was zum Teufel machst du da, Mann?«

Jason zog seine Pistole, fuhr auf dem Absatz herum und richtete die Waffe auf den Punkt zwischen Connies entgeisterten Augen.

Connie blinzelte und wich zurück. »Scheiße«, murmelte er, ohne den Blick von Jason zu wenden. »Du lässt nach, Jay. Wenn du das nächste Mal bei einem anderen ins Zimmer schleichst, um ihm seine Schlüssel zu stehlen, versuch ein bisschen leiser zu gehen.« Er zuckte die Achseln und fügte hinzu: »Willst du das verdammte Ding nicht runternehmen, bevor es losgeht … aus Versehen, meine ich?«

»Ich glaube nicht«, antwortete Jason.

Connie nickte. »Du hast uns gehört.«

»Hab ich.«

»War nur Gerede, Jason.«

»Tut mir Leid, aber Meuterei nehme ich ernst, alter Freund.«

»Hat keiner was von Meuterei gesagt, Batson. Wir machen uns Sorgen. Mehr nicht. Im Moment bist du vielleicht einfach nicht der Richtige, um uns in den Kampf zu führen. Nicht in diesen Kampf. Falls es überhaupt einen gibt. Bis jetzt sind es ja nur Vermutungen, oder? Wir finden, es wäre besser für dich, mit den Frauen und der Kleinen auf deine Plantage zu verschwinden. Setz dich zur Ruhe, und genieße eine Weile das Familienleben. Bau deinen Tee an, und setz Kinder in die Welt.«

»Ihr wollt Destiny an Dunleavy ausliefern.«

»Zum Teufel, das war doch bloß Hugos blödes Gequatsche.«

»Er wird sie töten, um sie zum Schweigen zu bringen. Das weißt du. Darum habe ich sie mitgenommen. Darum sind wir …«

»Auf der Flucht.« Connie wich seinem Blick aus und schüttelte den Kopf. »Das ist ein schwerer Brocken, den unsere Jungs da schlucken müssen, Jay. Bei Cobra ist es nicht üblich, den Schwanz einzuziehen und zu türmen, vor niemandem. Dazu noch die möglichen Konsequenzen, weil wir die Lady bei uns haben. Wenn sich herausstellt, dass Dunleavy Recht hat mit ihrem Vater, verbringen wir alle den Rest unseres Lebens hinter Gittern, und du musst damit fertig werden, dass du mit schuld an dem Tod von vielen Unschuldigen bist, falls Fontaine die Rebellion angezettelt haben sollte.« Er zuckte die Achseln. »Du kennst Fontaine besser als wir. Die Sache musst du mit deinem Gewissen abmachen.«

»Ihr habt gewusst, worauf ihr euch einlasst, als ihr bereit wart, an Bord dieses Schiffs zu gehen.«

Connie lachte und kratzte sich am Kopf. »Stimmt. Schätze, wir haben deine Gefühle für das Mädchen falsch eingeschätzt. Kann man uns nicht verübeln, oder? Ist ja nicht so, dass du dich je lange an eine Frau gebunden hättest.«

»Fontaine ist ein Freund. Ich muss im Zweifel für ihn sein, solange ich es nicht besser weiß.«

»Und wenn du dahinter kommst, dass er mit Sahib gemeinsame Sache macht? Führst du dann Dunleavys Plan aus und legst ihn um, bevor er das Feuer weiter schüren kann?« Seine Augen wurden schmal, und er fragte: »Ist sie dein Leben wert, Jason? Ist sie das Leben all der englischen Familien wert, die in Indien leben?«

Destiny schreckte mit einem Keuchen auf. Sie setzte sich auf und drückte das Kissen an ihre nackten Brüste. Hatte sie es nur geträumt, die Leidenschaft, die sie und Jason geteilt hatten? Nein. Ihr Körper fühlte sich wund und zerschlagen an. Der Duft seiner Haut hing in der Luft und kitzelte ihre Sinne. Ihr Blick wanderte über den Boden und blieb an den Fetzen ihres Unterhemds und ihren Hosen hängen.

Destiny ließ sich an die Wand sinken und schloss die Augen, die Finger um die Medaille geschlungen, die um ihren Hals hing. Ihre Haut glühte plötzlich. Hatte er ihr wirklich seine Liebe gestanden, oder war er einfach nur so betrunken und begierig nach ihr gewesen, dass er alles zugegeben hätte – sogar Liebe?

Ihr Magen knurrte vor Hunger.

Sie brauchte Luft. Und etwas zu essen. Und Wasser. Dringend.

Krampfhaft bemüht, den Brechreiz zu ignorieren, der ihr in die Kehle stieg, schlüpfte Destiny in ihr Nachthemd, lief barfuß aus der Kabine, taumelte an die Wand, als sich das Schiff auf die Seite legte, und ging dann aufs Oberdeck.

Fröstelnd, mit ihren nackten Füßen auf dem rutschigen Deck ausgleitend, rannte sie zur Kombüse, griff nach einem Zinnbecher und tauchte ihn in den Kübel mit frischem Wasser. Sie bespritzte Gesicht und Hals, schloss die Augen und gab sich Mühe, sich auf etwas anderes zu konzentrieren als auf das Heben und Senken des Fußbodens und das schwankende Licht der Walöllampe an der Wand.

Wo war Dianas jämmerlich missratenes Brot, wenn man es brauchte?, dachte Destiny bei sich.

»Na, wen haben wir denn da?«

Destiny wandte den Kopf. Zwischen ihr und der Tür stand Hugo. Ohne Hemd, die breite Brust ein Stillleben von Schlangentätowierungen, die sich an seinen Armen hinunter ringelten, um knapp über den Handgelenken in Kobraschädeln zu enden, sah er aus wie ein boshaft grinsender Wasserspeier – halb Mensch, halb Reptil; das Lampenlicht malte kreisende Schatten auf sein Gesicht.

»Mir ist nicht wohl«, sagte sie, wobei sie versuchte, die Schultern zu straffen und so zu tun, als würde ihr seine Anwesenheit keine Angst einjagen.

»Sieht für mich aber nicht so aus«, meinte er mit schleppender Stimme. »Ganz im Gegenteil, Sie sehen verdammt gut aus. Kein Wunder, dass der Kapitän den Kopf verloren hat. Hat seine Prioritäten total durcheinander gebracht. Hat Menschenleben geopfert – nur Ihretwegen.« Er kam langsam auf sie zu, und sie wich zurück an die Wand unter der Öllampe. Hugo schüttelte lachend den Kopf und kniff die Augen zusammen. »Tja, aber wenn Sie irgendwie verschwinden, kommt der Käpt'n vielleicht wieder zur Besinnung. Ich würde der ganzen Crew einen Gefallen tun, wenn ich Sie über Bord schmeiße. Wie ich schon immer gesagt habe, eine Frau hat an Bord der *Pretender* nichts zu suchen.«

Er machte einen Satz auf sie zu, stolperte dabei ungeschickt über seine eigenen Füße und packte sie an ihrem Nachthemd. Seine Finger zerrissen den Stoff und schrammten über ihre Haut, als sie versuchte zu flüchten. Er wirbelte sie herum, holte mit der Faust aus und drosch auf ihre Wange. Ein furchtbarer Schmerz zuckte durch ihre Backenknochen und explodierte in ihrem Kopf. Sie schluchzte und versuchte ihr Gesicht mit den Händen zu schützen, als er noch einmal zuschlug und dann mit der Faust so brutal in ihren Bauch hieb, dass es sie in die Luft hob. Beide Hände auf ihren Bauch gepresst, nicht imstande zu atmen, sich zu rühren oder auch nur einen Laut von sich zu geben, ging ihr nur ein Gedanke durch den Kopf: *Oh Gott, tu meinem Baby nichts!*

Ihr Versuch, einen Schrei auszustoßen, scheiterte. Er legte seine fleischigen Finger um ihre Kehle und drückte zu, würgte ihr die Stimme und die Atemluft ab, und sie hatte das Gefühl, ihr würde jeden Moment der Schädel platzen. Sie stieß mit den Füßen nach ihm und landete einen Treffer in seinen Lenden. Seine Hände sackten nach unten, als er nach vorn einknickte, aber nur kurz. Als sie versuchte, sich an ihm vorbeizudrängen, packte er sie am Arm und schleuderte sie so heftig an die Wand, dass die Öllampe sich aus ihrer Verankerung löste und mit einer Explosion von Glas und Feuer zerbarst, einem Feuer, das wie ein böser Dämon über den Boden züngelte und die trockenen Planken wie Zunder auflodern ließ.

Destiny war benommen von dem Schlag, und alles drehte sich vor ihren Augen, aber sie versuchte krampfhaft gegen die grellen Flammen anzublinzeln, die überall aufblitzten. Ein scharfer Schmerz biss sich in ihre Beine, und wie durch einen Dunstschleier starrte sie auf die Flammen hinunter, die an ihrem Körper hinaufkrochen, den Saum ihres Nachthemds erfassten und immer schneller hochstiegen. Voller Entsetzen packte sie das Nachthemd und riss es auseinander, versuchte, dic Flammen zu ersticken. Wieder der grauenhafte Schmerz; er stach in ihre Augen. Die Qual vertrieb in diesem Moment alles andere aus ihrem Bewusstsein – Hugo und das Feuer, das rings um sie tobte und ihr die Luft in den Lungen versengte.

»Feuer! An Deck, ihr Bastarde! Wir brennen wie Zunder!«

Als die Alarmglocke schrillte, stieß Jason Connie beiseite und stürzte zum Oberdeck, Connie dicht auf seinen Fersen. Vom Wind hochgepeitscht, schlugen die Flammen an den Wänden der Kombüse empor und züngelten um die Stützen des Großmast. Schwarzer Rauch quoll aus Türen und Bullaugen, und von allen Seiten wurden Wassereimer herbeigeschleppt und mit Segeln und Decken auf die Flammen eingeschlagen. Jason schlitterte über das feuchte Deck, griff sich mit jeder Hand einen Kübel und rannte zu den Regenwassertonnen, wo Zelie und Fritz bereits Eimer füllten und an Franz weiterreichten.

»Kapitän!«

Jason drehte sich um. Diana, das Nachthemd vom Wind eng an ihren Körper gepresst, rief ihm etwas zu.

»Gehen Sie nach unten zu Jenette und Destiny!«, brüllte er. »Und bleiben Sie dort, bis ich Ihnen sage, dass Sie wieder rauskommen dürfen!«

»Destiny …« Die Worte gingen verloren, nicht aber der Ausdruck von Entsetzen auf Dianas Gesicht. Jason stellte die Kübel ab und kämpfte sich zu ihr durch. Ein krampfhafter Husten packte ihn, als der Wind ihm den Rauch ins Gesicht trieb und ihm die Sicht nahm. »… nicht in ihrer Kajüte!«, rief Diana, wobei sie Jason am Hemd packte und ihm ins Gesicht starrte. »Ich habe überall gesucht. Sie ist nicht unten!«

»Sie muss dort sein. Es ist keine zwanzig Minuten her, seit ich ihre Kabine verlassen habe.«

»Und ich sage Ihnen, sie ist nicht da!«

Er wandte sich um, und sein Blick flog über die brennende Kombüse. Panik stieg in ihm auf. Er schnappte sich einen Eimer Wasser und rannte durch den Rauch und die Flammen, die nach seinen Stiefeln schnappten und wie ein rasender Drachen knurrten, als sie sich mit ihren feurigen Fängen durch Wand und Decke fraßen. Jason brüllte Destinys Namen und versuchte seine Augen mit dem Oberarm abzuschirmen, um durch die wabernden Rauchwolken mehr zu können. Als er die Kombüse erreicht hatte, suchte er mit Blicken die in hellen Flammen stehenden Wände und den brennenden Boden ab und schüttete das Wasser aus dem Eimer auf das tänzelnde Feuer. Dampf und Rauch brodelten und zischten und schlugen ihm erstickend heiß ins Gesicht. Mit dem Gefühl, dass ihm das Fleisch am Körper schmolz, wich Jason zur Tür zurück.

Da sah er es, das rauchgeschwärzte Nachthemd, das als kleines Häufchen neben dem Spülbecken lag. Er machte einen Satz, riss es in seine Hand und taumelte hinaus auf das Oberdeck, wo er sich krümmte, nach Luft schnappte und die Augen fest zupresste, um das fürchterliche Brennen aufhören zu lassen. Ringsum arbeitete die Crew verbissen, präzise. Befehle wurden gerufen, Wasserkübel geschleppt, Flammen gelöscht.

Das immer noch heiße, glosende Kleidungsstück versengte Jasons Hand, als er es umklammerte.

»Das gehört Destiny!«, ertönte Dianas erstickte Stimme. »Ihr Nachthemd. O mein Gott …«

Er schüttelte den Kopf. »Sie war nicht da drinnen. Ich habe sie gesucht. Sie war nicht da.«

»O mein Gott!«

»Halten Sie den Mund!« Er ging um sie herum, eine rußverschmierte Hand drohend erhoben, und starrte in ihre angstvollen Augen. »Sie war nicht da, Diana!«

»Aber wo ist sie dann?«, schrie sie verzweifelt.

In diesem Moment teilte sich der Rauch, ganz kurz nur. Am Bug war eine Bewegung zu sehen. Jason blinzelte und sah noch einmal hin. Verzweiflung packte ihn. Er stieß

Diana mit einem Arm aus dem Weg und setzte sich in Bewegung, erst schwerfällig, dann immer schneller. Er prallte mit Connie zusammen, der seinem Blick folgte und das Paar in der dunklen Ferne entdeckte.

»Nicht!«, brüllte Jason und schüttelte den Kopf. »Tu es nicht, Mallet. Lass sie los, du Hurensohn!«

Hugo drehte sich um und entblößte in einem boshaften Grinsen seine Zähne. Destiny hing nackt und bewusstlos in seinen Armen, schlaff wie eine Stoffpuppe, das dunkle Haar vom Wind gepeitscht.

»Tu das nicht«, rief Jason wieder, während er langsam näher rückte, eine Hand leicht erhoben, als könnte er damit Hugo daran hindern, Destiny in die schäumenden Wogen zu werfen.

»Ich hatte Recht, was?« Hugo grinste und nickte. »Ich hab gesagt, diese Weiber würden uns jede Menge Ärger machen. Jetzt schafft sie es wahrscheinlich noch, das ganze Scheißschiff in Flammen aufgehen zu lassen.«

»Lass sie los, Mallet.«

»Sie ist sowieso schon tot.« Er schwenkte ihren leblosen Körper hin und her. »Dachte, ich spare dir die Mühe, sie über Bord zu schmeißen.«

»Lass sie los.« *O Gott, bitte …*

»Sieh dich nur an, Batson. Stehst da wie ein geprügelter Hund. Ist nicht in Ordnung, was du aus diesem Schiff und seiner Crew gemacht hast. Hast Feiglinge aus uns gemacht. Wir sind auf der Flucht, Mann! Und nur wegen ihr.« Wieder schüttelte er Destiny und machte einen Schritt zur Reling.

»Wenn sie tot ist, lass mich sie begraben!«, brüllte Jason, die Stimme gepresst vor Panik, als er sich vorsichtig näher an Hugo heranschob, den Blick unverwandt auf Destinys reglose Gestalt gerichtet.

Hugo wuchtete Destiny mit einem Grunzen an die Reling. Ihr Körper kippte vornüber und blieb bedrohlich schwankend hängen, während das Schiff sich hob und senkte und von einer Seite zur anderen rollte.

Wenn Hugo ihr nur den kleinsten Schubs gab …

Zelie glitt aus dem Schatten und schlug ein Brecheisen in Hugos Nacken. Er krachte wie ein Anker auf die Deckplanken. Jason stürmte los, sprang über Mallets ausgestreckten Körper und erwischte Destiny genau in dem Moment, als sie ins Wasser zu gleiten drohte. Er taumelte unter ihrem Gewicht zurück und ging neben Hugo zu Boden. Destinys leblosen, kalten Körper eng an sich gepresst, sah er in ihr Gesicht und stieß einen Wutschrei aus.

»Reiß dich am Riemen, Mann. Das Mädchen lebt, Jason, und du hilfst ihr kein bisschen, wenn du dich nicht endlich beruhigst und wieder zur Vernunft kommst.« Connie stieß Jason so hart an die Wand vor Destinys Kabine, dass die Wunde in seiner Schulter sich meldete und seine Wut einen Moment lang von Schmerzen überdeckt wurde. Jason biss die Zähne zusammen und stöhnte. »Diana und Zelie sind bei ihr. Sie tun, was in ihrer Macht steht, damit es ihr besser geht. Ich lasse dich nicht da rein, ehe du nicht wieder bei klarem Verstand bist.«

Jason schloss seine brennenden Augen und versuchte gleichmäßig zu atmen. Ruhig, ganz ruhig. Er musste ruhig werden. Nachdenken. Destiny war am Leben. Das war alles, was zählte. Er konzentrierte sich auf den rasenden Herzschlag, der in seinen Ohren dröhnte. Allmählich wurde er langsamer. Sein Körper entspannte sich. Das Zittern seiner Glieder ließ nach.

Connie trat ein Stück zurück. »Gut so.«

Jason rieb sich die Schulter und lehnte sich an die Wand. »Das Feuer …«

»Gelöscht. Ich fürchte, Diana hat keine besonders schöne Kombüse mehr, um ihre Kochkünste zu entfalten, aber bis Kapstadt wird es gehen müssen.«

»Hugo …«

»Sitzt hinter Schloss und Riegel, bis wir beschließen, was aus ihm werden soll.«

Jason wandte den Blick ab, runzelte die Stirn, holte dann zittrig Luft und ließ sie langsam wieder heraus. Jesus, tat ihm die Brust weh! Er war einmal von einem erzürnten Beduinenstamm beinahe zu Tode geprügelt worden, weil er versucht hatte, ein Pferd zu stehlen, aber es hatte nicht annähernd so wehgetan wie dieses seelische Leid. »Zelie hat ihr das Leben gerettet, Connie.«

Connie nickte und grinste. »Aye, Sir, das hat er wohl.«

»Er hätte sie über Bord gehen lassen können. Dann wären eure Probleme gelöst gewesen.«

»Keiner hier will das, Jay. Bis auf Hugo, versteht sich.« Eine Wärme, wie Jason sie kaum je an ihm erlebt hatte, strahlte aus Connies blauen Augen. »Schätze, keiner von uns war sich bis jetzt so richtig darüber im Klaren, wie sehr wir inzwischen an ihr hängen. Ich glaube, ich spreche für alle, wenn ich sage, dass wir dich bei jeder Entscheidung unterstützen werden, die du in Bezug auf Fontaine triffst. Du hast Recht. Wir wussten, worauf wir uns einließen, als wir diese kleine Spritztour angetreten haben. Da ist keiner unter uns, der Dunleavy nicht gern eins auswischen würde, trotz allem. Es waren einfach zu viele verdammt lange Tage auf See und zu viel Rum. Zu viel Zeit, um zu trinken und zu grübeln und auf dumme Gedanken zu kommen. Aber wir waren immer eine geschlossene Einheit, und so bleibt es auch. Es gibt auf diesem Schiff nicht einen Mann, der dir nicht bis in die Hölle folgen würde, wenn's sein muss. Du hast uns zu oft unsere erbärmliche Haut gerettet, als das wir dich jetzt einfach im Stich lassen könnten … bloß weil du wegen einer Frau sentimental geworden bist.«

Connie grinste und zwinkerte ihm zu.

Jason grinste zurück.

Der heitere Ausdruck verschwand von Connies Gesicht und wich einer Intensität, die seine blauen Augen wie Feuer brennen ließ. Er nahm Jasons Gesicht zwischen seine großen Hände. »Verdammt, du bist wie ein Bruder für mich, Jay. Und ich hab's mir in den Kopf gesetzt, dir aus diesem Schlamassel herauszuhelfen, so oder so. Du sollst dich mit deiner Frau und den Kindern auf Ceylonia zur Ruhe setzen und diesen Albtraum hinter dir lassen. Und jetzt schauen wir mal, wie's deiner Destiny geht.« Connie stieß die Tür auf und trat ein.

Diana saß auf einem Stuhl, die Ellbogen auf den Knien, den Kopf in die Hände gelegt. Ihre Schultern hingen herab. Sie blickte nicht auf.

Zelie saß auf der Koje und versperrte Jason den Blick auf Destiny. In der stickigen Luft hing ein stechender Geruch, verursacht von dem Sammelsurium offener Salbentiegel, die vor Zelies Füßen auf dem Boden verstreut standen.

Zelie wandte sich um. Sein Gesicht wirkte verhärmt, als er von Jason zu Connie sah. Als Jason auf die Koje zuging, stand Zelie auf, trat ihm in den Weg und stemmte seine Hände auf Jasons Schultern. »Ich habe für sie getan, was ich konnte. Ich habe die Wunden gereinigt. Die Salben sollten bei den Verbrennungen ein bisschen helfen. Sie sind nicht annähernd so tief, wie wir dachten. Ihre Haut wird sehr empfindlich sein, das steht fest. Und sie wird sich an einigen Stellen schälen, aber größtenteils sind die Verbrennungen oberflächlich. Sieht so aus, als hätte Mallet sie übel zusammengeschlagen. Ich habe sie auf Knochenbrüche untersucht, kann aber erst mit Sicherheit etwas sagen, wenn die Schwellungen zurückgegangen sind. Ich … ich fürchte, es könnte ein Problem mit ihren Augen geben.«

»Ihre Augen.« Seine Stimme klang trocken.

»Das Feuer.« Zelie schüttelte den Kopf. »Die Augen haben gelitten. Ich habe sie verbunden. Ich weiß nicht, was ich sonst noch machen könnte. Die Zeit wird es zeigen, schätze ich.«

Jason nickte.

»Sie hat Prellungen. Schwere. Blutergüsse. Ihre Kehle – er muss versucht haben, sie zu erwürgen. Brüste, Rippen, Bauch … Oberschenkel.«

»Was sagst du da?« Seine Brust schnürte sich zusammen. »Hat er sie vergewaltigt? Willst du das damit sagen?«

Zelie wandte den Blick ab. »Ich weiß es nicht.«

Jason legte eine Hand vor seine Augen und versuchte das Bild aus seinem Kopf zu verjagen: Hugo auf Destiny. »Das Baby. Was ist mit dem Baby?«

»Noch nichts.«

»Das ist gut, oder?«

Zelie lächelte und nickte. »Ja, das ist gut.«

»Sie muss Schmerzen haben«, sagte Jason.

»Nein. Sie war vorhin kurz bei Bewusstsein, und ich konnte ihr etwas geben. Ich habe ihr genug Opium verabreicht, um sie einzubalsamieren. Sie wird eine Woche lang schlafen. Ich schlage vor, du machst dasselbe.« Zelie legte mitfühlend eine Hand auf Jasons Schulter und senkte die Stimme. »Es tut mir Leid, Käpt'n.«

Zelie verließ den Raum. Connie folgte ihm.

Diana hatte sich nicht gerührt. Das Gesicht in den Händen vergraben, das lange helle Haar bis auf den Boden wallend, wirkte sie wie eine verhärmte Statue.

Destinys Kopf ruhte inmitten des Gewirrs dunkler Haare auf dem Kissen; die Bettdecke war bis zu ihren Schultern hochgezogen. Ihr Gesicht war kaum zu erkennen unter der dicken, schmierigen Schicht von Salben, die Zelie auf ihre Verbrennungen aufgetragen hatte. Die linke Gesichtshälfte war grotesk angeschwollen und bläulich verfärbt, ohne Zweifel von Hugos Schlägen. Binden bedeckten ihre Augen.

War es erst wenige Stunden her, dass er mit ihr in diesem Bett gelegen hatte, sich an ihrer Schönheit berauscht, ihren köstlichen Mund geküsst hatte, bei ihrem Lächeln geschmolzen war? Jesus, er war so knapp davor gewesen, sie zu verlieren. Wenn er Hugo nicht gesehen hätte …

»Ich war vorhin in ihrer Kabine«, kam Dianas unsichere Stimme. »Ich dachte, sie sollte etwas essen. Ich … ich habe euch zwei zusammen gesehen.«

Er schloss die Augen. »Sie sind erzürnt.«

»Nein. Ich habe meinen Groll begraben. Wie ich schon sagte, ich möchte nur, dass sie glücklich wird.«

»Nun, das habe ich ganz schön vermasselt, stimmt's?«

»Sie können sich nicht die Schuld daran geben, Jason. Hugo Mallet ist ein Tier.«

»Aber er hat Recht. Wenn ich mich auf meine Arbeit, auf dieses Schiff und seine Crew konzentriert hätte, hätte er keinen Grund gehabt, auf sie loszugehen.«

Diana stand auf und trat zu ihm, legte ihren Kopf an seine Schulter und schlang ihre Arme um ihn. Ihr Verhalten überraschte ihn einen Moment lang, bis er spürte, dass sie von Kopf bis Fuß zitterte. Auf einmal wurde ihm bewusst, dass sie im Verlauf der vergangenen grauenhaften Stunden keinerlei Anzeichen ihrer üblichen Hysterie und Wutanfälle gezeigt hatte. Ihre stilles, leises Schluchzen an seiner Brust war der einzige Hinweis, wie verstört sie war.

Er legte beide Arme um sie, hielt sie fest und wiegte sie sanft hin und her. Seine Augen waren geschlossen, und seine Wange ruhte auf ihrem Kopf.

»Was sollen wir machen, wenn sie blind ist?«, schluchzte Diana. »Man muss Destiny kennen, um das volle Ausmaß dieser schrecklichen Tragödie zu begreifen. Ich kenne keinen Menschen, der das Leben und die Schönheit dieser Welt so sehr liebt wie sie. Der Himmel ist für Destiny nicht einfach blau. Ein roter Vogel ist nicht einfach rot. Sie saugt ihr Bild der Wirklichkeit förmlich mit jedem Atemzug ein und begeistert sich an ihrer Pracht. Und das Wort Abhängigkeit existiert in ihrem Vokabular einfach nicht.«

Diana trat ein Stück zurück. »Sie glaubt, ich wüsste nicht, warum sie bei mir geblieben ist, wenn sie doch jederzeit zu ihrem Vater nach Indien hätte zurückkehren können. Ihre Gegenwart in meinem Leben war ein Geschenk Gottes. Sie zu verlieren hätte bedeutet, wieder jenes Leben zu führen, wie ich es von früher kannte, bevor sie zu mir nach Sheffield House kam – ohne Licht, ohne Lachen, ohne Inhalt. Obwohl sie es mir gegenüber nie zugeben würde, weiß ich, warum sie eingewilligt hat, Lord Chesterfield zu heiraten: Um mir eine Zufluchtsmöglichkeit aus meiner Ehe zu bieten. Sie dachte, sie könnte die Rollen tauschen und zur Abwechslung für mich sorgen. Es entspricht ihrem Wesen, wissen Sie, für andere zu sorgen, und sie macht es sehr gut.«

Diana sank auf ihren Stuhl. »In meinem ganzen Leben war immer jemand da, der sich um mich gekümmert hat. Kindermädchen, Dienstboten, mein Mann. Und Destiny. Wenn ich es mir jetzt überlege, war Destiny schon als ganz junges Mädchen wie ein Schutzschild für mich. Und ich habe nicht die geringste Ahnung, wie ich für sie oder für mich selbst sorgen soll.«

»Keine Angst«, sagte er. Er streckte die Hand aus und

strich über ihr Haar. Ein Lächeln spielte um seine Mundwinkel, als sie ihre großen blauen Augen zu ihm hob. »Ich werde für euch beide sorgen.«

Jason füllte die Läufe der Pistole mit Schießpulver und Kugeln und steckte dann die Waffe in seinen Hosenbund.

Fahles Morgenlicht sickerte durch graue Wolken, als er wieder an Deck war, wo der Wind um den versengten Mast pfiff und die Überreste der rauchgeschwärzten Segel blähte, die in Fetzen von den Rahen hingen. Die Crew stand am Heck des Schiffs. Alle wandten die Köpfe, als er näher kam.

Franz und Zelie traten beiseite und gaben den Blick auf Hugo frei. Seine aufgeschürften, blutigen Handgelenke waren mit Seilen gefesselt, und um seine Knöchel schlossen sich Fußschellen. Auf seiner Wange waren Kratzer zu sehen, und sein Hals schien vom Feuer versengt zu sein.

»Du hast eine Wahl«, verkündete Jason und zog die Pistole aus dem Gürtel. »Du kannst ins Meer springen, oder ich kann dich erschießen. Es liegt bei dir. Du kannst dich vielleicht eine Stunde über Wasser halten, bis dich die Haie finden. Eine Kugel in den Kopf macht deinen Qualen zumindest schneller ein Ende.«

»Du verdammter Idiot«, gab Hugo mit einem kurzen Lachen zurück und schaute zu den anderen, stieß aber mit seinem Hilfe suchenden Blick nur auf kalte Ablehnung. Schweißperlen traten auf seine Stirn. »Was habe ich euch gesagt? Er ist nicht mehr bei Sinnen. Wie könnt ihr einem Kommandanten vertrauen, der wegen einer Frau vergisst, was er zu tun hat?«

Jason sah zu Franz. »Wo ist meine Tochter?«, erkundigte er sich.

»Liegt in ihrer Kabine und schläft, Sir.«

Jason richtete die Pistole auf Hugos Kopf und drückte ab.

Hugos Körper schlug wie ein Stein aufs Deck.

Zelie zog die Augenbrauen hoch und seufzte. »Das verlangt nach einer Pfeife, denke ich. Will jemand mithalten?«

Connie und Franz hievten Hugo hoch und warfen ihn über Bord.

»Jemand soll diese Schweinerei beseitigen, damit meine Tochter das nicht sieht«, befahl Jason, bevor er den Niedergang hinunter zu Destinys verschlossener Tür ging. Er betrat die Kabine ohne anzuklopfen.

Diana starrte ihn mit halb offenem Mund aus einem kreidebleichen Gesicht an. Erst jetzt fiel ihm auf, dass er mit Hugos Blut bespritzt war. »Sollte Destiny aufwachen, können Sie ihr versichern, dass sie vor Mallet keine Angst mehr zu haben braucht.«

Er machte auf dem Absatz kehrt, ging in seine Kajüte, schloss die Tür und sperrte ab, bevor er sich schwer in einen Sessel fallen ließ. Er legte die Pistole weg und betrachtete seine blutbespritzten Gesichtszüge im Spiegel.

Sein Spiegelbild starrte zurück: ein anziehendes Gesicht mit ausdruckslosen grauen Augen und Spritzern vom Gehirn eines anderen auf seinem Hemd.

Er stieß einen müden Seufzer aus.

19

»Destiny? Nicht bewegen, mein Liebes! Ich bin so sanft wie möglich, das verspreche ich. Kannst du mich hören, Liebling? Ich bin's, Diana. Ich nehme jetzt das Tuch von deinen Augen. Der Verband muss gewechselt werden.«

Dianas Stimme schien für Destiny aus weiter Ferne zu kommen. Von tiefer Dunkelheit umgeben, wandte sie ihren Kopf in Richtung der Stimme. Ein jäher Schmerz zuckte durch ihr Gesicht und ließ sie mit einem Wimmern vollständig zu Bewusstsein kommen. Die Tränen, die ihr in die Augen stiegen, schmerzten wie Messerstiche. Als sie eine Hand heben wollte, um ihr Gesicht zu berühren und die Tränen wegzuwischen, hielt Diana ihr Handgelenk fest und legte es energisch auf die Decke zurück. Seltsam, wie kalt sich Dianas Finger auf ihrer Haut anfühlten – wie winzige Stückchen von seidenweichem Eis.

Wo war sie? Was war passiert?

»Warum brennt kein Licht?«, fragte sie mit brüchiger Stimme. »Warum tut mein Gesicht so schrecklich weh?«

»Das Feuer«, antwortete Diana etwas zittrig. Dann näher an Destinys Ohr: »Die Lampen sind an, Destiny. Erinnerst du dich nicht? In der Schiffsküche ist es zu einem Unfall gekommen. Eine Explosion und Feuer ...«

Destiny schüttelte den Kopf, als die Erinnerungen zurückkehrten, um sie genauso schnell zu verjagen, wie sie gekommen waren. Noch immer begriff sie nicht, was los war. Sie erfasste die Bedeutung von Dianas Worten nicht und wagte sich mit wachsender Furcht und Verzweiflung weiter vor.

»Hugo. Er hat mich geschlagen und an die Wand geschleudert. Er wollte mich über Bord werfen, glaube ich. Die Lampe fiel hinunter und …«

Ein Geräusch war zu hören, und ihr wurde plötzlich bewusst, dass sie und Diana nicht allein in der Kabine waren. Im selben Moment traf sie die Erkenntnis mit voller Wucht: Es brannte Licht, doch ihre Welt blieb dunkel. Sie tastete nach ihrer Tante und versuchte sich aufzurichten.

»Ich kann nicht sehen«, sagte sie, entsetzt über die Verzweiflung, die sie in ihrer rauen Stimme hörte. »Diana, bin ich blind? Wer ist da? Jemand ist hier – da drüben. Ich kann jemanden atmen hören.«

Sie versuchte von der Koje aufzustehen. Plötzlich umfassten sie stärkere Hände, drückten sie sanft auf das Bett zurück und hielten sie fest, bis sie sich beruhigte und nicht mehr um sich schlug. Erst jetzt konnte sie Diana aus einer anderen Ecke der Kabine weinen hören.

»Ganz ruhig«, ertönte Jasons strenge Stimme, gebieterisch und doch sanft und so unerschütterlich wie der Ozean, der an den Schiffsrumpf schlug. Die Erinnerung an die Augenblicke, die sie in seinen Armen verbracht hatte, überfiel sie – das Geständnis seiner Liebe und das Gefühl der unendlichen Geborgenheit, das sie bei dem Wissen, dass er sie liebte, empfunden hatte. »Hör mir gut zu, Destiny. Das Feuer hat deinen Augen geschadet. Du musst versuchen, möglichst ruhig liegen zu bleiben und die Augen geschlossen zu halten.« Er legte seine Finger auf ihre geschwollenen Lider, schloss sie sanft und ließ seine Finger dort, bis Destiny ruhiger geworden war. Dann streichelte er ihre Stirn, und als heiße Tränen aus ihren Augenwinkeln schossen, strich er sie mit seinem Daumen weg und wisperte: »Ich bin bei dir, Liebste.«

»Es ist über eine Woche her, Kapitän. Meine Nichte hat ihr Augenlicht nicht wiedererlangt. Sie isst nicht. Sie weigert sich, ihre Kabine zu verlassen. Sie weigert sich sogar, Zeit mit Jenette zu verbringen, und Sie wissen, wie sehr sie Ihre Tochter vergöttert. Sie will nicht einmal mit mir darüber sprechen, was passiert ist. Ich weiß mir keinen Rat mehr.« Diana ging auf und ab und wischte sich den Schweiß von Schläfen und Hals, bevor sie erst ihrem Gesicht, dann ihrem Nacken mit einem feuchten Taschentuch Luft zufächelte. Sie hatte ihr Haar mit einem Stück Musselinband oben auf dem Kopf zusammengefasst. Helle Strähnchen ringelten sich um ihre Ohren, und ihre Wangen glühten wie rote Äpfel. Falls es ihr in irgendeiner Weise Unbehagen bereitete, mit ihm allein in seiner Kajüte zu sprechen, während er mit nicht weiter als einem Paar Hosen bekleidet vor ihr saß, ließ sie es sich nicht anmerken.

»Geben Sie ihr Zeit«, erwiderte er. »Es gibt viel, wofür wir dankbar sein müssen.«

»Sie hat in ihren lichteren Momenten nach Ihnen gefragt.«

Jason fuhr fort, Eintragungen in sein Logbuch zu machen.«

»Kapitän, es ist mir unbegreiflich, wie Sie angesichts dieser tragischen Entwicklung so ungerührt bleiben können. Gerade Ihnen sollte klar sein, was ein derartiger Verlust für sie bedeutet.«

Nicht zum ersten Mal seit dem Brand versetzte es Jason einen Stich. Schuldgefühle. Er gab sich die Schuld für das, was Destiny zugestoßen war. Mallet hatte seit der Nacht, in der sie von Portsmouth ausgelaufen waren, Drohungen gegen die Frauen ausgestoßen. Hätte Jason seine fünf Sinne beisammen gehabt, hätte er Hugo auf Teneriffa an Land gesetzt und wäre ihn los gewesen. Aber es waren nicht nur Destinys Verletzungen, die ihm zu schaffen machten. Wegen des Schadens, den das Feuer angerichtet hatte, konnten sie den Weg nach Kapstadt nur noch im Schneckentempo fortsetzen. Der größte Teil des Großmasts, seiner Segel und Wanten war verbrannt, bevor es der Mannschaft gelungen war, die Flammen zu löschen. Wenn Trevors Schiff jetzt am Horizont auftauchte, standen die Chancen, ihm zu entkommen, so gut wie die eines Eisbergs, in der Hölle nicht zu schmelzen.

»Ich habe ein Schiff und eine Crew zu führen, Diana. Dieses letzte Fiasko hat uns ernsten Schaden zugefügt. Sollte Dunleavy uns jetzt finden, sind die paar Männer, die wir bei dem Sturm verloren haben, nichts im Vergleich zu dem, was passieren wird, wenn unser Schiff geentert wird. Und Destinys jetziges Leiden nichts im Vergleich zu dem, was Dunleavy ihr antun wird. Dieses Schiff ist verkrüppelt, Diana. Dunleavy rückt mit jedem Tag, den wir uns ohne Großmast und Wanten dahinschleppen, näher. Außerdem habe ich mehrfach versucht, Destiny zu besuchen. Sie lässt mich nicht zu sich.«

Diana runzelte die Stirn. »Wann hätte Sie das je aufgehalten?«

»Sie ist erschüttert. Warum soll ich ihre Probleme vergrößern, indem ich ihr meine Gesellschaft aufnötige, wenn sie es nicht wünscht.«

Diana schüttelte den Kopf und starrte ihn ungläubig an. »Sie glaubt, Sie würden sie hässlich finden.«

»Hässlich.« Er hätte lachen können, wenn die Bemerkung nicht so idiotisch gewesen wäre.

»Was soll sie denn denken? Den einen Tag hängen Sie wie ein Jagdhund an ihren Rockfalten, und am nächsten, nach dem Feuer, bei dem Destiny schwer verletzt wurde, vergraben Sie sich in Ihrer Kajüte und tun so, als würde sie nicht mehr existieren.« Ihre Augen verdunkelten sich, und sie fügte stirnrunzelnd hinzu: »Vielleicht steckt ja auch etwas anderes dahinter. Vielleicht ist es der Gedanke, dass Hugo …«

»Nicht!« Er stand so plötzlich auf, dass Diana zurückwich. Die Vorstellungen, die ihn in der letzten Woche nicht losgelassen hatten, kehrten zurück. Die Erinnerung an den Liebesakt mit Destiny war zerstört, beschmutzt von dem Bild, wie Hugo Mallet seine großen, fleischigen Finger in ihre Haut krallte, ihre Beine spreizte …

»Das ist es, nicht wahr?«, hörte er Diana sagen. »Es zerfrisst Sie innerlich. Sie glauben, dass er Sie vergewaltigt hat, nicht?«

Er stieß mit dem Fuß nach seinem Stuhl. Er flog an die Wand. »Der verdammte Hurensohn!«, brüllte er und trat noch einmal nach dem Stuhl, diesmal fester. »Ich könnte ihn wieder und wieder umbringen, wenn ich daran denke, dass er …« Er drehte sich um und drosch mit der Faust gegen die Wand. Jäher Schmerz explodierte in seiner Hand und schoss in seine Schulter. Jason schloss die Augen und biss die Zähne zusammen, lehnte die Stirn an die Wand und würgte das Stöhnen, das in seine Kehle stieg, wieder hinunter.

Diana legte eine Hand auf seinen Rücken. »Sie müssen sie fragen, Jason.«

»Um Himmels willen, Diana, ich habe ihr von Anfang an nur geschadet. Wenn ich sie nicht mit einem Trick an Bord dieses Schiffs gelockt hätte, wäre ihr diese ganze qualvolle Erfahrung erspart geblieben.«

»Welche Irrwege des Schicksals auch zu ihrer momentanen Situation geführt haben mögen, es steht fest, dass sie Sie dringend braucht. Sie braucht das Wissen, dass Sie sie immer noch lieben, trotz des Feuers und trotz allem, was Hugo ihr angetan haben mag.«

»Natürlich liebe ich sie«, sagte er leise. »Natürlich.«

Der Himmel war wolkenlos und die See verhältnismäßig ruhig, was die Hitze des Tages noch verstärkte. Zelie stieg gerade mit einem Essenstablett in den Händen den Niedergang hinauf, als Jason, der noch damit beschäftigt war, in sein Hemd zu schlüpfen und es zuzuknöpfen, an Deck kam. Jason musterte erst die unberührten Speisen – Porridge und Brot –, dann Zelies Gesichtsausdruck.

»Es geht ihr nicht gut«, teilte Zelie ihm mit. »Diese verdammte Hitze macht es natürlich auch nicht besser. In ihrer Kabine ist es stickig wie in Kalkutta im Hochsommer.«

»Wo ist Jenette?«

»Bei Connie. Er bringt ihr bei, wie man Seemannsknoten knüpft. Ich wette, bis wir in Kapstadt sind, ist sie imstande, unseren Kahn hier allein zu segeln.«

Jason grinste. »Deck mir einen Tisch auf dem Achterdeck. Ich möchte, dass das Porridge aufgewärmt wird. Und Brot mit Butter.«

Zelie nickte.

Jason besprach den Kurs des Schiffs mit Fritz, der am Ruder stand. Dann ging er nach unten und betrat ohne anzuklopfen Destinys Kajüte. In dem Raum war so wenig Licht, dass Jason die Augen zusammenkneifen musste, um zu erkennen, dass Diana gerade Destinys Haar bürstete. »Guter Gott, hier drinnen ist es dunkel wie in der Hölle«, verkündete er und marschierte zu der Wandlampe.

»Nein!«, schrie Destiny auf. Ihre Stimme zitterte vor Panik. »Geh weg, Batson. Verschwinde. Ich will dich nicht in meiner Nähe haben. Nie mehr.«

»Das könnte schwierig werden. Ich habe nämlich vor, dich zu heiraten, sobald wir in Kapstadt sind.«

»Niemals! Ich werde dich nicht heiraten.«

»Sicher wirst du.«

»Werd ich nicht!«

»Du bist kindisch.«

»Ich bin auf dein Mitgefühl nicht angewiesen.«

»Du brauchst es auch nicht – du hast genug für uns beide.«

Ihre Schultern zuckten zurück, und ihre Hände schlossen sich krampfhaft um die Armlehnen des Stuhls.

»Geh weg. Ich glaube nicht, dass ich dich noch mag, und außerdem bist du viel beängstigender, wenn ich dich nicht sehen kann. Du klingst viel größer.«

»Ich schwöre, dass ich keinen Zentimeter gewachsen bin, seit du mich zum letzten Mal gesehen hast.«

Jason und Diana wechselten einen Blick. Sie legte die Bürste nieder und verließ mit einem letzten flehenden Blick auf Jason die Kajüte. Er ging zu Destiny. Sie trug die Sachen, die er auf Teneriffa für sie gekauft hatte, die blaue Bluse und den rosa Rock, und sie war barfuß wie gewöhnlich. »Ich bin hier, weil ich dich mit nach oben nehmen will«, erklärte er. »Es ist ein schöner Tag. Vielleicht gibt dir ein bisschen Sonne deine Energie und deinen Appetit zurück.«

»Nein«, erwiderte sie und wandte das Gesicht ab, das sie mit einer Hand bedeckte.

»Du hast dich lange genug in diesem stickigen, dunklen kleinen Loch vergraben. Du kommst raus.«

Sie schüttelte den Kopf und kehrte ihm den Rücken zu.

Jason, der allmählich die Geduld verlor, kniete sich neben

sie, fing behutsam ihr Kinn mit seinen Fingern ein und drehte mit sanfter Gewalt ihr Gesicht in seine Richtung. Die Haut um ihre Augen war immer noch rot und geschwollen. Das Feuer hatte ihre Wimpern und Augenbrauen versengt. Aber Zelie hatte Recht. Die Verbrennungen waren oberflächlich. Er war zwar überzeugt, dass sie ihr im Moment höllische Schmerzen bereiteten, aber irgendwann würde die Haut verheilen und von dem Unfall kaum eine Spur bleiben. Mit ihren Augen verhielt es sich allerdings völlig anders. Zelie hatte vorgeschlagen, sie bandagiert zu lassen, bis sie Kapstadt erreichten und Destiny einen Arzt aufsuchen konnte.

»Schau mich nicht an«, sagte sie.

»Sei nicht albern. Du bist schön.«

»Lügner.«

»Langsam gehst du mir auf die Nerven.«

»Ich muss wie die grässliche Maske aussehen, die du getragen hast.«

Seine Augenbrauen hoben sich, und er lachte. »Lieber Gott nein, wirklich nicht.« Er langte nach dem Tiegel Salbe, den Diana auf den Waschtisch gestellt hatte, tauchte einen Finger hinein und fing an, liebevoll die übel riechende Mixtur auf ihren Wangen zu verteilen. Sie wand sich und zuckte zurück. Er strich die Salbe über ihr Kinn, auf ihre Nase, an ihren Augenbrauen entlang.

»Das stinkt.« Sie rümpfte die Nase. »Was ist das?«

»Wie ich Zelie kenne, schwebst du wie auf Wolken von Bord, wenn du das Zeug schluckst.«

Ein Lächeln huschte über ihre Lippen. Ihre Hand hob sich und berührte sein Gesicht. Ihre Fingerspitzen zogen die Konturen seiner Lippen nach. Er küsste sie. Sie wanderten über seine Wangen, verharrten bei seinem Kinn.

»Du hast dich seit einigen Tagen nicht rasiert.« Sie legte

den Kopf zur Seite, und ihre Lippen kräuselten sich leicht. »Ich mag es, wenn du unrasiert bist. Dann siehst du wie ein Pirat aus.«

»Johoho.« Er lächelte und schloss die Augen, als ihre Finger langsam weiterglitten, über seine Stirn, an seinem Nasenrücken hinunter, wieder zu seinen Lippen, die sich teilten und zärtlich um die Fingerspitzen schlossen.

Ihre Lider wurden schwer, und ihr Atem ging unruhiger. »Ich glaube, ich werde verrückt, wenn ich dich nie wieder sehen kann, Jason.«

Er neigte den Kopf, und sie fuhr mit ihren Händen durch sein Haar. Ihre Berührung erregte ihn. Sein Atem ging schneller, und seine Haut wurde warm. Sein Verlangen nach ihr machte ihm mehr Angst, als es die Waffe eines Feindes je vermocht hatte. Er war verloren.

Er sah forschend in ihr Gesicht und fragte so behutsam, wie es ihm möglich war: »Ich muss wissen, ob er dich vergewaltigt hat.«

Destiny wurde ganz still. Die Hände in seinem Haar blieben, wo sie waren, schwer, zärtlich. Er hörte, wie sie schluckte. »Nein«, flüsterte sie.

»Nein.« Er wollte es glauben. Er hob mit einem Finger den Saum ihres Rocks und raffte ihn leicht. Rote Streifen zogen sich über ihre Knöchel. Er vermied es, sie anzuschauen, und ließ seine Hand über die Innenseite ihres Schenkels gleiten. Sie starrte ihn blicklos an. Ein leises Seufzen kam von ihren trockenen Lippen. »Ich muss immer wieder an unser letztes Zusammensein denken, vor dem Feuer. Ich habe Angst, dass ich nicht sanft genug war. Ich kann sanft sein, Des. Ich wollte dich einfach so sehr, und ich war völlig außer mir, betrunken von Selbstmitleid und zu viel Rum, fürchte ich. Ich dachte, du willst mich nicht mehr. Liebst mich nicht mehr. Liebst du mich noch?«

Sie fing sein Handgelenk ein, stieß seine Hand weg und sank in den Stuhl zurück. »Bitte geh. Ich will allein sein.«

Nach einem Moment schluckte er seine Frustration hinunter und stand auf. »Nein, ich lasse dich nicht allein. Und ich habe auch nicht vor, dieses Thema weiter zu besprechen. Das hier ist mein Schiff, verdammt, und wenn ich dir befehle, an Deck zu gehen, gehst du.« Er hob sie vom Stuhl und nahm sie auf seine Arme. Er hatte mit Gegenwehr gerechnet, aber es kam keine. Schlaff und leblos sank sie an seine Schulter.

Kurz darauf war er auf dem Achterdeck, wo Zelie den Tisch bereits gedeckt hatte. Er setzte Destiny auf einen Stuhl und warf seinen Männern, die in der Nähe herumlungerten, einen warnenden Blick zu. Dann zog er seinen Stuhl neben den von Destiny, setzte sich und drückte ihr einen Löffel in die Hand.

»Iss. Das ist ein Befehl. Wenn du nicht isst, muss ich dich füttern.«

Ihre Stirn zog sich in Falten, und sie ließ den Löffel in seinen Schoß fallen. »Ich mag nicht essen.«

Er hob ihn auf und legte ihre Finger darum.

Sie ließ ihn wieder fallen und wandte das Gesicht ab.

Jason tauchte den Löffel in das Porridge, fing ihr Kinn ein und hielt den Löffel an ihre Lippen. »Iss. Bitte! Denk an unser Kind, Des.«

Ein Moment verstrich, dann öffneten sich ihre Lippen. Sie aß das Porridge, ihr Gesicht eine Maske äußersten Missfallens.

Jason lehnte sich auf seinem Stuhl zurück. Im Tageslicht konnte er sehen, dass ihre Haut gut verheilte, obwohl Destinys Teint bis auf die Blutergüsse, die sich mittlerweile grüngelb verfärbt hatten, so blass erschien wie das Porridge.

Schließlich wandte sie ihr Gesicht der Sonne zu. »Sag mir, wie der Himmel aussieht«, sagte sie.

»Blau.«

»Einfach blau? Keine Andeutung von Grün oder Rosa oder Gold?«

Er schüttelte den Kopf. »Hellblau. Wolkenlos.«

»Und das Wasser?«

»Ruhig.«

»Dass es ruhig ist, kann ich fühlen. Sag mir, wie das Wasser aussieht.«

Jason betrachtete die See. »Wie ein Spiegelbild des Himmels. Man kann kaum sagen, wo das Meer am Horizont auf den Himmel triff. Schwacher Wellengang. Vereinzelte Schaumkrönchen.«

Er reichte ihr noch einen Löffel Porridge. Sie nahm es und leckte sich die Lippen. »Es ist so … so eigenartig, wie sich die anderen Sinne schärfen. Die Sonne fühlt sich wärmer auf meinem Gesicht an. Der Geruch der See ist geradezu überwältigend intensiv. Ich kann die einzelnen Zuckerkrümelchen auf meiner Zunge spüren. Und die Geräusche. Das Rumpeln und Schlagen in der Takelage, das Ächzen und Knarren der Masten – all das kracht wie Paukenschläge in meinen Ohren. Und die Stimmen – sie sind so unterschiedlich. Man achtet im Grunde nie auf den Klang, glaube ich. Wir registrieren die einzelnen Wörter, nicht aber den Tonfall, in dem sie ausgesprochen werden. In der letzten Woche habe ich zum Beispiel den Klang von Zelies Stimme kennen gelernt. Er rollt das R und zieht das N in die Länge. Und Connie …« Sie brachte ein Lächeln zustande. »Die Wörter sprudeln aus seiner Brust wie die Luft aus dem Atemloch eines Wals.«

Jason lachte. »Falls du damit auf nette Weise sagen willst, dass er viel Dampf macht, stimme ich voll und ganz zu.«

»Erzähl mir von Ceylonia, deiner Plantage«, sagte sie.

Er lächelte, als das Bild seines Zuhauses in jeder Einzelheit vor seinem Auge entstand. Seine Plantage auf der Insel vor der Küste Ceylons war sein Lieblingsthema, und wer daran auch nur das leiseste Interesse zeigte, musste stundenlang Jasons schwärmerischen Berichten lauschen – wenn der Betreffende so lange durchhielt. »Ich baue Tee an, *Camellia sansis.* Ich habe die Insel vor sieben Jahren für einen Spottpreis gekauft. Ein Kaffeepflanzer verlor seine Ernten, als eine Krankheit seine Pflanzen vernichtete, und als Folge davon sein Vermögen. Ich habe die Kaffeesträucher durch Tee ersetzt.«

»Es muss sehr schön dort sein.«

»Ein Paradies. Es gibt Berge, Hochebenen und Täler. Strömende Flüsse, rauschende Wasserfälle und tropische Wälder mit Johannisbrotbäumen, deren Früchte so groß werden, dass sie dich töten können, wenn sie dir auf den Kopf fallen.«

»Nein!«, hauchte sie.

»Doch. Mein Aufseher wurde von einer Frucht getroffen. Er war drei Tage bewusstlos. Und es gibt jede Menge Tiere. Elefanten selbstverständlich, die wir für schwere Arbeiten einsetzen, um Wälder zu roden zum Beispiel oder Felder an den Berghängen zu pflügen, wo das Gelände für Pferde zu schwierig ist. Es gibt Vögel in allen erdenklichen Farben und winzige Äffchen, die leicht in meiner Handfläche Platz hätten.«

»Das müsste Jenette gefallen.« Destiny lachte.

»Einmal habe ich eine mannsgroße Eidechse gesehen und ein anderes Mal mehrere hundert Fledermäuse, deren Flügel mehr Spannweite hatten als meine ausgebreiteten Arme. Die Berggipfel verschwinden fast immer hinter einem Dunstschleier. Manchmal ist die Insel in so dichten

Nebel gehüllt, dass zwei Schiffe kollidieren könnten, ohne zu erkennen, wogegen sie gestoßen sind. Dann lösen sich die Schwaden von einem Moment zum anderen auf, und vor dir liegt dieses smaragdgrüne Juwel, das hoch aus dem Meer aufragt. Mein Zuhause liegt auf einer Klippe oberhalb des Hafens. An der Anlegestelle ist eine große Messingglocke, mit der die Heimkehr meiner Schiffe angekündigt wird.«

»Schiffe?«

»Ich habe meine eigene Schifffahrtslinie. Zwei Glockenschläge kündigen meine Frachtschiffe an, drei sagen meinen Angestellten, dass ich nach Hause komme. Das ist immer ein guter Grund zum Feiern.«

»Ist es lange her, seit du zum letzten Mal dort warst?«

»Zwei Jahre.«

Sie hob den Kopf und wandte ihr Gesicht in seine Richtung. »Wie konntest du ein so schönes Zuhause verlassen, um in den Krieg zu ziehen?«

»Weil es einsam war. Tagsüber konnte ich mir die Finger bis auf die Knochen abarbeiten, aber die Nächte waren verdammt lang und leer. Und dazu kam immer der nagende Gedanke, dass ich bei einem Kampf vielleicht etwas bewirken könnte. Die Unschuldigen retten. Die Unterdrückten befreien. Das Böse vernichten. Aber irgendwann im Lauf der Zeit fing ich an, meine Vorstellungen vom Bösen zu hinterfragen. Für den Feind verkörperte ich das Böse, und die Linien zwischen Recht und Unrecht begannen zu verschwimmen. Ich musste an all die Männer denken, die ich getötet hatte, und fragte mich, ob ich im Recht gewesen war.« Er wandte den Blick ab und starrte auf die See hinaus. »Ich zweifle nicht daran, dass es so etwas wie das verkörperte Böse gibt. Ich habe es kennen gelernt. Ich habe ihm ins Auge gesehen und gelernt, es zu erkennen. Du kannst es riechen. Fühlen. Schmecken. Es kriecht dir unter die Haut und lässt dir das Blut in den Adern gefrieren. Das Böse fragt nicht nach Unschuld, Des. Oder Menschlichkeit. Es zerstört wahllos.«

»Hugo war böse«, sagte sie.

»Ja.«

»Und du hast ihn getötet.«

»Ja. Für das, was er dir angetan hat, würde ich ihn tausendmal wieder töten.«

Ihr Körper entspannte sich. Sie lehnte ihren Kopf an seine Schulter und sagte leise: »Die Erzählung von deinem Heim klingt wundervoll. Es ist bestimmt schön. Der Gedanke, dass ich es vielleicht nie sehen werde, macht mich traurig.«

Seine Hand schloss sich um ihre. »Ich werde dein Augenpaar sein, Des.«

»Jason?«

»Ja, mein Liebes?«

»Mein Vater ist kein böser Mensch. Das weißt du, nicht wahr?«

»Ja.« Er schloss die Augen. »Das weiß ich.«

Sie schwiegen einträchtig. Er spürte ihr Haar an seiner Haut, üppig, weich, duftend. Es schien ihn einzuspinnen und um den Verstand zu bringen. Er wandte den Blick von dem strahlenden Himmel ab und richtete ihn auf Destiny, auf ihren stillen, versonnenen und traurigen Gesichtsausdruck. Er verschloss seine Ohren vor den Stimmen seiner Leute, die lachten und redeten, vor dem Wind, der die Segel flattern ließ, und den Wellen, die an den Schiffsrumpf schlugen.

Ich liebe dich, dachte er.

Fontaine war nicht das Thema, auf das er jetzt eingehen wollte. Seine Zukunft mit Destiny war es, und er fürchtete, das eine nicht anschneiden zu können, ohne sich mit dem anderen auseinander setzen zu müssen.

»Sobald wir in Kapstadt sind, heiraten wir. Ich kaufe dir ein hübsches Kleid für die Trauung. Und einen Hut. Eines von diesen luftigen Gebilden mit Spitzen und Perlen dran und so. Natürlich gibt es auch andere Dinge, um die ich mich kümmern muss: Proviant für das Schiff, neue Leute für die Besatzung. Außerdem sollten wir einiges über den Stand der Dinge in Cawnpore erfahren. Ich habe in Kapstadt ein paar Kontakte.

Unsere Hochzeitsnacht verbringen wir im Cape Hotel. Das Hotel wird dir gefallen. Man sieht von dort auf den Hafen. Die Betten sind sauber und bequem, das Essen ist exzellent ... Und am nächsten Tag machen wir uns auf den Weg nach Ceylonia.«

Sie hob den Kopf und runzelte die Stirn. »Um Jenette dort abzusetzen, meinst du? Ja?«

»Ja.«

Ihre Züge entspannten sich.

»Und natürlich dich.«

Heiße Röte schoss ihr in die Wangen. Sie bemühte sich krampfhaft, ihren Zorn und ihre Enttäuschung zu unterdrücken, scheiterte aber kläglich. Er wusste, was sie dachte: Wie sollte eine Blinde ihrem Vater von Nutzen sein? Jetzt war sie gezwungen, Jason zu vertrauen. Das Leben ihres Vaters lag in seiner Hand.

Ich liebe dich, dachte er wieder. *Vertrau mir.*

20

Kapstadt, Südafrika

»Du hast Kontakt zur Truppe aufgenommen?« Jason zog behutsam die scharfe Rasierklinge über sein eingeseiftes Kinn und ging im Geist die Liste der Dinge durch, die zu erledigen waren, unter anderem ein Besuch mit Diana bei Henry Masons Juwelierladen auf der Bond Road. Er brauchte ihre Hilfe, um einen Ring für Destiny auszusuchen – und danach würden er, Diana und Jenette ins *Carousel* gehen, ein Geschäft, das sich auf Puppen aus aller Welt spezialisiert hatte.

Er betrachtete sein Spiegelbild. Unter seinen Augen lagen dunkle Ringe der Erschöpfung; normalerweise hätte allein der Gedanke, in ein brodelndes Kriegsgebiet zu reisen, das Feuer der Erregung auf seine Wangen gezaubert. Stattdessen konnte er nur daran denken, welche Auswirkungen das alles auf Destiny haben würde.

Connie lachte und nickte. »Jawohl. Und wie immer können sie kaum erwarten, dass es losgeht.«

Natürlich, dachte Jason. Er hatte mit diesen Männern schon gekämpft, in Kalamita, Balaklava, Inkermann und Sewastopol. Sie waren tödlich. Und sie waren Jason treu ergeben. Sie würden sich gegen Dunleavy stellen, wenn er es befahl. Sie machten sich aus Dunleavy genauso wenig wie er.

»Seit es im Pandschab zu den Unruhen gekommen ist,

warten sie darauf, von einem von uns zu hören. Es heißt, dass es vor kurzem Probleme mit dem Vierundreißigsten gegeben hat, der Sepoy-Infanterie. Man munkelt, dass Canning beabsichtigt, das Regiment aufzulösen. Generalmajor Hearsy ist wie er der Meinung, dass ein solcher Schritt die Moral der Briten stärken würde, wenn schon sonst nichts.«

»Was haben sie über Fontaine und Sahib gehört?«

»Nicht viel. Nur dass er vor zwei Monaten bei einer Soirée gesehen worden ist, die Nana Sahib veranstaltet hat. Es heißt, er hätte krank ausgesehen, unter starken Hustenanfällen gelitten und sich vorzeitig zurückgezogen.«

Jason warf das Rasiermesser in die Schale mit Seifenwasser und trocknete sich Gesicht, Hals und seinen feuchten Oberkörper mit einem Handtuch ab.

Von seinem Fenster aus hatte Jason freie Sicht auf die *Pretender*, den rußgeschwärzten Mast, die versengten Überreste des Großsegels. Es bestand nicht die leiseste Hoffnung, das Schiff innerhalb einer Woche zu reparieren. Und auch wenn das Unwetter einiges an Zeit und Entfernung zwischen die *Pretender* und Trevors Klipper gelegt hatte, könnte sein Bruder, falls Jasons Berechnungen richtig waren und Trevor den Wind auf seiner Seite hatte, ohne weiteres in nicht mehr als zwei bis drei Tagen in Kapstadt eintreffen, wenn nicht schon früher. Wenn er Trevor entwischen wollte, brauchte er ein besseres Schiff.

Sein Blick flog über das Wasser und verharrte auf dem schnittigen Klipper, der in der Nähe der Hafeneinfahrt vor Anker lag.

Connie trat zu ihm ans Fenster. »Nettes Schiff, das da drüben. Ich weiß, was du denkst. Mit dem Schiff hätten wir gute Chancen, deinem Bruder und Dunleavy zu entwischen. Ich habe mich schon danach erkundigt. Es ist aus Teakholz gebaut, Länge zweihundertfünfundzwanzig Fuß,

Breite vierzig Fuß acht Zoll, Tiefe einundzwanzig Fuß sechs Zoll. Kommt aus Aberdeen, aus der Werft der berühmten Halls; überall Kupferbeschläge und mit Gelbmetall armiert; Hüttendeck und Bramback, gute Höhen zwischen den Decks und bestens mit Eisenknien und -reitern gesichert. Der Kapitän hat damit geprahlt, dass er den Trip von Shanghai nach London in achtundneunzig Tagen bewältigt hat. Mit diesem Baby sehen wir Kalkutta in drei Wochen vor uns. Und um deine Frage zu beantworten, bevor du sie stellst, es ist nicht zu verkaufen.«

»Alles ist käuflich.« Jason griff nach seinem Hemd.

»Wir beide wissen das, aber ihr Kapitän wird sich nur schwer überzeugen lassen.«

»Sag ihm einfach, er soll seinen Preis nennen. Und wenn das nicht klappt, mach ihm klar, wie sehr seine Gesundheit und die seiner Crew leiden müssen, wenn ich es nicht bekomme. Du könntest vielleicht eine lebendige Schilderung meiner Wutanfälle einflechten.«

Connie grinste. »Zum Beispiel, dass du mal einem Mann die Augäpfel rausgedrückt und ihm die Zunge abgeschnitten hast, weil er sich nicht von seiner Taschenuhr trennen wollte?«

Jason wand sich.

»Zu dick aufgetragen?«

»Eine Spur.«

»Wie wär's damit? Du bis Blaubarts Enkel und vertreibst dir die Zeit am liebsten damit, Männer an ihren Eiern aufzuhängen, bis sie …«

»Wir segeln in drei Tagen.«

»Das Schiff wird bereit sein, genau wie wir.«

Jason ging zum Schreibtisch und hob einen Stapel Papiere auf. Er reichte sie Connie. »Detaillierte Anweisungen, was die Verteilung meiner persönlichen Habe betrifft, sollte mir etwas zustoßen. Alles geht an meine Frau und meine Kinder, einschließlich der Plantage Ceylonia und der Schifffahrtslinie. Schick das umgehend an meinen Anwalt in London.«

»Und wann wollt ihr in den Stand der Ehe treten?«

»Morgen Nachmittag. Ich habe in einer Stunde einen Termin beim Standesamt, um die Formalitäten zu erledigen. Danach will ich bei einem Arzt vorbeischauen, den ich kenne. Ich möchte, dass er sich Destinys Augen einmal anschaut.«

Es klopfte an die Tür. Connie machte auf, während Jason nach seiner Jacke griff.

Eine bildhübsche Blondine lächelte Connie an. »Hallo, LaTouche.«

Connie schüttelte den Kopf und lachte. »Julia Howard, du wirst von Mal zu Mal hübscher.«

»Und du warst schon immer ein Charmeur.« Sie tätschelte Connie die Wange, bevor sie an ihm vorbeiging. Ihr Lächeln vertiefte sich, als sie Jason entdeckte; ihre Wangen röteten sich, und in ihren blauen Augen glänzten Tränen. »Jason! Ich habe mich sofort auf den Weg gemacht, als ich deine Nachricht bekam.«

»Hallo, meine Schöne.« Er breitete beide Arme aus. Sie warf sich stürmisch hinein und hielt ihn so fest sie konnte. Connie ging und schloss behutsam die Tür hinter sich. Jason wirbelte sie im Kreis herum, bevor er sie wieder absetzte. Sie hielt sich immer noch an seinen Schultern fest und lächelte ihn an.

»Es ist sehr lang her, Jason. Ich hatte Angst – nein, wir alle hatten Angst, in Kalamita könnte etwas Furchtbares passiert sein.«

»Ich habe mich leider mit Dunleavy angelegt und etliche Monate in Einzelhaft verbracht.«

»Du hättest schreiben können. Wir waren alle in großer Sorge.«

»Tut mir Leid.« Er nahm ihr Gesicht in beide Hände und lächelte. »Du siehst gut aus, Julia.«

»Ich wünschte, ich könnte dasselbe von dir sagen. Du siehst schrecklich müde aus.«

»Es war ein harter Trip, und ich habe unterwegs zwei Männer verloren. Paolo und Gabriel.«

Ihr Gesicht verdunkelte sich, und sie legte ihre Hände auf seine. »Das tut mir Leid. Ich weiß, dass du Paolo besonders gern hattest.« Etwas leiser fügte sie hinzu. »Gott sei Dank ist dir nichts passiert. Ich habe eine Idee. Du kommst heute Abend zu mir und bekommst eine anständige Mahlzeit. Ich werde eines der Gästezimmer vorbereiten lassen. Du kannst über Nacht bleiben, damit wir uns auf den neuesten Stand der Dinge bringen können. Wir werden in gutem Brandy und Erinnerungen schwelgen. Sag Ja, Jason!«

Er trat ein Stück zurück und knöpfte seine Jacke zu. Schon seit einigen Jahren hatte er den Verdacht, dass Julia Howard in ihn verliebt war. Sie hatte es nie direkt ausgesprochen – natürlich nicht, schließlich war sie eine Dame, und außerdem befürchtete sie vermutlich, er könnte sie zurückweisen, und das hätte ihre Freundschaft einer starken Belastung ausgesetzt. Nicht dass er ihr ohne weiteres einen Korb gegeben hätte. Sie war fraglos eine sehr schöne Frau. Lebhaft, intelligent, ein paar Jahre älter als er, freundlich und warmherzig. Eine Beziehung mit Julia wäre sehr … bequem gewesen. Aber sie war die Witwe eines Mannes, der eine Reihe von Jahren an seiner Seite gekämpft und Jason ein paarmal das Leben gerettet hatte, bevor er sich während einer Mission in Persien selbst eine Kugel einfing.

»Wie geht es den Kindern?«, fragte er.

Das Lächeln blieb auf ihrem Gesicht, wirkte aber ein wenig verkrampft. Sie zuckte die Achseln. »Wunderbar. Claudia ist jetzt zehn, Michael vier. Sie werden dich natürlich sehen wollen. Vielleicht heute Abend zum Dinner?«

Jason steckte die Hände in seine Jackentaschen und zwang sich, ihrem gespannten, hoffnungsvollen Blick standzuhalten. »Du führst immer noch dein Geschäft? Konfektionskleidung für Damen und dergleichen?«

Sie nickte. Ihre zarten blonden Augenbrauen zogen sich zusammen. »Die beste Damenkonfektion in Kapstadt – dank dir.«

»Schön … Ich wollte dich um einen Gefallen bitten.« Er holte tief Luft und registrierte, wie flüchtig ein Anflug von Furcht in Julias blaue Augen trat. »Ich werde heiraten.«

»Heiraten?« Julia straffte die Schultern, räusperte sich und trat ein Stück zurück, als müsste sie Abstand zu ihm gewinnen. »Mein Gott. Ich hätte nie gedacht, dass ich das erleben würde. Du warst doch immer dagegen zu heiraten, solange du für Cobra arbeitest.«

»Weil es der Frau gegenüber nicht fair ist.«

»Nun ja.« Sie lachte und wandte sich ab. »Wie Recht du doch hast. Die junge Frau muss etwas ganz Besonderes sein, wenn du ihretwegen deine Meinung änderst.«

»Ich habe meine Meinung nicht geändert. Ich steige aus dem Geschäft aus.«

»Ach ja? Dann *ist sie* bemerkenswert. Und hat Glück – großes Glück, dass ihr Mann sie mehr liebt als seine Leidenschaft für den Kampf.« Sie sah widerstrebend über die Schulter zu Jason. Ihre Wangen wirkten blass, und ihre Augen waren leicht gerötet. »Wann lerne ich sie kennen?«

»Ich habe jetzt einen Termin auf dem Standesamt. Wenn du mich nach unten begleitest, kann ich dir von ihr erzählen.«

Er bot ihr seinen Arm. Nach einem winzigen Zögern lächelte sie und hängte sich bei ihm ein.

Destiny nahm vorsichtig die Binde von ihren Augen und ließ sie auf den Boden fallen. Sowohl Diana als auch Jason hatten ihr ausdrücklich verboten, den Verband ohne Einwilligung des Arztes abzunehmen, aber sie musste es wissen. Sie musste es unbedingt wissen. Die Zeit lief ab. Wenn ihre Sehkraft für immer zerstört war, würde sie ohne ein Wort des Protests nach Ceylonia gehen und dort mit Diana und Jenette bleiben, während sich Jason auf die Suche nach ihrem Vater machte. Aber wenn Zelies Behauptung, dass ihre Augen wieder heilen würden, zutraf, würde sie darauf bestehen, Jason nach Indien zu begleiten, genau wie sie es von Anfang an geplant hatte.

Langsam öffnete sie die Augen, Millimeter für Millimeter.

Zuerst glaubte sie zu träumen, wie so oft, einen Traum, in dem sie in einer lebendigen, farbenfrohen Welt mit erkennbaren Gesichtern erwachte. Aber jetzt träumte sie nicht. Sie konzentrierte sich angestrengt auf die Einrichtung des Raums, und es gelang ihr, dunkle Umrisse von Möbelstücken auszumachen. Sie waren verschwommen wie Geistergestalten in dichtem Nebel, aber sie waren da und unterschieden sich deutlich von der Schwärze, die sie in den letzten Wochen umgeben hatte.

Mit ausgestreckten Händen rutschte sie vom Bett und bewegte sich unbeholfen durch das Zimmer, nach den vielen Wochen an Bord eines Schiffs noch etwas unsicher auf den Beinen. Licht schimmerte durch die hohen Flügeltüren vor den Fenstern. Sie zog sie auf.

Oh, der Schmerz …

Sie wandte hastig das Gesicht ab, die Hände auf die

pochenden Augen gelegt. Schließlich öffnete sie sie wieder, ganz langsam und vorsichtig, damit sie sich an das Licht gewöhnen konnten.

Licht und Farben flossen ineinander, verblassten und wurden wieder so intensiv, dass ein scharfer Schmerz durch ihre Augen schoss. Sie trat an das Balkongeländer. Die Bilder in der Ferne waren vage und unbestimmt, wie die Schattierungen fließender Aquarellfarben auf einer Leinwand, und verschmolzen zu undeutlichen Schemen. Da waren gewaltige, endlose Wogen von Blau mit Tupfern von Grün und Braun und Spritzern von Weiß. Und Bewegung. Bewegung! Sie konnte tatsächlich die Karren, die Pferde, die Kutschen und die Leute sehen, die sich auf den braunen Streifen, den Straßen, bewegten; und da waren Männer, die wie geschäftige Ameisen zwischen den Türmen von Waren, die darauf warteten, auf eines der Dutzende von Schiffen an den Molen verladen zu werden, hin und her liefen. Wenn sie sich sehr anstrengte, würde sie vielleicht sogar die *Pretender* und ihre Crew ausmachen … *und ihren Kapitän …*

Nein. Zu große Anstrengungen könnten schlimme Folgen haben …

Oh, wie klopfte ihr das Herz bei der Vorstellung, die frohe Botschaft Diana mitzuteilen und Jason – dem Mann, der morgen um diese Zeit schon ihr Ehemann sein würde. Ihr Ehemann …

Destiny lachte laut auf. Sie schlang die Arme um sich und drehte auf Zehenspitzen Pirouetten, lachte dann noch schallender, als ihr bewusst wurde, was für einen Anblick sie für einen Passanten bieten musste, der zufällig aufblickte und sie wie eine Verrückte in ihrem Nachthemd herumhüpfen sah.

Mit jeder Minute, die verging, verschärfte sich ihre Sehkraft. Dasselbe galt allerdings auch für den stechenden Schmerz in ihren Augen. Dennoch schwelgte sie förmlich in jedem noch so unbedeutenden Detail: das stilisierte Blattmuster der schmiedeeisernen Balustrade um den Balkon, die Holzmaserung des Fußbodens, die verschmierten Fingerabdrücke rund um den Türknopf, die bei ihr früher ein Naserümpfen und eine Beschwerde über die mangelnde Sauberkeit des Zimmers hervorgerufen hätten. Die Kristallprismen, die vom Lampenschirm herabbaumelten, funkelten im Sonnenlicht wie Diamanten. Die Spitzendecke auf ihrem Bett, so fein gearbeitet wie Spinngewebe und die Blumen – all die Blumen, die Jason heute Morgen geschickt hatte. Ihre Blütenblätter erinnerten an bunten Samt, und durch die abgestandene Luft des Hotelzimmers zogen betörend süße Duftwolken. Nach langen und sehr schmerzhaften Bemühungen konnte sie endlich die Worte auf der Karte entziffern: *In Liebe, Jason.*

Einen Blumenstrauß an die Nase gedrückt, tänzelte sie wieder auf den Balkon hinaus und betrachtete die Droschken unten auf der Straße.

Da war ein Mann, der Arm in Arm mit einer Frau ging. Er gab ihr schnell einen Kuss auf die Lippen, bevor er in eine Kutsche stieg.

Jason?

Die Frau lächelte strahlend und küsste ihn auf die Wange. Sie trat einen Schritt zurück und winkte, sah der Droschke nach, als sie die Straße hinunterrollte, und wandte sich dann zum Hotel um.

Mit klopfendem Herzen und brennenden Augen ging Destiny ins Zimmer zurück und schlug die Flügeltür fest zu. Das Sonnenlicht wurde ausgesperrt. Ihre Knie waren wie Gummi, und sie versuchte sich einzureden, dass es von der Aufregung über ihre Augen käme, nicht von der Angst, ihr Verlobter könnte ihr untreu sein. Sie setzte sich in einen Sessel und schalt sich innerlich, weil ihr das Gefühl unbestimmter Eifersucht wichtiger war als die Tatsache, dass sie wieder sehen konnte.

Jemand klopfte an die Tür.

»Wer ist da?«, rief sie, wobei ihre Stimme schärfer klang als beabsichtigt.

»Mein Name ist Julia Howard«, antwortete eine Frauenstimme. »Ich bin eine Bekannte von Jason.«

Ihr Blick fiel auf die Bandagen, die auf dem Boden lagen. »Was wollen Sie?«

»Mit Ihnen sprechen.« Die Tür ging auf, und eine hübsche blonde Frau kam herein. Ihr Gesicht wirkte verhalten und besorgt. »Bleiben Sie bitte sitzen, Destiny. Jason hat mir von Ihrem Unfall erzählt.« Sie schloss die Tür und lächelte. »Er wollte uns miteinander bekannt machen, aber er war sehr in Eile.« Julia ging auf Destiny zu und nahm ihre Hand, um sie zu schütteln und beruhigend zu drücken. »Nun, er hat gesagt, Sie wären sehr hübsch, und das sind Sie wirklich.«

»Hat er das?« Destiny hob eine Augenbraue und zog ihre Hand zurück. Sie dachte daran, der Frau zu sagen, dass sie wieder sehen konnte, entschied sich dann aber in einer Anwandlung von Bosheit dagegen.

Julia zog sich einen Sessel heran und setzte sich. »Ich habe ganz in der Nähe ein Geschäft für Damenmoden, Destiny. Jason hat mich gebeten, mich mit Ihnen zu treffen, damit ich sehe, welche Größe Sie brauchen, und Ihnen vielleicht etwas Hübsches für Ihre Hochzeit morgen bringen kann.«

»Woher kennen Sie Jason?«, fragte sie und sah direkt in die blauen Augen der anderen.

Julia lehnte sich zurück und erwiderte den Blick mit

einer Intensität, die einer Frau mit intakter Sehkraft möglicherweise Unbehagen bereitet hätte. Aber da Destiny angeblich nicht sehen konnte, durfte sie nicht mit der Wimper zucken. »Ich kenne Jason seit fast zehn Jahren. Er und mein Mann haben … zusammen gearbeitet.«

»Sie meinen bei Cobra?«

»Ja.« Julia nickte und verschränkte die Hände im Schoß. Sie legte den Kopf ein wenig zur Seite und musterte Destiny scharf.

»Sie sind also verheiratet?«

»Nicht mehr. Ich bin Witwe.«

Heiße Röte schoss Destiny in die Wangen. Sie wandte den Blick ab, sah zur Balkontür und schnell wieder weg, als ihr das Sonnenlicht, das durch die Ritzen der Fensterläden fiel, in die Augen stach. »Das tut mir Leid.«

»Vielleicht werden wir im Lauf der Zeit Freundinnen. Wir alle sind es. Das brauchen wir. Ohne gegenseitige Unterstützung würden wir alle vor Sorge den Verstand verlieren, fürchte ich. Allerdings hat Jason mir erzählt, dass er vorhat, sich aus dem Geschäft zurückzuziehen, sowie er diese Sache in Indien hinter sich hat.«

»Was hat er Ihnen über Indien gesagt?«

»Nur dass er und seine Männer dort die Lage mit Nana Sahib sondieren sollen. Ich bete, dass sich das Ganze als Sturm im Wasserglas entpuppt und er so bald wie möglich nach Ceylonia zurückkehren kann. Andernfalls ist es möglich, dass Sie monatelang die Hände in den Schoß legen und auf eine Nachricht von ihm warten müssen. Sollten Sie die Einsamkeit leid werden, können Sie nach Kapstadt zurückkommen. Sie sind mir jederzeit willkommen. Ich könnte Sie mit den anderen bekannt machen.«

»Den anderen?«

»Die anderen Ehefrauen, meine ich. Wir haben es Jason

zu danken, dass er uns zusammengeführt hat. Die meisten von uns sind Witwen, müssen Sie wissen, und wir hätten nach dem Tod unserer Ehemänner mittellos dagestanden, wenn Jason nicht einen finanziellen Hilfsplan für die Familien ausgearbeitet hätte. Er hat ein Konto eröffnet, um den Witwen oder Kindern der Männer, die während eines Einsatzes ums Leben gekommen sind, eine Starthilfe zu geben. Ich habe jetzt ein sehr erfolgreiches Geschäft für Damenmode, Mary Anderson führt eine Pension, Maggie Theisen hat eine Bäckerei, und Carla Justice lässt die Kleider nähen, die ich in meinem Laden verkaufe.«

Julias Mund verzog sich zu einem Lächeln, als sie sich vorbeugte und die Ellbogen auf die Knie stützte. »Stimmt etwas nicht, Destiny? Sie sehen auf einmal so blass aus.«

»So viele Witwen«, antwortete sie mit sinkendem Mut und einem wachsenden Gefühl von Panik.

»Sehr viele, fürchte ich. Aber ... wir haben von Anfang an gewusst, wie groß die Chancen auf einen glücklichen Ausgang waren. Ich weiß selbst nicht, wie wir uns überhaupt darauf einlassen konnten. Vielleicht liegt es einfach daran, um welche Männer es sich handelt, solche, wie man sie aus Märchen kennt: ritterlich, gefährlich, mutig. Verboten. Unerreichbar. Unberechenbar. Wie dem auch sei ... das macht es nicht leichter, wenn das Unausweichliche eintrifft. Und doch, wenn ich noch einmal die Möglichkeit hätte ... ich würde es wieder tun ... für den richtigen Mann.«

Julia nahm Destinys Hand und half ihr beim Aufstehen. Dann ging sie um Destiny herum, legte die Hände um ihre Taille und ließ sie über ihren Rücken und ihre Arme gleiten, wobei sie leise summte und sich im Geist Notizen machte. Destiny starrte die Wand an. Angst legte sich wie eine Klammer um ihre Kehle und schnürte ihr die Luft ab. Der Gedanke, dass Jason sterben könnte, erfüllte sie mit Grauen.

Schließlich trat Julia zurück, sah Destiny aber immer noch unverwandt an, die Stirn in sorgenvolle Falten gezogen. »Sie erwarten ein Kind«, sagte sie.

Destiny nickte und sah wieder in Julias Augen.

»Und Sie können sehen.« Julia lächelte.

Destiny machte ein zerknirschtes Gesicht. »Es tut mir Leid. Er weiß es noch nicht. Erst seit heute Morgen … Es tut mir Leid, Julia. Ich wollte feststellen, was Sie für Jason empfinden.«

»Und was haben Sie festgestellt?«, fragte sie.

»Sie sind verliebt in ihn.«

»Ja.« Sie seufzte. »Das bin ich.«

Destiny ging den ganzen Tag ruhelos in ihrem Zimmer auf und ab und wartete auf Jason. Am liebsten hätte sie sich angezogen und auf den Weg gemacht, um ihn zu suchen, sagte sich dann aber, dass das unvernünftig, wenn nicht sogar völlig schwachsinnig wäre. Sie würde ihn nie finden, und selbst wenn, was sollte sie ihm sagen? Dass der Gedanke, er könnte sich in den Hexenkessel Indien stürzen, um ihren Vater zu finden, ihr plötzlich furchtbare Angst machte? Um Himmels willen, sie hatte ihn um die halbe Welt fahren lassen, um genau das zu tun. Und wenn sie ihn überreden konnte, nicht nach Cawnpore zu gehen, welche Konsequenzen würde das für ihren Vater haben?

Als die Schatten länger wurden und die Abenddämmerung sich über die Stadt senkte, kam Julia mit einem Gefolge freundlicher Frauen wieder, die Destiny so warmherzig begrüßten, dass ihr Tränen in die Augen stiegen. Sie erinnerte sich an ihre Namen: Maggie, Carla, Mary. Die lustigen Witwen, dachte Destiny mit einem neuerlichen Stich von Schmerz und Angst.

Mit Julia kamen Kleiderschachteln. Aufgeregt wie ein Kind hob Destiny die Deckel ab und sah eine komplette Garderobe – Kleider, Schuhe, Spitzenschals – vor sich. Aber es war das Hochzeitskleid, bei dem es ihr die Sprache verschlug. Mit bebenden Händen hielt sie es sich an und strich zärtlich mit den Fingerspitzen darüber.

Das Kleid war aus gepresstem Samt und reich mit Bändern und Spitzen verziert. Das Oberteil war hochgeschlossen, sehr eng und reichte bis zu den Hüften. Es war vorne mit kleinen Knöpfen und Stickereien sowie in Zickzackborte gefassten Satinknospen geschmückt. Eine schmaler, leicht geraffter Spitzenbesatz schloss den Saum des Mieders ab, Rüschen aus feinster Spitze wogten über den Rock, und ein weicher Spitzenkragen, den am Halsausschnitt ein Hauch Tüll zierte, bauschte sich über dem Oberteil. Die Ärmel waren in Pagodenform und mit drei Reihen Spitzen besetzt.

Destiny begann sofort mit dem Umziehen. Hastig warf sie die Sachen ab, die während der langen Wochen an Bord der *Pretender* abgetragen und schäbig geworden waren, und schlüpfte in das prächtige Brautkleid, wobei sie den Atem anhielt vor Angst, es könnte nicht um ihre breiter gewordene Taille passen. Aber das tat es, wenn auch knapp.

Angestrengt versuchte sie, sich im Spiegel zu erkennen, indem sie sich einmal hierhin, einmal dorthin drehte und ihre Silhouette betrachtete. Das Bild wurde schärfer, dann wieder undeutlicher, um zu nebelhaften Fragmenten zu verschwimmen, die ihr beinahe den Mut genommen hätten, bis sie sich wiederholt in Erinnerung rief, dass sie nicht zu viel erwarten durfte.

Ihr Haar … das war ein Problem. Wie sollte sie es frisieren? Bei ihrer ersten Hochzeit hatten Diana und ihre Zofen Destinys Haar mit einem schmalen Kranz von weißem Flieder aufgesteckt. Aber hier gab es keine Zofen, und sie würde improvisieren müssen. Vielleicht würde sie es einfach offen tragen und Orangenblüten hineinstecken, die über ihre Schultern fallen konnten.

Die Tür ging auf, und Diana kam mit Jenette an der Hand herein. Das Kind hielt eine neue Puppe im Arm und fing an, vor Aufregung auf und ab zu hüpfen, als es Destiny in ihrem Kleid sah.

»Das muss Jasons kleine Tochter sein«, rief Julia, und die lebhaften Frauen fingen alle auf einmal an, Laute des Entzückens von sich zu geben und das Kind zu umschwärmen wie Bienen den Honig.

Diana überließ Jenette lachend der Aufmerksamkeit der hingerissenen Frauen und ging auf Destiny zu. »Gott sei Dank«, raunte sie ihrer Nichte zu. »Ich finde das Kind bezaubernd, versteh mich nicht falsch, Des, schließlich habe ich mich den ganzen Tag bemüht, sie zu unterhalten, aber meine Füße werden sich nie mehr von diesen Strapazen erholen, fürchte ich. Vielleicht war es gut so, dass James und ich keine Kinder bekommen haben. Ich bin mir nicht sicher, ob ich die Geduld oder die Ausdauer gehabt hätte, sie großzuziehen. Ich bin völlig erledigt.«

Destiny nickte. »Ja, ich kann mir vorstellen, dass sie nach all den Wochen auf einem Schiff sehr lebhaft war.« Destiny kniff die Augen zusammen, um besser sehen zu können, und beobachtete, wie sich Dianas Augenbrauen zusammenzogen, als sie ihre Aufmerksamkeit endlich ihrer Nichte zuwandte, das Kleid registrierte, das sie trug, und dann den Blick zu ihren Augen wandern ließ. Ein paar Sekunden verstrichen, während Diana sie studierte und schließlich leise und mit unsicherer Stimme sagte: »Du hast die Binden abgenommen, Des. Zelie hat gesagt, das sollst du nicht … Das heißt, nicht bevor der Doktor … O mein Gott! Du kannst sehen!«

Destiny nickte und lachte.

»Oh! Das ist wundervoll!« Diana schlang ihre Arme um Destiny und drückte sie an sich.

»Es kommt und geht, nicht richtig natürlich, aber im Großen und Ganzen kann ich tatsächlich wieder sehen – und ich muss es unbedingt Jason sagen. Ist das nicht ein herrliches Hochzeitsgeschenk, Diana?«

Mit Tränen in den Augen trat Diana einen Schritt zurück und betrachtete Destinys Gesicht, ihr eigenes ein wenig blass und ihr Lächeln leicht verkrampft.

Genau in diesem Moment passierte es, das winzige Flattern in ihrem Bauch, wie Schmetterlingsflügel, die in der Luft schlagen. Destiny keuchte. Schon wieder das leise Kitzeln. Destiny lachte laut heraus, drehte sich um und sah strahlend in die neugierigen Gesichter der Frauen. »Das Kind hat sich bewegt!«, rief sie. »Es tanzt in meinem Bauch wie ein kleiner Kolibri!«

Im nächsten Moment war sie umringt von aufgeregten Frauen und wurde stürmisch umarmt und beglückwünscht: Julia hätte bestimmt das perfekte Taufkleidchen in ihrem Laden, und wenn nicht, würde Carla gern eines liefern, wenn es so weit war.

Jenette schloss sich dem allgemeinen Jubel an, indem sie an Destinys Rock zupfte und quiekte: »Du wirst bald meine neue Mama? Nicht wahr?«

Destiny kauerte sich auf den Boden und lächelte in die leuchtenden Augen des kleinen Mädchens. »Würde dir das gefallen, Jenette?«

»Oh ja! Dann wird alles wieder gut. Ich bekomme eine Mama und einen Papa, der mir so viele Kätzchen und Hunde und Äffchen schenkt, wie ich will. Das hat er mir gesagt!«

Destiny nahm Jenette lachend in die Arme, drückte sie

liebevoll an sich und küsste sie auf den Scheitel. Dann sah sie zu Diana, die etwas abseits von den anderen stand, die Arme verschränkt, ihre Miene starr und sorgenvoll. Destinys Lächeln verblasste, und ein Schauer böser Vorahnungen überlief sie.

»Irgendetwas stimmt nicht«, sagte sie ruhig.

Allmählich ebbte das aufgeregte Stimmengewirr ab. Die Frauen wandten ihre Aufmerksamkeit Diana zu; keine von ihnen sprach, keine rührte sich.

»Es gibt Ärger«, erwiderte Diana schließlich. »Ein Schiff, das heute von Kalkutta eingelaufen ist, hat die Nachricht mitgebracht. Wie es aussieht, steht ein Krieg unmittelbar bevor. Ein dringendes Ersuchen um Truppennachschub wurde abgesandt. Jason hat die letzten Stunden damit verbracht, alles für das morgige Auslaufen vorzubereiten. Es bleibt keine Zeit, zuerst nach Ceylonia zu fahren. Er möchte, dass wir hier bleiben, bis er zurückkommt.«

Destiny stand langsam auf. Sie sah zu Julia, auf deren Gesicht ein Ausdruck von Trauer und Resignation getreten war, dann zu den anderen, die sich schweigend abwandten. Auf jedem Gesicht spiegelte sich die Erinnerung an den eigenen Verlust wider.

In einen Sessel gelümmelt, die Beine ausgestreckt und an den Knöcheln übereinander geschlagen, drehte Jason den schmalen goldenen Ehering zwischen seinen Fingern, während Connie auf und ab ging. Er hatte Mühe, sich auf das Geschäftliche zu konzentrieren, so beunruhigend die Neuigkeiten auch sein mochten. Immer wieder schweiften seine Gedanken zu Destiny und Jenette ab. Er dachte daran, wie sich das Kind an diesem Nachmittag gefreut hatte, als es sich eine neue Puppe aussuchen durfte. Er dachte daran, dass er in exakt fünfzehn Stunden vor dem Standesbeamten stehen und Destiny Fontaine Chesterfield zu seiner Frau machen würde. Er dachte daran, wie überrascht Compton Fontaine sein würde, wenn Jason ihm mitteilte, dass er endlich zur Vernunft gekommen war und Comptons viel gepriesene Tochter geheiratet hatte … und dass sie ein Kind erwarteten …

»Sieht aus, als wäre der Teufel los, Käpt'n. Am Freitag, dem 24. April, versuchte Oberst Charmichael-Smyth vom Dritten Kavallerieregiment, die Befürchtungen seiner Sowars zu beschwichtigen, unsere Regierung hätte es darauf abgesehen, ihr Seelenheil zu gefährden, indem sie ihre Munition mit tierischem Fett einölt. Er erklärte, alle derartigen Gerüchte wären falsch und jeder, der so etwas glaube, sei ein Dummkopf. Er gab ihnen die Erlaubnis, sie könnten, wenn es ihnen lieber wäre, die Patronenhülsen mit den Fingern aufreißen, um nicht gegen ihre Kastenregeln zu verstoßen. Als er die Patronen ausgab, weigerten sich bis auf fünf Sowars sämtliche Reiter, sie anzunehmen … Hörst du auch nur ein Wort von dem, was ich sage, Jason?«

»Ja.« Er nickte. »Ich höre.«

Franz meldete sich zu Wort. »General William Hewitt gab Befehl, diejenigen, die die Patronen ablehnten, vor ein Kriegsgericht zu stellen und bis zur Verhandlung einzusperren. Seither ist es immer wieder zu Unruhen und Aufruhr unter den Einheimischen gekommen.«

»Im Februar«, fügte Fritz hinzu, »begannen Chupatties unter den indischen Wachleuten und Dorfwächtern der Doab zu zirkulieren. Man vermutete, dass diese Fladenbrote von Dassa Bawa, Nana Sahibs Verbündeten, aus Mehl und Lotussamen hergestellt werden. Dassa Bawa gab die Chupatties an die Wächter von Bithur weiter, die sie überall in den Nordwestlichen Provinzen verteilten und dabei erklärten, Nanas Oberhoheit würde eines Tages so weit reichen wie die Chupatties kämen.«

Franz schüttelte den Kopf. »Man kennt diese Vorgehensweise von früher. So ist die Landbevölkerung schon öfter auf einen unmittelbar bevorstehenden Aufstand vorbereitet worden. Wer diese Chupatties isst, erklärt sich bereit, alle Befehle zu befolgen, die sein Anführer erteilt.«

Connie sprach wieder, verhalten und beinahe widerwillig. »Es bestehen kaum Zweifel, dass Compton Fontaine irgendwie mit Sahib zu tun hat. Er lebt auf Sahibs Besitz Saturday House in Bithur, und zwar schon seit einem Jahr.«

Jasons Finger legten sich um den kleinen Ring, und er schloss die Augen. »Verdammt«, flüsterte er.

Die Tür flog auf, und Destiny kam hereingelaufen.

Jason sprang auf die Beine, als sie sich an seine Brust warf, die Arme um seinen Hals schlang und ihre Finger in sein Hemd krallte. Er war gezwungen, ihre Hände zu lösen, um sehen zu können, wie sie in dem Kleid aussah, in dem sie morgen heiraten würde. Julia hatte ihn also nicht im Stich gelassen. Destiny, ganz in Weiß, das Haar eine üppige Fülle dunkler Locken, die ihr porzellanfeines Gesicht umrahmten, wirkte wie ein beseelter Engel. Ihre Augen waren zwei große grüne Edelsteine, in denen sich das Lampenlicht brach.

Ihre Augen … »Jesus«, flüsterte er, während er ihr Gesicht in beide Hände nahm und ihr unverwandt in die Augen starrte. »Du kannst wieder sehen.«

Sie nickte, und Tränen traten ihr in die Augen. »Ist das nicht wundervoll? Und noch etwas Wundervolles ist passiert. Das Baby hat sich bewegt. Jetzt ist es ganz wirklich, Jason. Ich habe es gespürt. Es hat in meinem Inneren geflattert wie ein Schmetterling. Und … O Gott, ich kann dich nicht gehen lassen! Du darfst nicht gehen! Ich will es nicht! Bitte, bitte, versprich mir, nicht fortzugehen. Ich liebe dich, Jason. Ich kann den Gedanken, dich zu verlieren, nicht ertragen.«

Hätte sie ihm einen Schlag in die Magengrube gegeben, er wäre nicht so erschüttert gewesen wie von ihrer Bitte. Er wusste selbst nicht, was ihn mehr bewegte, die Tatsache, dass sie wieder sehen konnte und dass ihr Baby anscheinend gesund war oder dass sie zum ersten Mal seit ihrer langen, strapaziösen Reise zeigte, dass ihr mehr an ihm lag als daran, ob und wie er ihrem Vater helfen – oder schaden – könnte.

»Wir gehen alle nach Ceylonia. Zusammen. Du. Ich. Diana. Jenette. Überlass es Connie und Zelie und den anderen, sich um Nana Sahib zu kümmern ... und gegebenenfalls um meinen Vater.«

»Ich finde, das klingt nach einem guten Plan«, bemerkte Connie, und es klang nicht nach einem Scherz.

»Aye. Ich auch«, sagte Franz.

»Und ich auch«, warf Fritz ein. »Betrachte es als Hochzeitsgeschenk.«

»Bitte«, sagte sie wieder und schmiegte sich an ihn. »Es tut mir Leid, dass ich in den letzten Wochen so egoistisch und verbohrt war und nur an das Wohlergehen meines Vaters gedacht habe, nicht ein einziges Mal daran, welche Folgen dieser Krieg für dich haben könnte. Mach mich nicht zu einer von ihnen – zu einer Witwe. Damit könnte ich einfach nicht leben, Jason. Ich will den Rest meines Lebens mit dir verbringen. Ich will, dass du unsere Kinder großziehst und ihnen beibringst, wie man Tee anbaut, und dass du mir, verdammt noch mal, versprichst, nicht fortzugehen.« Ihre Finger bohrten sich in sein Hemd, und sie schüttelte ihn. »Versprich es mir!«

Jason fühlte, wie ihm das Herz aufging, als er in Destinys verzweifelte Augen sah. Sie weinte, nicht aus Angst um ihren Vater, sondern aus Liebe zu ihm. Plötzlich erstrahlten seine Traumbilder von Heim und Herd, für immer und ewig, in hellen, klaren Farben. Kein Mensch auf dieser Erde würde seine Entscheidung, nach Ceylonia zurückzukehren, in Anbetracht der Umstände für etwas anderes als weise halten.

Er zog sie an sich, lächelte und murmelte: »Des, ich würde nur zu gern …«

Eine plötzliche Explosion erschütterte das Gebäude, ließ das Glas der Fensterscheiben bersten und die Kugellampen auf den Tischen so heftig hin und her schaukeln, dass sie umzukippen drohten. Draußen auf dem Flur waren schreiende Frauen zu hören. Destiny taumelte und wäre gefallen, wenn Jason sie nicht gepackt und wieder auf den Boden gestellt hätte. Er, Connie und Fritz rannten auf den Balkon, als schrille Alarmrufe durch die Straßen und die angrenzenden Zimmer gellten.

Unten im Hafen stieg ein Feuerball in die Luft, und Lichtstreifen schossen wie Feuerwerkskörper über das schwarze Wasser. Glocken bimmelten, und der Schrei »Feuer« hallte über die Docks. Jason, der die Augen vor dem grellen Licht zusammenkniff, richtete den Blick auf das brennende Schiff, obwohl er schon in diesem Moment wusste, was er entdecken würde.

Innerhalb weniger Minuten züngelten die Flammen über die zertrümmerten Decks der *Pretender* und an ihren Masten empor. Sie frassen die Segel, krochen den Niedergang hinunter und setzten die Quartiere im Unterdeck oder das, was von ihnen übrig war, in Brand. Hilfe war so gut wie unmöglich; das Inferno aus Flammen, gespeist von dem Arsenal an Schießpulver und Waffen im Schiffsbauch, loderte hundert Fuß in den Nachthimmel hinauf. Die Besatzungen der in der Nähe liegenden Schiffe rannten hin und her, um die Funken zu ersticken, die auf ihre Segel und Decks sprühten. Andere gossen einen Kübel Wasser nach dem anderen auf Rumpf und Takelage der *Pretender*, nur um zu sehen, wie die Flammen immer höher stiegen und die Luft in brodelnden schwarzen Rauch verwandelten.

Ohne Hemd, sein Körper von Schweiß und Ruß bedeckt, brüllte Jason seiner Crew Anweisungen zu, die gegen das heiße, hungrige Untier ankämpfte. Als feststand, dass die *Pretender* verloren war, setzten die Männer alle Kräfte ein, um die anderen Schiffe zu retten, die in der Nähe ankerten. Am ganzen Körper Schmerzen leidend, die Haut versengt und wund von der Hitze, bekämpften sie die Flammen, bis das rauchgeschwärzte Skelett der *Pretender* wie ein sterbendes Tier röchelte und im Meer versank.

Am Ende seiner Kraft, die Hände voller Brandblasen, warf sich Jason auf den heißen Boden der Mole und starrte auf die Überreste des verkohlten Besanmasts, der schräg aus dem mit Trümmern übersäten Wasser ragte. Connie und Zelie brachen neben ihm zusammen, die Kehlen zu trocken und ausgedörrt, um ein Wort herauszubringen.

Schließlich schüttelte Zelie den Kopf. »Es gab keine Vorwarnung. Nichts. Kein Funken. Kein Rauch. Sie stieg einfach genau vor meinen Augen senkrecht aus dem Wasser, wie von Gottes Hand gehoben, verdammt! Dann zerbarst sie, einfach so.« Er schnippte mit den Fingern. »Die Wucht der Explosion hat mich fünfzig Fuß weggeschleudert. War ein Gefühl, als wäre ich von einer Lok auf die Puffer genommen worden.«

Jason legte sich auf den Rücken und bemühte sich, zu

Atem zu kommen. Er versuchte, seine Gedanken einigermaßen zu sammeln, um dahinter zu kommen, was passiert war und warum.

Feuer an Bord eines Schiffs war nicht ungewöhnlich, aber im Allgemeinen passierte es auf See, und zwar auf Grund blödsinniger Fehler wie bei Hugo, als er die Öllampe umstieß, oder durch die Unachtsamkeit eines Seemanns beim Rauchen. Jason war stolz darauf, dass er auf seinem Schiff ein strenges Regiment führte und derartige Katastrophen unter seinem Kommando kaum vorkamen. Man musste schon gezielt Feuer im Lagerraum legen, um eine solche Explosion hervorzurufen.

Er setzte sich auf und musterte forschend die sich lichtende Menge und die Reihe von Schiffen, die im Hafen angelegt hatten. Plötzlich kam ihm ein beängstigender Gedanke, und Panik erfasste ihn, so heftig, dass er kaum noch Luft bekam und kein Wort herausbrachte. Connie sah ihn an. In seinen Augen spiegelte sich dieselbe Unruhe.

»Destiny«, sagten sie gleichzeitig.

Jason sprang auf und rannte los. Connie rief den anderen etwas zu und folgte ihm. Sie schubsten und drängten sich durch die Menschenmenge, die sich eingefunden hatte, um die *Pretender* abbrennen zu sehen, wobei sie in den vielen Gesichtern forschten, die neugierig zurückstarrten.

Es schien eine Ewigkeit zu dauern, bis er das Hotel erreicht hatte, obwohl es direkt an den Hafenanlagen lag. Der Besitzer brach in Protestgeschrei aus, als Jason und seine Männer durch das Foyer stampften, mit ihren Stiefeln Schlammflecken auf den Teppichen hinterließen und mit ihren rußigen Händen Wände und Treppengeländer beschmierten, als sie die Stufen bis in den zweiten Stock hinaufstürmten. Destinys Zimmer befand sich am Ende des langen Flurs.

Die Tür stand einen Spalt offen. Jason brüllte: »Connie, schau in meinem Zimmer nach!« Dann stieß er die Tür vorsichtig mit der Fußspitze auf und schob sich über die Schwelle. Eine einzelne Lampe brannte auf einem kleinen Tisch neben dem Bett; sie gab gerade genug Licht, dass er den mit Kleidern und Stoffen übersäten Boden erkennen konnte. »Destiny?«, rief er leise.

Schweigen. Leere. So viel Leere.

Dann hörte er Weinen.

Zelie tauchte aus einem Zimmer auf, Diana im Arm. Ihr Gesicht war gerötet und nass vom Weinen. Die anderen Frauen kamen hinterher – Julia, die Jenette in den Armen hielt, gefolgt von Carla, Maggie und Mary. Ihre Gesichter waren kreidebleich und verstört. Diana heulte hysterisch, als Jason sie bei den Schultern packte und sie anfuhr: »Wo zum Teufel ist Destiny?«

»Weg«, brachte sie heraus. »Sie haben sie mitgenommen.«

Jason rannte den Flur hinunter zu seinem Zimmer, das Herz klopfte ihm bis zur Kehle, und er war fast von Sinnen vor Panik. Ausgeschlossen, dass Trevor und Dunleavy sich vor seiner Nase in die Stadt gestohlen hatten – aber natürlich hatten sie das, sonst würde sein Schiff jetzt nicht in tausend Trümmern auf dem Meeresboden liegen. Er trat die Tür an die Wand. Connie stand wie angewurzelt da und starrte auf das Bett.

Die eingeringelte Kobra hob ihren Kopf und zischte.

21

Kalkutta, Indien, Juni 1857

Erinnerungen an ihre Kindheit regten sich und machten trotz ihrer kläglichen Lage Destinys abgestumpfte Sinne für nostalgische Freuden empfänglich. Während das Schiff auf dem unberechenbaren Hooghly River in Richtung Kalkutta fuhr, betrachtete Destiny die vorbeiziehende tropische grüne Landschaft und gönnte sich den Luxus, sich am Anblick der reifen Datteln, Kokosnüsse und Bananen und der endlosen Reisfeldern, zu erfreuen, die aus der Ferne an Kornfelder erinnerten. Die Luft war schwer vor Gerüchen, bei denen ihr schwindlig wurde: Knoblauch, Öl, Tabak, dazu der heiße Staub und das Aroma der Gewürze – Chili, Kurkuma, Ingwer, Nelken – und der schwere Duft von Jasmin und Sandelholz, der oft ihr Heim in Cawnpore erfüllt hatte. In der üppigen Vegetation wichen die Bambushütten der Küstengegend schäbigen Häusern mit flachen Dächern und schmalen Flügelfenstern, und am schlammigen Flussufer standen Büffel bis zum Bauch im Wasser, um sich vor den Stechfliegen und Mücken zu schützen, die ihnen pausenlos zusetzten.

Obwohl Destiny angestrengt auf jedes Anzeichen achtete, das darauf hinweisen könnte, dass unter der Bevölkerung Unruhe herrschte, konnte sie nichts dergleichen entdecken. Das Einzige, was leicht deplatziert wirkte, waren die bewaffneten Soldaten der Einheit Cobra, die an der

Reling postiert waren und den Fluss mit Blicken ständig nach Hinweisen für Aufruhr und Rebellion absuchten.

Trevor Batson sah seinem Bruder sehr ähnlich, mit einem einzigen Unterschied. In Trevors Augen lag eine Leblosigkeit, bei der es Destiny kalt über den Rücken lief. Zugegeben, sie war wütend auf Jason gewesen und hatte ihm misstraut, aber nie hatte sie jenes Grauen empfunden, das sie in Trevors Gegenwart übermannte. Sie war überzeugt, dass er nicht zögern würde, sie zu töten, wenn sie ihm Ärger machte, und sie wurde den quälenden Gedanken nicht los, dass er sie auf jeden Fall töten würde – wenn Harold Dunleavy ihm den Befehl dazu gab.

Zweieinhalb Wochen, seit dem Tag, an dem Trevor Batson die Tür ihres Hotelzimmers in Kapstadt eingetreten hatte, widersetzte sie sich nun schon seinen Versuchen, sie dazu zu bringen, über ihren Vater zu sprechen, und hielt sich so viel wie möglich in ihrer komfortablen Kabine auf, zumindest so lange, bis die Hitze des Tages sie zwang, an Deck zu gehen. Dort blieb sie gewöhnlich, bis die Sonne unterging und die Luft abkühlte. Im Gegensatz zu dem kargen, düsteren Kabuff auf der *Pretender* war ihre Zelle an Bord der *Mirage* mit einem Sofa, einer Matratze, einem Waschtisch, einer Hängelampe und einer Kommode mit zwei Schubladen ausgestattet, sowie mit einem Eimer und einem Seil, um Salzwasser zum Waschen durch das Bullauge heraufzuziehen.

Dieser Tag jedoch unterschied sich von den anderen. Die finstere Crew war damit beschäftigt, eifrig ihre Lee-Enfield-Gewehre zu reinigen, die Visiere einzustellen und die Läufe zu polieren. Ganz offensichtlich wurden Vorbereitungen für Kampfhandlungen getroffen.

»Wir müssten bald in Kalkutta eintreffen«, sagte Trevor, der zu ihr trat.

Destiny, die auf eine Begrüßung verzichtete, wandte das Gesicht ab.

Er grinste. »Wenn Dunleavy Grips hätte, würde er Sie anheuern. Ihre Standhaftigkeit wäre ein Gewinn für Cobra. Kommen Sie schon, Schätzchen, wir wollen nur das Beste für die Krone. Dunleavy wird Ihnen das Leben viel leichter machen, wenn Sie kooperieren.«

Destiny blitzte ihn böse an. Groß, die rechte Wange von einer alten Stichwunde gezeichnet, sein dunkles Haar im Licht der untergehenden Sonne schimmernd, betrachtete er sie nachdenklich. Schließlich sagte sie: »Ich verstehe nicht, warum er so besessen davon ist, meinen Vater zu vernichten.«

»Trotz seiner vermeintlich guten Absichten hat sich Ihr Vater gegen die Krone gestellt. Ihr Vater ist ein Verräter. Ihr Vater hat all die Männer, Frauen und Kinder, die in diesem gottverlassenen Land wohnen, in eine äußerst heikle Lage gebracht.«

»So ist es.« Dunleavy trat zu ihnen, zog eine Zigarre aus seiner Jackentasche und bot sie Trevor an. »Wir haben schon vor langer Zeit versucht, vernünftig mit Ihrem Vater zu reden, und dabei lediglich von ihm verlangt, er möge den fanatischen Enthusiasmus bremsen, mit dem er die Befürchtungen der Einheimischen schürte, dass wir in irgendeiner Form ihre Freiheit und religiösen Überzeugungen beschneiden. Mit dem Erfolg, dass er nur noch verbohrter wurde und uns zwang, ihn aus seinem Amt zu entlassen. Wir wollten ihn des Landes verweisen. Daraufhin suchte er bei Nana Sahib Unterschlupf. Wie Sie selbst zugeben müssen, hat Ihr Vater ein trauriges Beispiel gegeben. Es ist einigermaßen schwierig, derart ungeheure Anschuldigungen, wie sie von diesen Heiden gegen uns erhoben werden, zu entkräften, wenn sie von angesehenen Engländern unterstützt werden –

indem sie sich auf die Brust schlagen und sich über vermeintliche Ungerechtigkeiten empören, Ihre Majestät mit erzürnten Briefen bombadieren, ganz zu schweigen von den Schreiben an die Times, in denen behauptet wird, unser ganzes Sinnen und Trachten wäre es, das Land und seine Bevölkerung auszubeuten, so wie es die Einwanderer in der neuen Welt mit den Indianern gemacht haben. Kurz und gut, meine Liebe, Ihr Vater ist zu einer Unannehmlichkeit, wenn nicht gar zu einer Gefahr geworden, die wir nicht länger hinnehmen können.«

»Nana Sahib und seinesgleichen haben gute Gründe, an jenen zu zweifeln, die sie ihrer ererbten Rechte berauben wollen.«

»Gesprochen wie eine echte Fontaine.« Dunleavy schnaubte und grinste Batson an.

Destiny stellte sich dicht vor Dunleavy. »Ich glaube, hinter Ihrer Besorgnis über das Verhalten meines Vaters steckt mehr, als auf den ersten Blick zu erkennen ist. Sie agieren wie jemand, der Angst hat, etwas zu verlieren.«

»Das tue ich allerdings, junge Frau. Das Dalhousie-Gesetz verschafft der Krone eine unschätzbare Gelegenheit, das Empire zu vergrößern.«

»Und Sie sehen sich als Verwalter dieses Empires.«

»Irgendjemand muss es tun, und das wird ganz gewiss kein sentimentaler Abweichler sein, der sich als Retter einer Schar Wilder sieht.«

Als Dunleavy ging, schenkte Trevor Destiny ein flüchtiges Lächeln. »Ein kleiner Mann mit großem Ehrgeiz. Und noch dazu ein Schweinehund. Er würde seiner eigenen Mutter die Kehle durchschneiden, wenn er glauben würde, dadurch an Wertschätzung zu gewinnen.«

Destiny zog eine Augenbraue hoch. »Und Sie würden das nicht tun?«, gab sie zurück.

Er zuckte die Schultern. »Keine Ahnung. Mit dieser Möglichkeit bin ich nie konfrontiert worden.«

»Das werden Sie aber. Sehr bald, fürchte ich.«

»Ach, Sie meinen meinen Bruder.« Er musterte sie scharf. »Könnte interessant werden. Er ist ein tödlicher Gegner, kein Zweifel. Abgesehen von mir und unserem Vater ist Jason vermutlich einer der besten Soldaten der Krone. Oder war es. Aber er ist weich geworden. Müde. Er träumt davon, sich auf seine Plantage zurückzuziehen, Tee anzubauen und Kinder großzuziehen. Überrascht mich im Grunde nicht. Er hatte schon immer eine Schwäche für Kinder.«

Destiny legte instinktiv ihre Hand schützend auf ihren Bauch.

Trevor seufzte und fuhr sich mit einer Hand durch sein dunkles Haar. »Nachdem Sie nun schon einmal Ihr Schweigen gebrochen haben, könnten Sie mich ruhig über die Art Ihrer Beziehung zu meinem Bruder aufklären.«

»Weshalb ist das von Interesse für Sie?«, erwiderte sie, ohne ihn anzuschauen.

»Dieser Fetzen, den Sie anhaben, oder was davon übrig ist, sieht aus wie ein Hochzeitskleid.«

»Und wenn dem so wäre?«

»Dann müsste ich davon ausgehen, dass Sie und ich nahe dran waren, Verwandte zu werden.«

Sie öffnete den Mund, um ihn gleich wieder zu schließen, holte tief Luft und schüttelte den Kopf. »Ich habe mich auf den ersten Blick in ihn verliebt – in sein gutes Aussehen und seine Redegewandtheit. Ich liebte an ihm, dass er das Gegenteil eines Adligen war – jemand, dem die Tatsache, ein Mann zu sein, keine Angst machte.« Sie richtete ihren Blick auf Trevor und sagte: »Was für ein Gefühl ist es, der Möglichkeit ins Auge zu sehen, dass Sie mich vielleicht töten müssen und so Ihr eigenes Fleisch und Blut und ermorden?«

Seine dunklen Augen wurden schmal, als er seine Zigarre mit einem Streichholz anzündete. Er ließ träge den Blick über sie gleiten, warf dann das Streichholz ins Wasser und wartete auf eine Erklärung.

»Ich erwarte ein Kind«, sagte sie betont und glaubte einen Hauch von Gefühl in seinen Augen aufflackern zu sehen, als sich sein Blick auf ihren Bauch senkte und dann zu ihrem Gesicht zurückkehrte. »Ich trage Ihre Nichte oder Ihren Neffen unter dem Herzen, Sir. Jasons Sohn oder Tochter.«

Trevor wandte den Blick ab.

»Im Gegensatz zu Ihnen, Sir, der Sie vielleicht gegen Ihren Bruder antreten müssen, wenn Sie Dunleavy weiterhin so bedingungslos folgen, und erst in jenem Moment entscheiden, ob Sie Jason töten können oder nicht, sage ich Ihnen hier und jetzt, dass Compton Fontaine, welche Stellung er auch bezogen haben mag, mein Vater ist und ich ihm niemals Schaden zufügen werde. Wenn Sie gezwungen sind, mich deshalb zu töten, dann soll es wohl so sein.«

Obwohl in den Straßen von Kalkutta reges Leben und Treiben herrschte, lag eine Unruhe in der Luft, die auf den Menschen ebenso schwer lastete wie der Staub und die Hitze. Es wurde von Aufständen weiter oben im Norden gemunkelt, und es gingen Gerüchte um, dass britische Familien in Meerut wie Vieh zusammengetrieben worden waren, dass man sie beraubt und misshandelt hatte – und Schlimmeres. Eine Frau berichtete weinend, sie hätte von einem Baby gehört, das vor den Augen seiner entsetzten Mutter aufgespießt und durch die Luft geschwenkt worden war, bevor man es kurzerhand wie einen alten Fetzen in den Fluss geworfen hatte, in dem es von hungrigen Alligatoren nur so wimmelte. Jemand anders erzählte von der schwangeren Frau eines britischen Infanteristen, der ein moslemischer Schlächter den Bauch aufgeschlitzt hatte.

Während Trevor Vorbereitungen für die Reise nach Cawnpore traf, wurde Dunleavys Stimmung zunehmend düsterer, je mehr englische Familien in Kalkutta eintrafen und Gräuelgeschichten über ermordete Frauen und Kinder mit sich brachten, über ganze Regimenter, die von Meeruts Rebellen massakriert worden waren. Am befremdlichsten jedoch war das Gerücht, dass Nana Sahib sich weiterhin neutral und freundlich verhielt, ja, sogar so weit ging, die Frauen und Kinder englischer Offiziere aufzunehmen und ihnen einen Zufluchtsort inmitten des Aufruhrs zu bieten.

Eines Abends versuchte Destiny Schlaf zu finden, trotz der Hitze und des ständigen Stimmengemurmels von Dunleavy, Trevor und etlichen Regierungsbeamten, die sich weigerten, der Tatsache ins Auge zu sehen, dass die Situation im Norden allmählich untragbar wurde. Während sie im Dunkeln lag, starrte sie an die Decke und bemühte sich, an etwas anderes als die bestürzende Möglichkeit zu denken, dass ihr Vater möglicherweise dazu beigetragen hatte, den schrecklichen Aufstand zu schüren, der jetzt ganze Familien und Regimenter das Leben kostete.

Schließlich verließ sie ihre Koje und trat an das Bullauge, durch das man den Ganges sah. Der Mond spiegelte sich hell im Wasser und rief Erinnerungen an die langen Wochen an Bord der *Pretender* wach.

Sie dachte an Jason.

Wo war er? Wie in den langen Wochen ohne Augenlicht konnte sie seine Gegenwart förmlich wittern. Sie schwang in der Nachtluft ebenso deutlich wie die Insekten und die Schakale, die in der Ferne jaulten.

»Können Sie nicht schlafen?«, ertönte Trevors Stimme hinter ihr.

»Nein«, erwiderte sie.

Er trat zu ihr ans Bullauge. »Gute Neuigkeiten. Dunleavy zieht in Erwägung, Sie hier zu lassen. Da die Rebellion mittlerweile ausgebrochen ist, sind Sie für ihn nutzlos geworden.«

»Ich nehme an, ich sollte erleichtert sein.«

Er grinste. »Ich denke schon. Die Gefahr, dass ich gezwungen sein könnte, Sie zu töten, scheint gebannt.«

»Hätten Sie es getan?«, fragte sie. »Mich getötet?«

Er sah in die Dunkelheit hinaus. »Ja. Wenn Sie eine Bedrohung für die Krone darstellten, hätte ich keine andere Wahl.«

Sie lächelte. »Jetzt verstehe ich, warum Ihr Bruder in jenem Sturm Leib und Leben riskiert hat, von seiner Crew ganz zu schweigen.«

Trevor lachte leise. »Verrückter Bastard. Und es hätte auch funktionieren können, wenn der verdammte Sturm Sie nicht so weit vom Kurs abgebracht hätte, dass wir Kapstadt vor Ihnen erreichen konnten.«

Destiny sah ihn direkt an. Ihre Stimme wurde stahlhart. »Ich habe vor, nach Cawnpore zu gehen und meinen Vater zu suchen, mit Ihnen oder ohne Sie. Ich bin nicht so weit gekommen und habe nicht so viel riskiert, um jetzt aufzugeben.«

»Schön dumm«, sagte er nur.

»Ich bin keineswegs überzeugt, dass mein Vater ein doppeltes Spiel treibt. Ich will es selbst herausfinden.«

Einen Moment lang schwieg er nachdenklich. Den Blick immer noch nach draußen gerichtet, sagte er: »Seit vielen

Wochen frage ich mich, was für ein Typ Frau es sein mag, der meinen Bruder derartig fasziniert, dass er darüber seine Pflicht vergisst. Jetzt weiß ich es.«

Ihre Araberpferde hatten Schaum vor dem Mund und atmeten schwer, als Jason seinen Trupp in der Nähe einer Sandbank am Ufer des Ganges anhalten ließ. Seit er vor vier Tagen in Kalkutta eingetroffen war und dort erfahren musste, dass er Trevor um nur zwei Tage verfehlt hatte, hatte er sich und seine Männer unerbittlich durch die drückende Hitze vorangetrieben. Zu seiner Verbitterung waren sie durch Sandstürme und kleine Gruppen britischer Flüchtlinge aufgehalten worden, die über die unaussprechlichen Gräueltaten klagten, die sie unterwegs erlebt hatten. Aber selbst ihre Zahl nahm ab.

Diana, deren Haar vom Schweiß verklebt war und in feuchten Strähnen um ihr sonnenverbranntes Gesicht hing, glitt vom Pferd und lief auf den Fluss zu. Jason rannte hinter ihr her und holte sie ein, als sie in dem glitschigen Sumpf auf die Knie sank, in der verzweifelten Hoffnung, ein wenig Erleichterung vor der Hitze zu finden, indem sie ihr Gesicht ins Wasser tauchte. Er fing eine Hand voll ihrer Haare ein und riss sie zurück. Sie kreischte und tobte, trat nach ihm und versuchte wie eine Wildkatze, seine Hand mit den Fingernägeln zu zerkratzen, wobei sie einen Schwall von Schimpfwörtern ausstieß und ihm drohte, ihn umzubringen, wenn sie nur die leiseste Chance dazu hätte.

»Ruhig!« Er schüttelte sie. »Ich werde Sie an einen Baum fesseln und den Rebellen überlassen, wenn Sie sich nicht zusammenreißen!« Er zog sie hoch und zwang sie, zum Fluss zu schauen und auf den Abfall, der sich an seinem dicht bewachsenen Ufer angesammelt hatte.

Ein Laut entrang sich ihrer Kehle, so trocken wie der Staub, den sie in den letzten Tagen eingeatmet hatte.

Inmitten des Unrats lagen halb verwest und schwarz verfärbt die von Fliegen umschwärmten Leichen einer Frau und eines Mannes europäischer Herkunft und starrten sie an.

Mit einem erstickten Stöhnen sank Diana auf den Boden und hielt sich die Augen mit ihren wunden, blutenden Händen zu. »O Gott, ich weiß, dass sie tot ist. Tot, sage ich! Und Compton auch.«

Jason kauerte sich neben sie, nahm sie müde in seine Arme und strich über ihren Kopf. Mindestens tausendmal in den letzten zwei Wochen hätte er sich selbst einen Tritt geben können, weil er erlaubt hatte, dass Diana ihn und seine Männer in diesen grauenhaften Albtraum begleitete. Er hätte sie zwingen sollen, bei Julia und Jenette in Kapstadt zu bleiben, aber sie hatte erst gebettelt und gefleht und dann, als das nichts half, damit gedroht, sich etwas anzutun. So sehr er es auch versuchte, er schaffte es nicht, ihre Ängste zu zerstreuen. Wenn jemanden die Schuld an all dem traf, dann ihn, nicht sie. Er hätte sich nie darauf einlassen dürfen, Destiny nach Indien zu bringen, auch wenn er nur die Absicht gehabt hatte, ihr zu helfen. Andererseits, wer hätte gedacht, dass das Land in so kurzer Zeit zu einer solchen Hölle werden könnte. Er hatte in vielen Kriegen gekämpft und war Zeuge unvorstellbarer Blutbäder gewesen, nicht aber auf Kosten unschuldiger Zivilisten: Kaufleute, Bankiers, Geistliche … Kinder. Das hier war kein Krieg. Es war ein Massaker der schlimmsten Sorte.

Um eine Wegbiegung kamen ein Pferd mit einem Reiter, ein britischer Kavallerist, der vornübergebeugt im Sattel hing. Aus einer Wunde auf seiner Stirn tropfte Blut auf die Zügel seines Pferds. Connie und Franz ritten ihm entgegen, und als es ihm gelang, kurz den Kopf zu heben und den Blick auf die näher kommenden Reiter zu heften, trat ein Ausdruck von Grauen auf sein übel zugerichtetes Gesicht; er rutschte vom Rücken des Pferds und kroch bäuchlings zu einer hohen Grasböschung am Fluss. Als Connie ihn schließlich einholte, brüllte er aus voller Kehle.

Connie rang den jungen Mann nieder und presste seine Arme ins Gras, als er wild um sich schlug. »Ganz ruhig, Junge. Ganz ruhig, hier tut dir keiner was.«

Endlich verschwand das Entsetzen aus seinen Augen, und ein Ausdruck des Erkennens trat auf seine Züge.

»Kommst du aus Cawnpore?«, fragte Connie.

Fritz kam mit einer Feldflasche mit Wasser herbei. Er hielt sie an die aufgesprungenen, blutenden Lippen des jungen Manns und ließ ihn trinken. Schließlich nickte er und antwortete mit gepresster Stimme: »Widerstand ist sinnlos, Entkommen unmöglich. Sie sind alle zum Tode verurteilt, wenn nicht bald Hilfe kommt. Das Entsatzheer Ihrer Majestät, das 84. Regiment, hat uns kaum etwas genützt. Sie wurden so schnell mit Gewehren und Kanonen beschossen, dass sie gezwungen waren, sich sofort hinter die Barrikaden zu den Zivilisten zurückzuziehen, die ohnehin schon drohten zu verhungern und verdursten.« Er langte nach dem Wasser, um wieder zu trinken, würgte und spuckte das meiste davon, dick mit Blut vermischt, wieder aus. »Er treibt sie wie Vieh durch die brennende Sonne, Frauen und Kinder, ohne Schuhe, nackt. Wer hinfällt, wird von Bajonetten aufgespießt und zerstückelt oder erschossen.«

»Wer?«, wollte Jason wissen. »Wer macht das?«

»Nana Sahib. Er hat die Macht ergriffen und sich selbst wieder als *Peshwa* eingesetzt. Er hat seine Armeen zusammengerufen, indem er das Gerücht in Umlauf brachte, die

Briten hätten beschlossen, von Kalkutta siebentausend Soldaten ins Land zu schicken, um fünfzigtausend Hindus umzubringen und in ganz Hindustan das Christentum einzuführen. Um diese Armee zu verstärken, wären weitere fünfunddreißigtausend britische Soldaten von England geschickt worden, aber der Pascha von Ägypten hätte die gesamte britische Flotte bei Alexandria versenkt und die britische Militärmacht zur Gänze vernichtet. Sie sind trunken vor Macht und Mordlust. Sie glauben, dass sie nicht unterliegen können.«

Ein krampfhaftes Zittern durchlief ihn, und er klammerte sich an Jasons Hand. »Wenn Ihnen Ihr Leben lieb ist, Sir, gehen Sie nicht weiter. Vor Ihnen liegt der Tod. Gott hat die Menschen dort verlassen, und der Teufel lauert auf ihre Seelen.«

22

Destiny war gezwungen, drei Tage in einem Lager zwei Meilen vor Cawnpore zu bleiben, während Trevors Männer die zunehmend düstere Lage sondierten. Tagsüber hielt sie sich in dem hohen Gras am Flussufer versteckt, teilweise im Schlamm steckend, bei Temperaturen, die bis auf fünfzig Grad stiegen. Stunde für Stunde lauschte sie dem Kampfeslärm in der Ferne, roch den beißenden Geruch von brennendem Stroh, den der heiße Wind zu ihr herüberwehte, und zuckte zusammen, wenn der Donner der Kanonen und das Rattern der Musketen die dumpfen Trommelwirbel übertönte.

Dunleavy zog es vor, im Schatten eines Baumes auf einem Klappstuhl zu sitzen und feinen Brandy aus seiner Brustflasche zu trinken, in besten englischen Tweed gekleidet, als wollte er seine Nationalität und seine Autorität zur Schau stellen.

Die Lage in der Stadt war mehr als kritisch; solange nicht große Truppenverbände aus Europa eintrafen, um die schwindende Zahl ausgehungerter Infanteristen zu stärken, die sich hinter bröckelnden Barrikaden verschanzten, war sie hoffnungslos. Unablässig stieg schwarzer Rauch in dichten Schwaden gen Himmel, da die Einheimischen Wohnhäuser, Geschäfte und Kasernen in Brand steckten, um Zivilisten und Soldaten auf die Straßen zu treiben und zu erschießen.

Jedes Mal, wenn Trevor oder seine Männer sich in das

Kriegsgeschehen wagten, fürchtete Destiny sich davor, dass sie mit der Nachricht zurückkehren würden, ihr Vater wäre bereits tot – oder, schlimmer noch, tatsächlich ein Verbündeter von Nana Sahib. Fast genauso groß war ihre Angst, sie könnten überhaupt nicht zurückkehren, wären in den Gewehrsalven gefallen, die immer wieder abgefeuert wurden. Was sollte dann aus ihr werden – am Rande des Abgrunds mit Harold Dunleavy, dessen Erfahrungen im Kampf sich auf den Papierkrieg und Hetzreden im Parlament beschränkten? Der Mann wusste nicht einmal, wie man ein Gewehr lud. Aber warum sollte er auch, dachte sie, solange er Männern wie Jason, Connie, Zelie und sogar Trevor einfach befehlen konnte, sich in den Kampf zu stürzen und zu sterben.

Am dritten Abend sollten sich ihre Befürchtungen bewahrheiten. Trevor und das Dutzend Männer, die ihn beim Auskundschaften begleitet hatten, kamen nicht zur erwarteten Zeit zurück. Die Stunden schleppten sich zäh dahin, und noch immer war nichts von ihnen zu sehen.

Destiny, die Reithosen, Stiefel und ein weites Leinenhemd trug, das ihr einer der Männer gegeben hatte, ging zu Dunleavy, der schwitzend in einer Hängematte lag. »Ich gehe«, verkündete sie. »Ich fürchte, Trevor und seinen Leuten ist etwas zugestoßen. Ich habe nicht vor, den Rest meiner Tage an diesem elenden Ort zu schmoren, bis ich von einer Schar blutrünstiger Sepoys aufgestöbert werde.«

Er tupfte sich den Schweiß von der Stirn und wedelte mit der Hand, als wäre sie ein lästige Insekt. »Fein. Lassen Sie sich abknallen. Sie und Ihr Vater – nichts als Ärger hat man mit Ihnen. Diese Toten lasten auf seinem Gewissen.«

»Was machen Sie, wenn Trevor nicht zurückkommt?«

Er starrte durch das Laub der Bäume. Schließlich sagte er: »Die Kämpfer von Cobra sind die besten der Welt. Ich habe sie persönlich ausgewählt. Sie werden zurückkommen. Irgendetwas hat sie aufgehalten, das ist alles.«

»Ihre Arroganz ist erstaunlich«, erwiderte sie. »Sie erwarten und verlangen zu viel von sterblichen Lebewesen. Vielleicht hasst man Sie deshalb so. In Ihrem Bestreben, den perfekten Soldaten zu bekommen, haben Sie vergessen, dass diese Männer in erster Linie Menschen sind.«

Er schnaubte abfällig. »Alle Menschen sind entbehrlich, wenn es der Sache dient, junge Frau.«

»Wie es scheint, unterscheiden Sie sich nicht allzu sehr von Nana Sahib. Sie schätzen den Wert einer menschlichen Seele weniger hoch ein als einen Straßenköter.«

Sein Blick wanderte kurz zu ihr, aber er erwiderte nichts.

Destiny nahm sich ein Gewehr, füllte ihre Taschen mit Munition und Chupatties und beschlagnahmte von den Vorräten, die Trevor zurückgelassen hatte, eine Feldflasche mit Wasser. Als Letztes nahm sie sich einen *Tulwar*, ein Schwert, das einer von Trevors Männern einem Rebellen, den er am Vortag getötet hatte, abgenommen hatte.

Ohne ein weiteres Wort an Dunleavy schlug sie in der Dunkelheit den Weg zur Stadt ein, wobei sie sich im Schatten der Bäume hielt und dem gewundenen Ufer des Ganges folgte, wo Pelikane und Kraniche so dicht an dicht nisteten, dass sie im Mondlicht kleinen Hügeln aus Schnee ähnelten.

Im Gegensatz zu den meisten Stützpunkten im Norden, die trostlos und von der Sonne ausgedörrt waren, hatte sich Cawnpore im Lauf der Jahre zu einem freundlichen Wohnort entwickelt. Hübsche Bungalows, die in leuchtenden Farben gestrichen waren, standen in üppig wuchernden Gärten, und es gab sogar ein hufeisenförmiges Theater mit massiven dorischen Säulen und luxuriöser Ausstattung. Als Kind hatten Destiny und ihre Eltern dort mit Freunden manchen angenehmen Abend damit verbracht, Stücke anzuschauen und Konzerte zu besuchen. Es gab einen Tempel der Freimaurerloge, der ihr Vater angehörte, eine Bibliothek, wo ihre Mutter ihr lesen beigebracht hatte, und einen weitläufigen, sehr schönen Park, wo an Sonntagen Picknicke stattfanden und junge Männer hohe Summen auf die Araberpferde setzten, die an den Cheroot-Rennen teilnahmen.

Worauf Destiny jedoch heute stieß, waren ausgebrannte Gerippe von Häusern, geborstene Fensterscheiben, von Kanonenkugeln und Kartätschen zerschossene Dächer und von Granaten zerfetzte Mauern.

Sie fand auf dem Boden eine blutbefleckte *Deputtah* und drapierte sie so um ihren Kopf und ihr Gesicht, dass nur noch ihre Augen zu sehen waren. Wenn ein Einheimischer sie sah, würde er sie vielleicht für einen indischen Krieger halten und passieren lassen. Sie hatte Glück und schaffte es, ungehindert an den vereinzelten Gruppen von Rebellen vorbeizukommen, und als sie schließlich über die Mauern des Lagers kletterte, fand sie sich auf einem breiten Boulevard wieder, dem so genannten Korso, wo die Reichen und Mächtigen der europäischen Bewohner residierten. Hier wohnten Regierungsbeamte, Frauen und Kinder britischer Offiziere und wohlhabende Kaufleute. Destiny hatte ihr halbes Leben in dieser Straße verbracht, im Schatten der Bäume, die sie säumten, Spaziergänge gemacht und mit den einheimischen Kindern im Sand Murmeln gespielt.

Jetzt allerdings glich der Korso einem Friedhof mit eingesunkenen Grabsteinen, und das Lachen vergangener Tage hallte in ihrem Kopf wie ein gespenstisches Wispern.

Plötzlich wurden Stimmen laut, und Destiny duckte sich hinter die zerfallene Mauer, die sich um einige Stallgebäude zog, als drei Sepoys näher kamen, alle mit Gewehr und

Tulwar bewaffnet. Mit zornigen Stimmen sprachen sie davon, alle Ungläubigen zu vernichten und wieder gemäß ihrer eigenen religiösen Regeln zu leben. Endlich verschwanden sie in der Dunkelheit. Destiny blieb mit klopfendem Herzen zurück.

Vorsichtig schlich sie den Boulevard weiter hinunter, indem sie einen Bogen um die Kamelställe und Lagerhäuser machte, rannte dann durch die Schatten zum Soldatenfriedhof, wo sie so lange stehen blieb, bis ihr Atem wieder ruhiger ging. Ringsum standen kleine weiße Kreuze in schnurgeraden, Reihen und sie musste unwillkürlich daran denken, wie viele Kreuze mehr hier stehen würden, wenn diese entsetzliche Katastrophe endlich überstanden war. Ihre eigene Mutter lag nicht weit von hier begraben. Gott sei Dank hatte die gütige Frau nicht lange genug gelebt, um wie in einem grauenhaften Albtraum zu erleben, dass unzählige Männer, Frauen und Kinder abgeschlachtet wurden.

Endlich fand sie den Bungalow ihres Vaters. Wie klein und schlicht das Haus ihr jetzt mit den Augen einer Erwachsenen erschien. Seine dicken Wände aus Lehmziegeln waren dicht mit Trompetenwinden bewachsen, die ihre Mutter kurz nach ihrer Ankunft in Cawnpore gepflanzt hatte. Im Lauf der Jahre hatten sich die Kletterpflanzen um die Bambusspaliere gewunden, die die Veranda umschlossen, und auch um die kleinen Fenster, sodass nicht einmal die Läden geöffnet werden konnten.

Sie sank an die Hausmauer, schloss die Augen und bemühte sich ruhig durchzuatmen. Was sollte sie tun, wenn sie ihren Vater tot vorfand, im Bett erschlagen oder in seiner kleinen Bibliothek, die er so sehr liebte? Was, wenn sie den ganzen Weg gekommen war, nur um festzustellen, dass er erst gestern den Tod gefunden hatte?

Lieber Gott, was für eine Hitze, sogar um Mitternacht.

Hatte sie diese unerträglichen Temperaturen tatsächlich einmal genossen? Hatte sie sich tatsächlich über ihre armen Eltern lustig gemacht, die in den ersten Jahren in der Tageshitze wie welke Blumen eingegangen waren und an ihrem Verstand gezweifelt hatten, weil sie überhaupt auf die Idee gekommen waren, nach Indien zu gehen?

Sie streifte die *Deputtah* von ihrem Kopf, um Wasser aus der Feldflasche über Gesicht und Hals zu gießen und es wie ein kühles Rinnsal zwischen ihren Brüsten hindurchrinnen zu lassen.

Sie dachte an Jason und betete, er möge noch in Kapstadt sein, mit Connie, Diana, Fritz, Franz und Zelie. Wenn Gott ihr einen Wunsch erfüllen könnte, dann den, dass keiner von ihnen an diesen entsetzlichen Ort der Verdammnis käme.

Natürlich war er nicht mehr in Kapstadt. Er war irgendwo da draußen in der Hitze und der Dunkelheit. Sie konnte es fühlen.

Destiny schob sich Zentimeter für Zentimeter an der Hausmauer entlang, bis zu einem winzigen Fenster, durch das man in den Salon sah. Ein dünner Lichtstrahl fiel durch die Blätter der Ranken. Sie versuchte angestrengt, durch die Ritzen der Fensterläden zu spähen, konnte aber nur die Gestalten einiger einheimischer Frauen erkennen, die aus Messingschüsseln verschiedene Speisen aßen.

»Keine Bewegung«, ertönte eine Eingeborenenstimme aus der Dunkelheit, und der Lauf eines Gewehrs wurde an ihre Schläfe gedrückt. Der Mann riss ihr das Gewehr und den *Tulwar* aus den Händen, packte sie dann am Rückenteil ihres Hemds und zerrte sie um das Haus herum zur Hintertür, durch die er sie auf den Boden stieß. Destiny landete auf Händen und Knien, und die Frauen, die gerade aßen, sprangen auf und redeten aufgeregt durcheinander.

Destiny hob den Kopf – und sah in das vertraute Gesicht ihrer alten *Ayah*.

Die Augen der Kinderfrau weiteten sich zuerst vor Verwirrung, dann erkannte sie Destiny. Sie wedelte mit den Händen und rief den anderen zu: »Weg, weg, es ist Fontaine Sahibs Mädchen!«

Mit einem kleinen Aufschrei der Erleichterung rappelte sich Destiny hoch und legte ihre Arme um die schmächtigen Schultern der alten Kinderfrau. Sie hielten sich fest umschlungen, und auf Destiny stürmte eine wahre Flut von Bildern und Sinneseindrücken ein, die ihrem Gedächtnis lange entschwunden gewesen waren: das Gewebe des zerschlissenen Gewands der *Ayah*, der würzige Geruch ihrer Haut, der Duft von Anis in ihrem Atem. Die *Ayah* war Destiny schon damals, als sie noch ein Kind war, uralt erschienen, und heute wirkte ihre zerfurchte, ledrige Haut um nichts älter als vor all den Jahren, als Destiny sich mit Tränen in den Augen von ihr verabschiedet hatte.

»Bringt Wasser und Reis«, befahl die *Ayah*, und die anderen hasteten davon, um innerhalb weniger Sekunden eine Schale mit warmem, gesüßtem Reiswasser zu bringen, das Destiny durstig schluckte. Schließlich wischte sie sich den Mund ab und sah sich um.

»*Ayah*, wo ist mein Vater?«

Die Frau runzelte die Stirn und erwiderte: »Du musst dich erst ausruhen. Wir sprechen morgen früh weiter.«

»Nein. Ich muss es jetzt wissen. Lebt er noch?«

»Morgen«, wiederholte sie energisch und half Destiny auf die Füße. Dann führte die alte Frau sie durch die einstmals von so viel Leben erfüllten, jetzt nahezu leeren Räume, wo Aquarelle ihrer Mutter die Wände geschmückt und in jedem Winkel Sessel und Sofas aus Indien mit Bezügen aus englischem Chintz und Kretonne gestanden hatten.

Damals hingen helle, farbenfrohe Stoffe vor den Fenstern, die ihre Eltern auf Basaren gekauft hatten, und auf den Fußböden lagen mit scharfen Substanzen getränkte Teppiche, um die weißen Ameisen zu vernichten, die sich auf alles Essbare stürzten. Jetzt hingegen war kaum etwas geblieben außer vereinzelten Bruchstücken von Keramiktöpfen und einem alten Tisch mit Beinen aus Antilopenhorn und dort, wo die *Ayah* und ihre Verwandten geschlafen hatten, lagen Decken auf dem Boden verstreut.

»Aber ich will nicht schlafen«, protestierte sie, obwohl sie wusste, dass sie sich gegen ihre *Ayah* nicht behaupten würde. Das war ihr nie gelungen.

Die alte Frau, die in einer Hand eine Lampe trug, zog Destiny mit der anderen in das Zimmer ihrer Eltern. Das Bett, in das sie so oft geklettert war, um sich zu ihren Eltern zu kuscheln, war mit vielen Metern durchsichtiger Gaze verhängt. Als sie sich auf die Bettkante setzte, zog ihr die *Ayah* die Stiefel aus, wobei sie missbilligend mit der Zunge schnalzte.

Destiny ließ sich auf das Kissen zurücksinken und legte eine Hand auf den Arm der alten Frau. »Bitte sag es mir. Ich muss es wissen. Lebt mein Vater noch?«

Die dunkle Stirn in Falten gezogen, nickte sie. »Fontaine Sahib lebt. Ja, ja, schlaf jetzt. Schlaf ein.« Sie pustete die Lampe aus und schlurfte aus dem Zimmer, blieb aber in der Tür stehen, um noch einmal kurz zu ihr zu schauen, bevor sie in der Dunkelheit verschwand.

Destiny setzte sich auf und starrte durch die Schatten, wobei sie alle Sinne anstrengte, als wäre sie wieder blind.

Sie konnte hören, dass die *Ayah* und ihre Verwandten eine hitzige Auseinandersetzung hatten, verstand die Worte aber nicht. Müde sank sie auf das Bett, zu erschöpft, um zu befürchten, dass sich die vereinten Armeen von Sepoys und

Sowars auf sie stürzen könnten. Nein, natürlich nicht. Früher hätte die *Ayah* ihr Leben gegeben, um Destiny zu beschützen. Wenn es einen Schutzengel gab, der über sie wachte, dann ihre *Ayah*.

Fahles Morgenlicht kroch über die sonnenverbrannte Ebene. Connie wischte die Klinge seines Bowie-Messers an seinem Hemdsärmel ab, bevor er die kalte Stahlspitze des Messers sanft an den Fettwulst unter Dunleavys Kinn legte. »Lass mich«, raunte er Jason zu. »Das verdammte Schwein wird nicht mal merken, wie ihm geschieht.«

Ein Gewehr in der einen Hand, Destinys zerrissenes und verschmutztes Brautkleid in der anderen, hörte Jason zu, wie Dunleavy schnarchte. Er war versucht, Connie zu erlauben, den Hurensohn abzustechen – stark versucht. Er sah erst Zelie, dann Fritz an, die den ganzen Weg bis zum Ufer nach Spuren von Destiny oder Trevor und seinen Männern abgesucht hatten und eben erst auf die Lichtung zurückgekommen waren. Sie schüttelten die Köpfe und senkten ihre Waffen. Dann sah er zu Diana.

Die blauen Augen glasig, die Haut von der Sonne verbrannt, starrte sie auf den schmutzigen Spitzenstoff des Brautkleids, als würde Destiny noch darin stecken. Sie schrie allerdings nicht. Selbst wenn sie die Kraft dazu aufgebracht hätte, hätte ihr die Stimme gefehlt.

Jason richtete den Lauf seines Gewehr auf die Stelle zwischen Dunleavys Augen. »Aufwachen, Harold.«

Harolds Lider flatterten; er grunzte und schnaubte. Seine Augen flogen auf, als Jason den Hahn spannte und die Mündung an Harolds Stirn presste.

»So trifft man sich wieder«, sagte Jason mit zusammengebissenen Zähnen.

Harolds Versuch sich aufzurichten, scheiterte daran, dass Jason die Mündung des Gewehrs gegen seine Stirn stieß.

»Was haben Sie mit Destiny gemacht?«, sagte Jason so ruhig, wie seine wachsende Furcht und Wut es zuließen.

Harold schüttelte den Kopf.

»Was haben Sie mit Destiny gemacht?«, wiederholte Jason und drückte die Mündung so fest in Harolds Fleisch, dass sich die Haut um die Stelle mangels Blutzufuhr weiß verfärbte. »Destiny«, knurrte Jason und stieß wieder mit dem Lauf zu. »Ist sie bei meinem Bruder? Antworten Sie mir, verdammt. Haben Sie sie umgebracht? Vielleicht würden Sie gern einmal am eigenen Leib erfahren, mit welchen Foltermethoden Cobra die Wahrheit aus einem Feind herausholt. Sie erinnern sich an das Reglement? Die Wahrheit erfahren und nichts als die Wahrheit, mit allen zu Gebote stehenden Mitteln. Soweit ich mich entsinne, sind Sie ein Befürworter der Folter. Sie haben uns sogar ein paar Methoden vorgeschlagen, die uns im Lauf der Jahre gute Dienste geleistet haben.«

Harold schüttelte den Kopf. »Jesus, wo ist Trevor?« Er versuchte sich aufzusetzen. Connie schubste ihn zurück.

Jason riss die Knöpfe an Harolds Hosen auf. Fritz und Zelie traten zu ihm. Connie nahm sein schweißgetränktes Stirnband ab, rollte es zusammen und stopfte es Harold in den Mund, bevor Fritz und Zelie ihm die Hosen bis zu den Knien herunterzogen. Harold machte einen wilden Satz, als Jason sein schlaffes Glied packte und eine Messerklinge daran hielt.

»Vorsicht.« Jason grinste. »An Ihnen ist ohnehin nicht viel dran. Eine falsche Bewegung und alles ist futsch.«

Am ganzen Leib zitternd vor Wut und Angst und nass vor Schweiß, nickte Harold und grunzte etwas.

Connie nahm den Knebel aus Harolds Mund. Harold

schnappte nach Luft und würgte. Sein Gesicht war so weiß wie die Sandbänke in der Mitte des Ganges. »Ihr Monster«, krächzte er und würgte noch einmal. »Das kostet euch alle den Kopf!«

Jason presste die Messerklinge in die dünne Haut von Harolds Glied. Harold jaulte auf.

»Monster?«, knurrte Jason. »Verdammt richtig, wir sind Monster, Harold. Wie Sie uns immer gepredigt haben: Bei Cobra ist kein Platz für Gewissen, Mitgefühl, Reue. Das Ziel wird mit allen verfügbaren Mitteln erreicht. Und jetzt sagen Sie mir, was ich wissen will, oder ich schwöre bei Gott, ich stecke Ihnen Ihren Schwanz in den Rachen und sehe lachend zu, wie Sie daran ersticken. Ist Destiny bei Trevor?«

Harold schüttelte den Kopf. »Trevor und seine Männer sind weg – sind nicht zur verabredeten Zeit wiedergekommen. Die Frau ging gestern Nacht – nehmen Sie um Himmels willen das Messer weg, bevor ...«

»Wenn ich dahinter komme, dass Sie mich belügen ...«

»Ich lüge nicht. Ich schwöre es. Ich habe sie gehen lassen, mit meinem Segen noch dazu. Was nützt sie mir jetzt schon noch, nachdem hier die Hölle los ist.«

Jason presste die Klinge tiefer in die Haut, bis ein dünnes Rinnsal Blut über seine Finger zu fließen begann, und stieß seinen Atem zwischen den Zähnen hervor: »Wenn sie tot ist, gibt es auf der ganzen Welt keinen Stein, unter dem Sie sich vor mir verstecken können. Was ich Ihnen dann antue, wird das Anzapfen dieses jämmerlich kleinen Anhängsels vergleichsweise läppisch erscheinen lassen.«

Jason trat zurück und versetzte der Hängematte einen so kräftigen Tritt, dass Harold auf den Boden krachte, sein nacktes Hinterteil in die Luft ragend. Er rappelte sich mühsam hoch, zerrte seine Hosen nach oben und rannte zum

Rand der Lichtung, wobei er panisch seine Hosen zuknöpfte und stöhnte, als sich der Schritt vom Blut schnell rot färbte.

Jason ließ sich erschöpft neben dem Baum auf die Erde fallen und legte sein Gewehr quer über seinen Schoß. Nach und nach drang Tageslicht in das karge Lager, das sich in den hohen Schilfgräsern verbarg. Trevor hatte sein Versteck gut gewählt. Der Fluss ermöglichte ein rasches Entkommen, falls zufällig Rebellen vorbeikamen, was so weit von Cawnpore eher unwahrscheinlich schien.

Zelie hockte sich neben Jason und hielt ihm eine Feldflasche hin. »Trevor scheint Ärger zu haben. Sonst wäre er mittlerweile wieder hier.«

»Vielleicht. Um Trevor mache ich mir keine Sorgen. Er kann selbst auf sich aufpassen.«

»Du glaubst, dass Destiny sich auf die Suche nach ihrem Vater gemacht hat.«

Diana sank neben ihm auf den Boden und vergrub ihr sonnenverbranntes Gesicht in den Händen. Connie kauerte sich neben sie und musterte sie besorgt.

Jason nahm einen Schluck aus der Flasche und wischte sich den Mund ab. Dann reichte er die Flasche Diana, die sie nahm und das Wasser so gierig schluckte, dass sich ihre Augen vor Erleichterung nach hinten verdrehten. Sein Blick wanderte zu Harold, der verzweifelt versuchte, den Blutfluss zu stoppen, indem er seine Hosen mit den Überresten von Destinys Hochzeitskleid ausstopfte. »Kommen Sie her, Harold«, rief er.

Die Beine leicht gespreizt, kam Harold zu ihm gelaufen wie ein folgsames Hündchen.

»Sie kennen Fontaines Haus?«

Harold nickte und zuckte zusammen. Seine Augen fingen an zu tränen.

»Gut. Dann werden Sie uns nach Cawnpore begleiten.«

Harold starrte Jason an, als hätte er Luzifer persönlich vor sich.

Fritz stieß einen leisen Pfiff aus und schüttelte den Kopf. »Damit forderst du es förmlich heraus, abgeknallt zu werden, Jay. Schau ihn doch an. Genauso gut könnten wir mit einer verdammten Zielscheibe auf der Brust mitten über die Grand Trunk Road flanieren.«

Harold nickte zustimmend und betastete wieder vorsichtig seinen Schritt.

»Er ist hergekommen, um Verhandlungen mit Nana Sahib und Compton Fontaine zu führen. Und genau das kann er jetzt: verhandeln.«

»Mit Verrückten kann man nicht verhandeln. Sie werden uns nach dem ersten Blick erschießen«, wandte Harold ein. »Guter Gott, die sind doch alle völlig von Sinnen. Wie können Sie nur daran denken, einen Menschen in den sicheren Tod zu führen? Kennen Sie keine Loyalität, keine Achtung vor einem Menschenleben?«

Jason sah seine Männer einen nach dem anderen an. Alle brachen in Gelächter aus. Schließlich antworteten sie einhellig: »Nein, verdammt!«

Harold erbleichte.

Franz, der an den Rand des Schilfs gegangen war, drehte sich unvermittelt auf dem Absatz um und machte eine Handbewegung. Jason packte Diana und presste seine Hand auf ihren Mund, bevor er und die anderen so schnell im Schilf verschwanden, dass Harold plötzlich allein dastand und mit offenem Mund die Männer anstarrte, die plötzlich am Rand der Lichtung erschienen.

Jason, der hinter einem dichten Gestrüpp hervortrat, zielte auf Trevors Schläfe und wisperte: »Peng! Du bist tot.«

Harold wurde schlaff vor Erleichterung und brach auf dem Boden zusammen.

Trevor drehte sich langsam zu Jason um, ein schiefes Grinsen auf den Lippen.

Jason schüttelte den Kopf, senkte seine Pistole aber nicht. »Ts, ts, Trev. Du wirst auf deine alten Tage nachlässig.«

»Längst nicht so nachlässig wie du.« Jasons Bruder zeigte auf die Bäume am gegenüberliegenden Ufer. In den höchsten Ästen hockten Trevors Soldaten, ihre Gewehre auf Jason und seine Männer gerichtet.

»Ich könnte dir immer noch eine Kugel in den Kopf jagen, wenn ich wollte«, sagte Jason. »Und vielleicht mache ich das auch, wenn du mir nicht sagst, wo Destiny ist.«

Trevor zuckte die Achseln. »Sie war nicht mehr da, als wir zurückkamen.«

»Und du hast sie nicht verfolgt?«

»Sie ist nicht *meine* Verlobte, oder?«

»Warum zum Teufel hast du nicht einen Mann hier gelassen, um Wache zu stehen?«

»Sollte dieses Lager von Sepoys und Sowars entdeckt werden, ist die Chance, dass sie ihre Gefangenen am Leben lassen, größer, wenn keine Infanterie in der Nähe ist. Außerdem wäre sie völlig in Sicherheit, wenn sie in Kalkutta geblieben wäre.« Trevor schob die Pistole beiseite und ging zu Harold, der wieder angefangen hatte zu bluten und vor sich hin fluchte. Trevor lachte, wandte sich kopfschüttelnd ab und ließ sich in die Hängematte fallen. Er streckte seine langen Beine aus und schloss die Augen.

»Die Garnison ist von allen Seiten eingekreist und durch Nunne Nawabs Truppen vollständig von den Straßen und vom Fluss abgeschnitten. Wasser bekommt man nur aus einem einzigen Brunnen, den Nawabs Männer voll im

Visier haben. Kurz gesagt, die Männer, Frauen und Kinder in der Garnison sterben entweder an einer Kugel oder vor Durst.

»Nana Sahib befindet sich in Savada House. Vielen seiner Leute bereitet es immer noch Sorgen, dass er keinen klaren Standpunkt bezogen hat, was seine Allianz mit den Engländern angeht. Ich habe den Verdacht, er will es sich mit keiner Seite verderben. Bis er sicher sein kann, dass wir nicht mit fünfzigtausend Mann in Cawnpore einmarschieren, um seine Rasse auszulöschen, wird er keinen Schritt tun, der ihn als eindeutig feindselig hinstellt. Allerdings setzt ihm sein Bruder Bala Rao zu, sich entweder so oder so zu entscheiden. Ich fürchte, Nana Sahib wird sich demnächst gezwungen sehen, ein Exempel zu statuieren, um seinen Führungsanspruch zu behaupten.«

Trevor sah Jason an. »Compton Fontaine ist am Leben und wohnt bei Nana Sahib in Savada House. Bei Sahibs Männern heißt es, Fontaine würde Sahib dahingehend beeinflussen, nicht alle Brücken zu den Engländern abzubrechen. Es wird gemunkelt, Bala Rao und Teeka Singh, Kommandeur der Zweiten Sepoy-Kavallerie, hätten die Absicht, Fontaine zu erschießen, um sich Sahibs Loyalität zu sichern.«

»Ist es möglich, dass Destiny es unerkannt bis zum Haus ihres Vaters geschafft haben könnte?«

»Ja. Das ist möglich.« Trevor schwang sich aus der Hängematte, langte nach einem Stock und fing an, die östlichen Randbezirke der Stadt in den Sand zu zeichnen, den Ganges im Norden, die Kanäle und Uferpromenaden im Westen, Nanas Lager im Süden und die Linien der einheimischen Truppen östlich der Stadt und in ihrem Zentrum.

Indem er den Stock entlang der Kanäle in südöstlicher Richtung zog, zeigte er die Route. »Es gibt hinter dem Soldatenfriedhof ein Gebiet, das relativ frei vom Feind ist. Wenn sie es irgendwo geschafft haben könnte, dann dort.«

Trevor stand auf und sah Jason an. »Aber wahrscheinlich ist, dass sie bereits gefangen genommen wurde. Selbst wenn sich jemand in ihrem alten Zuhause aufhält, der früher einmal in näherer Beziehung zur Familie Fontaine stand, wird niemand sein Leben riskieren, um ihr zu helfen. Das zu tun, hätte im Fall einer Entdeckung den sofortigen Tod zur Folge. Natürlich könnte sie verschont werden, wenn sie zugibt, Fontaines Tochter zu sein, es ist aber auch möglich, dass man sie auf der Stelle tötet. Ihre einzige Hoffnung ist, nach Savada House zu gelangen. *Deine* einzige Hoffnung, ihr zu helfen, ist, in Savada House hineinzukommen.«

»Unsere Chancen, das zu schaffen«, meinte Connie, »sind ungefähr genauso groß wie unsere Chancen, die Kronjuwelen zu stehlen.«

Trevor fügte hinzu: »Die einzige Möglichkeit, dorthin zu kommen, ohne vorher von einem Sowar in zwei Teile zerhackt zu werden, besteht darin, die Garnisonen zwischen dem Lager hier und Savada House zu überreden, dich direkt zu Nana Sahib zu bringen. Sehen wir den Tatsachen doch ins Auge. Ein Blick auf uns – und von uns bleibt nicht genug übrig, um diese verdammten Geier zu füttern.«

Trevor zeigte auf die zahlreichen Vögel, die über dem Fluss kreisten.

Jasons Blick fiel auf Harold. »Dazu benötigen wir so etwas wie einen Botschafter.«

»Ganz meine Meinung.«

Harolds Augen weiteten sich. »Vergessen Sie's. Wenn Sie sich einbilden, dass ich mich in dieses Gemetzel stürze, sind Sie noch verrückter, als ich dachte. Das wäre Selbstmord, glauben Sie mir. Bleiben Sie mir vom Leib, Batson.« Er sprang auf und wich in Richtung Fluss zurück. »Dafür lasse ich Sie vor das Kriegsgericht stellen. Sie werden den Rest Ihres Lebens in den Kerkern des London Prison vermodern … nein, ich lasse Sie lieber nach New South Wales deportieren … Sie werden nie wieder ein freier Mann sein!«

»Kommen Sie, Harold. Wie Sie uns oft und gern in Erinnerung gerufen haben: Jeder Mann ist entbehrlich, wenn es der Sache dient.«

»Erschießen Sie ihn, Trevor! Das ist ein Befehl! Ich befehle Ihnen, diesen Bastard zu erschießen, oder ich … ich … verdammte Scheiße!«

23

Destiny kannte das Klagegeheul der *Ayah* – es hatte die Dachsparren erzittern lassen, als Destinys Mutter starb, und war wie ein bohrender Schmerz in jede Pore ihres Körpers eingedrungen. Monatelang hatte sie die Erinnerung an die entsetzlichen Laute aus ihren Träumen gerissen, in denen sie immer wieder den furchtbaren Augenblick des Todes ihrer Mutter durchlebte. Daher wusste sie, noch bevor sich die Sepoys auf sie stürzten und sie aus dem Bett zerrten, dass sie in einer verzweifelten Lage war.

Die Hände der Soldaten rissen sie an Kleidern und Haaren, als sie sie zu Boden warfen und dabei ihren Kopf so hart auf die Lehmziegel krachen ließen, dass ihr Bewusstsein zu erlöschen drohte wie eine Kerze im Wind. Zornige Stimmen ertönten, und in all dem Stimmengewirr schrie ihre *Ayah* immer wieder: »Fontaine Sahib! Fontaine Sahib!«

Ihr Instinkt drängte sie, sich zur Wehr zu setzen, aber sie blieb stattdessen schicksalsergeben liegen und befolgte gehorsam die gebrüllten Befehle, als man sie auf die Knie zog. Umringt von einem halben Dutzend dunkelhäutiger Einheimischer, deren Köpfe mit *Puggaris* umwunden waren und die blutige Schwerter schwenkten, hielt Destiny den Blick gesenkt und die bebenden Hände unterwürfig vor der Brust verschränkt. Sie verstand einiges, wenn auch nicht alles von dem, was sie sagten. Der Mann ihrer *Ayah* hatte die Rache der Sepoys gefürchtet und sie deshalb an den Feind ausgeliefert. Die Sepoys waren sich uneinig, was sie mit ihr machen sollten. Die einen wollten sie auf der Stelle töten; die anderen hatten Angst vor Vergeltungsmaßnahmen Nana Sahibs, sollte er auch weiterhin unter dem Einfluss von Fontaine Sahib stehen. Wenn sie Fontaines Tochter töteten, würde Nana nicht Rache an ihnen üben?

Endlich zerrte einer der Männer Destiny auf ihre Füße und stieß sie zur Tür, wo er sie mit der Spitze seines Bajonetts auf die Straße drängte. Die Sonne heizte den Boden auf und brannte unter Destinys Fußsohlen, als sie auf die Straße stolperte, wo sie sich einer Gruppe von Rebellen gegenüber sah, die einen Zug Ochsenkarren eskortierten, in denen Weiße saßen, Männer, Frauen, Kinder, alle an Handgelenken und Fußknöcheln gefesselt. Ein Mann packte sie von hinten, riss ihr die Arme auf den Rücken und schnürte ihre Handgelenke so fest zusammen, dass sie sich auf die Lippen beißen musste, um nicht aufzuschreien. Dann fesselte er ihre Knöchel, hob sie hoch und warf sie in einen Karren.

Die anderen Gefangenen, die ausgehungert und verdreckt aussahen, starrten sie teilnahmslos an. »Wo bringt man uns hin?«, fragte Destiny heiser.

Eine Frau mit einem kleinen Kind auf dem Schoß zuckte müde die Achseln und spähte durch die schlaffen Strähnen ihres blonden Haars auf Destiny hinunter. »In Nana Sahibs Hauptquartier. Wir haben uns ergeben, deshalb waren sie der Meinung, ihr Anführer sollte entscheiden, was aus uns wird.«

»Was wird uns das schon nützen«, bemerkte eine andere mit einem bitteren Lachen. »Diese Wahnsinnigen machen keine Gefangenen. Von Meerut über Delhi bis hierher werden Frauen auf den Straßen ausgezogen und vergewaltigt,

Kinder gefoltert, Männer in Stücke gehackt und an die Hunde verfüttert.«

Ein Mann, dessen Gesicht von Schlägen so geschwollen war, dass er kaum die Augen öffnen konnte, wandte sich zu der Frau um und sagte wütend: »Bei der Liebe des Allmächtigen, ich will nicht, dass Sie so vor den Kindern sprechen. Nana Sahib war immer ein Freund der Engländer. Selbst wenn er zum Rebellen geworden ist, warum sollte er uns grundlos töten? Ohne Zweifel will er uns alle gefangen halten, um zu verhindern, dass wir die britischen Garnisonen in Allahabad verständigen.«

»Es gibt keine britischen Garnisonen in Allahabad mehr«, stieß die Frau aus. »Wenn welche dort wären, müssten sie längst hier sein. Sie sind alle tot, sage ich Ihnen. Diese Tiere haben all die Unsrigen ermordet.«

Die Karren ächzten im Schneckentempo die Straße entlang, während die Sonne immer höher stieg und immer heißer auf ihrer Haut brannte. Destiny starrte in den gelblich getönten Himmel hinauf und bemühte sich, weder an ihren Vater noch an Jason oder Diana zu denken, die sie vermutlich alle nie wiedersehen würde. Und sie versuchte, nicht an das Kind zu denken, das sie trug und das vielleicht nie das Licht der Welt erblicken würde.

Rebellen versammelten sich am Straßenrand, als die Karren vorbeizogen, brüllten Schmähungen, spotteten und drohten, schwenkten ihre Waffen in der Luft und schrien lauthals: *»Maro! Maro!«* Töten! Töten! In das Geschrei mischten sich immer wieder die Musketensalven der Garnisonstruppen und vervollständigten die albtraumhafte Geräuschkulisse.

Endlich erreichte die Kolonne Savada House. Die Sepoys zerrten die Gefangenen von den Wagen und trieben sie wie Vieh in den großen Hauptraum des Gebäudes.

Nachdem sie stundenlang der gleißenden Sonne ausgesetzt gewesen waren, wirkte die Kühle des Bodens und der Wände und Decken wie eine unverhoffte Gnade auf die durstigen, ausgehungerten und erschöpften Familien, die auf dem Boden zusammenbrachen.

Destiny drehte sich zu einem der Männer um, die sie gefangen genommen hatten, und erklärte in der Landessprache: »Ich verlange, augenblicklich mit Nana Sahib zu sprechen. Ich bin Fontaine Sahibs Tochter …«

Er schlug ihr ins Gesicht.

Sie taumelte zurück und wiederholte: »Ich bin Compton Fontaines Tochter. Er ist ein Freund von Nana Sahib. Bring mich zu ihm, jetzt gleich.«

Wieder schlug er sie.

Ihr Mund füllte sich mit Blut und ihr wurde schwarz vor Augen, aber Destiny straffte die Schultern und sagte: »Wenn du mich tötest, wird Nana Sahib dafür deinen Kopf und den deiner Mutter und deiner Kinder fordern, weil ich wie eine Verwandte für ihn bin.«

»Sahib hat keine britischen Freunde oder Verwandte mehr. Sahib spuckt auf die Ungläubigen.« Er spie auf ihre nackten Füße und beäugte sie lüstern. »Aber vielleicht kannst du mich ja überzeugen, Memsahib.«

»Lieber würde ich es mit einem Schwein treiben«, gab sie mit einem glatten Lächeln zurück.

Seine Augen weiteten sich, und er zog ein Messer.

Plötzlich ging eine Tür auf, und Männer strömten in den Raum. Sie brüllten Befehle und zeigten auf die Gefangenen. Jemand packte Destiny und drängte sie hinaus ins Sonnenlicht, gefolgt von den anderen Gefangenen, die sich dicht zusammenscharten und sich wie eine geschlossene Einheit bewegten, vorangetrieben von den *Tulwars* und Bajonetten in ihren Rücken.

Eigenartig, wie wenig Laute zu hören waren – kein Weinen oder Bitten oder Beten. Es war, als hätten sich die Menschen in ihr Schicksal ergeben.

Die Gruppe wanderte über den trockenen Boden auf einen gewaltigen Graben zu, der von Plattformen und bewaffneten Sepoys gesäumt war. Die Soldaten stießen die Gefangenen einen nach dem anderen in den Graben und ließen sie in zwei Reihen hinsetzen, die Männer hinten, Frauen und Kinder vorn. Destiny, die neben den anderen kniete und versuchte, trotz des Staubs und der Angst, die ihr die Kehle zuschnürte, ruhig zu atmen, suchte unter den Männern, die entlang des Grabens standen, fieberhaft nach einem bekannten Gesicht.

Nana Sahib tauchte aus einer flirrenden Staubwolke auf. Er hatte sich kaum verändert, seit sie ihn zum letzten Mal gesehen hatte. Eine distinguierte Erscheinung in seinen vornehmen Gewändern, die dunklen Augen scharf und überraschend mitfühlend, als sie auf der Schar erschöpfter Gefangener ruhten, wirkte er nicht wie der Typ Mann, der solche grauenhaften Verbrechen begehen würde.

Einer der männlichen Gefangenen sprang auf und schrie: »Ihre Überzeugung, Sie könnten sämtliche Europäer in diesem Land ausrotten, ist absurd! Warum nehmen Sie uns nicht einfach gefangen? Was haben Sie davon, Frauen und Kinder zu ermorden? Wenn Sie uns töten, werden mehr von uns kommen, und man wird Sie vernichten.«

Nana Sahib ignorierte ihn und lenkte seinen Blick auf Destiny.

»Sahib!«, rief sie. »Ich bin Destiny Fontaine. Comptons Tochter. Fontaine Memsahib!«

Er wandte sich ab, ohne ein Zeichen des Wiedererkennens zu geben oder sich anmerken zu lassen, dass er sie gehört hatte. Ein Sepoy ging zu ihm, sah zu Destiny, sprach leise mit seinem Oberbefehlshaber und zeigte auf sie. Nana Sahib drehte sich nicht um, sondern trat zu ein paar anderen Männern, die ungeduldig zusahen. Mit ruhiger Stimme verkündete er, dass er geneigt wäre, die Gefangenen zu verschonen. Welchen Nutzen hätte es, sie zu töten? Als Geiseln könnten sie von größerem Wert sein.

»Lächerlich!«, widersprach ein Offizier zornig. »Wir müssen demonstrieren, was mit den Europäern geschieht, die in unser Land kommen und uns zerstören. Wenn man sie jetzt verschont, werden sie weiter leben, um sich eines Tages gegen uns zu erheben.«

Die Debatte wurde fortgeführt, bis Sahib wegging.

Immer noch harrten die Gefangenen in der glühenden Sonne aus, die Kinder so geschwächt vor Hunger und Durst, dass sie kaum weinen konnten, als sie sich an die Röcke ihrer Mütter klammerten und um Wasser bettelten.

Destiny ließ sich auf den Boden sinken und starrte durch die Staubwolken auf Sahibs Rücken. Das Wenige, was ihr in den letzten Stunden, Tagen, Wochen an Hoffnung geblieben war, löste sich in der unerbittlichen Sonne wie Nebel auf.

Sie schloss die Augen.

Das Flattern war wieder zu spüren, tief unten in ihrem Bauch. Einen Moment lang atmete sie nicht, hörte nicht das Schreien und Flehen der verängstigten, erbarmungswürdigen Menschen neben ihr. »Jason, mein Liebling«, flüsterte sie, »es tut mir so Leid.«

Die Rebellen, die rechts und links des Grabens standen, begannen in monotonen Sprechchören »Tod, Tod den Ungläubigen« zu rufen und sie mit Steinen zu bewerfen. Ein paar Sepoys drängten sich durch die johlenden Männer und sprangen in den Graben, um die wenigen *Ayahs*, die treu bei ihren Schützlingen ausgeharrt hatten, herauszuziehen, während der Offizier, der mit Nana Sahib debattiert hatte, auf eine Plattform stieg, von der er die Szene überblicken konnte, und verkündete: »Auf Nanas Befehl werden alle Europäer getötet und ihre Leichen den Hunden, Geiern und Krähen zum Fraß vorgeworfen!«

Plötzlich schien alles ringsum seltsam unwirklich. Stimmen drangen wie aus einem Tunnel an Destinys Ohr, dünn und verzerrt, als sie beobachtete, wie die Soldaten ihre Musketen anlegten und sich zum Feuern bereitmachten. Jemand trat in ihr Blickfeld – ein zorniges dunkles Gesicht mit gelblichen Zähnen und funkelnden schwarzen Augen – und brüllte ihr etwas zu, während er sie am Arm packte und aus dem Graben zog, im selben Moment, als unter lautem »Maro! Maro!«-Geschrei der Kugelhagel der Musketen losbrach.

Sie konnte nicht gehen. Der Mann warf sie über seine Schulter und rannte auf Salvada House zu; geduckt lief er durch eine Tür in das dämmerige, kühle Innere des Gebäudes; seine Füße tappten leise auf dem Steinboden. Schließlich kam er zu einer Tür, stieß sie auf und schleuderte Destiny auf den Teppich. Mit einem Messer durchtrennte er die Schnüre, mit denen sie an Händen und Füßen gefesselt war, um dann schnell aus dem Raum zu verschwinden. Die Tür fiel krachend ins Schloss.

Die Gewehre waren verstummt.

Destiny starrte an die Decke, von Kopf bis Fuß zitternd. Sie wagte nicht die Augen zu schließen, aus Angst, wieder das Entsetzen auf den Gesichtern der Frauen vor sich zu sehen, als sie dem Tod ins Auge sahen.

Ein Stöhnen.

Zuerst dachte sie, sie selbst hätte gestöhnt. Sie wandte den Kopf und richtete den Blick auf das Bett am anderen Ende des Zimmers und auf den Mann hinter dem Moskitonetz.

»Papa?« Sie kroch auf allen vieren zum Bett. Als es ihr endlich gelang, auf die Beine zu kommen, zog sie das Netz zur Seite und starrte auf das ausgezehrte Gesicht ihres Vaters hinunter. »Papa«, wisperte sie, während sie sein Gesicht in ihre blutenden Hände nahm und ihm ein unsicheres Lächeln schenkte, als er die Augen aufschlug; sie lagen tief in den Höhlen und waren getrübt.

»Er ist schon seit langem sehr krank«, ertönte eine Stimme hinter ihr.

Nana Sahib stand in der Tür, die Hände auf dem Rücken verschränkt. »Er hat seine guten und seine schlechten Tage. Manchmal ist er wohlauf genug, um mit mir eine gute Partie Schach zu spielen.«

»Was fehlt ihm?«

»Ich weiß es nicht.«

»War ein Arzt bei ihm?«

»Mein Leibarzt.« Nana Sahib trat ans Bett. Destiny wich zur Wand zurück. Nana sah mit einem traurigen Lächeln auf Comptons Gesicht hinunter. »Wir kennen einander seit vielen Jahren, und obwohl unsere Inhalte und Ziele im Leben jetzt nicht mehr übereinstimmen, ist er immer noch mein Freund, und ich werde es ihm bis zum Ende so angenehm wie möglich machen.« Er hob seine melancholischen Augen zu Destiny und fügte hinzu: »Zu Ihrem eigenen Seelenfrieden, Memsahib, er weiß nichts von dem, was hier vorgeht, was wohl am besten so ist, nicht wahr?«

»Was ist aus Ihnen geworden?«, fragte sie mit zornbebender Stimme. »Der Nana Sahib, den ich kannte, hätte niemals unschuldige Familien umbringen lassen.«

»Vielleicht kannten Sie mich nicht so gut, wie Sie dachten.«

»Anscheinend.«

Er schenkte ihr ein schmales Lächeln. »Vielleicht klären

Sie mich auf, wie Sie hierher gekommen sind und wer Sie gebracht hat.«

Indem sie das Kinn hob und ihn mit einem Lächeln bedachte, das genauso frostig war wie seines, antwortete sie: »Sie denken zweifellos, ich hätte große Armeen mitgebracht, die im Dunkeln darauf lauern, Sie zu überfallen.«

Sein Lächeln entgleiste, und seine Augen wurden schmal, als er ihren Gesichtsausdruck musterte. »Wie ich sehe, sind Sie zu einer Frau herangewachsen, die ganz Ihrer Mutter gleicht, voller Temperament und Rebellion – und sehr schön.« Er zuckte die Achseln. »Ich fürchte mich nicht vor Ihren Armeen, Memsahib. Sie hingegen sollten große Angst vor den meinen haben.«

Jason ließ Dunleavy einen großen Schluck Brandy trinken, bevor er ihm die leere Flasche aus der Hand nahm und sie auf den Boden warf. Er gab Harold die weiße Fahne in die Hand und steckte eine geladene Pistole in Harolds Stiefelschaft.

»Die Pistole ist geladen, Harold. Ich rate Ihnen, Sie zu benutzen, falls unsere Feinde Anzeichen von Aggression zeigen. Zielen Sie auf diese Stelle.« Er tippte an Harolds Schläfe. »Sie sind tot, noch bevor Sie den Boden berühren.«

»Sie sind ja wahnsinnig«, zischte Harold.

Trevor klopfte Harold auf den Rücken. »Sie werden um eine Kugel betteln, falls die sich entschließen, Sie mit ihren *Tulwars* Stück für Stück auseinander zu nehmen.«

Harold klammerte sich an Jason. »Sie können mich nicht da rein schicken. Das sind Verrückte. Sie werden mich umbringen!«

Jason löste Harolds Finger von seinem Hemd. »Sie haben die Wahl, Harold. Sie können mit einer weißen Fahne in dieses Gebiet marschieren und freundlich darum bitten, Nana sehen zu dürfen, um mit zu besprechen, wie man dieses Gemetzel beenden kann, oder Sie bleiben hier und haben es mit mir zu tun. Was die Sepoys Ihnen antun könnten, ist nichts im Vergleich zu dem, was Sie unter meinen Händen erleiden werden. Wenn Sie viel Glück haben, leben Sie lange genug, um Nana Sahib zu sehen. Wenn Sie noch mehr Glück haben, überzeugen Sie ihn davon, dass Sie ein Botschafter des guten Willens sind und dass, wenn Sie nicht vor Einbruch der Nacht in Ihr Lager zurückkehren, zehntausend britische Soldaten am anderen Ufer des Flusses auf das Zeichen zum Angriff warten.«

Harold stöhnte.

Jason packte Harold bei den Schultern und stieß ihn auf die offene Straße hinaus. Harold stolperte, ließ die Fahne in den Schmutz fallen und bückte sich hastig, um sie wieder aufzuheben. Er sah von Jason zu Trevor und den anderen, fand aber weder Mitgefühl noch eine Möglichkeit, aus dieser Zwangslage zu entkommen.

Jason zog seine Pistole und richtete sie auf Harold. »Los«, sagte er. »Wenn Sie versuchen wegzulaufen, sind Sie innerhalb von Sekunden ein toter Mann.«

Die Fahne mit beiden Händen umklammernd, marschierte Dunleavy die Grand Trunk Road hinunter, ohne nach rechts oder links oder zurück zu schauen.

Trevor hockte sich neben Jason, und beide beobachteten, wie Harold auf der Straße in Richtung Stadt stolperte. »Könnte einem fast Leid tun, der kleine Bastard, was?«, sagte Trevor.

»Nein.« Jason schüttelte den Kopf. »Kein bisschen.«

»Da kommt er nie lebend wieder raus.«

Jason warf Trevor einen Blick zu. »Das spart mir die Mühe, ihn persönlich umzubringen.«

Trevor sah zu seinen Männern. »Wir haben keine Chance, das weißt du. Jedenfalls nicht, solange nicht mehr Truppenverbände kommen.«

»Dann warten wir eben. Solange Compton Fontaine am Leben ist, gibt es keinen Grund zu der Annahme, Sahib könnte Destiny nicht verschonen.«

»Hätte nie gedacht, dass ich noch erleben würde, wie du Leib und Leben für eine Frau riskierst.«

»Ich auch nicht.«

»Nicht, dass ich es dir vorwerfe. Wenn es überhaupt eine Frau gibt, die mit deinen Launen und Wutanfällen fertig wird, dann sie.«

»Sie erwartet ein Kind von mir.«

»Ich weiß. Irgendwie fällt es mir schwer, dich mit einer Schar Gören an deinen Rockschößen vor mir zu sehen.«

»Wenn du lang genug am Leben bleibst, bist du eines Tages vielleicht auch erwachsen genug, um dir Frau und Kinder zu wünschen.«

»Sicher. Genau.« Trevor lachte und schüttelte den Kopf. »Was machen wir mit Diana?«

Jason sah zu Diana, die unter einem Baum saß und Fliegen verscheuchte. »Ich kümmere mich um sie, falls wir gefangen genommen werden. Ich werde nicht zulassen, dass sie leidet.«

Stimmengeheul erhob sich in der Ferne, und eine Staubwolke stieg in den Himmel. Zelie, der hoch oben auf einem Baum seinen Beobachtungsposten bezogen hatte, rief ihnen zu: »Sie haben ihn!«

24

Zu Destinys Verzweiflung war Compton Fontaine nur noch ein Schatten des Mannes, der er einmal gewesen war, und erinnerte in nichts an den robusten, energiegeladenen und jugendlichen Mann von fünfundvierzig, den sie erwartet hatte. Sein Haar war schneeweiß geworden, und er bestand fast nur noch aus Haut und Knochen. Seine Lungen rasselten beim Atmen, und alle paar Minuten wurde er von heftigen Hustenanfällen geschüttelt, bei denen blutiger Schaum auf seine Lippen trat. Das Fieber hingegen war im Moment gesunken. Als er die Augen öffnete und sie auf Destiny richtete, berührte sie leicht seine Wange.

»Hallo, Papa.«

Seine Lippen teilten sich, als er ungläubig seine zerbrechliche Hand ausstreckte. »Tochter?« Er lachte mühsam. »Tot bin ich also noch nicht, denn *dich* würde ich bestimmt nicht in der Hölle treffen.«

Sie blinzelte Tränen der Erleichterung und des Kummers fort und bemühte sich, stark zu erscheinen. »Wie ich sehe, hast du deinen Humor nicht verloren.«

»Meine Gesundheit vielleicht, nicht aber meinen Humor. Lieber Gott im Himmel, Des. Was machst du hier?«

»Ich will dich nach Hause bringen, was sonst.«

»Du hast einen schlechten Zeitpunkt gewählt, fürchte ich.« Er hustete und hielt sich stöhnend vor Schmerzen die Seiten.

Destiny setzte einen Becher mit kühlem Wasser an seine

Lippen. Er trank ausgiebig, bevor er sich auf sein Kissen zurücksinken ließ. Mit einem schwachen Lächeln, das die Furchen, die die Krankheit in sein Gesicht gegraben hatte, noch mehr vertiefte, betrachtete er seine Tochter.

»Du siehst genau wie deine Mutter aus. Fast noch schöner, wenn das überhaupt möglich ist. Wo ist dein Mann?«

»Mein Mann?«

»Lord Chesterfield. Er ist doch bei dir, oder?«

»Anscheinend hast du keinen meiner Briefe bekommen.« Sie drückte seine Hand und fragte sich, wie viel von der Wahrheit sie ihm zumuten konnte. Von den tragischen Umständen ihrer kurzen Ehe zu erfahren würde ihn zutiefst verstören. Andererseits sehnte sie sich danach, sich mit ihm auf sein zukünftiges Enkelkind zu freuen. Was konnte es schon schaden, ihn zu belügen, wenn es nur zu seinem Besten war? »Ich ... ich habe Lord Chesterfield nicht geheiratet, Papa.«

»Nicht?« Er runzelte verwirrt die Stirn.

»Ich habe jemand anders getroffen. Jemanden, den ich sehr, sehr liebe. Ich ... bekomme ein Kind. Ist das nicht wundervoll, Papa? Du wirst bald ein Enkelkind haben.«

Ein Ausdruck von Freude huschte über sein Gesicht, und seine Augen füllten sich mit Tränen. »Einen Enkel! Aber wer ist dein Mann, Des? Ist er aus gutem Haus?«

Destiny brachte ein zittriges Lächeln zustande. »Der Vater des Kindes ist Jason Batson.«

»Batson!« Seine Augen leuchteten, und er keuchte bemitleidenswert, als er zu lachen anfing. »Mein Gott, der Schurke hat mich also endlich beim Wort genommen. Hat dich besucht, wie? Ich wusste, du könntest ihm den Kopf verdrehen, und das hast du. Man stelle sich vor, mein kleines Mädchen ist Batsons Frau. Aber warum hat Diana mir nichts davon geschrieben?«

»Ich habe sie darum gebeten. Ich wollte es dir selbst sagen.«

»Und da bist du nun.« Er hustete und rang nach Atem. Indem er sich auf das Bett zurückfallen ließ, wartete er, bis der Anfall abgeklungen war, bevor er versuchte weiterzusprechen. »Wo ist Nana? Er wird entzückt sein, dich wiederzusehen. Wir geben eine Soirée und laden alle Familien ein – sie haben deine Mutter sehr geliebt und werden sich freuen zu sehen, dass du zu einer bezaubernden Frau herangewachsen bist.«

Destiny runzelte die Stirn und nahm die Hand ihres Vaters in ihre. »Papa, seit wann bist du krank? Wie lange bist du nicht mehr aus diesem Zimmer herausgekommen?«

»Ich … ich weiß nicht.« Er seufzte schwer und zog die Stirn in Falten. »Tage. Vielleicht Wochen. Man verliert jedes Zeitgefühl, weißt du. Ich habe Nana gegenüber wiederholt erwähnt, dass ich wieder gesund werden und nach Cawnpore zurückkehren muss. Es gibt so viel zu erledigen, so viele Briefe zu schreiben …«

Destiny beugte sich vor und lächelte in die Augen ihres Vaters. »Was glaubst du, wo du bist?«

»In Bithur natürlich. Nanas Zuhause.«

»O mein Gott«, murmelte sie, wobei sie sich bemühte, sich weder von ihrem Entsetzen noch von ihrer Sorge etwas anmerken zu lassen. »Papa, weißt du denn gar nicht, was ringsum vorgeht? Ist dir nicht bewusst, dass du in Cawnpore bist?«

Einen Moment schien ihr Vater zwischen Wirklichkeit und Vergessen zu schweben. Seine Wangen röteten sich vor Anstrengung bei dem verzweifelten Versuch, einen klaren Kopf zu bekommen. Kurze Zeit sah es so aus, als würde er sich erholen, aber dann fiel er wieder in seinen Dämmerzustand und schlief schließlich ein. Destiny sank müde in einen Sessel neben seinem Bett und bedeckte ihr Gesicht mit den Händen.

Die letzten Monate hatte Nana Sahib ihren Vater von dem allgemeinen Aufruhr abgeschirmt. Ihr Vater hatte nicht die geringste Ahnung, dass rund um ihn die Hölle los war, dass seine Landsleute wie wehrlose Tiere abgeschlachtet wurden.

Die Tür ging auf, und Dienstboten, die auf Tabletts Essen und Trinken brachten, traten ein. Sie versorgten ihren Vater, indem sie ihn mit duftenden Essenzen wuschen und seine schmutzige Kleidung wechselten. Sie setzten ihn ein wenig auf, um ihm löffelweise Brühe und Reis einzuflößen.

Etwas früher hatte man Destiny einen Zuber mit heißem, nach Jasmin duftendem Wasser und eine *Bourka* zum Anziehen gebracht. Auch wenn das einteilige Gewand, das vom Kopf bis zu den Zehen reichte, nach den schmutzigen Lumpen, die sie in den letzten Tagen getragen hatte, eine wahre Erlösung war, hatte sie es abgelehnt, ihren Kopf mit dem Stoff zu bedecken. Die entsetzliche Hitze war ohnehin schwer genug zu ertragen. Außerdem hatte sie nicht die Absicht, in irgendeiner Weise Respekt für die Sitten ihrer Feinde zu zeigen.

»Ich will mit Nana Sahib sprechen«, verlangte sie von den Dienern. Aber genau wie zuvor ignorierten sie sie.

Sie rannte zur Tür.

Die Diener schlugen Alarm, und sofort war sie von Sepoys mit Musketen und Schwertern umringt. Sie packten sie an ihren Haaren und an der *Bourka* und stießen sie mit den Händen auf die Knie.

»Genug!«, rief jemand. Ein junger Mann namens Chimnaji, an den sich Destiny noch von früher erinnerte, drängte sich durch die Soldaten und half Destiny auf die Beine. »Man hat euch befohlen, ihr kein Leid zuzufügen. Ich könnte euch alle erschießen lassen. Und jetzt verschwindet!«

Er wandte sich an Destiny, verbeugte sich leicht und schenkte ihr ein freundliches Lächeln. »Ich bitte um Verzeihung, Memsahib. Die Männer lassen sich zu oft von ihrem Eifer mitreißen, fürchte ich. Aber ich muss Sie daran erinnern, dass Sie Ihr Quartier ohne Begleitung nicht verlassen dürfen.«

»Ich möchte mit Nana über meinen Vater sprechen.«

Ein Ausdruck von Mitgefühl huschte über sein Gesicht. »Ich kann mich erinnern, wie nahe Sie Ihren Eltern gestanden haben. Es hat Fontaine Sahib das Herz gebrochen, als er Sie wegschicken musste.« Chimnaji lachte. »Sie werden sich kaum an mich erinnern. Wir haben einmal zusammen im Sand Murmeln gespielt. Ihre Mutter hat mich mit Steak-und-Nieren-Pastete und Yorkshire-Pudding bewirtet. Das war meine erste Kostprobe englischer Küche. Ich fand Sie damals sehr schön …«

»Wenn Sie unser Freund waren, wie können Sie sich dann an diesem Gemetzel beteiligen?«

»Einige von uns haben keine andere Wahl«, gestand er bekümmert. Seine Stimme klang resigniert und müde.

»Wie zum Beispiel mein Vater, Chimnaji?«

Er sah sich um, bevor er mit gesenkter Stimme sagte: »Ich fürchte, ich verstehe nicht, was Sie meinen, Memsahib.«

»Die Gerüchte, dass mein Vater sich mit Nana gegen die Krone verbündet hat … sind sie wahr?« Mit angehaltenem Atem wartete sie auf Chimnajis Antwort und behielt ihn scharf im Auge, als er, offensichtlich verunsichert von ihrer Frage, überlegte, was er darauf sagen sollte. »Bitte«, sagte sie schließlich fast flehend. »Ich muss es wissen, für meinen eigenen Seelenfrieden. Ist er in irgendeiner Weise für diese Rebellion verantwortlich?«

»Lassen Sie es mich so ausdrücken«, antwortete er vorsichtig. »Wenn ein Mann nicht ganz bei sich ist, kann er wie ein Blinder auf den falschen Weg geführt werden.«

»Spielen Sie auf seine Krankheit an?«

»Memsahib.« Er lächelte nervös und warf wieder einen Blick auf die Gruppe von Männern, die etwas entfernt standen. Sie unterhielten sich gedämpft, aber schnell und lebhaft, und behielten ihn und Destiny unablässig im Auge. »Sie stellen zu viele Fragen, fürchte ich. Ich kann Ihnen nur das sagen: Ihr Vater war für Nana lebend mehr wert als tot. Seine Unterschrift auf einem Brief war für die Krone eine Provokation ... auch wenn er sich nicht ganz über Inhalt oder Absicht des Briefes im Klaren war.«

»Mein Vater wurde hinters Licht geführt. Wollen Sie das damit sagen, Chimnaji?«

»Ich sage gar nichts mehr, Memsahib. Und jetzt kommen Sie. Ich bringe Sie zu Nana. Bei ihm ist jemand, den Sie sicher sehen wollen.«

Sie verließ mit ihm das Haus und ging zu dem farbenprächtigen *Shamianah*, Sahibs Prunkzelt, das ein Stück vom Haus entfernt aufgestellt war. Sie bahnten sich einen Weg durch die Menge, die sich vor dem Zelteingang drängte. Bevor sie eintraten, flüsterte Chimnaji ihr ins Ohr: »Seien Sie vorsichtig. Er ist heute nicht guter Laune. Er hat in der Nacht zwei Dutzend Männer verloren und noch dazu eine seiner besten Kanonen.«

Destiny verharrte und sah in Chimnajis Augen, die ebenso seltsam beredt waren wie sein Schweigen. Zum ersten Mal seit Tagen bebte ihr Herz vor Aufregung und Hoffnung bei dem Gedanken, dass es unter den Einheimischen immer noch mitfühlende Freunde geben könnte.

»Gehen Sie.« Er schob sie weiter.

Es dauerte einen Moment, bis sich ihre Augen an das

Zwielicht im Inneren des Prunkzelts gewöhnten. Nana, der auf und ab ging, blieb stehen, als er sie sah.

»Ich wollte gerade nach Ihnen schicken lassen.« Er sah zu dem Mann, der vor ihm in einem Sessel saß. »Sieht so aus, als wäre einer Ihrer Freunde zu uns gestoßen.«

Harold starrte zu ihr hinauf, sein schweißnasses Gesicht so weiß wie Destinys *Bourka*. Ihr wurde schwarz vor Augen. Lieber Gott, waren die anderen gefangen genommen worden oder Schlimmeres?

Harold stand mit verkrampften Händen auf und verkündete ausdruckslos: »Ich komme als Botschafter des guten Willens. Sehen Sie die weiße Fahne? Wir möchten verhandeln. Wenn nicht – nun, die Stadt ist bereits von Truppen umzingelt. Wenn ich nicht vor Einbruch der Nacht zurückkehre, wird zum Angriff geblasen.«

»Und?« Nana lächelte Destiny kühl an. »Sagt er die Wahrheit?«

»Woher soll ich das wissen, wenn ich seit Tagen hier gefangen gehalten werde?«

»Ist dieser Mann ein Freund von Ihnen?«

»Ganz gewiss nicht«, gab sie zurück. Ihre Augen wurden schmal. »Er ist hergekommen, um meinen Vater zu zerstören. Aber das haben ja bereits Sie übernommen, nicht wahr, Sahib?«

Nana ließ sich auf den schweren Kissen nieder und schlug die Beine übereinander. »Ich weiß nicht, was Sie meinen, Memsahib. Ihr Vater ist ein guter Freund von mir. Habe ich ihn nicht während seiner Krankheit gepflegt? Ohne mich wäre er jetzt tot.«

»Sie sind nicht sein Freund. Sie haben seine Krankheit und seinen Dämmerzustand ausgenutzt.« Sie wandte sich an Dunleavy. »Jetzt ergibt alles einen Sinn, die Briefe, die Artikel, die Tatsache, dass er sich gegen seine eigenen

Landsleute gestellt hat und nach Bithur zu Nana Sahib gezogen ist. Vielleicht hat er diese Briefe gar nicht geschrieben. Vielleicht hatte er keine Ahnung, was er tat, als er sie unterzeichnete. Vielleicht ist das der einzige Grund, warum man ihn so lange am Leben gehalten hat.«

Sahib lächelte. »Wenn das tatsächlich wahr wäre, warum hätte ich ihn dann nicht längst getötet? Die Rebellion ist ausgebrochen, also habe ich offenkundig keine Verwendung mehr für ihn.«

»Weil er Diplomat ist. Und sollten sich in diesem Moment britische Truppen zum Angriff gegen Sie vorbereiten, hätten Sie zumindest eine Geisel.«

»Nicht ganz. Jetzt habe ich noch Mr Dunleavy, nicht wahr?«

Destiny schüttelte den Kopf. »Wenn irgendjemand um Harolds Wohlergehen besorgt wäre, hätte man ihn wohl kaum hierher geschickt.«

»Dann kann ich ihn also unbesorgt erschießen lassen.«

»So ist es.«

Dunleavy sprang auf. »Guter Gott, Frau, haben Sie es darauf abgesehen, mich umbringen zu lassen?«

»Andererseits«, fügte sie hinzu, »genießt er offensichtlich einigen Einfluss, sonst hätte er nicht die Autorität, in einer so unverfrorenen Weise Forderungen zu stellen. Was für einen Sinn hätte es schon, ihn hierher zu schicken, wenn sein Wort weniger wert ist als Elefantendung? Lassen Sie ihn gehen, und wenn sich tatsächlich Truppen zum Angriff rüsten, könnten sie Nana Sahibs Milde in einem günstigen Licht sehen – falls man Sie gefangen nehmen sollte.«

Chimnaji betrat das Zelt und verneigte sich vor Nana Sahib. »Verzeihung, Hoheit. Ich dachte, Sie sollten es wissen. Wir haben soeben von zwölf weiteren Toten im Lauf der Nacht erfahren. Sie wurden enthauptet, und ihre Körper waren an den Dachtraufen der Baracken aufgehängt, in denen sie schliefen.«

Sahibs Züge verzerrten sich vor Wut, entspannten sich aber gleich darauf wieder. Er wandte sich zu Harold um. »Es steht Ihnen frei zu gehen. Aber Sie können Ihren Landsleuten sagen, dass keine Verhandlungen geführt werden, es sei denn, sie überlassen uns das Land und verlassen es für immer.« Er rief den Sepoys, die Wache hielten, etwas zu und befahl ihnen, Harold zum Stadtrand zu begleiten.

»Diese Frau geht mit mir«, sagte Harold eifrig und zeigte auf Destiny.

»Ich glaube kaum«, erwiderte Sahib.

»Ich verlange es!«, beharrte Harold mit seiner alten Überheblichkeit.

Nana zog die Augenbrauen hoch und bemerkte höhnisch: »Sie sind ein abstoßender kleiner Mann, der nach Feigheit stinkt. Und jetzt aus meinen Augen, bevor ich mich entschließe, Sie doch noch zu töten.«

Harold wich taumelnd zurück und wurde sofort von den Sepoys gepackt, die ihn mit Stößen und Tritten und derben Scherzen aus dem Zelt beförderten.

»Sie werden ihn töten lassen, nicht wahr?«, fragte Destiny. Zu ihrer Überraschung graute ihr bei der Vorstellung, was man Dunleavy antun könnte.

»Was glauben Sie?«, gab Nana zurück.

Vier Stunden lang stand Dunleavy in der glühenden Hitze genau an der Stelle, die Jason ihm angegeben hatte, für den Fall, dass Harold seinen Besuch bei Sahib überleben sollte. Manchmal hob er sein sonnenverbranntes Gesicht, um sich umzuschauen, zurück zu der leeren Straße, auf die ihn die Sepoys geführt hatten. Sie hatten mit ihren Bajonetten nach ihm gestochen, als er stolperte, und sein Rücken blutete stark von den Schnittwunden.

Jason lag auf dem Bauch, fast völlig von dem verrotteten Stroh verborgen, das er vom Flussufer hierher geschleppt hatte. Er wandte den Blick keine Sekunde von Harold, nicht einmal, als Diana sich neben ihn schob.

»Sie können ihn dort nicht einfach so stehen lassen«, sagte sie. »Die Sonne bringt ihn um.«

»Sie benutzen ihn als Köder, Diana. Wenn er in unser Lager zurückgeht, werden sie ihm folgen. Wenn einer von uns so dumm ist, ihm zu helfen, indem er sich zeigt, wird er erschossen und Harold auch. Ich nehme an, sobald es dunkel ist, töten sie ihn. Sie gehen sicher nicht das Risiko ein, hier draußen geschnappt zu werden, für den Fall, dass es stimmt, was er über die britischen Truppen gesagt hat.«

»Und Sie lassen zu, dass er getötet wird? Das können Sie nicht. Nicht, bevor wir wissen, was aus Destiny und Compton geworden ist.«

Erst jetzt sah er in Dianas schmales Gesicht. »Ich muss nicht daran erinnert werden, welcher Art meine Verantwortung für Destiny ist. Und ich brauche mir auch nicht von einer Frau sagen zu lassen, wie ich meine Arbeit zu machen habe. Wenn Sie Lust haben, da rauszulaufen und ihm etwas zu trinken zu bringen, meinetwegen.« Er drückte ihr eine Wasserflasche in die Hand. »Ich sogar dafür, dass Sie eine Kugel in den Kopf bekommen, bevor man Sie zerstückelt.«

Diana presste sich auf den Boden, bis ihr Gesicht halb im Sand vergraben war. Sie zuckte nicht mit der Wimper, als ein großer Käfer auf ihrer Wange landete und in ihr verfilztes Haar krabbelte. Jason schnippte ihn weg und wandte dann seine Aufmerksamkeit wieder Harold zu.

»Erzählen Sie mir von Ceylonia, Ihrer Plantage«, sagte sie. »Ich möchte mir gern vorstellen, dass Sie Destiny dorthin bringen. Wie ruhig und friedlich es sein muss. Ist es schön dort?«

»Sehr schön.«

»Sie haben ein Herrenhaus?«

Sein Blick wanderte zu einer kleinen Erhebung in der Ferne, wo unvermittelt ein kleiner Sandstrudel durch die Luft wirbelte. Ungefähr noch eine halbe Stunde bis zum Einbruch der Nacht. Die Sepoys, die sich hinter den fernen Felsen und Bäumen versteckten, waren bestimmt erpicht darauf, nach Cawnpore zurückzukehren, bevor es dunkel wurde.

»Ja«, antwortete er schließlich und schloss seine Finger noch fester um das Gewehr.

»Und Dienstboten?«

»Viele.«

»Sie bauen Tee an.«

»Tee ist gut. Er hat mich sehr reich gemacht.«

»Das bezweifle ich nicht, wenn man bedenkt, dass wir gezwungen sind, in England zwanzig Guineas pro Pfund zu bezahlen.«

»Rechnen Sie damit, jetzt nachdem die Ostindien-Kompanie aufgelöst wurde, doppelt so viel zu zahlen.« Er grinste. »Ein Glück, dass ich mir damals eine Schifffahrtslinie zugelegt habe.«

Plötzlich stieg ein Schwarm schwarzer Krähen auf. Das Schlagen ihrer Flügel zerriss die Stille. Jason warf über die Schulter einen Blick auf die Baumreihe am anderen Flussufer und musterte die Sandbänke, auf denen sich ungewöhnlich wenig Vögel aufhielten.

Diana hob den Kopf und starrte ihn an. »Wie können Sie bloß so ruhig und unbeteiligt daliegen, als wäre ihnen egal, was hier passiert und was möglicherweise genau in diesem Moment mit Destiny passiert?«

»Glauben Sie das wirklich, Diana? Dass ich ruhig und unbeteiligt bin?« Er schluckte, wobei er zu seinem Ärger feststellte, dass seine Kehle wie zugeschnürt war und seine Hände, die immer so zuverlässig gewesen waren, wenn es um Leben und Tod ging, leicht bebten. »Jesus. Ich habe noch nie im Leben mehr Angst ausgestanden«, gestand er leise.

»Weil Sie sterben könnten, bevor das hier vorbei ist?«

»Nein. Weil Destiny sterben könnte.«

Diana berührte seinen Arm. »Sie geben sich die Schuld an ihrer Lage, nicht wahr? Tun Sie das nicht. Sie hätte in jedem Fall ihren Willen durchgesetzt. Falls Sie es noch nicht bemerkt haben, sie ist schrecklich dickköpfig.«

Er dachte an Destinys eigensinniges kleines Kinn und musste grinsen. »Ist mir schon aufgefallen.«

Er wandte sich wieder zu Diana um, legte seine Hand auf ihren Kopf und drückte ihre Wange hart auf den Boden. Mit fester Stimme sagte er: »Was in den nächsten Minuten auch passiert, rühren Sie sich nicht. Bleiben Sie, wo Sie sind, bis einer von uns Sie holen kommt.«

Ihre blauen Augen weiteten sich vor Entsetzen, aber als sie etwas sagen wollte, hielt er sie davon ab, indem er den Kopf schüttelte.

»Braves Mädchen«, raunte er und zwinkerte ihr zu.

Als die ersten matten Strahlen der untergehenden Sonne im Westen über den Horizont krochen, atmete Jason tief durch, in der Hoffnung, dadurch das Zittern seiner Hände zu beruhigen. Wenn er Harold unversehrt von der Straße holen wollte, musste er jetzt handeln. Er hoffte nur von ganzem Herzen, dass Trevor und seine Leute Zeit genug gehabt hatten, um den Feind auszumachen und sich für einen Gegenangriff zu postieren.

Mit einer geschmeidigen Bewegung sprang er auf, hob

sein Gewehr und legte es auf Dunleavy an, der im selben Moment den Kopf wandte und Jason mit offenem Mund entsetzt anstarrte.

»Keine Bewegung, Sie blöder Hurensohn«, knurrte Jason und betätigte den Abzug.

Harold zuckte zusammen und fiel auf den Boden.

Ein Kugelhagel setzte ein, als Jason den Kopf einzog und zur Straße rannte. Harold krümmte sich im Sand, eine blutende Schusswunde im Bein.

Auf der anderen Seite tauchte Franz mit einem Gewehr in der Hand auf, setzte über Felsen und Buschwerk und rannte ebenfalls zu Harold. Er und Jason waren gleichzeitig da, packten Harold, der vor Schmerzen heulte, an den Armen und zogen ihn ins Dickicht neben der Straße. Als sie eine dichte Baumgruppe erreichten, ließen sie ihn los. Franz band rasch Harolds Bein mit einer Aderpresse ab, um den stetigen Blutfluss zu stoppen, während Jason den Horizont nach Verfolgern absuchte. Nach den schnell aufeinander folgenden Gewehrsalven zu urteilen, kümmerten sich Trevor und seine Männer ganz gut um die Sepoys.

Harold umklammerte krampfhaft sein Bein und starrte Jason hasserfüllt an. »Sie gemeingefährlicher Irrer! Ich verblute!«

»Beruhigen Sie sich, Harold, und danken Sie Ihrem Schutzengel, dass ich nicht zehn Zentimeter höher gezielt habe.« Jason stützte sich auf ein Knie und hob Harolds Kopf hoch genug, damit er aus der Feldflasche trinken konnte. »Sehen Sie es doch so. Ich konnte Sie ins Bein schießen und ihren schlappen Hintern jetzt von der Straße holen, ich hätte aber auch eine Viertelstunde warten und Sie von den Sepoys, die Ihnen aus Cawnpore gefolgt sind, abknallen lassen können.«

Harolds Augen rutschten in die Höhlen.

Jason schüttelte ihn. »Reden Sie mit mir, Dunleavy.«

»Gehen Sie weg. Ich sterbe, um Himmels willen!«

»Sie sterben, wenn ich es Ihnen sage.« Er schüttete Wasser in Harolds Gesicht.

Harold schluckte und schnappte nach Luft wie ein Ertrinkender.

»Ist Destiny am Leben?«, fragte Jason.

Harold nickte und schloss die Augen. »Bei ihrem Vater. Er ist schwer krank. Kann aber nicht sagen, wie lange noch. Sie töten alle. Frauen, Kinder, ganze Familien. Es ist die Hölle dort drinnen. Die Garnison ist noch nicht gefallen.« Er hob den Kopf und starrte Jason an. »Haben Sie diese Männer enthauptet und ihre Köpfe an den Barackendächern aufgehängt?«

Jason zuckte die Achseln. »Aber Harold, würde Cobra so etwas tun?«

25

Destiny verbrachte die heißen, eintönigen Tage mit der Pflege ihres Vaters, dessen Zustand sich stündlich änderte. Manchmal, wenn er kräftiger zu werden schien, wuchs ihre Hoffnung auf eine baldige Genesung. Dann aber verfiel er bald wieder in seinen alten Dämmerzustand und litt unter den Hustenanfällen, die seinen Körper zu zerreißen schienen. Gelegentlich kam Nana Sahib persönlich vorbei, um nach ihrem Vater zu sehen. Jedes Mal prahlte er vor Destiny damit, dass die verwundeten und ausgehungerten britischen Soldaten, die sich in der Garnison verschanzt hatten, kurz vor der Kapitulation stünden. Von außen würde keine Hilfe kommen, da es seinen Sepoys gelungen sei, Cawnpore gänzlich von der Außenwelt abzuschneiden.

Bald wurden auch andere Gefangene im Savada House einquartiert, die alte Rose Greenway, deren Mann in Cawnpore viel Grundbesitz und etliche Geschäfte besessen hatte, und eine Witwe namens Jocobi und ihre drei Kinder. Zu Destinys wachsender Verzweiflung war es ihr jedoch nicht erlaubt, mit den anderen zu reden. Sie blieb in der Zimmerflucht eingesperrt, die sie mit ihrem Vater teilte.

Eines Nachts, als sie sich unruhig auf ihren Kissen hin und her wälzte, außerstande bei der drückenden Hitze und schwülen Luft und dem sporadischen Mündungsfeuer in der Ferne Schlaf zu finden, öffnete sich die Tür einen Spalt, und eine Gestalt schlüpfte ins Zimmer. Mit klopfendem Herzen setzte sie sich auf.

»Wer ist da?«, fragte sie.

»Chimnaji, Memsahib.« Er huschte auf Zehenspitzen durchs Zimmer und hockte sich neben ihrem Bett auf die Knie. »Pst! Hören Sie zu. Wenn man mich hier entdeckt, bin ich so gut wie tot. Nanas Angst vor Spionen nimmt ständig zu. Zu viele von uns werden es müde zu kämpfen und wollen zu ihren Familien zurück. Dieser Krieg läuft nicht gut für Sahib, trotz allem, was er Ihnen sagen mag. Er hat erwartet, es würde Tage, nicht Wochen dauern, die Garnison zu nehmen. Die britischen Soldaten geben nicht auf und nehmen sich unsere Leute vor, einen nach dem anderen. Jeden Morgen müssen wir die Ochsen einspannen und unsere Toten von den Straßen auflesen. Nana ist nicht abergläubisch, aber allmählich fragt er sich, ob nicht die Geister der toten Engländer zurückkehren und an den Sepoys Rache nehmen, die sie getötet haben.«

Chimanji rutschte neben Destiny auf die Kissen. »Die Sepoys werden unruhig und unzufrieden, weil Nana seine Zahlungsversprechungen nicht einhält. Sehr viel länger kann er die Rebellion nicht mehr finanzieren. Er braucht dringend Geld.«

»Warum erzählen Sie mir das?«, flüsterte Destiny.

»Weil ich Ihr Freund bin, Memsahib, und ich finde, Sie sollten wissen, dass sich die Lage bald ändern wird. Sie dürfen die Hoffnung nicht aufgeben.« Er lächelte. »Ich nehme es Ihnen nicht übel, wenn Sie mir misstrauen. Aber vielleicht vertrauen Sie mir eher, wenn ich Ihnen das hier gebe.«

Er nahm ihre Hand und legte etwas hinein. Destiny berührte es mit den Fingerspitzen. »Ein Ring?« Sie schüttelte den Kopf. »Das verstehe ich nicht. Was soll das bedeuten?«

»Das ist ein Ehering, Memsahib.«

Sie runzelte verwirrt die Stirn.

»Er sagt, er hofft, dass er passt, aber er konnte ihn nicht an Ihrem Finger ausprobieren, als er ihn in Kapstadt kaufte.«

Ihr schwindelte. Den Ring in ihren bebenden Fingern, schloss sie die Augen. »Mein Gott, er lebt noch!«

»Und kann es nicht erwarten, Sie wiederzusehen.« Chimnaji stand auf. »Ich muss jetzt gehen.«

Sie hielt seine Hand fest. »Warum tun Sie das, Chimnaji? Wenn man Sie erwischt, wird es schreckliche Folgen für Sie haben.«

»Ich bin kein Dummkopf. Dieser Aufstand wird irgendwann enden und diejenigen, die gegen die Engländer kämpften, werden leiden. Außerdem waren Ihr Vater und Ihre Mutter sehr freundlich zu mir und meiner Familie. Ich besitze so etwas wie Ehre und würde nie meine Hand gegen einen Freund erheben.«

Er verließ das Zimmer so lautlos, wie er gekommen war.

Destiny sank in die Kissen zurück und versuchte ruhig durchzuatmen, während sie den Ring fest in der Hand hielt.

Lieber Gott, Jason lebt, dachte sie mit klopfendem Herzen. Fast musste sie lachen. Vor nicht allzu langer Zeit hatte sie Jasons Skrupellosigkeit und Härte verflucht, ihn sogar dafür gehasst, und jetzt waren es genau diese Eigenschaften, die ihr und ihrem Vater vielleicht das Leben retten würden.

Sie steckte den Ring an ihren Finger und wisperte mit einem Lächeln: »Er passt genau, mein Liebster.«

Am nächsten Morgen wurde sie von lautem Lärm vor dem Haus geweckt. Als sie aus ihrem Fenster spähte, sah sie Nana Sahib auf seinem grauen Araberhengst auf Savada House zureiten, flankiert von anderen Reitern. Sie eilte zur Tür, riss sie auf, als sie sie unversperrt fand und rannte in den Hauptraum, wo mehrere Sepoys aufgeregt durcheinander schrien und die Waffen schwenkten. Chimnaji, der sich unter ihnen befand, stand schützend vor einem Mann, der auf den Knien lag und seine Hände hinter dem Kopf verschränkt hatte. Seine Arme bluteten und verdeckten zum Teil sein Gesicht.

»Zurück!«, befahl Chimanji den Soldaten. »Ich kenne diesen Mann. Er ist ein Freund von Nana und hat seine Waffen abgegeben.«

Hitzige Worte wurden gewechselt, während Destiny vorsichtig näher trat, um das Gesicht des Gefangenen sehen zu können, obwohl sich in ihrem Inneren bereits eine leise Ahnung regte. Hitze durchströmte sie, als sie sein langes dunkles Haar und die breiten Schultern unter dem zerrissenen, schmutzigen Hemd betrachtete. Und dann wandte er den Kopf, und ihre Blicke begegneten sich. Destinys Knie wurden weich, und sie lehnte sich an die Wand.

Nana betrat das Haus und ging mit schnellen Schritten auf die Gruppe zu. Die Männer machten ihm Platz, und einer von ihnen packte Jason bei den Haaren und riss seinen Kopf zurück, um sein zerschlagenes Gesicht zu zeigen.

Destiny biss sich auf die Lippe, um nicht zu schreien.

Chimnaji verbeugte sich vor Nana und erklärte hastig: »Sie erinnern sich doch an Ihren alten Freund, Sahib. Lord Batson. Sein Vater ist der Earl of Falkland. Ich weiß, dass Sie Falkland im Lauf der Jahre häufig zu Gast hatten und dass er sehr bestürzt über das Dalhousie-Gesetz war.«

»Ich erinnere mich«, sagte Nana nachdenklich, während er Jason musterte. »Ich habe viele angenehme Stunden mit dem Earl verbracht.« Er runzelte die Stirn und beugte sich zu Jason vor. »Und was machen Sie hier in dieser schrecklichen Situation, Batson Sahib?«

Jason krümmte sich, als der Sepoy fester an seinen Haaren zog. »Ich hatte für meinen Vater geschäftlich in Fatehgarh zu tun. Ich wollte mich gerade auf den Rückweg nach Kalkutta machen, als der Aufstand ausbrach. Mein Pferd fing an zu lahmen. Mein Proviant wurde knapp. Ich hielt mich in der Nähe des Flusses versteckt, konnte es aber vor Hunger nicht mehr aushalten. Ich hielt es für besser, an das Mitgefühl eines Freunds zu appellieren, als den Hungertod zu riskieren.«

In diesem Moment betrat der Offizier, den Destiny inzwischen als Bala, Nanas Bruder, kannte, den Raum, eine Hand auf dem Knauf des *Tulwar*, der von seinem Gürtel hing. »Sofort töten«, verkündete er wütend und zog sein Schwert.

Ein Schrei formte sich in Destinys Kehle.

Nana Sahib trat schnell zwischen Jason und Bala. »Ich entscheide, wer lebt und wer stirbt, Bruder. Der Vater dieses Mannes hat Azimullah Khan während seiner Reise nach London große Aufmerksamkeit geschenkt. Falkland ist ein sehr wichtiger Mann.«

»Was kümmert dich das?«, höhnte Bala. »Mit den Engländern sind wir ein für alle Mal fertig.«

»Ich habe Geld«, sagte Jason.

Nana drehte sich zu ihm um.

»Dort in meiner Satteltasche sind zwanzigtausend Rupien. In Kalkutta ist mehr.«

»Versuchen Sie etwa, sich Ihr Leben zu erkaufen, Batson Sahib?«, fragte Nana.

»Sieht so aus, als hätte ich keine andere Wahl.«

Nana überlegte eine Weile und gab dann den Sepoys einige scharfe Befehle, worauf sie zurückwichen. Chimnaji trat vor. »Vielleicht erlauben Sie der Memsahib, Batsons Wunden zu versorgen.«

Nana warf einen Blick auf Destiny und zuckte die Achseln. »Machen Sie mit ihm, was Sie wollen.«

Chimnaji half Jason beim Aufstehen, legte Jasons Arm um seine Schultern und brachte ihn in Destinys Unterkunft, wo er Jason behutsam auf die Kissen bettete. Dann wandte er sich zu Destiny um. »Man wird ihn scharf im Auge behalten«, sagte er. »Ich hoffe um seinetwillen, es stimmt, was er über die Rupien gesagt hat. Bala Rao würde nur zu gern den Kopf eines bedeutenden und angesehenen Aristokraten auf die Spitze seines *Tulwar* spießen.«

Als Chimnaji ging, sank Destiny neben Jason und nahm sein schlimm zugerichtetes Gesicht in beide Hände. Sie fing an zu weinen, nicht nur vor Erleichterung, sondern wegen der Schwere seiner Verletzungen.

»Was in Gottes Namen machst du hier?«, fragte sie und berührte behutsam eine offene Wunde an seiner Stirn.

»Ich hatte das Gefühl, dass ich hier drinnen von größerem Nutzen für dich sein könnte als da draußen.«

»Aber sie hätten dich töten können!«

»Ich bin oft genug zum Teufel gegangen, um die Risiken zu kennen.« Er vergrub eine Hand in ihrem Haar und zog sie eng an sich. Seine Augen wurden bedrohlich schmal. »Hat er dir etwas angetan? Wenn ja, dann schwöre ich bei Gott …«

»Nein.« Sie schüttelte den Kopf und lächelte, um ihn zu beruhigen.

»Und mein Kind?«

»Blüht und gedeiht.« Sie schob seine Hand in die Falten ihrer *Bourka* und legte sie auf ihren gerundeten Bauch. In diesem Moment trat das Baby, als wollte es seinen Vater begrüßen, und Jasons Gesichtsausdruck wurde so weich, dass es ihr vor Rührung die Kehle zuschnürte.

»Sie sehen schlimm aus, Sir.« Destiny streichelte zärtlich

seine unrasierte Wange, die in den letzten Tagen fast ebenso dunkelhäutig geworden war wie die eines Einheimischen. Er hatte abgenommen, und die Schwellungen in seinem Gesicht unterstrichen die dunklen Höhlen seiner Augen und ließen seine eingefallenen Wangen noch schmaler erscheinen.

»Du nicht.« Er grinste und zog sie an sich. »Du bist schön wie eh und je.«

»Diana …?«, fragte sie mit gepresster Stimme.

»Lebt und ist hysterisch wie immer.«

»Und die anderen?«

»Alle am Leben.«

»Dunleavy?«

»Macht schrecklich viel Getöse. Ich war versucht ihn umzulegen, bloß um ihm das Maul zu stopfen.«

Ihr Vater stöhnte. Destiny eilte zu ihm. Seine Temperatur war gestiegen. Sie tupfte seine Stirn gerade mit einem feuchten Tuch ab, als Jason hinter sie trat.

»Ist er transportfähig?«, fragte Jason.

»Er ist sehr schwach und verliert immer wieder das Bewusstsein.« Destiny blickte auf. »Warum?«

»Zwischen Nana Sahib und Generalmajor Wheeler in der Garnison sind Verhandlungen aufgenommen worden. Nana hat all jenen, die in keiner Weise etwas mit der Gesetzgebung Lord Dalhousies zu tun haben und bereit sind, alles Geld, die Waffen und die Munition auszuliefern, freies Geleit nach Allahabad zugesichert.«

»Können wir ihm vertrauen?«, fragte sie. Sie bemühte sich, ihre freudige Erregung zu unterdrücken.

Jason schüttelte den Kopf. »Ich traue ihm keine Sekunde.«

»Und was hast du vor?«

»Es gibt nichts, was wir tun könnten, Des. Trevor ist nicht

in der Lage, uns zu helfen, es sei denn, es bietet sich unverhofft eine günstige Gelegenheit.«

Destiny wandte sich ab. »Es war dumm von dir, dich Nana Sahib auszuliefern. Was hast du dir dabei nur gedacht?«

Jason nahm ihren Arm. Seine Stimme klang rau vor Emotionen. »Dass es dumm von mir war, dich an jenem Tag von der Lichtung reiten zu lassen. Aber ich war es einfach nicht gewöhnt, deiner Art von Unschuld zu begegnen. Verdammt, ich war es nicht gewöhnt, von einer Jungfrau verführt zu werden. Ich wollte auch nie eine, außer natürlich, es handelte sich um die Frau, die ich heiraten würde. Dann die Wochen auf der *Pretender*, die schlaflosen Nächte, in denen ich mich in meiner Koje hin und her warf und nur daran denken konnte, dass du ganz in der Nähe warst, dass ich dich wollte, dass ich meine wahre Identität wieder annehmen wollte. Aber jedes Mal, wenn ich dir näher kam, warst du immer noch so verdammt wütend.«

Seine Augen beobachteten sie mit einer Intensität, bei der ihr das Herz schwer wurde. Sie lächelte und zeigte ihm den Ring, den sie an ihrer linken Hand trug. »Falls es dir noch nicht aufgefallen ist, ich habe dir verziehen.«

Er legte seine Arme um sie, zog sie eng an sich und hielt sie fest. »Und falls es dir noch nicht aufgefallen sein sollte, ich liebe dich«, raunte er.

Er küsste sie leidenschaftlich, seine Finger in ihrem Haar vergraben, sein Mund mit einem Hunger auf ihren gepresst, der ihren Körper schwerelos und heiß und willig machte.

Sie klammerte sich an ihn und sah in seine grauen Augen. »Was machen wir jetzt?«, fragte sie so ruhig wie möglich.

»Warten und hoffen, dass Nana Sahibs Angebot, die Überlebenden der Garnison mit Booten nach Allahabad zu befördern, ehrlich gemeint ist. Wie auch immer, ich vertraue darauf, dass du und dein Vater im Augenblick nicht in Gefahr seid. Die Tatsache, dass dein Vater die Dalhousie-Gesetze so vehement und öffentlich kritisiert hat, hat ihm bei den Menschen hier großen Respekt verschafft.« Er drückte seine Lippen an ihre Stirn und schloss die Augen. »Des … falls mir etwas zustößt …«

»Bestimmt nicht. Das werden Trevor und Connie nicht zulassen.« Sie schenkte ihm ein unsicheres Lächeln und hob mit einem Anflug ihres alten Kampfgeistes das Kinn. »Ich bin entschlossen, Sie zu heiraten, Sir. Das Kind in mir will es so.«

Auf dem Korridor waren Geräusche zu hören, und Jason schob Destiny beiseite. Die Tür ging auf, und mehrere Sepoys kamen herein, unter ihnen Bala Rao. Größer und jünger als Nana Sahib, strahlte er Arroganz aus und einen Zorn, der wie ein Unwetter in seinen Augen blitzte. Er ging zu Destinys Vater und starrte auf ihn hinunter, bevor er sich wieder zu Jason zuwandte.

»Sie kommen mit mir, Batson.«

Destiny trat vor. »Warum nehmen Sie ihn mit? Und wohin?«

»Das ist nicht Ihre Sache. Gehen Sie aus dem Weg, und halten Sie den Mund.«

»Er ist Nanas Freund.«

»Nana hat zu viele englische Freunde, wenn Sie mich fragen.« Er bedachte erst sie, dann ihren Vater mit einem verächtlichen Blick.

»Nana ist hier Peshwa, nicht Sie.«

Er versetzte ihr einen so harten Schlag, dass sie auf den Boden stürzte.

Jason machte einen Satz auf ihn zu. Die Sepoys packten ihn und drängten ihn zurück; einer von ihnen drückte die

Spitze seines Dolchs so fest an Jasons Kehle, dass Blut die Klinge herabrann.

Bala verzog den Mund zu einem höhnischen Lächeln und bedeutete den Sepoys zu gehen. Als sie Jason aus dem Zimmer zerrten, folgte Destiny Bala in die Halle. Ihre Angst und Verzweiflung wuchsen, als sie sich nach Nana umsah und feststellte, dass er nicht da war.

Die Sepoys führten Jason in den Hof und rissen ihm das Hemd vom Leib. Dann zwangen sie ihn, sich in der glühenden Sonne auf den Boden zu knien. Bala zog sein *Tulwar* aus dem Gürtel, baute sich vor Jason auf und wandte sich zu seinen Soldaten um.

»Nana Sahib verhandelt gerade mit den Engländern. Sollten sie sich weigern zu kapitulieren, werden wir den Kampf unverzüglich wieder aufnehmen und sie noch vor Einbruch der Nacht vernichten. Es wird keine Überlebenden geben.« Indem er die Klinge seines Schwerts an Jasons Nacken legte, verkündete er: »Der hier wird als Erster sterben. Ich werde Königin Victoria seinen Kopf in einer Schachtel schicken, als Beweis, dass wir nicht bereit sind, die Unterdrückung und Demütigungen durch die verfluchte Engländer-Brut länger zu erdulden.«

Die Sepoys, die sich im Hof drängten, johlten und hoben ihre Waffen. Sie schwenkten sie vor Jasons Gesicht, der unverwandt nach vorn sah und nicht einmal blinzelte, als sie ihn anspuckten und mit ihren Bajonetten nach ihm stießen.

Noch immer gab er keinen Laut von sich, rührte keinen Muskel. Er heftete seinen Blick auf irgendeinen Gegenstand in der Ferne und verharrte regungslos wie eine Statue in der sengenden Sonne, als hätte sein Geist seinen geschundenen Körper verlassen.

Destiny kauerte sich von Kopf bis Fuß zitternd in den

Schatten einer Veranda und weinte, erst aus Angst, dann aus Wut. Es schüttelte sie vor Verlangen, sich über Jason zu werfen und Bala um Gnade anzuflehen, sie befürchtete aber, dass sie damit die Sepoys nur zu noch größerer Raserei anstacheln würde. Sie waren berauscht von Macht und Mordlust. Und ihr war klar, dass Bala sich nicht mit der Ermordung Jasons zufrieden geben würde. Seine Drohung hatte auch ihr und ihrem Vater gegolten.

Die Minuten schleppten sich dahin, und die Sonne strahlte immer heißer vom Himmel; die Hitze und seine Wunden begannen ihren Tribut von Jason zu fordern. Sein Körper schwankte, und sein Kopf sackte nach vorn, als ihm schwarz vor Augen wurde. Destiny befürchtete, wenn Bala ihn nicht tötete, würden ihn die Hitze und seine Verletzungen umbringen. Außerstande, seine Misshandlung länger mit anzusehen, holte sie einen Becher Wasser und verneigte sich vor Bala.

»Ich bitte Bala Rao um Barmherzigkeit. Erlauben Sie mir, Batsons Durst zu stillen, sonst stirbt er.«

»Warum sollte ich?«, gab er mit hochgezogenen Augenbrauen zurück. »Dieser Mann bedeutet mir nichts.«

»Weil Bala ein großer Heerführer und gerechter Mann ist. Er ist kein grausamer Mann.«

Er schnaubte abfällig. »Machen Sie nicht den Fehler, mich für einen Dummkopf zu halten, Memsahib. In Ihren Augen bin ich ein Mörder und ein Wilder. Am liebsten würden Sie mich umbringen. Sie haben nicht mehr Respekt vor mir als vor der Krähe, die da hinten am Himmel kreist. Richtig?«

Sie hob den Blick zu ihm und gönnte ihm ein knappes Lächeln. »Richtig.«

Er brach in schallendes Gelächter aus und schlug sich auf die Schenkel. Dann nickte er. »Gut, gehen Sie. Geben Sie ihm Wasser, und sagen Sie ihm, er soll es mit Andacht trinken. Es könnte sein letzter Schluck sein.«

Destiny sank vor Jason auf die Knie. Behutsam nahm sie sein Kinn in ihre bebende Hand und hob seinen Kopf. Benommen starrte er sie aus trüben Augen an.

Sie hielt den Becher an seine aufgesprungenen, trockenen Lippen. »Trink. Trink, verdammt noch mal. Hör zu. Bitte, du darfst nicht aufgeben! Du darfst dich nicht von ihnen unterkriegen lassen. Nana wird nicht zulassen, dass Bala uns tötet. Das weiß ich.« Sie rückte ein wenig näher und wisperte: »Ich liebe dich. Kannst du mich hören? Ich liebe dich.«

Er blinzelte, und seine Augen hefteten sich auf ihr Gesicht. In ihren grauen Tiefen war immer noch Leben. Als sie den Becher wieder an seine Lippen hielt, trank er.

Ein Trupp Reiter kam näher. Die Männer sprangen aus ihren Sätteln, noch bevor die Pferde stehen geblieben waren, und rannten ins Haus. Unvermittelt senkte sich lähmendes Schweigen über die Gruppe Sepoys, als Bala hineinelte. Kurz darauf kam er zurück, auf seinem Gesicht einen Ausdruck äußerster Genugtuung. Destiny, die immer noch neben Jason kniete, schloss die Augen und hielt den Atem an.

»Sie ergeben sich!«, rief Bala. Jason sank zu Boden.

26

»Gott sei Dank, es ist vorbei.« Destiny zwang sich zu einem unbeschwerten Lächeln, als sie behutsam die zahlreichen Schnittwunden auf Jasons Rücken mit Salbe bestrich. »Ist das nicht wundervoll? Die Garnison hat sich bereit erklärt, die Kampfhandlungen zu beenden, Waffen, Munition, Geld und alle Wertsachen an Nana Sahib zu übergeben. Als Gegenleistung lässt Nana uns morgen alle nach Sati Chowra bringen, wo Boote mit genügend Essen und Trinken bereit stehen, um uns nach Allahabad zu bringen.«

Jason stemmte sich auf seine Ellbogen und verzog vor Schmerzen das Gesicht. »Ich traue ihm nicht, Des.«

»Aber er hat das Abkommen bereitwillig unterschrieben«, erklärte sie. »Er hat tiefes Bedauern ausgedrückt, dass die Garnison so furchtbar leiden musste, und bei den Göttern und auf Gunga geschworen, uns zu beschützen und sicheres Geleit nach Allahabad zu geben. Er stellt sogar eine Sänfte zur Verfügung, um Papa zu den Booten bringen zu lassen. Und er schickt Männer in die Garnison, die den Überlebenden beim Packen ihrer Habe zu helfen sollen. Ich habe angeboten, mit ihnen zu reiten, um ihnen behilflich zu sein. Nana meint, wenn mich die Menschen dort sehen, eine Weiße, die unter seiner Obhut unverletzt geblieben ist, werden sie seinem Wort vertrauen.«

»Ohne mich gehst du nirgendwohin«, sagte er und stand mühsam auf.

»Aber dein Rücken …«

»Mein Rücken wird das geringste unserer Probleme sein, wenn Nana in die Garnison eindringt und immer noch Mordgelüste hat.«

Für den Ritt von einer halben Meile wurden Pferde für Jason und Destiny bereit gestellt. Sepoys säumten die Straße, ebenso Karren, die gebraucht wurden, um das Wenige, was an Munition und Waffen geblieben war, aufzuladen. Als Destiny von ihrer Araberstute stieg, tauchten Frauen und Kinder aus ihren Verstecken auf, um sie anzustarren, ihr Haar und ihre Haut zu berühren, beides so sauber im Vergleich zu ihnen, die vom Dreck und Blut der vergangenen Wochen starrten. Andere wanderten auf und ab, die Augen tief in die Höhlen eingesunken, die Zähne gelb verfärbt von einer Kost, die aus nichts als Linsen bestand.

Jason und Destiny nahmen die Kleinen in ihre Arme und trugen sie zum Brunnen, wo die Erwachsenen Schlange standen, um ihre Krüge mit dem ersten Wasser seit Tagen zu füllen.

Jason achtete bei den Hunderten Sepoys, die in die Garnison einrückten, scharf auf Hinweise, dass sie vorhatten, ihre Gefangenen zu misshandeln. Sein Hemd biss in seinen zerschundenen Rücken wie Hunderte spitze Zähne, aber er befürchtete, dass der Schmerz, den er in diesem Augenblick ausstand, nichts war im Vergleich zu den Qualen, die diese Männer, Frauen und Kinder in den letzten Wochen erlitten hatten. Sie waren kaum mehr als lebende Skelette, verwundet und ausgehungert und von dem verzweifelten Wunsch erfüllt, Nana Sahib zu glauben, dass er sein Versprechen halten und sie sicher aus Cawnpore herausbringen würde.

Ein Trupp Sowars, einheimischer Berittener, erschien und kündigte an, Freiwillige mit nach Sati Chowra zu nehmen, damit sie die Boote begutachten konnten, die Nana für die Fahrt nach Allahabad bereitstellte. Jason trat mit einigen ausgezehrten und geschwächten Offizieren vor.

»Was machst du da?«, wollte Destiny wissen und packte ihn am Arm, ihre Stimme voller Angst.

»Es könnte meine einzige Gelegenheit sein, Trevor wissen zu lassen, dass wir noch am Leben sind«, sagte er. »Außerdem werde ich die Lage in Sati Chowra besser beurteilen können als sie.« Er zeigte auf die apathischen Offiziere. »Die armen Teufel sind so fertig, dass sie Nana sogar glauben würden, dass er Gott ist, wenn er es von ihnen verlangt.«

»Du bist kaum in besserer Verfassung«, erinnerte sie ihn.

Er küsste sie und zog sie an sich. »Lass uns beten, dass das Schlimmste überstanden ist.«

»Aber überzeugt bist du nicht.«

»Ich sage es dir, wenn ich zurück bin.«

Er drehte sie um, gab ihr einen leichten Schubs und beobachtete, wie sie zu einer Gruppe Frauen ging, die ihre letzten Wertsachen auf einen Ochsenkarren luden, damit die Sepoys alles nach Savada House bringen konnten. Zögernd blickte sie zurück und belohnte ihn mit jenem Lächeln, dass bei ihm, seit er sie zum ersten Mal gesehen hatte, ein Flattern im Magen hervorrief.

Es kostete ihn Mühe, ihr den Rücken zuzukehren und sich den Sowars anzuschließen, die zwei Elefanten bei sich hatten, um die kleine Abordnung zum Fluss zu bringen.

Sie ritten auf den schwankenden Tieren die Straße hinunter, durch die Menschenmengen, die sich eng zusammen scharten, neugierig, stumm, manche von ihnen seltsam bedrückt, andere immer noch zornig und rachsüchtig. Er forschte in ihren Gesichtern, in der Hoffnung, einen seiner Männer unter ihnen auszumachen. Er war überzeugt, dass sie Nanas fragwürdiger Waffenruhe ebenso skeptisch gegenüber stehen würden wie er. Sie hatten oft genug in Kriegen mitgekämpft, um sich auf ihre Vorahnungen zu verlassen.

Endlich erreichten sie das Fischerdorf Sati Chowra, das am Ufer des seichten Flusses lag. Früher einmal war das hier einer der schönsten Orte in Cawnpore gewesen, ein kleines Paradies für die Offiziere und ihre Ehefrauen, die am Morgen oder Abend gern ausritten. Entlang des Ufers standen Palmen und Margosa-Bäume, religiöse Statuen und der bezaubernde Shiva-Tempel, der zum Teil über den Fluss gebaut worden war.

Jetzt jedoch gab es hier kaum mehr als Schlamm, in dem Treibgut aus dem Ganges gelandet war: Girlanden, Trümmer von Hütten und Hausmauern, die das Feuer der Kanonen zerstört hatten. Hier und da flitzten Regenpfeifer und Affen am Ufer entlang, um herauszupicken, was an Essbarem zu finden war.

Captain Turner, der während der Belagerung die Wachposten befehligt hatte, stieg als Erster von seinem Elefanten ab und begann, die Reihe von vierundzwanzig Booten zu inspizieren, die in einer kleinen Bucht angelegt hatten. Während Turner mit dem *Kotwal*, dem Polizeichef von Cawnpore, über den erbärmlichen Zustand der Boote diskutierte, schob sich Jason vorsichtig an der Böschung entlang, den Blick unverwandt auf die verlassenen Gebäude gerichtet, um jedes Anzeichen von Unruhe oder von seinem Bruder sofort zu entdecken.

Plötzlich fiel ihm eine Bewegung in der Nähe der oberen Ebene des Shiva-Tempels auf. Ein dunkelhäutiger Mann, dessen Gesicht größtenteils von einem leichten Schal, einem *Puggari*, verhüllt war, stand dort und verbeugte sich kurz vor Jason, bevor er sich schnell umdrehte und wieder verschwand. Jason, dem bewusst war, dass mehrere Sepoys ihn beobachteten, blieb, wo er war, bis Captain Turners Beschwerden den Kotwal so sehr verärgerten, dass zwischen ihm und seinen Untergebenen ein hitziger Streit über den Zustand der Boote ausbrach. Jason stieg rasch die Stufen hinauf und entdeckte auf der obersten Terrasse des Tempels eine Pistole. Er schob sie in den Schaft seines Stiefels.

Captain Turner stand vor der erbarmungswürdigen Schar von Männern, Frauen und Kindern in der Garnison und sprach mit müder, heiserer Stimme. »Die Boote sind im Durchschnitt dreißig Fuß lang und zehn Fuß breit. Sie haben über die ganze Länge Bambusdecks. Es sind Ruder vorhanden, lange Bambusstangen mit runden Brettern am Ende, eine längere Bambusstange zum Steuern und eine, die lang genug ist, um als Mast zu dienen. Die Boote sind schwerfällig und gefährlich, aber wenn wir nicht den Kopf verlieren und Vorsicht walten lassen, werden wir mit ihnen nach Allahabad kommen, ohne zu ertrinken.«

Während allmählich die Sonne unterging und eine leichte Brise den Staub aufwirbelte, lauschten die Überlebenden gebannt dem Captain, der es geflissentlich ignorierte, wenn sich gelegentlich ein Mann oder eine Frau zu Wort meldete, um von ihm die Bestätigung zu bekommen, dass die ganze Sache kein Trick von Sahib war. Dann wandten alle ihre Aufmerksamkeit Nanas Kulis zu, die die Überreste der Besitztümer und Gelder der Garnison verstauten.

Jason traf Destiny dabei an, einigen Frauen zu helfen, die wenigen zerschlissenen Kleidungsstücke einzupacken, die ihnen geblieben waren. Er nahm sie bei der Hand, zog sie von den baufälligen Baracken weg und gab keine Antwort, als sie wissen wollte, wohin sie gingen. Er führte sie auf einen Pfad, der durch den ehemaligen Garten der Soldaten führte, bis zu einem Pavillon, dem es irgendwie gelungen war, dem Ansturm von Gewehrsalven und Kanonenfeuer standzuhalten. Ein Mann stand dort im Halbdunkel, und erst als Destiny die Stufen erreichte, erkannte sie, dass es sich um einen Geistlichen handelte.

Jason, der immer noch Destinys Hand hielt, sagte: »Das ist meine Verlobte, Reverend Moncrieff.«

Der Mann betrachtete Destiny mit einem traurigen Lächeln. »Wie schön. Nach allem, was wir durchlitten und verloren haben, macht mir dieses Ereignis Hoffnung auf einen neuen Anfang.«

Jason nahm Destiny in seine Arme. Sie sah ihn fragend an. »Ich habe vor, dich zu heiraten«, sagte er zu ihr. Seine Stimme war leise und melancholisch.

»Heiraten?« Sie forschte in seinem hageren, grausam misshandelten Gesicht.

»Ich setze voraus, dass du mich immer noch willst.« Er grinste.

Ihr Gesicht leuchtete auf, und ihre Lippen verzogen sich zu einem Lächeln. »Das kommt ziemlich plötzlich, nicht wahr?«

»Nicht für mich.« Er zog den Ring von ihrem Finger und drehte sich zu Reverend Moncrieff um. »Fangen Sie an.«

Destiny lachte und strich über seine verspannte Kinnpartie, überwältigt von Liebe zu ihm. »Du benimmst dich, als würde demnächst wieder der Himmel über uns einstürzen.«

»Wenn es passiert, sind wir wenigstens verheiratet«, gab er ernst zurück und fügte so eindringlich zurück, dass sie im Inneren erbebte: »Diesmal gehe ich kein Risiko ein.«

Reverend Moncrieff traute sie in dem kleinen Pavillon, in den letzten Strahlen der Sonne, die rasch hinter einem schmalen Wolkenstreifen am Horizont unterging, dem ersten Anzeichen, dass die unerträglich trockene Hitze bald dem Monsun weichen würde. Die Gefühle, die Destiny bewegten, waren beinahe überwältigend. Ihre Augen wurden feucht, und ihre Hand zitterte, als Jason sie erst küsste und dann den schönen Goldreif über ihren Finger streifte, während er ihr in die Augen sah und feierlich sein Ehegelübde sprach.

»Ich erkläre euch zu Mann und Frau«, verkündete der Pfarrer und fügte hinzu: »Möge Gott euch schützen und behüten.«

Sie nahmen es kaum zur Kenntnis, als der Geistliche ging. Destiny setzte sich auf eine Bank und sah in die sorgenvollen Augen ihres Ehemanns. Ihr stockte der Atem. Sie wollte nicht über das intensive Glücksgefühl hinaus denken, das sie benommen machte und ihren Puls rasen ließ. Jasons Gesichtsausdruck hingegen war nicht unbedingt der eines Mannes, der vor Freude außer sich ist.

»Irgendwie habe ich das Gefühl, dass es nicht so sehr ein Grund zum Feiern als vielmehr ein Akt der Notwendigkeit ist«, sagte sie und hauchte einen Kuss auf seine unrasierte Wange. Sie wünschte verzweifelt, sie könnte die wachsende Angst in ihrem Inneren ignorieren. Aber sie war da, hielt sie eisern im Griff, als ihr Mann die Augen abwandte und unsicher den Atem ausstieß.

»Ich habe dir ja gesagt« – er lächelte – »dass ich kein Risiko eingehe. Ich wollte eine ehrbare Frau aus dir machen, und wenn es das Letzte war, was ich je tun werde.«

»Du hast am Fluss etwas gesehen, das dich beunruhigt.«

»Die ganze Situation beunruhigt mich.« Er nahm ihr Gesicht in seine Hände. »Hör mir zu. Was heute Abend oder Morgen auch passieren mag, ich werde nicht zulassen, dass du ihnen noch einmal in die Hände fällst. Ich fürchte, das Gemetzel, dass sie hier veranstaltet haben, ist harmlos im Vergleich zu dem, was sie als Nächstes tun werden, falls sie sich gegen uns wenden.«

»Küss mich, geliebter Ehemann«, flüsterte sie drängend und versuchte zu lächeln. »Vielleicht haben wir nie wieder eine Chance wie diese. Ich liebe dich.«

»Ich liebe dich.« Er seufzte, und etwas in seinem Inneren öffnete sich, als sie ihm ihr schönes Gesicht zuwandte, den Mund leicht geöffnet, die Augen ein Spiegel ihrer Empfindungen. Gott, er liebte sie so sehr! Er würde alles tun, jedes Opfer bringen, um sie und das Kind, das sie erwartete, vor dem zu bewahren, was seiner Befürchtung nach in dem Moment, in dem sie die Boote nach Allahabad bestiegen, passieren würde.

Er kniete sich vor sie, strich mit seinen Lippen über ihre und murmelte: »Wir tun so, als wäre das hier eine regennasse Waldlichtung und ich bin halb von Sinnen vor Verlangen nach dir. Gott, wie sehr habe ich dich an jenem Tag begehrt und an jedem anderen Tag danach. Ich würde gern die letzte Minute meines Lebens in dir sein, Destiny.«

Ihre Lider senkten sich.

Er küsste sie leidenschaftlich und schob seine Hand unter die Bourka, zog mit den Fingerspitzen die Kurve ihres Beins bis zum Oberschenkel nach. Die nächtlichen Schatten wurden dunkler und dämpften die fernen Laute von Elend und Hoffnung, als Jason seine Frau in die Arme nahm. Ihr weicher Körper öffnete sich ihm, umhüllte ihn mit feuchter Wärme, erfüllte ihn mit einer köstlichen Ekstase, die sein Blut rauschen ließ und seinem Körper einen Schmerz zufügte, der ebenso berauschend wie unerträglich war.

Sie erwiderte seinen Kuss mit rasendem Verlangen, während sie ihre Beine hob und um seine Hüften schlang, um ihn an sich zu ziehen und ihren Körper an seinen zu pressen, als wollte sie ihn verschlingen. Ihr Haar umwogte sie, glitt wie Seide zwischen sie, als sie sich in einem Rhythmus bewegten, erst sanft, dann voller Ungeduld, außerstande, genug voneinander zu bekommen. Als die enge, samtige Liebkosung ihres Körpers wie Feuer über ihn strich, steigerte sich sein verzweifeltes Verlangen zu einem tosenden Sturm, wie jener auf See, der sie einmal zu vernichten gedroht hatte. Er stöhnte. Er rang nach Luft. Er vergrub seine Hände tief in ihrem Haar, um sie noch intensiver küssen, noch tiefer in sie eindringen zu können, bis sich ihre Finger in sein Hemd krallten und ihr Körper sich wie eine Weidenrute durchbog. Ein leiser Laut drang aus ihrer Kehle und sie riss die Augen weit auf, als sie flüsterte: »O mein Gott!«

Später kehrten sie nach Savada House zurück, und die ganze Nacht hindurch lagen sie nackt auf dem Berg weicher Kissen, von ihrem Vater diskret durch einen Vorhang, die so genannte *Purdah*, abgeschirmt. Destiny döste gelegentlich, während Jason, ein Tuch um seine Hüften geschlungen, von einem Fenster zum anderen ging, unfähig, die Befürchtung loszuwerden, dass Nana Sahib nichts Gutes im Schilde führte.

Destiny gelang es immer wieder, ihn mit einem Lächeln, einem Seufzer oder dem Ausbreiten ihrer Arme zu sich zurückzulocken, wenn sie bat: »Komm wieder zu mir, mein Liebster.« Jedes Mal war der Liebesakt so leidenschaftlich und so zärtlich wie zuvor, und immer legte er danach seinen Kopf auf ihren Bauch, um auf den Moment zu warten, in dem sich sein Kind in ihr regte.

Kurz vor Sonnenaufgang fiel Destiny in tiefen Schlaf. Als

sie aufwachte, schien die Sonne hell durch die Fenster, und Jason stand vor ihr. Er warf ihr ein Paar weite Hosen und ein Hemd zu und sagte: »Zieh dich an. Es wird Zeit.«

Rasch schlüpfte sie in die Sachen. Schon brachten draußen Sepoys die versprochene *Dhooli*, eine Sänfte mit Türen, die ganz geschlossen werden konnten, um die Passagiere im Inneren abzuschirmen. Destiny bemühte sich, ihre freudige Erregung im Zaum zu halten, als sie von draußen die munteren Stimmen der Einheimischen hörte. Es war, als hätte sich die schreckliche Wolke von Hass, die die Bevölkerung in den langen Wochen der letzten Zeit überschattet hatte, wie durch ein Wunder verzogen.

Zum Glück hatte sich der Zustand ihres Vaters ein wenig gebessert, und als sie ihn behutsam schüttelte, rührte er sich und schlug die Augen auf. Aber er runzelte die Stirn und rief: »Marilyn? Bist du es, mein Liebling?«

»Nein, Papa. Ich bin es, Destiny. Du musst jetzt aufwachen und dir von mir helfen lassen.«

»Was ist denn los?«, fragte er.

»Wir fahren nach Hause.«

»Nach Cawnpore?«

»Nach England.«

Er schüttelte den Kopf. »Ich will nicht dorthin zurück, Des. Hier ist mein Zuhause. Hier sind meine Freunde. Deine Mutter liegt hier begraben. Ich werde sie nicht verlassen.«

Jason schob Destiny sanft beiseite und hob Compton auf, so mühelos, dass Destiny entsetzt nach Luft schnappte. Das Wenige, was Compton an Widerstand zu leisten versuchte, scheiterte, als Jason ihn nach draußen zur Sänfte trug, die von aufmerksamen Dienern umringt war. Sie verbeugten sich leicht vor Compton und küssten ihm einer nach dem anderen die Hand. So vorsichtig wie möglich bettete

Jason seinen alten Freund auf die Kissen und bedeutete Destiny, sich zu ihrem Vater zu setzen.

Sie schüttelte den Kopf. »Ich gehe mit dir.«

Er packte sie grob am Arm. »Zum Teufel, rein mit dir in das verdammte Ding, Des, und keine Widerrede!«

Sie war von seinem Ton irritiert, unterdrückte aber jeden Protest, den sie unter anderen Umständen erhoben hätte, und stieg zu ihrem Vater in die Sänfte. Sie zog jedoch die Vorhänge nicht zu, sondern setzte sich auf die Kissen und nahm die Hand ihres Vaters, der besorgt zu ihr aufsah. Obwohl sein Gesicht vor Fieber glühte, wirkten seine Augen klar und aufmerksam.

Die Diener wuchteten die Sänfte auf ihre Schultern.

Jason bestieg ein Pferd und lenkte es rechts von Destiny an die Sänfte, während mehrere berittene Sepoys, alle mit *Tulwars* und Bajonetten bewaffnet, sich um das Gefährt gruppierten. Als Destiny noch einmal auf Savada House zurückschaute, sah sie Nana Sahib mit unbewegter Miene am Fenster stehen. Einen Moment lang begegnete sein Blick ihrem, dann wandte er sich ab.

Eine böse Vorahnung regte sich in ihr, und zum ersten Mal, seit von Nanas Abkommen mit der Garnison die Rede gewesen war, spürte sie dasselbe Misstrauen in sich, das ihren Mann die ganze Nacht nicht losgelassen hatte.

Als sie die Garnison erreichten, hatte die Prozession nach Sati Chowra bereits begonnen. Angeführt von sechzehn Elefanten der Militärintendantur und ungefähr achtzig Sänften, in denen die Verwundeten transportiert wurden, war die Karawane schnell von Tausenden einheimischer Soldaten und Wachposten umringt, die winkten, johlten und gelegentlich Steine schleuderten, die an den Seitenwänden der *Dhoolis* abprallten.

Auf dem langen und beschwerlichen Weg starrte Compton auf die Schutthaufen der Bungalows, die zerschossenen Mauern, die barfüßigen Frauen, die sich über die Straße schleppten. »Mein Gott«, brachte er mit schwacher Stimme heraus. »Was ist hier nur passiert?«

»Die Einheimischen haben rebelliert, Papa«, sagte Destiny. »Sie wollen die Engländer aus Indien vertreiben.«

Ein Ausdruck von Furcht trat in seine Augen, und er klammerte sich an ihre Hand. »Wer hat diesen Aufstand angezettelt?«

»Hauptsächlich Nana Sahib.«

Er starrte sie aus eingesunkenen Augen und mit rasselnden Atemzügen an. »Habe ich das verschuldet, Des?«, fragte er schließlich leise.

»Nein.« Sie strich über seine feuchte Stirn und lächelte. »Dalhousies Gier hat das verschuldet, Papa. Und genau davor hast du immer gewarnt.«

»Ich habe nie gewollt, dass jemand Schaden nimmt ...«

»Pst.« Sie legte einen Finger auf seine Lippen. »Bald sind wir weit weg von diesem Ort des Grauens, und du wirst wieder gesund werden und zu Kräften kommen. Mein Mann wird uns alle auf seine Plantage bringen, und wir können diesen Albtraum vergessen. Du wirst dein Enkelkind im Arm halten und dich zusammen mit mir an die schönen Zeiten erinnern, die wir hier mit Mama verlebt haben.«

Jason ritt voraus. Lange Minuten verstrichen, und Destinys Unruhe wuchs. Endlich kam er wieder und lenkte sein Pferd dicht an die Sänfte, während seine grauen Augen unablässig die Umgebung beobachteten. »Gefällt mir nicht«, sagte er so leise wie möglich. »Inzwischen sind die Boote auf den Sand gezogen worden. Sie in den Fluss zu schieben, wenn sie mit Passagieren beladen sind, wird schwierig bis unmöglich werden. Die Frauen und Kinder werden so schnell wie möglich in die Boote gedrängt, und die Sepoys am Flussufer gefallen mir auch nicht. Sie sind alle schwer bewaffnet. Warum zum Teufel tragen sie Waffen, wenn sie nur eine Schar ausgehungerter, verwundeter Gefangener überwachen sollen?«

»Halt!«, schrie eine Stimme hinter ihnen.

Jason drehte sich um, als Chimnaji mit mehreren Reitern näher kam. Die Reiter stellten sich fächerförmig um sie herum auf, als Chimnaji die Sänfte abstellen ließ und den Trägern befahl, ohne sie weiterzugehen. Einige Sepoys traten aus ihren Reihen und rannten auf sie zu, aber Chimnaji rief: »Nana Sahib hat mir befohlen, diese Engländer nach Savada House zurückzubringen. Sie machen die Fahrt nach Allahabad nicht mit.«

Die Männer der Eskorte, deren Gesichter bis auf die Augen hinter ihren *Deputtahs* verborgen waren, sprangen von ihren Pferden und liefen zu der Sänfte. Nachdem sie das schwere Vehikel auf ihre Schultern gewuchtet hatten, schlugen sie den Weg Richtung Süden ein, während Chimnaji die argwöhnischen Sepoys davon überzeugte, dass er auf Nanas Befehl handelte.

Mit wachsender Panik sprang Destiny aus der Dhooli, im selben Moment, als Chimnaji in einer Staubwolke auf sie zugaloppiert kam. »Schnell!«, rief er Jason zu und zeigte auf einen Pfad, der durch dichte Bäume zum Fluss führte, ein Stück von der Anlegestelle in Sati Chowra entfernt. »Es ist eine Falle. Die Gefangenen sollen getötet werden!«

Im selben Augenblick gellte ein markerschütternder Signalruf durch die Luft, und sofort darauf krachten Gewehrsalven. Die Diener, die die Sänfte trugen, setzten sie ab und rissen die Tücher von ihren Köpfen, schleuderten sie auf den Boden und zogen Pistolen aus ihren Gürteln. Destiny starrte in das mit Lampenruß und Asche geschwärzte Gesicht von Fritz.

Auf der anderen Seite riss Zelie die Tür der Sänfte auf und hob ihren Vater heraus.

Jason packte Destiny, zog sie hinter sich auf den Pferderücken und folgte Chimnaji den Pfad hinunter, tief geduckt, um den herabhängenden Ästen auszuweichen, die ihre Schultern und Haare streiften. Als sie am Ufer anlangten, wo ein Boot versteckt lag, stiegen bereits dicke Rauchschwaden von den brennenden Booten in Sati Chowra gen Himmel. Einige von Trevors Männern eilten herbei, um Zelie zu helfen, Destinys Vater zum Fluss zu tragen.

Überall entlang des Wasserwegs, hinter Bäumen und Ruinen verborgen, standen Sepoys und feuerten auf die völlig überrumpelten Menschen, die jetzt verzweifelt um ihr Leben liefen oder sich abmühten, ihre aufs Ufer gezogenen Boote in das seichte Wasser des Ganges zu schieben. Frauen hasteten voller Panik durch das knietiefe Wasser, um zu den wenigen Booten zu gelangen, die bereits von den Sandbänken geglitten waren; andere suchten in dem blutrot verfärbten Wasser nach ihren Kindern, die in die trüben Untiefen gestürzt waren.

Da ihr Boot ein gutes Stück von der Sandbank entfernt lag, außerhalb der Reichweite der Gewehrsalven, gelang es Jason und Zelie, Compton ohne größere Schwierigkeiten hineinzuheben. Jason reichte Destiny an Franz weiter, der sie in den niedrigen Laderaum drängte und ihr befahl, sich nicht von der Stelle zu rühren.

Ein Dutzend Sepoys brach durch das Unterholz und eröffnete das Feuer auf sie, während Jason und Fritz das Boot in den träge dahinfließenden Strom schoben. Die Geschosse wirbelten das Wasser nur wenige Zentimeter von ihnen entfernt auf und ließen kleine Schrapnellstücke vom Rumpf des Boots abprallen. Chimnaji starrte auf die Sepoys, voller Entsetzen, dass er entdeckt worden war.

»Steigen Sie ein!«, schrie Jason über die Schüsse hinweg. »Sie können jetzt nicht zurück. Die bringen Sie um!«

Chimnaji sprang in den Fluss und watete zum Boot.

Zelie feuerte auf die Sultanpore Sepoys des Siebzehnten Infanterieregiments, die am Flussufer entlang rannten und das Feuer erbittert erwiderten. Ihre Kugeln flogen dicht wie ein Hagelsturm an dem zerbrechlichen Bambusgefährt vorbei. Destiny, die sich schützend über ihren Vater gelegt hatte, schloss die Augen und legte die Hände über ihren Kopf. Das Geschrei und die Schüsse gellten in ihren Ohren und ihr war übel vom Gestank des brennenden Bambus.

Ein heißer Wind fegte ungehindert über den Ganges und brachte in der Luft dichte Rauchwolken und im Wasser blutige Wellen mit sich.

Als Destiny den Kopf hob, sah sie Reverend Moncrieff hinter einem der zerstörten Boote stehen. Er hielt seine durchnässte Bibel fest in beiden Händen, als ein höhnisch grinsender Sowar auf ihn zukam und ihm mit seiner Waffe quer über den Nacken hieb. Der Reverend kippte langsam vornüber ins Wasser; seine Bibel trieb noch einen Moment auf der Oberfläche, bevor sie versank.

Jason tastete nach einem der Gewehre, die Zelie im Laderaum verstaut hatte, während die anderen sich bemühten, das Boot weiter in den erbärmlich langsamen und seichten Strom zu staken. Jason nahm sich die Heckenschützen vor, einen nach dem anderen, ruhig und zielsicher, bis die verbleibenden Sepoys zurückfielen und kehrtmachten, um über die überlebenden Flüchtlinge herzufallen.

Endlich wurde das Boot durch Chimnajis und Fritz' Bemühungen von einer schwachen Strömung erfasst und glitt den Fluss hinunter, das Kampfgetümmel hinter sich lassend. Jason sank neben Destiny auf den Boden, die vor Erleichterung weinte und Gott dankte, dass ihr Vater das

Bewusstsein wieder verloren hatte und ihm der grauenhafte Anblick dieses Massakers erspart geblieben war.

Franz hatte sich eine Kugel im Bein eingefangen. Er stoppte den Blutfluss, indem er es mit seiner *Deputtah* abband.

Chimnaji saß mit dem Kopf in den Händen da. Er hatte Tränen in den Augen. »Ich wollte es nicht glauben«, sagte er. »Ich wollte nicht glauben, dass Nana kaltblütig die Ermordung all dieser Menschen anordnen würde. Doch ich hörte die Sepoys darüber reden …« Die Tränen liefen über sein Gesicht und er verbarg es beschämt in seinen Händen.

»Wo sind Trevor und Connie?«, fragte Jason Zelie.

»Irgendwo da draußen.« Zelie deutete mit einer Kopfbewegung auf die hohen Gräser und Bäume, die den Fluss säumten. »Früher oder später werden wir sie sehen, schätze ich.«

»Eher früher als später, hoffe ich«, scherzte Fritz, als er sein Gewehr nachlud. »Ich fühle mich hier draußen ein bisschen wie ein Lockvogel.«

Alle hoben den Blick zu dem dunstigen Himmel und der Andeutung von Wolken, die vor der heißen Sonne lag. Der Wind, der stärker geworden war und kräftig über die Flussmitte wehte, zwang sie, die Boote näher an die steile Uferböschung zu lenken, die reichlich Deckung für jeden Sepoy bot, der auf die Idee kam, auf der Suche nach Flüchtlingen den Fluss hinunterzureiten.

Schweigend, die Gewehre für den Angriff gerüstet, der sicher kommen würde, hockten sie dicht beieinander. Die Männer steuerten abwechselnd das Boot durch die Strömung, sorgsam darauf bedacht, Sandbänken und Baumstämmen so gut wie möglich auszuweichen.

Die Nacht schien nicht kommen zu wollen, und erst als

sich die dichter werdenden Wolken vor den Mond schoben und den Fluss in totale Dunkelheit hüllten, entspannten sie sich. Destiny holte die spärlichen Vorräte, die sie im Laderaum gefunden hatte: Chupatties und kalte gekochte Linsen. Es gelang ihr, ihren Vater zu wecken und zu überreden, ein wenig zu sich zu nehmen, aber leider wurden seine Hustenkrämpfe so schlimm, dass er wieder in Bewusstlosigkeit fiel. Lange Zeit saß Destiny da, seinen Kopf auf ihrem Schoß, tupfte ihm die Stirn mit kühlem Flusswasser ab und bemühte sich, nicht daran zu denken, was sie alle bei Sonnenaufgang erwartete.

Sie nickte ein und wachte erst auf, als Jason sich zu ihr setzte. Er nahm sie in seine Arme, hielt sie fest und küsste ihren Scheitel und ihre geschlossenen Lider.

»Wie geht es meinem Baby?«, flüsterte er ihr ins Ohr.

»Welches meinst du?«

»Beide.«

Sie legte seine Hand auf ihren gewölbten Bauch, und sofort bewegte sich ihr Kind unter seiner Handfläche. »Sicher wundert es sich, was all die Aufregung zu bedeuten hat«, meinte sie schläfrig.

»Eines Tages können wir unserem Kind eine verdammt abenteuerliche Geschichte erzählen.«

Sie sah ihm in die Augen. »Glaubst du?«

Er lächelte müde. »Natürlich.«

»Ich habe mir in den letzten Stunden ausgemalt, wie wir zusammen nach Ceylonia segeln. Wie du mich über die Schwelle unseres Heims trägst.«

Er wandte den Blick ab.

Sie legte ihre Hand an seine Wange und zwang ihn, wieder zu ihr zu schauen. »Ich habe mich mit dem Gedanken getröstet, dass du der Kriege müde geworden bist und dich nur noch danach sehnst, dich häuslich niederzulassen und

Babys auf deinem Knie zu schaukeln. Das ist es doch, was du willst, oder?«

»Ja«, sagte er leise. »Mehr als alles andere.«

»Und du möchtest all die Jahre nachholen, die du mit Jenette versäumt hast.«

Er nickte.

Ihre Hand krampfte sich um sein Hemd, und ihre Stimme bebte. »Dann hör auf, dort hinauszuschauen. Sieh mich an. Denk nicht daran, dass du da draußen sein solltest und nicht bei mir. Du hast gesehen, was die Sepoys anrichten. Ein einzelner Soldat kann nichts tun, um sie daran zu hindern.«

Er zog sie auf seinen Schoß, drückte sie fest an sich und murmelte: »Ich liebe dich.«

Kurz vor Morgengrauen lief das Boot auf eine Sandbank auf, und obwohl die Männer sich alle Mühe gaben, gelang es ihnen nicht, es in die Strömung zurückzuschieben. Knietief im Wasser stehend, stemmten sie sich mit dem Rücken dagegen und schoben und stießen, bis sie am Ende ihrer Kräfte waren.

Franz, dessen Wunde zu eitern begann, hielt mit dem Gewehr in der Hand am Ufer nach Feinden Ausschau. »Mir ist nicht wohl bei der Sache, Käpt'n. Trevor und Connie müssten uns mit den Pferden mittlerweile eingeholt haben.«

»Vielleicht hat man sie geschnappt«, sagte Fritz.

Zelie grinste. »Dann möchte ich nicht in der Haut der armen Kerle stecken, die sie geschnappt haben. Die denken bestimmt, sie hätten den Teufel des weißen Mannes persönlich erwischt.«

Donner grollte, und Monsunwolken schoben sich vor die

Sonne. Der Wind peitschte durch die Bäume und wirbelte den Staub auf, der leise zischelnd durch das hohe Schilf am Flussufer wehte.

Im ersten Moment hörte sich der plötzliche und unerwartete Knall wie das Knacken eines morschen Astes an. Dann sah Jason aus dem Augenwinkel, wie Zelie in die Knie ging. Sein Gewehr entglitt seinen Händen und schlug auf das Bootsdeck. Ein kreisrunder Fleck aus dunkelrotem Blut bildete sich auf seiner Brust, bevor er mit einem Todesächzen vornüber kippte.

Destiny schrie auf und kroch auf allen vieren über Zelies Leichnam zum Laderaum, wo ihr Vater versuchte sich aufzurichten.

»Ihr Schweine!«, brüllte Fritz und fing an auf die Reihen von Sepoys zu feuern, die auf beiden Seiten des Flusses hinter den Bäumen hervorkamen.

Jason warf Chimnaji ein Gewehr zu. Franz versuchte in Deckung zu gehen, und feuerte auf die Linie von Sepoys, die durch den Fluss wateten.

Der Regen setzte ein, prasselte wie Speerspitzen in den Fluss und in ihre Gesichter, während die Kugeln der Sepoys den Rumpf des Boots trafen.

»Unsere einzige Chance ist, das Boot von der Sandbank zu bekommen«, brüllte Chimnaji durch das Tosen des Regens und der Kugeln, die an seinem Kopf vorbeisausten. Er warf sein Gewehr beiseite und sprang in den Fluss und während Jason und die anderen unablässig auf die Sepoys feuerten, stemmte er sich mit aller Kraft gegen den Rumpf, in der Hoffnung, Regen und Wind würden ihm helfen, ihn aus seiner Verankerung zu lösen.

Das Boot bewegte sich keinen Zentimeter.

Fritz sprang zu ihm. Eine Kugel traf ihn im Rücken, und als er herumfuhr, um seine Pistole auf den Sepoy zu richten, erwischte ihn eine zweite Kugel in der Stirn. Er versank in den trüben Fluten. Als Jason über das Deck kroch, um Chimnaji zurück an Bord zu helfen, riss der Mann beide Augen weit auf, und Jason wusste, noch bevor Chimnaji langsam ins Wasser zurückglitt, dass auch er tödlich getroffen worden war.

Auf Knien, das Gesicht dem prasselnden Regen preisgegeben, starrte Jason auf die Sepoys, die sich durch den Fluss zum Boot vorkämpften. Er zog die Pistole aus seinem Stiefel und drehte sich zu Destiny um, die sich immer noch schützend über ihren Vater beugte. Ihre Augen waren voller Angst, aber schicksalsergeben, und sie reckte mutig ihr Kinn.

»Wir sind erledigt«, sagte er so ruhig wie möglich.

Sie nickte verstehend und hielt ihren Vater noch fester.

»Ich lasse nicht zu, dass sie dich bekommen«, sagte er, wütend über die Gefühlsaufwallung in seinem Inneren. »Ich liebe dich.«

»Und ich liebe dich«, antwortete sie leise und straffte ihre schmalen Schultern. »Mach schnell, mein Liebster, sie sind gleich hier.«

Er legte die Mündung an ihren Kopf, spannte den Hahn.

Seine Hand zitterte. Alles verschwamm vor seinen Augen. Ein Schluchzen stieg in seiner Brust auf und tobte wie ein Feuer durch seinen Kopf. Als sie aus großen grünen Augen zu ihm hinaufstarrte, stieß er ein leises, qualvolles Stöhnen aus und ließ die Pistole sinken.

»Ich kann nicht«, wisperte er und sank vor ihr auf die Knie. »Gott steh uns beiden bei, Des, ich kann dir nicht wehtun.«

Destiny nahm ihn in ihre Arme und verbarg sein Gesicht an ihrer Brust. »Es tut mir Leid«, sagte er erstickt. »Es tut mir so verdammt Leid.«

Eine plötzliche Salve von Gewehrschüssen ertönte, dröhnend und unablässig wie der Monsundonner über ihnen.

Destiny, die Arme eng um ihren bebenden Mann geschlungen, die Hände in seinem feuchten Haar vergraben, hob den Blick und sah zu der Linie von Sepoys, die keine fünfzig Schritt mehr von ihrem Boot entfernt waren. Einer nach dem anderen stürzten sie in den Fluss oder versuchten verzweifelt, das Ufer zu erreichen.

Von Osten strömten britische Soldaten über die Uferböschung und feuerten ihre Waffen auf die zahlenmäßig unterlegenen Sepoys ab, die panikartig flüchteten und zwischen dem Schilf und den Bäumen am Ufer Deckung suchten. Von Westen trieben Trevor, Connie und Trevors Männer ihre Pferde in den Fluss und auf das Boot zu, ununterbrochen auf die entsetzten Sepoys feuernd.

Während Diana sich unter einem Zeltdach um Destinys Vater kümmerte, setzte sich Trevor auf ein Feldbett und sah zu, wie Jason, Destiny und Franz heißen Kaffee tranken und ein Gericht aus Reis und Linsen aßen. Harold lag in der Nähe auf einem Feldbett und trank Whisky direkt aus der Flasche. Manchmal spähte er misstrauisch in ihre Richtung, als rechnete er damit, einer von ihnen könnte im nächsten Moment kurzerhand auf ihn schießen.

»Wir waren genau südlich von Aherwa vom Fluss abgeschnitten«, berichtete Trevor. »Sie hatten den Fluss fast vollständig besetzt, da sie befürchteten, einige Engländer könnten dem Überfall bei Sati Chowra entkommen. Ihr habt Glück gehabt, dass ihr überhaupt so weit gekommen seid. Wir waren gezwungen, die Straße nach Süden zu nehmen und dort kehrtzumachen. Dann stießen wir auf die Garnisonstruppen, die auf dem Weg nach Cawnpore waren.«

»Gibt es Überlebende?«, wollte Destiny wissen.

Trevor schüttelte den Kopf. »Ich habe gehört, dass alle Männer, einschließlich der Knaben, umgebracht worden sind. Die überlebenden Frauen und Mädchen hat man nach Savada House zurückgebracht. Gott allein weiß, was dort jetzt mit ihnen geschieht. Wir können nur hoffen, dass bald mehr Truppen eintreffen. Die wenigen Soldaten haben gegen Nanas Armeen keine Chance.«

Destiny dachte an die verzweifelten Familien, bei denen sie am Abend vor dem Massaker gewesen war. Sie entschuldigte sich, ging in ihr Zelt, rollte sich in Decken ein und versuchte, sich auf das Positive zu konzentrieren: Sie und Jason waren am Leben. Ihr Vater war am Leben und Diana auch. Das Kind, das sie erwartete, würde leben, mit Eltern, an einem Ort der Schönheit und in Geborgenheit.

Vor Erschöpfung schlief sie nur unruhig, und als sie aufwachte, fiel wieder Regen, und es war dunkel geworden. Jason lag neben ihr, wie schon seit Stunden, und sah ihr beim Schlafen zu. Er hatte gebadet und sich rasiert. Sein sauberes Haar fiel ihm in weichen, vollen Wellen in die Stirn.

Wortlos streckte er die Arme nach ihr aus und zog sie an sich. Destiny breitete die Beine aus und nahm ihn in sich auf. Er liebte sie sanft und doch heftig, wie ein Mann, der um seinen letzten Atemzug ringt. Sie biss die Zähne zusammen, um nicht vor Lust zu stöhnen, einer Lust, die sie von oben bis unten durchströmte und sich zwischen ihren Beinen ausbreitete, sich zu einem heißen Höhepunkt steigerte, bis sie ihre Hüften enger an seine drängte und er noch tiefer, mit nahezu wilder Leidenschaft in sie eintauchte.

Das Ende kam zu schnell. Erschöpft lagen sie eng aneinander geschmiegt, ihre Körper feucht und erhitzt, ihre Herzen in einem Rhythmus schlagend. Sie klammerte sich verzweifelt an ihn, als der Regen immer stärker prasselte und die Nacht immer weiter vorrückte, voller Angst einzuschlafen, voller Angst, er könnte nicht mehr da sein, wenn sie wieder aufwachte.

Schließlich zwang sie sich, ihm in die Augen zu schauen. »Du gehst nicht mit uns nach Ceylonia zurück, nicht wahr?«

»Ich kann nicht«, sagte er und küsste ihre Lippen. »Ich kann diese Menschen nicht im Stich lassen – diese verzweifelten Frauen und Kinder, Des. Ich höre sie immer noch vergeblich um Gnade rufen. Versteh mich bitte.«

Sie weinte leise. Sie wusste, wenn sie ihn darum bat, würde er dem Krieg den Rücken kehren und mit ihr nach Ceylonia gehen. Aber sie wusste auch, dass ihn diese Entscheidung ein Leben lang quälen würde. Es lag nicht in Jasons Natur, Frauen und Kinder in Not im Stich zu lassen. Wie Julia, Maggie, Mary und Carla musste sie akzeptieren, dass diese Männer etwas Besonderes waren, getrieben von dem Zwang, alles für ihre Sache zu riskieren. Julia hatte Recht gehabt. Sie hatte sich in die Verwegenheit verliebt, die Jason ausstrahlte; er war ritterlich und mutig. Verboten. Unerreichbar. Unberechenbar. Genau die Eigenschaften, die sie in den letzten turbulenten Wochen an ihm zu lieben und zu respektieren gelernt hatte, waren es, die ihr jetzt letzten Endes das Herz brechen würden.

Irgendwann überwältigte sie trotz ihrer tapferen Versuche, wach zu bleiben, der Schlaf. Und als sie plötzlich bei Morgengrauen aufwachte, tastete sie nach ihm, obwohl sie wusste, dass er nicht mehr da war, und schluckte ein Schluchzen hinunter.

Dichter Nebel hing bis auf den Boden, als Jason sich zu den anderen gesellte. Trevor warf ihm ein Gewehr zu. Connie verlagerte den Tornister auf seinem Rücken und sagte ruhig: »Du musst es nicht machen, das weißt du. Dunleavy drückt bestimmt ein Auge zu, wenn du das alles hinter dir lässt und dich davonmachst.«

»Würdest du das tun?«, fragte er Connie direkt. »Dich davonmachen?«

Connie schüttelte den Kopf. »Ich habe auch keine Frau und zwei Kinder.«

»Da ist immer noch Diana.« Jason grinste schief und schlang den Gurt des Gewehrs um seine Schulter.

»Sie hat eine Schwäche für Fontaine. Ein Jammer. Die Frau hatte sich mittlerweile an mich gewöhnt.«

»Sie ist da«, sagte Trevor mit ungewohnt sanfter Stimme.

Sein erster Instinkt war, sich umzudrehen, um ein letztes Mal Destiny vor Augen zu haben und sich diesen Anblick für immer einzuprägen. Aber er wusste, wenn er sich jetzt umdrehte, würde er bleiben; sie würden ins Paradies segeln und reich an Liebe und Gewinnen aus seinem Tee sein … und die qualvolle Erinnerung an verzweifelte Frauen und Kinder würde ihm für immer auf der Seele brennen. Er wollte ganz sicher sein, dass keine Geister zwischen ihm und seiner Frau standen, wenn er sie das nächste Mal in den Armen hielt.

»Regel Nummer fünf«, sagte er laut und konzentrierte sich auf den Weg, der vor ihm lag. »Schau nie zurück.«

Destiny stand vor dem Zelt und sah mit Tränen in den Augen und schmerzhaft klopfendem Herzen zu, wie ihr Mann im Nebel verschwand.

Epilog

Frühjahr 1859

Jason stand am Bug des Klippers, in der Hand einen Brief, der fröhlich im Wind flatterte. Sein Blick war auf die ferne Inselplantage gerichtet, die wie ein grüner Smaragd aus dem Meer ragte.

Würde Destiny noch dort sein? Oder war sie, des Wartens müde geworden, nach England zurückgekehrt? Vielleicht hatte sie die Hunderte von Briefen nie erhalten, die er ihr seit jenem Morgen, als er sich den britischen Truppen auf ihrem Marsch nach Cawnpore anschloss, geschrieben hatte.

Ihre schlimmsten Befürchtungen hatten sich bewahrheitet. Die Frauen und Kinder, die Nana Sahib als Flüchtlinge in Savada House aufgenommen hatte, waren ermordet worden. Nana Sahib floh aus Cawnpore, kurz bevor die Stadt von den Engländern eingenommen wurde. Die letzten anderthalb Jahre hatten Jason, Trevor, Connie und zahlreiche Truppenverbände damit verbracht, Nana Sahib quer durchs Land zu jagen, um ihn für den Mord an über hundert unschuldigen Frauen und Kindern vor Gericht zu stellen. Vergeblich. Schließlich hatte sich seine Spur zu Dunleavys Ärger in Nepal verloren.

Harold hatte in Bombay Quartier bezogen, wo er die Wogen der Rebellion relativ sicher und in der festen Überzeugung überstand, dass die Engländer letzten Endes

Erfolg haben und das Land wieder in ihre Gewalt bekommen würden. Jason war zu Ohren gekommen, dass Dunleavy Befehl gegeben hatte, alle Einheimischen – ob des Mordes an Engländern schuldig oder nicht –, die von den Truppen gefasst wurden, zu töten. Entsetzliche Gräueltaten folgten; Hunderte Unschuldige wurden von rachsüchtigen britischen Soldaten abgeschlachtet. Im Dezember 1858 lauerte eine Bande von *Bheels*, Stammesleuten, die den Ruf hatten, Banditen zu sein, Dunleavy auf einer dunklen Straße außerhalb Bombays auf und schnitt ihm den Kopf ab. Die Behörden fanden ihn am nächsten Tag am Eingang der Stadt auf der Spitze eines *Tulwar*. Als Jason und Trevor davon erfuhren, begossen sie die Neuigkeit mit einer Flasche von Connies berüchtigtem Rum.

Wieder betrachtete Jason den einzigen Brief, den er von Destiny bekommen hatte, übergeben von einem Soldaten im April 1858. Im Lauf des letzten Jahres war er schmutzig geworden und zerknittert, weil Jason ihn jeden Morgen und jeden Abend gelesen hatte.

Dezember 1857
Mein geliebter Mann!
Ich habe dir einen Sohn mit dunklem Haar und dunklen Augen geboren, der bestimmt jeder Frau das Herz brechen wird. Er ist schön und gesund, und ich bin unbeschreiblich glücklich. Wenn Diana nicht um meinen Vater herumtanzt, der von Tag zu Tag kräftiger wird, oder um Jenette, die von Tag zu Tag hübscher wird, flattert sie um mich und das Baby herum, in der festen Überzeugung, dass wir ohne ihre Fürsorge nicht auskommen können. Ich habe unseren Sohn übrigens auf den Namen Jason Compton Batson getauft. Ich hoffe, du bist einverstanden.

Ich vermisse dich. Ich liebe dich. Jeden Tag stehe ich auf dem Balkon unseres Zuhauses, um stundenlang aufs Meer zu starren und zu beten, dass ich bald dein Schiff am Horizont auftauchen sehe, dass du zu mir zurückkommst und wir in diesem Paradies glücklich sind bis an unser Lebensende. Die Glocke an der Mole erwartet dich, und ich habe Franz angewiesen, deine Ankunft mit drei Glockenschlägen anzukündigen. Bis zu diesem Tag – vergiss das nicht! – brauche ich deine Liebe als Prüfstein meiner Existenz. Sie ist die Sonne, die mir Leben einhaucht. Ich warte mit einem Herzen voller Liebe auf dich.
Deine hingebungsvolle Gattin
Destiny

Connie, der am Steuerruder des Klippers *My Destiny* stand, rief: »Soll ich die Fahne hissen, Käpt'n?«

»Aye«, gab Jason mit einem Nicken zurück.

Während Connie das Hissen des Union Jack überwachte, trat Trevor zu Jason an die Reling. Trevor hatte vor ein paar Monaten bei einem Scharmützel mit Bala Rao in Oudh eine Kugel in die Hüfte abbekommen. Die Wunde machte ihm immer noch zu schaffen, und aus diesem Grund hatte er Jasons Einladung angenommen, eine Weile auf Ceylonia zu bleiben. Jason hatte vor, seinem Bruder irgendwann eine Partnerschaft in seinem Unternehmen anzubieten, aber jetzt noch nicht. Er wollte, dass Trevor eine anständige Kostprobe vom Paradies bekam, bevor er den Versuch wagte. Er war überzeugt, dass Trevor liebend gern bleiben würde, wenn er erst einmal den Himmel auf Erden für sich entdeckt hatte.

»Glaubst du, sie ist noch da?«, fragte Trevor.

»Sie ist da.« Jason nickte.

»Du bist deiner Sache verdammt sicher.«

»Ich kenne Destiny. Sie ist da.« Jason hob das Fernglas an seine Augen und betete insgeheim, dass er Recht hatte. In den letzten langen Monaten hatte er sich geweigert, daran zu denken, was er tun würde, wenn er nach Ceylonia kam und feststellte, dass sie und die Kinder nicht mehr da waren. Der Gedanke an seine Familie hatte ihn davon abgehalten, Risiken einzugehen, die er früher einmal ohne zu überlegen eingegangen wäre. Aber damals hatte er auch nichts gehabt, für das es sich zu leben lohnte. Jetzt schon.

In der Ferne eilten Männer über die Mole und bereiteten alles zum Anlegen vor. Franz starrte zu ihm, den Mund zu einem Lächeln verzogen. Er winkte, humpelte dann zu der großen Messingglocke und fing an zu läuten.

Oben vom Hügel kam Destiny gelaufen, mit wallendem Haar, auf der Hüfte ein Baby mit wippenden dunklen Locken und rosigen Backen. Selbst aus der Ferne glaubte Jason das Leuchten in Destinys grünen Augen zu sehen; ihr Lächeln strahlte wie die Sonne. Gleich als Erstes würde er sie in ihr Schlafzimmer tragen und die nächste Wochen damit verbringen, sie zu lieben, Babys zu machen und Versprechen für die Ewigkeit abzugeben. Jesus, hatte er sic vermisst! Er liebte sie mehr als sein Leben.

Hinter ihr kam eine schlanke Jenette mit tiefschwarzem Haar, gefolgt von einem halben Dutzend Welpen, die kläffend um ihre Füße sprangen, als sie zur Mole lief. Noch ein Stückchen dahinter lief Diana, die Röcke bis zu den Schienbeinen gerafft, und hinter ihr kam Compton. Er lachte und rief Diana etwas zu, aber sie winkte ungeduldig ab.

»Du bist ein glücklicher Mann«, sagte Trevor und klopfte Jason auf den Rücken.

Jason senkte das Glas und lächelte. »Der glücklichste auf der Welt.«

Dämmerung. Sie lagen eng umschlungen in einem Gewirr von Decken, Armen, Beinen und Destinys Haaren, die sich in dunklen Wellen um ihre Schultern bauschten. Der Wind, der durch das offene Fenster kam, kühlte ihre feuchten, erhitzten Körper ab. Sie erschauderten gleichzeitig, aber statt nach der Decke zu greifen, schmiegten sie sich noch enger aneinander, Wärme an Wärme, Herz an Herz.

»Ich habe dich vermisst«, wisperte sie in Jasons schläfrige Augen.

Er grinste und küsste sie, bevor er seinen Körper auf ihren rollte und sie mit seinen Händen liebkoste. »Danke für meinen Sohn. Und dafür, dass du Jenette liebst. Und mich liebst. Vor allem dafür danke ich dir, Des. Für deine Liebe zu mir. Was habe ich je getan, um sie zu verdienen?«

»Wie kann ich dich nicht lieben?« Sie ließ ihr Bein an seinem Schienbein hinaufwandern, dann wieder hinunter, schlang ihren Fuß um seinen Knöchel und strich mit einer Zehe über seine Wade. »Jeder Mann, der einer Frau bei strömendem Regen Shakespeare vorliest, verdient es, geliebt zu werden.«

Seine Stimme wurde rau, als er sein Gesicht in ihrer Halsbeuge vergrub und sein Atem leise über ihren Puls strich. »Diese Monate auf der *Pretender* – ich dachte, ich hätte dich verloren. Ich war verzweifelt. Und rasend. Ich liebte dich mehr als das Leben. Das werde ich immer tun.«

Lächelnd und ein wenig atemlos wandte Destiny ihren Mund seinem zu. Sie sehnte sich nach ihm, und sie liebte ihn mehr, als sie mit Worten ausdrücken konnte. »Versprich mir etwas«, wisperte sie und ließ sich von ihm küssen, bis sie vor Glück zu vergehen glaubte. »Versprich mir, uns nie wieder zu verlassen.«

»Ich verspreche es«, gelobte er. Und es war ihm ernst.

Roland de Gallienne ist der tapferste Ritter von König Henry II von England. Als er sich – müde vom Krieg gegen Frankreich – in das Kloster Châteauroux zurückzieht, trifft er dort Hope, die magische Heilkräfte haben soll.
Hope, die vom gierigen Abt des Klosters gefangen gehalten und erpresst wird, hat sich geschworen, Roland de Gallienne, der ihrem Volk, den Franzosen, so viel Unheil gebracht hat, umzubringen. In ihren Augen ist er ein Mörder. Sie hat mit allem gerechnet, nur nicht damit, dass der Hass, den sie für ihn empfindet, sich ganz plötzlich in etwas völlig anderes verwandeln könnte …

3–404–18285-5

BASTEI LÜBBE

England im 12. Jahrhundert. Um seine Ländereien und seine Burg zurückzuerobern, stürmt der Ritter Robert de Langley, der legendäre Löwe der Normandie, die Festung mit seinen Männern. Er hat jedoch nicht damit gerechnet, dass Jocelyn Montagne, die Tochter seines Feindes, alles tun wird, um den Besitz zu verteidigen.
Ihr Mut und ihre dunkle Schönheit betören den Ritter, und er ersinnt einen Plan, um nicht nur seine Burg, sondern auch das Herz dieser Frau zu gewinnen ...

Gewinner des *Romantic Times Award* 1995!

3–404–18289–8